小说 真

吴蔚 著

登州沙门篇

上

中国民主法制出版社

图书在版编目（CIP）数据

登州沙门岛 / 吴蔚著 .— 北京 : 中国民主法制出版社，2019.8

ISBN 978-7-5162-2046-7

Ⅰ . ①登… Ⅱ . ①吴… Ⅲ . ①长篇小说—中国—当代 Ⅳ . ① I247.5

中国版本图书馆 CIP 数据核字（2019）第 156081 号

图书出品人 刘海涛

出 版 统 筹 乔先彪
责 任 编 辑 董 理 柳 萍
责 任 印 制 姜 婷
发 行 总 监 杨光捷
责 任 校 对 姚丽娅
装 帧 设 计 冯冬雁

书 名 登州沙门岛（上册）
作 者 吴 蔚 / 著

出版·发行 中国民主法制出版社
地 址 北京市丰台区右安门外玉林里 7 号（100069）
电 话 010 – 63055259（总编室） 010 – 63057714（营销中心）
传 真 010 – 63055259
http://www.npcpub.com
E-mail: mzfz@npcpub.com
经 销 新华书店
开 本 32 开 880 毫米 ×1230 毫米
印 张 17.375
字 数 449 千字
版 本 2019 年 8 月第 1 版 2019 年 8 月第 1 次印刷
印 刷 北京中兴印刷有限公司
书 号 ISBN 978-7-5162-2046-7
定 价 58.00 元

内容简介

靖康之变后，北宋灭亡，宋徽宗之子康王赵构在风雨飘摇中即位于南京应天府，建立南宋王朝。金军铁骑横行中原，山河破碎，烽火连天。位于山东半岛的登州一跃成为战事前线，而沙门岛作为贯通南北的军事要塞，更成为风云际会之地。沙门寨神秘犯人，大黑山岛绝世宝藏，是流言蜚语，还是本相事实？居心叵测的高丽使团，潜藏已久的契丹间谍，高深莫测的不明势力，一一现身，角力于登州沙门岛，明争暗斗中，引发连环血案。抗金英雄马扩、旷世才女李清照、一代名将呼延庆，亦深陷于其间……

总目录

上

下

目录
CONTENTS

大宋开国皇帝赵匡胤除了沿袭旧制、继续保留平海军的建制外，又另外创设澄海军，兵士尽为弩手，以为平海军水师辅助。更令人意外的是，宋太祖竟在登州沙门岛设置了监狱。沙门岛与登州口岸隔海相望，是登州门户，自从成为大宋最高级别的流放监狱后，凶险种种，犹胜岭南。因而在宋人眼中，登州集天堂、地狱于一身——既是徐福出海处，有着如梦似幻的海市奇景，又是冷僻荒凉的重狱所在地——堪称谜一般的存在。

鼍矶岛虽然距离登州三百里，却是登州所辖海岛中人口最多的一个岛屿。而且岛上遍地奇花异草，春夏花开时节，漫山遍野的黑色大蝴蝶翩翩飞舞于花间，美丽得近乎梦幻，仿若仙境一般。岛上的彩石更是一绝，遍布于海滩之上，或立或卧，或直或曲，不但形态各异，而且五彩斑斓，色则赤橙黄绿青紫黑白俱全，纹则直曲长短粗细皆有，且石头上天然形成了各种图案，仿若水彩画一般，奇异而富有情趣。

沙门岛位于登州正北六十里处，由南长山、北长山、大黑山、小黑山、庙岛等大大小小一组岛屿组成。面积最大者，为南长山岛，次则北长山岛，再次是大黑山岛。真正有人居住者，只有南长山、北长山及庙岛三岛。盖因为除前列五岛之外，而其他岛屿太小，不适合人类居住，而大黑山、小黑山两岛，则是遍地毒蛇。黑山之“黑”，便是指夏秋时节，岛上毒蛇随处可见，以致植物的绿色都被覆盖，望上去是成片成片的黑色。

第四章　千里凌波　123

他说这番话的时候，并不是仅为了宽慰对方，而是心中的确抱了很大的志向，以及很高的期望。只是他万万没有料到，仅在几月之后，齐鲁大地包括登州以及诸多海岛，尽成为金人国土，而后金亡于蒙古，又成为元人领土，直到朱元璋建立明朝，这片汉文化底蕴深厚的土地，才重新回到汉人手中。然大明实行闭关锁国政策，放弃鼍矶前线基地，退守登州口岸，沙门、鼍矶诸岛，遂成防外之岛，孤悬海外。

第五章　长空澹澹　157

今夜无月，只有繁星满天。月华固然清冷柔美，但总是让人惆怅感怀。而璀璨星光却能唤起心底深处的美好，别有情怀。或许是因为月亮一向形单影只，而星辰却是成千上万，闪烁在深邃悠远的天幕上，星星交辉，缤纷而又热烈，温暖相伴，令寂寞的人儿不再感到孤单。脚下是波澜壮阔的大海，头顶是浩瀚无际的星空，天地浑然成为一体，尘世亦被暂时抹去。国家之黍离感，人生之无常感，生命之孤独感，均随之而去。

第六章　北客翩然　189

然怨军成立后，非但作战不利，还发生了叛乱。怨军将领董小丑因为征讨无功被辽天祚帝下令处死，其手下罗青汉、董仲孙等人遂率怨军作乱。辽都统耶律余睹、萧干率兵平叛。郭药师杀了罗青汉数人，接受了招安。耶律余睹认为“所谓怨军，未能报怨于金人而屡怨叛于我家”，建议“乘其解甲，遣兵掩杀净尽，则永诀后患”。但萧干不同意，认为“亦有忠义为一时胁从者，岂可尽诛之”，郭药师由此逃过一劫。

玉京曾忆昔繁华。
万里帝王家。
琼林玉殿，朝喧弦管，
暮列笙琶。

花城人去今萧索，
春梦绕胡沙。
家山何处，忍听羌笛，
吹彻梅花。

——宋徽宗赵佶《眼儿媚》[1]

宸传三百旧京华。
仁孝自名家。
一旦奸邪，倾天拆地，
忍听琵琶。

如今在外多萧索，
迤逦近胡沙。
家邦万里，伶仃父子，
向晓霜花。

——宋钦宗赵桓《眼儿媚》

[1] 这首词为宋徽宗被俘北上后所作，集北宋覆亡史事、汴京城市风貌，以及亡国之君刺骨之痛于一体，忆昔伤今，余味悠长。后一首词为宋徽宗之子宋钦宗和篇，覆国亡家，意更凄怆。

第一章

蓬莱一望

大宋开国皇帝赵匡胤除了沿袭旧制、继续保留平海军的建制外，又另外创设澄海军，兵士尽为弩手，以为平海军水师辅助。更令人意外的是，宋太祖竟在登州沙门岛设置了监狱。沙门岛与登州口岸隔海相望，是登州门户，自从成为大宋最高级别的流放监狱后，凶险种种，犹胜岭南。因而在宋人眼中，登州集天堂、地狱于一身——既是徐福出海处，有着如梦似幻的海市奇景，又是冷僻荒凉的重狱所在地——堪称谜一般的存在。

浪涌孤亭起，
是当年、蓬莱顶上，海风飘坠。
帝遣江神长守护，八柱蛟龙缠尾。
斗吐出、寒烟寒雨。
昨夜鲸翻坤轴动，
卷雕翚、掷向虚空里。
但留得，绛虹住。

五湖有客扁舟舣，
怕群仙、重游到此，翠旌难驻。
手拍阑干呼白鹭，为我殷勤寄语；
奈鹭也、惊飞沙渚。
星月一天云万壑，
览茫茫、宇宙之何处？
鼓双楫，浩歌去。

——蒋捷《贺新郎·吴江》

秦王扫六合，虎视何雄哉！
挥剑决浮云，诸侯尽西来。
明断自天启，大略驾群才。
收兵铸金人，函谷正东开。
铭功会稽岭，骋望琅琊台。
刑徒七十万，起土骊山隈。
尚采不死药，茫然使心哀：
连弩射海鱼，长鲸正崔嵬。

额鼻象五岳，扬波喷云雷。
鬐鬣蔽青天，何由睹蓬莱？
徐市[1]载秦女，楼船几时回？
但见三泉下，金棺葬寒灰。

——李白《古风五十九首·其三》

唐代诗仙李白这首《古风》虽然简短，却真实而生动地勾勒出了“千古一帝”秦始皇嬴政轰轰烈烈的一生——

前半部分讲述秦始皇以虎视龙卷之威势，扫荡统一了天下，功业赫赫，遂于九霄云上，志盈意满，张扬气派。

后半部分则是叙述秦始皇骄奢淫逸，因妄想长生而遣徐福到海上求仙的愚妄之举。

全诗既有动荡开合的跌宕，又有惊心动魄的气势。

秦始皇统一中国后，开始修筑“驰道”，先后六次巡视全国，四次巡东，两次巡北，以“示疆威，服海内”。

第一次东巡时，秦始皇遇到了方士徐福。徐福本是怪迂苟合之徒，既知秦始皇笃信命数、希图长生不老，便想因之牟利，于是搬出了古人“三山”之说[2]，上书称海上有蓬莱、方丈、瀛洲三座仙岛，是神仙居住之所，岛上生有奇花异草，食其果实后便可长生。秦始皇正四处求仙，闻言大喜过望，立即遣徐福发童男童女数千人，乘楼船入海求仙。秦始皇本人也频频濒海而游，登山眺望，甚至亲自登船入海

[1] 徐市：即徐福。

[2] 中国神仙思想曾盛行于战国时期，当时民间广泛流传着许多传说，其中以东海（非今之东海，而是指渤海之东）仙山及昆仑山最为神奇，流传也最广，成为中国两大神话系统的渊源。东海仙山是指东方海上五山。据《列子·汤问》：“渤海之东不知几亿万里，有大壑焉，实惟无底之谷，其下无底，名曰归墟。八弦九野之水，天汉之流，莫不注之，而无增无减焉。其中有五山焉：一曰岱舆，二曰员峤，三曰方壶（方丈），四曰瀛洲，五曰蓬莱。其山高下周旋三万里，其顶平处九千里。山之中闲相去七万里，以为邻居焉。其上台观皆金玉，其上禽兽皆纯缟。珠玕之树皆丛生，华实皆有滋味，食之皆不老不死。所居之人皆仙圣之种；一日一夕飞相往来者，不可数焉。而五山之根，无所连箸，常随潮波上下往还，不得蹔峙焉。”后岱屿、员峤二山飘去不知踪迹，只剩下方丈、瀛洲、蓬莱三山。

追杀巨鱼[1]。

然在劳民伤财、花费了巨大的人力财物后，却没有任何结果，徐福后来更是不知所终。传闻芝罘[2]之“罘”字，便是“四不”的合写，意即秦始皇四次东巡访仙皆不遇。而秦始皇本人也死在了最后一次东巡途中。

至汉代时，荒唐闹剧再度上演，汉武帝刘彻为长生不死而孜孜以求，甚至不惜将亲女卫长公主下嫁给方士栾大[3]。至于传说中的神仙三山，汉武帝虽然没有像秦始皇那样派遣大队人马入海访求，却也亲自东巡海滨，至徐福登船扬帆处，际海而望，希冀能遇到神仙。宋人有诗吟诵此事道:“蓬莱银阙浪漫漫，弱水回风欲到难。”

蓬山此去无多路，青鸟殷勤为探看。虽则汉武帝跟秦始皇一样，最终未能如愿以偿，但大汉皇帝却在眺海处筑城纪念，并以仙山“蓬莱”名之，此即蓬莱城之来历。

世间终于有了蓬莱，然蓬莱仙山却始终只是虚无缥缈的传说。

到唐朝时，登州[4]蓬莱已成为对外交流的窗口，是东渡日本、高丽的主要出海口，与明州[5]、扬州、泉州并称为四大通商口岸，呈现出

[1] 秦始皇二十八年（前219年），秦始皇派徐福率领童男童女数千人，以及已经预备的三年粮食、衣履、药品和耕具入海求仙，耗资巨大。但徐福率众出海数年，并未找到神山。秦始皇三十七年（前210年），秦始皇东巡至琅琊，徐福害怕受到责罚，便推托说出海后碰到了大鲛鱼，因其阻碍，无法远航，要求增派射手对付鲛鱼。秦始皇应允，亲设连弩追杀大鱼，从琅琊经成山来到芝罘。终于遇见一条巨鱼，将其射杀。后人有《吊始皇芝罘射鱼》云:“钲铙一振山灵动，精骑四绕列熊罴。强弩竟响苍岩里，劈破黄云羽箭驰。”后徐福再度率众出海，就此消失不见。

[2] 芝罘：山名，在今山东烟台市北。

[3] 卫长公主为皇后卫子夫所生长女，第一任丈夫为第五代平阳侯曹襄（汉武帝长姊平阳公主所生），第二任丈夫即是栾大。汉武帝、栾大等人故事可参见吴蔚小说《大汉公主》。

[4] 登州：北宋时隶属于京东东路，州治蓬莱（今山东蓬莱，属烟台管辖）。登州海中有云，散而成气，聚而成形，如楼台殿阁、城郭人民、车马往来之状，扑朔迷离，变幻莫测，谓之“海市”，即世所知名的海市蜃楼。又，沙门岛、鼍矶岛等均隶属于登州，但书中登州有时候是统称，指登州全州，有时候单指州治蓬莱，这是古代习称，请根据上下文区分，并非作者混淆。

[5] 明州：今浙江宁波。扬州：今江苏扬州。泉州：今福建泉州。又，泉州曾名清源军、平海军，此“平海军”是路级以下区划名，“平海”是驻军番号，“军”则与州、府平级，非登州水军之平海军（此平海军为水军，原为厢军，后升为禁军，以“指挥”为单位）。

“日出千杆旗，日落万盏灯”的繁荣景象[1]。居安思危，虽则唐朝国力强大，唐廷亦在登州海岸港口设立了平海军，以为边防之需。

入宋后，登州与辽国东京道[2]隔渤海相望，虽有四百里距离，但若顺水顺风，敌军乘船渡海，一日便可兵临城下，登州一跃成为海防前线。大宋开国皇帝赵匡胤除了沿袭旧制、继续保留平海军的建制外，又另外创设澄海军，兵士尽为弩手，以为平海军水师辅助。

更令人意外的是，宋太祖不但加强了登州军备，还在沙门岛设置了监狱。沙门岛为独立群岛，位于蓬莱北六十里[3]大海中，与登州口岸隔海相望，是登州门户。有宋一代，刺配沙门岛，仅次于死刑，通常是“罪人贷死者”，才流放[4]沙门岛，即后世所谓“饶你项上一刀，迭配远恶军州”。

[1] 登州名列四大通商口岸，仅是因其为北方知名港口，商贸繁茂程度根本无法与南方诸港口相提并论。盖因为北宋时期禁止南方海商北上与契丹、高丽、女真等通商（实际上并未真正禁断，商贸仍以走私的方式进行），登州口岸因特殊地理位置，仅仅是充当与高丽交通的门面。因古时受航海技术限制，海路艰险难行，高丽使者通常乘船至登州登岸，再行陆路，此为传统路线。这就是为什么北宋时在登州港口附近修建有高丽亭、高丽馆的缘故。所谓“日出千杆旗，日落万盏灯”之景，应该是囊括了登州本地渔民在内（登州三面环海，盛产鱼盐）。事实上，北宋时期，即便大型商船南下或北上途径登州，也多不会入登州港停靠（除非货物本身就是运至登州登陆，如自女真往中原走私马匹），而是以登州北面的沙门岛（今山东长岛，属蓬莱管辖）为中转站。理由很简单，到登州港要多绕六十里（宋制）。此沙门岛，即北宋最高级别流放之地沙门岛。岛屿同时充当着中转港口及监狱的角色，可谓史所罕见。关于此节，作者曾两次赴蓬莱及长岛实地考证，具体可参读后记。注意，沙门岛原本指长山岛，因岛上有庙而得名，后因其名气太大，因而成为长山、庙岛、大黑山、小黑山等诸岛屿（即今庙岛群岛）的统称。本书中的“沙门岛”，有时候是统称，有时候是单指沙门寨所在长山岛，请根据上下文区分，并非作者混淆。

[2] 东京道：为辽五京道之一，治所在东京辽阳府（今辽宁辽阳）。辖境西起医巫闾山、嫩江，北达外兴安岭，东至海，南及朝鲜东北地区。

[3] 此处据元人于钦所著《齐乘》（元代著名地方志，学术价值极高。“齐”即指古代曾为齐地的山东）。除了于钦本人就是青州人、又长期在山东担任地方长官外，还因元代开辟了海运（具体可参见吴蔚同系列小说《富春山居图》），以海船从江南往大都（今北京）运粮，而沙门岛是必经要害之地，元廷曾于岛上置巡检司，元人考量记载当更精准一些。但要强调的是，于钦在《齐乘》中记为“九十里”，亦有史籍如宋人朱胜非（南宋宰相。与金人扶持的傀儡皇帝张邦昌是连襟，但二人政治立场完全不同，岳飞北伐时，朱胜非和参知政事赵鼎全力支持）《秀水闲居录》记载为“六十里”，宋六十里其实与元九十里完全一致。中国历代里制变化较大，宋时以五尺为一步，三百六十步为一里。注意，古人说的“步”，是指左右脚各迈一次，所以古代的一步相当于现代的两步。元代虽仍然以五尺为一步，但改二百四十步为一里。

[4] 中国流放制度源远流长，《尚书》中记载“流宥五刑”，即是用流放之法来宽宥当判，墨（在脸上刺字并涂墨亦称“黥”）、劓（割掉鼻子）、刖（把脚砍掉）、宫（阉割生殖器，又称“腐刑”）、大辟（死刑）五刑之罪人，流放之地通常是四面边荒地带，如“流共工于幽州”“窜三苗于三危”等。

而沙门岛自从成为大宋最高级别的流放监狱后，凶险种种，犹胜岭南[1]，令人闻名色变。因而在宋人眼中，登州集天堂、地狱于一身——既是徐福出海处，有着如梦似幻的海市奇景，又是冷僻荒凉的重狱所在地——堪称谜一般的存在。

宋仁宗庆历二年（1042年），宋廷忽而重重瞩目于登州——先是将登州水军平海两指挥、澄海水军弩手两指挥由厢军升为禁军[2]，又应知登州[3]郭志高之请，于登州蓬莱海岸建刀鱼寨[4]。

[1] 宋哲宗时，高太后将蔡确贬到往新州（今广东新兴），开创了宋廷朝臣贬到岭南先例。当时的岭南被认为是“烟瘴最甚”，有“人间地狱”之号。在那个时代，被贬往岭南，实际上就相当于被判了死刑。苏轼曾有诗云：“问翁大庾岭头住，曾见南迁几个回？”意思是说，被贬到岭南的人，没有几个能够生还，由此可见岭南环境之恶劣。但事实上，大宋最高流刑并非岭南，而是沙门岛，通常只有罪大恶极（此“罪大恶极”为彼时宋廷标准，包括贪赃、谋变、盗贼等，请勿以当今法制来衡量）又因种种原因被免除死刑者，才会流放沙门岛。

[2]北宋军制，将军队分为禁军、厢军、乡兵和蕃兵四种，具体可参见本书外一章《回首望云中——宋与辽》，此处不再赘述。

[3]北宋地方行政区划分为路、州、县三级。各路设安抚使，沿边地区则设经略安抚使，掌一路刑罚之事。路之各长官，称为监司。路下有州。州虽设有刺史之名，实同虚设，实际掌事的是知州，如登州长官称知登州。各州设有通判，与知州同领州事，以文臣任之，被称为“监州官”，为宋代之特殊制度。县没有县令之名，而实际任事者则为知县。县又有赤县、畿县、望县、紧县、上县、中县、中下县、下县之分，多根据人口、经济及地理位置来划分。在重要地方设府。有的是将重要之州升格为府，有的是某一皇帝即位前之封地或曾任官之地，即位后即升为府，有的是沿用唐代、五代之旧名。在同一府地另有军、监等地方机构。今山东地区东部属于京东东路，治所益都（今山东青州）。京东东路下辖青州（州治益都，领益都、临朐、寿光、临淄、千乘、博兴6县）、淄州（治所淄川，今山东淄博，领淄川、长山、邹平、高苑4县）、齐州（宋徽宗政和六年升为济南府，治所历城，今山东济南，领历城、长清、禹城、临邑、章丘5县）、潍州（治所北海，今山东潍坊，领北海、昌乐、昌邑3县）、莱州（治所掖县，今山东莱州，领掖县、胶水、莱阳、即墨4县）、登州（治所蓬莱，今山东蓬莱，领蓬莱、黄县、牟平、文登4县）、密州（治所诸城，今山东诸城，领诸城、胶西、高密、安丘、莒县5县）、沂州（治临沂，今山东临沂，领临沂、沂水、新泰、费县、承县5县）、淮阳军（治下邳，今江苏邳州市古邳镇，领下邳、宿迁2县）。值得强调的是，就京东东路而言，齐州虽然升为济南府，府比州重要（凡政治、经济、军事三者兼重的地方设府），但因为京东东路路治仍设在青州益都，所以济南府行政地位仍不及青州。宋徽宗、宋钦宗执政期间，济南知府因功升任知青州者不乏其人（知青州同时兼京东东路安抚使）。

[4] 宋廷升登州水师厢军为禁军及知登州郭志高奏置刀鱼寨二事，发生在辽兴宗索取关南十县之地后。自“澶渊之盟”后，宋、辽两国保持了长久的和平，然到了庆历二年（1042年），宋军与西夏交战正紧，辽国趁机落井下石，辽兴宗明目张胆地向大宋索取瓦桥关（今河北雄县西南）以南十县之地（即后周世宗柴荣北伐契丹时夺回的领土）。同时，契丹精锐骑兵云集在幽、蓟（今京、津及河北部分地区）一带，声言如果宋不割地，就要兴师南下。宋仁宗懦弱无用，最终屈服于辽国的压力，以增加岁币的方式妥协（具体经过可参见本书外一章《回首望云中——宋与辽》）。这件事后，宋廷意识到辽国狼子野心不死，只怕是欲壑难填，日后仍然会有南侵之举。而登州则处于对辽的海防前线，“自古海道（转下页）

刀鱼寨因宋水军战船形似鱽鱼名“刀鱼船”[1]而得名，又称蓬莱水城[2]，是为京东东路最早的人工海港，亦是水军操练场所，为海港军事基地，专泊刀鱼战棹，备御契丹。它西接丹崖山，东连画河，南接登州城，北与沙门岛隔海相望，负山控海，地势险要，号称宋之“海上国门”。

然真正令登州名扬四海者，并非“京东捍屏”刀鱼寨，亦不是“远恶军州”沙门岛，而是后来者居上的蓬莱阁。

嘉祐六年（1061年），知登州朱处约“因思海德泽为大，而神之有祠”，于蓬莱城北丹崖山重修海神庙，并在山顶修建了蓬莱阁，以为州人游览之所。

建筑雕梁画栋，凌空高踞于悬崖峭壁上，阁下即是澄澄碧海，楼上则是耿耿长空。层崖千仞，重溟万里。烟浮雾横，碧山远列。人居身阁上，但觉脚下云烟浮动，有天无地，一派空灵奇幻景象。仰而望之，身企鹏翔；俯而瞰之，足蹑鳌背。听览之间，恍不知神仙之蓬莱，而是人世之蓬莱，直欲乘风飞去，堪称人间仙境，遂成为驰名中外的一大景观。

元丰八年（1085年），谪居黄州的大名士苏轼再度被宋廷起用，出任登州知州。到任仅五天，旋即被召回朝中。然就在这五天中，苏轼登临蓬莱阁，且留下数篇诗文，以《登州海市》尤为著名。诗云：

东方云海空复空，群仙出没空明中。

（接上页）有事，登、莱为必出之途”，宋廷遂刻意经营，建刀鱼寨以震慑北方，“屯兵常不下四五千人。除本州诸军外，更于京师、南京、济、郓、兖、单等州，差拨兵马屯驻”，登州平海、澄海二军也由此成为北宋最大的水师部队。

[1]“刀鱼”原为鱽鱼。“船”原为舡。

[2]今存蓬莱水城为明洪武九年（1376年）在原刀鱼寨的基础上所修，总面积27万平方米，南宽北窄，呈不规则长方形，设有水门、防浪堤、平浪台、码头、灯塔、城墙、敌台、炮台、护城河等，体系完备，进可攻、退可守，是国内现存最完整的古代水军基地。一代名将戚继光曾在此训练水军，抗击倭寇。

荡摇浮世生万象，岂有贝阙藏珠宫。
心知所见皆幻影，敢以耳目烦神工。
岁寒水冷天地闭，为我起蛰鞭鱼龙。
重楼翠阜出霜晓，异事惊倒百岁翁。
人间所得容力取，世外无物谁为雄。
率然有请不我拒，信我人厄非天穷。
潮阳太守南迁归，喜见石廪堆祝融。
自言正直动山鬼，岂知造物哀龙钟。
伸眉一笑岂易得，神之报汝亦已丰。
斜阳万里孤鸟没，但见碧海磨青铜。
新诗绮语亦安用，相与变灭随东风。

由于苏轼文名的巨大影响力，蓬莱阁自此闻名遐迩，成为与滕王阁、黄鹤楼、岳阳楼并列的四大名楼，为北方唯一名楼。

楼以文名——滕王阁因王勃之《滕王阁序》而显名，黄鹤楼则是得益于崔颢《黄鹤楼》一诗，岳阳楼因范仲淹之《岳阳楼记》而闻名；而蓬莱阁除了有苏轼题词外，还有令人神往的仙山及八仙过海等神话传说[1]，为旖旎风光更平添了一层迷幻色彩。

此时此刻，正有三男一女并排立于蓬莱阁上，极目远眺——

正值日暮时分。虞渊日落，沧波涌金。白鹭交舞，游鱼浮上。

更远之处，目力所及，可见沙门、鼍矶、牵牛、大竹、小竹[2]五岛。沙门岛距离最近，兀然焦枯，其余皆紫翠巉绝，历历海中，苍秀如画。

虽有美景如斯，四人面上却不见丝毫悦色，心头各自沉重。

[1] 一说四大名楼为北方鹳雀楼（因王之涣《登鹳雀楼》而闻名）、南方滕王阁、黄鹤楼、岳阳楼。因作者在前著《璇玑图》已涉及鹳雀楼，对此楼略有考证研究，在作者看来，蓬莱阁虽是后起之秀，王之涣诗也远比苏轼诗流传更广，但因为海市、仙山、八仙等种种因素，蓬莱阁声名当远在鹳雀楼之上。

[2] 沙门：今长岛，又名庙岛群岛，由南长山、北长山、大黑山、小黑山、庙岛等大大小小一组岛屿组成，因诸岛相距甚近，远远望去，仿若一岛。鼍矶：又名驼基岛，今砣矶岛。牵牛：又名纱帽岛，今沙磨岛。大竹：今大竹岛。小竹：今小竹岛。

妇人约摸四十岁出头，姓李名清照，号易安居士，济南府人。她虽一身布衣，简洁素雅，却是出身于书香门第，父亲李格非名列“苏门后四学士”[1]，母亲则是宋神宗朝宰相王珪长女[2]。

李清照本人自幼聪慧颖悟，才力华赡，还在少女时代便以一阕《如梦令》（昨夜雨疏风骤）轰动汴京，“当时文士莫不击节称赏，未有能道之者”。由于得到文坛名家晁补之等人大力称赞，年纪轻轻便已是名扬天下的大才女。成人后，李清照嫁给了太学生赵明诚。夫妇二人志趣相投，立下“穷遐方绝域，尽天下古文奇字之志”，共同致力于书画金石的搜集整理。

然好景不长，李清照出嫁后次年（1102年），其父李格非名列元祐党籍[3]，被罢去提点京东路刑狱一职，又不准留住京师，被迫携眷返回老家济南府。

[1]“苏门四学士”指黄庭坚、秦观、晁补之、张耒。“苏门后四学士”是李格非、廖正一、李禧、董荣。又，苏门学士只是指这些人出自苏轼门下，得到过苏轼的亲自指导，但并不表示他们与苏轼统称为一个文学流派。实际上，这八人文学风格大不相同，成就也有高有低。譬如黄庭坚是苏轼弟子，却以诗自创流派，最终与恩师苏轼并称“苏黄”。

[2] 据宋人李清臣《王文恭公珪神道碑》：“女，长适郓州教授李格非，早卒。”又据宋人庄绰《鸡肋编》：“岐国公王珪，元丰中为丞相。父准、祖挚、曾祖景图，皆登进士第……又汉国公准子四房，孙婿九人：余中、马玿、李格非、闾丘吁、郑居中、许光疑、张焘、高旦、邓洵仁皆登科……曾孙婿秦桧、孟忠厚，同时拜相开府。”李格非任郓州教授时为元丰六年（1083年），其所娶者当为王珪长女。而李清照生于次年（1084年），其生母必是王珪长女无疑，继母才是状元王拱宸孙女。这也能解释为何李清照与弟弟李迒一直不大亲近，因姐弟二人同父异母。丈夫赵明诚死后，李清照孤苦无依，到临安依附于李迒。李迒则视姐姐为负担，将李清照嫁给右承奉郎、监诸军审计司属吏张汝舟。婚后仅几个月，夫妻即反目，李清照投书揭发后夫谎报参加科举省试次数，以此冒取入官资格。经查属实，于是张汝舟被除名，遣送柳州（今属广西）编管。按照宋代法律，妻子告发丈夫，即使情状得实，妻子仍要处二年徒刑，李清照遂被逮捕系狱。但由于翰林学士綦崇礼等亲眷及时援手相救，李清照被关押九日后，便重获自由。又，《鸡肋编》中所提“曾孙婿秦桧”，即为人神共愤的大奸臣秦桧。秦桧妻子名王唤妹，为王珪第四子王仲岏之女，嫁与秦桧为妻后，成为臭名昭著的“长舌妇”王氏。李清照是王珪的外孙女，王唤妹是王珪的孙女，这两个以不同方式留名青史的著名女人，实际上是姑表姊妹的亲戚。

[3] 宋神宗在位时，为富国强兵，任用王安石实施变法。宋神宗死后，皇子赵煦即位，是为宋哲宗，因年仅八岁，由祖母太皇太后高滔滔（宋英宗皇后）垂帘听政。高太后起用王安石变法的反对者司马光为宰相，保守派代表文彦博、吕公著等人也相继上台。在高太后的大力支持下，司马光全部废除了王安石的新法，任用刘挚、王岩叟等人为谏官，竭力打击变法派人物和奉行新法的各级官员，如吕惠卿、章惇、蔡确、吕嘉问等人。这些变法派人物有的被贬，有的被判刑，有的被逐出朝中，不一而足。吕大防、梁涛、刘安世等人还把支持变法的八九十名大臣划入王安石、吕惠卿、蔡确等人名下，认为他（转下页）

当时赵明诚生父赵挺之已擢升为当朝宰相。李清照想营救父亲，特意向公公上书，称“何况人间父子情”，但未奏效，李清照遂有“炙手可热心可寒”之决绝语。其句化自唐代大诗人杜甫《丽人行》“炙手可热势绝伦，慎莫近前丞相嗔”一句，为讥讽奸相杨国忠之言。

崇宁二年（1103 年），宋廷对元祐党人的迫害进一步加剧[1]，不准宗室与元祐党人子孙为婚姻，且党人子弟不得在京师居住。李清照既是“奸党”之女，不得不与丈夫赵明诚分离，回济南府投奔家人。

三年后，崇宁五年（1106 年）二月，宋徽宗诏毁《元祐党人碑》，继而大赦天下，解除一切党人之禁。李清照终于得返京师，与丈夫团聚。夫妇二人饱受磨难，再度重逢，如胶似漆。

时势变幻莫测，人生祸福相依。次年三月，赵明诚父亲赵挺之被罢宰相位，随即一病而卒。卒后还遭宰相蔡京诬陷，在京家眷被尽数逮捕入狱，赵明诚也不例外。虽然几个月后赵氏即因证据不足而获释，

（接上页）们结成死党。这就是宋朝历史上所谓的“元祐更化”，又名“元祐党争”。高太后病故后，宋哲宗亲政，又起用变法派章惇为宰相，变法派大臣蔡卞、林希、黄履、来之邵、翟思、上官均等人均升居要职。宋哲宗更是听从章惇的提议，追夺保守派大臣司马光、吕公著死后所赠谥号，推毁所立碑石；贬斥吕大防、苏轼、苏辙、刘挚、梁焘、范纯仁、范祖禹、黄庭坚、文彦博等人出朝廷，就连司马光所著《资治通鉴》原版也差点被销毁。在贬逐保守派官员的同时，宋哲宗、章惇等又逐步恢复新法。这就是历史上所称的“绍圣绍述”。但元祐一案并没有就此结束，反而演绎出更多风波。宋哲宗死后，在向太后（宋神宗皇后）的支持下，宋哲宗弟弟赵佶继位为宋徽宗。宋徽宗对向太后感恩戴德，请求向太后垂帘听政。向太后是新法的反对者，当权后即起用保守派大臣，又追复司马光、文彦博、吕公著、吕大防、刘挚等三十三人官职。变法派章惇、蔡京、蔡卞、安惇等，几乎全部被贬黜出朝，变法派再次遭到沉重打击。向太后病逝后，宋徽宗亲政，重新起用蔡京入相，变法派再度执掌朝政，保守派大臣彻底失势。为了巩固权位，蔡京还想将元祐时代的旧党群臣“赶尽杀绝”，以文臣执政官文彦博、吕公著、司马光、范纯仁、韩维、苏辙、范纯礼、陆佃等二十二人，待制以上官苏轼、范祖禹、晁补之、黄庭坚、程颐等四十八人，余官秦观等三十八人，内臣张士良等八人，武臣王献可等四人，共计一百二十人，分别定其罪状，称作“奸党”。又鼓动宋徽宗亲书奸党名字，刻在石碑上，立于内府端礼门前，称“元祐党籍碑”。后来，更增“元祐党人”为三百零九人。凡碑上列名者，一律“永不录用”，且不许党人子孙留在京师，不许参加科考。后因天上星变，宋徽宗有所畏惧，这才下令毁“元祐党人碑”，解除党禁。

[1] 当时宋徽宗还下诏毁除已刊行的苏洵、苏轼、苏辙、秦观、黄庭坚等人文集，禁止他们的文章流传，违者严加查处，对检举揭发者厚加奖赏。但禁令愈严，“三苏”等人文集流传愈广，时人甚至以收藏“苏黄”等人文集多而夸耀。在士大夫中，如不能背诵苏轼的诗，则很失体面。宋徽宗为此再次下诏，重申禁、毁“苏黄”之文，对“苏黄”文不得收藏学习，违反者以“大不恭”论罪。“大不恭”即“大不敬”，列古代“十恶”之六，大致包括盗窃御用物品、因失误而致皇帝的人身安全受到威胁、不尊重皇帝及钦差大臣三大类犯罪。

但赵挺之赠官被追夺，赵明诚荫封之官亦随之丢失，再也难以在京师立足，不得不举家迁回老家青州。

李清照也随丈夫来到青州。虽然屏居乡里，但夫妇二人志趣不改，继续致力于搜求金石古籍。刚好青州是古齐国的腹心之地，号称“文物之邦”，丰碑巨碣，所在多有，三代古器，时有出土。夫妇二人互相支持，自得其乐，度过了一段和静美好的岁月。赵明诚用了十年时间，完成了《金石录》[1]的创作，李清照“亦笔削其间”。

赵明诚年过不惑时，被宋廷起用，先后在莱州、淄州担任地方长官，活动之地不离京东东路。

靖康之变后，北宋灭亡，宋徽宗之子康王赵构在金人追击中于南京应天府即位[2]，改元“建炎”，是为南宋第一个皇帝宋高宗。彼时金人除了占领辽国，还占据河北东路等地，京东东路、河北东路局势日益紧张。赵明诚时任知淄州，已有南下之意，刚好其母病亡于江宁[3]，便南下奔丧，旋即被宋高宗起复，知江宁府，兼江东经制副使，执掌江东军政大权。

因有大量金石古器尚未转移，所以李清照留在淄州家中，将收藏整理遴选一番后，装载了三十余车，预备南下与丈夫会合。她先押着三十余车藏品前往青州，而赵明诚老家尚有十余屋书画等藏品也需转移。刚好之前青州发生兵变，将官王定率军作乱，杀死了京东安抚使曾孝序。赵氏是当地官宦名族，赵家也遭乱兵哄抢，十余屋收藏荡然一空。李清照面对满宅狼藉，亦只有深深叹息。

乱兵虽已散去，但宋廷尚未任命新的青州及京东东路长官，到处

[1]《金石录》共三十卷，先由赵明诚撰写大部分，其余部分由其妻李清照完成。该书著录其所见从上古三代至隋唐五代以来，钟鼎彝器的铭文款识和碑铭墓志等石刻文字，考订精核，评论独具卓识，是中国最早的金石目录和研究专著之一，与欧阳修所著《集古录》齐名，后人往往将金石学称为“欧赵之学”。

[2] 开封（今河南开封）为北宋京师，又称东京、汴京、汴州、汴梁（战国时期魏国建都于此，称大梁）等。另有三大陪都：南京应天府（今河南商丘），西京河南府（今河南洛阳），北京大名府（今河北大名），与东京开封府（今河南开封）合称“四京”。

[3] 江宁：今江苏南京。

乱哄哄一片。李清照忧心忡忡，又听说南下路上均有乱兵或是盗贼作乱，像她这样携带大批辎重的人，正是贼人的主要目标。不得已，李清照只得改行水路，辗转来到登州，预备从登州乘海船南下。

登州长官已在“靖康之变”后弃官逃走，新任知登州也一直称病不肯赴任，州府中主事者是登州通判耿于怀。耿于怀与李清照同为济南府人，算是旧识。听闻李清照到来，热情款待，还安排李清照住进了登州驿馆。又积极协助寻找商船，告诉李清照因风向因素，八月方是南下的最好季节。李清照由此在登州滞留了一段时日。因“长物不能尽载”，又将藏品重新整理一番，“乃先去书之印本重大者，画之多幅者，器之无款识者，已又去书之监本者，画之平常者，器之重大者，所载尚十五车”。

刚好此时左谏议大夫[1]洪刍被宋高宗流放沙门岛，也被押解来到登州。洪刍是当世诗文名家，士君子多慕之，洪刍舅父便是大名士黄庭坚，其字“驹父”，更是黄庭坚亲取。李清照父亲李格非出自苏轼门下，黄庭坚则位列苏门学士之首，因而李清照、洪刍也算同门。二人虽各自仰慕对方文名已久，却素未谋面，想不到第一次见面，竟是在蓬莱阁上。

立于李清照身边的白发老者，便是洪刍了。他已过六旬，却在垂垂暮年被判流放沙门岛，心中不可谓不悲苦。而那传说中九死一生的沙门岛就在眼前，在夕阳照射下于海涛之中若隐若现，看起来很有些光怪陆离。

洪刍这一辈子何尝不是起起伏伏、光怪陆离呢！他父母早亡，虽跟随祖母、舅父就学，却从未尝到天伦之乐。二十九岁中进士，本以为可以宏图大展，以慰平生，却因被列入党籍，前途尽毁。后虽被宋

[1] 左谏议大夫：秦始置谏议大夫，历代沿置。唐德宗贞元四年（788 年），分置左、右，各四员。左谏议大夫隶门下省，掌侍从赞相，规谏讽谕。初为正五品上，后升为正四品下。北宋前期，多出领外任，或兼领别司，不专言职，用为五品寄禄官。宋神宗元丰改制，复置为职事官，员一人，从四品，隶门下省，与右谏议大夫同掌规谏讽谕，领谏院。凡朝廷有失，大事则廷诤，小事则论奏。又，据作者手头资料，流放沙门岛官员中，最高官秩为从三品。洪刍以从四品官职被流放，也算是流人中的高级官员。登州军政长官知登州仅为从五品，通判为从八品。

廷起用，却也只是闲官散居，自此放浪江湖，不求闻达，只以研究香事[1]为乐。直到靖康元年（1126年），才被召为左谏议大夫。偏偏南昌老家又毁于大火，所藏图书、字画、香料等毁于一旦，自此“南州一炬火，我归无所归”。

入朝后不久，即遭逢“靖康之变”。洪刍性情软弱，自知无力改变局势，只终日饮酒，借酒消愁。

金人包围汴京后，宋廷求和不成，宋钦宗、宋徽宗先后为金人所扣。金人欲废赵氏，改立宋宰相张邦昌为皇帝，又以屠城为胁迫，令洪刍等宋臣参与其中。而后宋高宗追究其事，只降张邦昌为昭化军节度副使，降洪刍为散朝大夫，并未从严从重苛责，显然也是考虑当时迫不得已的局势。

然金人旋即以傀儡皇帝张邦昌被废为借口，再度出兵侵宋。在朝野上下的强烈要求下，宋高宗不得不将张邦昌赐死，又以“胁迫宫人陪酒”等罪名追加对洪刍等人的惩罚。

诸大臣中，以洪刍、余大均、陈冲判刑最重，本该斩首弃市。刚好此时宋臣曹勋从北方逃归，带回了宋徽宗半臂绢书，又转述宋徽宗之语：“艺祖[2]有誓约藏之太庙，不杀大臣及言事官，违者不祥。”宋高宗初登帝位，也觉得不便大挥屠刀，遂赦免了洪刍等人死罪，改判长流沙门岛，遇赦不免。

蓬莱阁诗文均为苏轼所题，洪刍身为苏门再传弟子，立于阁上，更是感慨。旁人只知苏轼文名昌盛，却不晓其姊苏八娘[3]之悲惨命运。

---

[1] 宋代香事（指用各种材料制成的香，如以沉香制作的香称沉水香，是古代祀天专用香）发达，文人从事撰写整理香谱之类书籍众多。洪刍所著《香谱》为今存北宋最早、也是保存比较完整的香药谱录类著作，其中集古今香法，对历代用香史料、用香方法以及各种合香配方，如郑康成（郑玄，东汉末年儒家学者、经学大师）汉宫香、南方小宗香、真诰婴香、戚夫人（汉高祖刘邦妃子）迎驾香、唐员半千香等，均广而收罗之。并首创用香事项之分类模式为：香之品、香之异、香之事、香之法等四大类别。其分类方法为其后各家香谱所依循。

[2] 艺祖：指有才艺文德的祖先，是太祖或高祖的通称。这里艺祖是宋太祖赵匡胤。他曾立下秘密誓约，规定子孙后代“不得杀士大夫及上书言事人”“子孙有渝此誓者，天必殛之”。

[3] 苏八娘：即传说中的苏小妹原型。实为苏洵第三女，苏轼之姐。十六岁时与舅舅之子即表兄程之才结婚，婚后经常受程家虐待，婚后第二年生有一子，第三年便因受夫家虐待致死，死时十八岁。

旁人只道景王府宫人曹三马曾陪洪刍饮酒，却不解曹三马来自南昌，仅是好奇洪氏生母黄氏暴死真相[1]。靖康之变时，就连太上皇、皇帝都匍匐于金人脚下，将自己的嫔妃、女儿、儿媳拱手献给金人以求保命，他洪刍一介小臣，又能如何呢？而今更是以莫名罪名被判长流沙门岛，情何以堪！

站在洪刍身边的老者丰貌硕体，面色黧黑，亦是神色凝重，眺望远方。

他并非宋人，而是高丽使者金富轼[2]。其人名“富轼”，其弟取名“富辙”，与大宋名士苏轼、苏辙兄弟名字相近，便是因为金父曾出使宋朝，对苏轼兄弟才华极为仰慕。

北宋立国之初，高丽便积极与大宋通好，奉大宋为藩主。而后辽国强大，高丽又一度与宋绝交，奉契丹为主，直到辽国势衰，高丽才重新与宋恢复外交关系。每每高丽君主患病，大宋知悉后，都会派御医前往高丽，不可谓不尽心。金富轼精通汉文，故而在外交上有相当

[1] 洪刍父名洪民师，进士出身，早亡。洪刍母黄氏是黄庭坚长妹，生而重瞳，有异人之像（相术认为重瞳是异相、吉相，上古的舜、西楚霸王项羽都是重瞳）。据黄庭坚记：“生重瞳子，眉目如画，玉雪可念，其为女工，皆妙绝人。”然“（黄氏）归洪氏，非先大夫意，怏怏逼之而后行焉为洪氏生四男子，曰朋、刍、炎、羽，年二十五而卒。……文城君（洪刍祖母，黄氏婆婆，姓李。黄庭坚称其‘治《春秋》，其文有权智，如士大夫’）闻夫人初不愿行，心少之，故古人归则得罪。及舅与父皆葬，夫人不得藏骨于其域，焚而投诸江，是时朋、刍、炎、羽未成人也”。黄氏生下四子后，二十五岁早卒，死后不得与丈夫同葬，而是被婆婆李氏焚毁尸身，将骨灰投江。古代以“入土为安”为传统，死者不得全尸已是巨大遗憾，至于将死者挫骨扬灰，只有不共戴天之深仇大恨者才会如此。黄氏死后如此悲惨，生前在李家之地位，可想而知。而黄氏娘家对此毫不知情，“夫人歿后十有四年，太夫人（黄母）始知不得葬，哭之不成声，曰：‘使是子安归乎！’其兄弟无以自解说，念夫人，建洪氏之庙南康庐山之下，故刻石于庐山，筑亭以庇之，仿佛其平生而妥之。”

[2] 金富轼：字立之，号雷川。新罗王室后裔。曾祖父金魏英在新罗归顺高丽，被高丽王朝任命为庆州州长。父亲金覲官至国子祭酒、左谏议大夫。金覲曾出使宋朝，与同行的朴寅亮的诗文一起被刊行为《小华集》，在宋朝广为流传，使得高丽赢得了“小中华”的美称。金富轼受父亲熏陶，自幼博学强识，在高丽肃宗寿昌二年（1096 年）科举及第，补安西大都护府司录参军事，考满入翰林院，“善属文，知古今，为其学士所信服，无能出其右者”。历仕高丽肃宗、高丽睿宗、高丽仁宗三朝，官至门下侍中，是朝鲜半岛高丽王朝时期的著名政治家、文学家、历史学家，号称“一等一的名臣”。他所编著的《三国史记》是朝鲜半岛现存最早的历史书籍，模仿中国纪传体史书，系统地记载了新罗 992 年（公元前 57—公元 935 年）、高句丽 705 年（公元前 37—公元 668 年）、百济 678 年（公元前 18—公元 660 年）争雄朝鲜半岛的历史。据宋代王应麟的《玉海》记载，《三国史记》在问世二十五年后就传入中国，并被藏于秘阁，可见受重视的程度。

大的优势，在高丽国中时，曾多次作为接伴接待宋朝使团[1]。这一次，则是他第二次出使中原。

前一次是宋钦宗登基，金富轼奉命朝贺，但宋廷没有同意，只令高丽船只停靠在明州。盖因为宋徽宗退位、宋钦宗登基为不得已之事，而之前宋朝与金人结“海上之盟”时，高丽曾专门派使者告知大宋：“金人虎狼之辈，千万勿与为友。”而今宋朝内忧外患，正处于金人兵锋之下，满目疮痍，宋廷自是丢不起这个人。金富轼等了一阵，听到了“靖康之变”的消息，便自行从明州回国。

金富轼回国后不久，金人派遣使者来高丽“宣庆”，即宣布俘虏宋朝徽、钦二帝，另立张邦昌为中原皇帝的消息。虽然极不情愿，高丽还是决定向金人称臣[2]。金富轼代高丽仁宗先后撰《入金起居表》《谢宣庆表》，称颂金人的“丰功伟绩”，正式拜倒在金人脚下。

宋高宗即位后，即派大臣胡蠡出使高丽，以防止高丽倒向金人。然胡蠡出发后即下落不明，人既未至高丽，也未返回宋朝，料想已殁于海上风浪之中。

宋高宗仍不死心，又派兵部尚书杨应诚为使者，秘密前往高丽，要求高丽协助攻金。在被高丽仁宗拒绝后，又提出假道入金，也被拒绝。金富轼同情宋人遭遇，私下告诉宋使者说：“二圣今在燕云，大朝虽尽纳土，未必可得，何不练兵与战？”

杨应诚回朝上报后，宋高宗大怒，认为大宋对高丽一向优礼有

……………………………………………………………………………………

[1] 宋徽宗宣和五年（1123 年），宋徽宗派通议大夫、礼部侍郎路允迪率使团出使高丽。船至海上时，遇到狂风，八舟溺七，只有路允迪所乘之船安然以济。船员李振说这是湄州女神（指妈祖，湄州是妈祖的成神地）显灵。正是在这次出使时，送使团成员徐兢为高丽接待大臣金富轼画了像，并收录进《宣和奉使高丽图经》中，惜图今已亡佚。金富轼则代高丽仁宗撰《谢遣使吊慰表》，交付使者转给宋徽宗。

[2] 女真部落之前曾对高丽称臣臣服（高丽文宗朝时，由于辽国不断派兵攻打女真，奴役他们，高丽定州界外东女真部落先后归附高丽，高丽设十五州辖之。甚至有一种说法，称女真完颜氏亦出自高丽），即便是高丽睿宗时女真强大，两方也是约为兄弟之国。而今到了仁宗朝，高丽竟然成为金朝属国，国中上下一时难以接受这巨大落差。正如高丽大臣尹彦颐（尹瓘之子）所言：“女真本我朝人子孙，故为臣仆，相次朝天，近境之人皆属我朝户籍久矣，我朝安得反为臣乎！”

加[1]，岁时赏赐不知几许，而一旦遭此大厄，高丽却束手作壁上观，分明是忘恩负义之辈。宋朝与高丽的多年邦交遂宣告终结。

时隔数月，金富轼再度秘密使宋，其动机令人困惑。但跟第一次一样，金富轼这次出使极其不顺——

此时宋高宗正在一路奔逃中，尚无固定行在，高丽使节船到明州，地方长官也不知皇帝所在，只依稀听说临时行在建在建康。因担心遇到飓风，金富轼遂命使船先返航到登州港口等待，自己率使团另雇车马，改行陆路。

一行人赶至建康时，听说宋高宗已逃去扬州。赶至扬州，高宗则已逃往南方海边。金富轼不由得仰天长叹，遂决意返回。

当时高丽使船已驶往登州，他便率使团走陆路来到登州，又特意以等候顺风为由，多留了几日，只为一睹蓬莱阁风采。

李清照身边的男子三十来岁，是诸人之中最年轻者，他便是登州通判耿于怀了。他倒是没有李清照、洪刍那般肃穆，毕竟是一州代长官，要考虑权衡的事务实在太多，哪有那么多闲暇惆怅叹息。

四人立于蓬莱阁上，均是一言不发，似在等待着什么。

日落西山尽。海上金光一旦消失，天光便瞬时黯淡了下来。浓重的暮霭一层一层笼罩了上来，本来清晰无比的海景骤然朦胧了起来。

忽而间，远处鼍矶岛上冒出一通红火点，一闪一闪，显然是火光了。又过了一会儿，近处的沙门岛也有火光冲天而起。顷刻之间，登州城鼓角门处也燃起了大火，由于地处海边高处，几乎全城都能望见。

原来这火光便是宋军水师的信号。宋朝制度，海防要塞须日举烟

[1] 北宋末年，宋廷不但有“联金灭辽”之策，还定有“联丽灭辽”之计。为笼络高丽，宋徽宗将接待高丽使者的规格升为“国信使”，其馆伴也由翰林学士充任。高丽曾派士子金端等五人入宋朝太学学习，宋徽宗特地为置博士负责教学。政和七年（1117 年）二月，宋徽宗亲御右文殿策试高丽进士。三月，赐高丽进士权适等四人上舍及第。这是宋朝专为高丽士人举行的唯一的一次进士考试，宋徽宗对高丽可谓尽心尽力。但在国际关系中，各国历来均以本国利益为最高行为原则，对高丽而言，降金为彼时最佳选择，无可厚非。而反观大宋皇帝，为摆“天朝大国”的空架子，不惜花费巨大物力财力招徕“远夷”，这些送给外国人的钱，无不出自本国百姓头上，此等行为才是荒唐可笑之举。

旗，夜举火号，以报平安。鼍矶岛是大宋前哨基地，每日日落时分举火，沙门岛见火相应，登州刀鱼寨再在鼓角门处燃火相应，如此三地俱报平安，即苏轼文中“传夕烽于海峤，鼓角清闲”之状。

而宋朝制度，水师千人驻防鼍矶岛，四月一日起程，八月初归航。今日是八月初一，驻军明日便会动身返回登州。也就是说，今晚所见，是今年最后一把平安火[1]。这就是为什么李清照等人不顾风大潮湿，始终等在蓬莱阁上的原因。

李清照还是第一次见到三地以火相应的景象，很是感慨，道：“希望明年四月，也有平安火照旧燃起。”

耿于怀却是不大看好，仅摇了摇头。又笑道：“天就快黑了，这就请三位回去驿馆。耿某已经命人备下宴席，权作招待。明日一早，耿某再引几位去宾日楼[2]观日出。如此，才全了苏学士之语：‘宾出日于丽谯，山川炳焕；传夕烽于海峤，鼓角清闲。’”

李清照、金富轼均点头应允。唯独洪刍苦笑道：“老夫一介罪人，哪敢进去驿馆歇息？承蒙耿通判照应，令兵士除去枷锁，还恩准老夫登临此阁，与二位同观盛景，老夫已是感激涕零了。”

李清照正色道：“洪公无须悲观自贬。国难当头，谁是罪人，谁不是罪人，大家伙儿心中都有数得很。”

洪刍呆了一呆，才道：“这番话，可不是谁都敢说。久闻赵夫人有胆有识，今日一见，方知名不虚传。”

耿于怀与李清照是乡邻，颇知对方性情，生怕她慷慨之下，又出惊人之语，忙插口道：“洪公无须伤怀。自来流放沙门岛者，虽说是永不放还，但也有被重新召回朝中为官的例子。更不要说朝廷体恤狱情，

[1] 这也是宋朝在登州最后一把平安火，时为建炎二年（1128年）八月初一。建炎年间，京东东路全境落于金人之手。

[2] 登州城之东北隅有楼台名宾日，四月间见日出最早。朱胜非《秀水闲居录》云：“日将出，海波皆红，汹涌有声。又青霞对起云日间，须臾，日轮果从二霞中出。”

专门做了移配规定[1]。洪公只需待够七年，便可移配他地。一般都会迁转往广南，洪公既是南方人，当然会更适应。”

洪刍虽在朝不久，却是满腹经纶，熟知朝廷典章故事，自是知悉耿于怀所言“例子”是指枢密直学士[2]冯瓒，自沙门岛被设为海岛流放地以来，被召回朝者只有冯瓒一人，而且是特例[3]，因而心中很是不以为然，根本不信自己会有重新回朝的那一天。又叹道：“老夫已是风烛残年，在这苦海无边的沙门岛，能熬得过几时？怕是等不到七年了。”

这是铁一般的事实，旁人也不便强行安慰，否则就是矫揉造作了。

李清照曼声吟道：“蓬莱山，在何处？玉川子，乘此清风欲归去。山上群仙司下土，地位清高隔风雨。安得知百万亿苍生命，堕在巅崖

[1] 沙门岛每年配额是 200 人，但由于犯人是流人身份，朝廷不为流人配给衣粮，所以岛上囚犯都得自食其力。年复一年，岛上犯人日益增多。而沙门岛上只有八十余户岛民，难以同时给养太多犯人，因而犯人“多殍死”。而且沙门寨寨主（管名监押，相当于监狱长）为平衡岛上人数，杀囚现象严重。后宋廷了解到实际情况，决定改善沙门岛犯人状况。刑部于元祐六年（1091 年）上奏：“配沙门岛人，强盗亲下手，或已杀人放火，计赃及五十贯，因而强奸，亲殴人折伤，两犯至死，或累赃满三百贯、赃二百贯以上，谋杀人造意或加功因而致死，十恶本罪至死，造蓄蛊毒药已杀人，不移配。而年六十以上、在岛五年，移配广南牢城；在岛十年，依余犯格移配。笃疾或年及七十、在岛三年以上，移配近乡州军牢城；犯状应移而老疾者同。其永不放还（比遇赦不免更高一级）者，各加二年移配。”对沙门岛流人移配的具体年限和其他条件都做了非常详细的规定。

[2] “枢密直学士”一职始设于五代后唐时期。宋代枢密直学士的职能与地位经历了多次变化，宋太祖执政前期，枢密直学士与观文殿学士承担着为侍从、备顾问、掌机务的职责。大宋立国之初，宋太祖任命最重要的心腹大臣赵普为右谏议大夫、枢密直学士，足见枢密直学士职位之重。

[3] 宋太祖一朝，枢密直学士冯瓒（齐州历城人，李清照同乡）风神俊爽，精明能干，甚为得宠，是一时的风云人物，由此威胁到宰相赵普的利益。当时冯瓒一举平定蜀地上官进之乱，正要还京。赵普派亲信赶到潼关（今陕西），半路拦下冯瓒行装，搜查后发现内有金带珍玩，皆已封好，系拟送开封尹赵光义（宋太祖赵匡胤弟，即后来的宋太宗）幕僚刘韐。赵普上报后，最恨贪赃枉法的宋太祖勃然大怒，下令将冯瓒以赃论死；会赦，遂流沙门岛，逢恩不还（比永不放还低一级）。冯瓒在沙门岛上待了十年，本来是遇赦不免（前面提过“移配法”在宋哲宗朝方才订立），但宋太宗即位后，即将冯瓒召回，授为左赞善大夫。因冯瓒是因为贿赂赵光义得罪，而偏偏赵光义后来当上了皇帝，故而是特例。又，就作者手头资料来看，冯瓒当是宋朝流放沙门岛最高品秩的官员。北宋枢密直学士原为从三品，元丰改制定为正三品。而小说中的洪刍（黄庭坚外甥），则是宋朝最后一位流放到沙门岛的官员，因为宋朝每年只集中一次将流人押送沙门岛，通常是在八月。而建炎年间，京东东路全境沦陷于金人之手。南宋虽仍有流放沙门岛之刑，但只是书面文章而已，实际上已无法执行。

受辛苦！”[1]

一句“安得知百万亿苍生命，堕在巅崖受辛苦”，可谓道尽时势世态。

四人下来阁楼。一名二十岁出头的年轻女子提灯迎上前来，附到李清照耳边，低声说了几句。李清照点头道：“终于到了。”

耿于怀知道李清照留在登州，是在等自济南府运来的几车藏品。他为人最是热忱，忙问道：“是夫人娘家济南府那边来人了吗？那么也算是我耿某人乡邻，何不请过来驿馆一道聚聚？”

李清照遂道：“也好。”

那红衣女子名叫海棠，是李清照贴身侍女，当即应声而去。

耿于怀则自引诸人来到驿馆。洪刍虽有所顾忌，然得与有“千古第一才女”之称的李清照同席共饮，也算是生平幸事，大概这也是他人生中最后一件乐事，既得耿于怀盛情相邀，遂不再推辞。

本来与洪刍同流沙门岛者，还有余大均、陈冲两名朝臣，但二人文名不显，不为耿于怀所重，自不在受邀之列。

宴席将开之时，侍女海棠引着一壮一少两名男子进来。壮年男子名叫辛赞[2]，是济南府大族，与李清照娘家李氏为邻。少年十岁出头，是辛赞之子辛文郁。

之前李清照因身为党人之女而被逐出京城后，不得不回到济南府李氏老家安身。闲居时，她自行在民间收集了一些藏品。后来党禁解除，李清照终得与丈夫团聚，之前所收藏品却一直留在娘家。这次既要南下，料想有生之年再无北返家乡之机，便派仆人前往济南府，欲将娘家藏品一并带上。不想满城风传金人将要再度南下，攻取中原之地，李氏族人早已奔逃一空，李府也是空无一人。李父李格非又早已

[1] 这段诗出自唐代诗人卢仝品尝友人谏议大夫孟简所赠新茶之后的即兴之作《走笔谢孟谏议寄新茶》。

[2] 辛赞便是辛弃疾祖父。辛弃疾因生父辛文郁早亡，由祖父抚育长大。又，此时辛弃疾尚未出生。更多辛弃疾及其祖、父故事，可参见吴蔚小说《宋慈洗冤录》。

过世，无人做主。辛赞与李氏为邻，自是相熟，刚好欲带独子辛文郁来登州就医，听李氏仆人说明情由后，便自行请命，先派人到登州知会李清照，自己则与仆人一道，将李氏藏品一一清点，雇了数辆大车，一路运来登州。

辛赞为人严肃，面上始终不露丝毫笑容，略略寒暄后，即将李清照叫到一旁，从怀中掏出了一卷纸册，正色告道："这是名册，赵夫人可照此一一清点。"

李清照接了过来，见那名册按装载车辆分组编号，一目了然，当即道了谢，又问道："我李家既已无人，家业如何还能完好无损？"

辛赞道："有济南知府刘豫刘知府照应，一切安好，虽然人散了，但东西一件没少。"

李清照曾听丈夫提及过刘豫，说其人出身农家，品行不端，求学时曾偷同学的白金盂、纱衣等财物。此刻听说刘豫竟已是济南一府长官，又有维护李氏之事，颇感意外。她本待请辛赞转达他日再向刘豫面谢之语，转念心道："时局如此，我自己明日身在何处尚未可知，哪还有机会跟刘知府见面？"遂止住话题，转手将纸册递给了侍女海棠。

海棠问道："夫人要现下卸货，一一清点吗？"

李清照摇头道："辛先生办事，还有什么信不过的？你去安顿好车子、车夫，后日一并运去码头，直接装船。"

辛赞等海棠离去，又迟疑告道："赵夫人，有一件奇怪的事……辛某出发之时，好像见到了夫人的表妹秦夫人[1]。"

李清照愣了一下神，才反应过来这"秦夫人"是谁，忙问道："是唤妹表妹吗？她不是跟秦桧一道被金人抓去北方了吗？"

辛赞道："辛某也听过此事，所以才感到奇怪。"

原来辛赞押车出发时，在王氏庄园附近遇到一名女子，见其身影有几分熟悉，便下车察看，待认出对方是王唤妹后，便叫了一声。不

[1] 即秦桧妻子王唤妹。她是宋宰相王珪第四子王仲岏（后避宋钦宗讳改名仲山）之女，王仲岏在济南府拥有不菲别业。王仲岏大姐夫即李清照生父李格非，三姐夫是宋徽宗朝宰相郑居中（宋徽宗宠幸的郑皇后从兄）。

想对方匆忙以袖遮面，转身逃一般地去了。

李清照大奇，狐疑问道：“辛先生没看错人吧？”又思忖道：“会不会唤妹是从北方金人手中逃回来的，不愿意见到熟人？”

辛赞道：“就算是逃归，也不必藏头藏脸。秦夫人这样的身份和际遇，若是去见刘知府，一定会被奉为上宾。”

李清照道：“嗯，唤妹性子最是好强，若是逃归，一定不会刻意遮掩行藏。”又道：“会不会是辛先生看错了，只是容貌相似之人？”

辛赞本待说那女子年纪、外貌都与王唤妹相近，且人在王氏豪华庄园外徘徊不止，但想了一想，还是道：“兴许是辛某看错了。最近济南府涌进了许多难民，都是为了逃避战乱。”

二人便又回来席中，依宾主坐下。耿于怀听说辛赞是引独子来登州寻医，又见那少年辛文郁确实脸白如纸、气息恹恹，忙问道：“辛先生专程来登州，莫非是寻找名医白谈吗？”

辛赞道：“正是。”

原来辛赞早已带爱子在济南府遍访名医，众医师均束手无策。有人告诉辛赞说，只有白谈能治此病，要救独子性命，非得到登州蓬莱找白谈不可。那白谈是蓬莱本地人，自幼拜在济南府名医徐正权[1]门下学医，是徐氏晚年所收关门弟子，医术高明，名望甚高。辛赞久闻大名，既然非其人不能救爱子，走一趟登州便势在必行。

转头见到耿于怀面色古怪，辛赞心中登时一沉，忙问道：“是不是白医师已经过世？”

耿于怀忙道：“那倒没有。白医师他老人家健旺得很，应该可以长命百岁。只不过他人不在蓬莱，而是在沙门岛。”

---

[1] 徐正权：名遁，号正权。齐州（今济南）人，北宋著名医学家，石介女婿。石介世称“徂徕先生”，为北宋大思想家、大学者。曾创建泰山书院、徂徕书院，以《易》《春秋》教授诸生，“重义理，不由注疏之说”，开宋明理学之先声。关于“理”“气”“道统”“文道”等论对后世“二程”和朱熹等理学大家影响甚大。又，苏辙曾有《题徐正权秀才城西溪亭》：“竹林分径水通渠，真与幽人作隐居。溪上路穷惟画舫，城中客至有罾鱼。东来只为林泉好，野外从教簿领疏。不识徂徕石夫子，兼因女婿觅遗书。”此“溪亭”，即为李清照名作《如梦令》（常记溪亭日暮）之溪亭，位于今山东济南，但水域早已消失不见。

辛赞闻言大为诧异，惊道："白医师怎么会被流放去了沙门岛？"又不由得转头看了洪刍一眼。

耿于怀忙道："不是流放，是白医师自行迁去。沙门岛其实是个统称，有好几个岛呢。"

又转头告诉洪刍道："洪公您老人家要去的长山岛，是沙门寨所在地，白医师人则在庙岛之上。不过两岛相距甚近，乘坐刀鱼船的话，只需不到两刻工夫。"

李清照道："我亦久闻白医师大名。听说他是蓬莱本地人，为何不住城里，而跑去了偏僻的海岛？"意指行医是悬壶济世之举，自是治疗病人越多越好，庙岛孤悬于海外，无论交通，还是购买药材，均是大大不便——

单论就医一项，坐船渡海，便会令多数病人望海却步，毕竟风浪无情。而渤海号称北海，一年之中，只有四月到八月间利于航行，冬季则处于半海半冰的状态，小舟小船就不必说了，根本不能过冰，就连大海船通航，也十分危险。即便是利航时期，也不时会刮大风下暴雨，若遇到天气持续恶劣，半个月、一个月不能渡海亦是常有之事。

耿于怀见众人目光尽落在自己身上，讪笑道："这个嘛，要放在早几年，是没人敢说原委的。而今童贯、赵良嗣之流已尽被处死，说出来倒也无妨了。"

童贯是宋徽宗宠臣，虽是阉人身份，却领枢密院事，掌兵权二十年，权倾内外。时人称蔡京为"公相"，称童贯为"媪相"。赵良嗣本名马植，出身辽地汉人大族。他见到辽天祚帝荒淫暴虐，辽国日益衰亡，便想为自己谋取后路，在童贯出使辽国时以身投靠，先是计划策动辽国汉人高官李处温等人叛辽，后又提出"联金灭辽"之策。童贯、赵良嗣二人，实际上是"海上之盟"的策划及推动者，也是引狼入室的始作俑者。金人南下侵宋后，宋钦宗为收人心，予以追责，将童贯、赵良嗣等相关之人处死。

座中诸人，包括高丽使者金富轼在内，均知童贯、赵良嗣是"海上之盟”的首倡者，忽听耿于怀提及二人名字，不由得暗中揣测那名医白谈或许是多少参与了“海上之盟”。

耿于怀看出众人疑惑，遂解释道：“听说早年朝廷派使者自登州渡海、欲与金人结盟时，白医师不知如何听说了此事，很是愤怒，跑去州府，向当时的知登州王师中抗议，请他转告朝廷，务必杜绝此事。”

女真未强大之前，备受契丹压迫，生活困苦。为了生存，女真不得不奉高丽为主，依附于高丽，不时搭乘高丽商船贩马到登州。大宋因与西夏开战，又因灵州[1]马源之地被西夏攻取，宋军缺少马匹，宋廷遂鼓励民间走私[2]，宋太祖还因而豁免了登州以北沙门岛、鼍矶岛等诸海岛税役，以鼓励岛民多造舟筏渡女真之马，因此登州州民，尤其是岛民，与女真人普遍有所接触。

辽东气候条件恶劣，患病者极多，当地汉人及渤海人多名“药师”，便是希冀借名字避邪袪病。也曾有不少女真商人甚至女真贵族辗转寻来登州就医，因而白谈对女真人比平常人更多一些了解，认为对方贪婪无度，论诚信尚不及契丹人，实不宜作为盟友。

耿于怀又道：“无奈宋金结盟是朝廷的意思，王知州当然要奉承上意，一力支持结盟。其实即便王知州反对，在宋金结盟这件事上，也算人微言轻，童贯等执政大臣不会听从。白医师见势不可免，一怒之下，遂迁居去了沙门岛，有自我放逐、远离浊世的意思。”

李清照嘿然道：“好一个自我放逐、远离浊世。”

辛赞忙问道：“如此说来，早在宋金联盟达成之前，白医师便迁居去了沙门岛？”

耿于怀道：“嗯，是这样。白医师的离开，确实给本地官民就医造成了许多不便。大宋第一次与金人通好成功后，朝廷派赵有开为使者，

[1] 灵州：今宁夏灵武市附近。唐时失河西之地后，灵州便是中原唯一的马源地，后被西夏占领。

[2] 女真到登州的海道，又被称为买马故道。但由于古代航海技术限制，海路艰险，来自女真的马匹数量很少，民间走私仍大量集中在宋辽边境（陆地）。马是冷兵器时代最为重要的战略物资，宋辽双方都有严格管制，如辽“严立科条，禁奸民鬻马于宋夏界”“擒获鬻马出界人，皆戮之，远配其家”。但大宋经济发达，极其富有，商人受高价诱惑，仍屡屡冒险走私马匹至宋境，“边民多赍禁物及盗贩北界马”。而宋廷对于走私马匹之事，不仅默许，甚至纵容，之前宋太祖免除沙门岛赋税便是例子。

正式出使金国。赵使者人刚到登州，便离奇染病。王知州本预备次日一早派兵士乘坐刀鱼船去请白医师过海，但兵士尚未出发，赵使者便撒手西去。之后有不少人包括白医师亲眷都乘船赶去沙门岛，劝白医师返回蓬莱，但他不肯听从，还发誓说，要以沙门岛为葬身之所。”

顿了顿，又道：“本来蓬莱县彭直彭知县也该出面招待高丽使者及各位，可他生了一场大病，白医师又从不离岛外诊，彭县令遂在几日前赶赴沙门岛就医，迄今未归，料想病势不轻。”

洪刍叹道：“这位白医师，还真是个奇人。”

耿于怀道：“不过也有一个好处，沙门那边的大、小黑山岛遍岛毒蛇，以往有人被毒蛇咬了，寻常蛇药都治不好，患者往往很快便毒发身亡了。白医师却有法子，只要送治及时，他都能治到痊愈。而且他还配了一种避虫蝎药，可以驱散蛇蝎。所以沙门岛诸岛民，都很感激白医师，将他当作神仙一般供奉。”

转头见辛赞面上颇见忧色，忙安慰道：“辛先生放心，目下正是适航季节，天气晴好，渡海还算方便。从登州口岸出发，即便不是顺风，两三个时辰也能抵达沙门岛。”

李清照忙道：“我刚好也要去沙门岛，定于后日启程，若是辛小郎君还支撑得住，不妨同船而行，也好有个照应。”

长途远航，又有诸多物资，为安全之计，自然得雇海船。刚好有一艘大海船不日内要经沙门岛南下，但不会入泊登州港，因而李清照须得自己雇请本地船只，将金石藏品等物运至沙门岛，再从沙门岛改乘海船。

辛赞闻言，忙转头看向爱子。那辛文郁十分乖巧懂事，当即点头道：“我支撑得住。更何况与赵夫人同船，是文郁毕生幸事。”

李清照笑了一笑，又转头问道：“是不是洪公也有两车随身物资？不妨也坐我的船，反正都是顺路。”

洪刍不敢随意答话，只望向耿于怀。

耿于怀踌躇了一会儿，才道：“这样吧，洪公跟其他犯人一道，乘坐刀鱼船赴沙门岛。毕竟表面上的公事还是要做的，况且刀鱼船比普通船只快许多，也更加舒适。至于物资嘛，便由洪公仆人押运，乘坐赵夫人雇请的货船，如何？”

洪刍颇为失望，却不得不应道：“甚好。多谢。”

耿于怀又转头向高丽使者金富轼问道：“贵国副使为何还不来？”

那副使姓曹名笑笑，原是辽地汉人，因辽国内乱逃去高丽，竟得到高丽朝廷重用，开辟了一番新的天地。

金富轼道：“是了，交谈间，竟忘了这件事。”忙到门前招手，叫过侍从，询问究竟。

那侍从名叫昆布，是金富轼心腹，当即告道：“属下去催过了。曹副使房间没有灯，料想或许是今日去逛得累了，先行歇下了。”

金富轼摇头道：“决计不会。今日登州长官设宴招待，算是官宴，曹副使不会如此失礼。”

金富轼当即从宴厅出来，亲自来到曹笑笑房前，敲了几下，不见人应，便欲推门而入。

昆布抢先进来举灯一照，房内空无一人。木榻上的卧具也摆放得整整齐齐，未曾动过。

金富轼皱眉问道：“曹副使说是要去蓬莱市集逛逛，他人一直没有回来吗？”

昆布奇道：“回来了呀。属下明明还见到他在庭院中跟那位赵夫人的侍女说话呢。”

金富轼大惑不解，因不便令耿于怀及其他宾客久候，便命昆布出去寻人，自己则先回来宴厅，告道：“曹副使人不在房中，大概是有什么急事出去了。不必等他，先开宴吧。”

耿于怀却对曹笑笑的行踪颇感好奇，问道：“曹副使可是在登州本地有亲眷朋友，不然他为何今日不与我等一道登蓬莱阁观景？”

金富轼未及回答，李清照先接口道：“不是说那位曹副使原是辽地汉人，辽国耶律章奴内乱[1]后才逃去高丽吗？如果曹副使在本地有亲朋好友，当时应该会来登州投奔他们，而不是冒险渡海去高丽吧？”

金富轼听出李清照话中对曹笑笑颇含敌意，不得不讪笑了几声，才道：“夫人慧眼明鉴。不瞒各位，曹副使当年亦曾参与‘海上之盟’，在登州滞留日久，结交几个本地朋友，再正常不过。”

旁人闻言，俱是惊讶万分。还是耿于怀最先会意过来，道：“啊，曹副使便是当年与高药师一道浮海漂流至登州的曹孝才。”

当年辽地汉人赵良嗣虽献“联金灭辽”之计，但因朝中大臣如宇文虚中等人争相反对，而执政大臣童贯等人也不明北方情况，因而并未实际执行，直到辽地渤海人高药师及辽地汉人曹孝才等人意外来到登州。

当时辽国刚发生耶律章奴兵变，辽天祚帝虽然平定了叛乱，勉强维系着统治，但辽国内部实际上已处于分崩离析的状态。高药师、曹孝才等人不看好辽国局势，遂决意未雨绸缪，先行率家眷逃往高丽避乱。这一行二百余人，分乘两艘大海船上路，虽然顺利避过了辽水兵眼线，却因为水流、风向骤变，而漂到了登州所隶鼊矶岛。

海上多大风大浪，古代航海在相当大的程度上取决于风向，即所谓“舶之至，时与不时者，风也”。实际航行中，则多依赖于经验。然

[1] 辽国天祚帝耶律延禧即位之后，契丹对于女真的压榨勒索愈来愈严重，经常对女真人加以侮辱，称为“打女真”。宋政和年间，女真完颜部崛起，统一了女真诸部。政和五年（1115年），女真首领阿骨打建立金国，正式起兵反辽，首先攻下辽朝东北边防重镇黄龙府，又败辽兵于河店，所向无敌。辽天祚帝闻黄龙府失陷，即令萧奉先为御营都统、耶律章奴为副都统，发蕃汉兵十余万，号称七十万，下诏亲征，备数月粮，以期必灭女真。耶律章奴为辽国皇族，一向不满辽天祚帝的昏庸无能，等辽天祚帝大军渡过混同江后，他立即与魏王耶律淳（辽兴宗耶律宗真之孙，辽天祚帝堂叔）之子耶律阿撒策动政变，率心腹将士三千余人返回上京（今内蒙古巴林左旗），谋废天祚帝，另立魏王耶律淳为帝。不料耶律淳不肯附从，还杀了派来耶律章奴的使者。耶律章奴遂大掠上京府库财物，至祖州太祖庙等地历数辽天祚帝罪过，并告以起兵原因。后又率兵攻打辽天祚帝行宫，不克，只得北走欲投女真，中途为巡逻者所获，缚送辽天祚帝，被腰斩处死，政变平息。耶律章奴的废立活动虽然没有得逞，但却极大地动摇了军心，辽天祚帝担心后方不稳，皇位难保，还没有与金人交战便急于退兵。金阿骨打闻讯后，立即率两万轻骑奋勇追击，于护步答冈（今黑龙江五常西）大败辽军，获辽舆辇、帝幄、兵械、军资与其他宝物、牛马不可胜计，辽军死者相连百余里，精锐几乎丧失殆尽。辽天祚帝此次亲征失败后，辽国军事上节节败退，再也无力组织有效的防御。

天有不测风云，若遇到风向变化，海船极容易失去控制，“至洋中卒尔风回，则茫然不知所向矣”，最终偏离原目的地，随风涛漂流至其他地区。登州本地人甚至还为这些不速之客取了个特别的名字——漂流人。以往漂流人中，以使节居多，亦有商贾、僧侣以及盗贼等。

由于宋与辽对立，海上交通及贸易受到管制，但各国对漂流人普遍持宽容态度，通常会资助衣粮，“候风便遣还”。然这次宋方的处理与以往不同，戍守鼍矶岛的刀鱼战棹司巡检[1]翟天麟原为汴京禁军指挥使，具有高度的政治敏锐性，当即扣押了这群漂流人，并将首脑人物高药师、曹孝才船载押解到登州。

高药师为保家眷平安，自称与宋太宗朝太尉高琼[2]同族，先是搬出高太尉、高太后作为救命稻草，后被戳破实为渤海人后，便如实交代辽国江河日下的状况，称辽国与女真连年争战，而女真战无不胜，现掠土地已过辽河之西，并且占领了海岸线以北自苏州至沈、兴、咸州[3]一带。

宋廷闻报后欣喜若狂，旋即启动了筹谋已久的“海上之盟”——以登州兵马钤辖马政为使者，登州水师平海军指挥使呼延庆为副使，高药师、曹孝才为翻译，以买马通好的名义使金。

高药师、曹孝才等俱是辽人，不会平白无故为大宋效力。高药师提出的条件是，一旦“海上之盟”达成，便要放其及家眷离开。后来几经曲折，宋金结盟终于成功，宋廷也信守承诺，派人护送高药师、曹孝才一行前去高丽。却不想曹孝才改名为曹笑笑，竟在高丽仕途得

[1]官署名巡检司，官名巡检使，省称巡检。始于五代后唐庄宗。宋时于京师府界东西两路，各置都同巡检二人，京城四门巡检各一人。又于沿边、沿江、沿海置巡检司。掌训练甲兵，巡逻州邑，职权颇重，后受所在地地方长官节制。

[2]高琼出自渔阳高氏，为渤海（此渤海为高氏郡望，非被辽国灭掉的渤海国。书中“辽地渤海人”之渤海，则指渤海国。渤海国高氏也是大姓，请注意区分）高氏分支。祖父高霸及父亲高乾原为辽人，奉命出使南唐时，高霸被杀，高乾留居南唐，后投宋。高琼本人经历极其传奇，先为强盗，后投到赵光义麾下。其故事具体可参见吴蔚小说《斧声烛影》。其曾孙女高滔滔即是有“女中尧舜”之称的高太后。

[3]苏州：辽置，治所在来苏县，今辽宁大连市金州镇。兴州：辽置，辖境相当今辽宁沈阳市北部及铁岭县南部地。沈州：辽置，以沈水而得名，辖境相当于今辽宁沈阳市。咸州：辽置，辖境相当今辽宁开原市一带。

意，而今更是以高丽副使的身份，再度重返登州。

金富轼又解释道："这次出使大宋，曹副使是主动请命。我国君主因他熟悉宋土情形，便也欣然同意了。"

耿于怀忙笑道："看来曹副使今晚有约，必是去走亲访友了。我等既被抛弃，也不必再苦苦等待他回来，这就开席吧。"

宴席正开时，驿馆大厨孟德忽抱着一条小白狗直闯入厅，到了堂中，却只是愣在当场，一时说不出话来。

耿于怀奇道："怎么了？你来干什么？"

孟德回头朝门外望了望，讪讪道："那个……那个……"

耿于怀皱眉道："那个什么？"

孟德结结巴巴道："那个……那个高丽人被杀了。"

众人闻言莫不面面相觑。金富轼忽有所预感，霍然起身，问道："该不会是曹副使吧？他人在哪里？"

孟德道："就在……就在他房中。"

金富轼不由得半信半疑起来，奇道："怎么会？本使刚刚才到过曹副使房间。"

孟德已镇定了许多，说话也流利了起来，道："尸身就藏在木榻下。"

又指着怀中的小白狗道："是雪球发现的。它本来在厨房好好的，不知为何突然朝外跑去。我一路跟了过去，一直进到那高丽人房中。我见雪球径直钻进榻下，还叫个不停，便往怀中取了打火石，打火一看，才发现……啊，那可真吓人。"

耿于怀不及多言，急忙命人点起灯笼，与高丽正使金富轼一道赶来曹笑笑房间。进房提灯一照，果然发现高丽副使曹笑笑横尸在卧榻下，头朝外歪倒，双目圆睁，情状骇人。

耿于怀"啊"了一声，连连搓手道："这该怎么办？"

他代理登州地方事务，而今高丽使者于他辖境内被杀，事关两国邦交，朝廷必定追责，丢官倒也罢了，只怕还会因渎职罪名另加刑事处罚，如流放沙门岛之类。

李清照竟不避晦气，也跟了进来，还欠身往卧榻下看了一眼，旋即起身道："耿通判莫慌。若是地方盗贼行凶杀了曹副使，自是耿通判的责任。但事实未必如此。曹副使行事怪异，有诸多诡异之处。金使者，我说的对不对？"

出人意料的是，金富轼竟未反驳，不断捋着胡须，似在思虑着什么。

耿于怀一时六神无主，毕竟外国使者死于本地驿馆，是头一遭。他见李清照沉静有度，便随口问道："赵夫人以为该如何是好？"

李清照不答，有意问道："金使者，你以为该如何处理？"

金富轼道："本使知道赵夫人对曹副使很有些意见，不过……"又沉吟片刻，才续道："这样，这桩命案先不要惊动州府，由本使自行派人调查，如何？"

耿于怀正担心上头因高丽使者之死追责，听金富轼言外之意，竟似有不惊动宋廷之意，不由得大喜过望，忙应道："甚好。"

李清照却摇头道："不好。命案毕竟发生在登州，应当由耿通判派得力之人调查，金使者手下从旁辅助。"

金富轼踌躇问道："赵夫人认为命案另有隐情吗？"

李清照道："只怕金使者也是这般认为吧？若不是早觉蹊跷，如何要自行调查？"

又指着门后青石道："这里有血。从这里到卧榻，有明显拖曳的痕迹。足见曹副使是在自己房内被杀，死后又被凶手强行塞进了卧榻之下。但这里是登州驿馆，不是谁都能进来的。而且驿馆内外，处处是人。堂堂高丽使者，却被凶手悄无声息地杀死在自己房中，无人察觉，这不算另有隐情吗？"

金富轼微一迟疑，即道："也好，就照赵夫人的意思办。就请耿通判派一个大家伙儿都信得过的人。高丽这边，便由我心腹侍从昆布主事。"

刚好高丽侍从昆布四下寻曹笑笑不见，又听说驿馆出了事，便匆忙赶了过来。他见金富轼伸手指着卧榻之下，当即俯身，一看便脸色大变，问道："怎么会这样？"不待金富轼回答，又本能地转头去望李清照。

李清照倒也冷静，问道："昆布侍从看我做什么？"

昆布迟疑道："我问过守门驿卒，曹副使日暮时分回来驿馆外，并未再次外出。之前我远远见过赵夫人的侍女海棠与曹副使交谈，海棠态度恶劣，语气严厉，似乎在呵斥曹副使。"

金富轼忙咳嗽了一声，道："这个嘛，也不见得是呵斥……"

李清照摆手道："金使者请先听我把话说完。昆布侍从，你是不是怀疑海棠杀了曹副使？"

昆布忙道："不，不是。"想了想，又道："可否容我将曹副使尸身拖出来，仔细查验后再说？"

金富轼道："耿通判，你是大宋官吏，一切由你做主。"

耿于怀忙道："当然。嗯，州府这边会派……"正思忖指派谁来跟昆布一道调查高丽使者命案时，李清照先插口道："就由我李清照代表大宋一方来主持调查，如何？"

耿于怀、金富轼均大吃一惊，异口同声道："赵夫人你吗？"

李清照正色道："我夫君赵明诚曾先后知莱州、淄州，我也曾协助他处理过多起狱事，这在京东东路人人皆知。更何况，金使者并不要求我大宋一方派有官职在身的人出面，只是指名要一个大家伙儿都信得过的人。难道二位信不过我李清照吗？"

耿于怀忙道："怎么会！"

金富轼也道："天下没有比赵夫人更可信之人了。只不过本使不明白，为什么赵夫人要一力参与这件事？"

李清照道："后日预计北风，所以金使者预备后日启程回国，刚好我也是后日动身，反正在蓬莱还有一日时间，闲着也是闲着。"

众人见她说得轻松随意，无不愕然。又见高丽侍从昆布叫了帮手进来，预备将曹笑笑尸身拖出，便先行退出房间。

一名老驿卒匆匆赶来，告道："外面有人找耿通判，说有急事。"

耿于怀摆手道："我这里有事，让那人明日去州府。"

那驿卒在驿馆已近二十年，亲眼见证了二十年的沧桑人事，当即告道："来人是马扩马将军[1]。"

耿于怀惊道："马扩吗？马政之子？"见老驿卒连连点头，便道："金使者，赵夫人，你二位先回宴厅，我去去就来。虽然目下出了大事，但饭总还是要吃的。"

金富轼也确实饿了，便就势同意。

等耿于怀离开，李清照先道："金使者，你是贵客，这里既已有昆布侍从主事，就请你先回宴厅吧。毕竟那里还有三位客人候着。"

金富轼奇道："赵夫人你呢？"

李清照道："我去寻我的侍女海棠，询问她是否有呵斥过曹副使。"

金富轼忙道："赵夫人请留步。"又踌躇道："本使知道曹副使自见过赵夫人侍女后，便有些神不守舍，私下里还纠缠她……"

李清照诧然道："金使者忽出此言，莫非是怀疑海棠杀了曹副使？"

金富轼忙摇头道："不是，本使决计没有怀疑海棠的意思。本使是说，海棠这件事，曹副使确有不对的地方，多谢赵夫人留了情面，没有当众揭破。不管曹副使这起命案结果如何，还望赵夫人和海棠都不要再提及旧事。"

李清照当即道："好。不过我也想请金使者帮我一个忙，金使者所认为的曹副使的隐情，到底是什么？"

金富轼道："这个嘛……实话告诉夫人也无妨，曹副使这次来大宋，似是要寻找什么人。"

顿了顿，又道："之前本使曾经说过，曹副使是自己请命，被我国君主临时指命为副使者，其实我二人并不熟，也没太多交流。到了鼍矶岛后，曹副使忽然变得怪异起来，主动向戍守岛屿的刀鱼战棹司张

[1] 自宋太祖实行文臣统兵制度始，许多担任过督兵和统兵职务的人，并非武将出身，也不是"大将""将军"。所谓"大将"和"将军"，都是武官名，是"军衔"的一级。将军作为武官名，在宋代用在两个地方，一是由宗室充任的环卫官，二是作为武散官。宋代的武将不用"大将""将军"的"军衔"。书中一些武将如马扩、呼延庆等官职不断变化——事实上，宋高宗所封马扩"河外兵马都元帅府马步军都总管"，已是"帅"级别的官职——为避免混淆，一律采用民间流行的口头语。中央级别的高级武官多尊称为"太尉"。

巡检恳请下船，说是想四下逛逛。因此次出使是在宋丽邦交已断的情况下，跟以前大大不同，本使生怕岛民对曹副使不利，便派了人跟着他。他似在寻找什么人，不断向岛民打听着什么。后来本使也就此事问过曹副使，他说当年他曾漂流到鼍矶岛，有一位岛民于他有恩，他想寻到恩人，当面道谢。”

曹笑笑既然就是当年逃亡高丽的曹孝才，当在鼍矶岛住过不短的时间，如此解释，倒也说得通。

金富轼道：“但奇怪的是，后来使船到了沙门岛……哦，就是建有湄洲女神庙的那座庙岛，曹副使又开始在岛上四下打听。这倒也罢了，兴许是他认为恩人从鼍矶岛迁移到了庙岛。但曹副使竟然还想去长山岛，就是那座流放犯人的真正的沙门岛。”

李清照当即醒悟，道：“我记得金使者说过，贵使团是在走陆路来登州的半途中遇到了洪刍洪公及押解官差一行，因为都是往登州而来，便干脆结伴而行。”

金富轼苦笑道：“本使明白赵夫人的意思。寻常人见到押解长流重犯，躲避还来不及，更何况我等还是外国使者！不错，是曹副使力主要与那些人一路同行。除了洪刍之外，他对另外两名流人也很是亲近。”

之前已有曹笑笑欲上沙门寨所在长山岛寻人之事，而后他又主动接近沙门岛流人，似乎他认为他要找的人，就在长山岛上。

金富轼又道：“不过这只是本使自己的猜测。或许曹副使并没有什么特别目的，只是好奇、好结交朋友而已。洪刍洪公是黄庭坚黄学士外甥，诗名在外，我本人也是仰慕得很。”

李清照问道：“曹副使可有提过那恩人是什么人？”

金富轼道：“只说是一名二十多岁的男子，如今也该年近不惑了。”

李清照一时难明究竟，便自行来寻侍女海棠。海棠刚刚安顿好车子、车夫，正坐在堂中灯下发呆。

李清照径直问道：“海棠知道高丽副使曹笑笑被杀了吗？”

海棠道：“刚刚听驿卒说了一句。”

李清照道："消息传得倒快。"又道："据高丽侍从昆布证词，海棠你应该是最后一个跟曹笑笑交谈过的人。他跟你说了些什么？"

海棠垂首道："没说什么，他只是问夫人新从济南运来的几车都是些什么东西。"

李清照道："我知道那曹笑笑自打见过面，便一直在纠缠你。他垂涎你的美色，明眼人都看得出来，我因为他是高丽使者，才强行忍耐。不过依你海棠的性子……"

海棠忙道："决计不是海棠杀人。"

李清照笑道："我可没有怀疑海棠杀人。我只想说，依你海棠的性子，应该不会给曹笑笑好脸色看。"

海棠道："那么夫人为什么要主动揽下这桩命案？"

李清照奇道："你已经知道了？"

海棠道："我刚才也跟着去看热闹，在门外听见了。"又道："海棠知道夫人从不怕事，也热心助人，可我们不是马上就要乘船南下了吗？"

李清照叹了口气，道："因为我有一种感觉，这件事，跟海棠你多多少少有些干系。"

忽有人拍门叫道："赵夫人在吗？是我，耿于怀。"

海棠忙去开了门，李清照迎到门前道："耿通判不去宴厅陪客吗？"

耿于怀道："马上就去。"又闪到一旁，指着身后一名三十岁上下的男子道："这位是马扩马将军。"

那马扩一身便服，衣衫用腰带束住，颇为干练，看起来倒像是行走江湖的壮士。他当即上前抱拳行礼，道："赵夫人，马某久仰你大名。"

李清照点头道："我亦久仰马将军大名。"又问道："马将军此行，是来登州赴任吗？"

马括道："不是，马某是因一点私事来到登州。"

数年之前，宋廷启动"海上之盟"，欲"联金灭辽"。因害怕得罪辽国，此事只秘密进行，由执政大臣童贯及辽地汉人赵良嗣主持，登州知州王师中提供人力、物力支持，实际执行者则是登州武官马政及呼延庆。后又加入了知登州王师中之子王瑰，以及马政之子马扩。

马扩随父长在军中，武艺、射术出众，年纪轻轻便任登州武教谕，后又考取武进士[1]，出使金国时曾小露身手，得到金太祖阿骨打当面褒奖，称其为“也里麻里”，金语为“善射者”之意。阿骨打爱惜英雄，又给予马扩与其他使者完全不同的待遇，令其居住在侄子粘罕帐中。马扩由此与粘罕、斡离不等实权掌兵统帅相熟。这一节，在他成为金人俘虏后，竟成了保命符。

后宋金联盟达成，王师中等人尽获升迁。再后来金人南侵，宋钦宗即位，追究“海上之盟”主事者责任，童贯、赵良嗣等首谋主事者均被诛杀，马政、马扩等人却未受株连，盖因为“联金”一事是执政者起头，他们这些人不过是执行命令的跑腿者。尤其马扩，更是得到权臣童贯重用，成为其手下的得力干将。

童贯率军北上收复燕京时，马扩也参与其事，还奉命出使辽国，与北辽皇帝耶律淳及执掌兵权的大将耶律大石面对面交流。而在这之前，所有出使辽国的宋使均被耶律淳下令斩首。马扩本已说服耶律淳派使者与宋军统帅童贯商议和谈一事，然走至半路，又发生了童贯派兵偷袭辽军一事，辽使者怒而返回。耶律淳随即指挥大军抵抗，竟打败了兵力上占有绝对优势的宋军。最后还是金人出兵，这才打下了燕京。奉宋军统帅童贯之命约请金人入关者，也正是马扩。

金灭辽后，旋即将兵锋指向大宋。宋军主帅童贯惊慌失措，派马扩前去真定募兵，自己则一路逃难。面对金兵秋风扫落叶之势，宋徽宗毫无应对之策，匆忙退位为太上皇，将烂摊子甩给儿子去收拾。宋钦宗即位后，先处死了“联金”倡议者童贯、赵良嗣等人。而此时马

[1] 马扩于政和七年（1117 年）考中青州州学类试，贡入国学。次年中省试、殿试，为武进士上舍出身，赐承节郎。宋朝制度，武举殿试，策问武艺都是优等者授正九品保义郎；策问优等武艺次等者授从九品承节郎；策问优等武艺中等者授从九品承信郎；策问优等武艺末等者授予无品级见习军官；策问合格武艺优等者授从九品承节郎；策问合格武艺次优者授从九品承信郎。又，中国武举创建于武周武则天时期，感兴趣的读者可参读吴蔚小说《璇玑图》。宋朝虽然延续唐代武举制度，但起初武举只有“军谋宏远武艺绝伦科”，属于制科考试，且只偶尔举行。宋仁宗时，才正式“置武举，以待方略智勇之士”。此后历经多次停废，直到宋英宗治平元年（1064 年），武举始列入常科考试。

扩因与真定知府不和，被诬陷通金谋变，关押于真定大狱中。直到数月后金兵攻陷真定，马扩方才趁乱越狱逃出。

当时金军已逼近汴京，宋廷不断派大臣与金人和谈。金军统率粘罕派人索取干戾人[1]及家眷，一共九人，包括：蔡京、童贯、王黼、李纲、吴敏、马扩、詹度、陈遘、张孝纯。马扩赫然在列，竟成为与李纲等名臣并列的人物，由此而名扬天下。在宋廷一味妥协求和的政策下，马扩家眷包括母亲田氏、妻子、儿女在内，均被拱手送给了金人[2]。

好在马扩曾多次出使金国，还曾与金太祖阿骨打一道出猎，与诸多金军高级将领相熟，其家眷即便落入敌手，也并未受到摧残。

而马扩对这一切毫不知情。他逃离真定府大狱后，立即参加当地义军，投奔了真定城西的和尚洞山寨，坚持抗金斗争。由于马扩本人多次出使金国，熟知金军情形，遂被众人推举为义军首领。当时马扩家眷已落入金人之手，金人四处张榜，令马扩主动来投，马扩置之不理。

某次，金军大败义军。马扩之前曾因通金罪名被逮捕下狱，有人怀疑是马扩私下出卖了义军。马扩为表清白，单骑出寨迎战，由此被金人俘虏，押往真定。

恰巧金军东路统率斡离不途经真定。斡离不是金太祖阿骨打次

[1] 金人认为有罪的官员（如蔡京、童贯、王黼等）、投降金人的降官以及不肯降金的官员，以上三类人，金方不问其贤愚臧否，有功有罪，一律称之为干戾人。金人索取这九人之时，不知蔡京、童贯、王黼已被宋廷处死。蔡京、童贯、王黼虽然奸臣，但得势时把持朝政，贵不可言。李纲是著名抗金派大臣。吴敏是著名文臣，宋徽宗让位给宋钦宗的诏书便是由其拟写；詹度原为中山府（河北定州）知府，为抗金名将；陈遘为中山府知府、兵马元帅，也是抗金名将。张孝纯为河东宣抚使兼知太原府，太原被金人攻破被俘，后降金。金人立伪齐刘豫时，欲以被扣押的宋臣宇文虚中为宰相，为其所拒绝后，改以张孝纯为相。

[2] 此为历史真事。不独马扩家眷，蔡京等已死大臣家眷也被送给金人，为最早一批送入金营者，如蔡京儿媳茂德帝姬赵福金（号称宋徽宗女儿中容貌最美者），女眷大多受到奸淫。茂德帝姬入金营后被金太祖次子斡离不（汉名完颜宗望）霸占，用药力控制，肆意凌辱。参见《燕人麈》："靖康之役，斡离不初欲得一帝姬。……议和诸臣诱姬（茂德帝姬）至寨，误饮狂药，婉委顺从，斡遂肆欲无厌。"斡离不死后，茂德帝姬又归兀室（完颜希尹，金国宰相，女真文字创制者），不久即被折磨致死。又，辽蜀国公主耶律余里衍（辽天祚帝女，文妃萧瑟瑟所生）被俘后也成为斡离不侍妾，她是辽国最后一位获得公主封号的公主。斡离不还霸占了宋高宗生母韦后侍女张氏，生下一女，不姓完颜，而是姓张。此张氏后嫁给金山东东路益都府（即北宋之青州）一张姓汉人官员。其后代大多世居在今山东青州市谭坊镇张家杨村。

子，在马扩使金时与其相识，命人押来马扩幼子，亲自劝降道：“你非南朝宰相，又非大将，并无守土之责，何苦如此，我久知你忠义，你愿出仕，我国家内除西府未可做外，你自择好官职为之。”

马扩只道：“某某宁死，不受好官。”

斡离不碰了钉子，还是不忍杀死马扩，便将其囚禁。

僵持了一阵，马扩提出要与一家老小回乡下种田。斡离不答应了马扩的要求，命人带来马扩母亲、妻子等。马扩一家人终于团聚，在真定乡下种田自活。

时隔不久，马扩又称种田太过辛苦，向斡离不提出要经营酒肆。斡离不满口答应，还给了开酒肆的本钱。马扩遂在路边开设一家酒肆，以此为据点，广泛结交两河豪杰，和各地山寨义军暗通信息。

太上皇宋徽宗被押解北上时，曾路过真定马扩酒肆。宋徽宗本人最早也是“海上之盟”的支持者，知悉马扩之名，特意派内使张恭去见马扩，交代他日后见到新皇帝宋高宗，务必鼓励其用兵。马扩听后，热泪盈眶。

寒食节时，马扩携带家眷去为真定一大户人家送丧，半途摆脱金军监视，逃离真定，直奔到河北赞皇五马山寨，在当地竖起了抗金大旗。

刚好宋徽宗第十八子信王赵榛从金人手中逃脱，马扩听说后，设法将赵榛迎到五马山寨，奉其为寨主，以抗金相号召，在山上结成了朝天、铁壁等寨，从者十余万，是两河义军中规模最大的一支，一时声震大河南北。散在河北各地的民间义军，甚至包括河东各地的忠义社，大都派人与五马山寨互通信息、相为声援。

马扩如此声势，李清照自然也闻得他的大名，因而一见到他，便以为他是受命来登州筹措军事，不想对方当即否认，只称“私事”。虽说马扩与其父马政在登州任职多年，但当此轰轰烈烈抗金之机，对马扩这样的人而言，还能有什么私事呢？

马扩看出李清照疑惑之色，遂坦率告道：“赵夫人大概还不知道，五马山寨已在几月前被金人攻破了。”

原来马扩在五马山寨立起抗金大旗后，宋高宗赵构早已即位，建立了南宋朝廷。为了取得宋廷的支持，马扩受信王赵榛之命，率五百人南下，在扬州见到了宋高宗。

马扩呈上了信王赵榛的两首亲笔诗。一云："全赵收燕至太平．朔方寸土比千金。氛祲一扫銮舆返，若个将军肯用心。"又云："遣公直往面天颜，一奏临朝莫避难。多少焦苗待霖雨，望公只在月旬间。"

宋高宗阅后很是感慨，又听说太上皇宋徽宗曾命内使张恭转达"务必鼓励用兵"之语，几有泪光。

执政大臣黄潜善、汪伯彦均是典型的投降派，赞成和谈，不支持抗金，便声称此信王有假，马扩之语不足为信。宋高宗当即斥道："信王是太上皇帝子，朕之亲弟，朕岂不认得书迹，何疑之有？"

马扩闻言很是激动，认为宋高宗既与信王有骨肉之亲，此行必定不虚。

次日，宋高宗再次召见马扩，下诏封信王赵榛为河外兵马都元帅，封马扩为河外兵马都元帅府马步军都总管、枢密院副都承旨、节制应援军马使，命马扩率领军队开赴五马山寨，并准许他根据实际情况独立处理军务。

宋朝自立国以来，以"重文轻武"为国策，这次宋高宗破例给了马扩如此大的权力，可谓特殊恩典。

然而，这一切只是表面文章。宋高宗并不想真正出兵支持信王，虽有任命，却未拨给马扩一兵一卒。后来还是在马扩的再三请求与催促下，才勉强"选数千乌合之众"，交付马扩统领。但同时又派亲信任重等人到军中任职。任重等人除了多方掣肘之外，还严密监视马扩的一举一动。

不管怎样，宋高宗作出了一定的姿态，这对两河义军将是极大的鼓舞，因而马扩并未泄气，欣然出发。只是当他率军抵达黄河边时，宋高宗连下诏书，严令"一人一骑不得渡河"。马扩受到任重等人监视，不敢违令，只得屯兵黄河南岸的大名府。

而马扩南行后，金人即集结重兵，大举围攻五马山寨。义军在孤立无援的情况下进行了英勇的抵抗，最后因叛徒出卖，水源被切断，终于失陷。

马扩母亲、妻儿等家眷也在五马山寨，再次落入金人之手。所幸信王赵榛并未被金人俘虏，只不知所终。

金人攻占五马山寨后，趁机南下，屯结在大名一带的宋军都不敢迎战，只有马扩主动率军迎敌。然其属将任重等人相继遁逃，军中粮食断绝，军心不稳，被金军两面夹击，终至大溃。

马扩大致说完经过，叹道："马某抗命出军，而今又是败军之将，回去面圣，必受重罚，只怕再难见天日。因而在罚罪之前，马某须得赶来登州，办一件私事。"

李清照心道："你老母、妻儿均落入金人之手，还有比营救亲人更重要的私事吗？"不免更多了几分好奇。但她为人端庄，不愿意平白打听他人隐私，尤其是马扩这样的人，遂不再多问。

马扩又道："赵夫人，听说你后日便要南下，这起高丽使者命案，便交由马某来负责，可以吗？不是马某信不过赵夫人，实在是为赵夫人行程着想。"

李清照闻言很是惊异，转头望向登州通判耿于怀。耿于怀忙道："我先去招待客人了，你二位慢聊。"自行退了出去。

李清照便道："海棠，你去车上把那本《楞严经》寻出来。"

侍女海棠本不情愿，转头见到马扩的目光正有意无意地落在自己身上，心中"咯噔"一下，忙不迭地退了出去。

李清照请马扩入堂坐下，正色道："马将军一生都在为国家东奔西走，我也就不绕弯子了。'海上之盟'时，马将军在登州为武官，更与尊父马政多次出使金国，当时翻译便是高药师和曹孝才，曹孝才就是而今的高丽使者曹笑笑，想必马将军是认得他的。"

马扩点头道："算是旧识。"

李清照道："那么马将军当知道曹笑笑在找什么人了？"

马扩一怔，问道："曹笑笑此趟出使大宋，是为了找人吗？"

李清照问道："那么马将军以为曹笑笑是缘何被杀？"

马扩道："自然是仇视金人者。曹笑笑算是'海上之盟'的促成者，至少在世人眼中是如此。他在登州住了将近三年，许多人都认识他，尤其是登州水师刀鱼寨的兵士。曹笑笑每次跟随我国使者去金国，乘坐的都是刀鱼船。"

李清照奇道："这么说，马将军疑心是登州水兵杀了曹笑笑？"

马扩道："驿馆距离水师军营仅有一步之遥。既然曹笑笑是被人悄无声息地杀死，想来凶手必是熟人，所以才会放心让对方进来自己房间。"

李清照思忖片刻，道："看来事情跟我想的完全不一样。既然案情复杂，马将军好意接管，我便多谢了。"

马扩忙道："马某该多谢赵夫人才是。"

他本就是为接手高丽副使曹笑笑命案而来，既达成心愿，便起身告辞。走到门边，又回身问道："赵夫人的那名红衣侍女是哪里人？我看她有些面熟。"

李清照道："海棠吗？她是燕地汉人，早些年逃乱来了青州。我见她无亲可依，甚是可怜，遂收留了她，做了贴身侍女。"

马扩又问道："赵夫人是哪一年收留了海棠，可是政和七年？"

李清照道："不错，正是政和七年。那一年，刚好我夫君完成了《金石录》，我记得十分清楚。"又狐疑问道："马将军如何会知道得这般清楚？"

马扩道："赵夫人适才不是提到曹笑笑此趟来中原是为了找人吗，想来赵夫人不会平白无故地这么说，必是有把握。实话告诉赵夫人，正是政和七年那一年，高药师、曹孝才漂流到了鼍矶岛。那一行人初到鼍矶岛时，一共二百一十三人，而三年后离开时，只有二百一十一人，少了一名壮年男子，以及一名十二三岁的少女。那两人都是在政和七年那一年失踪的。"

李清照诧然道："那失踪的二人，到底是什么人？"

马扩道："男子是高药师的外甥，少女则是曹孝才的侄女。而且两人失踪得极为诡异，忽然有一日就那么不见了。岸边船只都没少，岛上却寻不到人，旁人都推测他二人是跳海自杀了。”

而高药师、曹孝才二人一直留居登州，协助宋金结盟，不知外甥、侄女失踪之事，直到宋廷遵守约定，放他二人前往鼍矶岛与家人团聚时，方才说明情况。二人均感愤怒，又认为大有蹊跷，然人在屋檐下，不得不低头，最终还是率着亲眷悻悻离去。

马扩顿了顿，又道：“当时除了高药师、曹孝才外，余人都就地羁押在鼍矶岛，由朝廷供给衣食。那一年，马某刚好考中青州州学类试，贡入国学，离开登州之前，曾协助父亲运送物资到鼍矶岛。马某亲自为那些漂流人发放了粮食衣服，见过所有人。”

李清照忙问道：“马将军认为海棠便是失踪已久的曹孝才侄女吗？”

马扩点点头，道：“而且年纪也对得上。”

李清照道：“这件事，我会向海棠问个清楚，再给马将军一个交代。”

马扩道：“时过境迁。若是海棠不愿意提及往事，赵夫人也不必勉强。至少在杀死高丽使者这一节上，海棠是没有嫌疑的。”言外之意，海棠既是曹笑笑侄女，断然不会亲手弑叔了。

从李清照房中退出，马扩便径直来到曹笑笑住处。进来房中时，高丽侍从昆布等人早已从木榻下拖出曹笑笑尸首，且取了一条床单，盖在尸身上。

马扩自报了姓名，道：“先父是登州武官，久任未迁，马某自幼在登州长大，中武举之前，也曾担任登州武教谕一职，妻子也是登州人氏，对本地风土人情还算熟悉。马某已经跟耿通判及赵夫人商议过了，由我来接管高丽副使被杀一案。”

昆布自无异议。又指着尸体道：“曹副使是被人当胸一刀杀死，干净利落，而且没有其他痕迹。”

马扩道：“那么凶手应当是曹副使认识的人了。”

昆布道：“我也是这么想。”

另一名年纪大些的高丽侍从阿七忙插口道：“之前曾有一名宋人男

子找过曹副使，好像是想买通副使，搭咱们的船去高丽。”

昆布颇为意外，忙问道：“结果如何？”

他二人是以高丽语交谈，却不想登州既是外交口岸，军中多有懂高丽语者，马扩也是其一。他为人光明磊落，不愿隐瞒，便以高丽语道：“几位不介意的话，可否容我搜一下曹副使行囊？”

高丽侍从阿七和昆布均感意外，昆布遂以汉语答道：“当然可以。”

马扩略略一搜，便发现衣箱中藏有一大包财物，不独有金有银，还有好几样首饰，均是中原妇人常戴的流行款式。

马扩神色颇为异样，怔了一怔，才问道：“这可是曹副使的私物？”

两名高丽侍从面面相觑，不敢作答。

马扩道：“各位不介意的话，马某便先将此包财物清点一下，再交给耿通判，看是否能查到来源。如若确定是曹副使私物，定会原物奉还，一件不少。如何？”

昆布忙道：“金使者交代过了，此案由贵方主事，我方只是协助，马将军大可自便。”

马扩道了谢，又向侍从阿七问道：“你是怎么知道有人想收买曹副使偷渡出海的？”

阿七告道：“我来过大宋许多次，对登州颇有感情，昨日不当值，便去市集闲逛，刚好曹副使也在那里，似在打听着什么。后来有名三十岁上下的男子上前找曹副使搭讪，二人说了一番话，就各自散开了。后来我回来驿馆，看到那名男子就守在驿馆门口……”说到此处，阿七颇为惶恐，又转头去看昆布。

昆布奇道：“怎么了？你有什么话，直接说出来便是。”

阿七道：“那男子手里提的，就是这个大包袱。”

如此，便确定这一大包财物是曹笑笑收取的贿款了。

昆布忙问道：“你可有再见到曹副使与那男子见面？”

阿七道：“那倒没有。不过我曾多次随本国使者出使大宋，像搭乘高丽使船偷渡出境这种情况，已经不是第一次发生了。早年以流亡汉地的契丹人、渤海人居多，后来也开始有宋人。”

昆布忙道："你可还记得那男子样貌？快些随我去见耿通判，请他寻一名画工，将那男子的相貌画出来。"

马扩忙道："不必着急。那偷渡男子一定不是凶手。"

曹笑笑既收了财物，必已对偷渡男子有所允诺。那男子只以偷渡出海为目的，若再杀死受贿之主，岂不是将这一大笔财物都打了水漂？

马扩说了自己的分析，又道："而且要抓到偷渡男子，一点也不难。目下驿馆已封锁了消息，他不知曹副使被杀，一定会主动寻上门来，我等只需守株待兔。"

昆布细细一想，果然是这个道理，当即对马扩大为叹服，忙欠身道："全听马将军处置。"

又问道："那么曹副使命案，该从何处着手？刚刚寻曹副使人时，我到门前打听过了，曹副使日暮时分回来后，便再未出去过，也没有人来找他，会不会是驿馆内部人所为？"

马扩不答，只指着案上一油纸包问道："这是登州本地的特产米糕，是曹副使自己买回来的吗？"

昆布望向阿七，阿七摇头道："我没见到曹副使买这个，不过我也没有一直跟着他，兴许是他回来驿馆时在路上买的。"

马扩道："曹副使本是辽地汉人，对不对？按理来说，他应该吃不惯这个米糕。"

当即拿了那油纸包，到驿馆大门询问。守门驿卒居然见过那油纸包，且记得来者是一名青年男子，称是来给赵夫人李清照送点心的。李清照文名满天下，有人慕名相送吃食，也是情理之中的事，驿卒便让他进去了。

既然点心是送给李清照的，如何又到了曹笑笑房中呢？

马扩沉吟道："或许是凶手知道赵夫人住在驿馆中，便以送点心的名头混进来，又直奔高丽使者住处。"

但曹笑笑是在自己房间被杀，身上没有任何抵挡防御的痕迹，明显表明凶手至少是相识之人。一个送点心的，怎么会认识高丽使者？

曹笑笑又怎么会轻易放对方进房，而且在毫无戒备的情况下被对方杀死呢？

马扩又问那送点心的男子的相貌。驿卒道："那时天已经黑了，小的没看得太清，只记得他三十来岁，头上戴着顶东坡巾[1]。"

苏轼曾在登州担任长官，虽只有五日，但其诗文却为蓬莱阁赢取了巨大声名，故而受到父老敬仰，其所创东坡巾也成为登州本地最流行的帽子，老幼都爱戴，驿卒这话等于没说。

昆布是个直爽性子，有话便要说出来，当即挠头道："我怎么越想越觉得事情与赵夫人侍女海棠有关呢？"

马扩忙问道："你怀疑侍女海棠涉入其中吗？"

昆布道："我也没把握，不过海棠确实可疑。"大致说了远远见到海棠呵斥曹笑笑的情形。

阿七讪讪插口道："那个……我们来到登州已有几日，其间我见过曹副使好几次纠缠海棠，料想曹副使对她有点意思。"

昆布遂猜测道："会不会是海棠将此事告诉了她的情郎，情郎心中恼怒，干脆闯进驿馆杀了曹副使？"

马扩本待说出海棠的真实身份，但转念想到此事尚未证实，便道："那好，我与你二人一道去寻海棠，当面问个清楚明白。"

又故意落在后头，向阿七问道："你昨日见到曹副使在市集打听什么，他都是向什么人询问？"

阿七道："卖米面和鱼虾的商贩，也有卖水果蔬菜的。"

又问道："对了，我一直很想问，为什么卖米面的商贩，还会同时卖鱼虾？好像很有些奇怪，至少在高丽从来没见过。"

马扩笑道："卖米面嘛，是因为那商贩本来就是卖米面的。他也会定期运送粮食到沙门岛，岛民不是用钱购买，而是用鱼虾之类的海产品支付，以物易物，因而商贩又兼做卖鱼的生意。除此之外，那商贩

[1] 东坡巾：古头巾名，其巾制有四墙，内胆为桶，墙外有重墙，比内墙稍窄小。前后左右各以角相向，戴之则有角，介在两眉间。相传苏轼因为贬官入狱，在狱中无法身着官服，故想出此头巾。

还会卖盐。”

阿七问道：“盐也是从岛民手上换来的吗？贵国不是实施榷盐制度[1]，由官府专卖吗？听说盐贩需要从官府取得盐引，才能经营，不然就是走私。”

马扩道：“确实是这样。按理来说，那米面商贩卖盐，岛民私下煮盐晒盐，都属于违法行为。但登州比较特殊，岛民只有鱼盐之利，再无其他。渔民一年之中有半年多时间不能出海，捕不到鱼，便只有自行制盐，不然真的是无以谋生。因而官府对民间这种私下交易都是睁只眼闭只眼。当年苏轼苏大学士知登州，发现了这一现象，专门向朝廷上了一道奏疏，请求准许登州民间自行交易海盐。朝廷了解到实际情况后，恩准了苏大学士的奏章。因而现下登州盐只要不出登州州界，交易便算合法。”

阿七这才释然。忽又想起了什么，忙道：“是了，我记得两个月前来的时候，在沙门岛见过那卖米面的商贩，好像叫宁尽忠。他是运粮到庙岛，结果船坏了，还想搭我们使船回登州呢。不过因为我们要直接去明州，就没有搭成。”

马扩只笑了一笑，心头却是满布疑云：李清照称曹笑笑此趟出使是为了寻人，那么所寻者当是当年失踪的曹氏侄女了。那侍女海棠，十之八九便是当年鼍矶岛失踪的少女。曹笑笑既已在驿馆遇到她，应该也认出了她，如此才能解释纠缠不休一事，如何还会到蓬莱市集四下打听呢？莫非他还在寻找与侄女同时失踪的高药师外甥？

此时李清照正在房中盘问侍女海棠。海棠听说身份已被马扩拆穿，不得不承认自己就是高丽使者曹笑笑的侄女。

李清照道：“十年前你人本来在鼍矶岛，是怎么失踪的呢？”

海棠道：“我父母早亡，自小依附于叔叔，叔叔要把我嫁给高药师

[1] 该制度比较复杂，因篇幅所限，此处不再详细讲述。感兴趣的读者，可阅读相关专著，或参见吴蔚小说《包青天》。

外甥李明。那个人，粗鄙无礼不说，而且早就有妻有妾，我自然不愿意。那会子刚好是八月，戍守鼍矶岛的水兵要返航回登州，我便趁人不备，偷偷溜上了刀鱼巡检乘坐的最大的那艘船，这才来到了登州。”

李清照惊奇道：“从鼍矶岛到登州，应该有两三天的水路，这一路下来，都没人发现你吗？”

海棠道：“那会子我还只是个小女孩，缩在舱下杂物间的木桶中，根本没人注意到。”

一名十二三岁的小女孩，藏身于木桶中，漂洋过海，忍饥挨饿，只为了逃避包办婚姻，想想就可怜，令人同情。

李清照又问道：“你既在登州登岸，怎么会流落到了青州？”

海棠道：“我是特意寻去的。我在登州听人说赵夫人是天底下最有才气的女子，我也想成为夫人那样的人，便一路打听，寻去了青州。”

李清照道：“那么你化名海棠，也是有意如此吗？”

海棠点了点头。又咳嗽一声，吟诵道：“‘昨夜雨疏风骤，浓睡不消残酒。试问卷帘人，却道海棠依旧。知否？知否？应是绿肥红瘦。’这是夫人的名作了。”

李清照嘴角不由得露出一丝笑意，又问道：“那你本名叫什么？”

海棠微有迟疑，但还是说了出来，道：“曹大运。”

李清照当即笑了，问道：“你一个女孩子，怎么会叫这么奇怪的名字？”

海棠咬着嘴唇道：“父母给取的，只能如此。”又再三赔罪道：“请夫人原谅我隐瞒本名之罪，我也不是成心的。”

李清照道：“那好，我要你实话告诉我，那高药师的外甥，结果如何了？”

海棠愕然道：“我如何会知道他的结果？”

李清照道：“不是你杀了他吗？”

海棠愣了一愣，这才道：“没有。决计没有。我只是自己逃离了鼍矶岛，根本不知那人后来如何。他怎么了？”

李清照道：“他跟你同时失踪了。”

海棠一时怔住，不知该如何对答，好半晌才道："不管怎样，我不知道这是怎么回事。"

料想她当年区区一个文弱少女，既已决定逃离，又何须多此一举杀人？李清照思忖道："会不会是那男子爱你发狂，听说你失踪，以为你已经投海，他一气之下，便也自行跳海自杀了？"

海棠"扑哧"一声笑了出来，随即抿嘴道："我不知道会有这回事。"

李清照道："那么高丽使者曹笑笑……"

海棠道："我容貌变化甚小，叔叔第一眼见到，便认出了我。虽然因为夫人的缘故，没有当面揭破，却一再私下找我。"

李清照叹道："这件事，我全然想错了，我还以为曹笑笑是垂涎你的美色，才不断纠缠你，原来他只是想与你相认，带你回高丽。"

顿了顿，又道："是了，高药师外甥既已失踪，你困厄已解，为何不肯跟你叔叔相认，一道返回高丽，荣华富贵，唾手可得，又何须跟在我身边，做些端茶送水的事？"

海棠道："我叔叔没告诉我李明失踪一事啊。李明真的失踪了吗？再说了，就算八抬大轿抬我去高丽，我都不会去的，我只想跟在夫人身边，服侍夫人一辈子。"

李清照闻言很是感动，也颇为疑惑，沉吟道："曹笑笑既已认出了你，为何今日不随我等登蓬莱阁，仍要去蓬莱市集？分明在找什么人。莫非他是受高药师之托，想找到其外甥李明？"又问道："李明也是渤海人，对不对？"

海棠道："对。"

李清照道："高、李均是渤海大姓，李氏之'李'，更是唐朝赐姓，那李明的身份，当不简单了。"

海棠道："可能吧。那时我年纪还小，只一心想从李明身边逃开，对这些事，全然没有留意。"

刚好马扩与昆布、阿七来访。李清照见海棠目光与马扩相接后便迅疾低头，颇不自在，便命道："你忙了一天，人也累了，先回房歇息吧。"等海棠离开，才将马扩等人请入堂中，将海棠一番话尽数说了。

高丽侍从昆布、阿七听说海棠竟是本国副使曹笑笑的侄女，莫不瞠目结舌，惊愕交加。

李清照又道："马将军离开后，我便去找海棠，房中不见人影，又寻出去，方才见她躲在庭院一角的树下哭泣，足见她对曹副使之死还是很伤心的。"

马扩问道："海棠可有要好的男子？可能这话问得有些唐突，还望赵夫人不要见怪。"

李清照摇头道："没有。"

马扩追问道："赵夫人能肯定吗？"

李清照点了点头，道："海棠一直跟在我身边，她若是有了喜欢的男子，我一定会知道，高兴还来不及。"

马扩遂起身道："如此，事情当与海棠无干了。"又道："夜色已深，赵夫人请早些歇息。"

出来庭院，马扩道："你二人都饿了吧，我听到阿七肚子一直在咕咕作响。"

阿七有些不好意思地笑了。马扩道："时辰不早了，你们先去吃点东西，等宴厅宴散，你二人禀报金使者后，便好好歇息。曹副使的案子，明日再说。"

昆布、阿七满口答应。送走二人，马扩便掉头私下来找海棠。海棠很是意外，迟疑了一会儿，才勉强放马扩进房，问道："马将军深夜至此，有何贵干？"

马扩开门见山地道："海棠娘子对赵夫人撒了谎。夫人同情娘子小小年纪、孤身漂流在外，才会被你瞒过。你叔叔曹笑笑真正想找的人应该是高药师外甥李明，他既认出了你，你又是与李明同时失踪，如何不会向你询问李明下落？"

海棠道："叔叔确实没有告诉我李明失踪一事。"

马扩道："反正你叔叔人已经死了，也无从对证了。"哼了一声，转身便走。

海棠忙问道："马将军要去哪里？"

马扩道："当然是要去将海棠娘子有意欺瞒一事告诉赵夫人。"

海棠挺身拦在门前，问道："马将军想知道什么？"

马扩问道："曹笑笑明显是在找人，而且找的应该不是你曹大运，他要找的是谁？"

海棠道："李明，高药师外甥。"又补充道："应该是高药师拜托了叔叔，叔叔才格外上心。"

马扩想了想，道："海棠娘子明明已从曹笑笑口中得知李明与你同日失踪一事，却在赵夫人盘问时竭力回避，到底是什么缘故？嗯，应该是娘子跟李明失踪一事脱不了干系。你忌惮赵夫人聪慧过人，怕泄露消息，把你自己牵扯进来，对不对？"

海棠正色告道："海棠可以以亡母的名义对天发誓，我绝没有杀人，更没有杀李明。我一再回避，是因为这些陈芝麻烂谷子的往事，我根本不想提起。"

马扩摇头道："马某可没有说是海棠娘子杀了李明。"顿了顿，又道："马某相信娘子没有杀人，但却不相信你与此事无关。既然曹笑笑坚信李明还活在世上，四下寻找，必然有他的理由。"

海棠道："我是偷乘刀鱼船离开的，或许李明也是如此。但自从那日离开鼍矶岛后，我便再也没有见过他，我可以起誓。"

马扩道："李明一意要娶海棠娘子，你既是独自策划，他当不知你计划逃离之事，如何会与你同日登船离岛？"

见海棠咬唇不答，便道："娘子不肯说实话也无妨，但我马扩是个执拗性子，非得查清楚此事不可。夜深了，请娘子早些歇息吧。"自开门出去。

海棠微一犹豫，即跟到门边，叫道："马将军，你是个好人，李明这件事，你最好不要再追查下去。"

马扩奇道："为什么？"

海棠上前两步，低声问道："是不是我只要将李明的下落告诉马将军，将军就不会再来烦我？而且不会向他人泄露所有与我相关之事？我是指任何人，包括赵夫人在内。"

马扩只是猜测海棠多少了解一些内情，却不想她竟然知悉李明的下落，不由得喜出望外，忙道：“马某可以保证，娘子所言，只限于你我之间。”

海棠咬了咬嘴唇，才道：“实话告诉马将军，李明人在沙门岛上，是你们大宋私下扣押了他。”

第二章

梦回人远

鼍矶岛虽然距离登州三百里，却是登州所辖海岛中人口最多的一个岛屿。而且岛上遍地奇花异草，春夏花开时节，漫山遍野的黑色大蝴蝶翩翩飞舞于花间，美丽得近乎梦幻，仿若仙境一般。岛上的彩石更是一绝，遍布于海滩之上，或立或卧，或直或曲，不但形态各异，而且五彩斑斓，色则赤橙黄绿青紫黑白俱全，纹则直曲长短粗细皆有，且石头上天然形成了各种图案，仿若水彩画一般，奇异而富有情趣。

田园有计归须早，在家纵贫亦好。
南来北去何日了。
光阴送尽，可怜青鬓，暗逐流年老。

寂寥孤馆残灯照，乡思惊时梦初觉。
落日苍苍关河晓。
一声鸡唱，马嘶人起，又上长安道。

——曹组《青玉案·田园有计归须早》

海棠声称辽地渤海人李明人在沙门岛，且其所指“沙门岛”为沙门寨所在长山岛，即北宋最高级别流放监狱。马扩一时难以置信，还想追问更多，海棠却不肯再答，只道：“马将军答应过我，只要海棠说出李明下落，你便会离开。”

马扩心道：“曹笑笑如此尽心竭力地寻找李明，那人当是大有来历或用处。我当年见过他，还记得那人彪悍且带有一股戾气，确实与众不同。如若海棠所言是真，或许是当年戍守鼍矶岛的刀鱼巡检发现了李明的来历，却又不便公然违背朝廷对高药师的承诺，便暗中将李明扣押，这也是极可能之事。但这件事发生在登州，先父竟然都不知情，足见其事隐秘之极。”

思忖过一回，又道：“海棠娘子，事关重大，马某不得不再多问一句，这件事如此机密，马某身为官府中人，竟从未听闻，你如何会知道？”

见海棠不应，又道：“马某的意思是，我如何能相信娘子所言李明下落是真，而不是随口敷衍？”

海棠咬了半晌嘴唇，才道：“罢了，我本来不想说的，看在夫人的分上，就再做一次好事吧。”顿了顿，才道：“我亲眼见到刀鱼水兵抓住了李明，将他带到了刀鱼船上。”

原来戍守鼍矶岛的刀鱼水师返回登州的前一晚，海棠在海边独坐，李明又过来纠缠她，被她斥退。她随即起身离开，但其实并未走远，只躲到了一块红色大石头后。

李明本来也要走开，有几名刀鱼兵士过来，叫住了他，似在询问什么。忽然间，那几名水兵一齐出手，制住了李明，随即将其打晕，装进一个布袋中，抬上了最大的刀鱼船。

海棠看在眼中，惊奇不已，干脆也趁乱溜上了那艘船。

第二日刀鱼水师返航，到沙门岛时，其余九艘都停靠在庙岛码头，唯独最大的刀鱼船先停在了沙门寨所在长山岛，而后才去庙岛。

马扩虽已隐约猜到此节，但听到海棠绘声绘色地描述当时情形时，还是惊奇万分，问道：“娘子亲眼看到刀鱼水兵将李明带到长山岛了？”

海棠摇头道：“我人藏身在舱底的木桶中，哪里见得到？不过我在鼍矶岛便听说沙门岛……不，应该是长山岛，说长山岛是大宋最厉害的监狱，料想那艘刀鱼船不跟别的船一起，而是改道先泊长山岛，是要将李明带去岛上囚禁。”

见马扩连连摇头，似是半信半疑，忙问道：“怎么，我哪里说错了吗？”

马扩道：“海棠娘子说是因为不愿意嫁李明而逃离鼍矶岛，可他先被刀鱼水兵捉走了呀，你还有必要逃走吗？”

海棠道：“我那时怎么知道刀鱼水兵会如何处置李明？还以为捉他上船只是要盘问什么事，问完话自会放他回来。”

马扩踌躇道：“这倒也是。”

海棠道：“而且，马将军应该已经猜到了，那李明不是普通人。我之所以决定立即逃走，是怕李明一怒之下向刀鱼巡检表明身份。如此，他极可能会被扣押，而我是他的未婚妻子，也一定会被单独囚禁起来。”

马扩忙问道："李明到底是什么来历？"

海棠迟疑了片刻，才道："他其实不是真的姓李，他谎称是高药师的外甥，也只是为了掩人耳目。他复姓耶律，名阿撒，是辽王耶律淳独子。"

马扩这才大吃一惊，忙问道："耶律淳？是那位背着辽国皇帝耶律延禧自立为帝的北辽皇帝耶律淳吗？六年前，我出使辽国时，见过他本人。"

一时难以置信，又道："我与辽国大将耶律大石相处得颇好，听说耶律淳没有子嗣，其独子早年因参与耶律章奴之乱，被辽国皇帝耶律延禧处死了呀。"

海棠道："这件事，我倒是听叔叔说过。他说当时负责行刑的是汉人大臣李处温。此人心机深不可测，耶律章奴自是没有逃过大难，但李处温却用体貌相似之人替下了耶律阿撒。等风声过后，又安排耶律阿撒随高药师浮海逃往高丽，意在为耶律淳留下一点血脉。"

马扩不但见过李处温，还知悉他与投宋辽人赵良嗣有些交情，早在"海上之盟"之前，赵良嗣便不断筹划策反李处温等辽国汉人高官，只不过未能奏效。此刻听了海棠一番话，当即心头一凛，暗道："辽国皇帝耶律延禧一贯倒行逆施，滥杀无辜，连契丹贵族都无法忍受，这才联合起来要推耶律淳上位。莫非李处温也早对辽帝不满，又知皇族中耶律淳最得人心，在契丹皇族中名望最高，便暗中为自己留了一条后路，保住了耶律淳的唯一骨肉？"

但他心中尚有疑惑，又问道："辽帝西逃后，正是李处温一手扶持耶律淳当了皇帝，李处温也因此当上了北辽的宰相。为什么他没有向耶律淳提及此事？"

海棠反问道："马将军怎么知道李处温没提及？只是耶律阿撒不是正妃萧德妃亲生，耶律淳有所顾忌而已。而后耶律淳病死，死前授李处温番汉马步军都元帅，执掌军政大权。他一个汉人，却破天荒成为辽国最高掌权人物，是因为他能干吗？不是。是因为他从刀下救下了耶律阿撒，耶律淳感激他而已。料想耶律淳如此重用李处温，也是期待他日后能找回独子，扶持其替代耶律定做皇帝[1]。只不过李处温不是契丹人，真正能掌握的只有郭药师那支怨军，偏偏郭药师人在外地，萧德妃遂联合契丹将领，架空了李处温，自己以皇太后名义垂帘听政，而后又以通宋通金的名义杀了李处温，郭药师因此率怨军愤而投宋。其实当时燕京已岌岌可危，萧德妃自己也忙着向宋金通使示好，只不过两方都没有理睬她而已，李处温死得实在有点冤枉。"

马扩诧然道："这些都是你叔叔曹笑笑告诉娘子的吗？那么他有没有说为什么要找耶律阿撒？"

海棠反问道："这还用得着叔叔明说吗？"

马扩怔了一怔，问道："难道曹笑笑想复兴辽国？"一时难以置信，毕竟曹笑笑还是曹孝才时，也曾为"海上之盟"出过力，虽然只是迫于宋人的压力，被逼做了翻译。

海棠似是看出马扩心中疑惑，道："我叔叔当年虽不情愿，可也未必从中破坏'联金灭辽'一事，因为他也厌恶当时的辽国皇帝，希望他快些倒台。"

马扩心道："也对。不然曹孝才这些人也不会冒险救下耶律阿撒，又将其送往高丽了。耶律阿撒可是起兵谋反，打算废除辽国皇帝的。"又问道："如此，曹笑笑这些人是打算建立一个新辽国了？"

海棠点了点头，又道："辽帝虽然被俘，但辽国大将耶律大石逃去西边，建立了西辽，实力尚在。再加上猛将耶律余睹[2]、耶律奴哥等均在金国执掌兵权，若能策反这些人，东西联兵，胜算相当大。目下所缺的，只是一位血统纯正的耶律皇子。"

---

[1] 耶律淳一直被契丹贵族寄予厚望，辽天祚帝被金人追击西逃后，辽国群臣即一致推耶律淳为皇帝。耶律淳遂即帝位，尊号"天锡皇帝"，史称"北辽"。当时燕、云、平、上京、中京、辽西六路，皆归耶律淳管辖。但耶律淳只当了几个月皇帝，便在内忧外患中病死。临死前遗命立辽天祚帝耶律延禧第五子、秦王耶律定继位。有趣的是，耶律淳一即帝位，就废除了辽天祚帝的皇帝位，降封为湘阴王，而他死前又诏立天祚帝之子耶律定为帝，耶律定彼时不在燕京，不久后即落入金人之手。

[2] 耶律余睹：又名余都姑，辽宗室雄才，任南军都统，为辽军统帅。其妻子辽天祚帝文妃萧瑟瑟妹。萧瑟瑟生长子耶律敖卢斡，为天祚帝诸子中最有贤名者。后有人告发耶律余睹与文妃萧瑟瑟谋反，萧瑟瑟被处死，耶律余睹惧而投奔金国，后成为金军先锋。耶律敖卢斡当时幸免于难，但一年后仍被亲爹天祚帝派人缢杀。

马扩这才醒悟，思忖道：“契丹皇族中，耶律淳和耶律余睹被公认为最有才干。耶律余睹被迫投奔金人，耶律淳后来被推为北辽皇帝，若不是早早病死，说不定尚能与金人一战。”

忽有所会意，又道：“是了，辽人复国，不管成功与否，都会牵制住金人，于我大宋中兴之业大有裨益，所以海棠娘子才说看在赵夫人的分上。”当即恭恭敬敬地向海棠行了一礼，道：“多谢。”

海棠奇道：“为何谢我？”

马扩道：“这些事，海棠娘子不说，没人会知道。我马扩自问还算精明老练，可也料不到事情会是这样。娘子本可以不说，冷眼旁观的。”

海棠道：“不错，我确实可以不说的。”顿了顿，又道：“道谢就不必了。他日我若有危难，须得向马将军求助，将军会帮忙吗？”

马扩一怔，随即应道：“当然。”想了想，又问道：“娘子可有想过你叔叔曹笑笑是因为寻找耶律阿撒而被杀吗？”

海棠摇头道：“我不知道。我也不大关心这件事。”顿了顿，又道：“我是说，他毕竟是我叔叔，他死了，我很难过，但我不想再深究这件事。”

马扩心道：“是了，当年曹笑笑一定是看中了耶律阿撒的皇族身份，才要将海棠许配给年纪完全不相称的他，完全是将侄女当作了礼品。而今曹笑笑来到中原，千辛万苦只为找到耶律阿撒，对近在眼前的侄女反倒不怎么上心，也难怪海棠有如此反应。”

他十二三岁时，正跟随父亲练武，跟随母亲读书，虽然辛苦，却也其乐融融，尽得天伦之乐。而海棠，为了不给人作妾，不得不缩身于海船木桶中，浮海以渡。之后孤苦伶仃，风餐露宿，更是历尽千辛万苦，才投到李清照门下。这女子所经历的一切，只需想想，亦觉心酸。一时之间，不由得对对方又生出几分同情来。

马扩来到驿馆宴厅时，宴席竟然未散。高丽侍从昆布、阿七仍苦候在门前。

昆布见到马扩提着包袱到来，忙迎上来告道：“里面一直在谈论文学。”

原以为高丽副使曹笑笑被杀，难免会扰了众人心情，即便因是官宴，勉强成宴，也只是走个过场。不想高丽使者金富轼返回宴厅后，半句不提命案之事，只虚心向洪刍请教诗文。那最后加入宴席的辛赞竟然也是进士出身，文章出众，他送患病爱子辛文郁回房歇息后，便重新回来，也加入了谈文论诗行列。三人交谈甚欢，酒过数巡，仍觉不能尽兴，便继续下去。

身为主人的登州通判耿于怀本来还怕得罪高丽使者，但见宴中气氛热烈，高丽使者金富轼兴致极高，一颗悬起的心，这才放了下来。忽一眼瞥见马扩在门前徘徊，忙招手叫他进来，为众人引见。

马扩早已是中原风云人物，金富轼不知其事迹，洪刍、辛赞却是闻名已久。洪刍抱拳道：“久仰，久仰。”

辛赞更是上前握住马扩之手，道：“马将军辛苦。”

马扩忙道：“败军之将，愧不敢当。”

耿于怀见马扩手中提着一个大包袱，很是奇怪，问道：“马将军提着什么？”

马扩忙将包袱交给耿于怀，道：“正好金使者也在，我便一并说了。金使者，这是从贵国副使曹笑笑房中搜出来的，应该是赃物。”

金富轼先是一愣，随即沉下脸，喝道：“马将军，你我初次见面，本使虽然不知你来头，但洪公和辛先生如此敬重你，料想也是位了不起的英雄人物。如何会无缘无故地诬陷本国副使？”

耿于怀忙道：“使者君息怒，有话好说。”

高丽侍从昆布闻声急忙进来，附到金富轼耳边，说了一番话。金富轼既惊且奇，怒色渐渐散去，代之以沮丧。

耿于怀见金富轼不再发声，便将包袱搁置案上，小心翼翼地解开，大致看了一看，又刻意取出首饰，一一查看后，这才向马扩道：“我还没来得及告诉马将军，尊岳丈柳公家中半个多月前遭了强盗，财物都被夺去。所幸那十余名蒙面强盗只意在财物，心满意足后便扬长而去，没有人受伤。柳公派人报来的失物清单中，便有这几样首饰。”

旁人均感诧异。唯独马扩镇定自若，点头道：“我一看到这些首饰，便立时猜到了究竟。”

高丽侍从昆布更是意外，忍不住插口问道：“马将军早认出了这几件首饰吗？”

马扩点了点头，道：“这几件，均是我岳母最爱的首饰。这一件祖母绿簪子，还是我妻子送给她的。”

诸人这才知道马扩岳父柳寻是登州巨富，只是其人低调，不愿张扬，一直隐居于山中，却不知如何被强盗盯上。

昆布“啊”了一声，问道：“马将军适才为何不当场说明白？”

马扩道：“事关马某亲眷，我理该回避，但得先请耿通判确认。”又见金富轼大有惭愧之色，忙道：“这件事，与贵国使团及副使曹笑笑无关，是偷渡客为筹措资费，这才假扮成强盗，洗劫了马某岳父家。”

金富轼抱拳道：“多谢马将军大人大量。”

马扩又向耿于怀道：“偷渡客可能会与高丽副使命案有些干系，如果耿通判不介意，也将这起案子一并交给马某调查，如何？”

耿于怀忙道：“那实在再好不过。”又见洪刍已有困顿之意，便以宴席主人的身份道：“几位明日还要赶早去看日出，这就散了吧。”

金富轼走到马扩面前，微微欠身，歉然道：“实在抱歉，曹副使收受贿赂一事，本使回国后一定会如实上报。”

又招手叫过侍从昆布及阿七，命道：“偷渡客一案，就交由马将军处置。你二人跟在马将军身边，随时听他差遣。在抓到人之前，任何人不得走漏风声。”

昆布、阿七躬身应命，又见马扩先点头再挥手，自领会其意，先护送正使金富轼回房歇息。

耿于怀有意落在后面，道：“马将军不嫌驿馆简陋的话，就在这里将就吧。马将军既主持高丽使者命案，毕竟住得近还是方便些。至于先前马将军交代之事，我现在就赶回州府去办，一切会安排妥当。”

马扩踌躇道：“住在驿馆确实更方便些。不过我这次来登州，还带了几名部下，我得先回客栈，跟他们交代一声。我会让他们明日直接去官署。事关重大，请耿通判多多帮忙。”

耿于怀道：“这是应该的。”又想起一事，忙告道：“对了，登州一向严禁偷渡出海，之前有个叫钟子昂的青年男子，雇请船夫范温出海，被范温告发。”

马扩忙问道：“那钟子昂人呢？”

耿于怀道：“范温本拿下了他，预备捆送到州府。结果有一帮人半路杀出，将人劫走不说，还将范温围殴了一顿。”

马扩思忖道：“如此看来，钟子昂这伙人就是预备偷渡去高丽的偷渡客。之前闯入我岳父家中的，也应该是同一伙人。”

耿于怀道：“一定是外地人。不然以柳员外在本地的声名，哪有人敢向他动手！”

马扩道：“树大总是招风。”无奈摇了摇头。

又问道：“那船夫范温，可是范银范老大的儿子？”

耿于怀道：“是。范老大前年去世了，几条船都留给了儿子。范温如今在登州也算小有声名了。对了，后日赵夫人先期赶去庙岛，雇的就是范温的货船。”

马扩道：“那好，我明日先去找范温一趟。”

马扩先去了一趟东海客栈，再返回驿馆时，已是夜半时分，进房倒头就睡，次日天大亮后才醒。起身出房一看，门前站着三人，除了高丽侍从昆布、阿七外，还有李清照的侍女海棠。

马扩奇道：“海棠娘子没有跟随赵夫人去宾日楼看日出吗？”

见海棠摇头，便又问道：“娘子可是要留在驿馆张罗曹副使后事？”

海棠又摇头道：“没什么好张罗的。关于我叔叔的后事，昨晚金使者来找过我了，说是想依高丽火葬习俗[1]，将叔叔尸骨火化，然后将骨

[1]朝鲜半岛最早土葬、火葬并行，土葬为主，火葬为副。到高丽时代，以佛教为国教，全面推行火葬。直到十四世纪末，高丽从中国引进儒教礼书《朱子家礼》（也称《文公家礼》），佛教的国教地位开始动摇，从此，包括丧祭礼仪在内的国家的一切礼仪，都推行中国儒家的礼仪。又，契丹建国之前，契丹先民曾一度实行过树葬。据《北史·契丹传》记载：“（契丹先民）父母死而悲哭者，以为不壮，（转下页）

灰带回高丽。金使者既然已经有了决定，我自然也没什么意见。”

马扩大感意外，道：“曹副使的尸首，已连夜火化了吗？”

海棠点头道：“午夜在高丽使者所住的院中举行了简单的仪式，是我亲自点的火。”

高丽侍从昆布忙补充道：“我方对外会宣称曹副使是得急病而死。”

马扩心道：“高丽方动作倒是快。他们原定明日起程，不想耽误行程是原因之一，但也明显不愿意曹笑笑受贿丑事外泄。”

海棠又道：“我今早禀报过夫人，要跟随马将军一道查案，夫人也同意了。”

马扩道：“赵夫人同意了，但我没有同意呀。娘子请回吧。”

海棠恍若未闻，执拗地跟在马扩身后。

阿七对海棠印象很好，兼之她又是副使曹笑笑的侄女，论起来也算是自己人，忙劝道：“不如就让海棠跟着吧，毕竟是关于她叔叔的案子。”

昆布也很是赞同，道：“也算是给赵夫人一个面子。”

马扩心道：“海棠所知甚多，或许会在关键时刻起到作用。”便顺势应道：“那好，跟着我可以，但必须听话。”

海棠满口应了。四人遂一齐来找船夫范温。

蓬莱县城不大，但因为是海滨小城，格外清新干净。最难得的是，因地处北陲，金人又不擅水师，而登州的陆路则非南下必经之道，即便战火多次燃遍京西、京东两路，却未波及登州分毫，因而本地农业、经济未受破坏，一直还算稳定。沿海道行走时，当真有世外桃源的感觉，极难想到北宋已经灭亡，靖康之耻就发生在去年。

但也不是没有影响，前任知登州弃官逃走，后任长官迟迟不肯到任，均是对时局极不看好，毕竟金人节节往南推进，京西、京东已成

(接上页)但以其尸置于山树之上，经三年后，乃收其骨而焚之。”采取的是树葬与火葬相结合的方式。契丹建国后，辽人仍流行火葬，但契丹贵族，受中原汉族丧葬文化的影响，通常采取土葬。就目前考古发掘的辽墓情况来看，实行火葬的辽人，大部分是辽地汉人及寺院僧尼，这是一个比较有意思的现象。

前线，覆巢之下，焉有完卵。

范家就在市集背后，距离码头不远。到市集时，马扩对昆布、阿七道：“你二人先在这里逛逛，海棠一人跟我去找范温即可。”

昆布奇道：“为什么马将军只带海棠一人？”

海棠不无得意地接口道：“因为我见过范温呀。他是耿通判推荐的船夫，我亲自雇请的他。”

马扩摇头道：“不是因为这个，而是因为蓬莱城不大，本地人大多互相认识，你二人是生面孔，先不要暴露身份，或许会另有用处。”

昆布、阿七这才会意过来，均道：“还是马将军考虑得周道。”

海棠瞪了马扩半晌，叹道：“马将军心机好深啊。”

马扩笑道：“那么海棠娘子看我是坏人吗？”

海棠摇头道：“不是，马将军是好人。”

进来土墙院子时，船夫范温正在晾晒渔网。他二十余岁，晒得一身铜红色的皮肤。一转头，先认出了海棠，忙迎上来道：“海棠娘子，你来了！我打算今日下午过去驿馆装货，明日一早出发，你看如何？”

海棠应道：“好啊。”

范温又问道：“这位是……”见对方朝自己微笑不止，忽而认了出来，叫道：“啊，是马将军。恕范温眼拙，竟然没有立即认出来。马将军这次回登州，是省亲，还是上任？”

马扩应道：“我来登州，是有一点私事要办。”又问道：“范温，听说你被偷渡客打了，可有受伤？”

范温憨憨一笑，摇头道：“没事，没事。”

马扩正色道：“我是专门为这件事来找你，你可还记得那偷渡客钟子昂的样貌？”

范温大吃一惊，问道：“马将军是为这件事来的吗？那钟子昂是什么人？”

海棠忍不住插口笑道：“你这人好生有趣，马将军就是不知道钟子昂是什么人，才来向你打听他的相貌啊。”

范温“哦”了一声，道：“是。我有些没反应过来。”挠了挠头，又道：“我不记得了。”

马扩奇道：“你拿下了那钟子昂，还要将他捆送州府，怎么会不记得他的长相？”

范温满脸通红，支支吾吾地道：“因为……因为有些日子了。反正就是记不得了。”

马扩遂道：“海棠，你先回去，告诉赵夫人，说范船家下午会过去驿馆。”

海棠见马扩连使眼色，便勉强应了一声，先行离去。

打发走海棠，马扩才正色道：“先父跟你爹范老大算是老朋友了。之前在登州的时候，我也没少麻烦他老人家。他葬在哪里？我想去拜祭一番。”

范温呆了一呆，才道：“就在那边的山坡下。那块地，是我爹生前自己选的。”

马扩道：“好，你带我去。”

途中，马扩随口问道：“你妻子阿彩早年难产而死，没再续娶一位吗？”

范温摇头道：“没有。”顿了顿，忽有些激动起来，道：“若是抢救及时，阿彩母子本来不会死的，都怪白医师，不好好待在县城里，非要搬去沙门岛住。”

登州名医白谈最擅外科及妇科，而范温妻子阿彩，便是死在渡海送医的船上。

马扩叹了口气，拍了拍范温肩头，道：“你父子素来憨厚大度，这件事，就过去吧。”

范温与亡妻阿彩青梅竹马，一道长大，感情极好，成亲后如胶似漆，却不想仅过了一年，阿彩便因难产痛苦而死。虽然事隔多年，但每每回想起来，仍会觉得心痛。他举手抹了抹眼泪，道：“不知道为什么，我就是怨恨白医师。如果他当时人在县城，阿彩现下还好好活着，说不定我们的孩子也能保住。”

又问道：“马将军，你说说看，白医师不是治病救人的大夫吗？他为什么要搬去上不着天、下不着地的沙门岛？”

马扩也对这件事很是不解，勉强应道：“白医师一定有他的理由吧。”

范温愤愤道：“理由就是——白医师是个懦夫，不愿意再为世人治病，枉有神医之名。”

马扩愕然道：“你何时变得这般偏激了？”

范温一怔，旋即软了下来，喏喏道：“我有好多次载人载货到沙门岛，总想着去当面质问白医师，可到了他家门前，又没有了勇气。”又问道：“我是不是也是个没种的懦夫？”

马扩叹道：“你不是懦夫。你是善良之人，虽然口中将阿彩之死怪到白医师头上，但你心中很明白，这是天意。”

范温怔怔问道：“是天意吗？”

马扩点头道：“天意。”

范温默然无言。隔了半晌，又问道：“对了，太夫人和马夫人她们都还好吧？”

他只是个船夫，最关心的便是天气、水流，竟不知宋廷早已将马扩母亲田氏等亲眷拱手送给了金人。马扩叹道：“我也不知道她们好不好，我一家十二口，都被金人俘虏了。”

范温当即变了脸色，呆了一呆，忽握紧拳头，咬牙切齿地道：“如此，更要这么做了。”

马扩忙问道：“你要做什么？”

范温自知失言，忙支支吾吾地应道：“没什么。我随口接了一句而已。”

此时二人已至范父墓前。马扩整肃衣衫，郑重上前，拜了三拜。又等范温磕完头起身，这才正色道：“范温，你当着你爹爹的面，实话告诉我，你当真不记得那钟子昂的相貌了吗？”

范温万料不到马扩会使出这种招数，呆了一呆，勉强应道：“之前我用谎话欺骗马将军，是我不对，但我不想再提这件事。”

马扩微一沉吟，即问道：“是不是那些偷渡客后来找上门，威胁了你？”

范温拍了拍胸脯，慨然道：“我范温别的本事没有，就是骨头硬，岂会受歹人威胁？”

马扩心道：“如此，就表明偷渡客确实又找过你。”也不当面戳破，只笑道：“你这么说，我便放心了。”又问道：“你明日要协助赵夫人将古玩器物运去沙门岛，对吧？”

范温道：“对，赵夫人预备搭乘海船南下，那艘大海船是从北方过来，不入登州渔港码头，所以只能去庙岛转船。”

马扩点头道：“甚好。我会跟你一道去。”

范温闻言一呆，问道：“将军说什么？”

马扩笑道：“我已经好久没有去过沙门岛了，好不容易回一趟登州，一定得再去看看。”

范温忙道：“马将军可不能乘坐我的船。”

马扩奇道：“这是什么道理？我就想再坐一次你范家的船啊。怎么，担心我白坐，不给渡海钱？”

范温忙摆手道：“不是钱的事，我哪会要马将军的钱。实在是因为……因为没有多余的位子了。”

马扩道：“怎么，除了赵夫人一行及辎重，你还有别的乘客？”

范温道：“嗯，有一些。”见马扩一副不相信的表情，忙解释道：“都是些逃难到登州的外地人，也是预备搭乘海船逃往南方的。”

马扩遂道：“那好吧。我自己再想办法。”

范温歉然道：“马将军，实在对不住啊。”忽又想起一事，狐疑问道：“马将军不忙吗？平白无故跑去沙门岛做什么？该不会……”

马扩问道：“该不会什么？”

范温道：“我虽然不关心时事，却也听说了五马山寨之事。登州有不少从那边逃过来的难民。马将军，你不受金人高官厚禄诱惑，是条好汉。”左右望了一眼，压低声音问道：“马将军是不是打算迎接二圣回朝？”

马扩一怔，随即答道：“这是每一个宋人心中所盼。”

又从怀中掏出一张画像，道：“你说登州有不少从五马山寨逃过来的难民，对吧？你可有见过此人？”

画中是一名十六七岁的英俊少年。范温接过画像仔细看了看，摇头道：“好像没有。”

马扩道：“那好，你记下此人相貌，一旦发现他踪迹，便立即来告诉我。他操汴京口音，颇有风度，应该比较容易认出。”

范温道：“记下了。”又问道：“他是什么人？”

马扩道：“是我的一个好朋友。之前因为打仗失散了，我是专程来登州找他。”

范温奇道：“他不是汴京人氏吗，一定会来登州吗？”

马扩道：“嗯，我也没太大把握。不过他之前专门向我打听过登州蓬莱，我说蓬莱不负仙境之名，而沙门、鼍矶诸岛，更是天堂胜境，尤其是鼍矶岛，堪比传说中的三山。我猜他无家可归，无处可去，说不定会来登州。”

又道：“虽说人海茫茫，但毕竟蓬莱不算太大，我已经托了耿通判协助寻找，如果他人在蓬莱，很快就会有消息。我担心的是，他可能想去我提过的仙岛，私下渡海。或者说，他已经渡海去了沙门诸岛。”

范温道：“既然如此，将军不妨将画像留给我，我拿去给其他船夫看。如果他想要渡海或是已经渡海，我一定会第一个知道。”

马扩点头应允，将画像交给范温，又道：“一有消息，便来驿馆找我。但这件事要保密，不可让外人知道。”

范温忙道：“将军放心。”

到了市集，马扩便与范温分手。等范温走开，马扩招手叫过昆布、阿七，指着范温背影命道：“阿七，你假装成游人，去渔港盯着范温的船。”

海棠不知从哪里钻了出来，凑上来问道：“为什么要盯着范温的船？那船已经被赵夫人雇了。”

马扩简短地道：“范温有些古怪。”

海棠问道：“马将军该不会认为范温已经被偷渡客收买了吧？”

昆布奇道："偷渡客不是已经买通了曹副使吗？"

马扩摇头道："我了解范温的为人，他是用钱收买不了的那种人。但不管怎样，他有些不同寻常，有事瞒着我。阿七，你好好盯着他。昆布，你回驿馆准备一下，明日就要靠你假扮曹副使了。"

昆布、阿七见他早已胸有成竹，便欣然应命而去。

海棠忙问道："接下来，是不是要去马将军岳父家？"

马扩奇道："海棠娘子怎么会知道？"

海棠得意地道："我昨晚特意向驿卒打听过马将军，原来马将军夫人就是本地人。尊岳父家在哪里？咱们这就出发吧。"

马扩却摇头道："今日来不及了。我还有许多事要办。"又问道："娘子不用回驿馆帮赵夫人整理藏物，好下午装船吗？"

海棠笑道："我刚在市集遇到了辛先生，已经委托他回驿馆转告夫人了。况且随行夫人的下人又不止我一个，还有两名男仆呢。"

马扩肃色问道："海棠娘子，你说实话，你紧紧跟着我，到底有什么目的？"

海棠一怔，随即收敛笑容，正色告道："我想揪出杀死我叔叔的凶手。"

这确实是一个天大的理由，不可驳斥，但马扩却是不信，道："在我看来，海棠娘子跟你那位叔叔并不如何亲近，不然你当年也不会一言不发地从鼍矶岛跑掉。"

海棠道："再不亲近，他也是我叔叔啊。"

马扩道："昨晚娘子不是说不想旧事重提吗？还让马某不要再去纠缠你。如今怎么反过来了？"

海棠："我细细想过了，叔叔没有子嗣，素来视我为亲女，虽然一度要迫我嫁给耶律阿撒，但那也是情非得已。而今他客死他乡，死得不明不白，总得要有人为他报仇。"顿了顿，又道："夫人也很支持，还说要我务必协助将军找出凶手。"

马扩遂问道："那么娘子认为你叔叔曹副使是为何被杀？"

海棠道："难道不是跟我叔叔暗中打听寻找耶律阿撒一事有关吗？

虽然叔叔在登州住过几年，可那时候他充作大宋翻译，总在为宋金联盟东奔西走，应该不会结下仇家。”

就算真的有仇家，仇家又如何会知道当年的曹孝才已改名叫曹笑笑，还摇身变为高丽副使，且人在登州？

马扩又问道：“为什么有人会因为曹副使打听耶律阿撒的下落而杀了他？”

海棠道：“因为当年大宋答应过高药师，一旦宋金联盟谈成，便要放所有人离去。而刀鱼巡检翟天麟却私下扣押了耶律阿撒，这是有违承诺之事。料想这件事事关大国信誉，知道的人极少。现下有人忽然出现，开始寻找耶律阿撒，而且对方还是高丽使者，自然引起了某人的警觉。肯定有人不希望耶律阿撒被我叔叔找到，更不希望这件事张扬出去。”

马扩笑道：“娘子果然不愧是赵夫人的贴身侍女，慧人玲珑心。”

海棠一怔，随即笑道：“这些马将军其实早就猜到了，刚刚是在故意试探我，对不对？”

马扩不答，忽然语气一转，道：“其实最不希望耶律阿撒被找到的人，应该是海棠娘子你吧？”

海棠当即俏脸一沉，怒道：“这么说，马将军认为是我杀了我叔叔？”

马扩摇头道：“我没有说娘子杀人，只是说娘子最不希望耶律阿撒被找到，所以你才紧紧跟着我，对不对？”

海棠摇头道：“不对，我只是想找到杀害我叔叔的凶手。”

马扩道：“耶律阿撒这件事，是娘子最先说出来的。娘子既然认为曹副使被杀与其有关，那么你认为该如何调查下去呢？”

海棠道：“当然是要找刀鱼巡检翟天麟了，问问这件事都有谁知道。只不过，过了这么多年，翟巡检应该早升迁他处了吧？”

马扩道：“鼍矶岛之戍是轮换制，一年一期，刀鱼巡检也是一年一任，翟天麟不是登州水师平海、澄海两军的人，他是更戍到登州，当年返航后便调往他处了。但当年那期戍军中，有一半以上是平海军、澄海军的人，应该还能找到当年的老兵。”

海棠道：“要我说，只有找到翟天麟才行。找到其他水兵又怎样？耶律阿撒可是被装在布袋中抬上船的，就算别的水兵看到，也不知道是怎么回事，估计还以为是抬着一条大海鱼呢。”

马扩笑道：“看，我就说，娘子是最不愿意耶律阿撒被找到的人。”顿了顿，又道：“其实关键不在耶律阿撒身上。当年鼍矶岛发生之事，娘子亲眼见到，不觉得蹊跷吗？”

海棠道：“当然蹊跷了。其实耶律阿撒莫名被捉，我一直都很好奇，想知道到底是怎么一回事。”

马扩笑道：“还能是怎么一回事？必是有人无意中得知了耶律阿撒的真实身份，透露给了刀鱼巡检。”

海棠奇道：“什么人会这么做？会是鼍矶岛岛民吗？”

马扩摇头道：“当时你们这行漂流人被隔离在水师军营一带，根本不可能接触到普通岛民。况且耶律阿撒的身份是重大机密之事，怎么可能平白泄露给岛民？”

海棠道：“那么就只剩下马将军口中的‘你们这行漂流人’了。”

马扩道：“不错，告密者一定就在‘你们这行漂流人’中。”

海棠很是困惑，问道：“都是自己人，他为什么要这么做？”

马扩道：“姑且叫告密者某甲吧。或许某甲一向讨厌耶律阿撒，想借我大宋之手将他除掉。”

海棠摇头道：“这不可能。耶律阿撒是我们那行人中地位最高的。况且他父亲耶律淳在辽国声望很高，不看僧面看佛面，不会有人这么做。”

马扩道：“又或者……某甲不愿意看到海棠娘子违背心意嫁给耶律阿撒，便故意向刀鱼巡检揭破了他的真实身份。”

海棠怔了好大一会儿，才摇头叹道：“要是真有那么一位英雄救美的某甲就好了。”

马扩正色道：“娘子不相信有这样的人吗？在马某看来，这倒是最最有可能的动机。某甲告密是为了娘子，但以目下情形推测，某甲的杀人嫌疑最大。他不愿意耶律阿撒被你叔叔找到，毕竟是他向刀鱼巡检告的密，他当然不希望当年之事败露。”

海棠连连摇头道：“这是不可能的事。如果是告密者某甲杀人，某甲当在登州。但是除了我和耶律阿撒之外，高药师等二百一十一人都如数离开鼍矶岛，去了高丽。就算告密人就在这二百一十一人中，他现下人也应在高丽才对。”

马扩道：“如果某甲这次也跟在高丽使团中呢？”

海棠呆了一呆，摇头道：“这不可能。高丽馆的那些人我都见过，除了我叔叔外，没什么熟人。”

马扩笑道：“娘子忘了高丽使团是乘坐自家使船来的吗？高丽馆只是住了正、副两位使者及侍从，其他人都留在使船上呢。”

海棠有些发愣，茫然道：“会是这样吗？”

马扩道：“海棠娘子不信吗？走，我会设法证明给你看。”走出几步，转头见海棠脚下不动，奇道：“娘子是不是听到我说那某甲是为了英雄救美才告密，是为了救娘子，娘子便不愿意去抓他？”

海棠忙道：“不是，我只是觉得……觉得这一切来得太快，太不可思议。”见马扩目光灼灼逼人，只好道：“既然将军如此有把握，咱们这就去捉那某甲吧。”

走出一段，海棠忽然反应过来，问道：“方向反了吧？码头在那边才对。”

马扩应道：“我们先去一趟东海客栈，再去刀鱼寨。”

海棠道：“不是去高丽使船上找某甲吗？”

马扩笑道：“某甲向刀鱼巡检告密之事，只是你我私下的推测，并无实据。就算找到了人，也不能证明当年之事。而当年之事，极可能就是某甲杀死你叔叔的动机。如果能多找几名刀鱼老兵询问，说不定当年有人见到些什么，有了人证，某甲便无从抵赖了。”

海棠这才会意，笑道：“瞧，我之前就说了，我们马将军心机深沉。嗯，说好听点是深谋远虑，心思缜密。”

马扩笑道：“好词坏词都让娘子一人说了。”

二人一前一后来到东海客栈。刚进大门，便有一名精壮男子迎上前来，躬身行了一礼，报道：“那件事，已经去办了。”

马扩点点头，道：“渔港码头那边，我也已经知会过了，他如果想渡海，或是已经渡了海，都会有消息。”

又想起一事，问道：“东海客栈是最大的客栈，我昨晚来时，听店家说客栈都住满了，你可有留意到奇怪之人？”

那侍从答道：“都挺奇怪的，住客都是携刀带剑，兵刃不离身，咱们的人也是如此。”

宋朝制度禁止民间百姓携带兵器，可而今天下大乱，两位大宋皇帝都做了金人俘虏，民众也是朝不保夕，商旅外出携带兵刃防身，虽有违律法，但也是司空见惯之事。

马扩叹道：“兵荒马乱的，一切都乱套了。”又叮嘱那侍从一番，便自往刀鱼寨而来。

刀鱼寨距离蓬莱阁不远，充分利用了山形水势，形势险要。既是军事重地，自是关防森严，四周围以高高的栅栏，不准人靠近。

到了寨门附近，马扩道：“娘子是女儿身，不便进入军防重地，你就在这里等我，我去去就回。”

海棠很不服气，道：“女儿身就不能进军营吗？嗯，也是我自己不争气，我要有赵夫人那样的本领，也不会让男人看女子的笑话。”

马扩忙道：“那是两码事。刀鱼寨是屯兵训练之所，为严肃军纪起见，历来是不准女子进入的。”

海棠这才勉强应了。

马扩来到寨门前，出示自己的河外兵马都元帅府马步军都总管官印。一名兵士却立时认出了他，欣然叫道：“马将军。”

马扩父亲马政担任登州军事长官多年，马扩本人也算是在军营中长大，记得许多将官兵士的名字，当即叫道：“是冯祥吧？”

冯祥喜道：“多年不见，马将军居然还记得小的名字。”

马扩忙道：“遇到熟人正好，我也就不去麻烦你们长官了。你可还记得十年前的那任刀鱼巡检翟天麟？”

冯祥笑道："当然记得。他不是我们登州水师的人，自以为是京城来的官儿，骄傲得很。兄弟们私下议论，说他下巴都快扬到天上了。"

马扩忙问道："平海、澄海二军都有哪些人当年跟随翟天麟去了鼍矶岛？我的意思是，现下人还在刀鱼寨的。"

冯祥想了想，忽然眼睛一亮，道："老丁，就是丁玉，他那一期去过鼍矶岛。对了，那句'下巴都快扬到天上了'就是他最先说的。"

马扩忙命冯祥带路来寻丁玉。丁玉是澄海军弩手，正在船上擦拭机弩，见冯祥引人上船，嘟嘟囔囔地道："你小子今日不是当值吗？跑到船上来做什么？被长官看见，非扣你三个月俸禄不可。"待到马扩叫了一声，这才认出对方，忙扔了弩具，赶过来拜见。

马扩笑道："都是老熟人了，不必多礼。"

他不愿惊动登州水师长官指挥使，决意快刀斩乱麻，便直截了当地询问了当年戍守鼍矶岛之事。

丁玉道："不错，那一期轮到小的戍守鼍矶岛，小的刚好在翟巡检的大船上当值。"

马扩又问道："从鼍矶岛返航的前一天，或是前几天，你可有见到翟天麟跟漂流人说过话？"

丁玉挠头道："这个没留意。翟巡检和那些漂流人都在陆上军营里。小的是弩手，一直待在船上。"

马扩问道："那么刀鱼水师返航前一晚，翟巡检大船上可有发生什么奇怪之事？"

丁玉歪着头想了想，挠头道："没有吧？小的记不大清了。"

马扩试探道："譬如有水兵抬着布袋上船……"

丁玉道："啊，有，有这回事。那些水兵是翟巡检的心腹，是他从京城带来的人，他们先后抬了两个大麻袋上船。"

马扩奇道："两个大麻袋吗？"

丁玉肯定地点了点头，道："不错，是两个，小的记得很清楚。"

马扩心下大奇，暗道："莫非除了耶律阿撒之外，翟天麟还私下扣押了一人？但那一行漂流人，明明只有海棠和耶律阿撒两人失踪呀。

总不可能是鼍矶岛岛民。”

丁玉又笑道：“马将军是知道的，从来只有兵船往鼍矶岛运送物资，没见过从鼍矶岛上往外运的，所以小的当时就觉得很奇怪，跟同伴私下议论。同伴说，那两大袋子东西一定是翟巡检收的贿赂。”

一旁冯祥当即讥笑道：“傻了吧？鼍矶岛景色是美，可岛民个个穷得要命，哪有钱财去贿赂？再说了，贿赂翟天麟做什么，第二年的刀鱼巡检就不是他了。”

丁玉笑道：“看，没人信吧？其实我也不信贿赂这件事。”

马扩忙问道：“你和同伴可有猜过麻袋里装着什么？”

丁玉笑道：“当然猜过，最后大家异口同声认为是石头，鼍矶岛的彩色石头。”

鼍矶岛虽然距离登州三百里，却是登州所辖海岛中人口最多的一个岛屿。而且岛上遍地奇花异草，春夏花开时节，漫山遍野的黑色大蝴蝶翩翩飞舞于花间，美丽得近乎梦幻，仿若仙境一般[1]。岛上的彩石[2]更是一绝，遍布于海滩之上，或立或卧，或直或曲，不但形态各异，而且五彩斑斓，色则赤橙黄绿青紫黑白俱全，纹则直曲长短粗细皆有，且石头上天然形成了各种图案，仿若水彩画一般，奇异而富有

[1] 迄今砣矶岛仍然植被极佳，夏季盛产黄花菜与山丹红花，处处可见戴胜鸟（当地称“花鞑子”）和黑色大蝴蝶。

[2] 砣矶岛彩石是经海水千万年冲蚀而形成的独特自然景观，今仍存。又，岛上磨石嘴村西北部悬崖下的山泉水眼处出产砚石，因其色泽苍黑油润，有白色水浪纹理，于石理间密布如芝麻大小、间有如绿豆大小的金色光泽的“金星”，被誉称为“金星雪浪砚”。其质地细腻平滑，细中有峰，柔中有刚，发墨性能良好，研墨不起沫。宋人高似孙《砚笺》记唐询《砚录》：“登石砚。登州驼基岛石，色黑，罗纹，金星，发墨类端歙。”故宋时已有砣矶石砚，后世更是成为名砚。明代徐渭（即著名的徐文长）《鼍矶研》诗：“向者宝端歙，近复珍鼍矶。”将与端砚、歙砚并列（中国四大名砚为广东端砚、甘肃洮砚、安徽歙砚、山西澄泥砚）。清人《西清砚谱》记：“考高似孙《砚笺》称驼基石出登州驼基岛，色黑，罗纹，金星，发墨类端歙。是砚虽系新制，而锋颖佳处，不减龙尾，可备砚林别品。”清钮琇《觚賸·石言》：“彼洮河（即甘肃洮砚）与鼍矶，迥莫敢与抗衡者也。”清人董寄庐评砣矶：“砣矶石似歙而益墨殊胜，有枯润二种，得之润水中者尤佳，石家藏此砚而宝之。”至清雍正年间，砣矶砚已因质地优良而成为皇家贡品，清内府造办处档案记载：“雍正七年十月二十五日，太监张玉桂、王常桂交来花玉木匣鼍矶砚九方，传旨养心殿造办处着。”北京故宫博物院现藏有清乾隆年间鼍矶石五螭砚一方（此砚《西清砚谱》有载），色青间碧，中凝白，受墨处宽平，墨池深广，中刻蟠螭一，边刻作四螭绕之，覆手镌乾隆御题诗一首：“驼基石刻五螭蟠，受墨何须夸马肝。设以诗中例小品，谓同岛瘦与郊寒。”后注：“乾隆戊戌御题。”

情趣。

料想那翟天麟也为鼍矶岛彩石所迷，临走之时，想带走一些留作纪念，但又怕被登州本地水军嘲笑没见过世面，遂暗中装入麻袋中，半夜才令心腹兵士抬上船。

马扩心道："其中一个麻袋必是耶律阿撒无疑，或许另一个麻袋中装的才是鼍矶岛彩石。"又向丁玉打听其他同期戍守鼍矶岛的水兵。

丁玉道："去年一半水师奉命赶去了京师勤王，好像那拨人，只剩小的一个了。"

马扩见问不出什么，便告辞出来。这一趟刀鱼寨之行，并无太大收获，只验证了海棠所言是真。

出来刀鱼寨，却不见了海棠人影，原处只有一名年纪与己相仿的男子。

那男子施然迎上前来，抱拳道："马扩马将军是吧？在下钟子昂。"

马扩退开一步，手扶刀柄，喝道："你胆子可真够大。"

钟子昂忙道："马将军且慢动手，先看看这是什么？"展开手指，掌中所握，正是海棠头上的银簪。

马扩厉声喝道："海棠人在哪里？你们将她怎么了？"

钟子昂道："马将军，请借一步说话。"

马扩无可奈何，只得随钟子昂前行。

来到海边一处密林外，钟子昂顿住脚步，道："海棠娘子安然无恙，马将军无须担心。"

马扩问道："你想从我这里得到什么？"

钟子昂道："我等想乘船偷渡去高丽，但似乎马将军已窥破此节。所以我想跟马将军好好谈上一谈，请你高抬贵手。"

马扩心道："曹笑笑命案已被封锁，这些人只是外地来的偷渡客，绝不可能知悉其事。钟子昂所说的'窥破'，应该是指我去找过船夫范温。"

当即道："我若不肯呢，你便要杀了海棠泄愤吗？你们这些人，置国恨家仇于不顾，违法偷渡，不能成事，便要拉上无辜者陪葬，这是男子汉大丈夫所为吗？”

钟子昂正色道：“正因为是男子汉大丈夫，才要偷渡过海。”

马扩忽快手扬刀出鞘，横在钟子昂颈间，喝道：“叫你同伴出来，一命换一命，拿你换海棠。”

一名二十余岁的男子缓缓从林中走了出来，叫道：“马将军，别来无恙乎？”

马扩定睛一看，竟是曾经同在朝中为臣的曹勋。马扩中武举后被授承节郎，曹勋则是以荫补承信郎，二人均是从九品武官，兼之年纪相仿，很是投契。可惜马扩不久后就被宋廷指派随父马政出使金国，当年汴京一别之后，二位好友竟未再见过面。

一认出曹勋，马扩先立即收了兵器，迎上前问道：“曹兄，你如何会在这里？”

曹勋苦笑道：“这句话，其实该我曹勋问才对。实在想不到，我们二人再见，竟是在这种情势下。”

马扩知道曹勋生父曹组[1]文采出众、占对才敏，生前是宋徽宗宠幸的文臣，曾出使过高丽，待见到曹勋与偷渡客钟子昂混在一起，当即便猜到究竟，却又感到难以相信，问道：“曹兄，你当真甘愿舍弃家国，偷渡去高丽吗？”

曹勋不答，只朗声吟诵道：“未见燕铭勒故山，耳闻殊议骨毛寒。愿君共事烹身语，易取皇家万世安。”

马扩诧异万分，这是他本人早年出使金国时，酬和本国使者赵良嗣所作诗句。

曹勋又道：“北庭败盟誓，饮马淮之沱。烟尘犯江汉，烽火连岷

[1] 曹组：字元宠，颍昌（今河南许昌）人。深明经学、史学，亦工诗文、晓音律，尤善以俗语作小令。早年入太学，与其兄曹纬以学识见称于太学，但六次应试不第。宣和三年（1121 年），殿试中甲，赐同进士出身。历任武阶兼阁门宣赞舍人、给事殿中等职。曹词以“侧艳”“滑稽下俚”著称，在北宋末曾传唱一时，浅薄无聊者纷纷仿效。但在南宋初却受到有识者的批评，甚至鄙弃。其子曹勋为其编刻了集子，宋高宗时曾“有旨下扬州毁其板”（《碧鸡漫志》）。

峨。王师因雷动，虎臣亦星罗。灵旗建玉帐，铁马驰雕戈。三军指故国，巨舰凌沧波。一戎遂大定，上天佑无颇。整刷旧俗苦，扫除凉法苛。奸谋尚济诡，既战犹连和。复图称职尔，眇哉浯溪磨。已悉将相力，敢献大风歌。”

长叹一声，道：“这是金人南侵时我作的《大驾亲征》。”

马扩很是不解，问道：“曹兄，你这是……”

曹勋上前深深一揖，道：“多谢马兄救命之恩，全靠马兄朋友薛宇拼死相救，我才能从金人手中逃脱。”

原来之前马扩被金人俘虏后，利用金人不愿杀他的心理，在真定开了一家酒肆。他表面在当地安家落户，实则利用酒肆人来人往的便利条件，暗中联络豪杰人物，预备在合适的时候举旗抗金。太上皇宋徽宗被金人押解北上时路过真定，听说了马扩酒肆之事，还特意派内使张恭前去抚慰马扩。

张恭离开后，马扩悲愤异常，决定组织人手营救宋徽宗。他自己受金人严密监视，为避免打草惊蛇，便将营救一事委托给义士薛宇。不想金人看守严密，薛宇等义士未能成功，还尽数被杀。

这是马扩所了解的结果。但实际情况是，薛宇等人在燕京附近顺利营救出了宋徽宗及近臣曹勋二人。出逃时，宋徽宗自己太过慌乱，摔了一跤，再也爬不起来。此刻追兵渐近，而营救方只剩下薛宇一人，而且在与金人搏杀中受了重伤。宋徽宗料想难以逃脱，遂撕下一只袖子，咬破食指，写下血书交给了曹勋，命他与薛宇速速离去。曹勋遂含泪拜别。金人虽重新抓获了宋徽宗，却仍穷追不舍。最后还是薛宇舍命引开追兵，曹勋才得以逃脱。

马扩很是感叹，道：“我曾听说曹兄从北方逃回，却不知是因薛宇之力。”又问道：“几月前我到扬州拜见圣驾，听说曹兄曾受太上皇血书[1]，可有此事？”

---

[1] 曹勋受宋徽宗血书逃归为历史真事。宋高宗得血书后，泣以示辅臣。曹勋建议招募死士航海入金国东京，奉宋徽宗由海道归，然“执政难之，出（曹）勋于外”。

曹勋点头道："有这回事。太上皇给当今皇帝的血书是：'可便即真，来救父母。'加上花押[1]，一共九字。"

马扩只觉得血气上冲，脑子一热，骤然醒悟过来，失声道："你……你们不是要偷渡去高丽，而是要赶去辽东金人老巢营救二圣。"

曹勋摇头道："不，我们是要偷渡去高丽，再假道高丽进入金境，营救二圣回朝。"又诚恳地邀请道："马兄，你多次出使金国，熟悉当地情况，我希望你也能加入我们。"

马扩摇头道："不，不行。我不会去，你们也不能去。"

曹勋本来有足够把握可以说服马扩，闻言很是意外，反问道："为什么不去？你已经不是当年那个豪气干云的马兄了吗？"

马扩不答，只道："抱歉之前误会了各位，将你们当成了偷渡客。想来你们应该有不少人吧？"

钟子昂骄傲地道："二百人，都是我一手招募的。"

马扩道："二百人可不少，偷渡的话，得分几批才行，所以你们同时盯上了高丽使船和范温。曹兄大概也是用'忠义'二字打动了范温，所以他才一改前态，极力替你们隐瞒。"

曹勋点头道："范温是个好人，可就是太过憨直，而马兄你又太过精明。我一听说马兄找上门询问钟子昂之事，就立即猜到范温会露馅。果不其然，马兄对范温起了疑心不说，还暗中派了人监视。"

马扩忙问道："你们没有对那人怎么样吧？"

曹勋道："没有。他是高丽使者的侍从，对吧？事关国体，我们可不敢随意对外国使节一行动手。"

马扩遂道："先放了海棠再说。"

曹勋点了点头，钟子昂遂走进密林中。不一会儿，便见他拖着海棠出来。海棠双手反缚在背后，口中塞了破布，头发凌乱，颇为狼狈。她一见到马扩，便"呜呜"出声。

[1] 古人根据自身喜好，在文书上使用特定符号，作为证实本人的凭据。宋代花押十分流行，两宋皇帝均有自己独特的花押。宋徽宗的花押被称为"绝押"，有点像写得结构松散的"天"字，又像一个简写的"开"字，实为"天下一人"四个字组成，四笔写成。也有人认为是"天水"（赵氏郡望）的简写。

钟子昂刚一解开绳索，海棠便自行挖出口中布团，转身扬手打了钟子昂一耳光，喝道："你们这些强盗，胆大妄为，真真可恶！"

曹勋摇头道："胆大妄为是真，但我们不是强盗。我们都是忠君爱国的壮士，明明知道此行九死一生，可还是义无反顾。"

海棠闻言大惑不解，狐疑问道："马将军，他们……"

马扩道："这些都是死士，意图假道高丽，去金国东京营救二圣回朝。"

海棠"啊"了一声，看看曹勋，又转头看看钟子昂。

曹勋又道："当然了，我们也做了一些不好的事，不过是不得已而为之。娘子既是赵夫人贴身侍女，想必也是知书达礼，当明白我等苦衷。"

海棠问道："是你们假扮成强盗，洗劫了马将军岳父柳氏一家吗？"

曹勋不知此事已经泄露，听到海棠当面发问，竟愣在当场，满面愧色，极为难堪。

钟子昂遂插口道："我们也是没办法。曹郎变卖全部家产所得的钱财，已充作了募资及路费，所剩无几。偏偏对方狮子大开口，非要一笔巨额财物。是我打听到马将军岳父是登州巨富，又隐居于山中，极好下手，所以……"

曹勋摇了摇头，示意钟子昂不必详细解释，道："马兄，实在抱歉，这件事，是我的错，日后我一定会设法弥补。"

马扩道："赃物既已追回，那件事就不必提了。"

曹勋讪讪道："那么……那么……"显然想问马扩是如何追回财物，却又不知对方到底知悉了多少。

马扩直言告道："高丽使船，你们是决计坐不上了。高丽副使曹笑笑意外被人杀死，贪赃一事，才由此暴露。"

曹勋大吃一惊。钟子昂更是失声道："怎么会……"

马扩又指着："这位海棠娘子，不仅是赵夫人的贴身侍女，还是高丽副使曹笑笑的侄女，她跟着我，就是为了追查其叔的命案。"

曹勋问道："曹副使吗？他怎么会……"

钟子昂问道："是谁杀了曹副使？是高丽正使金富轼吗？"

海棠接口道："你这个人好生鲁莽，马将军都说过了，我叔叔是意外被人杀死，是命案。"

她衔恨对方胁持绑架自己，又道："对了，我还要问你，是不是你杀了我叔叔？"

钟子昂愣了一愣，答道："怎么会呢，我跟曹副使有过约定……"

曹勋重重咳嗽了一声，道："好了，既然曹副使人已经过世，就不要再说了。"

马扩心道："曹勋既然贿赂了曹笑笑，必跟对方保持密切联系。又或者怕曹笑笑中途变卦，暗中派了人监视，也许无意中看见过凶手。"忙问道："你们这几日可曾留意到曹副使有异常之处？"

钟子昂看了曹勋一眼，摇头道："没有。"

海棠道："就算有，你也不会告诉我们，对吧？"

钟子昂居然点头道："不会。"顿了顿，又解释道："因为我跟曹副使有过约定。"

海棠忙问道："什么约定？"

钟子昂道："绝不透露给外人。"又特意补充道："约定就是，绝不透露给外人。"

海棠道："我不是外人啊，我本姓曹，是曹副使的侄女。"

钟子昂一怔。曹勋插口道："这里说的外人，是指第三人，包括娘子在内。"

马扩遂道："好了，这件事，到此为止吧。曹兄，实话告诉你，范温这边，你也别指望了。我会跟着他的货船去沙门岛，等卸下赵夫人辎重后，便责令他返回登州，不准逗留，更不会准其北上。"

曹勋脸色一沉，道："我等是冒着生命危险在做这件事，马兄不肯加入，不肯帮忙倒也罢了，为什么要竭力阻挠？"

马扩道："因为我知道你们不可能办到，只是徒然去送死。"顿了顿，又叹道："我也曾一时热血，意图营救太上皇，这才将薛宇等人送入虎口。”

忽想到曹勋本已与宋徽宗一道被掳北上，全靠薛宇等义士拼死营救才得以逃脱金人魔掌。忙解释道：“我这话没有别的意思，薛宇等人死得壮烈，最终只救出了曹兄你，曹兄当好好珍惜才是。”

曹勋慨然道：“我舍弃圣上自逃，千辛万苦地回到中原，不是为了珍惜自己，而是因为受太上皇血书，要招募死士，营救二圣回朝。”又一字一句地道：“可便即真，来救父母。”

马扩道：“那幅血书是太上皇写给当今皇帝的，意思是让他即位为皇帝，再设法营救父母。想必曹兄已经向皇帝当面提及招募死士营救，皇帝不准，才有而今偷渡之事。”

顿了顿，又道：“我不是有意为难曹兄，我马某人还相当佩服诸位的胆识及勇气，只不过凡事要量力而行，留下有用之身，方能有所作为。”

海棠忙道：“我插句话，你们想救的二圣，有一位就是太上皇，对吧？不正是那位糊涂的太上皇要与金人联盟吗？太上皇既视金人为盟友，而今他人去了金国，就当是去盟友家做客好了。”

这话极为无礼，就连钟子昂这等天不怕地不怕的豪侠人物也是闻之骇然。

曹勋当即怒道：“你好大胆！是了，你是曹笑笑侄女，当是辽人，一定是辽国潜伏在大宋的奸细了。”

海棠不顾马扩朝自己连使眼色，摇头道：“我不是辽人。”

曹勋道：“是了，你是辽地汉人，那只能说你不是契丹人，你仍是辽人。”

海棠摇头道：“辽人也有好人，太宗朝的高太尉就是辽人。我海棠从没有做过对不起大宋的事。”又道：“倒是你们……不，应该是你钟子昂，不也正受官府通缉吗？我说的官府，可是你们大宋登州官府。你们认为自己是在做了不起的大事。那么假扮强盗抢劫平民呢？贿赂外国使者呢？收买民间船夫呢？这些事，都是你们做的吧？算不算得上光明正大呢？”

曹勋昂然道：“成大事者，不拘小节。”

海棠笑道："你将精力花在组织义军抗金上，不比救那个糊涂太上皇回来管用吗？等到大宋强大，打败了金人，金人必恭恭敬敬地送二圣回来，以便求和，还用得着你们偷渡出海营救吗？"

曹勋出身名家，本能言善辩，此时竟无言以对，当即沉下了脸。默然半晌，忽上前朝马扩跪下，恳求道："马兄，你我相交不长，却相知甚深，我素知你有情有义，请你务必伸出援手，帮我这个忙。一想到临别时太上皇泪目涟涟，我便日不能食，夜不能寐，若不有所行动，实愧为臣子。"

马扩忙上前搀扶道："曹兄快快请起。"

曹勋却将马扩的手推开，道："马兄若不答应，我便不起来。"

于公于私，马扩都不能答允相助。然他也知道曹勋性子执拗，难以说服，一时之间，大感为难。

海棠忙道："我有个主意，比你们千方百计地偷渡出海管用。"

曹勋斥道："这是我们宋人的事，不需要你这个辽人来插嘴。"

海棠笑道："我叔叔虽是高丽副使，但他原先也是辽人，你们不也一样向他求助吗？"

曹勋道："那是公平交易，跟求助无关。"

钟子昂却催问道："娘子快说，什么主意？"

海棠道："你们知道金人很器重马将军吧？"

钟子昂点了点头，道："马将军之前加入河北义军，跟金人交战，于阵前被俘，金军统帅斡离不亲自劝降。马将军虽然未降，但却提出种地和开酒肆的要求，斡离不均答应了，还将家眷还给了马将军，这是人尽皆知之事。"

海棠道："那斡离不是金国皇帝的儿子，对吧？"

曹勋起初恼怒海棠对太上皇宋徽宗不敬，不以其言为意，此刻却留了神，先答道："斡离不有皇子身份，不过他是前任皇帝阿骨打的次子，现任金国皇帝吴乞买是前任皇帝的弟弟，斡离不的叔叔。"

海棠道："既然马将军跟金国皇子有如此交情，那你们可以利用这一节。"

曹勋道：“这一节，我也曾想过，只是后来听说斡离不已经病死，才没有立即邀请马将军加入。”

他很惊异海棠小小女子，竟能有此眼光，开始对其刮目相看。

海棠笑道：“但马将军这样的男子，智勇双全，他多次出使金国，应该不止跟斡离不有交情，对不对？”

曹勋道：“是了，听说最初出面向本朝索要马将军家眷的，是西路军统率粘罕，金国皇帝的侄子。”

金人几次南侵，总是分两路南下，斡离不和粘罕为金将中才华出众者，是以分任东、西路大军统率，在中原声名显赫。

海棠笑道：“所以了，你们只需说服马将军加入，然后一行人北上，不是乘船，而是走陆路前往燕京，假意要投降金人。等马将军受到金人重用，你们便可以趁机接近那个被俘虏的糊涂太上皇，救他出来。”

他二人自行对答，也不顾马扩等人就在旁边。曹勋想了一想，居然认为可行，抬头望向马扩。

马扩当即摇了摇头，道：“虽然宋金不两立，金人是本朝大敌，但斡离不、粘罕等人均是诚恳待我，我不会用这种欺骗的手段去救人。”

钟子昂忙道：“马将军之前不是还假意向斡离不屈服吗？”

马扩道：“我没有屈服。我不愿意投降，斡离不不愿意杀我，双方都很为难，我不忍老母在狱中受苦，所以提出种地自活，后来又提出要开酒肆，斡离不都答应了。我确实种过地，后来也开了酒肆卖酒，没有骗他。”

场面一时冷了下来。曹勋依旧跪在地上，坚持不起。他见马扩意志坚定，便转头望向海棠，期盼她能从旁劝说。

海棠却只是哈哈一笑，道：“我刚才开玩笑的，胡说八道，大家都别当真。”转头叫道：“马将军，我们走吧。”

马扩居然应了一声，随海棠走了几步，转头见曹勋仍是跪在地上一动不动，于心不忍，便又折返回来，问道：“曹兄还记得我为何称呼你曹兄，你则称呼我马兄吗？”

曹勋道："当然记得，你我同年同月生，虽然我略长三日，但三日太短，实在不好意思居马兄之上，所以你我二人均为兄。"

马扩遂道："看在往日的情分上，我可以答应曹兄，不再插手你这件事，也不会向州府告发，你想怎么做，就怎么做。但你也要答应我一件事。"

曹勋颇为惊喜，忙问道："什么事？马兄请说。"

马扩道："二百人太多了。若是计划周全，一二十人足矣。你须得精简人手。"

曹勋未及回答，钟子昂先道："二百人怎么会多？金人一定派了重兵看守太上皇。要是时间来得及，我还想再多招募五六百人呢。"

马扩道："就算你有一二千人，也根本不足以与金人相抗，硬碰硬的话，定会全军覆没。要做这件事，不一定需要很多人。二百人太引人注目，极容易暴露行迹。就算你们能顺利偷渡过海，到高丽境内也极可能会被扣押。我听闻当今皇帝即位后，曾派杨应诚为使者出使高丽，请高丽出兵相助，营救二圣回朝，高丽断然拒绝。杨应诚又提出假道高丽，也被高丽拒绝，足见高丽当时已有亲金意向。大宋和高丽由此绝交。连当今皇帝都在求助高丽一事上碰了壁，以你个人之力，又能如何？而今高丽已正式臣服于金人，说不定会将你们悉数交给金人处置，如此，你们便是出师未捷身先死了。"

曹勋想了想才道："马兄分析得有理。"

马扩道："如果事先谋划得当，将死士分散，组成前哨、先锋、正队、后援、断后五队，每队寥寥几人，既便于隐藏，又各司其职，互相呼应。即便有一两队失手，其余几队仍能进行下去，成功的概率便要大上许多。"

钟子昂本不信人少比人多有利的理论，待听了马扩这番话，也连连点头。

曹勋沉吟半晌，道："好，就如马兄所言，我会精减人员，挑选出二十名精干人员。"又问道："马兄保证不干涉这件事吗？"

马扩道："保证。"

曹勋这才从地上站起来，向马扩身行了一礼，随即朗声吟诵道：“来时长驱五千里，满目胡尘涨天起。胡尘已息辽海空，班师来谒明光宫。汉家天子耀神武，不知战士常辛苦。”

随即抱拳道：“今日一别，怕是再见无期。马兄，你多保重。”

马扩回了一礼，道：“保重。”

两位多年不见的好友遂就此分别。走了一段，再回头时，曹勋、钟子昂身影已没入密林中，马扩一时心潮澎湃，不由自主地顿住了脚步。

海棠却很是不解，问道：“马将军明知道这是白白送死，为什么还要任凭他们这么做？”

马扩道：“曹勋跟我不同，我出身武官世家，我马氏世代都是武将。曹勋名为武官，但那只是荫封官，他本人其实是个文士。他父亲曹组可是汴京有名的大词家，当年极得皇帝……哦，就是当今的太上皇赏识。”

海棠道：“所以马将军才格外钦佩曹勋，对不对？”

马扩叹道：“国破家亡之际，不是人人都有勇气挺身而出。曹勋其实知道此行是去送死，但仍然毫不畏缩，我是真的很佩服。”

海棠道：“就因为太上皇格外优待曹氏父子，曹勋才坚持要这么做吗？”

马扩道：“不独如此，当时曹勋舍弃了太上皇，独自逃走。自古君为臣父，君要臣死，臣不得不死，他这么做，可谓大逆不道。虽是奉了君命，但他必定心中难安，所以宁可为营救太上皇而死，也不愿意苟活下去。”

海棠奇道：“马将军想成全曹勋吗？”

马扩不答，只道：“谋事在人，成事在天。一切听天由命吧。”

二人正欲赶去渔港码头，去高丽使船上寻找曹笑笑命案的嫌疑人，忽有驿卒赶来，躬身告道：“小的到处找马将军。将军的泰山大人到了，正在驿馆。”

原来马扩岳父柳寻今日到蓬莱城中访友，顺道去了登州府署，询问追捕强盗一事。登州州府当值孔目官已得通判耿于怀叮嘱，忙告知马扩人在登州之事。柳寻极为意外，他与女婿已有数年未见，遂寻来了驿馆。

马扩闻报，一时顾不上命案之事，先与海棠折返回驿馆。翁婿相见，自有一番唏嘘。

马扩先告道："岳父大人，被强盗抢走的财物，已经找到了。"

柳寻很是意外，道："竟然找回来了？"似是不相信世上竟有失而复得之事。

马扩点头道："找回来了，就在我驿馆的临时住处。"

登州通判耿于怀既判定高丽使者曹笑笑所受贿赂是柳氏被抢的财物，便将这些财物如数留在了驿馆马扩房中，等他来日亲自归还岳父。

马扩见岳父闻讯后喜不自胜，遂引他来到自己房间。进来一看，木榻上除了卧具外，空无一物，搁置在榻首的大包袱已经不见了。

第三章

徙望沧海

沙门岛位于登州正北六十里处，由南长山、北长山、大黑山、小黑山、庙岛等大大小小一组岛屿组成。面积最大者，为南长山岛，次则北长山岛，再次是大黑山岛。真正有人居住者，只有南长山、北长山及庙岛三岛。盖因为除前列五岛之外，而其他岛屿太小，不适合人类居住，而大黑山、小黑山两岛，则是遍地毒蛇。黑山之『黑』，便是指夏秋时节，岛上毒蛇随处可见，以致植物的绿色都被覆盖，望上去是成片成片的黑色。

秋色渐将晚，霜信报黄花。
小窗低户深映，微路绕攲斜。
为问山翁何事？
坐看流年轻度，拚却鬓双华。
徙倚望沧海，天净水明霞。

念平昔，空飘荡，遍天涯。
归来三径重扫，松竹本吾家。
却恨悲风时起，
冉冉云间新雁，边马怨胡笳。
谁似东山老，谈笑净胡沙？

——叶梦得《水调歌头·前调》

柳寻意外到来驿馆，马扩急引岳父来到自己房中，却发现那包财物不见了，明显已遭人窃去。

柳寻见女婿神色有异，忙问道：“出了什么事？”

马扩不愿意岳父平白担心，忙道：“岳父大人请在这里稍坐，小婿去去就来。”

柳寻叫道：“等一等！”又问道：“是不是财物又不见了？”

马扩迟疑了一下，才答道：“是。不过……”

柳寻摇了摇头，道：“没什么不过。女婿，你先关上门，好好听老夫说。”

马扩一时不解岳父用意，遂依言掩上房门，上前扶柳寻在矮凳上坐下。

柳寻道：“老夫小的时候，母亲常教导我，说做人呢，都希望有好运气，她希望我也有好运气。但如果没有，所遇到的只有不幸，便要学会慈悲。”

马扩不敢随意接话，但知道岳父素来厚道，每逢水旱之灾，都会打开自家粮仓救济饥民，是登州有名的善人。

柳寻重重叹了口气，又道：“老夫这一生，也不知是幸还是不幸，有家财万贯，却是无子送终，就连唯一的女儿也落入金人之手。”

马扩心中一酸，眼里泛起了泪花，当即向岳父跪下请罪，道：“这都是小婿的错……”

柳寻道：“快起来。你保家卫国，这怎么能怪你？”顿了顿，又道：“不过老夫没敢把收到你来信的事告诉你岳母，怕她受不了这个刺激。”

马扩道：“是。”

柳寻又道：“而今财物失而复得，得而复失，注定不再属于老夫，就让它去吧。”

马扩心道：“我昨晚才从高丽使者曹笑笑房中发现赃物。高丽一方自会竭力遮掩行贿丑事，不会对外宣扬半句，我方知情者也是寥寥无几。窃贼当是驿馆内部人无疑。但那么大个包袱，他不能就这样带出驿馆，势必要分成多份。因而即便窃贼已将部分财物藏在身上运出驿馆，但仍有大部分藏在驿馆之中。就算已全部运出，这里是官方驿馆，进进出出均有人看见，查清楚其实不难。”

他本可以安慰岳父能重新找回财物，但他不愿意空口承诺，表面应道：“是。”

柳寻起身道：“好了，你还有正事要忙，老夫就不多耽搁你了。而且老夫答应了你岳母，要在天黑前赶回去，路程不近，我也该动身了。”

马扩道：“是，小婿送岳父大人出去。”

扶柳寻上了车，马扩又叮嘱车夫几句，这才挥手与岳父道别。

柳寻道：“女婿忙的话，就不必来山中拜见你岳母。一旦见面，她必要问起真娘的事，那时候真不知该如何回答。”

马扩躬身道：“小婿明白。”

送走柳寻，马扩便向守卫大门的驿卒打听自己早上离开后，都有哪些人离开过驿馆。

驿卒道："将军只问出去的人吗？小的记得只有高丽使者的侍从。他们一行人明日将要离开登州，忙着搬运行李呢。"

马扩心念一动，问道："高丽使者有许多行李吗？"

驿卒道："可真是不少！听说都是那位金使者的东西，好几个大箱子呢，据说都是北上时在沿途买的地方特产。"

马扩奇道："高丽使船就停在渔港码头，金使者人到登州时，辎重为何不直接运去船上，而是要运进驿馆，这不是多绕圈子吗？"

驿卒笑道："应该是怕天气忽变，风浪打湿了他那些宝贝吧。"

马扩又问道："除了高丽侍从外，再没有其他人出去过吗？"

驿卒摇头道："没有。驿馆除了高丽使者一行，就是赵夫人、马将军。对了，还有那位流人洪先生。但他和赵夫人、金使者，还有辛先生父子，天没亮就被耿通判接走去看日出了，算是在马将军之前离开驿馆的，所以不算。"

马扩问道："他们几位一直没回来吗？"

驿卒道："回来了。洪先生旋即被押解去了州府大狱，耿通判又陪金使者、赵夫人、辛先生几位出去了，说是要去逛书肆。"

刚好海棠与船夫范温引着车夫从一旁小侧门赶车出来。范温见到马扩人在大门前，忙过来拜见，又告道："马将军要找的人，我已经四下打听过了，没人见过这个人。"一边说着，一边将画像还给了马扩。

马扩收了画像，问道："他肯定没有渡海吗？"

范温道："肯定没有。只有两种情形，要么他藏了起来，要么就是人没来登州。"

马扩点了点头，道："好，你先去忙吧。"

海棠挥手叫道："马将军岳父走了吧，马将军要随我们一道去渔港码头吗？"

马扩心中有事，恍若未闻，海棠大为奇怪，遂让男仆与范温驱车先行，自己过来问道："出了什么事？"

马扩一怔，问道：“什么？”转头见到范温正指挥车夫将李清照的辎重一车一车地运出，忙道：“对了，你没问范温什么吧？”

海棠笑道：“马将军叮嘱过了，我当然只字不提。”见马扩仍有些发愣，便举手打了个响指，叫道：“马将军，我们不是说好要去高丽使船捉凶手吗，将军你怎么发起呆了？”

马扩这才回过神来，道：“是了。”又道：“不过高丽使团明日才会出发，那件事先缓一缓。”

海棠奇道：“还有比捉住杀我叔叔凶手更重要的事吗？”

马扩歉然道：“抱歉啊。目下又出了一桩事，那包财物……就是从你叔叔房中搜到的赃物，本来在我房中卧榻上，但这包财物突然不见了。我推测，这包财物应该还在驿馆中，至少有部分还在，所以要先行处理。”

海棠道：“原来是这样。”想了想，又问道：“马将军离开之前，将那包财物放在了卧榻上，对吗？我有个办法，应该很快就能寻到财物。”

她引着马扩寻来驿馆厨房，找到大厨孟德，问道：“孟大厨，你的雪球在不在这里？”

孟德道：“我怕它又乱跑，拴在后院了。”

海棠笑道：“我想借雪球用一用，可不可以？”

孟德很是不解，问道：“娘子不是明日就要走了吗，还借雪球做什么？”

海棠笑道：“总之不是让雪球去做坏事。一会儿就还回来。”

到后院解了绳索，海棠抱着雪球来马扩房间，放在卧榻上。

马扩奇道：“娘子是想让雪球去寻找财物吗？那包财物全是金银首饰，可不会留下什么气味。”

海棠道：“不是，是让雪球闻马将军你的气味。那包财物既称作‘包’，当是用布包着了，又放置在马将军睡过的卧榻，自然会染上马将军的气味，多少而已。”

马扩这才反应过来，笑道：“如此，让雪球直接闻我不就行了。”

海棠笑道：“窃贼是从马将军房间盗走了财物，所以这里是源头，要找的话，就得从这里找起，不然怎么叫循迹？”

马扩呆了一呆，道："海棠娘子可真叫人刮目相看呢。"

海棠笑道："将军没见过我家夫人呢，那可真是冰雪聪明，断案如神。之前老爷任莱州、淄州知州时，好几起案子都是夫人帮他查清的。"

马扩笑道："有聪明的赵夫人，必有聪明的海棠侍女。"

海棠笑了一笑，拍手叫道："雪球乖，现在就看你的了。"

雪球在卧榻上转了几圈，忽跃了下来，直扑到马扩腿上，"汪汪"直叫。

海棠笑道："看来是闻到马将军的气味了。"

马扩遂蹲下身来，伸手拍了拍小白狗脑袋，柔声道："雪球乖，再去其他地方找有我的气味的东西。"

雪球似是听懂了人语，撒腿便往外跑。

驿馆由多组独立的院子组成，最大最豪华的便是高丽使者下榻的院子，这座院子位于驿馆中心处。雪球径直跑到这座院子前，停了一下，随即轻松跃过门槛，奔了进去。

海棠很是意外，转头看了一眼，奇道："怎么会是这里？"

曹笑笑身为高丽使节，代表的是高丽国，却收受偷渡客贿赂在先，被人杀死在后，足以令高丽难堪。正使金富轼必定交代了所有人，务必小心处理，高丽人又怎会在这浪尖风口盗取财物呢？

马扩也不相信，然既已到了大门前，少不得要进去看看。

高丽侍从昆布、阿七正在庭院中商议着什么。阿七见马扩、海棠先后进来，忙迎上来道："我正要去找马将军呢。我受马将军之命，一直监视船夫范温，又跟着他来到驿馆，似乎没什么可疑之处。"

昆布也道："范温的船最多也只能到沙门岛，再北行便是违制了。倒是我高丽使船不受限制，偷渡客既然已经贿赂了曹副使，想必一心指望着这个。"

马扩不能说出偷渡客曹勋等已窥破自己对范温起疑一事，便顺势点头道："范温既无可疑之处，这件事就这样吧。"

昆布道："至于假扮曹副使，我这边也准备好了。"

忽听到“汪汪”叫声，循声跟过去一看，小白狗雪球正蹲在一间厢房前摇头摆尾。

海棠忙问道：“这间客房是谁的？”

昆布道：“是我的呀。怎么了？”

正满腹狐疑，忽想到正是这只小狗发现了塞在卧榻下的曹笑笑尸首，脸色大变，急忙上前推开房门。雪球跳过门槛，却没有像上次那样直奔卧榻底部，而是跳上了卧榻，冲着榻上的木箱“汪汪”叫个不停。

海棠已抢先进来，打量了一眼房中情形，便转头瞪着昆布。昆布意识到不妥，忙道：“我可以解释……”

海棠道：“捉贼捉赃，这还有什么好解释的。”

抢先走到床边，打开那木箱——满以为会发现马扩房中失窃的财物，不想里面只有衣服、腰带、鞋袜、帽子之类。

昆布忙道：“这是曹副使的衣箱，本该留待海棠娘子处置，但因为马将军要我明日假扮曹副使，好引偷渡客上钩，我便去曹副使房中取了他的衣箱，好扮成他的样子。”

海棠这才醒悟过来，忙道：“没事，我也没弄明白，方才有些着急，就责骂了昆布侍卫，还望不要见怪。”

昆布应道：“不要紧。”又问道：“你叔叔这些衣物……”

海棠道：“就由昆布侍卫处置吧。”上前抱了雪球，自与马扩退出昆布房间。

昆布跟出来道：“我刚跟阿七商量过了，曹副使是副使，自然能够做到私下带人上船。但偷渡客也不能公然在船上行走，不然就会露馅，势必要找个地方，将偷渡客藏起来。”

马扩问道：“所以你二人认为知情者应该不止曹副使一人？”

阿七道：“一定还有其他人做内应。”

马扩忙问道：“使团中可有身份跟曹副使类似的，不是地道的高丽人，而是后来逃亡去高丽的人？”

阿七道：“有啊，使团翻译郝信，原先是辽地汉人，是跟曹副使一道到的高丽。”

马扩记得当年为漂流人派发衣粮时，确实见过一个名叫郝信的人，当年二三十岁，现下应该年过不惑了。又朝海棠望去，她也点头确认有郝信其人。

昆布道：“但郝信在船上生了重病，受不住海浪颠簸，半途下了船，留在鼍矶岛养病呢，绝不可能是曹副使的内应。”

海棠奇道：“鼍矶岛吗？”

昆布点了点头，道：“其实郝信那个翻译职务有点多余，本国会说汉语的人很多，出使大宋的使者也好，侍从也好，都会说一口流利的汉语，所以郝信病倒，也没什么影响。”

海棠却不相信郝信是真病，转头看了马扩一眼。马扩虽不动声色，却是跟海棠一般的心思：那郝信必是曹笑笑心腹，此趟来过中国，也是为了寻找当年神秘失踪的辽国皇族耶律阿撒。而鼍矶岛，正是耶律阿撒消失不见的地方，寻人的话，当然会从那里找起。

马扩问道：“这次贵国使团中，与曹副使本是一路的漂流人，只有郝信一人吗？”

昆布道：“只有郝信一人。但曹副使在本国出仕已久，船上安排有其他内应，也不足为奇。”

阿七道：“其实找到使船上的内应，一点也不难，将使船上的执役叫出来，一一盘问便是了。”

马扩道：“嗯，这件事，便由贵方酌情处置，我方重点在那些偷渡客身上。”

顿了顿，又道：“就算高丽使船上真的有内应，其实他也只是受曹副使之命行事，无须苛责。”

如此说，等于是表示不追究那内应之责，一切由高丽自行处置，大大顾全了使团的面子。

阿七尚未会意，昆布却大为感激，深深行了一礼，道：“等金使者回来，我一定将马将军好意如实禀报。”

马扩踌躇道：“目下的难处是，曹副使命案尚无眉目。你们明日又要出发，我也有些私事要赶去沙门岛，或许这桩案子最终会成为无头悬案。”

昆布忙道：“能查明真相最好，实在捉不住凶手，也是无妨。这也是金使者的意思。”忽想到海棠是曹笑笑侄女，忙道：“抱歉，海棠娘子，我们不是不在乎曹副使之死……”

海棠摆手道：“我知道。我自己明日也要随夫人动身前往沙门岛，所以我也是这个态度。”

马扩抱拳道：“不管怎样，我会尽力而为，请各位放心。”

辞出高丽馆，马扩上前拍了一下雪球的脑门，道：“你怎么胡乱冤枉人？”

海棠笑道：“雪球可没有冤枉昆布。之前那包财物是送给我叔叔的，包袱上也一定染了我叔叔的气味。”

而高丽侍从昆布刚好又将曹笑笑的衣箱搬去了自己房中，雪球循味而至，差点闹出一场误会。

海棠又狐疑问道：“包袱是曹勋他们交给我叔叔的，下面雪球该不会引我们去找曹勋他们吧？”

马扩笑道：“不会，一只小狗而已，哪有那么厉害？它能嗅出的范围，顶多就在驿馆中。”

海棠连连摇头道：“弄混了，完全弄混了。雪球乖，来，再来闻闻这位马将军。”抱过小白狗，任其凑到马扩身上乱嗅一通。

再放到地上时，雪球一溜烟跑开了，直朝西面仓库而去。

海棠道：“那间仓库能遮风避雨，是专门存放辎重的，夫人的金石藏物，包括高丽使者的行李等，除了随身的贵重之物，大的、重的，都存放在那里，但目下应该运走得差不多了。该不会……”

马扩问道：“娘子认为窃贼将财物混在他人行李中运出去了？”

海棠踌躇道：“这应该不大可能。那包财物怎么也得占大半个箱子。原先那些箱子都已经封装好了，满满当当。而且装车时，是要一个一个清点的，多出来一个，会不知道吗？”

跟随雪球赶至仓库时，船夫范温正引着车夫将最后一车辎重运走。雪球冲进仓库中央，“呜呜”了两声，就势蹲坐下来。

范温道：“海棠娘子，这是最后一车了。你要随我们一道去码头卸货装船吗？”

海棠道：“老方兄弟跟着就行。”老方兄弟是李清照家中男仆，名方耀、方亮。

转头见车上似不全是李清照之物，忙问道：“这两只大箱子眼生得很，是谁的？”

方耀忙过来道：“这是洪刍洪先生的。”

海棠这才想起来，道：“是了，夫人交代过了，洪氏仆人及辎重都上我们的船。”

流人流放远地，未来茫茫不可知，家境尚可者多携财物，也是常见之事。但这洪刍所携箱子未免也太大了，刚好又有马扩财物失窃之事，海棠便命方耀叫来洪氏仆人，问道：“这两只箱子里面装的什么？”

洪氏仆人迟疑了下，才道：“就是一些日用物资。”

马扩也很是不解，道：“沙门岛不是地狱之类的地方，传言有些将它妖魔化了，岛上尚有许多岛民。流人若要生活得好些，只需多带钱财，若有物资需要，出资向岛民购买即可，为何要千里迢迢携带这么大这么重的东西？”

洪氏仆人道：“那个……因为……因为……”

海棠愈发起疑，逼问道：“因为什么？你支支吾吾，一看就没有说实话，是不是箱子中还藏了见不得人的东西？”

洪氏仆人十分慌张，忙道：“决计不是。这两只箱子，装的都是江西特产，名为配盐幽菽[1]。”

[1] 南宋诗人杨万里（字廷秀，号诚斋）为吉州吉水（今江西吉水）人，酷爱豆豉。某日，有江西士人来拜访杨万里。该士人学问渊博，但也非常自负。于是杨万里对士人道：“闻公自江西来，配盐幽菽，欲求少许。”士人听了莫名其妙，不知道“配盐幽菽”是什么东西，只得请教道：“某读书不多，实不知为何物。”杨万里这才拿出一本《说文》，翻到“豉”字，下面注释：“配盐幽菽。”原来杨万里向士人要的是江西豆豉，事见宋人周密《齐东野语》。关于“幽菽”解释，明人杨慎《丹铅杂录·解字之妙》：“盖豉本豆也，以盐配之，幽闭于瓮盎中所成，故曰幽菽。”《广雅》则称：“幽与郁同义，以豆郁之。”（转下页）

海棠问道："什么是配盐幽菽？"

洪氏仆人忙道："就是豆豉[1]，配盐幽菽是我家老爷的文雅叫法，江西民间都称它为豆豉。"

海棠这才明白过来，道："啊，难怪我闻见一股奇特的香味，还以为是洪公所携异香，原来是豆豉。"

洪氏仆人闻言又惊又喜，道："娘子认为豆豉香吗？旁人都闻不惯，嫌它臭呢。老爷特意将豆豉密封在坛子里不说，又在箱子塞满艾草，以驱其味，就是怕熏着旁人。"

海棠笑道："这么美味的东西，怎么会有人觉得臭？"凑上前推了推箱子，丝毫不动，又问道："你刚才说塞满了箱子，想来洪公他老人家带了不少豆豉了。"

洪氏仆人道："足足八大坛子。老爷饮食非豆豉不欢，一日都离不了。"

海棠深深吸了一口气，道："我可不可以买半坛子尝尝？"

洪氏仆人愣了一愣，为难地道："这个嘛，娘子怕是得去跟老爷商量了。"

海棠笑道："我开玩笑的。"转头看了看马扩，见他摇头，便拍手道："好了，这里没事了，你们先走吧，早些运上船，也好早些休息。"

等范温等人离开，马扩才道："看娘子刚才一副垂涎欲滴的样子，似对豆豉很是钟爱。北方有豆豉吗？"

(接上页)《齐民要术》也说，做豆豉必须室内温暖，即所谓"幽菽"。也就是说豆豉的制作，需要在室内一定温度下将大豆发酵，再加上辣椒与香料或米曲霉菌种，使大豆的蛋白质分解成氨基酸，这便是豆豉的"臭"味所在，也是豆豉美味所在。

[1]豆豉：古称为"幽菽"，也叫"嗜"，把黄豆或黑豆泡透蒸熟或煮熟，经过发酵而成的食品。其制作历史可以追溯到先秦时期，《楚辞》中"大苦"即豆豉。古人不但把豆豉用于调味，而且用于入药，对它极为看重，汉人刘熙《释名·释饮食》一书中誉豆豉为"五味调和，需之而成"。其味苦、甘，微寒，入足太阴脾经，调和脏腑，涌吐浊瘀。现代研究表明，吃豆豉有帮助消化、增强脑力、提高肝脏解毒能力等效果，经常食用还能促进体内新陈代谢。据传豆豉最早是由江西泰和流传开去，历史上好豆豉的江西文人很多。传说唐人王勃(《滕王阁序》作者，精通医术)曾以豆豉治好了洪州(今江西南昌)刺史阎瑜的怪病。阎瑜即是名楼滕王阁的重建者，邀王勃作《滕王阁序》。元人王恽有《肉豉》云："肉豉传方出异庖，玉盆凝就破昆刀。纵横碎渍氍毹锦，莹洁光翻琥珀膏。暖入饧华防性爽，味方禁脔想京鏖。年高餍饫便便腹，不负吾坡养老饕。"

海棠怔了一下，才答道：“当然有了，只要有地方产大豆，便会有豆豉。”

马扩奇道：“我怎么从来没有听说过？”

海棠笑道：“马将军才去过北方几次，敢说完全了解北方风物吗？”

马扩道：“不敢说全部，大致还是了解的，毕竟我多次出使北方。出使之前花了很大工夫研究辽金两国国情，到了当地，也格外留意民生民情。”

海棠笑道：“马将军一方面是使金、使辽的使者，另一方面还肩负着间谍的任务，对不对？”忽想到一事，忙问道：“高丽使者这趟出使大宋，恐怕也是来打探大宋国情的吧？”

马扩点头道：“极可能如此。但高丽并不会与大宋为敌，他们只是想判断宋金两方谁更可能取得最后的胜利，好决定高丽未来的国策。”

海棠不以为然道：“目下这种情形，大宋两位皇帝都被金人俘虏到北方了，高丽还不能判断出形势吗？”

马扩慨然道：“大宋表面是一败涂地，但江南富庶之地仍在我军之手。那是赋税重地，足以支撑大半壁江山。又有康王即位为新皇帝，若是君臣上下一心，同仇敌忾，恢复中原江山，指日可待。”说到最后一句时，大见豪气。

海棠颇不以为然，摇了摇头，但也未反驳马扩之语，只道：“好了，不说这些了。”

转头见小白狗雪球仍蹲在原地不动，便道：“看来将军丢失的财物确实是被装车运走了，雪球带我们来到这里，线索也就断了。”

马扩也相信雪球的鼻子，点头道：“财物必是被带到这里后，便装进了箱子，雪球无法追寻。”

柳寻的财物昨晚方被意外寻回，置于驿馆马扩房中，今日马扩离开后即遭窃取，足见是知情者所为。而知情者，只限于昨晚参宴者，州府相关官吏，可能还会有极少数身处驿馆内部的目击者。

如果是驿馆内部人士、譬如驿卒或是执役所为，当不会选择借车的途径——

仓库所存辎重，分属于高丽、李清照及洪刍三方。若是财物混在了李清照或是洪刍物品中，二人辎重已由车夫驱驴运走，一路有两位方姓仆人监押，还有船夫范温当先引路，窃贼不可能半路开箱取回财物。而今夜范温及水手都会夜宿在货船上，窃贼意图上船的话，也极容易被觉察。这等于是二次窃取，在另有选择的情况下，没有窃贼会这么做。

而高丽辎重由高丽侍从自行押解搬运，难度更大，窃贼是傻子才会选择这种将财物运出馆的法子。

其实将财物藏在驿馆之中，日后再行处理，是最为稳妥的法子。当然，小白狗雪球是个意外因素，事先不在考虑之中。

但以目下情形来看，柳氏的财物极可能是被装箱运出了驿馆，要么被运到范温船上，要么被运到高丽使船上。

依此推测，这窃贼，绝不可能是驿馆驿卒等内部人士。

先假设柳氏财物在范温货船上，其船上乘客，知悉财物一事者只有李清照、海棠二人，二人绝不可能是窃贼——

且不说二人人品如何，李清照天不亮便离开了驿馆。海棠则是与马扩本人同时离开，又一道回来。其后马扩去见岳父柳寻，海棠便去仓库协助搬运辎重，而当时马扩房中财物已经失窃。

海棠思忖道："洪刍昨晚也在场，会不会是他的仆人从他口中听说财物一事，便动起了心思？"

洪氏仆人看起来倒是忠心耿耿，不至于起贪念，或许他只是为主人日后生计着想，想为其多留些财物。

马扩听了海棠分析，问道："娘子上前查验过那两只箱子，你认为财物可能在其中吗？"

海棠怀疑洪氏仆人，只因没有其他嫌疑人，听马扩问及洪氏箱子，当即摇了摇头，道："看起来不大可能，那箱子上钉了两颗钉子，有些锈蚀，已经有一段时间没打开过了。"

如果柳氏财物不在范温船上，便在高丽使船上。但海棠显然难以置信，道："高丽人不会这么傻吧？"

马扩心中其实早已认定事情与高丽有关，心道："那人不是傻，而是不得不如此。曹笑笑已死，那人还得与滞留鼍矶岛的翻译郝信配合，继续寻找契丹皇族耶律阿撒，得需要资金支持。"

海棠见马扩神色闪烁不定，当即会意，问道："该不会是我叔叔在高丽使船上的内应所为吧？"

马扩叹道："就算真的如此，我也不能再追究下去。"

海棠大惑不解，问道："这是为什么？"

马扩道："中国与高丽历史渊源极深，即便两国目下绝交，但仍然藕断丝连。高丽虽然臣服金人，但对待本国仍然还算客气，只不过不愿意出力相助大宋而已。"

海棠道："马将军是怕做得过了，伤了金使者的面子，他回国后奏上一本，从而加深高丽君主对大宋的敌意吗？可那些财物价值不菲，是将军岳父多年的积蓄呀。"

马扩摇头叹道："比起国家的长远利益，个人的财物损失，实在算不得什么。岳父他老人家一定会理解。现下最要紧的，是追查杀害你叔叔的凶手，毕竟你我二人明日都要登船赴沙门岛。"

海棠奇道："马将军也要去沙门岛吗？"

又慌忙解释道："我没有别的意思，将军与我等同赴沙门岛，我还挺高兴的。可将军明明是有为之人，应该不会无缘无故地放弃军务，跑去海岛吹风吧？"

马扩道："我有些私事要办。"想了想，又正色问道："海棠，你实话告诉我，你心中一定很恨你叔叔，对吧？你叔叔忽然过世，而且就在你的眼皮底下被人杀死，换作旁人，一定又震惊又难过，而你，却好像没事人一般，还能从容谈及火化等事。"

海棠料想瞒不过马扩犀利的双眼，便坦然承认道："不错，是这样。当年我就不喜欢叔叔。这些年，我过得很好，早已将他忘到了九霄云外。意外重逢，我才意识到心中的恨意尚未消失，所以我始终对他恶声恶气，不肯相认。但恨归恨，毕竟我也姓曹，我还是为叔叔的死掉了眼泪。"

马扩道:“所以追查你叔叔的命案只是借口，你跟在我身边仍是为了耶律阿撒。昨晚你向我道破高药师外甥李明实为契丹皇族后，你料想我必定会设法调查此事，而你害怕耶律阿撒被找到。”

顿了顿，又道:“这一节，我一直想不明白。娘子明日要赴沙门岛，不日之内，便要随赵夫人南下，远在天边。就算被耶律阿撒找到，又被辽人用来当作复国的大旗，他也不知你现今的下落，更不可能去南方找你，你还有什么好担心的呢？”

海棠满面通红，咬了咬嘴唇，才道:“那耶律阿撒是个大恶魔，将军完全想象不到当年他对我做了些什么。”

马扩一呆，问道:“什么？”

海棠道:“他禽兽不如，在船上时，便……”满脸恨意，最终还是未能说出下面的话来。

又摇了摇头，道:“当年我只是个小女孩子，虽然恨阿撒入骨，却没有勇气杀他，只是设法逃离了鼍矶岛。而今我已长大成人，却有人要寻耶律阿撒出来，还要扶持他做辽国皇帝，我决计不能同意。”

马扩又是一呆，道:“该不会是……”

海棠咬牙切齿地道:“我没有杀我叔叔，如果马将军是想问这个的话。如果一定要我杀人，那个人，一定是耶律阿撒。”

马扩见海棠脸色大变，心中有所顾忌，不敢再追问下去，便道:“其实我去沙门岛，也是想查清楚耶律阿撒一事。虽然辽人复国能够有效地牵制金人，但也会对大宋国势产生重大影响，此事非同小可，我须得弄个清楚明白。如果我料得不错，那高丽翻译郝信应该已经离开鼍矶岛，到了沙门岛上。

海棠脸色稍缓，问道:“马将军所言私事，是指这个吗？我还以为马将军去沙门岛是要阻止曹勋等人送死。”

马扩摇头道:“曹勋的事，还不算当务之急。现下是八月，正是鼍矶岛戍兵返航时节，关防甚严。高丽使船已指望不上，就算曹勋等人搭乘民船抵达沙门岛，再北上可就难了。毕竟已是深秋，没有渔民及船夫再冒寒出海。再过些日子，海面上就该处处是浮冰，除了大海船，稍小的舟船根本不可能出航。我希望曹勋能就此知难而退。”

海棠道：“这些事，还是等到了沙门岛再说吧。或许曹勋那些人连沙门岛都去不了呢。”

马扩道：“我倒真希望是这样，如此便省事多了。”

海棠又道：“既然马将军不想再继续追查财物下落，我们便先将雪球还回去，再去追查杀害我叔叔的凶手。”

马扩颇为惊奇，失声道：“海棠你……”

海棠板起脸道：“马将军动不动就怀疑是我杀了我叔叔，我没这个义务替真凶承担责难和罪名呀，所以我非要把真凶找出来不可。”

马扩忙道：“我不是怀疑海棠的人品，而是就杀人动机而论，似乎寻找耶律阿撒是曹副使被杀的唯一理由。”

海棠道：“可是高丽使团中除了郝信，再没有其他漂流人了呀，我似乎成了唯一一个跟耶律阿撒有干系的。”

按马扩原先推测，跟曹氏一路的漂流人中，有一位告密者某甲，正是他，因为某种原因，向戍守鼍矶岛的刀鱼巡检翟天麟揭发了高药师外甥李明契丹皇族的身份。而后，耶律阿撒被巡检翟天麟以秘密绑架的形式私下扣押，告密者则随其他漂流者去了高丽。漂流人首脑人物之一的曹孝才改名曹笑笑，成为了高丽官员，更借这趟出使大宋之机，开始打探耶律阿撒的下落。

只有当年的告密者，才会担心事情败露，遭到曹笑笑报复。这位告密者还必须能与高丽使团接触，才能在登州驿馆中杀死曹笑笑。而就目下而言，没有人同时符合漂流人及人在登州这两项条件，除了海棠。

马扩思忖道：“若是当年向刀鱼巡检告发耶律阿撒身份的漂流人某甲，已经离开了高丽，设法投宋了呢？”

海棠道：“如果告密者某甲投宋，也没必要再杀死我叔叔了呀，他只需要向地方官府告发我叔叔即可。”

又道：“即便某甲是在高丽知道了我叔叔此趟中原之行是为了耶律阿撒，他一路尾随至此——事实这很难做到，大宋造船及航海领先于世，高丽穷僻小国，从那里偷渡至中国，可比从登州偷渡去高丽难多了。就算某甲真的做到了，人来了登州，他要阻止我叔叔寻找耶律阿撒的话，根本不必冒险杀人，只需向本地官府匿名告发，便足以搅黄此事。”

马扩上句“投宋”之语只是前奏，“嗯”了一声，表示赞同海棠的分析，又续道：“如果告密者某甲投金了呢？就路途而言，自从高丽投金，可比辗转投宋容易多了。”

海棠瞪大眼睛，“呀”了一声，道：“这一节，我倒是从未想到过。”

那么疑问来了，身为金人的告密者某甲为什么会来到登州？

登州虽是海防前线，但因为北方契丹、女真均不擅长水战，也没有组建正式的水师，所谓前线只是个虚名，从来就没打过一场仗。尤其就目下形势而言，精于骑射且已在对宋战争中占有绝对优势的金人是绝不会兴水师南下的，因而名为前线的登州是一块闲地。事实上，自宋中期以后，因海上久无事，登州便已沦为闲地，朝廷文意将登州水师调往他地另有他用之举。

既然登州并非要塞，又没有特殊的价值，某甲为什么要来这里？总不可能是专为耶律阿撒而来，虽然某甲确实知悉契丹皇族耶律阿撒早年被宋人秘密扣押一事。

但先不论原因，假若告密者某甲人就在登州，他既已投靠金人——而且他早就知道曹笑笑是人在高丽心在辽，虽然在辽国内讧时逃离，却又在契丹亡国后秘密从事辽国复兴大业——站在金国的立场，自然是不希望耶律阿撒被找到的。

某甲也就不能向登州官府告密，不然等于是提醒了宋廷，可以利用耶律阿撒大做文章。以前大宋便有“联金灭辽”的愚蠢之举，而今国破家亡之时，再弄个“兴辽灭金”也不是不可能。

料想事情经过是：某甲因某事来到了登州，巧遇曹笑笑，又见其暗中打听十年前莫名失踪的耶律阿撒的下落，猜到曹氏是想利用耶律阿撒来复兴辽国，便动了杀心，当机立断混入驿馆，杀了曹笑笑。

如此，便能解释曹笑笑为何在毫无防备的情况下被凶手杀死，因为他认得某甲，虽不知某甲寻上门所为何事，却任凭对方进入了房中。

本来曹笑笑还预备询问某甲，却被对方出其不意地杀死。

海棠欢声道："是了，如果有个某甲投靠了金人，他也知道叔叔暗中寻找耶律阿撒一事，杀人便是情理之中了。"

她如此欢呼雀跃，自是因为终于找到了一个有合理杀人动机的嫌犯。一言既出，也意识到不妥，歉然道："我不是为我叔叔的死高兴，而是……"

马扩点头道："我知道，海棠是欣慰终于可以不再被我怀疑了。"

海棠微微一笑，也不在意，道："我们这就去找某甲吧。"

马扩心道："虽说登州军镇重地之名名不符实，至少不该在金人视线之内，但金人既然派了某甲来，必有重大图谋。那某甲知道提着米糕登门，表明他来到本地有一些时日了，知道米糕是蓬莱特产。曹笑笑这起命案实在不简单，背后似是涉及多方势力角逐，须得查个清楚明白才行。"

当即与海棠将雪球还了回去。又向大厨孟德打听道："登州卖吃食的还是在市集最东边吧？"

孟德道："是啊，一直在那里，从来没动过窝。"又不满地问道："马将军是不是嫌弃我饭菜做得不好？"

马扩忙道："不是。就是忽然想吃米糕了，想问问老易家的米糕店还在不在。"

孟德道："在呢，前几日还遇到过老易。不过老易家也不光做米糕了，还卖别的花样糕点。现下登州有许多西边、北边逃难来的人，这些人吃不惯米糕。国难当头，光景不好，小生意人，也得随行就市啊。"

海棠在一旁偷吃了一个油炸丸子，夸道："这个是鱼丸吗？很好吃。"

孟德板起脸道："娘子借了我的狗用，又偷吃厨房的鱼丸，该怎么算？"

海棠眼珠骨碌一转，笑道："是了，我倒是忘记雪球了，我得给它拿几个鱼丸过去，好好犒劳犒劳它。"

自顾自抓了一把鱼丸，一溜烟地跑去后院，丢给了雪球。

孟德忙叫道："这是海棠娘子偷着做的呀，我老孟可没有假公济私，拿公家的鱼丸，投喂自家的狗。”

马扩听到耳中，忍不住莞尔。忽见孟德转头瞪视自己，便咳嗽一声，正色道：“我亲眼看见了，是海棠做的，不干孟大厨的事。”

离开驿馆，马扩与海棠赶来市集。马扩因在本地长大，熟人众多，自觉不便轻易露面，便让海棠一人去米糕店打探。

海棠一进店，便买了两斤米糕。店家老易很高兴，话也随之多了起来，道：“娘子面生，是新从外地来的吧？难得有外地人一进来就直接买米糕的。”

海棠笑道：“为什么不买？我可是久闻老易家米糕大名。”

老易一张老脸笑开了花，喜滋滋地道：“多谢娘子夸赞。这米糕是老伴儿连夜做的，好吃着呢，包管娘子吃了还想吃。”

海棠便问道：“这两日还有别人来买过米糕吗？”

老易道：“除了老顾客，生面孔只有一名男子，跟娘子一样，是北方口音，高大魁梧，一张国字脸。跟小老儿一样，头上戴一顶东坡巾。”

海棠故作惊讶地“呀”了一声，道：“店家说的这个人，似乎很像是我的一个朋友，他也是这么高，也是一张国字脸。”

老易忽而压低声音，问道：“娘子那位朋友可是练武的？”

海棠怔了一怔，忙应道：“当然练了。不但练，还是位好手呢。”

老易忙道：“那就是娘子的朋友没错了。他进来店里时，刚好梁上挂着箩筐的绳索松了，箩筐掉落下来，小老儿站在一旁，看着都快吓死了。你那位朋友却退开两步，再一伸手，轻松接住了箩筐。那身手，一看就是个会家子。不过人倒是面善，态度也和气。”

海棠忙道：“我正到处找他呢。店家可知道他住哪里？”

老易道：“好像就在东海客栈。今日小老儿过东海客栈时，依稀看到他在柜台前跟谁说话。不过看到的是侧影，也不知道是不是他。娘子寻人的话，不妨去那里看看。”

海棠大喜过望，忙谢了店家，出来不无得意地告诉马扩：“查到了，某甲就在东海客栈。其体貌与之前驿卒所述差不多，而且是除了我之外唯一一个买米糕的外来人。”

马扩笑道：“小地方就是这点好，稍微脸生些，就会被本地人留意到。”

海棠忙道：“一会儿到了东海客栈，还是我先进去打探。”

马扩摇头道：“这次可不行。某甲武艺高强，又有当机立断杀人的决心，一定是个狠角色。万一你进客栈打听时正好被他遇到，他又认得你，岂不相当危险？一会儿你就在客栈外面等我，我自己进去。”

海棠一想有理，遂不再坚持，又道：“马将军是武进士出身，想必亦是武艺不凡。听说金国皇帝赏识将军，胆色才干还在其次，最重要的是将军精于骑射，身手出众，可是真事？”

马扩道：“都是以讹传讹罢了。”

海棠顺手从纸包中取了一块米糕，塞入口中。

马扩忙问道：“好吃吗？”

海棠几口咽下，摇头道：“不怎么好吃。”

马扩笑道：“我就说南北饮食习俗大大有别。海棠你跟了赵夫人十年，在齐地十年，却还是改不了口味，怎么会那般喜欢豆豉的味道？”

海棠道：“豆豉这件事，马将军是不是打算说上一辈子？”

马扩笑道：“什么一辈子，你我分别在即，还能说几次。我敢说，你这辈子一定没吃过豆豉，只不过闻见气味有些怪，没闻过，便觉得香罢了。”

海棠道：“豆豉又不是什么稀奇物。总之，这米糕不好吃，我再也不想吃了。给，全归马将军了。”

来到东海客栈，正好遇到马扩手下侍从祁运出来。祁运忙赶过来禀报道：“州府那边传来的消息，人有下落了，属下正要赶去渔港码头。”

马扩登时又惊又喜，问道：“确认找到他本人了吗？”

侍从祁运道：“年纪相仿，也想搭船北上，十有八九是他。”

海棠好奇问道：“是谁？”

马扩道：“一位朋友。”又问侍从道：“对了，你可有留意到一名三十多岁的男子，国字脸，个子大概这么高，总是戴一顶东坡巾。”

祁运怔了一怔，答道：“东海客栈里面有一半人以上都戴东坡巾。”

海棠忙道：“那人北方口音，武艺不错，表面看起来很和气。”

祁运道：“哦，还真有这么一个人，好像住进客栈有一阵子了。今日上午，他和另外几名同伴一起退房走了。”

海棠惊道：“走了吗？怎么会这么巧？”

马扩思忖道：“明日起南风，会不会他和同伴也是想搭船北上？”

他心中挂念正找寻的那位朋友，便先向侍从祁运命道：“你留下来，向店家详细打听一下那北方男子到底是什么人。码头那边，我亲自赶过去处理。”

祁运躬身道：“遵命。”又望着马扩手中的纸包，好奇问道：“马将军提着这个做什么？”

马扩忙道：“这个给你。”顺势将米糕尽数塞给了侍从祁运。

马扩与海棠刚到渔港码头，船夫范温便急奔了过来，告道：“有个十五六岁的少年想搭船去沙门岛，没有官府批文，说是申请过了，蓬莱县知县不在县衙，登州州府则不予批准。”

马扩问道：“十五六岁年纪？”

范温忙道：“跟马将军想找的人年纪差不多，不过容貌跟画像上不像。马将军找的人是尖脸，这名少年是方脸。”

马扩闻言不免失望，心道：“祁运所收到的人在码头的消息，必是据年纪而以讹传讹。”

范温又道：“那少年自称要去沙门岛游玩。我劝他不必冒险。那少年随手从怀中掏出一件物什，说是给我的酬劳，居然是颗北珠。我立时起了疑心，便假意收了，将他稳在了船上。”

一边说着，一边掏出珠子，递给马扩。

海棠凑过来一看，便道：“果然是颗上好的北珠，这可不是普通人所能拥有的。”

范温道：“那少年看起来也不像是普通人，虽然有些文弱，可眉目之间，有一股说不出来的怨恨之气，颇让人畏惧。”

马扩要找的正是这样一个人，虽然范温已经说明相貌不符，但听了这样一番描述，心中又燃起了希望，急忙朝货船赶来。

下到舱底时，却见一名少年倚柱而坐。他听到人声，便站了起来。一切如范温所言，少年双目之间，有一股凛凛怒气，但却不是马扩要找的人。

马扩遂上前问道：“你是谁？可知道没有本地官府批文，私下乘船渡海是违制犯法的？”

他满面肃色，语气也甚是严厉，那少年却一点也不畏惧，抗声辩道：“我只是想去沙门岛游览风光，又不是要去高丽，未出大宋国境，算什么违制犯法？”

马扩心中暗暗喝了一声彩，暗道：“这一定是名家子弟了。”便换了温和一些的语气，问道：“你叫什么名字？”

少年不答，反而问道：“你是什么人？是官府的人吗？为何一身便服？可有腰牌之类的凭证？拿出来给我看看。”

海棠暗笑不止，忙上前扯了扯马扩衣袖，带他上了船头，才告道：“我认得那少年，他是曾孝序孙子曾三省。”

李清照丈夫赵明诚是青州人氏，与已故京东东路安抚使曾孝序相熟。二人都曾受权相蔡京迫害[1]，惺惺相惜，因而时有来往。去年年底青州兵变，将官王定杀了曾孝序及其子宣教郎曾訏，曾氏家眷也多惨遭乱兵毒手，只有曾訏独子曾三省一人逃脱，但其人旋即不知所终。后乱兵溃散，王定逃回了莱州老家，因受官府追捕，又浮船入海，不知逃往何处。

海棠又道：“我曾跟着夫人见过曾三省一次，看来他不记得我了。

[1] 赵明诚父曾受蔡京迫害，见前注释。曾孝序早年以荫补将作监上簿，监泰州海安盐仓。宋徽宗时，累官至环庆路经略安抚使。某日曾孝序入京，与权相蔡京议论时事，曰：“天下之财贵于流通，取民膏血以聚京师，恐非太平法。”指斥蔡京榨取民脂民膏，蔡京衔恨在心。曾孝序又上疏道：“民力殚矣。民为邦本，一有逃移，谁与守邦？”蔡京益怒，命御史宋圣宠劾其私事，追逮其家人，锻炼无所得，但言约日出师，几误军期。曾孝序被削籍，流放岭南（比流放沙门岛轻一级）。直到蔡京罢相，才被宋廷重新起用。

这也不足为奇，大凡有夫人那样的女子在场，所有人的注意力都会在她身上，虽无倾城容貌，却有绝世才华，气度压倒了一切。”

马扩道：“曾孝序是泉州晋江人，出身官宦世家[1]。曾三省既然逃过大难，为何不南下回福建老家？而且以他的身份，根本不必流落至此，只要向地方官府求助，官府自会提供一切帮助，还会派人表奏朝廷。”

海棠叹道：“这还用问吗？曾三省滞留齐地，当然是要复仇了。”

马扩惊道：“海棠认为曾三省是要去找王定报杀害亲人的大仇吗？”

海棠道：“不然没有别的解释了。难道还能是北上寻宝或是营救二圣不成？”

马扩遂下来舱底，向那少年道：“适才你问我是什么人，我还没有来得及回答你，我姓马，单名一个扩字。”

那少年“咦”了一声。露出惊奇之色来，且上上下下重新打量着马扩。

马扩问道：“你听过我的名字？”

少年迟疑了下，才点了点头。

马扩问道：“你叫什么名字？”

少年道：“曾三省。”

马扩道：“曾三省，好名字。吾日三省吾身：为人谋而不忠乎？与朋友交而不信乎？传不习乎？这是曾子说的话。你又刚好姓曾。”

曾三省讪讪问道：“马将军要捉我去官府吗？”

马扩摇了摇头，又道：“你想去沙门岛是不是？你不必偷渡。刚好我明日也要去那里办事，只要你跟在我身边，我便正大光明地带你过海，好不好？”

曾三省简直不能相信自己的耳朵，追问道：“真的吗？”

马扩道：“真的。”一边说着，一边从怀中掏出那颗珍贵的北珠，塞回曾三省手中。

[1] 福建泉州曾氏名宦辈出，如宋仁宗朝宰相曾公亮（曾与丁度等人编撰《武经总要》，为中国古代第一部官方编纂的军事科学百科全书）。曾公亮之子名曾孝宽，侄子名曾孝广、曾孝蕴。曾孝序本人最初以荫入仕，父辈当为显宦，极可能是曾公亮从侄。曾孝序妻子为蔡挺（宋神宗执政时任枢密副使）之女。

曾三省颇为不解，问道："我与马将军萍水相逢，马将军为什么要帮我？"

马扩道："你祖父曾公到京东东路上任时，我已经离开登州，虽无缘见面，但我素仰他老人家刚直大名，对其风范很是倾慕。"

曾三省失声道："马将军怎么会知道……"

海棠跟过来笑道："是我告诉马将军的。我们见过面的，我是赵夫人李清照的侍女海棠，你还记得吗？"

曾三省"啊"了一声，道："难怪我刚才看娘子有些面熟。抱歉，我一时没有认出来。"

海棠笑道："你心中尽想着报仇的事，哪里还会顾念旁人？"

曾三省一呆，不知该如何回答。

海棠又道："这位马将军大名鼎鼎，他的为人你想必是信得过的。他现下是真心想帮你，你有什么事，都要跟他商量，得到他的准许后，才能去做，知道吗？"

曾三省盘算了一会儿，终于点头答应，又向马扩道："我想去沙门岛找仇人王定。"

马扩问道："你怎么知道王定人在沙门岛？"

曾三省道："有人在沙门岛见过他。"

原来曾三省亲眼目睹祖父、父亲被王定杀死，侥幸逃脱后，便一心要寻王定报仇。王定为逃避官府追捕，从莱州驾船入海，不知所终。曾三省年纪不大，却甚有见识，料想王定身为齐人，必定不会离开齐地，而且其人所驾小舟也无法远驰，极可能去了附近的某座海岛躲避，于是自行画出了王定相貌，沿着海岸线一路打听，最终来到登州。曾三省料想王定不可能再越过登州，遂细细打听，只要有人去过沙门岛，便拿出王定的画像给对方看，终于有人说曾在沙门岛见过王定。

马扩忙令曾三省取出王定的画像，奇道："这是你自己画的？"

曾三省点了点头，道："先父颇擅丹青，我自小也有所涉猎。"

海棠奇道："你小小少年，如何能与这彪悍匪徒对抗？既得知王定确切下落，为何不去报官？"

曾三省道："我去过蓬莱县、登州府，还去过刀鱼寨，但都没人理睬。"

海棠叹道："也是，登州府、刀鱼寨长官空缺，蓬莱知县也因病情去了沙门岛就医，群龙无首，底下官吏哪还有心思正经办事！"

马扩遂道："好，找王定报仇这件事，我会全力帮你。但你要答应我，遇事要跟我商量，不管大事小事，都不能擅自处理。"

曾三省大喜过望，忙朝马扩下跪道谢。

马扩忙扶起对方，道："不必言谢。我是朝廷命官，追捕杀害重臣的顽凶，本就是分内之事。"

曾三省愈发感动，举袖抹了抹眼泪，道："马将军，海棠娘子，你二位如此帮我，我实无以为报，只有将一个大秘密告诉你们。"

马扩倒没有太当回事，海棠忙问道："什么大秘密？"

曾三省道："沙门岛上，藏有一个大秘密。"

海棠一怔，问道："什么大秘密？"

曾三省道："是什么大秘密我不知道，我只知道在沙门岛上。"

当日王定率乱兵围住青州帅司[1]，京东东路安抚使兼知青州曾孝序闻讯赶出，当面质问王定为何作乱。王定只令左右退开，径直上前，逼曾孝序说出沙门岛隐藏的大秘密。曾孝序当即斥道："既是大秘密，便在一个'大'字，不是你所能预闻的。"

王定当即提刀杀了站在一旁的曾孝序之子曾訏，又迫问曾孝序。曾孝序不肯吐露，终被王定杀死。

事发时，曾三省就躲在一旁的大槐树上，将下面的情形看得一清二楚。曾孝序赶出来质问乱兵之前，亲自扶着爱孙上树。那棵槐树须得三人合抱，华盖有数丈宽，好几根大枝丫伸出了围墙，只要缘树枝慢慢攀爬，便能逃出州府。曾三省也正是如此，才逃出了乱兵的包围圈。

马扩这才郑重地问道："也正是因此，你才料定王定人必在沙门岛上吧？"

[1] 帅司：指安抚使官署。因安抚使同时兼任一路军事长官，主地方兵权，故称帅司。

曾三省道：“不光如此。从莱州到登州，这一带的海岸，我都细细打听过，确实有人在沙门岛见过王定。”

海棠道：“能引得王定杀害长官，犯下谋逆大罪，那大秘密必定相当了不起。会不会有什么大宝藏？”

马扩瞪了海棠一眼，问道：“你觉得可能吗？”

海棠想了想，才摇头道：“不可能。”

马扩也起了好奇之心，叹道：“既然你祖父知悉此事，那么当时的知登州宇文虚中[1]也必定知情。可惜，宇文虚中出使金国时被金人扣押了。”

海棠忙道：“是了，夫人提过宇文虚中这个人，说是他本名宇文黄中，诗文极好，是个风度翩翩的大才子。而皇帝……是当时的皇帝、而今的太上皇最爱才子，对宇文虚中格外宠爱，还亲自为他改了名字叫虚中。”

曾三省是名家子弟，亦熟知典故，点头道：“确有此事。”

海棠道：“但宇文虚中既是皇帝宠臣，为何会被派到登州来任地方长官呢？我没有贬斥登州的意思，但知登州确实不是美差。”

马扩见海棠一直望着自己，似是饶有深意，不由得莫名其妙。

海棠又续道：“宇文虚中出任知登州这件事，当年夫人与老爷还专门议论过。老爷说，‘宋金联盟’虽然达成，但金人其实并没有真心助宋的意思，朝廷为了敦促金人出兵，必有进一步的举措。”

而当时辽国未灭，辽国位于宋金两国之间，宋金要通好往来，仍须得通过海道，登州便是海道之起点。宇文虚中知登州，并不是失宠，而是肩负着秘密使命。

马扩这才会意过来——他自己既是“宋金联盟”的参与者与执行者，也被海棠认为知悉宇文虚中的使命，而这一使命，极可能跟那个所谓的大秘密有关——忙道：“‘海上之盟’达成后，我便被调离了登

[1] 宇文虚中出任知登州一事，《宋史》无载，只见载于《四川通史》，当据地方志（宇文虚中为蜀地成都人）。在许多时候，地方志往往是正史的有效补充，细节更为精准。宇文虚中这样的知名人物，其登州之任不载于正史，足见其任隐秘，且任期短暂。

州，后又因父葬守制在家，全然不知此事。”

海棠思忖道：“沙门岛不过弹丸之地，能藏得下什么大秘密？”

马扩忽想起了什么，忙道：“是了，还有一事，也是关于宇文虚中的。”

宋钦宗即位后，即追究首倡“宋金联盟”者之责，如童贯、赵良嗣，其父宋徽宗所重用的诸臣也被罢免。宇文虚中原是“联金灭辽”最坚定的反对者，认为将有纳侮自焚之祸，还一度因言辞激烈被宋徽宗降职，这次居然也在清算之列，被宋钦宗驱逐，判流放外地。而宇文虚中竟请求自选流放地，他口中第一个冒出的名字便是登州。旁人惊骇之时，他才意识到失言，便改口说青州。马扩当时刚好人在朝中，是以知悉此事。

曾三省忙问道：“宇文虚中后来真的被流放青州了吗？我随祖父、父亲在青州多年，怎么不知道此事？”

马扩道：“朝廷本同意将宇文虚中流放青州，但临行前，又有金人南侵之风声，遂改流放南方韶州。”

正是这次流放，宇文虚中逃过一劫，未在靖康之变中被金人掳走。直到宋高宗赵构即位，寻求出使金国使者，宇文虚中毅然应诏，这才被重新起用。不想他仪表堂堂，文采卓然，名气在外，一到金国就被扣押。金人百般劝降，欲以其为汉地宰相。但宇文虚中坚绝不肯投降，遂被金军统帅粘罕软禁在云中。

海棠忽朝东面指了指，迟疑道：“那个大秘密，会不会就是指他？”

马扩不解其意，问道：“他是什么？”

海棠不便当着曾三省之面明说，便简短地道：“阿撒。”

马扩想了想，才道：“应该不会。不过也难说。”

曾三省插口道：“也许等找到王定便会知道了。他留在沙门岛，想必也是为了那个大秘密，说不定他已经有所发现。”

马扩遂道：“天色不早，这件事回头再说。”又道：“三省，我现下有件要紧事，要请你帮忙。”

曾三省忙道：“马将军但请吩咐。”

马扩道："我想请你走一趟米糕店。"

次日一早，马扩便与高丽侍从阿七一道守候在码头。阿七期待偷渡客的出现，马扩则比照曾三省所绘某甲画像，暗中留意每一名来往的男子。

阿七瞥见画像，好奇问道："这是谁？是偷渡客之一吗？"

马扩道："不是。他应该就是杀死贵国曹副使的凶手，至少是重大嫌犯。"

满以为能守株待兔，再来个瓮中捉鳖，然令人失望的是，直至船要开时，都没有发现可疑人。

阿七很是不解："这是怎么回事？"

装扮成曹笑笑模样的昆布徒然无获，也匆匆赶了过来，猜测道："说不定消息走漏，偷渡客得知曹副使已死，料想事情不成，便干脆放弃了。"

转头见使船上正使金富轼正朝自己挥手，便道："此事看来也只能如此了。马将军，你不是也要去沙门岛吗？那我们沙门岛再见吧。"

阿七为人热情，忙道："为何不邀请马将军搭乘我们使船？"

昆布迟疑道："这个嘛……"似是有难言之隐。

马扩早从登州通判耿于怀口中得知高丽使者金富轼买了许多汉文书籍，预备携带回高丽，而中国书籍本是严禁出海之物[1]，料想金富轼必定已经叮嘱过昆布，要对自己格外小心，也不拆穿，只笑道："我已经跟别人说好了，将搭乘刀鱼船去沙门岛。"

昆布忙笑道："如此更好，刀鱼船可不是什么人都能坐的。"

马扩道："正巧有一艘刀鱼船要押解流人去沙门岛，我也刚好要先

[1] 大宋经济、文化发达，民间雕印业（即印书业，因多为雕版印刷，故称雕印业）也达到了历史巅峰，活字印刷术便是出现在北宋时期。宋廷认为除了九经以外的其他书籍，涉及朝政得失，边防军机，故列为违禁品，不准出境。官府为此还颁布了大量出版管制法令，以严格管理涉及国家机密的书籍，并首次提出私人图书在雕印前必须送审。然由于宋书在辽国、西夏极受欢迎，且利润丰厚，高达十倍以上，遂成为主要走私品。

去那里办事，顺路。”

又道：“我听赵夫人说，金使者也打算在沙门岛多停几日，如此，他二人便有更多机会交流诗文。那我们庙岛再见了。”

阿七道：“马将军，再见。”

与昆布、阿七道别后，马扩便来到范温船上，与李清照、辛赞闲聊了几句，又当面将曾三省托付给李清照照顾。李清照点头道：“我夫君与曾家是老朋友，三省就交给我了，马将军请放心。”

马扩又指着辛赞之子辛文郁道：“这位辛小郎君年纪比你小，身上又有病，你要好好照顾他。”

曾三省道：“是。”

马扩又叮嘱了范温几句，遂与众人拱手作别。

曾三省昨晚与马扩同床而卧，说了不少知心话，对马扩颇为依恋，依依不舍地送他下船，问道：“马将军当真不随我们一道吗？”

马扩道：“刀鱼船比这艘货船要快上一倍，我得赶去沙门岛办事。至于你，难得有机会跟在赵夫人身边，可要多向她请教。”

曾三省道：“记下了。”

刚把曾三省打发回船，海棠又追下船来，告道：“我已经细细检查过了，船上再没有其他人，曹勋那些人没上船。”

马扩点头道：“这是意料之中的事，之前我说过要搭乘范温的货船去沙门岛，曹勋既谋大事，须得万事小心，不会傻到跟熟人同船而行。”

海棠又问道：“马将军要独自上沙门岛吗？哦，我是说那个沙门岛，沙门寨所在的长山岛。”

马扩笑道：“海棠也想去吗？”

海棠迟疑了一下，才道：“不想。也想。”

马扩笑道：“海棠是怕再遇到耶律阿撒吗？他人果真在长山岛的话，应该会被秘密囚禁在沙门寨中，不会像其他流人那样，能在岛上随意走动。”

随即正色道：“长山岛是沙门寨所在地，岛上有好几百号流人，均是被判死刑而获贷者，有相当一部分不是洪刍洪公这样的谦谦老者，而是亡命之徒，实在不适合你这样貌美的女孩子去。”

海棠面色一红，虽还想说点什么，可又不知说什么才好，便道：“那么马将军多保重。我们庙岛再见。”即一扭腰肢，转身回船上去了。

马扩正要离开，忽见一名壮年男子提着一个大包袱，大呼小叫地奔来码头，叫道：“等等我！我还没上船呢！”

马扩见那男子欲奔向范温货船，忙挺身拦住，问道：“你是谁？可有登船批文？”

那男子气喘吁吁地道：“我不需要批文……我……”

马扩语气登时严厉了起来，问道：“你到底是谁？”

那男子挺了挺腰身，叉起腰问道：“你又是谁？那边巡守铺的刀鱼兵士都没拦我，你倒拦起我来了。”态度极为强硬。

马扩道：“我是马扩。”

那男子“啊”了一声，立时软了下来，笑道：“原来是马将军。咱们是大水冲了龙王庙，自家人不识自家人。”

马扩狐疑问道：“自家人？你是刀鱼寨水兵吗？为何一身便服，且未携兵器？”

那男子忙道：“不是，不是水兵。我是蓬莱本地人，我姓白，名叫白勇，是白谈的侄子。”生怕马扩不知道白谈是谁，又补充道：“白谈，就是本地名医白医师。”

马扩忙道：“抱歉，我没见过白郎，竟不知白郎是蓬莱本地人。白郎是要去沙门岛探望白医师吗？”

白勇笑道：“是，是。我是本地人，又只是去沙门岛探亲，所以不需要官府批文。”

马扩歉然道：“实在抱歉。白郎快些请吧，船马上就要开了。”

离开渔港码头，马扩便径直来到刀鱼寨，寨中水门已经打开，登州通判耿于怀及平海军指挥使唐东正等在登船处。

马扩忙道：“抱歉，马某来得晚了。”

耿于怀道："不晚，时辰刚刚好。"又为马扩引见唐东。

马、唐都是武将，只略略寒暄，便回到正题。唐东道："马将军的要求，耿通判都跟我说了，我选派了二十名兵士，随马将军赴沙门岛。马将军所乘刀鱼船，也归马将军调遣。万一人手不够的话，庙岛上还屯驻有三百刀鱼水兵，由刀鱼副巡检杨群统领，马将军亦可随意调派。"

马扩道："多谢。"又问道："那些流人呢？"

耿于怀道："已经押去了舱底，只等马将军上船了。"又叹道："今年应该是近百年来流人人数最少的一次了。真不知道这是好事，还是坏事。"

言外之意，并非罪犯少了，而是北宋灭亡，中原残破不堪，许多州县地方官府已不能有效运转。就连登州这样未染战火的海滨之地，都没有行政长官，便是明证。

沙门岛位于登州正北六十处，由南长山、北长山、大黑山、小黑山、庙岛等大大小小的岛屿组成。面积最大者，为南长山岛，次则北长山岛，其次是大黑山岛。真正有人居住者，只有南长山、北长山及庙岛三岛。盖因为除前列五岛之外，其他岛屿太小，既没有自然的淡水资源，也无人工开凿水井，不具备生存条件，不宜人类居住。而大黑山、小黑山两岛，则是遍地毒蛇。黑山之"黑"，便是指夏秋时节，岛上毒蛇随处可见，以致植物的绿色都被覆盖，望上去是成片成片的黑色。

南长山、北长山原为一岛，名长山岛。岛上原有一座小庙，故而又名沙门[1]岛。到唐代时，忽然发生了大风暴大地震，长山岛断为南、北两岛，但两岛之间水域甚浅，不能通行小船，退潮时分，人甚至涉水可过。

---

[1]沙门：又作娑门、桑门，起源于印度列国时代，意为勤息、息心、净志，是对非婆罗门教的宗教教派和思想流派的总称，是与婆罗门教相对立的思想流派，其哲学思想为印度哲学的重要内容。沙门中最有影响的派别是佛教、生活派、顺世派、不可知论派等。

沙门岛流人管理机构沙门寨便建在南长山岛上，而所流犯人也是集中在南长山、北长山两岛。犯人均为散流，行动相对自由，虽然夜间必须回沙门寨简陋住处歇息，但白日可以离寨，到岛民家做工。因为朝廷不为流人供给衣食，流人要生存下去，就得自食其力。而岛上又没有其他谋生手段，流人便只能向本地岛民讨生活。

岛上岛民主要以打鱼为生，也兼做盐业，即将海水引入池中，煮晒成盐粒，再低价卖给官府[1]。因煮盐需要消耗大量木材，兼之要杜绝流人得到浮海漂流之物，如木筏的原材料，全岛树木均被伐光，四处光秃秃一片，与邻岛林木葱葱形成鲜明的对比。岛上不时有白烟升起，这便是岛民在煮盐了。到岛民家帮佣的沙门岛流人，主要负责煮盐晒盐，偶尔也参与造船，工作非常辛苦，且时时有生命危险。这危险倒不是来自岛民，而是沙门寨监押，即时人所称“寨主”。

北宋灭亡前，每年给沙门岛的流人配额是二百名，宋神宗时又增加到三百名。每年三百名，十年便是三千名，即便除掉部分自然死亡，还有两千人。两千人，要靠不到一百户岛民养活，平均一户岛民至少要养活二十人，已经远远超过了岛民的承受能力。沙门寨监押多采取恶劣滥杀的手段，直接将流人中的老弱病残投入海中淹死，称为“减员”，以此来维持岛上人数平衡，竟成为沙门岛惯例。

宋真宗天禧三年（1019年），著作佐郎高清和襄州文学焦邕因罪配隶沙门岛。二人都是文人，虽遭流放，却不失自尊自傲。沙门寨寨主董遇向高清、焦邕勒索财物不成，便以谋叛的罪名，将二人杀掉，尸身抛入大海之中。

后高清之子来沙门岛探父，这才发现了真相，于是跑去京师开封敲登闻鼓[2]，为父鸣冤。登闻鼓一响，事情便闹大了。宋真宗亲自下诏

[1] 大宋对盐实行管制，此盐业实为官营盐业，参见本书《后记》考证，此处不再详细解释。

[2] 古代帝王为了表示听取臣下的冤情或谏议，悬鼓于朝堂之外，允许臣民击鼓直接向皇帝反映问题，称登闻鼓。北宋于汴京宣德门左、右分置登闻检院（隶属于谏议大夫）和登闻鼓院（隶属于司谏、正言），由宦官掌管，门外均悬有大鼓，均允许百姓击打。凡有议论朝政得失，涉及军情机密，公私利害，呈献奇方异术，或者请求恩赏、陈诉冤情等，无法通过常规渠道向皇帝呈进的，可以先上登闻鼓院敲鼓投进，如果登闻鼓院不受理，再投登闻检院。这两个官署规模很小，地位也不高，却给民（转下页）

诘问沙门寨寨主董遇。董遇自然是坚称高清、焦邕预谋造反，由于相关之人已死，无从对质，此案最终不了了之。

宋真宗倒是下了一道诏书重申："沙门寨监押不得挟私怨害流人，委提点五岛使臣常察举之。违者具事以闻，重置其罪。"

皇帝亲自下了诏书，要求沙门寨寨主不得暗害流人，结果如何呢？

宋仁宗年间，京东东路转运使[1]王举元向朝廷上了一道奏疏，称登州沙门岛"如计每年配到三百人，十年约有三千人，内除一分死亡，合有二千人见管，今只及一百八十人，足见其弊"。十年累计下来，沙门岛该有流人三千人，而实际人数是一百八十人，其余两千八百余人均枉死岛上。

可见对于受害人家属而言，皇帝诏书就是一句空言，沙门岛依然故我。毕竟天高皇帝远，皇帝想管，怕是也管不了。

宋神宗时，单州成武[2]人马默知登州，发现沙门岛监押李庆上任两年，便以"投海"的方式滥杀流人七百多人。马默听闻后震惊异常，招来李庆责问道："人命至重，恩既贷其生，又从而杀之，不若实时死乡里也。汝胡不以乏粮告，而颛杀之如此？"指责李庆滥杀无辜，并表示要上奏朝廷，追究李庆责任。李庆返回沙门岛后，即畏罪上吊自杀。

马默上书后，朝廷这才更定律令，将满足一定条件的流人移配他州，以减轻沙门岛的压力。但不管怎样，沙门岛流人多是朝不保夕，

（接上页）间有冤难诉者提供了一条有用的渠道。北宋立国之初，东京市井间有一位名叫牟晖的市民走失了一头猪，因猪是自己走失，并非失窃，开封府不予受理。牟晖气急败坏下跑到登闻鼓院敲响了大鼓。丢猪一事立即被紧急上报到御案前。宋太祖赵匡胤不怒反喜，特意给宰相赵普下手诏道："今日有人声登闻来问朕，觅亡猪，朕又何尝见他的猪耶！然与卿共喜者，知天下无冤民。"诏令赐给牟晖一千钱，以补偿他的损失。

[1] 转运使：原为主管运输事务的中央或地方官职。宋初，曾派若干转运使赴各地供办军需，事毕即撤。宋太宗时，为削夺节度使的权力，于各路设转运使，称"某路诸州水陆转运使"，其官衔称"转运使司"，俗称"漕司"。转运使除掌握一路或数路财赋外，还兼领考察地方官吏、维持治安、清点刑狱、举贤荐能等职责。宋真宗景德四年（1007年）以前，转运使实际上已成为一路之最高行政长官。以后，陆续设立了提点刑狱司、安抚司等机构分割转运使的权力。若以两省五品以上官任，或需兼领数路财赋者，称"都转运使"。随军转运使，则因事而设。

[2] 单州成武：今山东成武。

即便不被饿死，也面临被看守杀死的危险，可谓“与死为邻”。正因为如此，沙门岛才成了传说中的鬼都，令人闻名色变。

抵达长山岛沙门码头时，沙门寨监押呼庆已等在岸边。其人魁梧高大，面黑如铁。马扩抢先跳下船，上前行了一礼。呼庆惊愕异常，问道：“小马你怎么成了流人监押官？”

马扩笑道：“我是临时充任的。呼延将军，别来无恙？”

呼庆摇头道：“我不是呼延将军，我是呼监押，这里的人都叫我呼寨主。”

马扩道：“呼监押也好，呼寨主也罢，在我这里，永远是呼延将军。”

原来那呼庆便是前平海军指挥使呼延庆。其人武功高强，人称黑虎英雄，因擅长女真、契丹、高丽多国语言，曾是“海上之盟”的主要参与者。马扩之父马政第一次出使金国，呼延庆便是随行人员。而呼延庆堂堂平海军指挥使，一代名将，竟沦落为沙门岛监狱长，说到底，也与当年之事有关。当年“宋金联盟”，大致经过是——

政和七年（1117年），辽人高药师、曹孝才等逃赴高丽途中，遇风暴漂流到了登州，有了促成宋廷与金结盟之意。当年八月，宋徽宗下诏让登州长官王师中选用将吏共七人，乘坐平海军指挥兵船，同高药师、曹孝才出使女真，想以买马为名，打探女真部落的虚实。但此行未能成功，兵船甚至不曾靠岸。

政和八年（1118年），宋徽宗又命知登州王师中再选能人，王师中举荐了登州武官马政和呼延庆。于是宋廷派马政、呼延庆率将校七人士兵八十人，同高药师、曹孝才一起出使女真，马政之子马扩随行。一行人于当年闰九月下海，顺利到达北岸。女真巡逻者抓住了他们，经高药师解释后，才没有当场杀害，捆送首领阿骨打住所。

一行人先遇到阿骨打的侄子粘罕。粘罕盘问了一番，这才带众人去见阿骨打。阿骨打与部属商议后，决定先与大宋通好，扣押登州军校王美、刘亮等六人作人质，派渤海人李善庆、熟女真散都、生女真勃达三人，带上国书和北珠、生金、貂革、人参、松子等物品，随同马政等人赴宋。

宣和元年（1119年）正月，金使臣李善庆、散都、勃达抵达汴京。宋徽宗欣喜若狂，下诏封李善庆为修武郎，散都为从义郎，勃达为秉义郎，发给俸禄。宋廷随即派赵有开为正使，马政及登州长官王师中之子王瑰为副手，带上诏书、礼物，和李善庆等人渡海去金国。到登州时，赵有开暴病而死。宋廷又得到消息，称辽国已封金国国主为东怀王，并割让辽东地给金国。宋徽宗生怕联金灭辽的意图被辽国知晓，紧急下诏，命马政等人停止行动，只派平海军指挥使呼延庆带着登州牒文送金使李善庆等人回国。

当年六月，呼延庆一行到达阿骨打军前。因大宋没有使者，且无国书，呼延庆所携仅为登州牒文，阿骨打等人感到被轻视了，十分愤怒，不顾呼延庆解释，将其扣押。

半年后，金人才决定放呼延庆回国，并表达了继续与宋通好的意思。呼延庆遂携带金国国书返回大宋，因途中害怕金人反悔追赶，朝夕奔驰，侍从甚至“有裂肤堕指者”。

呼延庆回国后，即将金国国书上交朝廷，请求宋徽宗再派使臣去金国商议。

宣和二年（1120年）二月，宋徽宗派遣赵良嗣、王瑰出使金国。金国也派遣曷鲁和大迪乌来到登州。之后，宋廷将国书交给金使，派呼延庆送其归国。两国由此达成协议，遂成“海上之盟”。

宋金联盟成功后，赵良嗣、王师中、王瑰等人均受封赏，也包括马政父子，马扩更是受到权臣童贯重用，令其跟随左右。唯独呼延庆一人被降职。有人声称呼延庆被拘押于金国时，有些言语不当，有失国体。又有人告发梁山泊反贼宋江[1]麾下大将呼延绰[2]与呼延庆是堂兄弟。

事实上，整个宋金联盟过程，呼延庆参与最早，退出最迟，涉入最深，出力也最多，还被女真人囚禁半年，受尽苦楚，功劳当在任何人之上，对此莫名罪名，他自然格外气愤。偏偏他是刚烈之人，不愿上书自述，愤怒之下，竟自请终身为沙门岛监押。离谱的是，朝廷当真准了呼延庆的奏请，将其调往沙门寨。木已成舟，呼延庆悔之不及，又以从名将之后[3]沦落为监押为耻，遂改名呼庆，表示无颜再姓呼延。

[1] 宋徽宗执政期间，宋廷大肆“括公田”，地方豪强则加紧兼并土地，倾家荡产的农民日益增多，加上连年水旱蝗灾，农业迅速衰落，呈现出一派萧条的景象。南方原本属于富庶的地区，因为花石纲的骚扰，使百姓无法正常生活下去，连日常的衣食都成了问题。宋江、方腊的起义就在这种形势下，分别在北方和南方爆发了。有关宋江起义，没有准确的史料记载。大概在宣和元年（1119 年）之前，宋江等三十六名好汉招募义军，举事起义，活动范围在今河北、山东一带。根据郎瑛《七修类稿》记载：这三十六人为：宋江、晁盖、吴用、卢俊义、关胜、史进、柴进、阮小二、阮小五、阮小七、刘唐、张青、燕青、孙立、张顺、张横、呼延绰、李俊、花荣、秦明、李逵、雷横、戴宗、索超、杨志、杨雄、董平、解珍、解宝、朱仝、穆横、石秀、徐宁、李英、花和尚、武松。宋江为首的农民起义军虽然人数不多，但他们所到之处，打击地主豪强，宋军无力抵抗，一时之间颇有威慑力，声势逐渐浩大起来。相传农民起义军曾在梁山泊（在今山东阳谷、梁山、郓城间）驻兵，这就是后来《水浒传》中梁山泊的原型。宣和三年（1121 年）初，亳州知州侯蒙上书宋徽宗，认为宋江能如此横行天下，而官军却奈何不得，其才能必有过人之处，不如把他们招降。宋徽宗觉得很有道理，便任命侯蒙知东平府（今山东东平），负责招降宋江起义军。但侯蒙还没有来得及赴任，就得急病而死。而宋江的农民起义军却已经移军南下，转战于黄淮之间。宣和三年（1121 年）二月，起义军乘船到达海州（今江苏连云港）。海州知州张叔夜事先派上千名官兵埋伏在海州城郊，然后派骑兵临海挑战，引诱起义军弃船登陆。起义军登陆后，立即遭到伏兵包围。张叔夜又派兵烧了起义军的船只，起义军退路已断，损失惨重。在走投无路的情况下，宋江率领部分部下就此投降了张叔夜。据说宋江败降后，又被宋朝廷派去征讨另外一支农民起义军方腊的队伍。关于此事，《续资治通鉴长编》《通鉴长编纪事本末》《三朝北盟会编》《皇宋十朝纲要》都有明确记载。但 1939 年出土了《宋故武功大夫、河东第二将折公（可存）墓志铭》，即史学界所称的《折可存墓志铭》，该墓志铭中记载宋江并未去征方腊，折可存是在方腊起义失败后才逮住宋江的。因而有史家认为宋江投降是保存实力的权宜之计，在之后不久便重新揭竿而起，结果被宋廷残酷镇压而死（作者认可这种说法）。无论如何，宋江及其伙伴起义的传奇事迹，在当时及后世在民间传述渲染，并不断被丰富。元末明初人施耐庵根据这些故事编写成《水浒传》一书，从此，梁山泊一百零八将的故事世世流传至今，脍炙人口。

[2]《水浒传》中称呼延绰为呼延灼，还称其人后领军大破金兀术（完颜宗弼，金太祖阿骨打第四子）。呼延赞有远孙名呼延通，为名将韩世忠麾下统制官，曾败金人于大仪镇。《水浒传》中呼延灼故事当是由真人呼延通事迹附会而成。洪迈《夷坚志》中有“呼延射虎”一条，言：“（呼延）通奋怒驰马与虎相当，伺其张口，发大羽箭，正中舌上。虎雷吼山立，宛转而死。”可想其人之神勇。

[3] 呼延庆：字夏都，并州太原人（今山西太原人），出身将门世家。曾曾祖父呼延琮曾为后周淄州马步都指挥使。曾祖父呼延赞是宋太祖、宋太宗、宋真宗三朝名将，勇猛强劲，所用兵器破阵（转下页）

金人败盟侵宋后，之前因“宋金联盟”而获利者又大受追究：首倡者童贯、赵良嗣被处死；主要参与者王师中父子被贬官；另一重要人物马政已经过世，其子马扩只是随从人员，当时人在真定，意外逃过一劫。

而呼延庆因在“宋金联盟”后即受贬职，自是不在追究之列。他本人却在思想上来个大转弯——他一贯认为自己为大宋立下不世大功，至此才意识到“海上之盟”只是引狼入室，一时悔不当初，至此不再口出怨言，安心留在沙门岛。沙门寨因禁了流人，也囚禁着他这位寨主，同是大宋罪人，理该如此。

呼延庆本已彻底平静下来，不想却意外见到了另一位“海上之盟”的参与者——马扩，一时之间风起云涌，无数往事涌上心头，胸中血气再度沸腾起来。

马扩见呼延庆神色阴晴不定，忙叫道：“呼延将军，你可还好？”

呼延庆回过神来，勉强稳住心神，问道：“无事不登三宝殿。说吧，你小子来沙门岛做什么？”

马扩知道对方是个直爽性子，便问道：“呼延将军接管沙门寨有数年了吧？”

呼延庆道：“六年零四个月。”

马扩道：“对岛上流人，我是说全部流人，呼延将军可有确切的数目？”

呼延庆愣了一下，才道：“你小子是想问有没有枉死的流人吗？放心，这七年来，本寨主没有滥杀过一个流人。每年都是该移配的移配，保持人数在三百人以下。宋金开战后，流配来沙门岛的人数已大大减少，但每年依律移配他州的犯人数目依旧不变，而今岛上只有不到

（接上页）刀、降魔杵等均重达十几斤，常说愿战死在敌军中。呼延赞性格俗陋怪异，不近情理，隆冬时把水浇在幼孩身上，期望小孩长大后耐寒且强劲健壮。他在自己身上纹遍“赤心杀贼”字，还在妻子、儿子甚至仆人身上都纹了这几个字。四个儿子耳朵后还另外加刺“出门忘家为国，临阵忘死为主”两句。呼延庆是呼延守用之子，呼延赞曾孙。

二百人了。”

马扩道：“今年流配沙门岛的流人更少了，只有三位，洪刍、余大均、陈冲。”

呼延庆点头道：“本寨主已经收到公文了，说是这三位在金人围攻汴京时逼迫宫人陪酒，由此犯下了死罪。新皇帝即位，特恩才改为流配沙门岛，对吧？”又“嘿嘿”冷笑了两声，似是觉得这死罪罪名颇为可笑。

马扩转头见兵士正要押解洪刍等人下船，便将呼延庆扯离码头，到左右无人处方才停下。又正色问道：“呼延将军执掌沙门寨时间不短，可有留意到寨中有名册上没有登记的犯人？”

呼延庆怔了一下，板起脸道：“小马，这不是你该问的。”

马扩道：“这么说来，就是有了。”

目光炯炯，直视着对方。

第四章 千里凌波

他说这番话的时候，并不是仅为了宽慰对方，而是心中的确抱了很大的志向，以及很高的期望。只是他万万没有料到，仅在几月之后，齐鲁大地包括登州以及诸多海岛，尽成为金人国土，而后金亡于蒙古，又成为元人领土，直到朱元璋建立明朝，这片汉文化底蕴深厚的土地，才重新回到汉人手中。然大明实行闭关锁国政策，放弃鼍矶前线基地，退守登州口岸，沙门、鼍矶诸岛，遂成防外之岛，孤悬海外。

天南地北，
问乾坤、何处可容狂客？
借得山东烟水寨，来买凤城春色。
翠袖围香，绛绡笼雪，一笑千金值。
神仙体态，薄幸如何消得！

想芦叶滩头，
蓼花汀畔，皓月空凝碧。
六六雁行连八九，只待金鸡消息。
义胆包天，忠肝盖地，四海无人识。
离愁万种，醉乡一夜头白。

——施耐庵《念奴娇》

马扩为追查当年契丹皇族耶律阿撒一事来到沙门岛，一见到主管犯人的沙门寨监押呼延庆，便直截了当地询问岛上可有名册上未曾登记姓名的囚犯，即所谓的秘密重囚。沙门岛犯人以流人为主，但也有极个别身份特殊的重犯——

譬如某位谋逆夺权失败的宗王，皇帝或是念及骨肉亲情，或是受到某种特殊约束，不能将其处死，但又怕宗王余党继续作乱，便明里称赐死宗王，实则将其暗中流放沙门岛。

又譬如某位司天监[1]官员，因泄露天机获罪。这等精通术数、洞察天机的高人，皇帝往往不便下手，担心会遭天谴，于是将其流放沙

[1] 司天监：官名。掌管观察天文，并推算历法。历史上担任司天监的名人很多，如袁天罡、郭守敬、汤若望（明清时称钦天监）、南怀仁等。北宋宋仁宗年间，司天监邢中和以“不学无术”的罪名被流放沙门岛。

门岛。

所举这两类犯人，自然不会像其他流人那般散流于岛上，通常是锁禁于地牢当中，不令其与外界打交道。虽无人身自由，但也有好处，这类犯人由沙门寨供给衣食，而不必像其他流人那般——或自掏腰包，或到岛民家中辛苦劳作赚取口粮。

这本是秘而不宣之事，但马扩之父马政担任登州兵马钤辖多年，沙门寨又隶属于军制[1]，多少知悉一些内情。

马扩从李清照侍女海棠口中听说耶律阿撒被带到沙门岛后，便推测其人极可能被关在了沙门寨地牢当中。但他料想此事发生在呼延庆接任沙门寨寨主之前，呼延庆也未必清楚事情经过，所以只委婉询问沙门寨中是否有名册上没有记录的犯人。

呼延庆很是不满，道："沙门寨虽只是个小小的流人管理衙门，但它也是军事机构。寨中之事，若涉机密，外人是不能询问的。小马你久在军中，对此最清楚不过，何以明知故问？"

马扩早料到此节，遂自腰间解下囊袋，掏出官印，道："马某是皇帝任命河外兵马都元帅府马步军都总管，兼枢密院副都承旨，兼节制应援军马使，黄河以北之军事，我都有权力过问。"

沙门寨自成体系，与外界不大相通，呼延庆竟是不知马扩官职已如此显赫，当即拍手笑道："我就知道你小子会有出息。"又正色道："准确来说，登州在黄河以南呢。"

马扩听了立时哭笑不得，忙道："这是皇帝陛下临时任命的官职，'河外'不过是虚称，实指京东路、河北路、河东路广大地区。"

呼延庆恍若未闻，自顾自地道："其实也说不好登州到底是在黄河

[1] 兵马钤辖：宋朝置，初选朝官及诸司使充任，领一州、一路或数路兵马之事。后均以知州兼本州钤辖、安抚使兼本路钤辖。也就是说，登州兵马钤辖一般是由知登州兼任，但马政从未当过地方长官，因而他的登州"兵马钤辖"官职当为"兵马副钤辖"。宋朝制度，兵权分散，以"枢密掌兵籍，虎符，三衙管诸军，率（帅）臣主兵柄，各有分守"。又以文制武，以文臣任安抚使（或经略安抚使）或知州，兼马步军都总管或兵马钤辖，主地方兵柄；而以武臣任副都总管、副钤辖。沙门寨虽为地方监狱机构，实质上相当于牢城，仍属军事体系，寨兵当属地方军厢军一系。

南面还是北面，毕竟黄河在河北[1]便已经汇入渤海了。”

他不过是有意与马扩做口舌之争，随口一句，想不到几个月后，黄河便因金人再度南侵而被人为改道[2]。

马扩忽笑了起来，问道：“呼延将军是要刁难我，是不是？”

呼延庆道：“是啊，你不服气，可以去向上司告本寨主的状啊。”

马扩苦笑道：“在呼延将军面前，我只是小马，哪敢不服气？”

呼延庆道：“是了，登州现下没有州长官，小马要告状，也没得人受理，是不是？”

马扩遂问道：“呼延将军到底要怎样，才肯说实话？”

呼延庆道：“你小子留在沙门岛，陪我说三个晚上的话。”

马扩忙应道：“好，我答应了。但事关重大，呼延将军须得现下就告诉我实情。”

呼延庆这才道：“我接管沙门寨时，确实有一名无名重囚被关押在

[1] 此“河北”指河北东路。历史上黄河以“善淤、善决、善徙”著称，其下游河道变迁极为复杂。北宋初期，黄河开始不断决口。宋仁宗庆历八年（1048年）六月，黄河冲决澶州商胡埽，向北直奔大名，经聊城西至今河北青县境与卫河相合，然后入海。这条河宋人称为“北流”。十二年后，黄河在商胡埽下游决口，分流经今朝城、馆陶、乐陵、无棣入海，宋人称此河为“东流”。东流行水不到四十年便断流。河水带来的大量泥沙填海造陆，形成了古代黄河三角洲。

[2] 宋高宗建炎二年（1128年）冬（比本书故事发生时间略晚，本书故事发生在秋季），宋东京守将杜充为阻止金人南下，在滑县以上、李固渡（今河南滑县南沙店集南三里许）以西人为决开黄河堤防。溃水向东流经豫、鲁之间，在今山东巨野、嘉祥一带注入泗水，再“自泗入淮”。以后金世宗大定六年（1166年）五月，河决阳武，由郓城东流，汇入梁山泊。大定八年（1168年）六月，“河决李固渡，水溃曹州（今山东菏泽）城，分流于单州（今山东单县）之境”，从曹、单南下徐、邳，合泗入淮。但当时宋代的“北流”故道未断，黄河仍处于南北分流的局面。金章宗明昌五年（1194年），河决阳武（今河南原阳）光禄村，此为黄河第四次大徙。据载：“是岁河徙自阳武而东，历延津、封丘、长垣、兰阳、东明、曹州、濮州、郓城、范县诸州县界中，至寿张，注梁山泊，分为两派：北派由北清河入海，今大清河自东平历东阿、平阴、长清、齐河、历城、济阳、齐东、武定、青城、滨州、蒲台，至利津县入海者是也；南派由南清河入淮，即泗水故道，今会通河自东平历汶上、嘉祥、济宁，合泗水，至清河县入淮者是也。”此次河决以后，黄河河道南移，分别进入泗水及济水故道，而形成新的南、北两派。河水十之二三由北清河（今黄河）入海，十之七八由南清河（泗水）入淮。南派水势大于北派水势，这是黄河流行于山东丘陵以南的开始。及至“金明昌中，北流绝，全河皆入淮”。黄河从此告别北方故道和渤海出口，而东南流入泗、淮长达六百多年。到明万历初，潘季驯治河功成，尽断旁出诸道，把金元以来黄河东出徐州由泗夺淮的主流固定下来，成为下游唯一的河道。自此黄河下游决口河道摆动范围从太行山以东，泰山丘陵区以北而转变为摆动于伏牛山、大别山以东，泰山丘陵区以南，决口点略往西移而流向日趋东南。这是黄河变迁史上的一个重大变化。

地牢中。”

那囚犯蓬头垢面，头发、胡子遮住了大半脸面，已看不出本来年纪。手足均戴了重铐，脖子也被铁链锁住，只能在有限范围内移动。

最奇特的是，他口中被勒了一个铁环。铁环左右两边焊有铁圈，紧紧勒在脸面上，一直箍到脑后，接缝也被铁汁焊死。如此，那囚犯嘴巴被大大撑开，他可以自行进食流质食物及饮水，不致饿死渴死，却无法取下铁环，更不能开口说话。

马扩皱眉道：“如此摆布那囚犯，是要防止他跟狱卒等人交谈了。”顿了顿，又道：“请呼延将军立即带我去见那名囚犯。”

呼延庆双手一摊，道：“这就是为难之处，那无名囚犯已经死了。”

马扩听呼延庆描述那犯人被特别对待的情形后，已有八成把握确信对方就是耶律阿撒，忽听说人死了，愣了一下神，才问道：“怎么死的？”

呼延庆道：“如果旁人来问，本寨主会说是病死的。那地牢又阴又湿，人被关在里面那么多年，从来不见天日，不得病才怪。”

马扩心道：“呼延将军人称黑虎英雄，什么时候变得这般啰唆了？”生怕呼延庆东扯西拉开去，忙催问道：“那囚犯到底是怎么死的？”

呼延庆道：“是被人杀死的。”

马扩大惑不解，问道：“无名囚犯不是被关在地牢里吗？又如何能被人杀死？”

呼延庆道：“总之就是被人杀死了。”

马扩忙问道：“这是什么时候的事？”

呼延庆道：“大概一年多前吧。”

原来那无名囚犯虽镣铐缠身，也不能言语，却态度强硬，每每狱卒前去送食时，他都想动手。狱卒稍微靠近，他便撞击。而且此人颇工心计，料想宋人不希望他死，便不时以绝食来抗议。每逢这种情况，狱卒不得不上前灌食，而那囚犯力气甚大，竭力挣扎之下，总让狱卒狼狈不堪，如将汤汁弄到狱卒身上之类。而那囚犯还“嗬嗬”怪笑，极尽嘲讽之能事。

去年某日，无名囚犯又开始绝食。狱卒灌食时，又被弄了一身汤水。那狱卒忽然发了火，怒道："其他犯人都得日日劳作才有饭吃，你坐享其成不说，还要老子日日来喂。老子还得每日给你换屎尿盆子伺候你。"越说越气，奔到门边取了一块石头，返身便朝无名囚犯头上砸去。

囚犯手铐与脚镣有短铁链相连，无法直身，更无法举手相抗，当即头破血流。狱卒气急败坏之下，又一连砸了十来下，直到囚犯一动不动，才就此罢手。等呼延庆得到消息赶去地牢时，囚犯早已经死了。

马扩一时无奈，问道："囚犯尸首呢？"

呼延庆道："当然是烧成灰了。要不还能怎样？"

马扩又问道："无名囚犯可有什么遗物？"

呼延庆道："没有。就一身破囚衣，连同他人一起烧了。实在要说遗物的话，就是他身上的镣铐了。"

马扩心道："嗯，这倒也正常，无名囚犯如此重要，他人被带到沙门寨时，应该就被搜去了全部个人物品。"

又问道："那无名囚犯有多高？大概是什么样子？"

呼延庆道："囚犯手足之间的铁链很短，他站立时也只能弯着腰。不过据我估计，大概比我矮上一头吧。至于样子嘛，就没法描述了。一来他头发散乱，脸上也是胡子拉碴，看不出本来面目；二来他口中塞了铁环，面目被撑得变了形。"

顿了顿，又道："不过有一节倒是很奇怪，这囚犯身上没有刺字，耳朵后都没有。这可是头一遭。"

流放沙门岛属于刺配[1]刑罚，流放前要先黥[2]面，即根据犯人所犯罪行在身上的不同部位纹字，刺上"流登州沙门岛"字样。如果是

[1] 刺配是将罪犯面部臂部或身体其他部位刺刻标记后，发配至边远地区或一定场所服劳役或职役的刑罚，最早创立于五代后晋天福年间，宋代进一步完备。所刺部位依情节轻重有耳后、背、额、面之分，所刺标记有字（一般为罪名）和记号（一般为环形），所刺深度有四分、五分、七分等种。

[2] 黥是指刻破犯人额头的皮肤，将黑色染料渗入其下，从而留下清晰印迹的刑罚。黥在汉代在肉刑中是最重的刑罚，"缇萦救父"后，汉文帝废除了肉刑，但宋代又予以恢复。

特赦免死的强盗，还要加刺“免斩”及双旗字样。所刺部位，一般是额头、面上，这样可以让人望而识其为罪犯，也有个别刺在耳后的。

这次洪刍、余大均、陈冲被判流放沙门岛，三人均愿服罪，提出的唯一要求，就是恳请将流配字样纹在耳后。宋高宗也认为刺面有失朝臣体面，特别予以恩准。

马扩听说，愈发肯定无名囚犯就是耶律阿撒，因为其人是从鼍矶岛押来，未到过登州州府，而只有州府才有专替犯人黥面的文书匠。

呼延庆不待马扩继续发问，便自行先道：“下面小马是不是会问本寨主对无名囚犯知悉多少了？本寨主接管沙门寨时，前任监押交代过，说他是特别重要的钦犯，关于他的任何事，都不准外泄。除非有朝廷钦差来，才准提人。”

马扩问道：“杀了无名囚犯的狱卒是谁？”忽想到呼延庆素来爱惜部下，忙道：“我不是要追责，而是想弄清楚那囚犯的身份来历。”

呼延庆目光闪动，问道：“小马保证不追究狱卒之责吗？”

马扩道：“我就当没这回事。呼延将军愿意声称囚犯重病而死，我也认可。”

呼延庆道：“是张官。不过他人已不在沙门岛。靖康之变时，不独皇家，民间也遭了难，张官妻女都被金人掳走。他一心要救回亲眷，便自行离开了沙门岛，自此再无消息。”

马扩心中一痛。他自己的老母、妻子、两个女儿、一个儿子，也尽在金人之手。虽然他挂念不已，经常会想起他们，但却从来没有要凭一己之力去营救家人的想法。家国天下，君父蒙难，二圣未归，身为人臣，他从来不敢将家排在国的前面。

呼延庆不知马扩近况，见其神情不定，还以为在为无名囚犯发愁，便道：“要找的人死了，要见的人走了。小马，你这次怕是不能如愿弄清楚那无名囚犯的身份了。”

人到底还是有好奇之心，他见马扩沉吟不语，当即问道：“小马既不知无名囚犯的来历，还巴巴找上岛做什么？”又问道：“对了，你是怎么知道这件事的？这消息从来没泄露过呀，就连沙门寨大多数寨兵也不知地牢里关着一名重囚呢。而且上头也从来没有人问过，更不要说什么朝廷钦差了。”

马扩不答，只问道：“沙门岛诸岛，是不是只有长山岛上有一位铁匠？”

呼延庆道：“对呀，毛途。他的铁匠铺就在前面那座光秃秃的山包下。”

马扩笑道：“那山包有名字，叫作叶台山。”

呼延庆奇道：“你小子以前应该没有来过沙门岛吧？我是说，这座流人所在的长山岛。你怎么了解得这么清楚？”

马扩笑道：“我从前经常搭乘兵船到庙岛啊，听说了不少关于长山岛的事。”

呼延庆忙问道：“那小马有没有去过大黑山、小黑山岛？”

马扩摇头道：“没有。”又老实承认道：“以往我来庙岛，总是在夏秋时节，正是蛇多的时候，望过去黑压压一片，心中还真有些发怵。”

呼延庆古古怪怪一笑，道：“我一直都很想去。听说大黑山岛上，藏着一个大秘密。”

马扩心念一动，忽想到曾三省之语，又想到宇文虚中任职登州时，呼延庆已经接管了沙门寨，忙问道：“呼延将军可还记得宇文虚中？”

呼延庆道：“当然记得。据我所知，宇文虚中应该是本朝唯一一个到过沙门寨的登州知州了。”

马扩闻言极为纳闷，忙问道：“宇文虚中来沙门寨做什么？”

呼延庆道：“不做什么。他就是到庙岛找白医师看病，顺便来沙门寨看了看。”

马扩道：“那么……”

呼延庆忙摆手道：“宇文虚中没问半句无名囚犯的事，他就是随意看了看，便乘船去了庙岛看病。”

马扩道：“那么大黑山岛的大秘密又是怎么回事？”

呼延庆笑道：“那是我随口说笑的，小马还会相信这个？”

马扩也笑道：“我不信呼延将军会无缘无故地编排出一个大秘密。”

呼延庆笑道：“这可不是我编的，我虽然在这里待得无聊，但还不至于编排出这样的事。这是我听到的。说到底，也多少跟宇文虚中有关。他那一趟庙岛之行，不但来了沙门寨，还去了大黑山岛，而且就在毒蛇横行的季节，胆量不小。”

马扩忙问道：“宇文虚中去大黑山岛做什么？”

呼延庆连连摇头道：“不知道。他先来的沙门寨，而后去了庙岛，再去了大黑山岛，然后就坐船回登州了，没人知道是怎么回事。我也是后来才听说。”

原来当日宇文虚中到庙岛就医，原本命人抬了四大箱礼物送给医师白谈。当然，四箱礼物也不尽是看病酬金，还有请白谈迁回蓬莱的意思。结果过海时，不幸遇到风浪，船只剧烈晃动时，有两个箱子掉入海中，只剩下两箱。医师白谈不愿意回返蓬莱，只收了一箱谢礼，都是些不值钱的蓬莱地方特产，退回了另一箱财物。宇文虚中就诊完毕后，便带着被退的那口大箱子上了大黑山岛。

呼延庆又道：“登岛的时候有箱子，再上船时，那口大箱子就没了，流言便是因此而起，说是大黑山岛有大秘密、大宝藏之类。小马，你是个聪明人，说说这是怎么回事？”

马扩思忖道：“如果这是真事的话，应当是白医师让宇文虚中去的大黑山岛。大黑山岛虽号称蛇岛，遍地毒蛇，却多奇药，毒蛇本身也可以入药。”

呼延庆愣了一愣，问道：“这是什么解释？”

马扩笑道：“我随口胡诌的。难道呼延将军也跟那些愚人一样，认为宇文虚中突然发了疯，藏了一箱宝贝在大黑山岛？”

呼延庆道：“那倒不是。但不论有没有宝贝，那口大箱子总是留在岛上了吧？有人趁冬季毒蛇冬眠时上岛反复寻过，也没找到那口箱子。”

马扩问道：“是不是那之后不久，宇文虚中便卸任回朝了？”

呼延庆道：“是。”又挠了挠头，道：“小马你前后这么一联系，好像事情愈发蹊跷了。”

马扩见呼延庆变得有些玩世不恭，料想也问不出更多事，遂道：“呼延将军，流人刚刚押到沙门寨，你须得回寨处理文书。我先在长山岛上转转，晚些时候再来寨中找你。对了，一会儿有一艘货船要停一下沙门码头，是船夫范温的货船，会卸下一些物资，是洪刍洪公的随身之物。”

流人携带物资、财物是稀松平常之事，呼延庆点头道：“知道了。”

马扩先回了一趟刀鱼船，叫上四名兵士跟随自己办事，令余人将船泊入沙门码头里间，就地休息。

寻至铁匠铺时，铁匠毛途正在为新渔船打造铁锚。其女喜妹坐在风箱前用力拉风催火，一来一往，“呼呼”有声，颇有声势。

马扩上前招呼了一声。毛途停下手中的活计，看了几名刀鱼兵士一眼，问道：“郎君是新来的沙门寨寨主吗？”

马扩莫名其妙，问道：“铁匠为何这般问？”

毛途道：“呼寨主在这里很久了，不是早该换人了吗？我看郎君像是新寨主。”

马扩笑道：“我不是新寨主。我姓马，单名扩。”

一旁喜妹“呀”了一声，叫道：“我知道你。”

毛途当即向女儿斥道：“还不快去干活。”又问道：“马将军，你不是已经高升了吗，如何会来我们这穷僻小岛？”

马扩问道：“这里可有活计需要帮忙？”

毛途也不客气，问道：“喜妹，给冬季备下的柴火是不是还没劈？”

喜妹脆生生地应道：“没有，喜妹正要去后院劈柴呢。”

马扩遂向四名刀鱼兵士命道：“你们四个，先去帮喜妹把柴劈了。”

刀鱼兵士本不情愿，但不敢抗命，磨磨蹭蹭地往后院去了。

毛途这才请马扩进堂坐下，问道：“马将军专程来到这小小铁匠铺，有何贵干？”

马扩道：“马某此行，是想向铁匠请教一件事。十年前，铁匠是不是打造过一个古怪铁环，上面连着一个铁圈。”一面说着，一面往自己口中比划了一下。

毛途脸色微变，旋即连连摇头道：“十年前的事，早就记不清了。”

马扩忙道：“我没有恶意。只是想问问，十年前，铁匠是不是见过这个人？”从怀中掏出曾三省根据海棠描述所绘的耶律阿撒画像，出示给毛途。

毛途大致看了画像一眼，既不承认，也不否认，只道：“十年前的事，记不清了。”

马扩笑道：“那么我就当是见过了。”遂起身道：“铁匠还有活计要做，我就不多耽误你了。”

又朝后院指了指，道：“他们四个，得把柴劈完才能走。如若做不到，铁匠便来沙门寨找我，我罚他们再多劈一倍的柴火。”

毛途随意应了一声。他心中困惑已埋藏多年，此时又被意外撩拨了起来，发了一阵呆，又赶了出去，叫住马扩，低声问道：“那个怪人，到底是什么人？是囚犯吗？哦，他脸上没有刺字，而岛上的犯人，个个脸上都是有字的，就算额头或脸颊上没有，耳朵后也必然有。”

马扩问道：“铁匠可还记得些什么？”

毛途迟疑不答。

马扩遂道：“铁匠不必勉强。马某今日来找你，不是来套话的。”

毛途忙道：“我知道。马将军身上既有那怪人画像，自是知情者。”

迟疑片刻，遂道：“那个怪人，是被装在麻袋中抬来这里，手脚都被死死捆住，口中也塞了破布。我将铁环打好后，兵士取出了那人口中布团，我还来不及将铁环塞进他口中，他便开始破口大骂，样子极为凶恶，吓了我一大跳。”

顿了顿，又道：“说起来，这座长山岛，是座牢岛，犯人和寨兵加起来，比岛民还要多。我打小长在这里，见过各种各样的犯人，没有一个像那怪人那般不驯。流放到这座岛上的犯人，都很清楚除了等死，再无旁事，所以个个灰头土脸、垂头丧气，唯独那怪人不一样，他的眼睛好像要喷出火一般，铁匠我这一辈子都忘不了。”

马扩忙问道:“那怪人骂了些什么?”

毛途道:“他口齿有些不清,叽叽咕咕的,铁匠也没大听懂。”

马扩心念一动,先正色道:“铁匠当年一定受过叮嘱,不得将这件事外泄,对吗?那么马某今日与你见面,询及旧事,以及我下面将要说的话,铁匠也不能对旁人提及,明白吗?”

见毛途连连点头应允,这才问道:“会不会那怪人不是口齿不清,而是说的番话?”

毛途摇头道:“这不可能。马将军该知道,这一片海岛是女真及高丽走海道到登州的必经之地。铁匠我到庙岛粮店寄卖铁器时,跟这两方都打过交道,多少懂一点他们的语言。如果是番话,我一定听得出来。”

马扩问道:“如果是契丹话呢?”

毛途“啊”了一声,忙道:“这倒真有可能。不过铁匠没听过契丹话,不知道他说的是不是。”

马扩曾出使契丹,略懂一些契丹话,但不知那囚犯到底说的什么,也无从向毛途求证,好在现下已料到那无名囚犯便是契丹皇族耶律阿撒了。

毛途又道:“如果是先说的番话,便能解释清楚后来之事了。那人见我们都愣在那里,便开始说汉话,说什么‘大运,我要杀了你,一定要杀了你’。当时我还以为之前他是被破布撑得发麻,一时恢复不过来,这才口齿不清呢。”

马扩心念一动,忙问道:“他当真说的是‘大运’?”

毛途道:“嗯,因为是刀鱼巡检亲自押解他来的,我还奇怪他怎么不说翟巡检的名字呢。”

马扩心道:“大运是海棠原先的名字。耶律阿撒既早已视她为未婚妻子,为何会恨她入骨?铁匠说得对,耶律阿撒既能开口说话,以言语泄愤,第一个要发泄的对象,当是下令抓捕他的刀鱼巡检翟天麟才对。”心中开始隐隐觉得有些地方不对劲。

毛途又问道:“马将军在沙门寨见过那怪人了吗?”

马扩问道：“铁匠怎么知道翟巡检离岛时没把那怪人带走？”

毛途道：“翟巡检那般摆布他，必是要让他噤声，不能说话，好方便长期囚禁。”

马扩不答，只道：“那怪人被囚禁十年，容貌有很大变化。马某来找铁匠，只是想确认他到底是不是原先那个人。”

毛途忙问道：“马将军既然有那怪人画像，想必知道他来历了。他到底是不是坏人？”

马扩点头道：“不但是坏人，而且是个大大的坏人。”

毛途这才长舒了一口气，道：“当年那样待他，不拿他当人看，虽然铁匠是奉命行事，但我这心里，一直有点疙疙瘩瘩。现下既然知道他是个大大的坏人，铁匠我便彻底安心了。”

马扩安慰道：“放心，铁匠没有做错什么。”又道：“当年那件事，还有我来寻铁匠这件事……”

毛途忙道：“马将军放心，十年前的事，铁匠早忘了。今日之事，铁匠立即忘得干干净净。”

马扩微微一笑，道：“铁匠多保重。”

毛途又迟疑问道：“马将军……你从陆上来，大宋可还好？”

这是一个一言难尽又极难回答的问题，马扩稍微斟酌了一下，才道：“目下不怎么好。但只要大伙儿共同努力，一切都会好起来的。”

他说的这番话，并不仅是为了宽慰对方，而是心中的确抱了很大的志向，怀有很高的期望。

只是他万万没有料到，仅在几月之后，金人再度南侵，宋军不堪一击，京东两路尽落入敌手。自此，齐鲁大地包括登州以及诸多海岛，尽成为金人国土。

而后金亡于蒙古，这里又被元人侵占。直到朱元璋建立明朝，这片汉文化底蕴深厚的土地，才重新回到汉人手中。

然大明实行闭关锁国政策，放弃鼍矶前线基地，退守登州口岸，沙门、鼍矶诸岛，遂成防外之岛，孤悬海外。此为后话。

来到沙门寨时，寨主呼延庆正站在寨门前。马扩忙上前笑道：“呼延将军是专门等在这里迎我吗？”

呼延庆道：“本寨主担心你小子转眼便跑去大黑山寻宝了。”又道：“对了，小马说的货船还没到呢。倒是粮商程度的运粮船刚刚到了。”

沙门寨寨兵衣粮由朝廷供给，登州州府每月会定期往岛上运送生活物资，运送任务不由登州水师承担，而是承包给了民间商人。盖因为长山岛还有近百户岛民，也需要生活物资，因而无论有无沙门寨，民间商人都会定期上岛，以方便岛民。登州州府为节省费用、省人省力，便干脆将官运粮包给了商人。

呼延庆所言程度，便是登州最大的粮商。其人和善随性，就连往各海岛运送大米及生活物资这等辛苦之事，也亲力亲为，在官府及民众间均有很好的口碑。

马扩却对旁事没有兴趣，随呼延庆进来寨厅，问道：“除了呼延将军及狱卒张官，还有人知道无名囚犯已死这件事吗？”

呼延庆道：“重囚死于狱中是大事，按律是要追责的。既然已经没有人记得那囚犯，本寨主便决定先隐瞒下来，不曾泄露出一点风声，哪怕是自己人。”

马扩道：“此事重大，呼延将军再好好想想。”

呼延庆见马扩面色凝重，这才认真起来，仔细想了想道：“有那么几个吧，都是轮换往地牢送饭食的狱卒。”

马扩道：“那好，我要呼延将军把这几个人叫来，写下他们的名字交给我。再在他们中间，找一个身材差不多的，假扮成那囚犯，锁进地牢，少则几日，多则半月。我也不会让他白白受苦，事后一定重重酬谢。”

呼延庆大奇，问道：“小马这是要做什么？”

马扩道：“我自有用意。这一切安排妥当后，再请呼延将军派人乘刀鱼船去庙岛请白医师来沙门寨，就说地牢的囚犯生了重病，人快要死了，请他老人家速来救人。”

呼延庆道：“白谈吗？本寨主可请不动他。”

马扩肃色道："请不请得动另外再说。呼延将军，这件事刻不容缓。"

呼延庆嘟囔道："到底搞什么鬼。"口中这般说，仍起身道："我这就去办。你小子在这里老老实实地等着。"

过了一刻工夫，呼延庆带着三名狱卒进来，告道："知情者就只有他们三个了。"

马扩先低声问道："呼延将军信得过这三人吗？"

呼延庆点头道："信得过。若是信不过，怎么会让他三人和张官专事看管地牢重囚？"

马扩忙一一询问了狱卒姓名，郑重告诫三人一番。那三人均道："不敢随意泄露此事，如若被上头知道，我等均脱不了干系。"

马扩道："无名囚犯身份不凡，我预计有敌人会来劫他，万一事情因此而张扬出去，可就糟了。为几位自身前程起见，务必对此事保密。如若有知情人明确问起，便说囚犯人还活着，关在地牢中。"

一名叫秦岭峰的狱卒道："马将军放心，我等一定会遵命小心行事。"

马扩道："如若有人想用重金贿赂几位，几位先装出犹豫的样子，然后照单全收。"

秦岭峰奇道："马将军是要我等收下贿赂吗？"

马扩道："嗯，是这样。对方若是要你们几位暗行方便，你等遵令行事便是。"

另外两名狱卒尚在懵懂之中，秦岭峰先醒悟过来，笑道："小的知道了，马将军是要有意诱敌入瓮，再来个瓮中捉鳖。"

马扩见那狱卒谈吐颇为不凡，也颇为惊异，点头道："沙门岛说大不大，说小不小，长山南北两岛面积加起来，是蓬莱县城的好几倍，岛上流人、岛民混杂，敌人若藏身岛上不出，找起来倒也麻烦，不如直接将他诱到地牢这边，如你所言，来个瓮中捉鳖。"

另两名狱卒却不大相信会有这种事发生。一人道："可沙门岛四面环水，只有坐船才能抵达，岛周四角建有瞭望塔，可以监视海面，敌人如何能抵达？就算他到了岛上，沙门寨几百寨兵，也不是吃白饭的。”

呼延庆不耐烦地道：“敌人想来，总有法子的，你们做好马将军交代的事便是了。”

他其实也不大相信会有这种情况发生，又转头问道：“真的会有敌人来吗？”

虽然一心寻找耶律阿撒的高丽副使曹笑笑已死，但马扩岳父财物再度失窃是铁一般的事实。马扩早算定财物是被曹笑笑党羽所窃，对方甘冒如此大的风险，显然是要继续进行寻找耶律阿撒一事了，当即点头道：“一定会来。最早今晚，迟则数日。”

呼延庆遂挥手道：“那也没什么可说的了，就照马将军的意思办吧。”

马扩打量三名狱卒一番，道：“他三人差得有些大。我比呼延将军矮半头，若是弯着腰，看上去也差不多，就由我先顶上吧。”

呼延庆愣了一下，才反应过来，问道：“你小子是要去坐沙门寨地牢吗？”

马扩笑道：“我答应了要陪呼延将军说三个晚上的话，从今日算起，至少会留在沙门寨三日。这三日，便暂时由我顶替那无名囚犯。”

料想高丽使船顶多停留几日，如是短期内无事，风波大概便算过了。

马扩换上囚衣，戴上镣铐，来到地牢。地牢深入地下，没有窗户，铁门上栅栏小窗也只有半尺见方，因而牢中昏暗无光，只靠墙上一盏小油灯照明。

呼延庆亲自点亮油灯，告道：“往日只有早晚送饭时，狱卒才会点灯，以节省油钱。不过现下换了小马你坐牢，就一直点着吧，算是特别优待。”

又指着室中梁下一条长铁索道：“这地牢四面都是石壁，为了防止犯人撞墙自杀，之前都是用铁钳锁住他脖子，悬吊在梁下。他虽然可卧可坐，但移动范围有限，够不到门户及墙壁。”

马扩见呼延庆面带怪笑，会意过来，忙道："我就不必锁脖子了，我是不会自杀的。"

走到墙角，倚墙坐下，左右看了一番，叹道："这里倒是蛮安静的，彻底与世外隔绝，也绝不会有人来打扰。若是无牵无挂，在这里住一辈子，也挺好。"

呼延庆正要接着说笑几句，忽然马扩面色惆怅，不似玩笑，便叫道："小马。"

马扩道："嗯？"

呼延庆也到马扩身边坐下，沉声问道："小马你说实话，这些年来，你有没有后悔当年之事？有没有觉得自己是大宋的罪人？"

马扩心中早已无数遍思索过这个问题，当即正色道："呼延将军与我均是在籍武官，是大宋军将，当年'海上之盟'，你我均只是奉命行事。"

呼延庆道："可是你我当年均为'宋金联盟'尽心尽力，可以说是费尽心思要促成结盟一事。如若你我二人能像宇文虚中那样有见识，一开始便竭力反对，又或者是你我看出金人虎狼之辈，不足为信，再如实禀报朝廷，说不定朝廷会停止与金人结盟，也就不会有后来的靖康之耻。"

马扩道："呼延将军和我只是做了该做的。往事已不可追，而今能做的，就是继续做好自己分内之事。"

呼延庆扫视了地牢一圈，茫然道："我可不知道自己分内之事在哪里。"

马扩料想呼延庆心中一直不能原谅自己，遂道："过去的事，就过去吧。'大宋罪人'四字，切不可再提。"

呼延庆道："小马也是当事者，又是有担当的人，为何能如此轻易地原谅自己？"

马扩沉默了许久，才道："我没有原谅自己，我也恨我自己没有远见卓识。但悔恨没有用，你我须更加努力，为大宋多做些什么，才能弥补过去，为过去赎罪。"

呼延庆叹道："而今小马你受朝廷重用，将会大有可为。而我呼延独守孤岛，如同困兽，还能做些什么？"

马扩道："职守不分大小，呼延将军监押沙门寨，一样是在为朝廷效力。"

呼延庆苦笑道："是这样吗？我可不这样认为。"摇了摇头，起身拍了拍尘土，径自去了。

铁门锁上的一刹那，时光忽变得缓慢而凝滞起来。马扩打量这铜墙铁壁一般的地牢，忽有了一种从所未有的安全感。

这是他人生第三次下狱，前两次均是在真定，一次是被宋真定知府以通金罪名逮捕，另一次则是被金人俘虏。一样的镣铐加身，下入死牢。可那两次真的是心急如焚，哪有现下这般平静的心绪？是因为这次是假的吗？应该不是。到底为什么会有这么大的变化，他也说不上来。

也不知道过了多久，铁门"当"的一声打开了，有狱卒托着木盘进来。马扩遂坐直身子，正待让狱卒将饭食放到面前地上，忽见那木盘是空的，一时愣住，抬头一望，立即认出了对方，问道："怎么是你？"

狱卒冷笑道："很好，你认出我来了。我这就来送你上西天。"

将木盘甩到一旁，手腕一抖，袖中甩出一把匕首，直朝马扩胸前刺来。

马扩所戴镣铐只是做做样子，并未真正钉死，急忙翻手捉住对方手腕，叫道："海棠，是我！"

那假扮狱卒混进地牢的人，正是海棠。马扩头发披散下来，完全遮住了面孔，她一时竟未认出来，忽听对方叫出自己的化名，当即愣住。

马扩也是满腹疑云，问道："海棠，你是怎么进来这里的？"

海棠也很吃惊，问道："马将军怎么会在这里？"

马扩道："我先问的，你先回答我。"

海棠遂道："其实进这里并不难，只是进来沙门寨不容易，但我是跟随夫人正大光明地进来的。估摸着这边应该是牢房的位置，便借口方便，偷偷溜了过来。刚好遇到一名狱卒，我说我是马将军的相好，是来找将军的。他便悄悄告诉我马将军人确实在沙门寨中，不过要三日之后才能见到。”

马扩奇道：“海棠竟然这般说？”

海棠忙道：“我当时也是被逼无奈，信口胡诌的。”一时满面通红，所幸地牢灯光昏暗，旁人也看不大清楚。

马扩忙道：“不是，我的意思是，你这般说，狱卒便信了吗？”

海棠道：“我是赵夫人的贴身侍女。夫人亲自来到沙门寨，拜托寨主多多照顾洪刍洪公。那狱卒也在场，亲眼看到我跟在夫人身后，以夫人名气之大，我说的话，他还能不信吗？”

马扩一时无语，无奈地摇了摇头。

海棠又道：“那狱卒跟我说话时，有些心不在焉。我看他眼睛老是有意无意地往后面一间屋子看，好像是怕出什么差池，便说想去他房中休息，他满口答应了。于是我到他房间偷了一套狱卒衣衫换上，然后躲在暗处观察，终于等到他如厕，便趁机溜进了这间屋子。原来这是一间拷打犯人的刑房，摆满各种枷锁刑具。”

她见角落里有一扇小铁门，门上虽然挂了锁，钥匙串就挂在门角钉子上，遂上前取钥匙开了锁。又顺手取过一个木盘，伪装成送饭的样子。

铁门后却是一条长长的楼梯，直通地下。她见楼梯间点有火把，尚能照明，便大着胆子往下走。到尽头时，转个弯，便看到两间石室。铁门上均有铁栏小窗，可以朝里看。一间黑漆漆一片，另一间则点有灯火，角落里缩着一名男子，她便用同串的另一把钥匙开了门进来。

本来还想确认那男子身份后再动手，不想对方先叫了出来，她满以为必是耶律阿撒无疑，想不到竟是马扩。

马扩听了大概，忙斥道：“简直是胡闹！快些出去。”

海棠奇道：“马将军在这里做什么？你应该不是真的被关在这里吧？”想了想，又问道：“难道马将军早料到我会来杀耶律阿撒吗？”

马扩忙道："这件事以后再说，你先出去。还有，你在这里遇到我的事，决计不能跟任何人提起。"

海棠摇头道："不行，马将军不说清楚，我决计不会离开。而且夫人和范温的船已经先走了。我也跟夫人说好了，等找到马将军后，再去庙岛与夫人会合。"

马扩料想难以轻易将海棠打发走，遂道："那好，你先将油灯移到门边的灯座上，再坐到这边来，这样灯光照不到你我，就算有人从门外往里看，也看不到人。"

海棠依言做了，靠到马扩身边坐下，问道："将军，这到底是怎么回事？"

马扩道："我长话短说，海棠想找耶律阿撒报仇，是吗？耶律阿撒已经死了。"

海棠大吃一惊，"噌"地直起身来，问道："他死了吗？"

马扩道："被一名狱卒杀死了，连尸骨都烧了。"大致说了经过。

又道："耶律阿撒被囚禁在地牢数年，镣铐缠身，口不能言，行不过丈，最终被狱卒活活用石头砸死，你也算大仇得报了。"

海棠忽然"嘤嘤"哭出声来，啜泣道："马将军，我猜我可能坏了你的计划，但我不是有意的，你不知道耶律阿撒对我做过些什么，我那时才十三岁。"

原来当年高药师一行人登船出发后，耶律阿撒便看上了秀丽可人的海棠，那时她的名字还叫曹大运。

船行第一晚，耶律阿撒便摸到海棠房间，欲行不轨之事。海棠惊醒后，竭力呼叫反抗。耶律阿撒索性点亮灯火，解下腰带，将海棠反绑了起来，又将自己的一双臭袜子塞入其口中。

这时候，海棠叔叔曹孝才听到动静，赶过来拍门。耶律阿撒竟然大模大样地开门应道："是我在这里。曹员外放心，我会娶你侄女做妻子。将来我当上辽国皇帝，大运就是皇后，你就是国丈。"

耶律阿撒的妻妾均陷在辽国，因谋反之事已被没为官奴。曹孝才畏惧耶律阿撒身份，本不敢出头，又听说对方答应娶侄女为妻，便不再多管。

耶律阿撒关好房门，几下扯烂海棠内衣，将她奸污。又见海棠虽然泪流满脸，双目却充满怒火，似是不肯屈服，登时兽意大发，将她扒得一丝不挂，反吊在梁下。又找来一根木棍，用刀将一头削尖，用尖头反复去戳她身上最私密、最敏感的部位。

海棠被凌空吊起，无处闪避，嘶声叫喊，却又喊不出来，只能徒然扭动着身子。

耶律阿撒看到海棠狼狈痛苦的模样，居然大笑起来，愈发以折磨她为乐。海棠实在忍受不住此等非人羞辱，不得不“呜呜”哭着摇头，表示求饶。耶律阿撒却不肯罢手，又狠狠戳了海棠一番。

直到海棠力气耗尽，连挣扎的力气都没有了，耶律阿撒这才放她下来，但仍然绑住她双手，又奸污了她两次，才沉沉睡去。次日醒来，方才解开腰带，释放了海棠，令她穿好衣服。

海棠立即出门向高药师、曹孝才哭诉，控告耶律阿撒兽行。众人虽反应不一，态度却是一致的，均以木已成舟为由，劝海棠跟了耶律阿撒。海棠悲愤交加，奔到船头，欲投海自杀，却被人拉住。

耶律阿撒听说后，赶来将海棠带回自己房中，将她衣服剥光，手脚绑住，再度强行侮辱了她。发泄完后，便将她绑在柱子上，防止她再度自杀。

自此海棠被囚禁在耶律阿撒房中，日夜受到凌辱。耶律阿撒将所有在辽国的不得志都发泄在她身上，稍不如意，便以各种恶毒的法子折磨她，直到她跪地苦苦哀求，才肯罢手。

后来曹孝才伺机进房，却不是解救侄女，而是劝海棠听天由命，只要尽心尽意服侍耶律阿撒，对方自然会好好待她。海棠见船上没有一人站在自己一边，便决意自救，先忍辱负重，表现得顺从起来。

高药师等人也从旁劝说耶律阿撒。耶律阿撒见海棠服软，变得温柔多了，态度才有所转变，松了其绑缚，也准许她在船上自由行动。即便如此，还是改变不了海棠夜夜被欺凌玩弄的命运。

直到后来海船遭遇风暴，一行人漂流到了鼍矶岛，被刀鱼巡检扣押在军营，男女必须分开居住，以方便管理，海棠这才得以暂时逃脱耶律阿撒的魔掌。

海棠不愿也不敢回忆悲惨往事，只说登船后一路被耶律阿撒肆意凌辱，而满船一百多人，竟无一人帮她。

马扩叹道：“难怪海棠如此恨你叔叔。”

海棠道：“不错，除了耶律阿撒之外，我最恨的人，便是叔叔了。其实我早有杀耶律阿撒之心，可惜我年纪太小，力气太弱，怕自己杀不了他，反而遭他毒手，那么我之前的忍辱偷生便白费了。既然我自己对付不了他，我便决意借你们宋人之手。”

马扩这才会意过来，惊道：“原来是你！”

海棠点头道：“我其实就是那告密者某甲，是我向刀鱼巡检告发了耶律阿撒的真正身份。”

那一日，海棠悄悄去见刀鱼巡检翟天麟，称有重要事情相告，但有一个条件，须得准许她离开鼍矶岛。翟天麟居然相信了这个小女孩，也答应了海棠的条件。海棠遂揭破了耶律阿撒契丹皇族身份，又建议翟天麟将其秘密扣押，这样也不会令其他漂流人恐慌。

于是，戍兵返航回登州的前一晚，发生了戏剧性的一幕。海棠约耶律阿撒来到海边，耶律阿撒还以为海棠要向他求欢，一上来就搂搂抱抱，却被暗中埋伏已久的刀鱼兵士制伏，打晕后装入麻袋中。海棠旋即自行钻入另一条麻袋中。这样，刀鱼兵士一前一后抬了两只麻袋上船，前为耶律阿撒，后为海棠。

上船后，耶律阿撒即被秘密囚禁在木箱中，而海棠则被安置在刀鱼巡检翟天麟的私人休息室里。大船先到长山岛沙门码头，翟天麟安置好耶律阿撒后，这才返航。一到登州，便按照事先约定，放海棠上岸，当作世上从来没有她这个人。

临别时，翟天麟道：“我这么做，实际上冒了很大风险，但我还是做了，三分是因为耶律阿撒的身份，七分则是因为你曹大运。”

事实上，当夜海棠去找翟天麟，为了博取对方同情并完全取信于对方，也不避讳，将耶律阿撒虐待自己的种种恶行手段一一说出。翟天麟听完大为动容，遂有此临别之言。

马扩听了海棠简短诉说，心道：“我其实早该想到的。刀鱼寨每年四月初派一千水兵北上戍守鼍矶岛。一千水兵中，有登州水师平海军和澄海军，也有外地调来训练水战的更戍兵士，由临时任命的刀鱼巡检率领，分乘十艘刀鱼船前往鼍矶岛，八月初方才返回。平均下来，每艘船上有一百水兵，而海棠竟然能在众多兵士的眼皮底下偷渡三百里，这其实是不可能办到的事。我之前竟然相信了她那套说辞。不独我，赵夫人李清照也是。”

海棠大致说完经过，又问道：“马将军不怪海棠吗？”

马扩愕然道：“怪你什么？”

海棠道：“自从知道叔叔在寻找耶律阿撒后，我便一心想杀了他。我是有意告诉马将军耶律阿撒人在沙门岛，我猜马将军听我揭破高药师外甥李明实是契丹皇族身份后，必定会设法调查此事，我也想利用马将军来接近耶律阿撒。”

马扩点头道：“我知道。但这不是海棠你的错。你小小年纪，便受了太多苦，不过是挣扎求生罢了。”

海棠问道：“这么说，马将军是原谅海棠了？”

马扩道：“嗯。”

海棠沉默了一会儿，才道：“马将军，海棠是不是破坏了你的计划？”

马扩道：“目下还没有。这样，你现在立即出去，将门重新一一锁好。如果遇到狱卒，就说我已经知道你来过了。然后你直接去找沙门寨呼寨主，让他派船送你去庙岛。”

海棠道：“那马将军你呢？”

马扩道：“我办完事，也会去一趟庙岛。”

海棠道：“如果等马将军办完事，海商卓荣的大海船早已经到了，我们已经走了呢？”

马扩一时愣住，不知该如何回答。

海棠幽幽叹了口气，道：“那好，海棠先走了，免得耽误了马将军的大事。”顿了顿，又道：“我……我在庙岛等你。”起身取了木盘，自行离去。

不一会儿，狱卒秦岭峰在铁门小窗上露出脸来，问道：“刚才那位海棠娘子……”

马扩忙道：“她不是敌人，是一位朋友。”又问道：“你是有意放她进来的吗？”

秦岭峰应道：“是。不过我看她也不像坏人。”

马扩点了点头，道：“你先去吧。你很机灵，可也要多加小心。”

地牢再度安静下来。马扩一时思虑如潮，他终于知道耶律阿撒为何一开口便说要杀曹大运了，想必他早已猜到是海棠向宋人告发了自己。

牢中不见半分光线，难以准确判断时间。又不知过了多久，马扩正恹恹垂首瞌睡时，牢门又开了。

一名男子抢进室中，上前蹲下，扶住马扩双臂，问道：“你可是叫阿撒？”

灯光在门边，马扩看不清那男子面孔，便随口说了一句“你好”的契丹话。

那男子却不以契丹话相应，只道：“我是汉人，听不懂高丽话。但你要明白，我是来救你的。”一面说着，一面扶马扩起身。

马扩假意不肯离开，退后两步，粗声问道：“我得先问清楚，是谁让你救我的？”

那男子道：“曹笑笑。哦，他说只要提曹孝才的名字，你自会明白。”

马扩又问道：“只有你一个人吗？”

那男子道：“外面还有两个把风的，另外有一人等在海边。我们偷了一条木筏。”

马扩问道：“木筏怎么过海？”

那男子道：“只需逃去对面庙岛。那里有一艘高丽使船，会带你逃离这里。”

马扩甩脱手铐，急捉住对方手臂，用力扳到背后，道：“果然是高丽使船。”将那男子拖来灯下一照，竟是声称要跟随曹勋去金国营救宋徽宗、宋钦宗的死士钟子昂。

马扩一时不明究竟，随手解下钟子昂腰间的兵刃，砸向其后颈，将对方打晕。又脱掉脚镣，先出来地牢。

地道口铁门处果然守着一名男子，见马扩蓬头出来，便问道：“你就是耶律阿撒吗？钟子昂人呢？”

马扩道：“他在后面。”忽然出手，将那人也击倒在地。

刑房门口放风的同伴蒋壮听到动静，进来问道：“出了什么事？”

马扩道：“他忽然摔倒了。”

那同伴蒋壮愣一下，忽意识到不妙，转身便往外跑。但旋即被人从外面大力一撞，仰天跌进房中。

沙门寨寨主呼延庆抢先进来，指着蒋壮道：“绑起来。”又上前拍了拍马扩肩头，哈哈大笑道：“小马，这次算你料对了。”

马扩摇头道：“我可没料到他们第一夜就会来。”

这倒是实话。耶律阿撒被扣押一事极其隐秘，事情又过去了这么多年，知情者如翟天麟等早已离开登州，知悉耶律阿撒下落者可谓寥寥无几。马扩料想曹笑笑虽苦心竭力，但应该也没有打听到耶律阿撒的确切下落。他之前让呼延庆派兵士去庙岛请医师白谈，并不是真的想请白谈来沙门寨，而是要将寨中地牢有一名重囚的消息放出去。有心人听在耳中，自会猜想那重囚便是他想找的人，有心人也自会送上门来，不必马扩再费心去找。只是去庙岛请白谈的兵士还没回来，有心人便先送上了门，却不是料想中的高丽人，而是汉人，而且是马扩认识的人。

呼延庆不知马扩心中所想，笑道：“怎么样，你小子一定很得意吧？”

马扩只朝地道口指了指，道：“一共四个人，那里一个，地牢里还有一个。另外还有一个在海边等着。”

呼延庆招手叫过狱卒秦岭峰，道：“这次你小子立功不小。”又指着已被五花大绑的蒋壮道：“干脆再给你一件功劳，你押着他带路，带人去海边把剩下的那个也抓回来。”

秦岭峰大喜，忙拖了蒋壮，应命而去。

不一会儿，兵士将钟子昂和另一名同伴捆绑停当，押解过来，迫二人跪下。

呼延庆问道："你们是什么人？"见二人不答，便指着刑房的刑具道："自本寨主执掌沙门寨以来，这些刑具还没用过，今日可要派上用场了。"

马扩先插口道："呼延将军，可否先屏退左右？"

呼延庆愣了一下，挥手命兵士退出，又道："不过本寨主可不会走。"

马扩也由着他，先走到钟子昂面前，道："马某原以为你钟子昂是条好汉，想不到竟是口是心非，暗中还与辽人勾结。"

钟子昂抬起头来，愕然道："什么跟辽人勾结？"

马扩道："你不知道你要救的阿撒，其实是辽国皇子吗？"

钟子昂"啊"了一声，登时瞠目结舌。

一旁呼延庆也惊诧万分，问道："那无名囚犯是辽国皇子吗？"

马扩点了点头，道："他真名叫耶律阿撒，是北辽皇帝耶律淳独子。"

呼延庆纳罕不已，又指着钟子昂问道："小马怎么会认得他？"

马扩便大致说了好友曹勋招募了钟子昂等死士、欲赴金国营救二圣一事。

呼延庆惊奇不已，特意走到钟子昂面前，道："这等胆量，好生叫人佩服。不过你怎么又跟辽人勾结上了？"

钟子昂还难以置信，喃喃应道："我也不知道。怎么会是这样？"

马扩问道："曹勋人在哪里？"

钟子昂道："曹郎人不在这里。他人在登州，根本没有上船。"

马扩料想对方不会告诉自己曹勋的确切下落，便问道："你是怎么知道耶律阿撒被关在沙门寨地牢的？"

钟子昂道："旁人告诉我的。"

马扩道："对方是谁？"

钟子昂道："我不能说。"

呼延庆忍不住插口问道："难不成是翟天麟指使你？"

钟子昂问道：“翟天麟是谁？”

马扩朝呼延庆摆了摆手，示意他不要打岔，又问道：“是高丽使团中的某人指使你来的，对不对？作为交换，他会设法让你们乘坐使船赴高丽。”

钟子昂道：“既然马将军都猜到了，还问我做什么？”

又道：“我得事先说明，无论马将军怎样威逼于我，我都不会说出那人姓名。我与对方有约在先，须得守信。”

呼延庆点头赞道：“好男儿就该如此。”

钟子昂见对方公然附和自己，颇为诧异，又转头看了同伴一眼，道：“他们三个都只是受命于我，根本不知内情，马将军逼问他们也没用。要打要杀，冲我钟子昂一人来便是。”

呼延庆又赞道：“你将所有事都揽到自己头上，维护同伴，讲义气，很好。”

马扩忙上前挡在呼延庆身前，问道：“你们几个是怎么来沙门岛的？沙门寨戒备森严，你们又是怎么混进来的？”

钟子昂摇头道：“我不能说。”

呼延庆刚要开口，马扩已连连摇头，道：“呼延将军，等我问完话，你再开口。”

呼延庆笑道：“问题是你问了，人家也没搭理你这茬儿啊。”

马扩遂道：“呼延将军，你先出去。”

呼延庆很是不满，道：“我才是沙门寨寨主，你小子倒是反客为主了。其实我刚才是想告诉你，我知道他们四个怎样上岛的。你没看见吗？他们都穿着一样的衣服，跟粮商程度手下的伙计穿得一模一样。”

又不无得意地朝钟子昂问道：“你和你同党，是乘坐粮商程度的粮船混上沙门岛的，对不对？然后你们四个……不，应该是三个，又假装帮忙往官仓运粮，由此混进了沙门寨，对不对？”

见钟子昂不答，便走到门前叫道：“来人，立即派兵乘坐刀鱼船去庙岛，将粮商程度和他女婿宁尽忠捉来拷问。”

钟子昂忙道：“寨主且慢！”又道：“这不关粮商程度的事，他根本就不认识我们。”

呼延庆奇道：“不认识你们，还将你们偷偷带上沙门岛？这话骗谁呢。听说那程度是一等一的精明人，这么多年来，一升米都没算错过。他这样的人，怎么会给自己招惹麻烦？”

钟子昂见呼延庆又欲派兵去逮捕程度翁婿，急道：“真的不关那粮商的事，他只是受人所托，才让我们假扮伙计，放我们上船。至于我们要做什么，他根本就没问过。”

马扩一听“受人所托”四字，当即会意，问道：“是范温，一定是范温。他早已允诺要将你等偷渡过海，但知道被我盯上后，料想我会着意检查他的货船，所以他将你等托付给了程度，对不对？”

范温早已有言在先，一旦事泄，便由他一力承担，绝不牵累粮商程度。钟子昂见马扩精明，瞬间便猜到究竟，便承认道：“是，是船夫范温。”

原来最初钟子昂找上船夫范温，欲用金钱收买其人，好借其船偷渡出海。不想范温不为所动，当即拿下钟子昂，欲送交官府。首脑人物曹勋闻讯率人将钟子昂劫走，又将范温痛揍了一顿出气。事后众人商议此事，认为范温为人正派，既然金钱难以收买，说不定可以以忠义说服他。

于是，曹勋亲自买药送上门去，说明渡海用意。范温听说诸人偷渡是为了营救二圣，大为感动，当即拍着胸脯表示愿意帮忙。

马扩盯上范温后，曹勋主动与马扩见面，想说服马扩不再插手此事，但马扩仅仅是应允不向登州州府告发而已，料想马扩还是会设法从船夫范温下手，便将顾虑告诉了范温。范温决定向旁人求助，这旁人，便是粮商程度了。

范温也料到程度是个精明商人，必会一口拒绝，于是先找到程氏女婿宁尽忠。宁尽忠被说服后，再带范温去找程度。几番周折，终于私下达成一项协议。程度运去庙岛的粮食，由范温货船承运，而钟子昂等人则装扮成粮店伙计，坐上了程度的运粮船。

程度的粮船与范温的货船前后脚抵达长山岛沙门码头。沙门寨的粮食一囤就是半年，钟子昂等人先行卸粮，用推车往沙门寨官仓一车一车地运送粮食。等忙完，天色已暗。钟子昂与两名同伴在最后一趟进来沙门寨送粮后，便再未出去。而粮商程度因早得范温提示，等粮食运完，便称人数已齐，自行离开长山岛，往庙岛而去。

钟子昂大致说了经过，又道：“至于船夫范温如何说服粮商程度，我不得而知，但程度对我等来沙门岛的目的，全然不知。正如寨主所言，他是个精明至极的人，不该问的，绝不多问半句。”

马扩问道：“曹勋是不是已经随粮商程度的运粮船去了庙岛？”

钟子昂不答，只道：“马将军明明答应过不再干涉此事。”

马扩正色道：“我没有干涉，是你自己送上门来。”

又转头道：“呼延将军，这伙人勾结辽人，罪名不小，一会儿等抓到第四人，先将他四人囚禁在地牢，听候发落。”

钟子昂心怀奇志，不愿意坐困于牢房，忙道：“我不知那阿撒是辽人，只以为他是被大宋暗中扣押的高丽人。船夫范温虽然肯帮忙，但他的船只是普通货船，航行不了那么远。我等要去金国救人，非得借助于高丽使船不可。所以，我才不得不答应高丽人，替他救人。”

呼延庆也低声问道：“当真要关住他们几个吗？他们是为了营救二圣，才不得不受高丽人要挟。要抓人，该抓那高丽人才是。”

马扩摇头道：“对方是高丽使团成员，你我轻易动不了他。”

又道：“就算这些人没有勾结辽人，只是受人蒙蔽，但擅闯沙门寨重地，意图劫囚，也是重罪。”

呼延庆一想有理，沙门寨是自己的地盘，哪里能容外人撒野！遂叫道：“来人，取枷锁锁了这两人手脚，押入地牢。”

钟子昂料想一入地牢，再脱身可就难了，更不要说北上营救二圣，不免要作困兽之斗，忙道：“等一等！如果我将马将军岳丈财物下落告知，马将军可愿意放我走？”

马扩冷笑道：“不必你说，马某也知道那些财物在哪里。在高丽使船上，对不对？”

料想钟子昂已从高丽人口中知悉其事，他也知道马扩不可能冲上高丽使船搜查，现下说出财物下落，只是做个顺水人情而已。

钟子昂却道："不，不在高丽使船，甚至不在庙岛，而是在沙门岛……我是说这座长山岛上。"

马扩失声道："怎么会？"

钟子昂见马扩半信半疑，便实话告道："那财物原本是送给高丽副使曹笑笑的，曹笑笑死后便回到了马将军手中。但曹笑笑仍有同党，他从马将军房中再次窃取了财物，混在一堆箱子中，偷运出了驿馆。"

偏偏那堆箱子是李清照之物。她和海棠自行押运三十余车金石藏品来到登州，不断整理舍弃后，仍有将近二十车物品。而后又有同乡辛赞协助李氏从济南老家运来数车辎重，加起来总共二十来车物资，均是木箱装运。除了侍女海棠知底之外，就连李清照自己也搞不清楚。而海棠和马扩回来驿馆时，李清照所带男仆方耀、方亮兄弟已协助船夫范温及车夫开始装运，刚好那一箱财物被最先运了出去，海棠自是不知。

曹笑笑同党随即联络到曹勋，要他设法取出那箱财物，交还自己。财物既在范温船上，范温又已站到曹勋一方，这对曹勋来说，本是轻而易举之事，但曹勋却不肯帮忙。倒不是因为曹笑笑事发后，正使金富轼有了警觉之心，曹勋一行不能再登高丽使船，贿赂等于打了水漂，而是曹勋与马扩见过面后，深感有愧于对方，他宁可将财物交还给好友马扩，也不愿意再交给曹笑笑同党。

而且曹笑笑同党在曹笑笑已死的情况下，仍对财物念念不忘，曹勋对其极为鄙视，觉得其为人极为不堪。

曹笑笑同党似是看出曹勋心思，当即告知大宋曾在十年前私下扣押了曹笑笑亲眷阿撒，而曹笑笑已查出阿撒被关押在长山岛沙门寨地牢中，他要回那些财物，不是为了自己，而是用来贿赂沙门寨守卫。甚至之前曹笑笑向曹勋勒索财物，也是出于同样的目的。

曹勋得知误会了对方，慌忙道歉。曹笑笑同党趁机提出双方联手，财物由曹勋处置，但曹勋需派人救出阿撒。作为回报，曹笑笑同党会安排曹勋等人私下登上高丽使船。即便正使金富轼察觉，曹勋等人人数足够多，完全可以凭武力控制船只。

曹勋最苦恼的便是如何北上，曹笑笑同党所提出的方案，虽有些冒险，但却可行，一举解决了双方的大难题。二人当即一拍即合，就此达成协议。

钟子昂说完大致经过，又道：“我敬二位都是忠义之士，才将此等隐秘之事和盘托出，以证明我没有撒谎。”

呼延庆问道：“你不怕我二人去提醒高丽金使者吗？”

钟子昂摇头道：“我不信呼寨主会做这样的事，马将军也是。我们都是宋人，所作所为都是为了大宋的江山社稷。而高丽人，姑且不论他们营救辽国皇族究竟意欲何为，只论亲疏有别，二位必定不至于因为外人，来坏了自己人的大事。”

呼延庆对高丽人素无好感，当即道：“你说得不错。高丽使团已离开登州，正在归国途中，再发生什么，确实不关咱们的事了，就算高丽使者求助也不行。高丽人犯禁不准宋人干涉，为何他们船上发生了大事，反倒要我们宋人干涉呢？”

马扩奇道：“将军知道高丽使团犯禁？”

呼延庆道：“高丽人犯禁都是家常便饭了。高丽使团每次出使，都会携带大批图书离境，这不是犯禁吗？按照书籍数目折算，满使船的人都该判弃市死罪，但朝廷偏偏不准我等干涉。那会子查抄‘苏黄’书籍时[1]，本朝官民违令均以大不恭论罪，高丽使者却是成箱成箱地收集，然后运回高丽国中。”

钟子昂忙道：“马将军与曹郎有约在先，不能干涉此事，因而我等欲借高丽使船北上一事，马将军绝不能对人泄露半句。”又朝呼延庆

[1] 见前“宋廷对元祐党人迫害”注释。后来权臣蔡京准备彻底禁毁苏轼诗文，还是大宦官梁师成出面，向宋徽宗据理力争：“先臣何罪！”因此，“（苏）轼之文乃稍出”。梁师成为宋徽宗朝太尉，权势显赫，就连重臣如王黼、蔡京父子等也不得不对他奉承讨好，可说是权倾宰相，因而被京师之人称为“隐相”。梁师成一直自称是苏轼庶子，为苏轼送人的妾怀孕所生。苏轼名士风流，一生姬妾众多，当贬官之时，自顾不暇，只好将身边的姬妾一律送人。而被苏轼送出的姬妾中，据说有两妾曾经怀孕。北宋末年的宦官梁师成以及翰林学士孙觌，都自称是苏轼送人之妾所生，就连苏轼认可的儿子苏过都对这种情形不予否认，反而与梁师成和孙觌二人亲密交往。据说梁师成顾及兄弟情谊，对家中账房说：“凡小苏学士（指苏过）用钱，一万贯以下，不必告我，照付就是。”

道："呼寨主为人忠信耿直，根本不必嘱咐，我完全信得过。"

呼延庆听了，不怒反喜，乐得咧开了嘴。

马扩却冷笑道："还说什么北上，你人陷在了沙门寨，还想离开吗？"

钟子昂咬了咬牙，又道："听说马将军家眷包括妻子在内，尽落在金人之手。马将军妻子又是柳员外唯一爱女，柳员外失去爱女，又失去了生平积蓄，马将军难道不想安抚岳父吗？那些财物完璧归赵的话，对老人家可是大大的安慰。"

马扩道："你还想以财物来要挟我吗？财物既未随范温货船离开，必是你等趁为洪刍洪公卸货之机，将箱子偷运下了货船。长山岛虽大，但你等行动之地有限，财物必在你经过的道上，实不难寻找。"想了想，又道："嗯，一定在沙门寨中，对不对？"

呼延庆奇道："你借运粮之机，将财物藏在了我的地盘？你小子还真是异想天开。"

钟子昂摇头叹道："难怪曹郎总说马将军是一等一的聪明人，可惜偏偏未看透金人居心叵测。"

马扩脸色一沉，却未再言语。

呼延庆忙道："来人，先将这二人押去地牢。"又见兵士要先取镣铐锁紧犯人手足，忙摆手道："枷锁就不必了。"显然有优待钟子昂等人之意。

等钟子昂及同伴被押走，呼延庆才道："小马……"

马扩摆手道："我知道，呼延将军不必多说。"

顿了顿，又忍不住道："呼延将军，白日你问我，有没有觉得自己是大宋的罪人，其实我有。而且我的罪过，远远胜过呼延将军。当年呼延将军仅仅是奉命参与了'海上之盟'的谈判，我却在宋金和约达成后，还几次出使金国，受主帅童贯之命，请金人出兵。其实最早金人建国，只是不堪辽人压迫，起兵反抗辽国，对他们而言，有一辽东足矣。当时的金国，甚至连灭亡辽国的愿望都没有。是我，是我几次北上，敦促金人出兵燕京，金人后来才起了觊觎中原之心。"

回忆往事，大为懊悔，又道："我对不起大宋，我马扩才是大宋最大的罪人。而今，我又不得不囚禁钟子昂这些侠肝义胆的壮士。”说到动情之处，竟泪如雨下。

呼延庆深深喟叹，却又说不出什么安慰的话来。好半晌才道：“军中无酒，不然你我该好好痛饮一番、一醉方休才是。”

外面忽起嘈杂之声，旋即有兵士奔进来禀报道：“呼寨主，抓到那第四个了。”

呼延庆命道：“把人带到这里来。”又转头道：“该办正事了。往事已不可追，而今能做的，就是做好自己分内之事。‘大宋罪人’四字，切不可再提。这可是小马你自己说的。”

马扩急忙抹了抹眼泪，应道：“呼延将军说得极是。”

不一会儿，狱卒秦岭峰带领兵士押着两人进来，除了之前抓住的蒋壮外，还有一名十六七岁的少年。其服饰与钟子昂等人一模一样，但脸上甚是古怪诡异，红一块白一块，斑驳陆离，似是患过某种怪疾，抑或是天生胎记。

马扩一见那少年，脸色大变，愣在当地。

呼延庆转头见到马扩神色异样，嘟囔道：“不会小马又认识这位吧？”见马扩不应，便指着蒋壮命道：“将他先押进地牢。然后你们都退出去。”

等到兵士退出，刑房只剩下呼延庆、马扩、少年三人，马扩才走上前去，亲自为少年解开绑缚，又朝那少年单膝跪下，道：“臣马扩有负大王重托，罪该万死。”

第五章

长空澹澹

今夜无月，只有繁星满天。月华固然清冷柔美，但总是让人惆怅感怀。而璀璨星光却能唤起心底深处的美好，别有情怀。或许是因为月亮一向形单影只，而星辰却是成千上万，闪烁在深邃悠远的天幕上，星星交辉，缤纷而又热烈，温暖相伴，令寂寞的人儿不再感到孤单。脚下是波澜壮阔的大海，头顶是浩瀚无际的星空，天地浑然成为一体，尘世亦被暂时抹去。国家之黍离感，人生之无常感，生命之孤独感，均随之而去。

凭高眺远，见长空万里，云无留迹。
桂魄飞来光射处，冷浸一天秋碧。
玉宇琼楼，乘鸾来去，人在清凉国。
江山如画，望中烟树历历。

我醉拍手狂歌，举杯邀月，对影成三客。
起舞徘徊风露下，今夕不知何夕！
便欲乘风，翻然归去，何用骑鹏翼。
水晶宫里，一声吹断横笛。

——苏轼《念奴娇·中秋》

沙门寨兵顺利捉住了劫狱的钟子昂等人，就连在海边负责退路的少年也没有漏网。兵士将少年押解到刑房，马扩一见之下，大起异色，等到房中再无外人时，更是上前解开少年身上绑绳，朝少年单膝下拜，口称“大王”。

一旁呼延庆自是惊骇异常，不过这次他没有再轻易插口，甚至还有意退开两步，站在门边，隐有把风之意。

那少年却只是一愣，问道：“我不叫大王，也不是小王。郎君是谁？是不是认错人了？”

马扩道：“恕臣无礼。”起身握住少年右手腕，揭开衣袖，却见其腕部有小半圈棕黑色大疤。

马扩道：“这是信王殿下挣脱金人绑索时留下的伤，当日在五马山山寨，大王亲自露出来，给众将士看过。”

那少年正是宋徽宗第十八子信王赵榛。他原本在靖康之变时与父母一道被金人俘虏，北上到庆源时，赵榛挣脱绑索，逃亡到真定一带。

当时马扩正在河北赞皇五马山建立军寨，高举抗金大旗，听到信王赵榛逃脱的消息后，急忙将赵榛迎回五马山寨，并奉为寨主，以赵榛名义号召军民抗金，两河地区民众均闻风响应。

之后，赵榛派马扩南下去见宋高宗赵构，以取得宋廷的支持及援助。宋高宗读了赵榛亲笔书信后，一度感动，虽然封了赵榛及马扩官职，但又有所顾虑，只给了马扩一些老弱兵马，且不准其渡河作战。在此期间，金人以重兵围困五马山寨，在叛徒的帮助下，最终攻破五马山寨，大多将士战死，赵榛则不知所终[1]。

赵榛见无可推脱，便甩开马扩之手，虎起了脸，一言不发。

马扩忙道："大王，臣正到处找你。只是你……你的脸怎么会成了这样？"

赵榛道："五马山寨被攻破后，金人画出我的样貌，四下搜捕，我不将自己的脸染成这样，能逃脱追捕吗？"

马扩道："那么大王又怎么会跟曹勋这些人在一起？"

赵榛道："我在逃亡途中遇到曹勋他们，无意中听到他们说要北上营救二圣，便请求加入他们。因为我被俘后学了一些女真语，曹勋正好需要这样一个人，便欣然接纳了我。"

马扩又迟疑问道："那么……"

赵榛冷然道："曹勋他们均不知我真实身份。"又叹道："我要这信王身份又有什么用？堂堂皇子，竟不能向皇兄求来一队援兵。"

马扩问道："曹勋曾是天子近臣，应该在汴京见过大王，怎么会认不出大王来？"

赵榛道："别说我的脸成了这样，就算我还是原来的相貌，曹勋心思全在营救二圣回朝上，无论如何也不会想到路边落难乞讨的少年，竟是皇子。"

[1] 此为《宋史》记载。金人可恭所著《宋俘记》则是另一番说法：称河北人赵恭冒用信王赵榛的名义，号召山贼助宋抗金。而赵恭也因此案而被金国收禁，事后真相大白，金国又特赐汪氏给赵恭为妾。但因为马扩受赵榛之命、南下拜见宋高宗时，宋高宗认出赵榛笔迹，公开承认彼赵榛是自己亲弟，是以本书采纳《宋史》说法。

马扩心中难过，又问道："大王该不会要跟曹勋他们一道去金国冒险营救二圣吧？"

赵榛道："这不关你马扩的事。"言外之意，就是承认其事了。然二圣宋徽宗、宋钦宗是他的父兄，他拼死前去营救，旁人也不能多说什么。

马扩听出赵榛言语中对自己大有不满之意，忙请罪道："臣自知对不起大王，在最关键的时候，没能在五马山寨保护大王。"

赵榛冷笑道："你固然对不起我，但你更对不起五马山寨上上下下死去的将士。他们都相信你马扩能从朝廷求得援兵回来，但你没有。你不但没有带回来一兵一卒，就连你自己，也没有出现。"

马扩当即单膝跪下，垂首道："臣不敢再行强辩，请大王从重治罪。"

呼延庆见情状尴尬，不得不过来解围，道："信王殿下，其实马扩也是有苦衷的。"

赵榛转头问道："足下是……"

呼延庆忙躬身行礼，道："臣沙门寨监押呼庆……不，呼延庆，拜见大王。"

赵榛奇道："呼延庆？你是那位多次出使金国、陪伴金使到汴京的呼延庆吗？"

呼延庆急忙跪下请罪，道："臣有罪，臣不该为'宋金联盟'出力。"

赵榛忙道："呼延将军快快请起。我不是责怪呼延将军。当年'海上之盟'由童贯主持，那恶贼权倾朝野，一手遮天，呼延将军怎么做得了主。"又问道："呼延将军怎么会在这小小沙门寨当了寨主？"

呼延庆道："实在一言难尽。"

赵榛想了想，又问道："呼延将军肯认我这个信王吗？"

呼延庆道："当然，大王是太上皇亲子，皇家血脉。"

赵榛点了点头，道："那好，呼延将军，请你放了钟子昂等人。他们都是忠义之士。即便行为有不当之处，也只是不得已而为之。"

呼延庆呆了一呆，才应道："大王有命，臣不敢不遵，只是……只是……”一边说着，一边转头去看马扩。

赵榛这才道：“马将军，你也请起。”

马扩应了一声，站起身来。

赵榛又问道：“我下令命呼延将军放了钟子昂等人，马将军可有异议？”

马扩躬身道：“臣不敢有违大王之命。”

赵榛道：“甚好。还有两件事，一是我的身份，你们不得泄露半个字；二是立即交出阿撒和钟子昂等人，准备好船只，送我五人去庙岛。”

呼延庆与马扩闻言，不由得面面相觑。

赵榛沉下脸，道：“怎么，我这信王说话到底还是不作数了？”

马扩只得实言告道：“大王，耶律阿撒已死。”

赵榛瞪大眼睛，吃惊至极，问道：“那阿撒，他姓耶律吗？”

马扩道：“是，他是北辽皇帝耶律淳之子。”

赵榛一时不明所以，却也懒得追问究竟，只思忖道：“看来那高丽人，也不是真的高丽人。”

马扩忙趁机道：“人心险恶，大王若坚持北上，此行必定凶险重重……”

赵榛摆了摆手，正色道：“马将军，我有一事相求，不知你可能办到？”

马扩忙道：“大王但有所命，臣马扩赴汤蹈火，在所不辞。”

赵榛淡淡道：“不需要马将军赴汤蹈火，只希望之后我赵榛的事，马将军都不必再管。日后不管我要去哪里，都不准马将军再跟着我。”

马扩失声道：“大王……”

赵榛厉声道：“我的话，马将军没听明白吗？”

马扩见呼延庆朝自己连使眼色，只得应道：“是，臣明白。”

赵榛道：“好，谈话就到此为止。这就请二位带钟子昂三人出来，再准备船只，送我等去庙岛吧。”

马扩忙问道：“大王要如何向钟子昂等人解释？”

赵榛仿若未闻，不予理睬。

呼延庆也问道：“大王要如何向钟子昂等人解释？”

赵榛这才道：“我自有办法应付。呼延将军只管放人就是。”又转头道：“马将军，你先退下，这里有呼延将军便足够了。”

马扩无奈，只得先行退出刑房。

出来沙门寨，马扩一口气奔到海边，往沙滩上躺下。他胸口憋屈，满以为来到无人处，会忍不住痛哭一场，不想一望见夜空，便当即呆住。

今夜无月，只有繁星满天。

月华固然清冷柔美，但总是让人惆怅感怀。而璀璨星光却能唤起心底深处的美好，别有情怀。或许是因为月亮一向形单影只，而星辰却是成千上万，闪烁在深邃悠远的天幕上，星星交辉，缤纷而又热烈，温暖相伴，令寂寞的人儿不再感到孤单。

脚下是波澜壮阔的大海，头顶是浩瀚无际的星空，天地浑然成为一体，尘世亦被暂时抹去。国家之黍离感，人生之无常感，生命之孤独感，均随之而去。红尘中的凡人似也成了仙，玲珑而剔透，没有太多的思绪。

疲惫和烦恼仿若手中的沙子，从指缝间一点一点地漏去。尽管手掌中总会有残留的沙子，但在这全然松懈的一刻，实在很难感应到它们的存在。

这，大概就是人生吧。总会有那么片刻光阴，会浑然忘记红尘中的一切，社稷，君臣，朋友，家人，包括自我。

也不知道过了多久，有人走到马扩身边，劝道：“回寨中去睡吧，再折腾下去，天就该亮了。”却是呼延庆。

马扩问道：“信王和钟子昂他们走了吗？”

呼延庆道：“走了。我亲自送他们上的船。”又告道：“原来信王目下的化名，叫作刘五马。”

“刘”是赵榛生母的姓氏。至于“五马”，自是为了纪念五马山寨了。

马扩坐起身来，道："既然信王已有明确下落，他又执意如此，我也该走了。"

呼延庆忙道："小马不能走。你答应了我，要陪我说三晚上话。今日勉强算过了一晚，还有两晚，人可不能言而无信。"

马扩一时无言以对，便又倒头躺下。

呼延庆也干脆坐在马扩身边，与其并排躺下，问道："小马这趟来登州，是专门来找信王的吗？"

马扩道："嗯。"

呼延庆又问道："小马怎么会知道信王会来登州？"

按照常理，赵榛既逃脱金人追捕，该南下投奔兄长宋高宗赵构才对。

马扩道："因为在五马山寨时，信王向我打听了许多登州的事，还盛赞蓬莱是人间仙境，最适合隐居，说他将来功成身退后，便要隐居到登州海岛上。"

料想朝廷不肯发兵援救，五马山寨被金人攻破，赵榛必定极其失望，这位倔强刚烈的少年绝不会再南下投兄。然对他而言，家已破，国已亡，天下之大，已无容身之处，心灰意冷之下，说不定会就此隐遁。

然直到今晚遇到赵榛，马扩方才醒悟信王早有自登州海道营救二圣之志，之前隐居海岛之类的话，不过是强行掩饰。以他马扩之精明，竟未能看出端倪。

呼延庆叹了一口气，坐起身来，道："这位信王年纪不大，倒是有些骨气。"

忽有兵士举着火把奔了过来，连声叫道："呼寨主，呼寨主，那边……那边出了事。"

呼延庆皱眉道："又怎么了？今晚闹腾得还不够吗？"

兵士道："海面上漂过来一具死尸，应该是从庙岛漂过来的。"

呼延庆大吃一惊，忙一把拉扯起马扩。二人朝兵士所指方向赶去。

巡逻兵士已将死尸拉到沙滩上。呼延庆抢上前去，举火一照，却是个陌生男子，三十余岁。

呼延庆道：“不是长山岛岛民，也不是沙门寨流人，总之不是我们岛上的人。”又转头问道：“你们几个经常去庙岛，可有见过这个人？”

兵士均摇头道：“没有见过。”

呼延庆转头见马扩只站在一旁，似是漠不关心，便叫道：“小马，你也过来瞧瞧。不该认识的你全认识，说不定这个人你也认识。”

马扩心情萧索低落，本无心思，听到呼延庆叫唤，只得勉强走了过来，上前一看，当真叫道：“我认得他。”

呼延庆吃了一惊，问道：“不会是真的吧？他是谁？”

马扩道：“他叫傅遵。可能是真名，也可能是假名。”

原来那死者，便是曾到米糕店买米糕的身手敏捷的男子。马扩请少年曾三省跟随海棠去了米糕店，根据店家老易的描述，绘出了对方画像，又拿去给东海客栈店家看，也说曾是住客，登记的名字叫傅遵。

马扩又道：“这傅遵跟高丽副使曹笑笑之死大有干系，可惜我昨日查到他时，他人已经离开了蓬莱。我本来还猜测他可能会今日渡海去庙岛，预备等办完沙门寨之事，便赶去庙岛捉他，实在想不到他竟会自己送上门来。”

呼延庆摇头道：“不是傅遵自己送上门来，是凶手和海浪送他过来。”

忽有兵士叫道：“西面海面上有动静。”

西面正是庙岛所在，此时天色已蒙蒙发亮，海面上雾气极重，依稀可以看到白雾中有一团黑点轻微飘动。

呼延庆扬声喝道：“什么人？快报上名来，不然本寨主可要下令放箭了。”

一个清脆的女子声音应道：“是我，海棠，赵夫人的侍女。”

呼延庆愕然看了马扩一眼，又问道：“船上就你一人吗？”

海棠应道：“还有船家范温。”

不一会儿，小舟驰近，兵士上前搭住船沿。海棠先跳了下来，简略朝呼延庆招呼了一声，便疾步走到马扩面前。马扩忙问道：“海棠一大早赶来这里做什么？”

海棠低声道：“马将军，海棠有要紧事……”

忽转头看到傅遵尸首，不由一怔，问道：“他是谁？”

马扩不及回答，先问道：“到底是什么要紧事？”

海棠道：“杀死我叔叔的凶手，就在高丽使船上。”

马扩大吃一惊，问道：“你怎么会知道？”

海棠道：“是高丽侍从阿七连夜赶来客栈，亲口告诉我的。”

马扩奇道：“怎么会是高丽人？明明是……”一时纳罕不已，又转头看了傅遵尸首一眼。

海棠忙问道：“他是谁？”

马扩道：“海棠应该认得他。”

海棠遂大着胆子上前看了一眼，惊道：“他不就是那个傅遵吗？”

马扩道：“就是他。”又奇道：“明明是傅遵杀了你叔叔，怎么又成了高丽人？”

海棠“啊”了一声，忙道：“马将军误会了，海棠说的高丽使船上的凶手，就是他，傅遵。”

马扩愈发困惑，问道：“傅遵怎么会在高丽使船上？莫非他也是收买高丽人的偷渡客吗？”

海棠道：“这正是海棠着急赶来，想告诉将军的要紧事——阿七说傅遵是高丽使者金富轼的贵客，是被隆重请上船的。”

马扩瞪大眼睛，失声道：“怎么会……”

海棠忙道：“阿七是半夜偷偷下船，赶来客栈的。他说金使者反复叮嘱过，使船上的任何事，都不得泄露，他本来不该说的，但他在登州渔港码头见过马将军手中的画像，马将军说画中之人就是杀死我叔叔的凶手，而那凶手偏巧就是金使者的贵客。阿七说他感到很是蹊跷，加上我叔叔之前一直待他很好，他如鲠在喉，不吐不快，最终还是告诉了我。”

又转头看了傅遵一眼，道：“可转眼之间，傅遵人怎么就死在了沙门岛？”

马扩道：“他是在庙岛上被人杀死，再推入海中，顺流漂到这里的。”

海棠失声道：“该不会是……”

马扩问道：“海棠是不是怀疑阿七？”

海棠忙道：“不，海棠是想说，马将军一定会怀疑是我杀了傅遵，毕竟我最有杀人动机。”

马扩摇头道：“海棠忘了米糕店老易店家的话吗？傅遵武功高强，你杀不了他。”

海棠料想马扩怀疑上了高丽侍从阿七，正待为阿七辩解几句，转头见到范温已被沙门寨兵士五花大绑了起来，不由吃了一惊，忙赶过去问道：“为什么要拿范温？是我求恳他载我来沙门岛的。”

呼延庆道：“范温犯了偷渡禁令，他自己送上门来，再好不过。一会儿马将军要细细审他。”

海棠道：“偷渡？没有啊。我亲自检查过货船，除了货物，就只有我们几个乘客了，都是经登州州府批准的。”

又道：“对了，后来还上来一个姓白的，说是白医师的侄子。也确实是，我在白医师的医铺见过他。他是蓬莱本地人，又是到庙岛探亲，是不需要批文的，因而也不算偷渡。”

呼延庆不便解释，遂道：“等马将军审问清楚，查明范温没有犯禁，本寨主自会放人。来人，先押范温回寨。”

范温始终一言不发，只在经过马扩身边时，重重看了他一眼。

海棠问道：“马将军，这到底是怎么回事？是不是还是因为曹勋那件事？他们并没有上范温的货船啊。”

马扩道：“我知道。我还有些事要问范温，须得先扣下他。海棠放心，我不会为难他的，问清楚话，自会放他走。”

又过去查验傅遵尸首，发现他是身后中刀。那一刀，直入背部要害。

呼延庆当即大怒道：“我最恨背后暗算的宵小之辈。”

马扩道：“这傅遵武艺不凡，普通人近不了他的身，当是熟人所为。”转头去看海棠，正要询问高丽侍从阿七之事。海棠有所会意，不愿意谈此话题，忙抢先叫道：“对了，呼寨主，有一件事要告诉你，你手下兵士跟庙岛水兵打架，受了重伤，现下人在医铺躺着呢。”

又见呼延庆甚为平静，不免很是纳闷，问道：“呼寨主怎么一点也不意外？”

呼延庆摇头道：“有什么可意外的，两岛兵士打架是常事。”

海棠奇道：“打得头破血流也是常事吗？”

呼延庆点了点头，道：“是常事，不过是庙岛的常事，所以从来都是我沙门寨吃亏。这也没办法，谁叫那是人家的地盘呢。我呼延庆总不能也跑去庙岛找杨巡检打架，毕竟还要顾及老脸呢。”

沙门岛地处枢纽，除了长山岛上的沙门寨外，庙岛上也建有军寨，号水寨，有三百水兵戍守。这三百水兵，隶属于刀鱼寨，属于登州水师编制。虽同吃兵粮，但这三百水兵是中央禁军编制，沙门寨三百寨兵则只是厢军，属于地方军编制[1]。

本来两军各驻一岛，互不相干，但沙门寨水兵经常乘船到相对热闹的庙岛上去玩，去得多了，免不了跟庙岛水兵有所冲突。庙岛水兵本就自恃禁军身份，看不起沙门寨兵，时常出言不逊，口出轻侮之语。沙门寨兵一个按捺不住，即会冲上前动手。这种事，一旦开了头，便会经常发生。

沙门寨寨主呼延庆自是赞成手下人说不过对方也要打个痛快，对此不予过问。而庙岛水兵长官是刀鱼副巡检，人称庙岛巡检，对此也是睁只眼闭只眼，只交代部下千万不要把人打死打残，不然没法向沙门寨寨主交代。

海棠听了惊奇不已，叹道：“海棠还白担心一场，生怕呼寨主会动雷霆之怒，会亲自带兵赶去庙岛水寨砸场子呢。”

呼延庆摇头道：“不瞒海棠娘子，自从接管沙门寨之后，本寨主再

[1] 宋代军制比较复杂，中央军实行更戍制度，轮换派驻地方。到宋后期，派驻地方的中央禁军往往不再召回，遂成为实质上的地方军。但从体系上来说，此“地方”禁兵仍是中央禁军体系，与沙门寨所属地方军性质不同，待遇、地位也完全不同。又，马扩之父马政久任登州兵马钤辖（实为副钤辖）不调，极可能就是久驻登州的禁兵长官（实为副长官。正长官为登州知州。宋代采取以文制武制度）。

未去过庙岛。”

想了想，又问道：“这次又是为了什么事？”忽想到一事，忙道：“是了，本寨主派去庙岛请白谈医师的部下还没回来，该不会是他被打了吧？”

海棠笑道：“呼寨主猜对了，被打的正是他。”

原来昨日呼延庆遵马扩之嘱，派兵士乘船去庙岛请医师白谈来沙门寨。刚好也有庙岛水兵在医铺看病。呼延庆手下兵士受了长官严令，务必请到医师白谈，不断从旁催促。医师白谈起初只说不出外诊，后来呼延庆部下再行催促，白谈只是不理不睬。

那沙门寨兵士便按照呼延庆事先嘱咐，声称地牢一位重要犯人得了重病，就快要死了。白谈只是置若罔闻，不为所动。

沙门寨兵士仍不依不饶，大有请不到白谈绝不罢休之意。正在就诊的庙岛水兵不干了，喝令沙门寨兵士快些出去，推搡之下，就此动上了手。

对方人多势众，呼延庆部下寡不敌众，被众人围殴，暴打了一顿，丢在了医铺门口。白谈虽然不肯赴长山岛出诊，也不出面干涉双方打架之事，但仍照旧救治那被打得爬不起来的沙门寨兵士。

刚好李清照陪辛赞携子辛文郁来医铺就医，由此知悉了经过。海棠返回客栈后，李清照又将此事告诉了她。

呼延庆听了经过，点了点头，道：“原来是这样。多谢海棠娘子专程来告知。”

海棠道：“我也不是专程为此事来的。”

呼延庆道：“不管怎样，都要多谢娘子告知。”

又问道：“娘子要赶回庙岛吗？目下范温被扣，娘子着急的话，本寨主派人驾船送你过去。”

海棠未及回答，马扩先道：“等审问完范温，我也要去一趟庙岛，登州耿通判专门请刀鱼寨派了一艘刀鱼船随我办事，不如海棠跟我一道吧。”

呼延庆见海棠并无异议，便道：“随你。不过天黑之前，小马可要赶回沙门寨。”

马扩道:“知道了。”又指着傅遵尸首道:“这具死尸,先请沙门寨代为保管。好在已是深秋季节,死尸放在地窖的话,不会那么快腐败发臭。”

呼延庆却连连摇头道:“这件事,我可不会帮忙。人是在庙岛被杀的,那是杨巡检的地盘,死了人是他的责任,不关我沙门寨的事。小马不是要去庙岛吗?那就顺便去水寨通知杨巡检,让他派人把尸首抬走。过三日还不见人来,我可就将尸首烧了。”

忽想到一事,道:“是了,小马不是带了一艘刀鱼船吗?那些刀鱼水兵跟庙岛水兵是一路呀,都是刀鱼寨的禁兵,尸首就由小马你直接带去庙岛好了。”

马扩忙道:“呼延将军……”

呼延庆斩钉截铁地道:“这件事,绝没有商量的余地。就算是你小马,也不行。”

随即大手一挥,叫道:“来人,把这具尸体抬到停在沙门码头的刀鱼船上去。”

马扩一时无可奈何,海棠则在一旁偷笑。

回到沙门寨,马扩先道:“我房中失窃的那包财物,被人趁运粮之机藏在了沙门寨中,我还没来得及去找回,可否劳烦海棠帮我这个忙?”

海棠瞪大眼睛,吃惊不小,问道:“财物怎么会在沙门寨?”

马扩道:“此事一言难尽,回头我再告诉你详情。”

海棠想了想,才点头道:“好吧。海棠知道马将军其实是不愿意我跟着你去见范温,以免我帮他说话,但海棠还是想帮马将军这个忙。”

范温被绑在刑房柱子上,马扩与呼延庆进来后,便命看守狱卒先行退出。

马扩走到范温面前,见对方昂然与自己相对,没有丝毫惧色,便道:“我如果问你有关曹勋的事,你一定不会说实话,对不对?”

范温直言道："我不会说假话。马将军一定要问的话，我只好闭口不言。"

马扩道："那好，我不问曹勋，我问粮商程度。你答应了他什么条件？"

范温一怔，问道："什么什么条件？马将军到底什么意思？"

马扩道："那粮商程度，是最精细不过的人，你没答应他条件的话，他怎肯帮你？"

范温这才会意，忙道："什么条件都没有。我只是以忠义……"忽意识到失言，忙道："总之，如果马将军要怪罪，所有过错，都由我范温一力承担。"

马扩道："好。"又转头道："呼延将军，请你命人取枷锁锁了范温手脚，关进地牢中，三个月后再放人。"

范温愣了一下，忙抗声道："不行，马将军，你不能这样！我还有要紧事要办，你不能就这样把我关起来，还要关三个月。"

马扩却是不理，径直出了刑房。呼延庆招手叫过狱卒，吩咐了几句，紧跟出来，问道："小马这么做，是想要断信王后路吗？"

马扩怔了一怔，才叹道："有时候，我真觉得呼延将军是个粗枝大叶的人，可有时候，将军又精细过人，一眼便能看出我的心思。"

他扣押范温三个月，确实是因为信王赵榛。赵榛虽然带着钟子昂等人离开，但高丽人指名索取的耶律阿撒已经不在人世，所以对信王及曹勋一方而言，高丽使船极可能指望不上。而范温是登州最好的船夫，又极力维护曹勋一方，是忠心可信之人，曹勋等人势必将希望重新寄托在他身上。

呼延庆"嘿嘿"两声，道："小马的下一个目标，就该是高丽人了吧？"

马扩点了点头，道："诸多事情均与高丽使团有关，尤其是杀害副使曹笑笑的凶手，竟是正使金富轼的座上客。这件事，足见高丽使团内人心不齐，有人心怀叵测。我怕信王一旦上了高丽使船，抢船偷渡不成，反受其害。"又请呼延庆务必叮嘱手下，不得泄露傅遵被杀一事。

呼延庆嘟囔道:“搞什么鬼。”仍然点头应了。

回来寨厅时，正好遇到海棠提着大包袱兴致勃勃地奔过来。马扩忙迎上前去，问道:“这么快就找到了？”

海棠笑道:“一点也不难找，就藏在官仓最里面的粮垛下面。”

马扩接过包袱，大致看了看，转身便交给了呼延庆，道:“呼延将军，麻烦你先替我保管。”

呼延庆笑道:“哟，这么多财物，我怎么觉得自己一下就变成了一个大财主。”

三人进来寨厅坐下。海棠犹豫了一下，才问道:“范温呢？”

马扩微一犹豫，即实话告道:“我下令将范温扣押了。这是为他好，等事情平息，自会放他出来。”

海棠料想马扩是要阻止曹勋等人北上入金送死，便不再多问。但她心中疑虑未解，又追问道:“这到底是怎么回事？马将军的这些财物，怎么会在沙门寨？”

马扩因海棠早已知悉诸事，更与高丽使团有些干系，便也不隐瞒，大致说了钟子昂受高丽人要挟欲劫耶律阿撒一事，只未提信王赵榛真实身份，仍以其化名刘五马称呼。

海棠以为马扩是因为与曹勋有旧才放走钟子昂等人，也不以为意，只问道:“马将军认为我叔叔在高丽使团中还有同党吗？”

马扩点头道:“一定有。只不过我没想到他会派钟子昂等人前来，而且来得这么快。”

顿了顿，又道:“今日又出了傅遵命案，前前后后这些事，均与高丽人有关，我须得查个清楚明白。”

海棠忙道:“我帮你。”又慌忙解释道:“不是说我叔叔还有同党吗？我有高丽副使侄女的身份，说不定是个大大的便利。”

马扩也认为海棠的身份会有所帮助，满口应允。又问道:“曾三省呢？”

海棠笑道:“三省跟着夫人呢，不会有事。”

马扩道:“我是担心……”

海棠笑道:“马将军放心,夫人有意安排了三省在医铺中照料辛先生爱子辛文郁,他没那么多空闲去寻找仇家。再则说,三省自己也再三保证过了,就算真的找到了王定,他也不会私下报仇,一定会先知会将军。”

呼延庆在一旁听出端倪,惊奇不已,上下好好打量了海棠一番,这时方才开口问道:“海棠娘子是高丽人吗?”

海棠笑道:“不是。我也不是辽人,如果呼寨主要问的话。”

呼延庆不由得转头去看马扩。马扩摇头道:“关于海棠的来历,呼延将军还是不知道的好。”

呼延庆又迟疑道:“那么……”

马扩道:“海棠跟那些想劫走耶律阿撒的人毫无干系,她事先也不知道这件事。”

海棠原本已有李清照心腹侍女的身份,呼延庆见马扩亦是一力维护其人,心头疑云更重,两度张了张嘴,最终还是忍住,只道:“算了,我也不问了,反正问也是白问。”

见马扩欲动身离开,又忍不住问道:“小马预备如何查那些高丽人?不经对方允准,你是不能上使船的,不然闹得大了,就是两国邦交事件。”

这也正是马扩犯愁之处,一时沉吟不语。

海棠忽道:“我有个主意,但要向呼寨主借一个人用,他还要与我们一道去庙岛。”

呼延庆道:“借谁?不是我呼延庆就行,我是绝不会去庙岛的。”

海棠道:“不是呼寨主你,是洪刍。”

呼延庆奇道:“新来的流人吗?”

海棠笑道:“洪刍不光是流人,还是个大诗人,是黄庭坚的外甥。高丽使者金富轼很赏识他的文章才华,总说可惜相聚的时间太短,不能向洪刍洪公多多请教。”

在她看来,如果洪刍去拜访金富轼,即便金富轼不大情愿这么做，也不得不接纳其上使船。

呼延庆双手一摊，不以为然地道："洪刍上船有什么用，他又不能查案。"

海棠笑道："洪刍是流人呀，离开沙门寨外出，总要有狱卒跟随吧。这狱卒嘛，少不得要让马将军充任了。"

马扩当即应道："这倒真是个好主意。"

呼延庆闻言，忙道："洪刍人就在沙门寨中。他们新来的三名流人，住在同一间屋子。听说三人身上带了不少财物，暂时有能力购买食物，故而我也没有安排他们去岛民家中佣作。"又派兵士去叫洪刍。

不一会儿，那兵士回来禀报道："房中只有余大均、陈冲二人，洪刍不见了。那二人都说洪刍古怪，昨日一到岛上，便说要出去转转，天快黑时才回来，而且老是重重叹气，像是有什么心事。二人问他，他也不说原委。今日一大早，洪刍便从榻下的木箱中取了所有金银细软出去了。"

海棠问道："洪刍该不会是出去找岛民购买食物了吧？"

兵士道："那两人都说不会，因为洪刍的仆人为他送来两大箱子吃食呢。而且就算向岛民购买食物，也用不着带上全部家当呀。"

海棠思忖道："会不会是洪刍想出去到海边散心，又担心财物被人偷了，这才随身携带？"

马扩却摇头道："如果是这样，昨日洪刍第一次出寨时，为何不带上财物？"又道："他取了全部财物，一定是有什么重要用途。"

呼延庆忽想到一事，忙告道："是了，昨日这位洪刍洪老先生一下船，便索要笔墨，在码头边的一块大石上题下了诗句，叫《窜海岛》诗，说什么'烟波不隔还乡梦，风月犹随过海身'[1]。"

[1] 此联为洪刍流放沙门岛后所作，极得南宋大诗人陆游赞赏，特记于《老学庵笔记》中。其诗仍属江西诗派风格，却在瘦硬之中添了几分沉郁色彩。又，洪氏四兄弟（洪朋、洪刍、洪炎、洪羽）俱有诗名，洪炎有名作《山中闻杜鹃》："山中二月闻杜鹃，百草争芳已消歇。绿阴初不待薰风，啼鸟区区自流血。北窗移灯欲三更，南山高林时一声。言归汝亦无归处，何用多言伤我情！"此诗为洪炎在金兵南侵时逃难途中所作。国破家亡之际，诗人如同难民一般逃离家乡，杜鹃仍声声啼血催归，遂引发了诗人心中最深沉的痛。

海棠当即拍手赞道："诗句很好啊。"

呼延庆摇头道："总之这位洪老先生就是一心想回家，对沙门寨可不是什么好事。"

他生怕洪刍是拿财物去收买岛民，以便逃走，忙向兵士命道："快去找。还有，没有本寨主的命令，不准任何船只离开长山岛。"

海棠笑道："呼寨主放心吧，洪刍不会逃走的。他要是有逃走之心，就不会费时费力地携带那么多豆豉来岛上了。"

呼延庆摇头道："那可未必。来之前是一回事，来之后是一回事。海棠娘子若见到流人住处何等简陋，也会立即生出逃遁之心来。"

兵士刚一离开，便又折返了回来，奔进来告道："洪刍回来了，小的刚好在寨门口遇到他。"遂引洪刍进来。

洪刍进来寨厅，向呼延庆见了礼，又朝马扩及海棠点点头，这才恭恭敬敬地问道："呼寨主寻洪某何事？"

海棠深吸一口气，问道："怎么这么香？是了，洪先生最擅长制香，可是您老人家佩了什么自己制作的异香？"

洪刍摇头道："这是天然香，人可配不出这种香。"一边说着，一边从怀中掏出一块巴掌大的蜡状物来，呈灰白色，寨厅中立即清香四溢。

呼延庆奇道："这是什么东西，怎么这么香？"

海棠跟在天下第一才女李清照身边多年，颇有见识，当即想起一物，问道："这该不会就是传说中的龙涎香[1]吧？"

[1] 龙涎香：在西方又称灰琥珀，一种固态蜡状可燃物质，多呈阴灰或黑色，是抹香鲸的分泌物，由于它未能消化鱿鱼、章鱼的喙骨，会在肠道内与分泌物结成固体后再吐出。刚吐出的龙涎香黑而软，气味难闻，不过经阳光、空气和海水长年洗涤后会变硬、褪色并散发香气。世界上最早发现龙涎香的国家是中国古代。汉代，渔民在海里捞到一些灰白色清香四溢的蜡状漂流物，这就是经过多年自然变性的成品龙涎香。龙涎香干燥后具有独特的甘甜土质香味（类似异丙醇的气味），能发出持久的香气，点燃时更是香味四溢，比麝香还香。地方官员遂将其当作宝物进贡给皇帝，在宫廷里用作香料，或作药物。当时条件有限，谁也不知道这是什么宝物，既然来自海上，人们便想当然地认为这是海里的"龙"在睡觉时流出的口水，滴到海水中凝固起来，经过天长日久，成了"龙涎香"。自古以来，龙涎香就作为高级香料使用，因极为难得而价格昂贵。龙涎香还具有医疗价值，《本草纲目拾遗》中记载（转下页）

洪刍乐滋滋地道:“不错，这正是龙涎香，是海中龙王的涎水，珍贵之极。这还只是固状，已是如此芬芳，等到制成香料点燃时，更是了不得，比麝香还香，而且能持续数日。”

马扩忽然想到昨日在毛途的铁匠铺也闻到过这种气味，不过味道要淡些，忙问道:“洪公这块龙涎香，可是向叶台山毛途毛铁匠所买？”

洪刍道:“正是。”

原来洪刍昨日一上岛，便闻见有异香，循香寻至铁匠铺，求观香源。毛铁匠之女喜妹很惊讶居然有人能从那么远的地方闻到香气后寻来，便将相好渔民铁柱送的龙涎香拿了出来，洪刍一眼便认出这是龙涎香。铁柱、喜妹却都不识货，只是觉得味道好闻才留了下来。

洪刍当即提出要向喜妹买下龙涎香，那龙涎香是相好铁柱所送，喜妹当然一口拒绝。不想其父铁匠毛途突然冒了出来，称那龙涎香是海上宝物，非千金不卖。洪刍在铁匠铺纠缠许久，许诺将那龙涎香亲手制成成品香料后，与喜妹一人一半。毛途却只索以高价，不肯松口。洪刍回来沙门寨后，辗转一夜，最终还是决定倾自己所有，买下那块龙涎香，遂有一早提着金银细软出寨之事。

洪刍大致叙述了经过，又道:“龙涎香极为罕见，而且一向只有南海才有发现，想不到东海竟然也能寻到，实在是上苍眷顾。”喜不自胜，脸上充满孩子般的天真笑容，显然此时根本不以流配沙门岛为苦。

海棠笑道:“恭喜洪老先生寻获一块珍贵的香料，不过现下有件事，要请老先生帮忙。”

马扩便告知长山岛海滩发现了一具死尸，正是杀死高丽副使曹笑笑的头号嫌犯傅遵，而此人昨日还在高丽使船上出现，他想登上高丽使船暗中调查，却又没有门路。

洪刍当即明白了究竟，忙道:“正好高丽使者金富轼一再约老夫探讨文章，若是老夫与赵夫人联袂造访高丽使船，金富轼定然喜出

(接上页) 着其可以“活血、益精髓、助阳道、通利血脉”，是各类动物排泄物中最名贵的中药。到了现代，龙涎香中的绝大部分成分均能人工合成，但还是不能完全代替天然龙涎香，特别是天然龙涎香中的龙涎甾，该物质加入香水中后，会在皮肤上生成一层薄膜，能使香味经久不散。

望外。”

海棠笑道：“就是这个意思。不过夫人人在庙岛客栈，我还没跟她说，料想夫人也不会拒绝。如若二位一道出面拜访，金富轼定不会拒绝我等上船。”

呼延庆忙道：“洪先生肯帮忙就好。不过你究竟是犯人身份，本不该随意离岛，现下虽是不得已的情况，稳妥起见，本寨主也须得为洪先生指派一位随身狱卒。”随手朝马扩指了指。

洪刍满口应允，又道：“请几位稍候片刻，我先回去换件衣衫。”自行回了住处。

洪刍刚离开，便有兵士进来禀报道：“那范温被关入地牢时，非吵着要见海棠娘子，让小的务必来传一声话。”

海棠未及回答，马扩先摆手道：“不必理会范温。把人看好了，管好一日三餐便可。”

海棠迟疑道：“范温是因为送我来沙门岛，才会被马将军抓起来。我要不要……”

马扩坚决地道：“不行。范温该求见的人是我马扩才对，他一心只要见海棠，分明是有心利用你的愧疚及心软，想让你救他逃脱。旁人不知道，海棠你还不知道吗，我关着范温，是为了他好。”

海棠这才勉强道：“那好吧。等到快要离开庙岛时，我看能不能找机会来向范温道个歉。”

呼延庆插口道：“就算有错，错的人也是小马。海棠娘子又没错，道什么歉？”

海棠道：“总之，是因为我……”

呼延庆笑道：“海棠娘子以为范温不来沙门岛，小马便不会派人去庙岛抓他吗？庙岛人多热闹，范温当众被捕，丢了面子不说，还失了信誉，以后没人敢找他运货。沙门寨的地牢是惨点，可范温至少保全了尊严，对不对？”

他说得头头是道，海棠无言以对，只好就此作罢。

过了一刻工夫，洪刍重新回来，已换了一袭长衫，手中还捧着一个纸包，递给海棠道：“这是海棠娘子向我索要过的豆豉，刚刚才开了泥封。”

海棠“呀”了一声，连声道谢。居然立时打开纸包，直接用手抓了数粒豆豉丢入口中。

洪刍奇道：“海棠娘子不是北方人吗？如何会这般嗜吃豆豉？”

海棠笑道：“就是觉得好吃。”又闻见洪刍身上异香不散，便问道：“洪公仍然带着那块龙涎香吗？”

洪刍拍了拍胸口，笑呵呵地道：“这可是宝贝，一生能见到一次已是难得，更不要说得到这么大一块了，老夫无论走到哪里都不会放手的。”

来到沙门码头时，那神秘男子傅遵的尸首早已被抬上刀鱼船。刀鱼水兵对此均有怨言，还欲将尸体丢下船。然沙门寨兵奉了寨主呼延庆严令，非得让将尸首运去庙岛，双方一度僵持，剑拔弩张，却没有人敢先动手。马扩引洪刍、海棠登船时，不得不说明运尸首去庙岛是自己的意思，刀鱼水兵这才作罢。遂收缆向庙岛进发。

戍守庙岛的水兵与马扩所携刀鱼水兵均隶属于刀鱼寨，是以刀鱼船刚一靠岸，便有驻扎码头巡守铺的庙岛水兵跳上船来，笑嘻嘻地与船上水兵招呼。

马扩上前问道：“你们长官是庙岛巡检杨群，对吧，他人在哪里？”

那庙岛水兵答道：“鼍矶岛戍兵返航，张巡检今日将会抵达庙岛，杨巡检一大早便去做准备了，忙得不见人影。”

马扩心道：“是了，鼍矶岛戍守长官是刀鱼巡检使，庙岛戍军长官虽称庙岛巡检，实际官职却是刀鱼副巡检使。顶头上司就要到了，而且有一千返航水兵要在庙岛屯驻一到两日，突然多出这么多人，还得管吃喝拉撒，杨群必定十分忙碌。”

一时也不好就傅遵之死再去找杨群，便先报了身份。马扩所任马步军都总管已是大帅级别的武官，统管一路兵马，那庙岛水兵从未见过这么大的官儿，当即吓得呆住。还是与他要好的刀鱼水兵推了推他，告道："马将军没有半分架子，人很好的。"

马扩忙笑道："先父以前一直担任登州兵马钤辖，我是在刀鱼寨长大的，说到底，咱们都是一家人。"

庙岛水兵慌不迭地应道："是，是。"

马扩遂指着傅遵尸首道："这里有一具尸首，人是在庙岛被杀的，我正在调查此案。"又道："你们将尸首装入麻袋，伪装成货物，悄悄抬去水寨。记住了，事关重大，切勿泄露此事。等你们杨巡检有空，请他来庙岛客栈找我。"

庙岛水兵虽大感费解，仍然慌忙应了。

刀鱼水兵忙问道："马将军既要上岛办事，不令我等跟随身边、好方便差遣吗？"

马扩道："不必了，你等一身戎衣，容易引起他人警觉，反倒不方便。你们就先留在这里。"

刀鱼水兵闻言，不免十分惊讶，却也不好再问。

马扩又就庙岛码头船只出入情况询问了庙岛水兵一番，这才叮嘱道："有任何船只欲离港北上，一律拦下，先来禀报于我。"

庙岛水兵忙躬身应道："遵命。"

来到庙岛客栈，李清照人却不在。店家告道："赵夫人陪同辛先生去白氏医铺了。"

海棠道："是了，辛文郁留住在医铺中，虽然有三省从旁照顾，但料想辛先生还是不放心。"又问道："海船还未到吗？"

店家道："娘子是问大海商卓荣的船吗？算起来，这两日就该到了。"

海棠点了点头，回身告诉马扩道："还得去一趟白氏医铺，夫人去了那里。"

洪刍忙道："沙门寨中虫蝎极多，正好我也想买些驱虫之药。"

马扩点了点头，又想起一事，便上前向店家打听道："这里应该是庙岛上唯一一家客栈吧？客栈中可有来自鼍矶岛的住客？"

店家摇了摇头，道："没有。"

马扩又追问道:“最近一直没有吗?”

店家“啊”了一声，道:“最近倒是有两位，数日前来的，正是从鼍矶岛来的，是一对夫妇，男的名叫萧红尘，陪他妻子云娘来庙岛看病。云娘病得很重，看上去没剩下几口气，本店不敢收留她，他夫妇二人便搬去白氏医铺了。”

海棠听到马扩发问，本觉得莫名其妙，但两度听到“鼍矶岛”后，忽想了起来，低声问道:“马将军是不是想打听那位高丽使团的翻译郝信?”

马扩点了点头——

之前高丽侍从昆布曾提及高丽使团翻译郝信与副使曹笑笑同为当年流至鼍矶岛的漂流人，而且郝信在来途中因“重病”受不起颠簸，留在了鼍矶岛养病。

在马扩看来，郝信这重病是假，装病留在岛上寻人才是真。但郝信滞留鼍矶岛已久，无论有无线索，当会进一步向南进发，而沙门岛将是关键一站，应该也是他与曹笑笑约定会合的地点。

如果郝信人已经到了庙岛，那么他既然跟曹笑笑是一党，便有杀死神秘男子傅遵的动机，当然，前提是郝信已经知道正使金富轼的座上宾傅遵便是杀死曹笑笑的凶手。

马扩思忖道:“我料想郝信人应该早已经到了，但看来我的猜测有误。”

那萧红尘虽是来自鼍矶岛，却是陪妻子来庙岛找医师白谈看病，既是有家有口，便绝对不会是郝信。

海棠猜测道:“或许郝信人还没到呢?又或者他是昨日到的。昨日刚好高丽使船也到了庙岛，郝信便不用住客栈，直接回使船了。”

马扩摇头道:“我问过庙岛水兵，这半个月以来，只在数日前从鼍矶岛来过一艘货船，萧红尘和他妻子云娘应该就是坐那艘船来的，也符合客栈店家的描述。”

又道:“如果郝信人到了庙岛，且已回使船，昨晚高丽侍从阿七来找海棠时，至少会提上一句，对不对?”

海棠道："那倒是。但郝信不可能滞留鼍矶岛这么久。莫非他是真的水土不服，在岛上生病了？"

顿了顿，又道："又或者是郝信化名叫萧红尘，临时找了个妻子打掩护？萧红尘，逍遥于红尘之外，这名字虽然不错，可一听就不是鼍矶岛岛民的名字，难道不可疑吗？"

马扩虽不大相信郝信会伪装至此，但仍然点头道："我们先去医铺看看。"

庙岛东部，有一座湄洲女神[1]庙。该庙又名海神娘娘庙，由福建商人集资，修建于宋徽宗宣和四年（1122 年）。神庙建成三年后，福建船民不远千里，专门移送一尊妈祖铜像[2]供奉于庙中。南来北往的船只争相停靠庙岛，不独因为沙门岛是航路上的显著标识，岛中有天然避风良港，还因为海上独特的妈祖信仰。妈祖，这位由民间女子演变而来的海神娘娘，被认为是渔夫船民的保护神。

生活在岛屿通常意味着与世隔绝，活得千篇一律。对于一座孤独的岛屿而言，真正的活力其实源于来来往往的外来船只及陌生的面孔。因为唯有新鲜，才能改变一如既往，才能往一潭死水中注入激情。而海神娘娘庙本身就是一块巨大的磁铁，有效地吸引着来自四面八方的陌生人，因而它也成为庙岛实际上的中心。

白氏医铺位于湄洲女神庙旁，算是庙岛核心地带。医铺旁边即是酒楼、小吃摊，还有几家售卖基本日用品的店铺，算是庙岛的商贸一条街。

进来医铺时，不独李清照、辛赞人在这里，竟然连登州通判耿于怀、高丽使者金富轼也在这里。登州通判耿于怀是连夜乘船送怀孕的

[1] 湄洲女神：即南方所称妈祖（当地人对女性祖先的尊称）。湄洲（今属福建莆田）为妈祖林默成仙之地。妈祖文化与信仰传承千年，有"南有湄洲，北有长岛"之说，庙岛妈祖庙（今长岛所辖庙岛东部显应宫，因明崇祯皇帝御赐庙额"显应宫"而得名，清咸丰皇帝也曾御赐"神功济运"金匾）与福建湄州岛妈祖庙并称妈祖"南北祖庭"。

[2] 该妈祖铜像今存，仍在长岛显应宫中，为目前存世的唯一一尊宋代铜身妈祖。又，朝廷官方褒封妈祖，即始于北宋宣和五年（1123 年），宋徽宗赐"顺济庙额"（起因为路允迪之出使高丽，见前"金富轼"注释）。以后南宋、元、明、清历代均有赐封。

妻子来庙岛就诊，高丽使者金富轼则是来买几味药。

金富轼见到洪刍出现，格外惊讶，忙迎过来问道："洪公怎么会来这里？"

洪刍转头看了马扩一眼，讪讪道："老夫是专程来拜访金使者的，还特意向沙门寨呼寨主告了假。"

金富轼愈发惊奇，道："本使在高丽，亦久闻沙门岛恶名，原来也不是传说中那般不近人情。"

洪刍勉强笑道："算是特例吧，是看金使者的面子。再说，还有马将军一路护送，呼寨主自是放心。"

金富轼笑道："实在太好了！正好赵夫人和辛先生，还有耿通判也都在这里，咱们几个人又可以好好谈古论今，说道一番了。"

又招手叫过侍从昆布，命他去隔壁旭日酒楼订下包间，一会儿好与李清照、洪刍等人聚饮。

马扩和海棠闻言不由得面面相觑，本待借洪刍之力登上高丽使船，却不想在白氏医铺先行遇到了高丽使者金富轼，看来原先的计划要就此泡汤。

忽有一名白发老者从里屋出来，正是医师白谈。他一扫堂内诸人，吸了两下鼻子，当即指着洪刍喝道："你，出去！"

洪刍忙道："老夫是专门来开驱虫蝎药的。"

白谈闻言愈发生气，怒道："你身上带着什么香，想把里面的孕妇熏得流产吗？"

洪刍见这位名医果然是脾气暴躁，名不虚传。他亦粗通药理，忙解释道："这不是麝香[1]，而是……"

[1] 麝香易致堕胎，故自古禁孕妇内服外用。据汉人伶玄所著《赵飞燕外传》记载，汉成帝宠妃赵飞燕、赵合德姊妹宠冠后宫，却始终没有怀孕，便是因为赵飞燕亲戚李阳华有一种美容秘方，即将一种"息肌丸"塞到肚脐眼里。该药丸会慢慢渗透到体内，令容颜更加艳丽。赵氏姐妹一直长期使用"息肌丸"，以保持美貌。但此药丸中含有麝香，而麝香刚好对生殖机能有损，但赵氏姐妹并不知道。直到二人因月经不调向承光司剂者（皇宫药剂师）上官妩求治。上官妩查询过"息肌丸"后，叹道："这种状况，怎么能生得出孩子？"于是教赵氏姐妹用羊花煮汤洗涤，但因为用药已久，无法挽救，赵氏姐妹想靠生子固宠的愿望全然泡汤。

白谈听也不听，连连挥手道：“出去！快些出去！”

李清照忙低声道：“洪公不妨先去隔壁旭日酒楼，我们一会儿就过来。”

白谈见洪刍与李清照、耿于怀等人相识，这才勉强收敛怒色，不再公然出声驱赶，愤愤转入内堂去了。

洪刍忙道：“老夫还要买一些驱虫蝎药。”

白谈之侄白勇闻声出来，过来告道：“敝店没有驱虫蝎药。”

洪刍奇道：“没有吗？”

白勇道：“以前是有的，叫避虫蝎药，后来总有人来买，他们是为了驱蛇用，好上大黑山岛寻宝。我叔叔说居然有人信这类无稽之谈，说寻宝只会助长不劳而获的风气，一气之下，就再也不配那药了。”

又道：“老先生还是快些出去吧。我叔叔发怒，可是非同小可。而且他极为记仇，老先生今日得罪了他，最好不要再来这里，再来也是白搭。”

洪刍一时无奈，只得先行出来。

白勇想了一想，又追出来问道：“老先生身上佩的是什么香？”

洪刍微一迟疑，即道：“是老夫新得的龙涎香，不是麝香。”

白勇大奇，道：“龙涎香吗？那可是好东西！老先生请稍候。”

特意进屋取了一只皮囊，拿出来交给洪刍，笑道，“这皮囊是鱼泡做的，老先生把龙涎香装到里面，气味便不会那么大了。”

洪刍很是感激，忙道了谢。

白勇又问道：“老先生也跟赵夫人他们几位一样，住在庙岛客栈吗？”

洪刍摇头道：“老夫是沙门岛流人，住在沙门寨。”

白勇“啊”了一声，神色顿变，上下打量洪刍一番，自掉头去了。

马扩本来还想进去医铺里面探望辛文郁，顺便跟曾三省打声招呼，然洪刍被“请”出医铺，他既是随行狱卒，也不得不立即跟了出去。

海棠与李清照耳语一番，也跟了出来，低声告道：“夫人说请马将军少安毋躁，上高丽使船的事，她来想想办法。”

马扩道："那好，海棠先陪洪先生去酒楼，我去去就来。"

与海棠、洪刍分手后，马扩又返回医铺，找到白谈侄子白勇，问道："郎君还记得我吗？"

白勇笑道："哪能不记得？马将军昨日可是差点害得白某赶不上船。"

又道："我适才在堂屋看到了马将军，不过那里人多，还有高丽使者在场，马将军又是一身便服，白某不知该不该上前招呼，索性假装不认识。马将军这会寻来，是来兴师问罪的吗？"

马扩道："不是。郎君人倒是很机灵。"又问道："郎君刚才说，总有人来医铺买避虫蝎药，都是些什么人？"

白勇道："寻宝人啊。传说大黑山岛有一大箱子宝藏，这些年总有人上岛搜寻。夏秋两季蛇多，要上大黑山岛的话，非得全身涂满药膏不可，不然就是去送死。"

马扩又问道："郎君应该不是一直在庙岛吧？"

白勇道："不是，白某在蓬莱有家有口。一年也就来这里两三回，每次待上十天半个月，一是探望叔叔，二是帮忙打打下手，然后带一些叔叔配制的药丸回蓬莱售卖，好方便本地人。"

马扩又问道："这么大一间医铺，来就医的病人也不少，总不会只有你叔叔一个人照顾吧？"

白勇朝外看了一眼，低声道："我叔叔原本收有小医徒，可他性子苛刻，徒弟总是受不了责骂，一连走了好几个。去年叔叔又收了个徒弟，名叫龙英，年纪有点大，不过到目前为止，他人还没被骂走。叔叔也不指望龙英能继承他的衣钵，也就当作杂役驱使，照顾医铺内外罢了。"

又问道："马将军要找龙英吗？他今日一早被叫去了水寨，为营房施药驱虫。水兵说是有长官要来。对了，这长官，不会就是马将军吧？"

马扩摇了摇头，又问道："那位高丽金富轼金使者，当真是来医铺买药的吗？他可有进去偏院，跟住铺病人说过话？"

白勇当即收敛了笑容，问道："马将军问这个做什么？"

马扩道："金富轼是高丽使者，马某是朝廷命官，只要他人在宋境，马某就负有责任。谨慎起见，须得问个清楚明白。"

白勇摇了摇头，道："没有。赵夫人和耿通判等人先到的，金使者进来后，便只在前堂与他们招呼说话。"

马扩又问道："住在医铺中的，除了辛文郁，还有什么病人？"

白勇答道："蓬莱彭知县昨日乘船回蓬莱了。另外还有个被打伤的沙门寨兵士，不过刚刚也一瘸一拐地离开了，就在马将军进来前。还剩一个名叫云娘的女子，是从鼍矶岛来的。她病得很重，得时时有人照顾，所以她丈夫也住在这里。"

马扩道："甚好。我想去看看。"

白勇虽觉奇怪，却也不敢怠慢，便引马扩来到偏院。

一名三十岁左右的男子正在庭院中仰头观花。白勇招呼了一声，又指着马扩介绍道："这位是……"

马扩忙道："我叫马扩，是来探访辛文郁的。"

那男子道："哦，郎君好。我叫萧红尘。"

马扩当即学海棠的口气赞道："逍遥于红尘之外，好名字。"有意等到白勇离开，才问道："萧郎来自鼍矶岛吗？马某去过那里，不记得岛上有萧姓之人。"

萧红尘道："不瞒郎君，萧某是漂流到鼍矶岛的，是地地道道的漂流人。"

原来这萧红尘早先跟随叔叔去高丽做生意时，遭遇到大风浪，海船倾沉，一行人尽数遇难，只有萧红尘一人幸存，抱着船板漂流到了鼍矶岛。他因亲人丧生而气沮，也不愿意再回家乡，就此在安顿下来，还娶了岛民之女云娘为妻，迄今已有六年。

马扩问道："萧郎既是姓萧，又是漂流人，可是辽地萧后之萧[1]？"

---

[1] 据《辽史》记载，辽国有一种氏族外通婚的习俗，与辽国耶律氏世代通婚的为唯乙室和拔里氏二部族。辽太祖耶律阿保机创建辽国之后，因为追慕中原汉高祖皇帝刘邦，便将自己的耶律氏兼称刘氏，又认为二族功劳极大，堪比汉代开国丞相萧何，遂将后族一律改称萧氏。耶律阿保机的皇后述律平本人虽未改姓，但她的两个弟弟也都由此改姓萧。《旧五代史》中则记载说："萧翰者，契丹诸部之（转下页）

萧红尘倒也不慌不忙，摇头道："不是，萧某是萧何之萧。"

马扩对这萧红尘的身份仍有疑虑，但对方汉话确实说得极好，丝毫没有辽人常见的夹生，况且对方若真是辽人，也不至于用"萧"姓化名，便道："吉人自有天相，希望郎君爱妻早日康复。"

萧红尘抱拳道："多谢。"

刚好曾三省端着药罐出来，一见到马扩，便喜出望外，叫道："马将军！"

萧红尘闻言立即脸色一变，冷然道："原来郎君是官府之人。"也不再理会马扩，自行进房去了。

马扩忙上前问道："辛小郎君怎么样？"

曾三省道："一大早白医师为文郁施了针，他的气色已经好了很多，不过刚刚服了药，人已经睡着了。"

马扩道："如此，我就不进去了。"又道："三省，除了照顾辛小郎君之外，我还交给你一个任务，留意隔壁那对夫妇，尤其是那个名叫萧红尘的男子，明白我的意思吗？"

曾三省道："明白。"又告道："我听说总有人来医铺买避虫蝎药，为的是上大黑山岛寻宝，会不会王定就在这些人之中？"

顿了顿，又忙解释道："我是说，那个所谓的大黑山宝藏，会不会就是当日王定向祖父逼问的大秘密？"

马扩道："你放心，只要王定人在岛上，我一定会找他出来。但是你，一定不要轻举妄动。"

曾三省点头道："马将军放心，你交代的事，我都记在心上。"

出来前院时，李清照等人已经离去，马扩料想诸人必是去了隔壁

(接上页) 长也。父曰阿巴……阿巴妹为安巴坚妻，则契丹主德光之母也。翰有妹，亦嫁于德光，故国人谓翰为国舅。契丹入东京，以翰为宣武军节度使。契丹比无姓氏，翰将有节度之命，乃以萧为姓，翰为名，自是翰之一族皆称姓萧。"辽皇室耶律氏与萧氏世代通婚的习俗一直沿袭下来，萧氏的女子都嫁给耶律氏，耶律氏的女子都嫁给萧氏，萧氏由此成为为辽国仅次于耶律氏的权贵势力。终辽一朝，萧氏共有十三名皇后（包括追封者），五名皇妃，十三位诸王，十七位北府宰相，二十位驸马，太后则是清一色的"萧太后"。

旭日酒楼，正寻思要不要过去，忽见对街有一名男子在向自己招手，却是曹勋。马扩心念一动，上前招呼道："曹兄。"

曹勋点了点头，又问道："马兄，是你下令不准船只离港北上的吗？"

马扩道："我确实下过这道命令。"又道："曹兄也千万莫再打高丽使船的主意。高丽使团中发生了许多不平常之事，你等若是上船，吉凶难料。"

曹勋不答，只道："马兄明明答应过我，不再干涉我等之事。"

马扩道："我是答应过曹兄，可时过境迁，情况又有所变化，不得不如此，还望曹兄体谅。"

他所称"变化"，自是指信王赵榛亦加入了曹勋队伍。然他因为承诺了赵榛不得泄露其身份，不便明言，只能委婉解释。

曹勋摇了摇头，大有无奈之意。忽又一字一句地道："信王要见你。"

马扩闻言大吃一惊，又见曹勋神色甚是平静，便问道："曹兄终于认出信王了吗？"

曹勋叹了口气，道："我曹勋有眼无珠，其实早该认出来的。"又道："走吧，信王人就在前面，别让他久等。"

之前赵榛对待马扩态度极为决绝，忽然听说信王要见自己，马扩不由得惊喜交加，追问道："当真是信王要见我？"

曹勋道："是真的。随我来吧。"

曹勋领路，走出一里多路，引着马扩来到海边一片小树林。信王赵榛果然人在树林中，身后还站着钟子昂等人。

马扩忙上前行礼，道："臣拜见大王。"

赵榛面色如铁，冷然命道："马扩，交出你的兵刃。"

马扩微一迟疑，即解下腰刀，交给了身边的曹勋。

赵榛又命道："跪下！"

马扩愣了一下，依命双膝跪下，又见钟子昂率人上前围住自己，便昂然道："就算大王要杀臣，我也要劝大王不要……"

钟子昂等人忽然一起动手，分执住马扩手臂，扭到背后。

马扩倒是没有反抗，只道："不管大王如何待臣，臣都不会更改北上禁令。”

赵榛道:“很好。”走到马扩面前，从怀中掏出一包药粉，道:“这是我赐给你的。”

马扩一怔。钟子昂已从旁托住他下巴，另一人则用力捏住马扩鼻子，迫他抬头张嘴。赵榛随即将药粉尽数倒入马扩口中……

第六章 北客翩然

然怨军成立后，非但作战不利，还发生了叛乱。怨军将领董小丑因为征讨无功被辽天祚帝下令处死，其手下罗青汉、董仲孙等人遂率怨军作乱。辽都统耶律余睹、萧干率兵平叛。郭药师杀了罗青汉数人，接受了招安。耶律余睹认为『所谓怨军，未能报怨于金人而屡怨叛于我家』，建议『乘其解甲，遣兵掩杀净尽，则永诀后患』。但萧干不同意，认为『亦有忠义为一时胁从者，岂可尽诛之』，郭药师由此逃过一劫。

疏眉秀目，看来依旧是，宣和妆束。
飞步盈盈姿媚巧，举世知非凡俗。
宋室宗姬，秦王幼女，曾嫁钦慈族。
干戈浩荡，事随天地翻覆。

一笑邂逅相逢，劝人满饮，旋旋吹横竹。
流落天涯俱是客，何必平生相熟。
旧日黄华，如今憔悴，付与杯中醁。
兴亡休问，为伊且尽船玉。

——宇文虚中《念奴娇》[1]

也不知道过了多久，再醒来时，马扩眼前一片漆黑，只感到又阴又冷。马扩一时困惑不已，心道："我是死了吗？这里难道就是阴曹地府？"

[1]"秦王"指宋太祖赵匡胤之子赵德芳（宋徽宗时改封秦王），"秦王幼女"此谓席上歌女为赵德芳后裔。"钦慈"指宋徽宗母陈氏，原为宋神宗美人，后追封钦慈皇后。据宋人洪迈《容斋随笔》载：南宋建立后，宋高宗派洪皓使金，洪皓被扣，羁留于燕山府。某日，金官员张总侍御宴请洪皓，被迫仕金的原宋臣宇文虚中和吴激（北宋宰相吴栻之子，书画家米芾之婿）均在席间陪酒。张总侍御命侍儿唱曲，以佐酒助兴。那侍儿"意状摧抑可怜"，曲有旧音，众人询其身世，原来竟是北宋皇宫中宣和殿的小宫女，于靖康之变中被掳北上。座上宾客均感伤怀，于是宇文虚中作了这首《念奴娇》。吴激则写了著名的《人月圆·南朝千古伤心事》："南朝千古伤心事，犹唱后庭花。旧时王谢、堂前燕子，飞向谁家？恍然一梦。仙肌胜雪，宫鬓堆鸦。江州司马，青衫泪湿，同是天涯。"时人称两词为"双璧"。彼时宇文虚中文名满天下，号为文坛盟主，性情傲岸，看不起旁人，但他看到吴激同时所作《人月圆·南朝千古伤心事》后，自愧不如，自此对吴激刮目相看，推崇备至。此后再有人找宇文虚中作乐府词，他都批云："吴郎近以乐府名天下，可往求之。"将求词者介绍到吴激那里。又，吴激书法俊逸，绘画得其岳父米芾笔意，与妻子米氏伉俪情深，然自从他出使金国被扣后，便再未能回到中原。夫妇二人天各一方，至死不曾相逢。又，吴栻父子均曾出使高丽，不过吴栻是代表北宋出使，因此著有《鸡林记》二十卷（鸡林即高丽地），吴激则是代表金人出使。

略略一动，才发现自己倚树而坐，双脚并排绑在一起，双手则被缚在树后，不由得长舒了一口气，暗道："原来信王没有杀我，只是将我绑在这里。"

他努力睁大眼睛，朝林外张望，却只是一片黑暗，不见灯光，不闻人声，料来此地偏僻，信王是故意要将自己绑在这里。

那绑索结打得极紧，马扩努力挣扎，却始终挣脱不开，本就又饥又渴，又平白消耗了不少体力，只得老实下来，不再动弹，预备等天亮后再设法呼人营救。

又百思不得其解，暗道："信王已知无路北上，为何没有丝毫威胁之语，只用药将我迷晕后绑在这里？"

忽有所醒悟，忙低头往自己腰间望去，虽然依然什么也看不到，却还是能感到装着官印的囊袋已经被人解去了。

马扩"啊"了一声，心道："我竟没有想到此节！信王一定是拿了我的官印，持印到庙岛码头，命水寨水兵放行。说不好他还直接调派了刀鱼船载他北上。信王之所以将我迷晕后绑在这里，就是要拖延时辰，我最快也要明日早上才能获救，如此，大半日已经过去，即便我派刀鱼船全力疾驰，也是追不上了。"

一时大急，却又无可奈何。心道："我未能完成信王重托，自是对不起他。而信王北上金国完全是送死，我是该追去，助他一道营救二圣，还是留在国中，继续招兵买马，与金人一战？追上信王，或许还能取得信王的原谅。我马扩这一辈子，做过许多后悔莫及之事，如促成'海上之盟'，又如一再催促金人出兵，那些事，大错已经铸成，均不可挽回，但求得信王原谅这件事，仍然是可以做到的[1]。"

正郁郁满怀、满心彷徨之时，忽见到林外隐隐约约有火光，马扩忙

[1] 五马山义军失败，被马扩视为人生中的最大失败，虽然他的外交生涯也不如何成功，但毕竟那是受命而为，与他本人亲自领导五马山抗金是两码事。尤其是义军被金人围攻时，他本人率军驻扎在黄河南岸，不得率兵渡河救援，是为大憾。时隔一年后，马扩谈及此事时仍是激愤不已，称："是时，若王师得济，则诸山水寨，接势兴举。见签军汉儿变于内，契丹、夏国图于后，两河州县，一旦可复，金贼势自瓦解。奈何群言谮沮，禁止渡河，使金人反乘机便，驱新剃签军南渡，深侵胁降，郡县、土地、人民，器甲、财粮，凡我有者，悉成彼用，转利为害。"

大声呼叫。有人闻声奔进林中，举火一照，问道："是马扩马将军吗？"

马扩忙道："是我。"

来者却是几名庙岛水兵。当即有人拔刀割断绑绳，扶马扩起身。

一名兵士道："马将军，小的们正到处找你。"

马扩一时恍如梦中，定了定神，才问道："今日是几月几日？"

那兵士道："八月初三。怎么了？"

马扩忙问道："今日午后可有船出海北上？"

兵士忙道："马将军放心，将军既然事先交代过了，不得放船北上，小的们不敢渎职，今日没有一艘船北上。"

马扩愣了一下，又追问道："没有人持我的官印到庙岛码头，下令水寨水兵放行吗？"

兵士道："没有。而且张巡检傍晚才从北方鼍矶岛回来，也说一路上都没有遇到北上的船只。"

马扩原以为信王赵榛取走自己的官印，是要调船北上，不料实际上却不是这么回事，一时难明究竟，便问道："你们如何知道我人在这里？"

那兵士忙答道："小的们并不知道，是张、杨两位巡检要见马将军，却四下找不见人。有人告知马将军回去了沙门寨，但跟随将军的刀鱼船还在庙岛码头。因为新出了命案，张、杨二位巡检觉得不妙，担心马将军出了意外，这才派人到处搜寻。"

马扩便道："多谢几位赶来搭救。"

一路赶来庙岛水寨，刀鱼巡检张浩然和副巡检杨群均等在寨厅中，不曾安歇，听说找到了马扩，急忙迎出来。

二人刚要行礼，马扩忙道："马某是因私事便服来到登州，二位不必多礼。"

张浩然遂道："马将军，张某久仰你大名。"

寒暄几句，进来寨厅坐下。杨群已从搜寻兵士口中得知经过，忍不住好奇问道："马将军如何会被人绑在树林之中？是什么人做的？"

马扩尴尬一笑，不便详细解释，只道："对方不是坏人，对马某并无恶意，只是想恶作剧一番，不是什么大事。”

杨群还待再问，张浩然摆手道：“马将军既不愿意明说，他人也安然无恙，便不必再问了。”

马扩问道：“二位巡检派人急寻马某，是因为傅遵命案吗？这起案子，马某还在调查之中。”

张浩然道：“这只是其一。马将军，还有一件事，张某想请你拿个主意。我在鼍矶岛驻防时，扣押了一位高丽使团的翻译，名字叫作……”

马扩“啊”了一声，不待对方说完，便道：“原来是张巡检扣押了郝信，难怪他迟迟不至庙岛。”

张浩然奇道：“马将军认得这郝信吗？”

马扩道：“十年前，我去鼍矶岛为漂流人派发衣粮，见过郝信一面，但这次知道他，则是因为旁事。”

大致说了高丽副使曹笑笑在登州驿馆被杀一事，因旁枝末节繁多，又涉及信王、曹勋等人偷渡之事，也不细说，只道：“我得知曹笑笑这趟中原之行似是为了寻人后，便怀疑事情与当年鼍矶岛一男一女两名漂流人失踪有关，郝信也是当年的漂流人，又偏偏称病留在了无医无药的鼍矶岛，自是极为可疑。”

张浩然遂告道：“几月前，高丽使船经过鼍矶岛，那副使曹笑笑不顾禁令，私自下船，也是满岛乱转，似乎想打探什么。张某得报后，怀疑高丽使团是替金人来打探军情，便留了心，更派了人监视称病留在鼍矶岛的郝信，发现他根本没病后，便将他拘捕，软禁在军营中。”

郝信被禁后，起初摆出高丽使者的身份，大吵大闹，还威胁说要去大宋皇帝那里告张浩然一状。后见张浩然不吃这一套，便实话告知他留在鼍矶岛是为了查询当年两名失踪漂流人的下落，一人是高药师外甥李明，另一人则是副使曹笑笑侄女曹大运。

张浩然是第一次戍守鼍矶岛，也是第一次听说此事，便派了人调查，从岛民口中得知确实有漂流人失踪之事，但无人知道究竟，只知道有一男一女一夜之间便离奇失踪了。

张浩然将结果告诉郝信后，郝信连连摇头，坚称二人至少有一人还在鼊矶岛上——

郝信声称曹大运是李明的未婚妻子，但她不愿意嫁给对方，应该是偷偷逃出军营，藏了起来。李明则是为了寻找曹大运出走。之后发生了什么事，一无所知，但料想曹大运必是改名换姓，躲在某位岛民家中。至于李明，结局难以猜测，但只要找到曹大运，也不难打听到李明的下落。

张浩然听了郝信一番话，也觉得有理，便亲自调查鼊矶岛全岛人口，发现岛上符合郝信所述年纪的妇人，均是登州本地人氏，要么是本岛出生，要么是从邻岛嫁来，根本不可能是曹大运乔装。

听到这里，刀鱼副巡检杨群忍不住插口道："张巡检，你上当了，这郝信是利用你来找人呢。"

张浩然道："张某自是知悉此节，可还能怎样，总不能任凭一个心怀叵测的高丽人在军防重地上乱转吧。"

顿了顿，又道："不过最终我也只是帮郝信确认了他要寻的两人都不在鼊矶岛上。他还说有可能两人因吵嘴而扭打，最终掉下山崖，同归于尽，意思是让我帮忙去找尸首，我没理会，说既然同归于尽，便都掉进大海、尸骨无存了。"

马扩心念一动，忙问道："张巡检说亲自调查了鼊矶岛人口，印象中可有一个名叫萧红尘的人？"

张浩然道："有。他是岛民黄东的女婿，妻子小名云娘，夫妇二人感情很好。是了，这个萧红尘，也是漂流人。"

马扩忙问道："那么萧红尘是从燕京方向漂来的，还是从辽东漂来的？"

张浩然道："都不是。萧红尘最初是随一艘大商船赴高丽贸易，先经过鼊矶岛，待了几日，后来随商船离开，没过几日，商船遭遇了风浪，只有萧红尘一人漂流回来了。所以准确地说，他是从高丽方向漂来的。"

副巡检杨群道："这般说起来，萧红尘是宋人，算不上真正的漂流人。”

那萧红尘十分出众，气度不凡，马扩一见之下，虽暗暗喝彩，却也对其来历有所怀疑，此刻听了张浩然一番话，方知对方身份可信，这才作罢。

张浩然又道：“张某一直将郝信扣押在军中，这次也将他带到了庙岛。下船后，方才听说高丽使船也停在庙岛，一时有些彷徨，不知该如何处置这郝信。又听说马将军人也在庙岛，便想请马将军来拿个主意，毕竟马将军是见过大世面的人。”

马扩当即乐滋滋地道：“郝信就交由马某来处置。”

张浩然一愣，又道：“郝信这个人不简单，费尽心机来找十年前失踪的人，一定有什么特别的目的。张某盘问他很多次，软的硬的法子都用过，始终没能问出什么来。张某总想着如果能知道郝信的真实用意，即便他日后到朝中告状，朝廷怪罪下来，张某也能将他寻人的动机上报，两相抵消。”

马扩笑道：“无妨，无论郝信有什么目的，马某都有办法问出来。”

张浩然又是一愣，道：“郝信毕竟是高丽使者，是不能用强的。”

马扩道：“张巡检放心把此人交给我即可。即便日后朝廷怪罪，也由我马扩一力承担，绝不会牵涉二位。”

又笑道：“张巡检，这次你可是帮了马某大忙了，我正想不到法子对付高丽正使呢。”

副巡检杨群狐疑问道：“马将军，你到底……”

张浩然咳嗽了一声，道：“马将军愿意接过郝信这烫手山芋，张某感激不尽。不该问的，我等绝不多问。”

马扩道：“甚好。郝信人在哪里？”

张浩然道：“仍拘押在刀鱼船底舱。”

马扩道：“好，马某设法尽快解决此事，好让张巡检无忧返航。”

副巡检杨群又忍不住问道：“那高丽副使曹笑笑是被何人所杀？”

马扩道：“凶手就在庙岛水寨。”

杨群大起惊疑之色，道：“这怎么可能？不是说曹笑笑在登州驿馆被杀吗？我水寨水兵怎么可能渡海杀人？”

马扩忙道：“杨巡检误会了。马某是说，那名被杀的神秘男子傅遵，便是杀死曹笑笑的凶手。”

杨群愈发困惑，道：“这到底是怎么回事？”

马扩道：“具体原委，马某也还没查清楚，但高丽使团决计脱不了干系。”

他仍不放心，又问道：“今日当真没有船只离港北上吗？”

杨群道：“没有。马将军下了命令，水兵岂敢不遵？马将军放心，有任何船只意图北上，我会立即派人向你禀报。”

马扩道：“甚好。”就此辞出。

离开庙岛水寨，马扩先寻来刀鱼寨派遣给自己的刀鱼船，就高丽使团翻译郝信之事向诸刀鱼兵士交代了一番。又赶来庙岛客栈，向伙计问了海棠房间，上前拍门。

海棠披衣起床，睡眼惺忪地来开了门，见是马扩，很是惊奇，忙让他进来，又道：“听说马将军被人叫走了，海棠还以为马将军回去沙门寨了。”

马扩奇道：“我怎么会丢下洪刍，独自返回沙门寨？”

海棠道：“因为马将军答应了呼寨主，要晚上陪他说话呀。呼寨主怕马将军做不到，还让海棠从旁监督呢。”

马扩摇了摇头，道：“我有事耽搁了，今晚算是失约了。”又问道：“洪刍人呢？”

海棠道：“就在隔壁房间。怎么，马将军还怕他逃了不成？”

马扩道：“那倒不是，我只是随口问上一句。”

海棠想起一事，忙道：“对了，高丽使船预备明日离开庙岛，比金富轼之前承诺的日期要提前许多，是不是大有蹊跷？”

马扩点了点头，道：“极可能跟傅遵之死有关。虽然傅遵被杀一事并未声张，但阿七说过，登上高丽使船的不止傅遵一个人，对吧？应该是傅遵同伴发现他不见了，告诉了金富轼，金富轼觉察到不妙，决定提早离开。”

海棠道：“那傅遵极可能是杀死我叔叔的凶手，却又是金富轼座上宾，会不会我叔叔被杀这件事，与金富轼大有干系？”

动机有好几种：有可能是金富轼发现了曹笑笑收受贿赂，欲带偷渡客上船；更有可能是金富轼发现曹笑笑人在高丽心在辽，竟暗中经营复辽大事，一旦被金人知道，已向金称臣的高丽势必受到牵累。

马扩摇头道：“金富轼是典型的文臣，从他对待赵夫人和洪刍的态度便能看出，他不会做出勾结外人杀害副手这种事。”

再说，就算金富轼早早发现了这些，也大可将曹笑笑逮捕，拘禁在使船上，带回高丽后再行处置。但不管怎样，金富轼确实对曹笑笑之死并不如何在意，大概是觉得这是桩不堪的丑闻吧。

海棠又道：“今日午宴是在旭日酒楼中进行的，金富轼和洪刍倒是聊了很久。后来我寻机提了想上使船看看我叔叔住过的地方，看还有没有什么遗留之物，可以让我留作纪念，但金富轼不曾接话，随即便称有事走了，我反而自讨没趣了。夫人和洪刍商议过了，打算明日去码头送金富轼，看能不能设法登上高丽使船。”

马扩道：“可能我有办法，不必再麻烦夫人和洪刍，但需要海棠你帮忙。”

海棠闻言，急忙穿好衣衫，与马扩一道出来客栈。

前往码头途中，海棠又想到一事，告道：“对了，范温手下的船工来找过我，问我范温去了哪里，还说他们在庙岛的事情已经办完，该回去蓬莱了。”

马扩忙问道：“你怎么回答的他们？”

海棠道：“他们都知道范温今早天不亮就送我去了沙门岛啊，我只好随口编造称沙门寨呼寨主有船坏了，又缺人手，便留下范温帮忙补船，估计要耽搁几日。”

马扩又问道：“他们信了吗？”

海棠道：“当时正好粮商程度和他的女婿宁尽忠从对面粮店出来，说是要动身出发，离开庙岛，那些船工便跟了过去，吵着要搭运粮船回去登州，最后也不知道结果如何。”

又问道：“马将军之前是不是说过，曹勋那些人，是搭粮商程度的运粮船来的庙岛？”

马扩“哎呀”一声，加快脚步，急赶至码头，向巡守铺当值水兵问道：“今日可有船回蓬莱？”

水兵道：“只有一艘运粮船回去了。”又道：“马将军不是只下令禁船北上吗？回蓬莱算是南下了，所以小的们没有阻拦。”

海棠见马扩神色焦虑，忙询问究竟。

马扩遂告道：“曹勋和钟子昂那些人搭乘运粮船，返航回去了登州。”

海棠闻言大为惊奇，道：“怎么会？他们那些人，不是一心想要北上吗？”

马扩不便说明信王赵榛之事，只道：“总之，曹勋他们已经离开了，我竟没有料到这一节。”

海棠以为曹勋等人只是知难而退，当即笑道：“马将军本来一直担心曹勋一行是去送死，这下倒好了，马将军省心了。”

马扩心道：“一点也不省心！若是知难而退，又何必将我迷倒绑在树林中，还取走了我的官印？曹勋一定是提到了当日海棠随口所提伪降金人之计，信王觉得可行，只不过将献礼由我马扩换成了信王自己。而有了我的官印，在宋境之内，便一路畅通无阻了。”

当真如马扩所料，信王赵榛见出海无门，便决意牺牲自己。当时钟子昂深怪马扩多方设阻，竟先行拘押了可靠的船夫范温，又禁止所有船只离港北上。众人商议对策时，钟子昂又想起当日海棠戏言伪降金人之计，便提议不如先回登州，再设法绑架马扩，走陆路北上，以马扩为晋见之礼，去投降金人。如若能得到金人重用，便可趁机深入金国，接近二圣，设法营救。

这法子虽是海棠随口所言，却远比渡海北上可行，众人纷纷附议，唯独曹勋不愿意对老友马扩下手，当即否定。

一旁化名刘五马的信王赵榛却留了心，反复思虑后，便向曹勋等人表明了自己的真实身份，让钟子昂等人以自己为晋见之礼，去投降金人。

赵榛表明身份后，曹勋当即拜伏在地，称不能同意信王冒险，又表示愿意以自己为诱饵。赵榛却不同意，毕竟他有皇子身份，非曹勋这等普通大臣所能比拟。

曹勋哭道："大王曾在五马山高举抗金大旗，遭金人切齿痛恨，若再度落入金人之手，必死无疑。"

赵榛叹道："若能以我一命，换得父皇、皇兄归朝，我死也心甘。"又道："倒是你，本是从金人手中逃脱，再难取信于金人，不能随我等北上了。等回了登州，你便南下回朝，去投皇兄吧。"

曹勋再三苦劝，赵榛却是意不可改。钟子昂等人见赵榛甘愿赴死营救父兄，均大起佩服之心，慷慨激昂地表示愿意拼死救出二圣，事情遂由此而定。

为了防止马扩再度横插一杠，赵榛特意命曹勋诱马扩到树林，将其用药迷倒后绑在林间，又取走其官印，好方便行事。等到马扩醒悟过来，赵榛一行早已在蓬莱登岸，开始了冒险旅程。

后曹勋遵信王赵榛之命返回朝中，再次劝宋高宗派兵营救二圣，宋高宗不听，还将曹勋罢黜出朝。直到十三年后，绍兴十一年（1141年），宋金达成和议，宋高宗才再度起用曹勋，令其任报谢副使，出使金国。

当时宋臣宇文虚中被扣押金国、已被迫仕金，号称金国"国师"。在他的帮助下，曹勋此行大获成功，终于劝得金人归还宋徽宗灵柩及宋高宗生母韦氏。曹勋由此得到宋高宗重用，自此青云直上。

曹勋本是力主迎还二圣之人，然诡异的是，在金主完颜亮兴兵南下之前，出使金国的曹勋回朝，居然声称邻国恭顺，和好无他。而当时大宋连三岁孩童都知道金人南侵之计已定，是以朝野人人讥笑嘲讽曹勋虚妄。

而另一路，钟子昂如约率二十名死士护送信王赵榛北上，将赵榛作为礼物献给了金人。赵榛当即被金人逮捕下狱，钟子昂等人俱得厚赏。

正当钟子昂等人欲深入北方、营救宋徽宗、宋钦宗时，他们的计划败露，诸壮士被金人围攻追捕，只有钟子昂一人侥幸逃脱。

刚好这时候有消息传开，称金人已经释放了信王赵榛，还将汪姓美女赏其为妾。钟子昂感到受了欺骗，遂不再以营救二圣为念，而是就此逃回了南方老家鼎州武陵[1]。其父钟相在当地开设乡社[2]已逾二十年，在当地民众中很有影响力。钟相听长子钟子昂叙说经历后，感觉赵宋气数已尽，萌生了取而代之之意。

宋高宗建炎四年（1130年），金人渡江南犯，所过之处，残破不堪。不独金人，就连南宋官兵和溃兵也到处烧杀抢掠，南方大地，陷于一片水深火热之中。钟相为保卫家乡，正式率众起义，建国号“楚”，年号“天载”。钟相自称楚王，立子钟子昂为楚太子。起义军获得民众支持，一度声势浩大。

宋廷在围剿屡屡失败的情况下，调派名将岳飞及其精锐岳家军前往洞庭湖平乱。岳飞采取步步为营、重重围困的战略，最终攻破钟相营寨，钟相、钟子昂均被俘杀。此为后话。

再说那高丽使团翻译郝信，一直被拘押在刀鱼船舱底。他料想他有高丽使团成员的身份，刀鱼巡检张浩然也不能拿自己怎样，不过是要带他回登州而已，因而也不如何着慌，依然能高枕无忧。

半夜时，忽听到有金刃交接之声，郝信当即醒转，从榻上坐起。旋即有人下来船舱，问道：“你是郝信吗？”

对方以黑巾蒙面，却是女子声音。郝信大为惊奇，问道：“你是谁？”

对方扯下面巾，答道：“我是曹大运。你不认识我了吗？”

[1] 武陵：今湖南常德。

[2] 钟相自行设立组织乡社，民众只交一点钱粮，便可以加入。钟相主张“法分贵贱贫富，非善法也。我行法，当等贵贱，均贫富”，比北宋初王小波“均贫富”的思想又进了一步。王小波、李顺起义故事可参见吴蔚小说《交子》。因为乡社社内实行互助共济，因此都能“田蚕兴旺，生理丰富”，钟相也因此深受穷苦百姓拥护，被称为“老爷”或“天大圣”。洞庭湖周围数百里的贫苦农民争相加入其乡社，为后来钟相发动起义奠定了基础。又，钟相父子最初积极协助宋廷抗金，钟相长子钟子昂率领自行招募的几百壮士北上“勤王”为历史真事，笔者对此进行了进一步发挥。

那女子正是本名曹大运的海棠，她虽已成人，容貌却变化不大。郝信当即认了出来，惊讶万状，忙道："曹副使找到你了？这可太好了。"又问道："是曹副使派你来救我的吗？"

海棠道："正是。"

郝信忙问道："那耶律阿撒呢？"

海棠随口答道："他人不在这里。此地不宜久留，我们先离开这里。"遂引着郝信上来船头。

船上数名刀鱼兵士已被放倒，另有几名蒙面男子持刀守在船头。

海棠指着蒙面男子道："他们是……"有意迟疑了下。

郝信见状很是惊骇，斥道："你们都是宁尽忠的人吗？好大胆，竟敢随意杀死宋师水兵。一会儿被人发现，必引来全岛搜捕，我们如何能逃脱？"

领头蒙面男子正是马扩所扮，忙道："郎君不必担心，高丽使船已经到了庙岛，就停在那边。只要上了使船，宋军人再多，也不能奈我何。"

郝信道："本国使船已经到庙岛了吗？这刀鱼巡检张浩然好大胆，竟敢不知会我，一直将我扣押在舱底。"又问道："你们如何会知道我人在这里？"

海棠忙道："叔叔以为你人早到了庙岛，却四下寻你不见，而最近只有刀鱼船从鼍矶岛驶来，所以叔叔猜你是被刀鱼水师拘押了，一打听，果然如此。"又有意问道："为何会闹成这样？"

郝信叹了口气，道："一言难尽。还是先去见你叔叔吧。"

一行人刚刚下船，便见到一队人迎面急奔过来。此处码头并非庙岛码头，而是宋军水师专用码头，为军事重地。马扩等人一时无处闪避，海棠急忙重新将面巾戴上。

郝信忙道："如果来者是宋师刀鱼水兵，先不要动手，我可以拿使团翻译的身份弹压他们。"

话音刚落，对方便高叫道："在那里！人就在那里！围起来！"

数人手持兵刃，举火围了上来，将马扩等人拦住。一人更是扬声叫道:“郝翻译不要怕，我们来救你了。”

郝信定睛一看，原来来者竟是高丽使船上的侍从，忙叫道:“是何厚吗？这都是自己人，不要动手。”

何厚见郝信身后之人均蒙着面，狐疑问道:“什么自己人？这些都是什么人？”

郝信转头看了海棠一眼，道:“嗯，就是帮助我逃走的好人。”

他之前已认定马扩等人是粮商程度女婿宁尽忠的手下，这时却不肯明说，只搪塞以“好人”，显然是不愿意暴露宁尽忠。

何厚疑虑未减，又问道:“哪里冒出来的好人？”

郝信忙道:“他们刚刚为了救我，杀了宋师刀鱼水兵，我们还是先离开这里再说。”

何厚大吃一惊，失声道:“你们杀了宋师刀鱼水兵吗？”

交谈间，又有一队人马赶到，却是高丽使者金富轼引着刀鱼副巡检杨群到了。

金富轼一眼见到郝信，忙不迭地道:“本使就说，是你们刀鱼巡检扣押了本国使团翻译，目下他人就在这里，还不承认吗？”

杨群忙道:“这里面一定有什么误会。”

金富轼又转头问道:“这些蒙面人是什么人？”

高丽侍从何厚道:“是……”一时不知该如何回答。

金富轼当即正色道:“杨巡检，本使收到匿名书信，称你们刀鱼巡检张浩然无故拘押了我高丽使团翻译。本使连夜去水寨找你们张巡检理论，你们张巡检不肯见我，只派了杨巡检出面应付，这也就罢了，为何张巡检还要暗中派这些蒙面人，将郝信私下转走？”

杨群忙道:“金使者误会了，不是这样。”

金富轼心中恼怒，有意令杨群难堪，便招手叫过郝信，问道:“郝翻译，你来说说看，这些人是怎么回事？”

郝信料想马扩等人杀了刀鱼水兵，无论如何都难脱罪名，只能先设法保全自己，忙装出无辜的样子，双手一摊，应道:“我也不知道这些人的来历。我一直被拘押在舱底，刚才这伙人忽然冒了出来，要将我带走。”

金富轼又转头道：“杨巡检，你怎么说？”

杨群一时难以辩说，只得下令道：“来人，将这伙蒙面人拿下了！”

刀鱼兵士一拥而上，缴了马扩等人兵器，押在一边。

杨群又道：“金使者，实在抱歉，这完全是一场误会。”

金富轼却不肯就此罢休，问道：“这些蒙面人，真的不是张巡检手下？”

杨群道：“真不是。”

金富轼冷笑道：“这些人都蒙着脸，杨巡检连他们的相貌都没看到，便声称不是张巡检手下，倒是稀奇。”又转头叫道：“昆布，你去将他们的面巾扯下来，本使倒想看看他们的庐山真面目。”

高丽侍从昆布当即抢上一步，揭开一人面上黑巾，一时愣住，问道：“海棠，怎么是你？”

海棠甩开执住自己手臂的刀鱼兵士，举手招呼道：“金使者，你好啊。”

金富轼登时傻了眼，失声道：“海棠，怎么是你？”

郝信忙上前一步，附耳低声告道：“她是曹副使的侄女曹大运。”

金富轼道：“本使知道。可她怎么……”

郝信忙道：“她是带人来救我的，她不知道今晚金使者也会来。”

金富轼一时不明究竟，当即决定不再纠缠下去，遂向杨群抱拳道：“杨巡检，看来全是一场误会，也请代金某向张巡检致歉，打扰了。”随即向属下挥手命道：“咱们走吧。”

郝信尚有所迟疑，转头看了海棠一眼，问道：“那他们……”

金富轼大声道：“你不是不知道这伙蒙面人的来历吗？这些人，自有杨巡检处置。”自率人去了。

等到金富轼一行走远，杨群才挥手命兵士放开马扩等人。马扩遂取下面巾，上前问道：“这是怎么回事？”

杨群道：“我也不知道。刚刚高丽使者带人来到水寨吵闹，说是得知张巡检私下扣押了使团翻译郝信，要向他要人。因为马将军已经说过要亲自处理郝信一事，张巡检便让我出去应付，本想将他打发走，拖到明日天亮后再说。不想这位高丽使者掉头便往码头赶来，我又不能强行阻止，只好跟了过来。”

又指着海棠问道：“她是什么人？为何高丽使者一认出她，便立即息事宁人，掉头而去？”

马扩道：“她是高丽副使曹笑笑的侄女。杨巡检，这里没事了，你先带人回去安歇吧。”又招手叫过那几名扮成蒙面人的刀鱼水兵，命他们自回船上歇息。

杨群虽然疑惑未解，然高丽使者不再闹事，也没有进一步追究的意思，便是好事一大桩，遂自引人回去水寨。

刀鱼巡检大船上假意被马扩杀死的刀鱼水兵也赶了过来，问道：“可是出了意外？”

马扩道：“出了一点意外，不过不干你们的事。今晚你和你同伴都演得很像，多谢了。”

那水兵尚有自知之明，笑道：“也不大像吧，不过天黑，估计那郝信也看不真切，看我们歪倒在船上，便真的以为我们死了。”行了一礼，自返回船上。

马扩又道：“实在抱歉啊，海棠，半夜把你叫出来，大大折腾了一番，计划却泡了汤，未能成功。”

海棠不以为意地摆摆手，又猜测道：“今晚金富轼莫名出现，一定是宁尽忠暗中捣的鬼。”

马扩奇道：“海棠怎么知道？”

海棠道：“高丽使船到达庙岛后，金富轼只住在使船上，也未派人到客栈寻找郝信，甚至未提及郝信半句。看起来，他是真的以为郝信生病了，其人还在鼍矶岛。”

而只有曹笑笑同党，方才知道郝信是装病寻人。郝信滞留鼍矶岛已久，无论有无线索，均该赶到沙门岛或是登州蓬莱，好与曹笑笑会合。曹笑笑虽然意外被杀，但高丽使团中还有其同党，到登州驿馆马扩房中窃走财物，并要挟钟子昂等人夜闯沙门寨地牢营救耶律阿撒，便是明证。

该同党随高丽使船来到庙岛，不见郝信现身，便起了疑心。但他是高丽使团成员，许多事不方便出面。于是，曹笑笑多年前安插在登州的棋子，终于派上了用场。这棋子，便是宁尽忠，粮商程度的女婿。

耶律阿撒是这一系列事件的核心，而耶律阿撒是北辽皇帝耶律淳独子。当年耶律淳即位于燕京时，北有金兵，南有宋军[1]，西有辽天祚帝亲自率领的讨伐兵马，他却能从容应对——强势击败宋军，又引金人击溃辽天祚帝，并令辽天祚帝处死了长子耶律敖卢斡[2]，从而大失人心。许多人都认为耶律淳若不是很快病死，便能继续坚守燕京，与金人一战，或许能完全改变天下局势。

而耶律阿撒是在父亲耶律淳登基前几年出逃的。耶律淳登基后，重用汉人大臣李处温。李处温刚好是当年负责处死耶律阿撒的官员，正是李氏偷梁换柱，从刀下救了耶律阿撒一命，并委托高药师等人将耶律阿撒送往高丽避难。而等到耶律淳当上皇帝，李处温必定将耶律阿撒尚在人世的消息告诉了耶律淳，并派了人到高丽寻找。

可惜耶律淳在位仅三个月，便患重病而死。李处温虽受耶律淳遗诏为辅命重臣，然未得契丹贵族支持，不久被耶律淳妃子德妃萧氏联合北枢密使萧干处死。萧氏妇流之辈，无守土之志，听说金人南下突破居庸关后，干脆弃守燕京，仓皇投奔天祚帝，却被天祚帝当场处死，北辽灭亡。天祚帝旋即被金人俘虏，辽国也随之灭亡，追查耶律阿撒下落一事便不了了之。

几年过去，曹笑笑等辽国旧臣不知如何又起了兴辽之心，暗中经

[1] 当时宋徽宗以太师童贯为宣抚使，率兵十五万，意图收复燕云十六州。马扩也在童贯军中。童贯试图不战而胜，派使者到燕京威胁耶律淳，催其投降。耶律淳却不吃这一套，还将宋朝使者斩首，以回应童贯威胁。马扩便是在这种情况下被童贯任为使者，出使燕京，劝降耶律淳。虽然马扩未能完成使命，却全身而退，耶律淳还专门派人护送马扩回去。之后宋军一再被耶律淳军击败，宋军只好围而不打。童贯自己没有能力打败契丹军，便又派马扩出使金国，请金人出兵，协助攻打燕京。

[2] 当时辽国南军都统耶律余睹已投降金人，为金人先锋，率军攻打辽天祚帝一军。因耶律余睹为耶律敖卢斡姨父，辽臣萧奉先献计说："余睹此来不过是为了夺取晋王，干脆把晋王杀了，他就死了心，自然会退兵回去。"耶律延禧于是处死了亲生儿子晋王耶律敖卢斡，契丹贵族大为寒心，纷纷思叛。而耶律余睹非但没有退兵，反而引导金军直逼辽天祚帝行帐。辽天祚帝一路败逃。

营复国之事，不过众人需要一个正统的皇子来做号召，正如马扩在五马山寨扶持信王赵榛为寨主一样，做这等大事，都需要一杆大旗。于是，曹笑笑想到了在登州鼍矶岛神秘失踪的耶律阿撒。

在亲自到登州寻人之前，曹笑笑应该已经先行派了心腹前往登州。这心腹，应该就郝信无意中吐露的宁尽忠。宁尽忠投在粮商程度麾下为伙计，应该是因为程度的身份有极大的便利——程氏定期往沙门岛送粮，甚至连长山岛沙门寨、庙岛水寨这样的军事禁地，都能轻松进入。如此，曹笑笑及同党确信耶律阿撒被关在沙门寨地牢，也便说得通了，正是宁尽忠利用送粮之便，发现了沙门寨地牢的秘密。他或许无法进入地牢查证，但只需打听重犯被关入地牢的时间，便能将其与耶律阿撒联系上。

而船夫范温钦佩曹勋、钟子昂等人北上营救二圣之志，不惜犯禁，热忱相助。又因已被马扩盯上，便去找粮商程度帮忙。曹笑笑同党正有利用钟子昂等人营救二圣之心，便令宁尽忠务必带钟子昂等人上船。也就是说，宁尽忠答应帮范温带人到沙门岛，其实只是顺水人情，即便没有范温出面，他也会这么做。

海棠分析了一番，又道："我叔叔同党和宁尽忠一碰头，都觉得郝信未曾现身不同寻常。宁尽忠打听到近日只有刀鱼水师自鼍矶岛回航，自然会怀疑郝信人可能在刀鱼船上。"

但仅凭宁尽忠和曹笑笑同党，是没有能力从刀鱼水师处救人的，所以宁尽忠匿名投书给高丽使者金富轼，称郝信被刀鱼巡检张浩然私下扣押在刀鱼船上。金富轼得信后，亲自赶去水寨找刀鱼巡检张浩然理论。见张浩然不肯出面，他便有所警觉，急忙命侍从何厚率人先行赶去水师码头，以防宋方矢口不认，由此才有了后来之事。

马扩听了，亦觉有理。海棠忙道："不如这就去找宁尽忠吧，他应该还在粮店。"

马扩忙道："不用出水师码头。这边码头中有一条近道，是通向水寨的。"急引海棠抄山崖小道，经水寨赶来庙岛市集。

此时天光刚蒙蒙亮，粮店尚未开门。马扩拍了半天，店家才来开了门，揉着眼睛问道：“买粮吗？要多少？”

马扩道：“宁尽忠人在里面吗？”又道：“我知道这家粮店是粮商程度开的，宁尽忠应该也在这里。”

店家道：“宁姑爷本来是在的，可刚刚被人叫走了。”

海棠忙问道：“什么人叫走了他？”

店家也是一脸纳罕的样子，挠了挠头，才道：“看样子，像是高丽人。”

马扩忙谢了店家，又道：“呀，海棠，你全猜对了。看来昨日午后返航登州的运粮船上只有粮商程度一人，宁尽忠悄悄留了下来，他人仍然在庙岛。”

海棠道：“下面该怎么办？”

马扩想了想，道：“先回客栈吧。你也累了，先好好歇上一歇。”

海棠急道：“可天一亮高丽使船就要离开庙岛了呀。本来就出了不少事，昨晚又多了郝信这件事，他们巴不得马上就走。”

顿了顿，又道：“郝信肯定已经从金富轼口中得知我叔叔死了，我是在骗他，所以他立即让人接走了宁尽忠。”

马扩道：“不用着急，我已下令所有船只不得北上，高丽使船一时离开不了。”

一边说着，一边转头朝码头望去——无边波浪拍天来，晓寒云雾连穷屿，一艘金碧辉煌的大海船正破开浓厚的晨雾，缓缓驶进港口。

马扩忙叫道：“海棠，你们将要搭乘的海船到了。你和赵夫人就快要离开了。”

回到客栈，马扩先送海棠回房，自己也要了一间房，正待进房时，对面房间的门忽然开了，洪刍探头出来，朝马扩招手。马扩心念一动，忙走过去。洪刍闪身让马扩进房，旋即掩上房门。

马扩问道：“洪先生找马某，可是有事？”

洪刍“嘘”了一声，道：“小点声，海棠就在隔壁。”又问道：“马将军昨晚半夜叫海棠出去，是有什么要紧事吗？”

马扩一时大窘，他自是不能说明真相，然又编不出合适的理由来解释为何孤男寡女会外出夜游，尤其自己还是有妇之夫。

洪刍忙道：“老夫不是有心探究马将军隐私，只是……只是那个……”

马扩道：“洪先生有话，但说无妨。”

洪刍道：“海棠……就是隔壁的海棠，马将军知道她来历吗？”

马扩道：“海棠是赵夫人贴身侍女啊。”

洪刍一字一句地道：“海棠原名叫曹大运。”

马扩道：“哦，洪先生是说这个。不错，海棠原是漂流人，也是高丽副使曹笑笑的侄女。”

洪刍道：“她可是叫大运。”又重重强调道：“大运。”

马扩笑道：“这名字是有点奇怪，我第一次听到，立即想到了撞大运。”

洪刍道：“马将军知道海棠嗜吃豆豉吧？豆豉风味独特，应该是属于南北有别的那类食品，怎么也不像是北方人吃得惯的。不过我听说渤海故地有栅城府[1]，其地产豆，当地人亦擅长用豆子制作成豆豉，且日日无豉不欢。”

马扩这才恍然大悟，道：“难怪海棠总是暗示我少见多怪，见闻不够广博，原来北方亦有豆豉。”

忽见洪刍正以奇怪的目光瞪着自己，忙问道：“是不是马某说得不对？洪先生饱读诗书，博学多才，不妥之处，请多多指教。”

洪刍摇头道：“没什么。老夫只是随便说说。”

忽听到门外有伙计拍门叫道：“马将军！”

---

[1] 据《新唐书·渤海传》：“俗所贵者，曰太白山之菟，南海之昆布，栅城之豉，扶馀之鹿，鄚颉之豕，率宾之马，显州之布，沃州之绵，龙州之紬，位城之铁，卢城之稻，湄沱湖之鲫。果有九都之李，乐游之梨。”所列均为渤海国物产。栅城之豉，就是用龙原府所产大豆为原料的调味品。龙原府又称东京龙原府，也称栅城府，为渤海国所置十五府之一。领庆、盐、穆、贺四州，治庆州，故址在今吉林珲春八连城（亦有在乌苏里江地等说），曾一度为渤海国王都。历史上以产豉著名。境属北沃沮故地，约东至今俄罗斯波谢特湾，西与显德府境接，北达绥芬河，南至图们江。其地是渤海使日通道，史称“日本道”。契丹灭渤海国后废。其民大部分被辽太宗迁居今辽宁凤城、岫岩一带。

马扩忙开门出去，果见有伙计站在自己房门前，忙过去问道：“马某人在这里。找我有事吗？”

伙计道：“有沙门寨兵赶早来找马将军。”

马扩出门一看，却是沙门寨狱卒秦岭峰。他上前行了一礼，道：“马将军，呼寨主有急事请你过岛。”

马扩道：“你先回去，替我问候呼延将军，再说声抱歉，说我昨晚有事耽误了，今晚一定争取过岛陪他。”

狱卒秦岭峰道：“呼寨主说了，小的请不到马将军，不准回去。”

又上前一步，低声告道：“那船夫范温在地牢里大吵大闹个不停，也不肯进食，还说马将军不去见他，他便要绝食而死。”

马扩奇道：“之前那名重犯不也闹过绝食吗？你们还不是一样让他活下来了。”

狱卒秦岭峰忙道：“那不一样，对那人，我们下得去重手，但范温，他说他爹跟马将军的父亲是好朋友，我们也不好整治他。”

马扩心道：“走一趟沙门寨也好，反正信王一行也返回了登州，连夜赶路的话，这会子怕是连青州都过了。范温对他们再无用处，不必再关着他。”

遂向客栈店家知会了一声，自随狱卒秦岭峰坐船来到长山岛。

船至码头时，太阳刚好从海面升起，一瞬间，海面金光闪闪，海浪闪动着欢愉，轻快地跳跃，满目灿烂，就连对面庙岛码头那艘华丽的大海船也被衬托得失去了光彩。

来到沙门寨，却见寨门前跪着三名流犯，均戴了大枷，光着脚匍匐在地上，头也不敢抬。

马扩忙询问道：“这是怎么回事？”

狱卒秦岭峰道：“那边那个，是抢夺岛民米粮，被岛民告了。这两个，是偷取沙门寨食物，被当场抓获。按照规矩，均要戴枷示众三日。”

马扩见那三人均是面黄肌瘦，戴着重枷跪了一夜，已是摇摇晃晃，料想三日不进食，多半撑不过去，便起了恻隐之心。

狱卒秦岭峰似是看出马扩心意，特意告道："在海岛上，偷鱼偷衣都不算什么，唯独偷粮是重罪。因为岛上粮少，一旦遇到风浪，运粮船可能数月都不能上岛。到那个时候，所有人都只能靠吃鱼虾度日。小的曾经一连吃了三个半月的鱼虾，再看到鱼，都要吐了。"

马扩点头道："马某知道，海岛生活十分不易，就连岛上井中打出的饮水，也比陆地要苦咸得多。"

呼延庆正在寨厅喝着鱼粥，听说马扩到了，急忙放下碗出来，连声嚷道："你小子不守信，昨晚失约了。"

马扩苦笑道："呼延将军想知道我为什么失约吗？我被信王下令绑在一处树林里，还下了迷药，又冷又饿地过了大半夜。若不是侥幸被搜寻的兵士发现，怕是今日都不能来见呼延将军了。"

呼延庆听了经过，很是惊奇，问道："小马说信王返回登州了？那他为什么还要这么做？"

马扩不欲节外生枝，不提信王北上之计，只道："大概信王是恼恨我下令不准船只离港北上，断了他的去路，有意施以惩戒。"

又有意道："被绑着饿肚子的滋味，可太不好受了。推己及人，寨门前那三名流人，当也是如此。呼延将军……"

呼延庆忙摆手道："求情的话少说。没有规矩，不成方圆。要是每个流人都去抢岛民的粮食，都来偷寨兵的口粮，我这寨主就没法当了。"

马扩不便再开口，便道："那好，我这就去地牢放了船夫范温，然后带他回庙岛。"

呼延庆问道："那么小马今晚还会履约过来沙门寨吗？"

马扩笑道："只要没被人绑住，一定过来。"

遂赶来地牢，命狱卒带出范温，亲自开了他的手脚镣铐，随即道："走吧，先回庙岛再说。"

范温很是意外，问道："是不是马将军已经捉住了曹勋、钟子昂他们？"

马扩道：“不是，他们已经返航回登州了，也不会再走海道北上。”

范温半信半疑，问道：“怎么会呢？在我看来，曹勋、钟子昂都是那类不达目的不罢休的人。”

马扩道：“因为他们留下来也没有用，我已经下令不准船只北上。”

范温呆了一呆，才道：“马将军，你在我心目中，一直是个了不起的英雄，你为什么要这么做？”

马扩不愿意多做解释，道：“日后你自会明白。”

回到庙岛，范温招呼都不打，便自行离去。马扩料想对方深怨自己，也不以为意，在码头见高丽使船还在，便先回来客栈。

海棠正在客栈门前翘望，一见到马扩，忙迎上来道：“我料想马将军就快回来了。”又道：“夫人命海棠在这里等着将军，一见到马将军，便要请将军去她房间。”

马扩料想李清照离岛在即，必是有事要找自己，遂点了点头。

一进客栈，便感觉大堂中多了不少人。海棠忙道：“这些都是随大海船来的，有那位大商人卓荣卓员外的手下，也有搭顺风船的小商人。”

马扩道：“人还真不少。”又问道：“你们预备何时动身南下？”

海棠道：“这得听海船主人卓荣卓员外的，他好像还没有决定具体日期，不过也就近几日吧。”

马扩又问道：“那卓荣也住在这家客栈吗？”

海棠道：“他人不在这里。听说他是海商，在海上待惯了，一向是住船上的。”

进来李清照房间时，只见卧榻上倚坐着一名年近六旬的老者，面目憔悴。李清照坐在榻边矮凳上，正与其交谈着什么。另有一名二三十岁的男子侍立在一旁，面容惨淡，深具忧色。

李清照忙起身道：“马将军，我为你介绍，这位是……”

马扩当即叫了出来：“吕使君。”

那吕使君则叫道：“马扩。”

吕使君是燕山府路[1]转运使吕颐浩。宋军取得燕地后，即于燕京设燕山府路，吕颐浩任最高长官。他也是大宋立国以来第一任实际到任燕地的长官，可谓意义重大。宋徽宗兴师收复燕云十六州时，吕颐浩跟随种师道军北上，马扩则随宋军主帅童贯参与了收复之战，故而二人认识。

吕颐浩原是济南府人，与李清照同乡。他本人也是进士出身，颇有文名，曾受李清照父亲李格非指点文章，故而与李清照相熟。李清照原本欲为二人引见，见状忙道："原来二位认识，如此再好不过。"

吕颐浩问道："马将军不是童贯爱将吗，怎么会在这里？"

童贯是天下公认的奸臣，吕颐浩直接称马扩为"童贯爱将"，似是有嘲讽的意思。马扩心中颇不是滋味，一时不知该如何对答，应道："嗯，这个……"

李清照遂道："海棠，耿通判说一会儿要乘船返回登州，你代我去送送他，请他放心，我会好好照顾他妻子微娘。"

又道："是了，洪刍洪公的仆人也要搭乘那艘船回去登州。你让他回去江西后转告洪公亲朋好友，我已经拜托了沙门寨呼寨主，他会善待洪公的。"

海棠应了一声，正待开门，马扩追上前去，低声告道："也请海棠转告耿通判一声，我要找的人已经找到了，多谢他的帮忙。另外也请他转告我手下祁运那些人，让他们就在蓬莱等我。"

海棠颇感纳罕，却没有多问，点了点头，自开门出去。

等房门重新掩好，李清照才正色告道："吕公新从北方逃归，对许多事尚不清楚，马将军可是一位了不起的抗金英雄。"

马扩忙道："马某愧不敢当。那些战死的将士，才是真正的英雄。"

吕颐浩对马扩抗金之事很感兴趣，又出声询问，李清照便大致叙

[1] 宋徽宗宣和四年（1122 年）宋金"海上之盟"，拟收复燕云十六州，以山前预置燕山府路。宋宣和五年（1123 年）金国予燕山府、檀州、顺州、蓟州、景州归宋，为燕山府路，治燕山府，实以燕山府、涿州、檀州、易州、顺州、蓟州、景州来属。宋宣和七年、金天会三年（1125 年），金攻占燕山府路，改名燕京析津府。

说了马扩在五马山寨募军抗金之事。

吕颐浩踌躇道："这么说，马将军一直在苦苦支撑大局了。实在抱歉，老夫一直被金人囚禁在燕京，金人刻意封锁消息，所以老夫对中原许多事都一无所知。"

又指着榻边的男子道："这是我侄子吕铮夫。我叔侄二人得人相助，从北方经海道逃脱，今日方才抵达沙门岛。"

马扩忙问道："二位是坐海商卓荣的船进港的吗？"

吕铮夫答道："我们是半途才遇到卓员外的。最初，是一位叫孙靖的船工驾小舟载我等逃离了北地。另外还有两位同行者，就住在对面。"

吕颐浩也叹道："那小船连带船工一共装载了五人，本已负载不堪，又经不起海上大风大浪，实难远航，全靠孙船工以船技及意志苦苦支撑。幸亏遇到了卓荣的大船，不然我等怕是难逃葬身海底的命运。"

他一番生动描述，旁人听在耳中，只需想象惊涛骇浪中一叶小舟上下颠簸的情形，便感到惊心动魄。马扩听罢忙道："吉人自有天相，吕使君此番得脱大难，日后必定福泽深厚。"

吕颐浩摇了摇头，又问道："马将军此番来登州，所为何事？"

马扩如实答道："来登州，是为了寻找一位故人。来沙门岛，则是因为一起古怪命案。"

吕颐浩也不问古怪命案是什么，只道："老夫这里也有一件涉及机密的重大之事，想要托付给马将军去调查。"

马扩一怔，转头看了看李清照，又看了看吕铮夫。

吕铮夫忙解释道："叔叔年事已高，这次又在海上染了风寒，怕是得休养一段时日，才得好转。我又不是官府中人，且愚钝不堪，难当大任。"

马扩忙道："马某不是推脱，只是马某这次是因私事来到登州，而且目下不慎丢了皇帝御赐的官印，有诸多不便之处。若论官府中人，登州通判耿于怀代任登州军政长官，且尚未离开庙岛，吕使君何不交代给他？"

吕颐浩叹道："老夫原本也是想找耿通判的，可当得知他来庙岛是怀有私心后，老夫便不再信任他了。”

原来登州通判耿于怀妻子微娘已有三个月身孕，刚刚从济南府老家来登州探访夫君。耿于怀带妻子来庙岛，名为就医，其实是想拜托李清照带着微娘一道南下。他对当下局势极为悲观，料想金人习惯秋季南侵，最迟至本年年底，中原必定再起战火，而京东路是金人东路军南下必经之路，济南府难以幸免，所以想让微娘去福建投奔舅家。

吕颐浩所言之事极为重大，得悉耿于怀要将妻子先行送往南方，便认为此人已认定金人将在宋金战争中取胜，如此妄自菲薄，实不足以托付重任，遂请李清照另外推荐人选。李清照当即想起了马扩。

马扩见吕颐浩长吁短叹，微一迟疑，便道：“既然吕使君如此信任马某，马某也该义不容辞，便请吕使君将那桩大事说出来。”

吕颐浩问道：“马将军认识郭药师吗？”

马扩道：“认得。郭药师最初为辽国大将时，我受童帅之命出使北辽，便见过他一面。而后他投降我大宋，任职于燕山府，也见过一次。”

吕颐浩道：“事情就跟这先由辽降宋、又由宋降金的郭药师[1]有关。”

那郭药师原是辽国渤海铁州[2]人。渤海国[3]为契丹所灭后，其故地百姓备受辽人欺压。辽天祚帝在位时，渤海人高永昌杀辽东京留守

[1] 郭药师是具有鲜明时代色彩的人物。当时北方辽、宋、金三大政权交织冲突，郭药师先仕辽，后降宋，而后又降金，如史籍所言：“郭药师者，辽之余孽，宋之厉阶，金之功臣也。以一臣之身而为三国之祸福，如是其不侔也。”其人性善多变，反复无常，对辽、宋、金的兴亡都产生了重要影响。

[2] 铁州：渤海国置，因地产铁而得名，为渤海产铁区。故址在今吉林敦化西南，一说在今吉林辉南县境。

[3] 渤海国：中国历史上以靺鞨族为主体的政权，其范围相当于今中国东北地区、朝鲜半岛东北及俄罗斯远东地区的一部分。缔造者为大祚荣。唐初，粟末靺鞨首领大祚荣在东牟山（今吉林敦化西南城子山山城，又说在今吉林延吉东南城子山山城或和龙西古城），称“震国王”（一作“振”），建立政权。唐玄宗时，唐廷册封大祚荣为“渤海郡王”并加授忽汗州都督，始以“渤海”为号。762 年，唐朝诏令将渤海升格为国。此外还有“靺鞨国”“渤海靺鞨”“高丽国”等别称。渤海都城初驻旧国（即东牟山一带），742 年迁至中京显德府（今吉林和龙），755 年迁至上京龙泉府（今黑龙江宁安），785 年再迁东京龙原府（今吉林珲春），794 年复迁上京龙泉府。渤海按唐制建立政治、经济制度，全盛时辖境有五京、十五府、六十二州，其文化深受唐朝文化影响，享有“海东盛国”的美誉。居民则由靺鞨人、高句丽人等多民族构成。926 年，渤海国为契丹国所灭，历时 229 年，传 15 王。

萧保先，建立大元国，自称皇帝，并一举占领了辽东五十余州。辽天祚帝急忙派军讨伐，结果先被女真兵所败。辽天祚帝便命皇叔耶律淳招募辽东饥民，取报怨于女真之意，称为怨军。郭药师便是怨军中一位将领，由此登上了历史大舞台。

然怨军成立后，非但作战不利，还发生了叛乱。怨军将领董小丑因为征讨无功被辽天祚帝下令处死，其手下罗青汉、董仲孙等人遂率怨军作乱。辽都统耶律余睹、萧干率兵平叛。郭药师杀了罗青汉等数人，接受了招安。耶律余睹认为“所谓怨军，未能报怨于金人，而屡怨叛于我家”，建议“乘其解甲，遣兵掩杀净尽，则永诀后患”。但萧干不同意，认为“亦有忠义为一时胁从者，岂可尽诛之”，郭药师由此逃过一劫。

女真建国后，开始大举攻辽。在金军的进攻下，辽天祚帝西逃，留守燕京的耶律淳被推举为皇帝，史称北辽皇帝。耶律淳即位后，下令改怨军为常胜军，又因郭药师“年少壮，貌颇伟岸，而沈毅果敢，以威武御众，人多附之”而予以重用，郭药师也成为汉人重臣李处温的心腹。彼时北辽朝中汉军多而番军少，郭药师一时成为北辽倚柱，春风得意，意气风发。

可惜好景不长，不久耶律淳病死，李处温虽受耶律淳遗诏主政，却被德妃萧氏联合北枢密使萧干扳倒处死。郭药师听说萧干等人即将对常胜军下手，急忙率部下投降宋朝，以求自保。

郭药师降宋后，宋军两次攻打燕京，均遭惨败，最终还是靠金人出兵，才打败了辽军。常胜军尽管并未常胜，宋徽宗仍对郭药师恩宠有加，任为同知燕山府，命其驻守燕京。

郭药师自恃朝廷恩宠，飞扬跋扈，为所欲为。他不停向宋廷索要兵械甲杖马匹，宋徽宗极尽笼络，完全予以满足，可谓天恩浩荡。郭药师又派部下到宋境内的各州做生意，以赚取钱财。他本人及部下都不改“左衽”，仍身穿辽服，而不着宋装，时人将其比为唐朝之安禄山。

辽国灭亡后，宋金直接交界，以金人之贪婪，战争不可避免。宋宣和七年（1125 年），金军分两路南下，郭药师抵挡了一阵子，自觉难敌，便扣押了宋知燕山府蔡靖及转运使吕颐浩，向金人东路军统帅斡离不投降，从而令金军兵不血刃地进入燕京。

郭药师降金后，被金人任命为燕京留守，给以金牌，赐姓完颜氏。郭药师遂成为金人先锋，引导金军南下。

当时刚好有宋徽宗退位为太上皇、传位给宋钦宗的消息传来，斡离不怀疑宋朝已有所准备，有心退师。郭药师却道："南朝未必有备。"又称："汴京富庶及宫禁中事非燕山之比，今太子郎君兵行神速，可乘此破竹之势，急趋大河，将士必破胆，可不战而还。苟闻有备，耀兵河北，虎视南朝，以示国威，归之未晚。"

斡离不听从了郭药师的建议，长驱直下，果然一路战无不胜，顺利抵达汴京。又由郭药师引导，驻于开封城西北的牟驼岗。牟驼岗为宋廷天驷监所在地，养有两万匹马，饲料山积。郭药师入宋觐见宋徽宗时，曾到牟驼岗打过马球，因而尽知虚实，引导斡离不尽取马匹、饲料。

后金兵围攻汴京不下，与宋议和，郭药师因熟知大宋情况，"凡宋事虚实，药师尽知之"，教斡离不大索宫廷宝器服玩，为金立下了汗马功劳。

然而金人之精明，远在宋廷之上。对于郭药师这样屡降屡叛的小人，金人早有防范之心。第一次南下回师后，斡离不便夺取了郭药师的常胜军，虽仍令其任燕京留守，却不再掌有兵权。郭药师对此自然相当不满，还以为会有东山再起的一天，不想北宋旋即灭亡，他对金人再无利用价值。

马扩先后见过郭药师两次，自是知悉其人经历以及对大宋造成的危害，当即道："马某听说郭药师在金国失势已久，尤其是斡离不病死后，他更无复出领兵的可能。吕使君所言大事，又如何会跟郭药师扯上干系？"

吕颐浩道："老夫被囚禁在燕京时，无意中听说郭药师还欲兴风作浪，暗中派了其子郭安邦来登州。"

马扩心念一动，忙问道："郭安邦来登州做什么？"

吕颐浩道："这个……应该跟辽国汉人大臣李处温有关，具体是什么事就不清楚了。马将军是知道的，郭药师在北辽时，是李处温的心腹，全靠李处温，他才得以成为汉军统帅，与契丹将帅平起平坐。”

马扩之前在登州调查高丽副使曹笑笑命案时，已推测过凶手可能为金国一方的人，因为只有金人才有暗中阻止曹笑笑复辽的动机，此刻听到吕氏提及郭药师，心道：“郭药师目下也效力于金人，他既派了次子郭安邦来登州，该不会郭安邦便是那某甲吧？”

忙从怀中取出神秘男子傅遵画像，出示给吕颐浩叔侄，问道：“二位可认得此人？”

吕铮夫惊道：“此人正是郭药师次子郭安邦。马将军如何会有他的画像？”

马扩道：“此事说来话长。”

他既知道了傅遵便是郭安邦的化名，而其父郭药师名义上仍是金国高官，便理解了为何高丽使者金富轼会将郭安邦迎上使船，并待之如上宾——

高丽已臣服于金国，在宋金对抗时，高丽自然要站在金人一方。郭安邦只需表明身份，金富轼即便不情愿，然畏惧郭氏背后强大的金国，也不得不为对方提供最大便利。

马扩又告道：“郭安邦已经死了。”大致说了经过。又道：“郭安邦最后被人看到，是在高丽使船上，高丽使团难脱干系，所以马某一直有心上高丽使船调查。”

吕颐浩叹道：“看来这是老天爷的意思，上天注定要由马将军来调查此案。”

马扩忙道：“吕使君放心，马某一定会尽力查个清楚明白。”口中这样说，心中不免有些疑惑，因为仅仅是郭药师派郭安邦来到登州，实称不上极为重大。

吕颐浩看出马扩心中疑虑，道：“老夫料想此事并不简单，依老夫判断，郭药师极可能有再度叛金之意。”

那郭药师曾为金人立下大功，却未得到应有的封赏，还被夺走了兵权，只尊以有名无实的虚位，他自是不服气。然不服气又能怎样，金人一向猜忌降将，就连耶律余睹这等雄才，攻辽伐宋立下赫赫军功，仅汾河一战，便杀宋军万余人，然亦只任监军，久不升迁。

在吕颐浩看来，郭药师这样性情无常的人物，既不甘人下，必定会为自己另外谋取出路。而他本是辽人，当日叛辽投宋是迫不得已，世人均知其事，再重投辽国怀抱，显然是最好的选择。只是这时世上已无辽国，连辽天祚帝也跟宋朝宋徽宗、宋钦宗一样，做了金人俘虏，囚禁在辽东苦寒之地。

但也不是没有路可走，郭药师还可以复兴辽国，若辽国重建，他便是开国功臣，不但光宗耀祖，还可以留名青史，成为新辽国千秋万代颂扬的人物。这一节，对郭药师肯定有极大的诱惑。只是辽天祚帝失去人心已久，即便郭药师能从金人手中将其救出，也不合适再做辽国之主。因而，寻找合适的皇帝人选，便成了郭药师的当务之急。

吕颐浩既猜到郭药师将有所作为，本可以向金人揭发其意图，为大宋除此祸患，只是一来并无实据，二来也不屑做这等告发之举。

马扩忙问道："吕使君认为郭药师派郭安邦来登州，是要寻找新任辽主吗？"

吕颐浩道："不，不是来登州寻找，而是去高丽。"

又道："高丽一度奉辽国为宗主国，两国使者源源不断。而且辽人重视与高丽的邦交，每次出使的正使均是契丹皇族，规格很高。甚至有契丹贵族在出使高丽时，娶了当地女子为妾。"

马扩远不如吕颐浩熟知各国典章制度，当即想到了当年耶律阿撒漂流之事，心道："难怪耶律阿撒要投高丽。"

吕颐浩道："郭药师名义上仍是燕地行政长官，本可以让郭安邦从北地出发，但极易惹人瞩目，为隐秘起见，自宋境出发更为保险。而登州是大宋通向高丽最近的口岸，郭安邦到这里乘船北上，是最佳选择。"

吕铮夫插口道："如果时机好，正巧赶上高丽派使团出使大宋，郭安邦搭上高丽使船，便是万无一失。"

吕颐浩又道："老夫自信尚有阅人的眼光，决计不会看错郭药师此人。而今既知郭安邦真的来了登州，便可确认郭药师真有复辽之意。"

李清照插口问道：“高丽副使曹笑笑被杀，会不会跟这件事大有干系？”

马扩道：“尚不能完全确定。”想了想，又问道：“那么吕使君可知辽国有什么重要皇族流落在高丽国中？”

吕颐浩未及回答，李清照先笑道：“高丽使船就在庙岛码头，马将军不会去向高丽人打听吗？听说马将军下令所有船只不得离港北上，高丽人若是着急离开，将不得不吐露些实料。”

马扩道：“嗯，好，我会设法去查探。”

他虽然询问是否有契丹皇族流落高丽境内，却不认为郭安邦是要去高丽，甚至认为郭安邦也是为耶律阿撒而来。李处温曾救下耶律淳之子耶律阿撒，而郭药师是李处温心腹，当知悉耶律阿撒随高药师等人赴高丽一事。而后耶律淳当上北辽皇帝，重用李处温及郭药师，李处温必定已派人赴高丽寻找耶律阿撒，郭药师也必定早已知悉耶律阿撒在宋境登州鼍矶岛失踪一事，因而郭安邦来登州寻找耶律阿撒，是最有可能、也是最合理的解释。

那么疑问也随之而来，既然郭安邦跟曹笑笑目的一样，为什么又要杀死曹氏呢？郭安邦自己，又是被谁所杀？

最可能的情况是，郭药师是在秘密自行其是，尚未与其他辽人联络，因而不知曹笑笑等人也在暗中寻找耶律阿撒，欲立其人为主，好复兴辽国。

曹笑笑既与高药师同为漂流人首脑人物，高药师又是耶律阿撒名义上的舅舅，二人当为辽国旧臣，至少也是有权有势的人物。郭药师是渤海人，又久为辽臣，曹笑笑极可能认识他，也见过郭氏之子郭安邦。郭安邦先行抵达登州，尚未打听到耶律阿撒下落，高丽使者一行便后脚到来。当曹笑笑去蓬莱市集与安插在登州的探子宁尽忠联络时，郭安邦意外看到了他。而登州口岸关防甚紧，当时郭安邦已有乘坐高丽使船出海的打算，又怕被曹笑笑认出后坏了大事，便先行杀了他。这之后，郭安邦再去找高丽使者金富轼，直接表明金人使者的身份，从容登上了使船。

这是最合理的解释。果真如此的话，郭安邦被杀也就顺理成章了——

曹笑笑及同党都是以复兴辽国为志，郭安邦却是以金人使者身份上了船。金人正横行于天下，堂堂使者，跑来宋境登州乘坐高丽使船，岂不蹊跷？正使金富轼不敢多问，但曹笑笑同党却起了极重的疑心，甚至可能怀疑正是郭安邦杀了曹笑笑。更何况高丽侍从阿七在马扩那里见过凶手傅遵的画像，而傅遵正是郭安邦化名，或许阿七向使船上其他人透露了什么也说不准。因而无论于公于私，曹笑笑同党都得杀了郭安邦。也就是说，杀死郭安邦的凶手，一定在高丽使团中。在庙岛动手，则是最好的选择，毕竟岛上人多，鱼龙混杂，不会轻易暴露。

当然粮商程度的女婿宁进忠也大有嫌疑，他也算是曹笑笑同党，对庙岛人地两熟，比高丽使团的同党行动更便利。

吕颐浩见马扩沉吟不语，又特意强调道："郭安邦虽然意外被杀，但其人一定还有同党，一定还会继续办理此事，不然回去没法向郭药师交代。"

马扩见吕颐浩气色恹恹，甚是萎靡，便道："使君请安心养病，这件事，马某一定会竭尽全力去查。"

吕颐浩道："马将军请稍候，我再为马将军介绍几位朋友。"说罢朝侄子点了点头。

吕铮夫急忙开门出去，不一会儿，便引着三名男子进来。

吕颐浩将三人召到榻边，介绍道："这三位，便是老夫的救命恩人。这位是韩千运，这位是上官鼎，这位则是载我等逃离金人魔掌的船工孙靖，他们都是陷落燕地的汉人。"

韩千运忙摆手道："吕公言重了。我和上官鼎只是帮吕公叔侄逃离了囚禁之所，这位船工孙靖，才是我等的救命恩人。"

那船工孙靖甚为腼腆，只呵呵傻笑，也不说话。

马扩忙上前一一见礼。韩千运奇道："阁下便是马扩吗？我在燕京，亦久闻马将军大名。听说将军曾跟太祖阿骨打打过猎，箭无虚发，还得了'也里麻里'的称号。"

马扩道："那都是许多年前的事，我也记不大清了。"

又道："多亏二位郎君和孙船工鼎力相助，终令吕使君叔侄安然返归本朝，马某这里一并致谢。我会在沙门岛滞留几日，几位有事的话，尽管来找我。"

告辞出来，马扩便来寻洪刍，问道："洪先生可有兴趣去拜访高丽金使者？"

洪刍颇感为难，道："听说马将军不准使船离港，'送行'的借口，怕是用不上了。"

马扩笑道："那么用'告别'的理由如何？就说马某今日要带洪先生回去沙门寨，洪先生不得不提前去向金使者道别。"

洪刍立时变色，踌躇道："老夫答应了赵夫人，一定要送她登船。"

马扩道："无妨。我们先去高丽使船，办完事，洪先生仍然可以留在客栈，直到赵夫人一行离开。"

洪刍大喜过望，忙道："多谢马将军成全。"又走到卧榻边，从枕头下取了一只小盒子，揣入怀中。

马扩奇道："盒子中是洪先生钟爱的龙涎香吗？"

洪刍抚摸了一下胸口，道："龙涎香一直带在老夫身上，片刻不离身。这盒子里面装的是黄太史四香，是老夫预备送给金使者的礼物。"

马扩也不知道什么是"黄太史四香"，便与洪刍一道出来。刚出客栈大门，便遇到了海棠。她一听说马、洪二人要去高丽使船，便立即吵着要去。

马扩道："赵夫人不是让海棠照顾耿通判夫人吗？"

海棠笑道："微娘才三个月身孕，有手有脚，又是农家女出身，身子壮健，我离开一会儿不要紧。"

马扩心想海棠是高丽副使曹笑笑的侄女，有她在身边，办事会方便许多，说不定那曹笑笑同党还会主动来接近她，便满口应允。

来到码头，洪刍先到高丽使船边，请侍从通报，仍依马扩之计，称即将返回沙门寨，特来向金富轼道别。

侍从上船后，过了一刻多工夫，才见金富轼出来。他亲自下船，向洪刍连说抱歉，称有点事耽误了，这才迎客晚了。

洪刍便从怀中掏出盒子，告道："今日一别，怕是再见无期。老夫特意为金使者准备了一件礼物，这盒子里面装的是'黄太史四香'，分别是意合香、意可香、深静香、小宗香，是我舅舅生前最钟爱的四种合香，也是他老人家亲手配制。"

金富轼大喜过望，接过盒子时，手都在发抖，连声道："想不到金某有生之年，竟能得到黄学士亲自配制的合香。"

忽意识到失礼，忙道："岸上风大，几位快些请上船。"请几人入舱坐下，又命人去准备酒宴。

洪刍忙道："金使者无须多礼。"

金富轼笑道："眼看就快要正午，本使自己也得吃饭，是不是？正好，本使这里有两只新得的玉杯，要请洪公一道鉴赏。"

又道："海棠，你久在赵夫人身边，想必也是个行家，也一道来看看吧。你是曹副使的侄女，在这里，不必再以侍女自居。"

海棠笑道："好啊，那海棠就不客气了。"

金富轼即命侍从昆布取来玉杯，与洪刍、海棠一道品鉴把玩。

马扩笑道："我是粗人，就不打扰各位雅兴，先出去方便一下。"

他本欲借机到四下查看一番，却不想高丽侍从昆布立即跟了出来。昆布问道："马将军是要解手吗？这边请。"

马扩应了一声，又见昆布寸步不离地跟着自己，笑道："怎么，昆布是怕我在这艘大船上迷路吗？"

昆布鞠了一躬，道："这是金使者的命令，请马将军见谅。"

马扩又问道："你那位同伴阿七人呢？怎么一直不见他人？"

昆布犹豫了一下，才答道："阿七犯了错，被使者君罚到舱底去干苦活儿了。"

马扩忙问道："阿七犯了什么错？"

昆布正色道："马将军，这是我们高丽自己的事，好像没有必要向你禀报。”

马扩碰了个钉子，颇为不快，便换了一副严厉的口气，问道：“船上还有外人吗？我接到举报，说你们高丽使船上藏有偷渡客。”

昆布忙道：“没有。决计没有。之前在蓬莱，马将军不是跟阿七一道查验过吗？”

马扩道：“当日我只是与阿七一道守在码头，或许有偷渡客早在那之前便混上高丽使船了呢？”

昆布道：“没有。决计没有。”又特意道：“马将军今日上船，就是为了这件事吗？这是高丽使船，将军不能胡来。”

马扩正色道：“你说的不错，就算我发现了什么，也不能怎样。不过有几句话，我得告诉昆布。如果有人冒用他人身份偷渡，我是说如果，而且冒用的身份还非同一般，连你们金使者都感到害怕，你就要好好想想了，为什么这么厉害的人要来登州，还要搭你们高丽使船呢？”

昆布一时呆住，思索了一会儿马扩的话意，才问道：“马将军说那人身份是假的？”

马扩道：“是不是假的我不知道。回头你趁没人的时候，把我这番话告诉你们金使者才是。”

昆布又发了一会儿愣，才点了点头道：“好，我会告诉使者君的。”又道：“马将军，请你回去客堂吧，别让我难做。”

回来船上客堂时，宴席已经准备好，颇为丰盛。马扩虽无心思，但经不起金富轼殷勤相劝，也饮了两杯酒。海棠只伸筷吃了两口海菜，便放下筷子称肚子疼，自行出去方便。

马扩趁机问起可有辽国皇子流落高丽，说是听到过这种传闻。金富轼摇头笑道：“没有，至少老夫没有听过。”顿了顿，又道：“不过倒是有契丹皇族娶高丽女子为妾之事。”

马扩道：“那么契丹耶律一系当留有血脉在高丽了？”

金富轼愣了一下才反应过来，忙道：“没有的事。那高丽女子既嫁给了辽使，当然是跟随使者回去辽国了。”

马扩本来就不认为金人郭安邦一行要前往高丽，便不再追问。

外面忽然起了一阵嘈杂之声，海棠随即急匆匆地闯了进来，质问道："金使者，你为什么要拷打阿七？"

金富轼未及回答，马扩先站起身来，问道："出了什么事？"

海棠急忙应道："我带马将军去看。"遂引马扩朝船尾而来。

昆布等高丽侍从虽有心阻拦，却又不敢强行动手，只好跟在后面。

到了船尾，海棠将一扇门推开，马扩忙道："我先进。"

沿木梯下去，却见高丽侍从阿七被反吊在梁下，浑身上下血迹斑斑，显是受过苦刑。

金富轼也率人跟了下来。海棠又惊又气，当面质问道："阿七犯了什么错，金使者要这样对待他？"

金富轼忙道："不是本使做的。"

海棠道："当然不是金使者了。你身份贵重，哪会亲自动手，弄脏你自己的手？"

金富轼忙摆手道："不是，本使不是这个意思。"

马扩料想金富轼所称"不是本使做的"是指拷打阿七者并非高丽使团中人，而另有其人，多半便是金人郭安邦同党，又见海棠不知端倪，气急败坏，还欲斥责，忙道："海棠，不可无礼。"

海棠便换了一副口气，道："这到底是怎么回事？"

金富轼看了马扩一眼，道："这件事，恕本使不能解释。"

海棠道："那么请金使者快些放了阿七。"

金富轼忙道："不能放。"料想不说明白，海棠不会甘休，闹得大了，还会牵扯出更多的人和事，便如实告道："阿七杀了人。本使已经允诺对方，要等他招供后处死。"有意无意地加重了"招供后"几字。

马扩心道："原来郭安邦同党以为是阿七杀了郭安邦，然同党不知阿七杀人动机，又不知郭安邦尸首下落，所以势必要拷问清楚。"

海棠道："阿七杀了谁？如果是在庙岛杀人，不该由庙岛巡检处理吗？"

侍从何厚见金富轼甚为难堪，应对不暇，便接口道："这是高丽使船，人是在船上被杀的，死者和凶手都是高丽人，所以无须惊动宋方巡检。”

海棠又求救地望着马扩。马扩摇头道：“这里是高丽使船，我们都不能乱来。”

海棠无奈，只得上前道：“阿七，你要挺住，只要你不招供，他们便不能强加罪名给你。”顿了顿，又低声道：“我一定会再想办法来救你。”

阿七勉强提了口气，低声道：“多谢。”

闹了一场，宴席自是不欢而散。马扩随即告辞，金富轼只留洪刍一人，说是赏香完毕便会派人送洪刍回去客栈，马扩也由着他，自引海棠下船。

马扩问道：“海棠是怎么知道阿七被关在那里的？”

海棠道：“有个人突然从船尾冒了出来，朝着一扇小门指了指。我好奇走过去，拉开那扇门，见是一道梯子，便直接下去，然后便看到了阿七。”

马扩忙问道：“那个指引海棠的人是谁？”

海棠道：“他戴着顶帽子，压得很低，指了指便闪身不见了，我根本没看清楚面孔，想来是有意如此。”

马扩沉吟道：“不会是高丽翻译郝信吧？”

海棠道：“不是。那人比郝信高出一头，应该就是我叔叔在使船上的同党。”又问道：“马将军，真的是阿七杀了傅遵吗？”

马扩道：“不好说。阿七到客栈找你，亲口告诉你，说你叔叔生前待他很好。他又见到凶手是金富轼的座上客，一气之下杀了对方也说不准。”

海棠想了想，才道：“不管怎样，我要听阿七亲口说才能相信。”

马扩踌躇道：“今日闹成这样，怕是再要上高丽使船就难了。”又道：“海棠，你要格外当心，我看金富轼看你的目光很奇怪。”

海棠道：“奇怪什么？”

马扩道：“海棠昨晚带人去救郝信了呀。这件事，金富轼一定很想知道究竟。包括郝信自己，肯定也纳闷极了。他派人接走了宁尽忠，应该已经知道海棠跟宁尽忠不是一伙了，而且海棠还对他隐瞒你叔叔被杀一事。”

海棠道：“嗯，那就让高丽人都来找我好了。不过就算他们来找我，我也不会说出真相的。”

马扩道：“对了，金富轼有没有趁我不在的时候，问海棠为何要营救郝信？”

海棠道：“没问。是有些奇怪，怎么会不问呢？嗯，我猜或许是郝信自行解释清楚了吧。”

马扩又想到一事，思忖道：“有些不对劲，我下令不准船只离港北上，包括高丽使船在内，想必金富轼已经知道是我的命令，为何席间他半句没有提起过？”

海棠道：“嗯，应该是金富轼知道他一旦提了，马将军便会趁机提要求，他不愿意被人挟制。”

马扩心道：“又或者金富轼准备再多留几日，且不是因为昨晚出了郝信之事，而是应郭安邦同党的要求。如此，便愈发表明郭安邦是为耶律阿撒而来。嗯，今晚我必须去沙门寨过夜，好提醒呼延将军多加提防。”

转头见到船家范温正在货船船尾收拾，似是预备开船，忙叫道：“范温，你这就回登州了吗？”

范温转头看了马扩一眼，也不理睬。

海棠笑道：“马将军，你这趟登州之行，可是得罪了不少人啊。”

马扩也笑道：“海棠还不是一样，不信你叫一声试试。”

海棠也招呼了一声，果然也不见范温理睬，二人不由得相视而笑。

离开码头时，正好遇到李清照及辛赞父子，原来辛赞将要搭范温的货船回去登州。

马扩忙问道：“辛小郎君的病，可是大好了？”

辛赞道：“不算大好，不过辛某有种不大好的感觉，想尽快赶回济南府。好在白医师开了药方，所以辛某打算先带文郁回去了。”

李清照道：“二位一路顺风。他日我回济南府之时，再来登门拜访。”

自知此语有些言不由衷，她已经将穷尽一生心力收集的金石珍品尽数搬运南下，显然已经没有再回老家的打算了。

那辛文郁的气色已经好了不少，当即上前道："马将军，请你帮我向三省哥哥说一声谢谢，多谢他留在医铺照看我。"

马扩忙应了，又问道："三省怎么没来码头送你？"

辛文郁道："他说他不愿意见到别离。"

虽然是孩子气的话，马扩心中却是一颤，一时之间，又想到了陷于金营的亲人——明月虽同人别离，两地阴晴远不知。

忽觉眼前一黑，身子不由得晃了晃。海棠忙抢上前扶住，问道："将军怎么了？"

马扩定了定神，道："没事，就是有点头晕。"

海棠道："马将军这几日没日没夜地忙，应该是累了，究竟不是铁打的身子。"

马扩道："也对。好像我已经连着两日两夜没有休息过了。"

李清照忙道："马将军请先回去客栈歇息，我和海棠自会送辛先生、辛小郎君上船。"

马扩也确实感到疲倦，便先行回来客栈。到大门前时，有人朝他招手，却是不久前刚刚认识的上官鼎。他径直走过来，大大咧咧地问道："你就是马扩马将军吗？"

马扩颇感怪异，应道："正是马某。"

上官鼎道："我叫上官鼎。"

马扩笑道："马某知道，我们在赵夫人房中见过的。"又问道："上官郎君可是有话要对马某说？"

上官鼎道："我在北方时，曾见过金人西路军统帅粘罕，马将军应该认得他。"

马扩点了点头，问道："那又如何？"

上官鼎道："粘罕说，如果我侥幸见到马将军，务必转达他的致意，还说马将军妻儿老小都很好。"

马扩当即变了颜色，抚住刀柄，上前一步，逼问道："郎君不是从燕京来吗？粘罕是金军西路统帅，一向驻守云中，郎君如何会见到他？你到底是什么人？”

上官鼎仍不动声色，道：“马将军少安毋躁，不为你自己，也要为你家人着想。”言语之中，已明显有威胁之意。

马扩遂松开刀柄，问道：“说吧，上官郎君找马某做什么？”

上官鼎见左右无人，遂低声道：“马将军可知道沙门寨地牢中关押着一名重犯？我要马将军去将那名犯人提出来，交付于我。”

马扩假意惊奇道：“竟有此事？”又问道：“那重犯是什么人？”

上官鼎道：“耶律阿撒，北辽皇帝耶律淳之子。”

马扩闻言惊诧万分。他虽然早已知悉此事，却也是因为遇到海棠的缘故，若不是海棠凑巧是当年失踪一案的当事人，耶律阿撒的身份将始终是个谜，却不知这北来客上官鼎如何会知道此事。他到底是郭药师一党，还是曹笑笑一党？

上官鼎不知马扩真实心意，道：“我知道马将军一时难以相信，我也不需要你相信，你帮忙把人提出来便是了。”

马扩冷然道：“郎君不是金人吗，如何又为辽人做事？是了，你复姓上官，应该是汉人才对。”

上官鼎依然是一副无动于衷的样子，道：“马将军无须冷嘲热讽。如若马将军能够办到此事，并送我等出境，我便请粘罕将马将军之母遣还回乡，如何？”

马扩问道：“郎君怎么会知道沙门寨地牢的事？”

上官鼎道：“自然有知情者告知。”又道：“马将军，尊母年事已高，而今流落北方受苦受难。百善以孝为先，将军身为人子，不能膝下尽孝不说，还要眼睁睁地看着生母受苦，这可不是大丈夫所为。”

马扩被说中痛处，一时心如刀割。

上官鼎看出马扩心中彷徨，干脆上前一步，低声道：“男子汉大丈夫，当断不断，必受其乱。”

马扩重重叹了口气，道：“那好，今晚天黑之时，你来庙岛码头，马某在刀鱼船上等你，我带郎君去沙门寨。”

小说 真

吴蔚 著

登州沙门岛

下

中国民主法制出版社

图书在版编目（CIP）数据

登州沙门岛 / 吴蔚著 . — 北京 : 中国民主法制出
版社，2019.8
ISBN 978-7-5162-2046-7

Ⅰ . ①登… Ⅱ . ①吴… Ⅲ . ①长篇小说－中国－
当代 Ⅳ . ① I247.5

中国版本图书馆 CIP 数据核字（2019）第 156081 号

图书出品人 刘海涛

出版统筹 乔先彪
责任编辑 董　理　柳　萍
责任印制 姜　婷
发行总监 杨光捷
责任校对 姚丽娅
装帧设计 冯冬雁

书　　名 登州沙门岛（下册）
作　　者 吴　蔚 / 著

出版·发行 中国民主法制出版社
地　　址 北京市丰台区右安门外玉林里 7 号（100069）
电　　话 010－63055259（总编室） 010－63057714（营销中心）
传　　真 010－63055259
http:// www.npcpub.com
E-mail: mzfz@npcpub.com
经　　销 新华书店
开　　本 32 开　880 毫米 ×1230 毫米
印　　张 17.375
字　　数 449 千字
版　　本 2019 年 8 月第 1 版　2019 年 8 月第 1 次印刷
印　　刷 北京中兴印刷有限公司
书　　号 ISBN 978-7-5162-2046-7
定　　价 58.00 元

目录
CONTENTS

第七章

高下在心

天圣铜人又名针灸铜人，为北宋天圣五年（1027年）宋仁宗诏命翰林医官王惟一制造，共有两具。铜人系青年裸体式，高度与正常成年人相近，体内装配五脏六腑，与真人生理结构一致，四肢及内脏均可拼拆。外表刻有三百五十四个穴位，旁用金字标明穴位名称。同时以黄蜡封涂铜人外表的孔穴，其内注水。如取穴准确，针入而水流出；取穴不准，针不能刺入。两件铜人，一置于翰林医官院，一置于皇家寺院大相国寺。

几番风雨西城陌。
不见海棠红、梨花白。
底事胜赏匆匆，正自天付酒肠窄。
更笑老东君、人间客。

赖有玉管新翻，罗襟醉墨。
望中倚阑人，如曾识。
旧梦回首何堪，故苑春光又陈迹。
落尽后庭花，春草碧。

——吴激《春草碧》[1]

夜幕降临时分，马扩醒了过来。他这人有个很大的长处，总能在事先预想好的时辰醒来，或许跟多年规律而刻板的武人训练有关。

从榻上坐起身，马扩抚了抚额头，自觉精神已经好了许多，便换了一身衣衫，径自出来。

刚好海棠从洪刍房中出来，马扩见她神色古怪，忙问道："怎么了？"

海棠漫不经心地应道："没事。"却明显一副心事重重的样子，自行回房去了。

马扩颇觉诧异，也不及多想。出来时，只见客栈大堂中坐满了

[1]《春草碧》词牌本名《番枪子》，以宋韩玉词末句"春草碧"，改此名。该词牌最著名的作品即吴激所作《春草碧》，被列为宋金十大名曲。其余九首为：司马槱《蝶恋花》、苏轼《念奴娇》、晏几道《鹧鸪天》、柳永《雨霖铃》、辛弃疾《摸鱼儿》、蔡松年《石州慢》、张先《天仙子》、朱淑真《生查子》、邓千江《望海潮》。

人，一名年轻男子正拍着桌子胡乱唱着不成调的曲子，旁人不断嬉笑着起哄，极是热闹。

马扩简短地向客栈店家交代了一声，便径直朝码头而来。那上官鼎竟已等在那里。马扩也不招呼，只点了点头，便引他上了刀鱼船，命朝长山岛而去。

来到沙门寨时，大门前戴枷示众的流人已经不见了。马扩愣了一下，忙招手叫过兵士询问。兵士笑道："因为马将军求情，呼寨主破例放了他们。"马扩这才长舒一口气。

进来寨厅时，呼延庆已备好了晚宴，一见马扩进来，便笑呵呵地道："今日是最后一晚，我知道小马一定会来，连晚饭都事先备好了。"

忽见马扩身后尚跟着一名男子，忙问道："他是谁？"

马扩道："金人奸细。"又回身命道："来人，将这金人奸细拿下了，押去刑房拷问。"

上官鼎大为意外，忙道："马将军，你不顾念你的妻儿老小吗？他们目下人都被拘押在云中。"马扩铁青着脸不答。

呼延庆问道："他是在拿家眷威胁小马吗？"见马扩点了点头，立即大怒，忙道："快些拿下，重重用刑拷打！打死也不要紧！"

上官鼎忙道："等一等！呼寨主，你这沙门岛也不是传说中的鬼门关吗。"

呼延庆愣了一下，随即冷笑道："即刻就让你尝尝大宋刑罚的厉害，让你知道什么叫鬼门关。"

上官鼎又道："呼寨主，你沙门寨的海盐味道古怪，初尝发涩发苦，但随后还有回味，妙不可言。"

呼延庆终于听出了端倪，忙叫道："等一下，先把人带回来！"

随即走到上官鼎面前，问道："这是当日登州知州宇文虚中来沙门寨时对我说的话，前面'鬼门关'那句也是，你怎么会知道？"见上官鼎神色有异，便挥手令旁人退出。

上官鼎这才道："我是宇文虚中密友，这次来登州，是受他所遣。"又朝马扩深深行了一礼，道："实在抱歉，我之前那样说，只是为了试探马将军。”

马扩闻言半信半疑，问道：“上官郎君说自己是宇文虚中密友，可还有其他凭据？譬如书信之类。”

上官鼎摇头道：“没有。但宇文虚中将沙门岛上最大的两个秘密告诉了我，这便是最有力的凭据。”

呼延庆看了马扩一眼，忙问道：“什么大秘密？”

上官鼎道：“一个秘密就是沙门寨地牢的重犯，这一节，呼寨主是知道的。但宇文虚中说，呼寨主应该不知道他的真实身份。”

呼延庆又看了马扩一眼，有意问道：“那重犯是什么身份？”

上官鼎道：“北辽皇帝耶律淳之子耶律阿撒。”

马扩忙问道：“郎君是怎么知道的？哦，应该问宇文虚中是怎么知道的？”

上官鼎道：“是前刀鱼巡检翟天麟告诉宇文虚中的。”

原来翟天麟离开登州后，一直在禁军中任职，曾随宣抚司都统制王禀守太原。金人背盟南下后，以重兵围困太原，后攻破太原，王禀仍率疲兵巷战，身中数十枪，不愿被俘，投河而死。翟天麟因受伤晕厥，被金人俘虏，与河东宣抚使兼知太原府张孝纯等被俘大宋官员一道拘押在云中。

而后宋使宇文虚中出使金国被扣押，也关押在云中。金人仰慕宇文虚中才名，又有意扶持其为汉人傀儡宰相，对其十分客气，然宇文虚中始终不为所动。翟天麟看在眼中，很是佩服。

宇文虚中曾任登州知州，翟天麟则做过刀鱼巡检，戍守登州鼍矶岛，若二人同时，翟天麟当是宇文虚中下属。二人某日聊及此事，均觉有趣。四下无人时，翟天麟便将当年因同情漂流女孩曹大运遭遇而私下扣押耶律阿撒一事告诉了宇文虚中。

呼延庆听到这里，忙问道：“扣押耶律阿撒是翟天麟私下所为，事前即便来不及，事后他也没有上报朝廷吗？”

上官鼎道：“没有。”

呼延庆道：“呀，本寨主和前任沙门寨主都上当了！还说什么朝廷重犯，关于他的任何事，都不准外泄，须得朝廷派钦差来才能提人，原来都是翟天麟当年信口胡诌出来的。”

马扩这才明白翟天麟全然是因为同情海棠遭遇，才私自扣押了耶律阿撒，心道：“这翟天麟当真了得。他令铁匠毛途打造了铁环塞在耶律阿撒口中，便是要令他自己无法说出身份。”

沙门寨只是监狱机构，对刀鱼巡检亲自交代的神秘重犯，当然只能尽心看管，也不会过多探询。而耶律阿撒不在流人名册之上，上面也不会有人主动来查问。翟天麟充分利用了制度中的漏洞，论欺上瞒下，怕是没有人比他做得更好。

上官鼎又续道：“宇文虚中得知耶律阿撒人在沙门岛，当即认为可以利用这个人。”

所谓“利用”，无非是释放耶律阿撒，令其以辽皇子身份从事复兴辽国之事，如此，便可以极大地牵制金人，从而给大宋缓和之机。

宇文虚中说干便干，开始策划翟天麟逃走之事。事情进行了大半年，本已安排妥当，然事不机密，翟天麟正要出逃前夕，被人告发。金人将翟天麟下狱拷问，又因事情牵涉宇文虚中，金军统率粘罕亲自审问，翟天麟却不肯招供出宇文虚中。粘罕遂命人将宇文虚中带到堂上，当着他的面，对翟天麟施以各种酷刑。宇文虚中不堪忍受残忍血腥的场面以及翟天麟凄厉的惨叫声，遂如实交代了真相——

但这真相却不是他令翟天麟出逃后赶去登州，释放耶律阿撒，而是他要让翟天麟去登州沙门岛找回天圣铜人。

天圣铜人又名针灸铜人，为北宋天圣五年（1027 年）宋仁宗诏命翰林医官王惟一制造，共有两具。铜人系青年裸体式，高度与正常成年人相近，体内装配五脏六腑，与真人生理结构一致，四肢及内脏均可拼拆。外表刻有三百五十四个穴位[1]，旁用金字标明穴位名称。同时以黄蜡封涂铜人外表的孔穴，其内注水。如取穴准确，针入而水流出；

[1] 因天圣铜人失传已久，此数据出自王惟一专著《铜人腧穴针灸图》。

取穴不准，针不能刺入。两具铜人，一置于翰林医官院[1]，作为针灸教学模型和测试医学生及医人针灸能力的工具；一置于皇家寺院大相国寺，供民众鉴赏[2]。

早年“宋金联盟”达成，但都只是停留在表面。宋廷知道宋军腐败无能，为尽快收复燕云十六州，一再派使者敦促金人出兵，马扩本人也曾充当过宋使。因当时辽国未灭，陆路不通，使者仍须经登州海道来往。

然彼时金人还没有灭辽之志，既无真心与大宋结盟，也不会认真对待出兵一事。为了应付大宋使者，阿骨打提出了一项苛刻要求：若要金国出兵，大宋须先以国宝天圣铜人为谢礼。

许多年前，高丽第一次与女真通使，使团中一位懂得医术的成员治好了女真完颜部落首领盈歌亲眷的怪病，盈歌对此十分感激，称赞那高丽人是“圣手神医”。那高丽人倒也有自知之明，告知天下最好的大夫都在大宋境内，而京师汴京城中更有一具天圣铜人，为大宋国宝，是皇家钦定的医学教学模型，也是学习医术的最佳途径。

辽东气候恶劣，当地人常患疾病，且无医可请。所谓的大夫“药师”，其实就是采药的山民，多是根据经验看病，并无医术可言。是以当地汉人常取名“药师”，就是为了借名字来压制恶疾。在这样的地方，对名医及医术自是孜孜以求。盈歌听到“天圣铜人”后，立即记在了心里，甚至在临死前将其作为遗愿传给了下任部落首领侄子乌雅束，乌雅束又传给了继任的弟弟阿骨打。阿骨打从此再没有忘记过天圣铜人，且在日后将其当作了与宋廷讨价还价的条件。

对宋徽宗而言，只要能够收复燕云十六州，建立不世之功，比什么都强，区区一个天圣铜人，实在不算什么。但大宋自命天朝大国，如此觍着脸给辽东小国送礼，实在有点不妥，宋徽宗自己也觉得有点不好意思，于是不按以往流程来办，只委派心腹文臣秘密进行。至于

[1] 翰林医官院：官署名，属翰林院，元丰五年（1082 年）改称翰林医官局。掌以医药侍奉皇帝，治疗疾病。有翰林医官使与副使主管院事，以尚药奉御充任，并有直局、医官、医学、祗候等官。

[2] 在相国寺内专门设有“针灸图石壁堂”，堂内除置有天圣铜人外，其后壁上还嵌有针灸图经刻石。

一贯反对“宋金联盟”的宇文虚中如何会进入宋徽宗视野，只有当事人才最清楚，旁人无从得知。

汴京城中有两具天圣铜人，一具存放在翰林医官院，作为教学工具；另一具则安置在大相国寺，供民众观赏。宋徽宗不敢张扬其事，便取了翰林医官院的铜人，交给新任知登州宇文虚中。

宇文虚中一向坚决反对“宋金联盟”，为此没少在朝堂上抗辩，还一度被宋徽宗降职。他自然不愿意将天圣铜人送给金人。于是，他带了四口箱子从登州口岸出发。其中两口箱子装着石头，出海后不久，便连箱带石被丢进了海中。另一口箱子是他去庙岛就医的谢礼，都是蓬莱地方特产，最后一口箱子则装着天圣铜人。到沙门岛转了一圈后，宇文虚中回到登州，上报朝廷称出海时遭遇风浪，天圣铜人已失落于海中。

而刚好这时存放于相国寺的天圣铜人也神秘失踪[1]，若是官府大肆追查，宋廷以天圣铜人议和的机密难免会被泄露，宋徽宗一时无奈，只得就此作罢。

听到这里，呼延庆瞪大眼睛，问道：“你该不会说，宇文虚中丢在大黑山岛上的那口箱子，装的便是天圣铜人吧？”

上官鼎道：“正是天圣铜人。听说那大黑山岛满岛蛇蝎，岂不是最佳的天然防护？”

呼延庆道：“哎哟，亏那宇文虚中想得出。”

上官鼎道：“宇文虚中还说，他本来是想放在沙门寨的，但他来这里转了一圈，没发现有合适的地方。”

呼延庆道：“怎么没有？地牢啊，小马那包财物就被我放那里了。不过……”

正待说出耶律阿撒已死之事，马扩因尚不能完全确信上官鼎的身

[1] 北宋之后，两具天圣铜人均下落不明。一说日本东京博物馆所藏针灸铜人即宋天圣针灸铜人（上海名医陈存仁所考）。又，宋金和谈时，金人以天圣铜人为条件为历史真事。更有野史记载金人曾派间谍潜入汴京相国寺盗取天圣铜人，但未能成功。更多天圣铜人故事，将在作者下一本历史悬疑小说《天圣铜人》中详细讲述。

份，便朝呼延庆摇了摇头。又问道："宇文虚中向粘罕吐露了如此重大的秘密，后来又如何呢？"

上官鼎道："马将军是知道的，粘罕最精明不过，本来宇文虚中说出天圣铜人下落，是想保住翟天麟性命的无奈之举，但他见到粘罕喜从天降的神色后，反而想出了一个绝妙主意。"

粘罕是金国国相撒改长子，金太祖阿骨打之侄，是金将中才干最杰出者。攻灭北宋，粘罕立功最大，宋徽宗、宋钦宗及皇亲国戚四百七十多人，便是由粘罕押送北还。阿骨打生前对这位侄子极为钟爱，甚至超过了亲生儿子斡离不，亲赐铁券，除反叛罪名外，无论粘罕做什么事，其他人都不得过问。粘罕自是知悉天圣铜人是女真几代首领梦寐以求的神物，一听宇文虚中说出天圣铜人所在，便立即竖起了耳朵。

宇文虚中又称他派翟天麟去寻天圣铜人，是想要将铜人献给金太宗吴乞买，以换回宋徽宗、宋钦宗。这是一条极为有力的理由，兼之翟天麟当面痛骂宇文虚中不止，粘罕当即便完全相信了。

粘罕位高权重，连现任金国皇帝金太宗吴乞买都敢责罚[1]。他早有窥测皇位之心，最有能力与他竞争的斡离不又已经病死，若能得到天圣铜人，便可以大大增加争夺皇位的筹码，于是立即催促宇文虚中说出天圣铜人的下落。

宇文虚中尚在迟疑时，翟天麟又开始责骂，称宇文虚中不该将此等秘密告诉金人。粘罕大怒，拔刀亲自杀了翟天麟，又命宇文虚中交代出天圣铜人下落，不然也会当场杀了他。

宇文虚中虽为翟天麟之死而悲痛，却不肯就此屈服，要粘罕承诺一旦得到天圣铜人，就须放宋徽宗、宋钦宗回朝，粘罕满口应允。

[1] 金开国皇帝金太祖阿骨打为人勤俭（具体可参见马扩所著《茅斋自叙》），当上皇帝后也不忘本色，曾与臣属立下誓约：国库积蓄，只准战时动用，如有违反，定要责打。阿骨打死后，同母弟吴乞买（盈歌养子）即位为金太宗。金太宗不顾禁令，偷偷动用了国库财物。粘罕得报后，在朝堂上当众揭发了此事，又召集群臣商议，最终决定按照金太祖之约行事。粘罕带头把金太宗"请"下皇帝宝座，打了二十大棍。打完后，又将金太宗搀回宝座。然后粘罕再率全体大臣请罪。金太宗也无可奈何，只好强忍疼痛，恕粘罕等人无罪。

其实宇文虚中早知粘罕并不会真的履行诺言，也知对方有野心，只不过想借势利用天圣铜人来挑拨金人内斗罢了。

于是，宇文虚中告知天圣铜人在登州大黑山岛一处隐秘所在，只有自己和当年的参与者才知道准确位置。粘罕当然不会放走宇文虚中，但又急于得到天圣铜人，便按照宇文虚中的指引，派得力人手潜入中原，到青州找到了宇文虚中的部属上官鼎。

事实上，上官鼎并没有参与当年大黑山岛之事，但他却知悉此间机密，因而当金人寻上门来，他瞬间便明白了究竟，回答得滴水不漏，并以宇文虚中部属的身份跟随金人去了云中。

两位老友见面后，宇文虚中即将耶律阿撒一事告知上官鼎，让他充分利用到登州寻找天圣铜人的机会，设法令沙门寨寨主呼延庆放出耶律阿撒。

说到这里，上官鼎特意强调道："宇文虚中说呼寨主是个忠义之士，足以信任，只需将事情原委告知，呼寨主定会鼎力相助。"

呼延庆摇头道："别给本寨主戴高帽子，这件事……"本想说出耶律阿撒已死之事，但又有所迟疑，便转头去看马扩。

上官鼎又道："不过我实在没想到见到呼寨主之前，会先遇到马将军。"

马扩问道："那么上官郎君所提马某家眷之事……"

上官鼎道："马将军家眷确实在云中，不过我没见过他们。出发之前，粘罕倒是专门对我说了，如果遇到马将军，务必转达他的致意，还说很想念当年与将军一道出猎的日子。"

呼延庆奇道："马扩早就不在登州任职，中国又这么大，粘罕如何能未卜先知，料想你会遇到马扩？"

上官鼎道："因为粘罕知道马将军在登州长大，妻子也是登州人氏。"

呼延庆道："小马，那粘罕既然跟你有交情，为何不放了你老母和妻儿？"

马扩沉默不应。倒是上官鼎替他答道："粘罕务必要得到马将军，家眷是最好的人质，粘罕如何会放人？"

呼延庆重重叹了口气。忽然道："喂，姓上官的，我挺喜欢你的，你叫上官鼎，我叫呼延庆，是不是听起来像是亲戚？"

上官鼎先是一怔，随即哈哈大笑道："我明白呼寨主为什么能在这沙门寨一待待这么多年了。"

呼延庆笑道："对，就是这样，苦中作乐，自得其乐。"又拍了拍马扩肩头："小马，你也要看开些。"

上官鼎道："好的是，粘罕既与马将军有旧，便不会虐待马将军的家眷。其他人就没那么幸运了。金人掳掠了大量汉人，称作南人，拘押在云中，将他们用铁链拴在一起，如同牲口一般，放在市场上售卖。"

马扩也曾是金人俘阶下囚，自是知道金人对待俘虏的手段。他当时便有无可奈何的悲凉之感，此时听到上官鼎的简单描述，仍感到心惊。

定了定神，马扩又问道："与上官郎君同行的韩千运，是不是就是金人派在你身边监视你的。"

上官鼎道："正是。马将军料事如神。"

马扩道："你们既是云中出发，该从西面陆路来，又如何会走海岛，还与吕颐浩叔侄扯上了干系？"

上官鼎道："这是粘罕幕僚高庆裔[1]出的主意，韩千运也高庆裔亲自举推荐的。他二人都是辽国降臣，高庆裔是辽地渤海人，韩千运则是辽国名臣韩匡嗣的后裔。"

原来金国内部也有权力之争。金军南侵后，粘罕领西路，驻云中，斡离不领东路，驻燕京。粘罕有灭宋大功，斡离不则是金太祖阿

[1] 高庆裔是辽地渤海人，精通汉语、女真语、契丹语，最早在辽国担任东京户部司翻译吏。女真与渤海相邻，故渊源甚深，且频繁通婚，有"女真、渤海本同一家"的说法。宋使马政等人第一次出使女真时，本要被女真巡逻兵杀掉，全靠辽地渤海人高药师出面表明身份，方才活着见到了金人首领阿骨打。高庆裔因投降阿骨打较早（大概在高永昌之乱前后，郭药师怨军成立之前），又是渤海人，遂成为粘罕（完颜宗翰）心腹。粘罕功大、位高、权重，很长时间内都是金国矛盾的焦点。后来宗室蒲鲁虎（汉名完颜宗磐，金太宗吴乞买嫡长子）为打击粘罕，先从高庆裔下手，诬其以贪赃下狱，旋即被判死刑。粘罕亲自去见金熙宗（阿骨打嫡长孙，绳果嫡长子），请求自免官职，为高庆裔赎罪，金熙宗不许。粘罕生性暴躁，坐视亲信被杀而无能为力，未及一月便愤懑而死。但蒲鲁虎不久也以谋反罪名被杀。

骨打之子，有皇子身份，双方势均力敌。一年多前，斡离不病死，粘罕便趁机将手伸向东路，一时势大，金国内部无人能与其相争。宇文虚中认为正是因为如此，粘罕才起了窥测皇位之心。

然金国立国未久，仍保持着女真部落联盟的习惯，即贵族分权共治，诸贵族议事权重，这也是为什么金太宗吴乞买贵为皇帝，犯了过错，仍然会被粘罕等臣下责罚杖打。粘罕想登大宝之位，必须得到众贵族的一致推举。但他性情暴躁易怒，在贵族中人缘并不好，只能另想奇谋。

论名望，历任女真首领中，无人能及盈歌及阿骨打。阿骨打是盈歌之侄，遂成为金国开国皇帝，其后由吴乞买继位。吴乞买除了是阿骨打的胞弟外，还有盈歌养子的身份，是以毫无悬念地被公推为阿骨打的继承人。

那么吴乞买百年之后呢？他名望不及兄长阿骨打，帝位便该回归阿骨打一系，轮到阿骨打嫡长子绳果，偏偏绳果在攻辽战争中受重伤而死。阿骨打诸子中，最为能干的庶子斡离不也已经病死。

也就是说，绳果、斡离不先后离世，金国再也没有强有力的储君人选，粘罕的机会大大增加。但他终究不是阿骨打一系，要想赢得众贵族的爱戴，必须立下一件远远超越诸人的大功，天圣铜人无疑就是天上掉下来的法宝——

再高的军功，再多的财富，都抵不过生老病死。衰老无可抗拒，但病痛却可以医治。自盈歌时代起，那天圣铜人便是历任女真首领念念不忘的神物，就连如此英明神武的阿骨打，也未能得到。如果粘罕将其弄到手，足以令所有女真贵族心服口服，乖乖将皇帝宝座奉上。

因为对天圣铜人一事格外重视，粘罕特从燕京招来心腹幕僚高庆裔商议。高庆裔认为既然有上官鼎同行，找到天圣铜人不难，难的是如何避人耳目，将其运出宋境，陆路显然风险太大，海道最为可行。既然回来时要从海道退走，不如去时也走海道。

而宇文虚中当时仍然不愿仕金，其部属上官鼎又来自宋土，即便有宇文虚中留在云中做人质，也不能完全相信，是而高庆裔举荐了韩千运与其同行。

高庆裔又出主意，拘押在燕京的宋臣，有久不肯投降者，不如选出一名老者[1]，令其与上官鼎、韩千运同返大宋，这样就不会再有人怀疑他们的来历和身份。而当时拘押在燕京的宋臣，以燕山府路转运使吕颐浩[2]官秩最高，且其人年纪已大，无疑是最合适的人选。计划遂由此而定。

至于船工孙靖[3]，当真是韩千运临时找到的有正义感的船工，仅仅是为了更好地取信于吕颐浩。当然，只凭孙靖一叶小舟，经不起风浪，难以渡海远航。韩千运特意安排了一艘大商船远远跟着自己一行，一旦有难，大商船便出面相救。而这艘大商船，也是将来运走天圣铜人的交通工具。

巧的是，孙靖的小船遇到危险时，刚好遇到了海商卓荣的大海船，卓荣出面救了这行人。于是，事情愈发圆满，堪称滴水不漏。

听完上官鼎这番讲述，马扩这才完全相信了对方。他本人熟知金国情形，对宇文虚中能将金国内部皇权之争的形势分析得如此透彻，也深为佩服，心道："如此人才，在本国不被重用，实在可惜。"

上官鼎又道："马将军，天幸你人也在沙门岛，有你襄助，我这趟登州沙门岛之行，应该省心多了。"忽见马扩及呼延庆面面相觑，神色异样，忙问道："怎么了？"

马扩既已信任上官鼎，遂如实告道："耶律阿撒早已经死了。"

[1] 意思是同为返回宋朝，少壮者比年老者继续效力宋廷的时间更长，威胁也更大。

[2] 吕颐浩自北方回到宋廷后不久，宋高宗赵构即委以重任，任为同签书枢密院事、江淮两浙制置使。不久，苗傅、刘正彦兵变，宋高宗被迫退位，吕颐浩与张浚、刘光世、韩世忠等将领率军勤王，平苗刘之乱，迎送宋高宗复位，立下大功，进为宰相。宋朝重文轻武，故相权与军权分开。但宋高宗即位之初，兵马倥偬，有宰相兼领军权者，吕颐浩即为其一。此时的吕颐浩位高权重，"枢府几无所预"，因此为人所惮。建炎四年（1130年），浙西制置使韩世忠困金将兀术于黄天荡，吕颐浩建议宋高宗亲征，遭重臣赵鼎弹劾，由此罢相。次年吕颐浩再度被宋高宗拜为宰相，与著名奸臣秦桧共相，吕颐浩主外，秦桧主内。史载吕颐浩"有胆略，善鞍马弓剑，当国步艰难之际，人倚之为重"，但其好任用私人，且"报复恩仇"，大力排挤秦桧、李纲等人，他本人也最终因权力之争再次被罢相。后来虽然官职累迁，然已不在权力核心。

[3] 此孙靖后来因载秦桧一家渡河归宋（即秦桧自称杀了监视的金兵、抢了小船逃回一事），而被宋高宗封为承信郎。此为后话。

上官鼎脸色大变，问道："耶律阿撒死了吗？怎么死的？"

马扩道："他被囚禁多年，死在重狱中，也不足为奇。"

上官鼎又是意外，又是失望，一时无法可想，便沉默不语。

呼延庆却想到了一个法子，道："小马，你之前曾冒充耶律阿撒，引对头上钩，效果很好。不妨再试一次，我从军中找一个会说契丹话的兵士，让他冒充耶律阿撒。反正要的只是耶律阿撒这个名头，甚至连容貌都不必像，毕竟耶律阿撒被关在地牢多年，容颜有变也属正常。"

马扩踌躇道："只有辽人真的从事复国之事，方才能有效牵制金人。如此，需要跟许多辽国旧臣旧部联络，涉及诸多人事，沙门寨兵不可能通晓那些旧人旧事，很容易便会露出马脚，这等于是让他送死。"

上官鼎极是懊恼，重重拍了几下自己的脑门，叹道："我上官鼎办不成耶律阿撒之事，还要将天圣铜人拱手交给金人，该如何向宇文虚中交代？"

马扩踌躇道："其实我不赞成暗助辽人复国一事，这跟当初与金人结盟并无本质区别。其实只要自身足够强大，根本无须借助辽人来牵制金国。"

上官鼎道："马将军，你见闻广博，见识自然远在我等之上。只是，我上官鼎虽不在官场，却也看得透，本朝如此积弱，怕是短期之内，很难强大起来。"

又道："马将军，我听说了你与五马山寨之事。当时有信王做号召，两河均闻风而动，朝廷若肯出兵声援，趁势收复河北，也未可知。偏偏……"长叹一声，不愿意再说下去。

呼延庆道："耶律阿撒一事，肯定是无力回天了。至于天圣铜人，上官郎君一定要将它交给金人吗？"

上官鼎点头道："一定要。不然宇文虚中性命难保。"

呼延庆道："上官郎君，你别嫌我说话难听，跟天圣铜人比，宇文虚中一条性命实在不算什么。他是会作诗写文章，可是国家危难时，诗文也不能用来对阵打仗，而且也不能当饭吃。"

上官鼎不悦地道："呼寨主这么说就不对了。自古以来，有武将血战沙场，也有文臣运筹帷幄，二者缺一不可。而且天圣铜人也不是白白送给金人，等粘罕得到天圣铜人，宇文虚中便可称本来是要将铜人献给金国皇帝的，挑拨他们君臣相斗。”

呼延庆道：“不管怎样，天圣铜人是本国国宝，怎能交给金人？”

上官鼎不愿与呼延庆作口舌之争，便转头问道：“马将军，你怎么说？”

马扩踌躇片刻，才道：“本朝铸造天圣铜人，本就是为了治病救人、惠济天下，哪怕只能救得宇文虚中一人性命。我赞成上官郎君将天圣铜人交给金人。”

上官鼎闻言大为感动，当即上前握住马扩双手，诚恳地道：“马将军有如此胸襟，上官鼎自叹不如。多谢！”

他见呼延庆仍有不平之色，便道：“我也不愿意将天圣铜人交给金人，目下尚有缓和余地，我们可以一起来想办法。”

呼延庆道：“若是上官郎君一人倒还好说，你身边不是还有个韩千运吗？那可是金人派来监视你的眼线，他岂肯容你缓和？”

上官鼎道：“但是天圣铜人藏在大黑山岛，目下正是毒蛇横行的季节，庙岛那家医铺又拒绝售卖避虫蝎药，我等总不能平白去蛇岛上送死。我告诉韩千运，等到入冬，毒蛇自会入洞冬眠，那时候再从容去取天圣铜人也不迟。他也同意了。”

马扩忽想到一事，忙问道：“是了，上官郎君今晚随我来了沙门寨，韩千运一旦发现郎君不在房中，不会起疑吗？”

上官鼎道：“不会。我跟姓韩的颇谈得来，如果不是立场敌对，应该会是很好的朋友。”

马扩道：“不管怎样，还是谨慎些好。”又道：“呼延将军，今晚怕是不能陪你，我得先与上官郎君赶回庙岛。”

呼延庆挥手道：“去吧。看这情形，小马一时半会儿也难以离开沙门岛，回头咱们再找时间聊。”

回到庙岛时，马扩让上官鼎下船先走，自己有意落在后面。刚上码头，便有巡守铺水兵迎上来招呼，道：“马将军是刚从沙门岛回来吗？张巡检还派了人找马将军呢。”

马扩问道：“张巡检找我有事吗？”

那兵士道：“张巡检明日一早就要返航登州，误了归期，可是要受罚的。他应该是想跟马将军道别吧。”

马扩忙道：“多谢告知，我一会儿就赶去水寨见张巡检。”

又从怀中掏出化名傅遵的郭安邦画像，道：“正好我也有事找你。你将这张画像张贴在码头入口处，称这是正受官府通缉的杀人嫌犯，杀了高丽副使曹笑笑。”

兵士忙问道：“是之前漂流到沙门寨的那具尸首的命案吗？”

马扩也不明说死者正是被通缉者，只含含糊糊地道：“这件事很重要，你们务必严格盘查离岛者，以防凶手逃脱。”

交代完码头守兵，马扩便径直赶来水寨，听闻张浩然和杨群已经就寝，便阻止兵士进去通报，告道：“我明日一早再来。”

正待返回客栈，忽见一个黑影慢慢吞吞地朝水寨大门走来。那人似是心事重重，一步一踱，只顾埋着头，甚至未发现马扩已经到了跟前。

马扩奇道：“海棠，你怎么来了这里？”

海棠吓了一跳，见是马扩，便随口应道：“我来找张巡检……”又“啊”了一声，改口道：“不，我是瞎逛，不知道怎么就来了这里。”

马扩正色问道：“海棠是不是有事瞒着我？”

海棠已回过神来，忙道：“没有。”见马扩根本不信，迟疑了一下，又道：“其实有，不过不是什么大事，只是我有一种不好的感觉。”

马扩问道：“什么不好的感觉？”

海棠摇头道：“我也说不上来，总之就是不好。”

马扩问道：“海棠你当真不是来水寨找张巡检的吗？他明日一早可就要回登州了。”

海棠笑道：“真不是。我能有什么事来找张巡检？真的有事，找马将军不是更管用？”

马扩一想也对，遂点头道：“总之，不管什么事，海棠都可以直接找我，不必顾忌。”

海棠应道：“好。外面风大，我们还是先回客栈吧。”

走出一段，马扩试探问道：“翟天麟，海棠还记得他吧？”

海棠点了点头，道：“除了生育我的父母，对我而言，翟天麟是世上最重要的人，其次才是夫人。”

马扩问道：“你可有打探过他的消息？”

海棠道：“没有。但我永远不会忘记这个人，会永远牵挂着他。”

马扩本待告知翟天麟被杀一事，听了这话，便不再吭声。但海棠旋即又主动问道：“是不是将军有了翟天麟的消息？”

马扩踌躇不语。海棠有所会意，“啊”了一声，道：“该不会……”旋即捂住嘴唇。

马扩只得道：“翟天麟被金军统率粘罕杀死了。”

海棠呆了一呆，泪水随即夺眶而出。她虽然竭力不哭出声，但肩头一耸一耸，抽泣得厉害。

马扩叹道：“海棠若是想哭，就哭出来吧。”

海棠“呜呜”了一阵，抽抽搭搭地道：“马将军，我心里好苦。”

马扩柔声道：“我知道，我知道的。”

海棠这才“哇”的一声哭出来。马扩有心上前扶住她肩头，但脚下刚动，便又缩了回去。

海棠哭了一阵，又道：“我要杀了粘罕，他杀了我生命中最重要的人，我要杀了他报仇。”

马扩摇头道：“海棠杀不了粘罕，我也杀不了粘罕。除了金国皇帝，他是这天底下最有权势的人。翟天麟是我大宋武官，他早有赴死准备，也算死得其所。”

海棠怔怔看着马扩，忽然发了怒，道：“海棠不想再听这些。”掉头往客栈而去。

马扩只好跟在后面，等海棠进了客栈，便又返回市集粮店。拍了半天门，店家睡眼惺忪地开了门，举灯照了照，见是马扩，嘟囔着问道："怎么又是你？"

马扩道："我来找宁尽忠。"

店家道："宁姑爷一直没回来呀，应该已经乘船回登州了吧？他本该跟程员外一道回去登州的。"又道："不过他的行囊还在这里，兴许是走得急，给忘了。"

宁尽忠必是曹笑笑一党，他潜伏在蓬莱，倒插门做了粮商程度女婿，在本地有了家小。马扩本以为他还会顾念妻儿，继续隐瞒真实身份留下来，既是不见人，料想是留在高丽使船上了。

再回来客栈时，在大门前遇到一人，却是那曾在客栈大堂中唱歌的男子。

马扩不免起了疑心，上前问道："你深更半夜在这里做什么？"

那男子名叫方晚舟，当即嘻嘻一笑，道："唱歌，唱歌。"又问道："你深更半夜又在这里做什么？"

马扩一时哽住，竟不知该如何对答。那方晚舟又是嘻嘻一笑，自进去客栈。马扩摇了摇头，也自回房歇息。

次日天光刚亮，马扩便早早起身，赶来水寨。刀鱼巡检张浩然正在集结队伍，准备离开，见马扩一早赶来相送，很是欣慰。又道："张某有军令在身，不得不按约返航。但若是马将军需要张某留下帮忙，我也义不容辞。"

马扩笑道："张巡检客气了。你和部下戍守鼍矶岛，四个月困于孤岛之上，每日所见，除了天，就是海，天海之间，脚下岛屿仿若米粒，太微不足道。料来你部下想回登州早已经想疯了，这就动身吧。"

庙岛巡检杨群也道："张巡检放心，这里还有我，我会鼎力协助马将军。"

张浩然这才道："那好，等马将军回登州时，我们再见吧。"

马扩一直送到码头，等张浩然登船，这才挥手作别。

庙岛巡检杨群早看到码头口岸处张贴的傅遵画像，再一次经过时，忍不住问道："这不是那死者的画像吗？他尸首还在水寨中呢。为什么马将军还要让人将画像张贴在这里，做出张榜通缉的样子？”

马扩见画像前围了不少人，那曾在李清照房中见过的韩千运也在其中，当即微微一笑，道：“马某自有妙用。”

二人刚离开码头，便有兵士赶来禀报道：“高丽使者派了人到水寨，说有急事找杨巡检。”

杨群料想不是什么好事，忙道：“马将军不妨与我一道回去看看。”

马扩道：“嗯，这个，马某昨日到高丽使船闹了一场，有些不便出面。杨巡检不妨先回去，看看高丽使者到底有什么事。料想不过是想申请离港罢了。”

杨群当即道：“是了，马将军下令不准船只北上，或许高丽人有些着急了。这样的话，马将军还是避开的好。”

马扩笑道：“正是这个道理。高丽人若来理论的话，杨巡检尽可以推在我身上。”

与杨群作别后，马扩自行回来客栈，正好遇到高丽侍从昆布。他看到马扩后本欲避开，但马扩忙主动上前招呼道：“昆布侍从一早下船，是来市集买东西吗？”

昆布只得停下来应道：“嗯，我是奉金使者之命，去那边医铺买点药。”

马扩又问道：“你们高丽使船是不是出了什么事，金使者才会一早派人赶去水寨？”

昆布犹豫了一下，才道：“既然马将军问起，我便实话告之，昨晚我高丽使团中有一人失踪了。”

马扩心念一动，忙问道：“是谁失踪了？”

昆布答道：“何厚。也是金使者的侍从。不过他人一直留在使船上，未去过登州驿馆，马将军应该没见过他。”

其实“营救”高丽翻译郝信当晚，马扩在码头见过何厚，不过马扩自己当时蒙着面，未暴露形容。他刚刚听昆布说高丽使船上有人失踪时，本以为是阿七，料想是金人郭安邦同党或是高丽人杀了阿七，再以失踪谎报，不想昆布却说出了何厚的名字，一时极为意外。

昆布见马扩神色不定，又讪讪道："金使者已经派人去水寨向庙岛巡检报案了。这庙岛说大也不算太大，如果水寨出动兵士搜寻，应该很快就能有何厚下落。"

马扩心道："后半句话，本来该我说才对，哪有失踪一方先这般宽慰对方的？"料想何厚失踪一事必不简单，便又问道："阿七……他怎么样了？"

昆布为难地道："马将军知道的，我奉有严令，不能告诉你这个。"

马扩正色道："马某不是想探究你们高丽使团的秘密，只是关心朋友。在登州时，马某与你和阿七一道办案，相处虽然短暂，但情分还是有的。换作你昆布处在阿七的位置，马某也一样会关心你的安危。"

昆布闻言大为感动，嘴唇嗫嚅了几下，终于告道："已经查明不是阿七杀人，所以金使者下令放了他。目下他人在船上，我是专门为他下船拿药的。"

马扩忙问道："那么是谁杀了人？你们之前又为什么怀疑阿七？"

昆布迟疑道："这个……"

马扩忙道："我又没问被杀的人是谁，只是关心阿七。"

昆布遂道："那晚只有阿七下过船，所以都怀疑是他杀了人。其实那人只是不见了，但他的朋友坚持说他被杀了，要向阿七逼问尸首的下落。现下又说弄错了，说是何厚杀了人。"

马扩奇道："何厚？是你们报称失踪的何厚吗？"见昆布点头承认，便问道："这件事，你不觉得古怪吗？"

昆布左右望了一眼，才低声道："太古怪了。我在码头看到官府通缉的杀人嫌犯的画像，那杀人嫌犯就是他们声称被杀死的那人。或许他根本没死，只是因为杀了人，要躲避官府追捕，所以自己藏起来了。"

马扩还欲再问，忽有人从对面医铺中奔了进来，胡乱挥着手，连声叫道："死人了！快来人，死人了！"正是医师白谈的侄子白勇。

马扩忙奔过去问道："出了什么事？"

白勇仿若看到了救星，上前紧紧抓住马扩手臂，道："马将军，快，你快进去看看。”

马扩问道:“到底谁死了？”

白勇道:“我叔叔的徒弟龙英。”

马扩忙道:“快带我去看。”

白氏医铺分为东、西两个院落——东为偏院，专供病患居住；西院又分成南、北两个小院落，医师白谈住在里间北院落。南院落正堂是看病抓药之所，大门临街，厢房则是存放药材的药材房，以及徒弟的住处。

南、北院落有小门相通，西院南院落也有小门与东院落相通。另外，东院落偏院还有一扇小东门，直接通向外间，方便病者出去散心。

龙英死在了药材房中，旁边即他的住处。

白勇引马扩进去医铺，来到药材房时，医师白谈人已经在房中，拄杖坐在窗下，默默凝视着徒弟龙英的尸首。

那龙英倚着药柜而坐，手捂胸口，胸腹衣衫已被血渍染透。头略略歪着，双目圆睁，嘴角挂着一丝血迹。

马扩一见之下，大吃了一惊，急忙从怀中掏出一张画像，上前比照着龙英面目，确信他就是画像中的男子。

白勇奇道:“马将军怎么会有龙英的画像？”

马扩叹了口气，道:“你先去水寨报案，请杨巡检带人过来。”

白勇极是纳闷，却不敢再问，应声而出。

马扩走到窗下，道:“白医师，我叫马扩。”

白谈抬头看了马扩一眼，明显有惊讶之色，但却未吭声，随即将目光转回到龙英身上。

马扩道:“我扶白医师出去。”上前扶起白谈，来到庭院中，到树下坐下。

马扩道:“白医师失去徒弟，一定很伤心。不过马某有几个问题，须得立即向白医师请教。冒昧之处，还请见谅。”

白谈很不客气地道:“马将军身上有龙英画像，想必已经知道他的来历了，又何必再问老夫？”

马扩遂指着药材房道：“里面那个人，真名叫作王定，原是青州武官，去年引兵作乱，杀了京东安抚使曾孝序，京东路悬出重赏通缉他。马某身上这张画像，是曾使君的孙子曾三省所画，他也是曾家唯一一位幸免于难者。”

白谈“咦”了一声，转头望向专供病患者居住的偏院。

马扩道：“是，这曾三省，就是之前住在医铺中照顾辛小郎君的曾三省。”

白谈霍然起身，怒道：“马将军，你是什么人，老夫很清楚。老夫是什么人，为什么搬来沙门岛居住，想必你也很清楚。你胆子倒是大，明知道老夫最痛恨当年经营‘海上之盟’的那些人，你还敢登上门来，自报家门。”

马扩忙道：“白医师，请你……”

白谈扬了扬手杖，怒道：“出去，快些出去。就算你父亲亲自来这里，老夫也一样叫他滚蛋。”

马扩无可奈何，只得拱手辞出。他旋即回到客栈，寻来原先辛赞居住的房间，自辛赞携子离去，曾三省便搬离医铺，住进这里。

马扩拍了拍门，曾三省懒懒应了一声，马扩便推门而进。却见曾三省和衣躺在床上，连鞋袜都未脱。

马扩走了过去，问道：“怎么，昨晚没睡好？”

曾三省“嗯”了一声，却仍然赖在床上，不肯起身。

马扩遂到榻边坐下，问道：“你可是有什么话想告诉我？”

曾三省：“是了，马将军交代我留意那萧红尘。他人很温和，言谈举止彬彬有礼，而且跟他妻子感情很深，是个难得的好丈夫。”

马扩道：“还有呢？”

曾三省道：“没有其他了。”

马扩道：“那好，我来说其他。昨晚对面医铺出了命案，白医师的徒弟龙英被杀了。”

曾三省当即弹坐了起来，瞪着马扩，脸上肌肉抽动不止，嘴唇也有些发颤，想问什么，却又有所迟疑。

马扩叹了口气，道：“看情形，你应该已经发现龙英就是你的杀祖、杀父仇人王定了。三省，你说实话，是不是你……”

曾三省失声道：“马将军认为是我杀了王定吗？”见马扩不应，显然是默认，当即涨红了脸，气愤地道：“我答应过马将军，有事会事先与将军商议。男子汉大丈夫，既然答应了，就一定会做到。马将军居然不相信我，认为我背着你杀人。”

马扩忙道：“抱歉，是我的错，我不该无凭无据地怀疑你。但你既然发现了白医师的徒弟龙英就是你要找的王定，为什么不立即告诉我？”

曾三省道：“我之前虽然住在医铺，但都在留意外面的人，尤其是那些来买避虫蝎药想上大黑山岛的寻宝人，根本就没留意过他，哪里能想到仇人就在我眼皮底下！昨日入夜之后，我想去海边逛逛，看到他在医铺前跟人说话，气死风灯的灯光正好照在他脸上，我这才认了出来。我立即寻去了马将军房间，想将这件事告诉将军，可将军根本不在房中。然后我也不知道该怎么办，只觉得身上一会儿冷，一会儿热，就回房躺下，想着该怎么办才好。”

马扩问道：“你本来想怎么办？”

曾三省道：“我想象了许多次，要亲手杀死他。”

马扩问道：“然后呢？”

曾三省道：“然后将军你就推门进来了。”

马扩不由得有些半信半疑起来，问道：“你就这样躺着想了一夜，直到刚才？”

曾三省愤然道：“这是我来沙门岛的目的，也是我活着的目的，既然寻到了仇家，为什么不能全神贯注地去想？”

马扩忙道：“我不是这个意思。我的意思是，你就这样待在房中，一直没有出去过？”

曾三省这才会意，愈发生气，怒道：“原来马将军还是怀疑我杀人。若真是我杀人倒好了，王定是逃犯，谋害了我祖父、父亲，我杀他也没什么不对。”

马扩忙道：“不是这样。你的确有千万个理由可以杀王定，就算真是你杀人，官府也不会拿你怎样，你是忠臣之后，说不定朝廷还会大大褒奖你。但你终究只是一介平民，杀人对你而言，不是一件简单的事。我是怕这件事会给你留下阴影，影响你一生。”

曾三省立时醒悟，道：“原来是这样。抱歉，我不该对马将军发火。”又忍不住好奇问道：“是谁杀了王定？我一定要好好谢谢他才是。”

马扩道：“我正要调查这件事。”又问道：“对了，你说昨晚看到王定跟人说话，对方是谁？”

曾三省道：“就是那个疯疯癫癫爱唱歌的男子，好像叫方晚舟。”

马扩便道：“好，我知道了。你安心歇着，没事不要出门，感觉庙岛最近有点不太平。”

曾三省道：“马将军，如果你知道是谁杀了王定，请第一个告诉我。”

马扩微一迟疑，即点头应允。

离开曾三省房间，马扩先来到大堂，向店家打听了方晚舟的房间所在，径直寻来，拍了好几下门，才有人勉强来应，正是方晚舟本人。他只穿着单衣单裤，拉开门闩，看也不看来人是谁，便掉头一溜烟奔回卧榻，钻进被窝中。

马扩走进房间，自报了姓名，又道：“郎君应该还记得我，我们昨晚在客栈门口见过的。”

方晚舟道：“是吗？我不记得了。你刚才说你叫马扩吗？该不会就是那个马扩吧？”

马扩不答，只问道：“听说郎君昨晚去过白氏医铺，可有这回事？”

方晚舟道：“没有。”

马扩道：“明明有人见到郎君跟医铺的人说话。既有人证，郎君否认也没有用。”

方晚舟道：“哦，那个，我就是路过那家医铺，里面有人出来，要关上门板。我闲得无聊，便跟他聊了几句，他叫什么名字我都不知道，说的什么也忘了。”又纳罕地问道：“你到底是谁呀？一大早跑来这里问东问西的？”

马扩见榻边散落着衣衫外袍，便过去捡起来，并没有发现血迹，遂又放回原处，道：“我也是随便进来问问。”

出来时，正好遇到海棠。马扩忙上前问道：“海棠又要出去吗？”

海棠“嗯”了一声，道：“夫人说洪刍洪老先生不在房中，怕他有什么事，让我出去找找他。”

马扩见海棠脸上泪痕犹在，郁郁寡欢，料想她是伤心翟天麟之死，一时大为痛惜，却又不敢劝慰，生怕又触动了她的伤处，便道：“有一个好消息，阿七已经被释放了。”

海棠应道：“是吗？那实在太好了。”脸上却无丝毫喜色，也不询问究竟，明显是随口敷衍。

马扩见她如此漫不经心，便不再多言。

出来客栈时，马扩见庙岛巡检杨群已率人赶到了白氏医铺，便道：“我有点事，不能陪你去寻洪刍了。他应该是一早去海边散心了，不会走远。”

海棠“嗯”了一声，道：“将军请去忙吧。”

马扩遂来到医铺。杨群迎上来，苦笑道：“好像近来沙门岛离奇古怪之事格外多。庙岛自设立水寨及刀鱼副巡检以来，还从来没发生过命案，现下接连发生了两起，全让我赶上了。对了，还有一名叫何厚的高丽人失了踪，我已经派了人四下搜寻。”

马扩忙道：“何厚失踪这事有些蹊跷，杨巡检不必太认真，静观其变即可。”

杨群奇道：“马将军是说，不用认真搜寻高丽人何厚吗？”

马扩“嗯”了一声，又告道：“医铺被杀的龙英，就是去年在青州作乱，杀害京东安抚使的王定。”

杨群骇然张大了嘴，愣了半晌才道：“真的吗？”

马扩道：“千真万确。”又安慰道：“杨巡检不必紧张，如果是因为京东路的通缉告示未发到沙门岛，你并无失察责任。”

杨群道：“还真没收到过通缉王定的告示。”一时难以置信，又道：“沙门岛以流人著名，号称‘恶地’，哪有恶人自愿往这里跑的？王定这恶徒怎么跑这里来了？”又追问道：“龙英当真就是王定吗？”

确认被杀之人是王定后，当即喜道：“实在太好了。哦，我不是说……算了，在马将军面前，我也不必装，这人本来就该死，所幸被杀的人是他，要不然我可真是寝食难安了。”又问道：“是谁杀了他？”

马扩道：“目下还不清楚。”

杨群思忖道：“应该是有人发现了王定的逃犯身份，所以杀了他。”

马扩摇头道：“王定头上悬有重赏，果真有人发现了他的真实身份，直接到水寨报官即可。就算担心王定逃走，先行杀人，也会被认为是迫不得已，仍然可以得到悬赏。”

一名兵士过来禀报道：“小的进去看过了，人死在药材房里，应该是昨晚被杀。”

杨群问明药材房中没有打斗痕迹，当即道：“王定是武将出身，武艺不弱，就算是我，也不能轻易将他杀死，应该是熟人所为。”

马扩既然已经看过命案现场，自然也想到了这一节。但他比杨群更知悉内情，因而更多了一层考虑——

有寻宝者为上大黑山岛而私下潜入庙岛上唯一的医铺，偷取可以驱赶蛇蝎的避虫蝎药。医师白谈拒绝售卖避虫蝎药，断了一些寻宝人的念想，但应该也有一些贪婪之辈不愿意就此放弃希望，想方设法要弄到避虫蝎药，当一回梁上君子便成了最佳选择。

最关键的是，王定本人也是寻宝者，他自然不希望其他人比他先行寻到宝贝。王定自己拜在白谈门下，当然不是为了学习医术，也不是为了治病救人，而是要偷得配方，好自行配制避虫蝎药，其次也能混个稳定的安身之所。

因而有可能是寻宝者进来偷取避虫蝎药，被王定发现。但不知道是什么缘故，王定竟没有叫喊，而且还被对方出其不意地杀死。

如果是陌生人，王定不可能没有防备，任凭对方走到面前。极可能这窃贼是岛上的岛民，王定料不到对方会朝他下手。

只是这一节关系大黑山岛的重大秘密——藏宝并非传说中的财物，而是天圣铜人——马扩不便明说。

杨群又问道："医铺里都有哪些人？"

兵士道："除了白医师和他侄子白勇，就只有一对来自鼍矶岛的夫妇。"又道："白医师的住处后面就是大海，会有海浪声，他得靠服食药剂才能入睡，所以夜间总是睡得很死。白勇也跟白医师一道睡在后院，说是只听见了海浪声，其他什么都没听到。"

马扩忙道："杨巡检，我已将王定的真实身份告诉了白医师，料想他也希望尽快摆脱这件事。你是庙岛长官，在这里行事或有不便，不如由马某我去盘问那对鼍矶岛来的夫妇。这也是例行公事，马某倒不认为他二人有杀人嫌疑。"

杨群略一思索，便道："也好。我正好带人到码头巡逻一番，看看高丽人到底在搞什么鬼。"遂引人而去。

等杨群离开，马扩便进来医铺，又听到白谈跟白勇在后堂说话，便私下溜进专供病患居住的东偏院。却见那位丈夫萧红尘正在廊间张望，一见到马扩，便迎了上来，低声道："郎君有话尽管问我，请别进房间，我妻子病得很重，受不得惊吓。"

马扩生怕被主人白谈发现，又要受一顿呵斥，忙道："既然如此，我们便去医铺外面说话，如何？"

萧红尘忙道："这边有一道小东门，出去便是山坡，坡上有一片小树林，坡下即是大海。这块地方完全被医铺挡住，算是闹中取静的偏僻之地，不会有人打扰，说话更为方便。"马扩遂跟随萧红尘出来。

萧红尘不待马扩发问，先道："原来郎君是官府的人，我听到白勇叫你马将军。马将军来找萧某，当是为了白医师徒弟龙英被杀一事了？"

马扩点了点头，问道："昨晚萧郎可有听到外间动静？"

萧红尘道："萧某本不愿意招惹是非，但料想不说出实情，马将军便会怀疑萧某杀人。"

马扩其实并未怀疑过萧红尘，既然对方这么说了，便顺势道："医铺入夜便会关门，王……不，龙英夜半被杀死于药材房中，等于是闭户杀人。萧郎是医铺中唯一的外人，理当嫌疑最大。"

萧红尘摇头道："萧某就知道会是这样。刚刚白勇还来盘问过萧某，要不是白医师斥退他，只怕他早就将萧某当凶手扭送官府了。"顿了顿，又道："昨晚医铺里不止我一个外人。"

原来萧妻云娘因病痛缠身，入睡很浅。昨晚她忽然推醒丈夫，告道："外面有动静，我有些心慌，夫君你出去看看。"

萧红尘竖起耳朵，除了海浪声，什么都没听到，仍披衣起身出来。直到走近西院墙时，才听到隔壁西院南院落中有人说话，一个是龙英的声音，另一个则是陌生男子。

马扩忙问道："他二人说了些什么？"

萧红尘道："萧某只走到门边，门掩上了，所以没听太清楚。"

马扩道："然后呢？"

萧红尘道："然后龙英就引那男子从前门出去。我见没有什么异常，便回房安慰了云娘一番，重新睡下了。"

马扩不免有些失望。既然王定送那男子出了门，那男子又如何再度进来医铺杀死王定呢？再则说，王定送走了男子，不该回房睡觉吗，又如何去了药材房？

萧红尘又迟疑道："不过后来还发生了一些事，是云娘说的。"

萧红尘入睡后，云娘又听到外间有动静，她见丈夫酣睡，便不愿意再惊动他。只是她自己也很害怕，不敢出去察看，只是凝神静听——

似乎有人在翻找什么东西，又似乎有人低声交谈。过了一会儿，有一声一声闷响，然后是吹灭灯火及掩门的声音，有人走了出去，便再无动静。

马扩听了十分纳罕，奇道："这里海涛阵阵，云娘竟能在杂音中听到吹灯如此细微的声音吗？"

萧红尘道："嗯，萧某妻子在鼍矶岛出生长大，对海浪声早习以为常，反倒是对其他声音极是敏感。”

马扩惊叹不已，又道：“马某去过鼍矶岛，当真是个美如仙境的地方。”

当即向萧红尘道了谢，正待告辞，萧红尘又道：“马将军不妨查查对面客栈的那些住客。有好几个都来医铺买避虫蝎药，吃了闭门羹后，仍然纠缠不休。纠缠白医师不行，就纠缠龙英。”

马扩本就怀疑命案跟避虫蝎药有关，闻言忙问道：“萧郎可还记得有哪些人来买过避虫蝎药？”

萧红尘道：“方晚舟。那人疯疯癫癫的，经常在医铺前晃来晃去，我记得他。嗯，还有一个人是昨日才到的庙岛，一日之内，便来了好几次。”

马扩忙问道：“那人是不是叫韩千运？”

萧红尘想了想，才点头道：“不错，就是这个名字。”

马扩忙道了谢，辞了出来。

来到街道，马扩招手叫了两名巡逻兵士，一道进入韩千运的房间。韩千运正在房中与上官鼎在商议着什么，见马扩径直闯入，身后还跟着两名全副武装的兵士，遽然色变。

上官鼎忙道：“马将军有何贵干？”

马扩也不拐弯抹角，直截了当地道：“白氏医铺发生了命案，韩千运是首要嫌犯。”

韩千运诧然道：“什么命案？”似是根本不知对面医铺龙英被杀一事。

马扩道：“你昨日新来庙岛，便多次去过医铺，还纠缠白医师和龙英，可有其事？”

韩千运道：“我是去过医铺，但谈不上纠缠，更没有杀人。”又问道：“是谁被杀了？”

马扩道：“龙英。”

上官鼎忙问道：“命案可是昨晚发生的？昨晚我一直跟韩兄在一

起，他不可能出去杀人。”

马扩凝视着他，问道：“是这样吗？”

上官鼎忙道：“我可以对天起誓。”

马扩却是不信，命道：“来人，搜搜房中的行囊，看有无凶器。”

上官鼎忙道：“我等登岛时，码头戍守兵士便声称不得携带兵器上岛，已经搜查过了。”

兵士也不理睬，搜查了一通，回禀道：“没有发现兵器。”

马扩又将怀疑的目光投向上官鼎，道：“你是韩千运的好友，会不会在替他掩饰？”

上官鼎忙道：“决计没有此事。”

马扩却是不信，命一名兵士留下来看着韩千运，自己要亲自带人去搜上官鼎房间。

上官鼎无可奈何，朝韩千运摇了摇头，跟随马扩出去。

进来上官鼎房间，马扩命兵士守在门边，自引上官鼎来到窗下，低声道：“韩千运有重大杀人嫌疑，马某正好可以借机扣下他，好方便郎君行事。”

上官鼎忙道：“人不是韩千运杀的。不瞒马将军，我昨日傍晚离开客栈前，往韩千运茶水中下了药，那药能令他昏睡三个时辰不醒。也就是说，昨晚我溜回客栈时，他仍在呼呼大睡。”

马扩本来认为韩千运嫌疑最大——其人知悉天圣铜人的秘密，受金军统帅粘罕委派，专门赶至沙门岛，最急于登上大黑山岛，也最着急取得避虫蝎药，因而也最有杀人的可能——闻言不由得沉吟道：“难道是那唱歌男子方晚舟？”

上官鼎当即笑道：“也不是方晚舟。他是我的人。”

原来上官鼎随金人赴云中时，暗中安排了方晚舟一路尾随自己。等到了云中，上官鼎从宇文虚中口中知悉原委后，便设法与方晚舟见面，令其先行赶往登州沙门岛，做好准备。方晚舟本是青州人氏，对登州甚是熟悉，遂以就医为名，提前上了沙门岛。

马扩一时极为费解。上官鼎道：“马将军为什么不怀疑那些高丽人？”

马扩奇道：“为什么是高丽人？”

上官鼎道：“韩千运告诉过我，他昨日亲眼见到白医师将一名高丽侍从打了出来，好像事情也跟避虫蝎药有关。”

他知道时间紧迫，兼之并不怎么关心医铺命案，立即转移了话题：“韩千运一早便看到了码头的杀人嫌犯画像，并认出那是郭药师次子郭安邦。”

原来昨晚自沙门寨返回庙岛途中，马扩将所有事情悉数告诉了上官鼎，从高丽副使曹笑笑被杀开始，到曹勋、郭安邦各方势力涉入其间，甚至连信王赵榛加入了曹勋一行及海棠本为漂流人二事，也未隐瞒。上官鼎听说早在蓬莱已有诸多惊心动魄之事，自是惊奇万分，感叹了一番信王之举，又认为郭安邦虽然已死，其同党仍利用高丽使船为掩护，暗中活动，这一点可以大加利用。

马扩与上官鼎计议一番，决定公开杀人嫌犯傅遵的面目。韩千运本是辽国旧臣，降金后又在燕京任职，必然认得郭药师，也极可能认识郭安邦，若他能认出郭安邦面貌，这事便有了可操控的余地。

果不其然，韩千运天刚亮就早早起床，见上官鼎仍在房中酣睡，便自行四下闲逛，专到水寨、码头等要害处，由此看到了郭安邦画像。他惊奇不已，又向码头兵士打听了半天，这才回来客栈。刚好上官鼎起身出房，韩千运忙将他扯到自己房中，告知燕京留守郭药师之子郭安邦也在沙门岛，郭氏还杀了人，正被官府通缉。

上官鼎立即装出怀疑韩千运的样子，气愤地道：“原来韩兄还另外安排了郭安邦这一路人手，现下他出了事，你才肯告诉我。”

韩千运少不得一番解释，赌咒发誓称不知郭安邦来沙门岛之事。又怀疑郭药师派郭安邦来沙门岛，也是为了寻找天圣铜人。郭药师已无兵权，但尚有燕京留守的头衔，也算是燕地名义上的最高长官，然自东路军统帅皇子斡离不病死后，他这留守之职亦岌岌可危。或许郭药师无意中得知了天圣铜人一事，想寻获铜人，将其献给金太宗，以重获恩宠。

上官鼎连连否认，称天圣铜人一事，世上原只有他和宇文虚中二人知晓，就连船夫及抬箱子的下人，也不知道箱子里面装的是什么，也正是因为如此，本地才有所谓的“大黑山宝藏”的谣言流传。

上官鼎又有意提示道：“韩兄不是向码头兵士打听到郭安邦杀的是高丽副使吗？会不会事情跟高丽有关？”

上官鼎与马扩早暗中商议好，要促使韩千运以金人特使的身份干涉高丽使船之事，如此，即便郭安邦同党阴谋不为韩千运所知，也势必会起纷乱，于马扩一方而言，将会大大有利。

韩千运果然有些相信起来，忙道：“高丽使船目下正停在庙岛码头。单从岸上情形看，船上戒备森严，似是发生了大事。”便与上官鼎筹划如何一探究竟。

马扩听了经过，忙问道：“那么韩千运可是要以真实身份，主动接近高丽使船？”

上官鼎道：“高丽已臣服金国，韩千运又是元帅粘罕特使，这层身份，足以令高丽人畏惧。马将军放心，我会妥善处置此事。韩千运为人精练，马将军再有他事，通过方晚舟转达于我便可，免得韩千运起疑。”

马扩点了点头，遂引兵士回来韩千运房中，抱拳道：“得罪了。”

韩千运忙摆手道：“不碍事，马将军也是例行公事。”

马扩遂与兵士退出韩千运房间，本该再做做样子，去盘问唱歌男子方晚舟一番，刚到其房前，便有兵士赶来，告道：“马将军，杨巡检请你立即去码头。”

马扩料想或许是庙岛巡检杨群率人巡视码头时，在高丽使船附近发现了端倪，一时也顾不上王定命案，急忙赶至庙岛码头。

却见庙岛巡检杨群板着脸站在岸边，其身边的男子却是沙门寨狱卒秦岭峰。马扩忙赶过去问道：“可是沙门寨出了事？”

杨群指着秦岭峰道：“他说长山岛多了三具尸体，都是由我庙岛漂流过去的。”

马扩大吃一惊，忙问道：“死者都是谁？”

狱卒秦岭峰道："一人是粮商程度的女婿宁尽忠。另一人是个生面孔，没见过，但从服饰来看，应该是高丽人。"

马扩转头望了一眼杨群。杨群点头道："应该就是那失踪的高丽侍从何厚了。"

马扩忙问道："还有一人呢？那人是谁？"

狱卒秦岭峰道："呼寨主说，这个人的身份暂时不能透露。等马将军和杨巡检一道去了沙门寨，一看便知。"

马扩忙道："那我们这就动身出发吧。"当先上了刀鱼船，回头见杨群仍站在岸上不动，当即叫道："杨巡检。"

杨群极不情愿，但还是勉强登船。船遂向长山岛进发。

到了沙门码头下船，狱卒秦岭峰引诸人来到一旁海滩。沙门寨主呼延庆早已率兵士等在那里。海滩上并排躺着三具尸首，均用麻布盖住全身，看不到面目。

马扩刚要发问，呼延庆伸手止住，冷冷道："杨巡检，本寨主跟你有过约定，你手下打我沙门寨的人不要紧，打架嘛，难免，但不能打死打残，杨巡检可还记得？"

杨群先是一愣，随即会意过来，失声道："难道第三名死者是呼寨主手下？"

呼延庆点头道："是我沙门寨的人。"

杨群呆了一呆，忙问道："他是被我手下水兵打死的？"

呼延庆道："这个嘛，暂时还不好说。但人死在庙岛，杨巡检难辞其咎。"

马扩急忙抢上前去，掀开第一具尸体面上的麻布，确是宁尽忠。再看第二具，正是高丽侍从何厚。到第三具，他迟疑了一下，才伸出手去——

却是一名白发老者，洪刍。

第八章

云惊水散

在沙门寨历史上，还真有八名流人成功游回了登州。这八人甚有智谋，观察筹划了许久，定下了一个绝妙计划，最终成功游过海峡，抵达了蓬莱。但不敢从码头登岸，便游到蓬莱阁所在的丹崖山下，设法爬上了山崖。当时正有游客在饱览蓬莱风光，忽见到八名稀奇古怪的人从半山狮子洞中走出，一时惊为神人。此事传开后，在当地越传越神，八名逃犯被称为『八仙』，逃离沙门岛之事，也被演变成『八仙过海』的故事。

云海蓬莱，风雾鬓鬟，不假梳掠。
仙衣卷尽云霓，方见宫腰纤弱。
心期得处，世间言语非真，海犀一点通寥廓。
无物比情浓，觅无情相博。

离索。晓来一枕馀香，酒病赖花医却。
滟滟金尊，收拾新愁重酌。
片帆云影，载将无际关山，梦魂应被杨花觉。
梅子雨丝丝，满江干楼阁。

——蔡松年《石州慢·高丽使还日作》[1]

马扩发现第三名死者竟是新近流放沙门岛的流人洪刍后，一时愣住。

庙岛巡检杨群抢上来一看，忙道："这不是沙门寨兵呀。"

呼延庆虎着脸道："不错，他不是沙门寨兵，但却是沙门岛流人，所以也算是我沙门寨的人。"顿了顿，又加重语气问道："杨巡检，人是在你的地盘被杀的，你怎么说？"

马扩忙起身道："这是我的责任。是我将洪刍带离沙门寨，本该将他安然无恙地送回来，不想却出了意外。"

呼延庆摇头道："不是意外，洪刍是被人谋杀，背心中了致命一

[1] 蔡松年即宋燕山知府蔡靖之子。金军南下，郭药师扣押了吕颐浩，挟持燕山知府蔡靖降金。蔡松年遂随父蔡靖仕金，为元帅府令史。兀术攻宋与岳飞等交战时，蔡松年担任兼总军中六部事，后累官至右丞相，封卫国公。蔡松年在金国虽然官运亨通，但内心深处的民族意识仍令他思想矛盾，时时感到"身宠神已辱"。其文章风格隽爽清丽，词作尤负盛名，与吴激齐名，时称"吴蔡体"。吴、蔡二人也是金国名气最大的词人。

刀。本寨主生平最恨背后暗算的小人了，而且这次暗算的还是手无寸铁的老者。”又道：“杨巡检，马将军，你们两个都说说看，本寨主要如何向朝廷交代？”

马扩忙道：“过错在我马扩，责任自由我一方承担。”

呼延庆却不肯罢休，转头道：“杨巡检，我沙门寨的人死在你的地盘，等于是你失职，你如何说？”

杨群只得应道：“这件事，杨某确实有责任。”

呼延庆道：“本寨主也不要你二人承担责任，只需要你们揪出真凶，将他带到我面前，我沙门寨已经为他预留好了上佳位置。”又特意强调道：“庙岛可比我沙门寨小多了，我南、北两岛加起来，是庙岛的二十倍大，你二人不会连这个都做不到吧？”

马扩当即应道：“好，我答应了。”

呼延庆又道：“不找出真凶，你不得离开沙门岛。”

马扩道：“呼延将军放心，不找出真凶，我对不起洪老先生，更无颜再见呼延将军。”

呼延庆又转头看着杨群。杨群只得道：“这是杨某职责所在，理当尽力而为。”

自知能力有限，又踌躇问道：“另外两起命案，尤其是那高丽人何厚命案，可否也请马将军一并调查？杨某任凭马将军调遣。”

马扩应道：“杨巡检不必客气，这本就是我该做的。”当即走上前去，一一查验尸首。

洪刍是背心中刀，凶器是匕首之类的短小兵器。高丽人何厚是胸腹要害处中刀，凶器亦是短兵器，但洪刍背上伤口，比何厚胸腹伤口，要窄小，显然不是同一件兵器所刺，凶手也当不是同一人。而宁尽忠也是背心中刀，刀口又深又长，明显是长兵器所为。

马扩曾亲上战场杀敌，一看便道：“宁尽忠是转身逃走时，被人从后面用长刀掷中背心。这种手法，我见过好几次。”

呼延庆闻言，便转头去看庙岛巡检杨群。

杨群莫名其妙，问道：“怎么了？”又道：“这可不是杨某手下兵士所为，这刀伤，可比我们刀鱼寨配备的长刀要窄。”

呼延庆道：“这本寨主自然能看出来，我们沙门寨配备的也是这种长刀。”

顿了顿，又道：“虽则现下乱世不太平，人人都恨不得要带上家伙防身，但公然携带长兵器上庙岛的，应该不多吧？杨巡检手下水兵都不盘查那些登岛的人吗？”

杨群道：“本岛禁止携带兵器上岛，码头兵士当然是一一盘查过的。但禁止也没用呀，你们长山岛的毛铁匠还在庙岛粮店寄售兵器呢，长短兵刃都有，虽然尚未开刃，但买回去自行打磨一番，当凶器用绰绰有余。”

呼延庆冷笑道：“怎么，人是在你庙岛被杀的，倒成了我沙门寨的责任了？”

马扩忙道：“好了，二位不要吵了。宁尽忠这起案子，高丽人脱不了干系。”

呼延庆、杨群齐声道：“高丽人吗？”

马扩道：“我也没空跟二位详细解释，先让我安心查案吧。”

马扩既知宁尽忠早先被高丽人叫走，料想宁氏必上了高丽使船。当晚“营救”高丽翻译郝信一事甚为诡异，即便高丽使者金富轼有心装聋作哑，藏身在高丽使船上的郭安邦同党也不会甘休，因有郭安邦失踪一事，即便其人已死，尸首也尚未找到。金富轼极可能被迫扣押了郝信审问，郝信因副使曹笑笑已死，失去靠山，极可能在威逼之下交代了部分事实，甚至是全部真相，因而接走宁尽忠的人，应该是金富轼所派。

郝信与郭安邦之死无关，但宁尽忠是曹笑笑死党，必定知情。他上船后极可能受到讯问，郭安邦同党才知晓事情与阿七无关。看起来，应该宁尽忠欲逃下使船时，被人发现。追赶者生怕宁尽忠出声呼叫惊动了码头巡守铺的水兵，遂用力将刀掷出，正中宁氏背心。而高丽侍从所佩长刀，比宋军兵士标配的长兵器，刀身更长，刀刃更窄，正符合宁尽忠背心伤势。

再说高丽侍从何厚，他当晚即带人赶去码头营救翻译郝信，当是正使金富轼心腹。其人连船都没下过几次，不可能在庙岛上与人结怨，当是在高丽使船上被害。到底是高丽人自己杀了他，还是郭安邦同党杀了他？无论哪方动的手，都表明何厚即是曹笑笑的同党。他被杀的原因，跟宁尽忠被杀在根本上是一致的。

船上无法处理尸体，高丽人不得不将何厚及宁尽忠的尸体抛入海中。又担心案发后引起怀疑，高丽使者金富轼便一早派人到水寨报案，声称何厚失踪。

当然也有另一种可能，那就是何厚跟曹笑笑无关——他既是金富轼心腹，受命去审问宁尽忠，却不想宁尽忠身上藏有短兵器。宁尽忠出其不意地刺死了何厚，却在逃走时被高丽人杀死。

到底情形如何，非得等盘问过相关高丽人后，才能下结论了。

至于洪刍一案，便要难办得多。宁尽忠、何厚二人命案，事先有痕，案后有迹，可以一路追查下去。洪刍却只是个流人，又年老体衰，不能对任何人构成威胁。不认识他的人，根本不会留意到他。认识他的人，知道他是个名人，又怎会冒险杀人？

除非是洪刍无意中看到了什么不得了的秘密，对方不得已，才会杀了他灭口。

洪刍的尸体既被抛入海中，又与何厚、宁尽忠同时漂到长山岛，当也在庙岛码头一带遇害，时间上也当差得不远，定然发生在昨晚。只是码头人来人往，事情又隔了一夜，即便留有痕迹，只怕是也被来往之人抹擦得干干净净了。

如果庙岛码头一带是命案第一现场的话，洪刍深夜去码头，只有一个可能，那就是去拜访高丽使者金富轼。他二人志趣相投，惺惺相惜，已结为至交，洪刍想起了什么诗文妙句，连夜赶去见金富轼，也是极有可能之事。那么是不是洪刍在高丽使船上看到了不该看到的东西，致使他匆忙下船后，又被人赶上杀死呢？

呼延庆见马扩只在洪刍的尸首附近反复徘徊，忍不住催问道："怎么样？"

马扩道："最难办的就是洪刍这起案子了。"

呼延庆道："那小马岂不是永远不能离开沙门岛了？"

马扩道："难办归难办，还是尽力去办。"又道："命案是在庙岛发生，我和杨巡检还是得赶回庙岛。"

呼延庆道："那好，那两具尸体，麻烦你二位带走。洪刍是沙门寨的人，理该由沙门寨来操办后事。"

马扩点了点头，沙门寨兵遂将何厚和宁尽忠的尸首抬上刀鱼船。马扩和杨群登船，又折返回庙岛。

到了庙岛码头，马扩先不令兵士抬尸首下船，只对杨群道："杨巡检，你去知会高丽使者，说何厚找到了，请金使者来验人。"

杨群应了一声。马扩则到码头巡守铺来寻当值兵士，问他昨晚可有在码头见到洪刍。

那兵士笑道："白日码头人来人往，小的记不住面孔，但晚上人少，小的不想留意，也会留意到。昨晚确实见过那位洪老先生，还有海棠娘子。"

马扩大感诧异，忙问道："他二人一道来的吗？"

兵士道："不是，海棠娘子先来的，急匆匆地去了那边……"

马扩顺着兵士手指，转头一看，庙岛巡检杨群正率两名兵士朝高丽使船而去。

马扩忙问道："你是说，海棠昨晚上了高丽使船？"

那兵士道："高丽使船和海船太大，近来进出庙岛码头的船只颇多，为着旁人方便，昨日已经让那两艘大船挪到山崖那边去了，那边刚好是巡守铺看不到的地方，所以小的也没看见海棠娘子到底是上了高丽使船，还是上了那边那艘大海船。"

顿了顿，又道："海棠娘子上的应该是大海船吧。高丽使者排场大得很，派了侍从守在船边，都不准旁人靠近呢。"

马扩心道："是了，海棠和赵夫人将要乘坐那艘大海船离开。赵夫人又有那么多的金石藏品要带上船，目下更是多了耿通判怀有身孕的妻子微娘，海棠上船找船主商议事情也说不准。”

那兵士又续道：“海棠娘子之后，洪老先生便来了，也是朝那边而去，不知上的是高丽使船，还是大海船。再后来，他二人差不多同时出来，洪老先生说了几句什么，海棠娘子好像很生气，甩手先走了，然后洪老先生也跟着走了。”

马扩忙指了指高丽使船，问道：“有没有其他人从那边赶过来，跟着洪老先生出了码头？”

兵士道：“没有。洪老先生是自己慢慢踱出码头，一边走，还一边回头看呢。他走后，就没人再从船上下来了。”

马扩闻言，不由得纳罕万分，他本以为洪刍是到访高丽使船后，看到了见不得光的人或事，这才被高丽人或是郭安邦同党所杀，却不想并不是这么回事。

洪刍既然活着离开了码头，当是在岛上某地被杀。宁尽忠和何厚必是在高丽使船上被杀，如若洪刍先于这二人被杀，那么其尸体也有可能与宁尽忠、何厚二人的尸体同时漂到对面长山岛。

马扩微一思忖，便先离开码头，沿海边朝前走，一边判断水流速度，一边寻找他所认为的洪刍最可能被杀的位置。

走出一段，即是断崖，再无路可走，但仍然没有蛛丝马迹。再抬头一看，悬崖上所立，正是庙岛上唯一的酒楼——旭日酒楼。

再返回码头时，高丽使者金富轼正带人抬着何厚的尸体离开。

杨群见马扩回来，忙迎上来告道：“高丽使者听说何厚被人杀死，装出很吃惊很气愤的样子，还说是庙岛巡检失职，他要去新皇帝那里告杨某一状。不过他演得很拙劣，实在太明显，他自己也不好意思起来，便亲自过来看了尸体，说正是何厚本人无误，要领尸体回去，好处理后事。杨某也同意了。”

马扩心道：“难怪我遇到高丽侍从昆布时，他明里说何厚失踪了，却反过来说应该很快就能有何厚的下落，其实那时他便知道何厚已经被杀，所谓的‘下落’，只是何厚的尸体被发现而已。”愈发确信何厚及宁尽忠是在高丽使船上被杀。

又见高丽使者金富轼看也不看自己一眼，径直往前走，忙追上去叫道：“金使者请留步。”

金富轼勉强顿住脚步，沉着脸问道：“马将军还有何指教？”

马扩道：“金使者，借一步说话。”见金富轼不动，便道：“我知道金使者对马某怀有敌意，但马某要说的话，跟何厚或是高丽使团无关，是关于洪刍洪老先生的。”

金富轼愣了一下，问道：“洪先生怎么了？”

马扩道：“他昨晚被人杀了。”

金富轼“啊”了一声，本能地握紧了拳头，在原地发了一会儿怔，才转头命道：“你们先抬着何厚回去，将尸首烧了，留下骨灰，带回高丽。”

高丽侍从应了一声，自遵命而去。

金富轼这才上前问道：“到底是怎么回事？”

马扩道：“马某还以为金使者清楚这件事呢。”

金富轼很是烦躁，道：“请马将军不要冷嘲热讽，本使是真心关心洪老先生，烦请马将军将事情经过原原本本地告诉我。”

马扩道：“昨晚洪刍到使船拜访金使者，返回客栈途中，即遭人暗算杀害。”大致说了洪刍背心中刀一事。

金富轼瞪大眼睛，道：“这不可能。洪先生昨晚根本就没来过高丽使船。”

马扩闻言大为意外，问道：“当真吗？”

金富轼苦笑道：“我是高丽使者，使船的主人，谁上过船，我会不知道吗？”又狐疑问道：“这莫非是马将军有意陷害我高丽之计？”

马扩道：“马某有不止一个证人，可以证明洪先生是从那边……”

一边说着，一边举手朝高丽使船方向指去。忽而张大了嘴，一时呆住——码头巡守铺兵士只能证明洪刍去过那边，而那个方向除了停泊有高丽使船外，还有大海商卓荣的海船，如果洪刍并没有去高丽使船，而是从卓荣的海船下来呢？

金富轼见马扩发怔，便正色道："马将军，本使可以向你保证，昨晚洪先生没来过我们高丽使船。而且，本使是真心希望你能早日抓到杀害他的凶手。"略略拱手，转身径自离去。

庙岛巡检杨群见马扩愣在原地，忙赶过来问道："马将军，可是出了什么事？"

马扩遂问道："杨巡检跟大海商卓荣认识吗？"

杨群道："算是认识吧。听说卓荣每年都要经过沙门岛两回，我戍守沙门岛已近两年，算上这次，是第四次见到他。"

忽想到马扩认为宁尽忠命案与高丽人有关，道："是了，高丽使船跟卓荣的大海船停靠在一处，相距甚近，说不定海船上会听到些什么。马将军是想上船询问卓荣吗？"

马扩点了点头，道："高丽人对我等已有警觉之心，再上使船是不可能了。不妨去海船上问问，说不定会有线索。"

杨群便引马扩来到海船边，求见大海商卓荣。卓荣因昨晚饮了酒，有些宿醉，刚刚起身，闻报急忙命人请马扩、杨群上船。卓荣自己换了一身新衣衫，这才来到客堂，拱手歉然道："卓某才刚刚起身，有怠慢之处，请二位多多包涵。"说了昨日醉酒的原委。

马扩忙道："卓员外客气了，是我等惊扰了卓员外休息才是。"

卓荣又说了一番客气话，称久仰马扩大名、想不到会在沙门岛遇到之类。又问道："二位来，可是有什么亲眷或是物事，需要卓某带去南方？"

杨群忙道："我二人不是为私事而来。"转头看了马扩一眼，才道："昨晚隔壁高丽使船上似乎出了一些乱子，乱子还不小，偏偏高丽人守口如瓶，我等苦无眉目，只好来找卓员外帮忙，想请卓员外帮忙问问手下人。"

卓荣便扬手叫过门边侍从，命道："李齐，你去召集昨夜当值的人，我是说所有人，一一询问，问他们可有听到邻船动静。"

那名叫李齐的侍从应了一声，自出去办事。

卓荣又笑道："二位算是贵客，请让卓某略备薄酒，尽心招待一番。"

马扩还待推辞，卓荣笑道："李齐是卓某最得力的手下，当真有人听到什么，他一定会问出来，二位大可放心。"

马扩遂道："那就恭敬不如从命了。"

这卓荣当真了得，一声令下，便立即有热酒好菜如流水般上来。

杨群戍期是两年，已有一年多没登过大陆，更不要说见到如此丰盛的菜肴，一时看得呆了。

卓荣笑道："二位都是武官，军旅生活向来艰苦，卓某虽未体验过，但却没少听说。今日二位不妨稍微放纵一下，算是给我卓某人一个面子。"

当即亲自为马扩、杨群斟酒，又先举杯，道："为了这沙门岛，先干上一杯。"

马扩觉得卓荣祝酒词十分有趣，又闻见酒香扑鼻，当是好酒，便举杯应道："好，就为了这沙门岛，干上一杯。"

仰头一饮而尽。只觉得那酒醇厚绵软，回味无穷，正待称赞美酒几句，忽而眼前一黑，竟当场晕了过去……

再醒来时，马扩人已在水寨中。他一眼便认出这是水师营房，又见庙岛巡检杨群守在一旁，忙问道："我怎么人在这里？"

杨群忙道："马将军在卓荣海船上做客时，忽然晕了过去。我本来是送马将军去医铺的，可白医师见病者是马将军，不肯收治，我也不好就此送马将军回客栈，怕将军还有意外，只好命人把你先抬回水寨。"又问道："将军身上可有不舒服？"

马扩奇道："没有啊。"跳下卧榻，来回走了几步，确认自己无事。又道："我在军中长大，自小身子壮健，也没有隐疾，怎么会突然当众晕倒？"

杨群道："因为这件事，我差点跟海商卓荣动手，还以为是他下毒谋害了马将军。结果他当着我的面，用将军的酒杯做饮具，将那壶酒全喝干了。我无话可说，这才抬了马将军去求医，结果还吃了闭门羹。"

马扩思忖道："或许是这些日子太累了，既没好好吃过饭，每日都是饥一顿饱一顿的，也没好好休息过。算起来，这几日加起来，我也只睡了几个时辰而已。”

杨群这才恍然大悟，道：“难怪我看马将军气色不大好。”又道：“我这就命人热一碗鱼粥，将军吃完后，好好歇息。反正日头就快落山，天色不早，有事明日再说。”

马扩摇头道：“现下沙门岛发生了这么多事，我哪里睡得着。”又道：“我得趁外面天还没黑，去……”

忽有兵士进来禀报道：“有个叫李齐的人求见，说是海商卓荣派他来的。”

杨群忙命那兵士请李齐去寨厅，自己与马扩也随即赶了过去。

李齐进来寨厅，见马扩也在厅中，忙上前问道：“马将军身子好些了吗？”

马扩道：“我没事，就是这几日太过疲累，一时体力不支，晕了过去。请代马某向卓员外致歉，适才在海船上，我当着主人的面大大失礼了。”

李齐道：“马将军没事就好。不然我家主人被指斥下毒谋害马将军，罪名不小。”

杨群尴尬笑了一下，道：“杨某一时情急，错怪了卓员外，还望他大人大量，不要计较。”

李齐这才道：“我是奉主人之命，来将之前的盘问结果告知。”

原来昨晚海船上当真有两名船工听到了隔壁高丽使船上的动静，先是甲板上有奔跑之声，随后便有金刃破空的声音。那两人起了好奇之心，走到船头近处，探头去望时，使船上的灯已经灭了，只听到“咚”的一声，似有重物落水。两名船工探身看了看，也没看见什么，而且自船上往海中胡乱抛弃废物是常有之事，便又缩回去了。过了一会儿，又听到“咚”的一声。船头风大，两名船工嫌冷，不愿动弹，也未再起身去看究竟。

马扩心道：“看来我所料不差，宁尽忠是在逃走时被人掷刀杀死的。而何厚可能在这之前便已经死了，所以才会有两声间隔极短的重物落水声，这便是高丽人在抛尸了。”

李齐又道：“大抵就只有这些。可对二位有所帮助？”

杨群只望着马扩。马扩遂道：“有，大有帮助。请代我二人向卓员外致谢。”又道：“对了，还有一事，马某还没有来得及问，昨晚可有一位名叫洪刍的老者上过海船？”

李齐皱眉问道：“洪刍是谁？”

马扩道：“是新近流放到沙门岛的流人。”

李齐道：“那他不该在长山岛沙门寨吗？怎么可能跑来庙岛？”

马扩与杨群相视一眼，马扩遂道：“马某看你家主人是个爽快人，也就不绕弯子了，昨晚巡守铺兵士亲眼见到洪刍去了你们船只停泊的方向。”

李齐立即应道：“那处避风港不只停了我家主人的海船，还有高丽使船啊。”

马扩道：“是，马某正要说起这个，马某已经向高丽使者金富轼本人求证过，洪刍昨晚并未上过高丽使船，金富轼看起来也不像撒谎的样子，所以马某猜测应该是去了卓员外的海船。”

李齐不悦地道：“那么马将军是认为我李齐在撒谎了？”

马扩道：“马某不是这个意思。马某只是说，你的叙述跟高丽使者的证词有冲突之处。”

李齐冷然道：“马将军来海船打听隔壁高丽使船动静，我家主人二话不说，全力协助。我虽然不知发生了什么事，料想马将军也是因为怀疑高丽使者，却又登船无门，这才会旁敲侧击。怎么马将军会相信高丽使者的话，我们帮忙的一方反倒有撒谎的嫌疑呢？”

越说越是气愤，也不待马扩解释，当即拱手辞去。

杨群踌躇道：“这李齐虽然胆大无礼，但他说的话，还是蛮有道理的。说到底，卓荣还是宋人，是自己人，高丽人却是外人。”

马扩问道：“杨巡检也认为洪刍没登过海船，是高丽人在撒谎吗？”

杨群道：“自从高丽人来到沙门岛，就搞出了不少事。马将军说宁尽忠命案跟高丽人有关，何厚本身就是高丽人，使者金富轼又那般惺惺作态，明显有古怪。这两起命案，高丽人都脱不了干系，再多杀一个洪刍也不奇怪呀。”

又道：“再者说，如果昨晚洪刍上过海船，李齐直接承认就是了，有什么必要否认呢？巡守铺兵士已向我禀报过了，他昨晚亲眼看到洪刍离开。也就是说，洪刍离开码头后才被杀。而他离开后，海船上又没人下船追出去，根本就没有可疑之处。”

马扩道：“是，我自是明白这个道理。但关键是，高丽使者金富轼与洪刍关系非同一般，金富轼不可能在这件事上撒谎。”

朝外面看了看，见天光尚亮，遂道：“我得回客栈一趟。昨晚赵夫人的贴身侍女海棠也上过海船，她肯定见到过洪刍。”

杨群道：“那么马将军刚才为什么不直接将海棠搬出来？”

马扩道：“我得先向海棠确认洪刍到过海船之事，再找卓荣对质，这才能令他无可抵赖。”

杨群不由得笑了，问道：“就算卓荣承认洪刍上过海船，又能怎样呢？”

马扩道：“适才那侍从李齐若是承认昨晚洪刍上过海船，便没事了。但他若是撒了谎，事情便大有可疑。杨巡检也说了，满船的人都没有杀人嫌疑，直接承认便是了，为什么要刻意撒谎呢？”

这番话中，暗含着极其精妙的逻辑，杨群思索了好大一会儿，才会意过来，道：“是，若是李齐撒谎，便大见蹊跷了。”

尤其李齐刚刚还是一副义愤填膺的样子，若真是撒谎的话，便做作得过分了，极可能是要掩饰什么。

马扩又问道：“宁尽忠的尸首处置得如何了？”

杨群道：“已经交还给了粮店店家王明，他哭着收下了，说是会尽快托人去登州给程度送信。”

又告道：“王明原先是长山岛岛民，不知怎么得到了粮商程度的赏识，资助他在庙岛开了这家粮店，专为过往船只补给粮食。王明应该是不知情，他还以为宁尽忠搭乘便船回去登州了。”

马扩道："好，我一会儿回客栈，要先经过粮店，我会再询问店家，看是否能发现线索。"

杨群又问道："那么我这边可以做些什么？"

马扩道："马某正有一件事要请你帮忙，有一艘商船应该就快要抵达庙岛码头。"按上官鼎的叙述，大致描述了那艘商船的样子，却不提那是金人韩千运的商船，只道："烦请杨巡检找个理由，将商船扣押，船上之人就地拘禁，不准他们下船。不过理由一定要恰当，不能让人看出是有意为之。"

杨群笑道："这个好办。刚好庙岛发生了多起命案，我派人严查进出庙岛的船只。现下世道不太平，船上总会有兵器等违禁之物，以往都是睁只眼闭只眼，若认真去搜，少不得搜出几件来。"

马扩道："总之，不能让人起疑。"

杨群笑道："马将军放心，我不会专门针对那一艘商船。"

马扩见杨群已领会自己的意图，便放心辞出。

出来水寨，马扩径直回来市集。此时天色已不算早，粮店正要打烊，而帮忙上门板者，竟是长山岛铁匠毛途之女喜妹。马扩忙主动上前帮忙，喜妹极为意外，忙道："不敢劳烦马将军动手。"

马扩笑道："这有什么，不过是举手之劳。"又问道："喜妹是奉你爹爹之命，来粮店寄售兵器的吗？"

喜妹点了点头，迟疑片刻，道："马将军，喜妹有一句话想问你。嗯，那个……那个……"

马扩笑道："喜妹有话直说，马扩一定尽力解答。"

之前马扩曾经派四名刀鱼军士帮助喜妹劈柴，喜妹对马扩的印象很好，又见他丝毫没有长官架子，遂点了点头，道："那块龙涎香，可是被马将军充了公？"

马扩不解其意，问道："喜妹这话是什么意思？"

喜妹道："听说沙门寨那位洪老先生死了，喜妹赶在他尸首火化前去看过，他身上和住处都没有龙涎香，沙门寨兵也没拿过。其实喜妹原本也不知道那是龙涎香，是什么珍稀之物。那是铁柱送给喜妹的礼物，喜妹宁可将所有财物都还回去，也想要换回那块龙涎香。”

马扩“啊”了一声，失声道：“那块龙涎香，是被凶手拿了。”这才会意过来，洪刍不是因为看到什么不该看的事才遭人灭口，而是因为身怀奇珍异宝——龙涎香。

喜妹呆了一呆，才问道：“马将军是说，洪老先生一直将龙涎香带在身上，有人杀了他，又取走了那块龙涎香？”

马扩“嗯”了一声，又道：“喜妹放心。我一定尽力帮你找回来。”

喜妹大喜过望，又转头道：“王店家，门板都上好了，你自己出来闩门吧。爹爹让我带来的刀剑工具之类，就放在柜台下面，一共是两把刀、两把剑，还有四把匕首和六件其他工具，回头你点收一下。喜妹这就要回长山岛了。”

里面店家王明应了一声，问道：“喜妹不留下吃晚饭吗？”

喜妹知道店家只是出于礼貌随口一句，当此境地，主人哪还有心思做晚饭招待客人？遂道：“不了，我得在天黑前摇船赶回去，不然沙门码头的寨兵又该数落我了。”

长山岛因是流人所在地，无论官船民船，哪怕是一只小小木筏，均必须集中停泊在沙门码头，由沙门寨统一管理。寨兵日夜轮换守卫码头，流人根本无可乘之机。当日钟子昂混入沙门寨营救耶律阿撒，化名刘五马的信王赵榛负责退路，其所看管的木筏，其实并非盗自岛民，而是自粮商程度的运粮船上带来的。

王明又应了一声，喜妹遂欲辞出，又迟疑看着马扩。马扩点了点头，示意她放心，喜妹这才去了。

马扩在外堂踌躇叫道：“王店家，马某又来了。就宁尽忠被杀一案，有几个问题要向你请教。”

不见人应，颇为失望，正待离开，店家王明又颤巍巍地出来了，叫住马扩，问道：“喜妹叫郎君马将军，郎君果真是将军吗？”

马扩道：“我是马扩，故登州武官马政之子。当年我父子走海道出使金国，都要经过庙岛，我从粮店门前经过许多次，只不过当年没进来过。这么多年过去了，粮店还是老样子，一点都没变。”

王明道：“哦，你就是小马。”

马扩笑道：“正是小马。抱歉，前两次着急来找宁尽忠，也没自报姓名，是马某失礼了。”

王明朝后院看了一眼，道：“宁姑爷他已经……已经……”

马扩忙道：“马某知道，是马某将宁尽忠的尸首从沙门寨带回来的。”

王明奇道：“沙门寨吗？粮食早送完了呀，宁姑爷怎么还会去那里？”

马扩道：“宁尽忠是在庙岛被杀，抛尸海中，然后被冲到长山岛沙滩的。”又道：“马某此来，就是为了了解案情，好揪出真凶。王店家，你为程度翁婿效力已非一日，当知悉他们的事。你可知道谁最有可能杀死宁尽忠？”

王明道：“可是……可是……”犹犹豫豫，几度欲言又止。

马扩料想对方必是有所顾忌，遂道：“马某其实已经了解到了一些真相，宁尽忠其实是高丽人，对不对？”

王明瞪圆眼睛，失声道：“马将军已经知道了？”

马扩点了点头，又道：“马某知道这些，是因为宁尽忠同党道破了他的真实身份，王店家又如何会知道？”

王明又迟疑了一会儿，这才下定决心，如实告道：“程员外和宁姑爷这次来庙岛，很有些不同寻常，他二人总是嘀嘀咕咕躲在房内商议什么，小老儿经过时，无意中听到了‘高丽’二字。小老儿还觉得奇怪，但也没敢多问。后来还是宁姑爷自己主动说出了他的真实身份，就在那晚他被高丽人叫走之前。”

马扩心念一动，忙问道：“那程度呢？程度可知道女婿是高丽人？”

王明点头道：“程员外知道。不过也是才知道不久。”

那粮商程度垄断一方粮业，家财万贯，膝下一子一女。在外人看来，儿女成双，家中又有钱有势，当得起一个“好”字。偏偏家家有本难念的经——

程子自幼好读诗书，对生意没有任何兴趣，只一心想要求取功名。程度对此当然很高兴，为此还下血本聘请了名师来教导儿子读书。

程子虽勤学苦读，但时势如此，最终还是一无所成。程子心灰意冷，便自行在家中闭门读书，不问外事。

儿子如此，儿媳的肚子也不争气，嫁入程家多年，也未生下一儿半女。

程女倒是温柔娴静，偏偏是个瘸子，门户相当的人家不愿意娶她，程度又不愿意将女儿嫁入普通人家，生怕对方是贪图程家钱财，程女的终身大事由此耽误了下来。直到两年前，程度大病了一场，深感自己年事渐高，需要一个可靠的人来接手生意，可儿子指望不上，就只能指望女婿了。选来选去，终于选中了粮店的伙计宁尽忠，将女儿许配给了他。宁尽忠年纪比程女还要小上一岁，然相貌堂堂，人又踏实勤快，对时人颇为忌讳的倒插门女婿身份，更没有半分怨言，程度和程女都很是满意。

成亲一年后，程女便生下了一对双胞胎儿子，令程度大喜过望。宁尽忠更是主动提出让两个儿子都姓程，等程女下胎再随自己姓宁。此举赢得了程度绝对信任，虽然这位精明吝啬的大粮商仍然没有放权，但他终于开始放心将部分生意交给宁尽忠打理。

其实在偷渡一事上，程度更早于船家范温被买通，不过收买人却不是曹勋、钟子昂等人，而是高丽副使曹笑笑。当时曹笑笑已经确信耶律阿撒被关在沙门寨地牢中，意图营救。但他也知道高丽使船上人多眼杂，而一些高丽人正嫉妒他并非本国人竟能得任高位，一直有心寻他的把柄，将耶律阿撒带上使船容易，一路隐藏却是十分困难。曹笑笑本人是个大行家，一眼便看出登州渔港诸多民船中，只有粮商程度运粮的货船容量最大，质量也最好，有远航的能力。

最关键的是，程度是本地最大的粮商，会不时往各海岛运粮，大可以以运粮鼍矶岛的名义北上。只要将运粮日期安排在八月初后，那时刀鱼巡检已经返航登州，鼍矶岛再无宋军水师戍守，一旦运粮船离开沙门岛，便等于脱离了登州水师的控制，自此天高皇帝远，宋廷便难以追究了。

于是，曹笑笑主动找上程度，而他开出的条件也不是财物，而是答应为程度提供便利，将其一家老小安置在高丽，并设法为程度谋取一官半职。

程度起初嗤之以鼻，认为曹笑笑是在痴人说梦。但曹笑笑话锋一转，告之金人一定会再度南下，大宋亡国在即，即便程度靠投降活命，金人也会夺去其财产。而高丽是最好的庇护所，不仅是因为高丽已向金国称臣，还因为两国接壤，渊源极深，有“本是一族”之说，更不要说高丽与女真第一次通使时，高丽使者的从人便救了女真首领盈歌亲眷[1]。

程度对女真、高丽之类均无兴趣，但一句“夺去其财产”，击中了他最大的要害。程度一时下定不了决心，既然儿子女儿指望不上，便找来女婿宁尽忠商议。出乎他意外的是，宁尽忠极力赞同全家移去高丽，以避战火。程度既倚重女婿，遂听从了宁尽忠建议，与高丽副使曹笑笑达成协议，助其偷渡某人过海，同时自己一家人也将同船而行。当然，程度暂时还不知道这个某人是谁。

出于某种考虑，曹笑笑又特意要求程度晚十日才能出发，程度也满口答应。

而后曹勋、钟子昂找上曹笑笑，想借其使船出海。曹笑笑把握良机，向二人勒索了一大笔钱财，才满口答应。其实从一开始，曹笑笑便没有让曹勋一行乘坐高丽使船的打算，而是要让这些人乘坐程度的运粮船渡海。

后来曹笑笑出了意外，程度听说后自然十分恐慌，不欲再涉入此事。宁尽忠为安抚岳父，又要继续使命，便主动表明了身份。原来他本是高丽人，受曹笑笑所派，先几年搭乘商船来到登州，目的就是为了寻找辽国皇子耶律阿撒。宁尽忠又告知岳父，避难高丽的辽国旧臣旧部已经准备妥当，只要寻到耶律阿撒，便可立其为帝，东山再起，复兴辽国，那时候大家伙儿都是开国功臣，封王拜相，不在话下。

[1] 据《金史》和《高丽史》载，大约在北宋崇宁二年（1103 年），高丽第一次向女真派出使者。正逢女真联盟首领盈歌（女真强大起来的关键人物，金开国皇帝阿骨打之叔）亲眷患病，高丽使团中的一位成员是岐黄圣手，成功治好了这位女真人，盈歌十分感激。

程度倒不相信封王拜相之类，但因已骑虎难下，且通知了全家老小做好逃亡准备，不得不妥协，继续照宁尽忠的意思办。

然天不遂人愿，最终传来耶律阿撒已死于沙门寨地牢的消息。宁尽忠闻言十分失落，程度追问清楚原委后，立即打了退堂鼓，决定尽快返回登州，并要求宁尽忠看在妻儿的分上，也随他返回蓬莱，不要再掺和复辽之事，反正他这个高丽人也成了地地道道的汉人，完全可以继续隐瞒身份，在登州生活下去。宁尽忠本已同意，然登船后又改变了主意。

程度怒道："你要是下船，就不再是我女婿，也不要再回来。"

宁尽忠虽然犹豫，但还是在程度的怒骂声中离船而去。

他回到粮店，很是急躁。店家王明见他不断走来走去，便好心询问原委。宁尽忠犹豫很久后，终于将所有的经过都告诉了王明。

粮店店家王明说到这里，特意停下来叹道："小老儿当时只以为宁姑爷心中苦闷，无人诉说，情急之下，才不得已向我一番倾吐。现下方才知道，当时宁姑爷便已经有不祥之感，他其实是在向小老儿交代后事。"

马扩忙问道："店家是说，宁尽忠当时便已经有所预感，料到会有人对付他？"

王明点了点头，又道："而且，谁是杀害宁姑爷的凶手，马将军第一次来时，小老儿便已经明说了。"

马扩心念一动，问道："王店家认为凶手是高丽人？"

王明摇头道："不是小老儿认为，而是宁姑爷自己说的。他离开之前曾经说过，如果他死了，一定是高丽人下的手。"

马扩早已猜到宁尽忠是在高丽使船上遇害，闻言也不惊奇，只问道："那么宁尽忠可有说为什么？"

王明道："宁姑爷没说，只说如果他真的死了，也不要深究，只需要小老儿将他的托付转达给程员外，请程员外好好照顾他的妻儿。"

说到动情处，双目已有了泪光。他举袖抹了抹眼泪，又问道："当真是高丽人杀了宁姑爷吗？"

马扩道："目下还不清楚，不过高丽人应该脱不了干系。"想了想，又问道："那一晚，来找宁进忠的高丽人是谁，王店家可还记得他的样子？"

王明道："天很黑，样子没看清楚。身材嘛，高高瘦瘦。是了，小老儿听到宁姑爷叫他何厚。那名字跟汉名差不多，小老儿一下子便记住了。"

马扩忙问道："那名叫何厚的高丽人来粮店找宁尽忠时，宁尽忠最初是什么反应？是意外，是惊喜，还是其他？"

王明达道："都不是。宁姑爷没什么反应，好像他早知道对方要来。这也不奇怪呀，宁姑爷不是早有预感嘛。而且宁姑爷还将何厚请进房中，说了好一会儿话，大概有一两刻的工夫，然后才一道离去。"

马扩心道："如此说来，何厚必定就是曹笑笑在高丽使团中的同党，也就是那个从我驿馆房中盗走财物的'窃贼'。他与宁尽忠一样，应该是被高丽人或是金人郭安邦的同党所杀。时间上，不过是前后脚的工夫。只是不知道使团翻译郝信下场如何了，他也是曹笑笑的同党。高丽人既已发现何厚及宁尽忠的真实身份，想必也已经揪出了郝信。既不见郝信尸首，当已遭囚禁。"

又或者是郝信一回使船便遭审讯。他已从何厚口中得知副使曹笑笑被杀一事，又知耶律阿撒已死，深知大势已去，遂坦白交代了一切，供出了宁尽忠及何厚。金富轼或许不能尽信，为试探何厚，便派何厚去叫宁进忠，由此发现二人果然有所勾结，等二人一登上使船，便予以扣押。而使团翻译郝信，因他本人与金人郭药师之子郭安邦的死无关，遂暂时被放过。

从何厚及宁尽忠尸首来看，他二人并未像高丽侍从阿七那般受到酷刑拷问，当是金富轼及郭安邦的同党已从翻译郝信口中尽知究竟，根本无须再刨根问底。

最关键的是，郭安邦的同党既知曹笑笑等人志在复辽，跟己方其实殊途同归，必定有结盟之意——虽则对方杀了郭安邦，但之前郭安邦也杀了曹笑笑，等于互相扯平。当此困难局面，当然是齐心协力才好。

只不过郭安邦的同党是以金人身份登上使船，非但不能在高丽人面前表露出来，还要装出对何厚等人的行径气愤不已的样子，要求高丽人将何厚、宁尽忠及郝信几人交给己方处理。但三人未遭刑讯，只被囚禁，当是郭安邦的同党留给将来结盟的退路。

至于后来何厚、宁尽忠二人被杀，必是意外。二人当不知郭安邦同党的真实用意，只以为对方是金人特使，因而想方设法地要逃走。而且就算郭安邦同党不在乎结盟，一心要为郭安邦报仇，有杀何厚、宁尽忠之意，昨晚也是最坏的时机。毕竟使船尚停在庙岛码头，就地杀人的话，尸首难以处置，焚尸容易引人注目，抛尸海中则容易被人发现。将二人带回高丽处置，或是等离开沙门岛再行杀害，均要方便得多。因而应该是被囚禁中的何厚、宁尽忠寻到了逃走的法子，预备逃离使船。高丽人迫不得已，才不得不痛下杀手。

宁尽忠倒也罢了，他有粮商女婿的身份，在众人眼中是登州本地人。但何厚身份却不能掩盖，是以次日一早高丽使者金富轼派人赶去水寨谎报何厚失踪，等何厚案发，高丽便可干脆地推卸责任。

粮店店家王明见马扩沉吟不语，问道："是何厚杀了宁姑爷吗？虽则宁姑爷说过，如果他死了，一定是高丽人做的，但小老儿看那何厚的样子，不像是凶神恶煞的杀人凶手。"

马扩道："不是。何厚昨晚也被人杀死了。"

王明又讪讪道："宁姑爷生前对小老儿很好。程员外为人苛刻严厉，全靠宁姑爷几次周旋，才保住小老儿的饭碗。小老儿自知没有能力帮宁姑爷报仇，但是……"

马扩忙道："王店家放心，马某一定尽力而为。"又叮嘱他不要将宁尽忠所言及身份泄露出去。

王明忙道："小老儿不会对旁人说的。要不是看到马将军为人和善，就连一向不怎么理人的喜妹也信任将军，小老儿也不会对将军说刚才那番话。"

辞出粮店，马扩见天光已暗，便欲回去客栈。想到铁匠之女喜妹的一番话，思绪不由得又回到洪刍一案上。心道："自古'人为财死，鸟为食亡'，洪刍极可能是因为龙涎香被杀。但我亲眼见到白医师的侄子白勇给了洪刍一只用鱼泡做的皮袋，用以盛装那块龙涎香，以免香气外溢。那么凶手怎么知道洪刍身上有龙涎香呢？皮袋明明已经封住了香气呀。"

而且洪刍随马扩来庙岛后，自知仍是流人身份，颇为自律，只与高丽使者金富轼、李清照、辛赞父子及登州通判耿于怀等寥寥几人见过面。辛赞父子、耿于怀已回登州，金富轼、李清照均与洪刍是惺惺相惜的文友，除此之外，洪刍与旁人并无交集，他身怀龙涎香的事，又是如何泄露出去的呢？

彼时刚好经过医铺，白勇正点燃了一盏气死风灯，将其用竹竿挑起，高高挂到医铺屋檐下。马扩心中一动，走过去上前招呼一声。

白勇忙道："马将军，我正想着去客栈找你呢。"

马扩问道："白郎找我有事吗？"

白勇道："水寨杨巡检已经派人将龙英尸首抬走了，还说他就是朝廷通缉的重犯王定。我叔叔和我都很吃惊，询问究竟，杨巡检也不肯细说。我还想向马将军打听此事，果真如此吗？我是说，龙英果真是逃犯吗？"

马扩道："是。"

白勇正待再问，忽见马扩目光如电，紧紧盯着自己，心头一颤，忽有所畏惧，遂不再提王定命案，改口问道："听说马将军今日晕了过去，不过现下看起来一点事也没有，果然是吉人天相。实在抱歉啊，我也不知道叔叔怎么就发起了脾气，坚持不肯收治马将军。叔叔的性子是古怪些，但在我印象中，他还从来没有见死不救过。"

马扩道："白勇，你可有将洪刍身怀奇宝龙涎香一事告诉旁人？"

白勇愣了一下，随即连连摇头道："没有，绝没有这回事。"

马扩道："你可知道昨晚洪刍被人杀死，凶手还取走了龙涎香？"

白勇意外之极，"啊"了一声，又双手乱摇，连声道："不是我，绝对不是我白勇杀人。我可以对天起誓。"

马扩遂上前握住白勇的手臂，道：“走！”

白勇忙问道：“去哪里？是要去见洪刍尸首吗？我都说了我跟这件事没关系。”

马扩道：“马某押你去沙门寨。呼寨主说了，洪刍虽是流人，可也是沙门寨的人，有人杀了他的人，就是跟他过不去，他要亲手处置杀害洪刍的凶手。”

又“嘿嘿”两声，有意威胁道：“你应该听过沙门寨有一座地牢吧？那里面有各种各样的刑具，死过许多重犯，阴风阵阵，惨不忍睹。今晚就该轮到你白勇了。”

白勇闻言大为恐惧，忙道：“马将军，我说实话，我愿意说实话，我确实将龙涎香的事告诉了一个人。”

马扩问道：“是谁？”

白勇道：“大海商卓荣。我只告诉了他一个人。”又道：“卓荣为人阔绰，好搜罗奇珍异宝，这是众所周知之事。昨日我去了码头，到海船求见卓荣，将龙涎香之事告诉了他，也是想从他那里讨点赏钱。”

马扩心念一动，暗道：“如果高丽使者没撒谎，那么洪刍昨晚去的就是卓荣的海船，侍从李齐是在撒谎。刚好卓荣新从白勇那里知道了洪刍身怀龙涎香之事，洪刍又于昨晚被杀，这应该不是巧合。”

忙问道：“卓荣听了之后，是什么反应？”

白勇道：“他什么反应都没有，连一文钱都没打赏，就直接让我走了。”

马扩道：“如此说来，还是你嫌疑最大。一定是你贪图贵重的龙涎香，杀了洪刍，取走了龙涎香。走，我押你去沙门寨。”

白勇哭腔都快出来了，连忙道：“不是我，真的不是我。我是爱财，可我只想要金银珠宝，要那龙涎香做什么呀。那香价值千金，平常人购买不起不说，若被州府知道，一定会强行没收了去，好作为进贡皇帝之礼。”

马扩道："你心里倒是打得一手好算盘[1]。"

白勇忙道："其实我算盘真的打得不错的。叔叔住在蓬莱时，医铺的账都是我记的。"

见马扩仍握住自己左臂，不肯松开，忙道："卓荣嫌疑最大。他表面上不动声色，但当听到'龙涎香'三字时，眉毛明显挑动了一下。我白勇也是爱财之人，最清楚这种表情，他一定动了心，人一定是他杀的。"

马扩道："胡说八道，卓荣人一直在海船上，根本就没下来过。"

白勇道："卓荣手下侍从众多，杀个把人，还需要他亲自动手吗？随便指派一人便可以了。"

狠了狠心，才道："为了证明我自己清白，少不得要说出这一节了。昨晚我在客栈附近见过李齐，他是卓荣最心腹的侍从。"

马扩闻言大为意外，问道："昨晚你当真见过卓荣侍从李齐？"

白勇肯定地点了点头，道："绝对是他没错。我敢说，人一定是李齐杀的。不知马将军有没有见过李齐，看他那双冰冷的眼睛就知道，这个人不简单。"

顿了顿，又道："其实刚刚马将军说出洪刍昨晚被人杀死后，我就立即猜到人是李齐杀的。龙涎香也一定被他拿走，回去交给了卓荣。马将军只要带人去海船上仔细搜，一定可以搜出龙涎香，证明我没有说谎话。"

马扩问道："你既已猜到是李齐杀人，怎么不立即说出来？是了，你还想拿这个作为把柄，去要挟勒索卓荣。"

白勇也不否认，道："卓荣是因为我才知道那流人洪刍身怀龙涎香一事，我却一点好处没捞着，有些不心甘。"又道："我已经将全部事

---

[1] 算盘：又作祘盘，是中国古代劳动人民发明创造的一种简便的计算工具。珠算盘起源于北宋时代，北宋名画《清明上河图》中赵太丞家药铺柜就画有一架算盘。由于珠算盘运算方便、快速，几千年来一直是中国古代劳动人民普遍使用的计算工具。即使在计算机已被普遍使用的今天，古老的算盘不仅没有被废弃，反而因它的灵便、准确等优点，在许多国家颇受欢迎，人们往往把算盘的发明与中国古代四大发明相提并论。珠算已被联合国教科文组织正式成为人类非物质文化遗产，这也是我国第 30 项被列为非遗的项目。

情都告诉马将军了，马将军总该放手了吧。”

马扩见此人只贪图钱财，对无辜而死的洪刍没有半点怜悯之心，不由得心生厌恶，当即松了手，道：“幸好你叔叔没收你为徒，让你学医。”

回来客栈，马扩便去寻海棠，以确认海商卓荣的侍从李齐撒谎一事，却发现海棠不在房中，再去拍李清照房间的门，也无人相应。马扩忙去大堂柜台询问二人去向。

店家答道：“她二人护送吕老先生去码头了，同去的还有吕先生的侄子及那位曾小郎君。”

又告道：“敝店简陋，住的人又多，吵吵闹闹，不大清净。刚好大海商卓员外派人邀请吕老先生搬到海船上养病，他便带着侄子搬去了。是了，那位曾小郎君让我专门告知马将军，说是今晚要帮赵夫人将辎重装船，可能会回来得晚些。”

马扩忙问道：“卓荣的海船明日便要离开了吗？”

店家道：“没听说啊。应该不会那么快。客栈里还住着许多搭顺风船的商客呢。”

马扩闻言一时踌躇起来，心道：“我若即刻赶去码头，自然能从海棠口中验证卓荣的侍从李齐撒谎一事。根据白勇的证词，李齐有重大杀人嫌疑，卓荣多半也脱不了干系。可白勇也不是什么好人，证词未必全然可信。吕使君、赵夫人此时都在船上，我赶去当众闹上一出，万一弄错了，不但卓荣大失面子，我这边也不好收场。”

正思忖要如何去寻李齐杀人的铁证，忽见那疯疯癫癫的男子方晚舟路过时推搡了自己一下，当即喝道：“做什么？”

方晚舟笑嘻嘻地道：“不做什么。”

马扩道：“是了，马某正要问你，你之前一再到白氏医铺纠缠白医师师徒，到底是为什么？”

方晚舟道：“有这回事吗？不记得了。”口中说着，脚下却是不停，直往后院客房而去。

马扩叫道："站住！"见方晚舟不听，便急忙追了过去。

方晚舟先行进房，正欲关上房门时，马扩一步抢了进去。方晚舟旋即将门掩上，低声告道："韩千运预备等明日接应船只到了后，便去高丽使船。"

马扩忙问道："韩千运预备表明他金军元帅特使的身份吗？"

方晚舟道："韩千运没说，只说要先上使船试探高丽一方。但依上官鼎判断，他应该会亮出真实身份，不然难以令高丽人俯首帖耳。"又告道："上官鼎建议马将军找机会将郭安邦剩下的同党除掉，以免节外生枝。"

马扩踌躇道："上官鼎之前可不是这么说的，他本打算从中推波助澜，有利用郭安邦的同党除掉韩千运的意思。"

方晚舟道："郭安邦一党，决计不是韩千运对手。不过上官鼎只是建议，马将军可自行斟酌，看有无合适的机会，毕竟韩千运极为精明，一旦他起了疑心，事情便不好办了。"

马扩道："好，此事我会酌情处理。"又告知已安排庙岛巡检设法扣下韩千运接应船只一事。

方晚舟沉吟道："只要做得足够巧妙，不令韩千运起疑心，这当然是一件好事，只会敦促他尽快与高丽人接触。"

马扩点了点头，正要辞出，方晚舟又叫道："马将军！"却是支支吾吾，不肯说出下面的话。

马扩叹了口气，问道："是有关马某家眷的事吗？"

方晚舟点了点头，道："韩千运也知道马将军的家眷陷在云中之事，可能会有胁迫马将军之事。"

马扩问道："韩千运已经明白告诉过上官鼎了吗？"

方晚舟答道："那倒没有，但韩千运四下打听过马将军来沙门岛的用意，对马将军下令禁止船只北上也很是忧心。上官鼎猜他很快会走这一步棋。"又问道："真到了那时，马将军要怎么做？"

马扩问道："郎君是说韩千运登门要挟马某之时吗？那时我会杀了韩千运。"

方晚舟当即拍手道："好，好男儿该当如此！"

马扩本只是随口应答，但细细一想，这确实是个好主意，又补充道："同时马某还会拘禁上官鼎。"

方晚舟又问道："可是马将军家眷……"

马扩踌躇道："马某出使金国时，与粘罕曾同帐而卧，很有些交情。我只是杀了他手下一个辽国降臣，他应该还不至于杀死我的家眷泄愤。至于拘禁上官鼎，则是表明这件事不是上官鼎的错，他仍然是站在金人一方的。如此，粘罕便不至于杀死宇文虚中出气，同时还可以为我大宋保住天圣铜人。"

方晚舟道："极好。上官鼎也是这个意思。"

马扩闻言很是惊奇，道："上官鼎也愿意马某这样做吗？这可不是闹着玩的，对他而言，只有动真格的，才能取信于粘罕。"

方晚舟忙道："上官鼎说他愿意。还说一旦真到了那步，请马将军代为知会登州州府，判他流配沙门岛，他其实还挺喜欢沙门岛的。"

马扩道："嗯，这只是权宜之计，马某还是希望能有一个两全其美的法子。"

方晚舟摇头道："没有什么两全其美的法子。宇文虚中和马将军的家眷都在金人手中，这是改变不了的事实。"

忽听到有人拍门叫道："马将军，你人在里面吗？"

马扩开门一看，却是客栈伙计，举手告道："大海商卓荣卓员外来拜访马将军了。"

马扩闻言极度意外，急忙出来，果见海商卓荣正等候在自己房间门口，身旁还跟着两名侍从，却不见心腹李齐。

马扩忙过去招呼道："卓员外，你可是稀客。"当即将卓荣请进房中。

卓荣道："马将军白日在海船上忽然晕倒，人事不知，可是吓了卓某一大跳，现下将军身子可大好了？"

马扩忙道："就是这几日没休息好，累的。实在抱歉，马某在卓员外面前失了礼数。"

卓荣摆手道："不要紧，马将军人没事就好。"又道："卓某今晚来客栈拜访，是专程来向马将军道歉的。”

马扩奇道：“道什么歉？”

卓荣先令侍从退出，这才道：“听说马将军向李齐询问过洪刍洪老先生昨晚的行踪，他称洪老先生没有来过海船，其实李齐撒了谎，昨晚洪老先生确实来过海船。但李齐撒谎不是因为别的，是卓某下了严令，不准船上之人说出去。”

马扩本已推测卓荣、李齐主仆必与洪刍命案有重大关联，还待设法去寻李齐的杀人铁证，却不想卓荣主动上门澄清，极为纳罕，问道：“这是为什么？”

卓荣道：“这个嘛，请恕卓某不能相告。卓某答应了洪老先生，绝不说出此事，既已允诺，当忠人之事。”

马扩道：“难得卓员外如此守信。”

卓荣笑道：“卓某是商人，经商一道，没别的诀窍，讲的就是诚信二字。卓某这么多年纵横商海不败，靠的就是这个。”

马扩道：“如果我告诉卓员外，洪刍洪老先生昨晚已经过世了呢？”

卓荣大吃一惊，问道：“洪老先生过世了吗？怎么会？昨晚他离开海船时，人还好好的呀。”

马扩正色道：“洪老先生已死，这是事实。他昨晚的行踪，关系他被杀的真相，所以还请卓员外……”

卓荣忙道：“等一等，马将军是说洪老先生是他杀吗？卓某还以为……”

马扩忙问道：“卓员外以为什么？”

卓荣答道：“卓某以为洪老先生是自杀而死。”

马扩惊奇万分，却没有立即询问究竟，只告道：“洪老先生是被人从背后杀死，背心中了一刀后，旋即落入海中，尸首被冲到了对面的长山岛。”

卓荣站起身来，在房中徘徊了好几圈，才道：“这个……实在太不可思议了。”又道：“看来卓某不说实话也不行了。”

马扩一时难以确信卓荣是否涉入洪刍命案，忙道：“还请卓员外将昨晚之事详细告知。”

卓荣遂道：“昨晚洪刍洪老先生独自来海船拜访，卓某听闻他是黄庭坚黄大学士的外甥，既感意外，也觉荣幸，当下设宴款待。席间我二人交谈甚欢，洪老先生趁机提出要卓某帮他一个忙。我问都没问是什么，便欣然应允。结果，等洪老先生真正开了口，卓某才知道那不是普通的忙，不是卓某帮不上，而是不能帮。”

马扩极感困惑，问道：“到底是什么忙？”

卓荣迟疑了下，才道：“马将军久在登州，可有听过‘八仙过海’的故事？”

马扩愣了愣，旋即会意过来，问道：“莫非洪刍洪老先生想逃离沙门岛？”

“八仙过海”和“逃离沙门岛”两件事，听起来完全没关系，然只有蓬莱本地人才能领会这其中意味——

沙门寨所在的长山岛生存环境恶劣，流人须得靠煮盐、造船等为生，辛苦劳作，还经常填不饱肚子，因而不时有流人不堪忍受，试图逃走。

距离长山岛最近的有人居住的岛是庙岛，近在咫尺，体力稍微好些的人便可以游过去。然庙岛亦有宋师水兵驻守，且岛屿面积远比长山岛要小，人口密集，即便成功逃上岛上，也无处藏身，等于白逃。

其次便是登州蓬莱，距离六十里，任谁都没有体力游这么远，尤其是食不果腹的流人，因而试图游水逃回登州者，无异于跳海自杀。

但在沙门寨历史上，还真有八名流人成功游回了登州。这八人甚有智谋，观察筹划了许久，定下了一个绝妙计划——先是游到了距离北长山岛最近的无人岛烧饼岛。烧饼岛是名副其实的小岛，周回也就几里地，但岛上林木葱郁，不似长山岛光秃秃一片。岛上没有淡水资源，也未曾开凿水井，不能久待。且该岛位于北长山岛和小黑山岛之间、庙岛之北，等于是沙门诸岛腹心之地，这也是沙门寨对此毫无防备的根本原因。八人根本未打算久藏于烧饼岛，只不过要利用该岛的树木资源，就地取材，扎了一个简易木筏。八人再扶着木筏下海，借木筏的浮力力南游，由此省下了不少力气。最终，八人成功游过海峡，抵达了蓬莱。但不敢从码头登岸，便游到蓬莱阁所在的丹崖山下，设法爬上了山崖。

当时正有游客在饱览蓬莱风光，忽见到八名稀奇古怪的人从半山狮子洞中走出，一时惊为神人。此事传开后，在当地越传越神，八名逃犯被称为“八仙”，逃离沙门岛之事，也被演绎成“八仙过海”的故事[1]。

马扩在登州长大，自是听过“八仙过海”，也知道这“八仙”是逃离沙门岛的八名流人。而且这八人不是普通流人，均是逃亡的军士，所以才有这等体力与胆量。只不过当时的知登州害怕朝廷追责，没有公开真相，反正沙门岛流人死亡率极高，便将这八人以“病亡”上报。

这件事后，沙门寨即在长山岛西岸修建了瞭望高塔，以防犯人再游去附近的无人岛如烧饼岛、螳螂岛，因而那“八仙”，也是沙门寨建寨以来仅有的成功逃脱的八名流人。

马扩见海商卓荣支支吾吾半天，最终说出了“八仙过海”，当即想到对方是在暗示洪刍要逃离沙门岛。对年迈的洪刍而言，果有逃走之意的话，游泳自是不可能，他根本没那个体力，唯一可能的途径，便是乘船了。而他刚好人在庙岛，行动自由，有着极大的便利。

然细细一想，又觉得不大可能，洪刍新来沙门岛几日，便已生出如此强烈的逃走意愿吗？他这样的身份，声名最是重要，就算逃脱，仍是罪犯，余生又有何意义？更何况他这把年纪，已是风烛残年，还有几日可活，何必要多折腾一遭。

海商卓荣似是看出马扩心中疑惑，忙道：“本来卓某也不能相信洪老先生竟会当面提出此等请求，但事实是，他确实提出来了，卓某当即露出了为难之色。洪老先生随即从怀中取出一物，说愿意以它为酬谢。卓某接过来一看，是个鱼泡制作的皮袋，做工很是粗糙，且未完全去除腥臭之气，令人闻之掩鼻。”

[1] 此事并非作者杜撰，确为蓬莱当地传说。

马扩听到这里，不由得竖起了耳朵，绷紧身子，神色跟着紧张起来。

卓荣续道：“但不想皮袋中还有玄机。解开皮袋，登时清香四溢，原来袋中装着一块极其罕见的龙涎香。”

马扩忙问道：“卓员外既一眼就认出了袋中装的是龙涎香，是不是在这之前，早就见过这种香？”

卓荣摇头道：“没有，龙涎香是海龙王的涎水凝结所成，哪是那么容易见到的？卓某只是听说过。”

顿了顿，又道：“但在这之前，白医师的侄子白勇告诉我沙门岛流人洪刍身上有一块龙涎香。不瞒马将军说，卓某当时很是心动，派人打听了洪刍来历，这才知道这位洪老先生是黄庭坚大学士的外甥。卓某本来还想下船去拜见洪老先生，一是礼节性拜会，二是询问他是否有意出售手上的龙涎香，卓某愿意高价购买。不过临出发时，又因事耽误了。刚好当夜洪老先生便主动来了海船拜访，你说巧是不巧？”

马扩见对方坦诚说出一切，连白勇通风报信一事都未隐瞒，心道：“莫非我全然想错了，这件事跟卓荣毫无干系？”

卓荣又道：“最后的结果，想必马将军已经猜到了，卓某虽然很舍不得那块龙涎香，也很想帮助洪老先生，最终还是不得不拒绝了他的请求，将龙涎香还给了他。又告诉洪老先生说，除了逃走这件事，其他事，不管什么事，卓某都会帮忙，而且不需要任何酬谢。不想洪老先生神色黯然，看上去很难过，亦无心再饮酒，告辞离去。卓某心中其实很过意不去，但却没有办法。适才马将军称洪老先生昨夜过世，卓某还以为他一时想不开，自杀而死呢。”

马扩又问道：“卓员外的心腹侍从李齐，昨晚可在船上？”

卓荣道：“没有。昨日卓某派李齐去客栈等位朋友，但那位朋友一直没出现。他怕不好复命，一直等到今早，仍不见人，这才回船复命。”

马扩本来已对卓荣完全释疑，然听了这句话，疑云立时再起。心道：“卓荣前面的解释，除了洪刍试图逃走略有可疑外，其余经过均有头有尾，有因有果，而且他连自己对龙涎香一度动心一事也未隐瞒，足见其言可信。但关于李齐这段，却有漏洞。”

卓荣下令全船不准提洪刍到访海船一事，必是在昨夜洪刍离开后。既然侍从李齐昨夜不在船上，自然不知洪刍到访一事。等到李齐今早返回海船，卓荣难道还会就李齐不知之事单独下令，不准其人声张吗？

其次，之前马扩询问洪刍昨夜的行踪时，李齐断然否认洪刍夜上海船一事，态度甚为强硬。他既然人不在船上，为什么不实话实说，称自己不知其事？

看起来，像是李齐对马扩撒谎在先，回船禀报后，卓荣意识到不妥，遂亲自赶来客栈向马扩解释，以为弥补。但不管怎样，只需拿这对主仆二人证词细细对照推敲，便不难发现内中大有蹊跷。

卓荣仍可强行解释李齐撒谎是因为他的命令，但李齐明明可以说真话的呀，为什么要撒谎呢？之前马扩和庙岛巡检奇怪李齐为何撒谎，是以为昨晚没有人下过海船，不可能有人杀死洪刍。而今既知李齐昨夜人在岛上，他又撒谎，而且撒的还是不能解释的谎，便愈发可疑。

问题是，如果李齐可疑，卓荣又专门赶来客栈，为李齐的一番谎话解释，便也甚为可疑。

忽瞥见卓荣眼角余光正小心翼翼地观测自己的反应，马扩当即恍然大悟，暗道：“是了，一定是李齐杀人，又夺走了龙涎香。我在水寨向他询问洪刍昨夜行踪时，他为了掩饰罪行，极力否认见过洪刍。最关键的是，他坚称洪刍没有上过海船，是要维护主人卓荣。如果洪刍根本没有到过海船，事情便跟卓荣没有任何关系。如此，便表明卓荣切实涉入其中了。”

当即问道：“请恕马某唐突，得多问卓员外一句，李齐在客栈等的是什么人？”

卓荣道：“卓某的一位朋友。马将军问这个做什么？”

马扩道：“人命关天，任何细节都很重要。”

卓荣颇为不悦，问道：“莫非马将军怀疑李齐杀人？”

马扩道：“不只李齐，昨晚所有在岛上的人都有嫌疑。”顿了顿，又道："但李齐的嫌疑格外大，稍后马某会向卓员外解释，请卓员外先回答马某的问题。"

卓荣道："是一位叫黎鸣的朋友，跟赵夫人一样，也是从登州来的，到庙岛搭乘卓某海船。"

马扩心道："如此愈发可疑了。黎鸣乘船泊入庙岛码头时，会看不到你那艘金色大海船吗？还需要你专程派心腹侍从去客栈等？"

这倒不是卓荣无心留下的漏洞，而是他既然说了李齐在客栈等人，便很难再圆得滴水不漏，海岛大大不同于陆地，它只有码头一个出入口。试想，卓荣命令最得力的手下去岛上客栈等一个本来就要从他自己眼皮底下经过的朋友，这可能发生吗？

但卓荣也不能声称李齐昨晚人在海船上。庙岛人口密度大，尤其是有大海船进港之时，能平白多出一二百人来。李齐在岛上晃悠，肯定有人见过，譬如白医师的侄子白勇便是证人。如果卓荣的谎言被戳穿，那他便大大可疑了。然即便他如实交代了李齐行踪，却还是不能消除马扩的疑惑，等人的理由太牵强，更有李齐撒谎一事在先。

卓荣见马扩沉吟不语，终于有些着急起来，问道："马将军为什么认为李齐杀人嫌疑最大？"

马扩道："因为洪刍洪老先生身上的龙涎香不见了，肯定是被凶手取了去。"

卓荣愣了一下，随即抗声道："那也不代表是李齐杀人啊。凶手杀人后搜去死者身上财物，不是司空见惯之事吗？

马扩道："强盗才会先杀人，再取财物，但洪刍是因为龙涎香被杀，即代表凶手事先知道他身上有龙涎香。而知悉此事者，岛上只有寥寥几人。"

卓荣这才会意过来，质问道："马将军原来是怀疑卓某指使李齐杀人夺香。不错，白勇是告诉过卓某，称洪刍身怀异香，但洪刍主动送香上船，卓某都没收，又如何会因香杀人？"

马扩道："那不一样，卓员外是有信之人，收了洪刍双手奉上的香，就得替他办事，冒险带他逃离沙门岛。但杀人夺香，则不需要帮他出逃”

卓荣冷笑道：“马将军，卓某敬你是位英雄，才极力解释，但你真是越说越离谱了。如果是卓某垂涎龙涎香的话，我当在洪刍下船后派人追上去，但事实上，卓某并没有这样做。而李齐，他早早就被派去岸上，水陆两不通，昨夜卓某根本无法跟他交流信息，如何能指使他杀人夺香？”

这是极为有力的辩解，也是马扩不能解释的最大疑点。他微一思忖，即抱拳笑道：“马某适才只是试探卓员外，还望卓员外大人大量，不要介意。其实马某早知道洪刍离开码头后，无人下船，因而海船所有人都无嫌疑。侍从李齐既在岸上，根本不知洪刍夜访海船之事，又如何能受命卓员外呢？除非……除非……”

卓荣本来面容渐缓，闻言又起了警觉之色，忙问道：“除非什么？”

马扩道：“除非李齐自己对龙涎香起了歹意，他知道洪刍先生怀有异香的，也知道龙涎香的价值，对不对？”

卓荣点头道：“不错，昨日白勇来海船时，李齐还在船上侍奉，正好在卓某身侧。”

马扩道：“或许李齐见到洪刍独自一人行走，忽然起了夺香之意，遂上前诱骗他到无人处，杀人夺香。”

卓荣正色告道：“马将军应该知道，李齐从来没见过洪刍洪老先生。而据卓某所见，洪老先生将龙涎香封装在皮袋中，外人近在咫尺，也闻不到香气。李齐如何能一眼辨认出洪老先生即是怀香之人？”

马扩道：“白勇曾告知洪刍本是沙门岛流人，对不对？洪刍耳后刺有刺配沙门岛的黑字，又是庙岛上的唯一流人，稍加留意，便能立即辨认出来。”

卓荣一时无言以对，当即道：“好，卓某这就赶回去盘问李齐，若果真是他杀人夺香，卓某一定将他拿下，亲自捆缚到马将军面前。”

马扩歉然道：“马某并非有意针对卓员外，实是李齐嫌疑颇大。”

卓荣心中仍有不平之气，当即问道：“先不说凶手是不是李齐。马将军认为杀人动机是夺取龙涎香，这才格外怀疑李齐，但马将军能肯定凶手是因香杀人吗？或许是其他缘故呢？”

马扩心念一动，忙抱拳道：“马某愚钝，愿听卓员外高论。”

卓荣遂道：“此话我本来不想说的，说出来也怕不能取信于马将军。”

马扩奇道：“卓员外何出此言？马某自信尚不是昏聩之辈。”

卓荣道：“因为事情牵涉到赵夫人的贴身侍女，海棠。”

昨晚洪刍下船后，卓荣心中大有歉意，遂立于船头目送洪刍离去。他亲眼见过李清照侍女海棠从隔壁高丽使船上下来，一副神不守舍的样子。走到岸上，洪老先生刚好走到海棠身后，叫了她一声，她才回过神来。然后二人便往前去了，虽然背影很快没入了黑暗中，卓荣看不真切，却能听到争吵之声，海棠的声音更是格外激烈。

马扩闻言心下大震，忙问道：“昨晚海棠上的是高丽使船，不是卓员外的大海船吗？”

卓荣道：“卓某对此也感到奇怪。不过赵夫人是名满天下的大才女，事情牵涉她的侍女，卓某绝不敢有半句谎言。实在不信的话，马将军也可以去问使船上的高丽人。而且他们距离码头更近，应该知道海棠与洪老先生到底在争吵什么。”

又道：“要说杀人嫌疑的话，海棠其实更大。卓某当然不相信她是因香杀人，不过马将军今日驾临海船，不也是因为昨夜高丽使船发生了怪事吗？那海棠昨晚就在高丽使船上。尤其可疑的是，适才海棠陪着赵夫人相送吕公叔侄上船，卓某旁敲侧击地询问昨晚之事，她竟然矢口否认昨晚上过高丽使船。马将军可以认为卓某眼花了，但巡守铺的兵士肯定记得她。她人来了这边，既没上卓某海船，也否认登过高丽使船，难道还能飞上天去？”

马扩大惑不解，心道：“海棠上高丽使船倒不奇怪，毕竟她是副使曹笑笑的侄女。奇怪的是她为什么没告诉我这件事。而且为什么卓荣今日问她，她还要矢口否认？”

卓荣又道：“即便真是因香杀人，白勇嫌疑不是最大吗？他将洪老先生身怀龙涎香一事告诉我，而我不予理睬，或许他想着先夺得龙涎香再暗地卖给卓某。”

马扩当即抱拳道："分析得大有道理，是马某鲁莽，不曾考虑周全。海棠和白勇二人，马某一定会重点调查。"

卓荣道："好一个马将军！"又道："至于李齐，卓某回船后也会严加盘查。他果真有问题的话，卓某还是那句话，亲手将他捆缚到马将军面前。"

马扩道："多谢。"

刚送走卓荣，白勇便奔进客栈，叫道："马将军，我叔叔要见你。"

马扩大为惊讶，问道："白医师找马某有事吗？"

白勇道："好像是赵夫人给叔叔送了一份重礼，请叔叔尽心为将军医治。叔叔反复思虑了很长时间，这会儿终于回过神来了。不过我也不能确定，这就请马将军立即过去吧。"

马扩闻言，急忙跟随白勇进来医铺。医铺已经打烊关门，白谈坐在前堂灯下翻阅书册，见侄子引马扩进来，放下手中的书，命道："你先去睡吧。"

白勇应了一声，自往后院去了。

马扩上前行了一礼，问道："白医师深夜相召，有何指教？"

白谈指着案上的书册道："这是赵夫人送来的重礼。她听说马将军晕厥不醒，老夫却不肯救治，便派侍女送来了这本册子。"

马扩不敢随意上前，只立于原地，问道："这是什么书册？"

白谈道："这是白居易亲笔手书的《楞严经》[1]。听说赵夫人三年前在淄州意外得到，颇为珍贵。"

马扩道："原来白医师也信佛教。"又道："既然这是唐人书册，当是古物珍品了。"

白谈摇了摇头，不客气地道："马将军原来胸中也没多少学问。老

[1]《楞严经》：即《棱严经》。明人刻经，喜用说文字，"楞"字不见说文，故改"楞"为"棱"。实则以"楞字"为正。《楞严经》为大乘佛教经典。在《法灭尽经》上说：末法时代，《楞严经》先灭，其余的经典跟着就灭了。如楞严经不灭，正法时代就现前。"楞严"，意为"究竟坚固"。由于《楞严经》内容助人智解宇宙真相，古人曾有"自从一读楞严后，不看人间糟粕书"之句。

夫姓白，白居易也姓白，这你还想不到吗？”

原来李清照早听说登州白氏源出太原[1]，如此，白谈与白居易便是同支。她既出面为马扩求医，必当准备一份特别的礼物，料想白谈若是见到同族先人手书，必会有所念想。马扩这才会意过来，一时大为感激，结结巴巴地道：“我竟不知赵夫人会如此慷慨，马某实在有愧。”

正待说明自己并无疾病，只不过是不曾好好休息，太过疲累，才致昏倒，白谈却招了招手，令马扩到自己身边坐下，这才正色道：“马将军，老夫有一件大事，要托付于你。”

马扩忙道：“白医师有事尽管吩咐。”

白谈道：“但老夫必须得实话告诉马将军，你身上中了剧毒。老夫知道你中的是什么毒，但不知道那几味配药各自的分量。而且就算老夫知道了剧毒配方，也没有贵重药材来配制解药，所以治不了你。”

马扩一时瞠目结舌，呆了半晌，才讪讪问道：“白医师说马某身中剧毒吗？”

白谈点了点头，道：“而且只有下毒之人才有解药。”

[1] 白姓源出有五：源自嬴姓、芈姓、出自以地名为氏、出自部落、出自改姓。单说芈姓一支，秦始皇一统天下后，封白起（姓芈氏白，楚国太子熊建后人。具体可参见吴蔚小说《鱼肠剑》及《和氏璧》）之子白仲于山西太原，其子孙世居太原，遂形成太原郡望。

第九章

涛随神女

当年契丹强大，辽太祖耶律阿保机用了二十余年时间，终于攻灭渤海国，遂于渤海国设东丹国，以长子耶律倍为东丹国王。而后辽廷又取消东丹国，在渤海故地设置东京留守，实行高压统治。渤海诸多遗民不愿接受辽人统治，曾多次起兵反抗，先后有大延琳、高永昌起义。高永昌建立大元国后，未曾败于辽人，却被刚刚建国称帝不久的女真人阿骨打打败，兵败而死。

天接云涛连晓雾，
星河欲转千帆舞。
仿佛梦魂归帝所。
闻天语，殷勤问我归何处。

我报路长嗟日暮，
学诗谩有惊人句。
九万里风鹏正举。
风休住，蓬舟吹取三山去！

——李清照《渔家傲·天接云涛连晓雾》

马扩惊悉自己身中剧毒，脑子登时一片空白，难以集中精力思索，只有一个声音不断问道："我怎么会中毒？我是什么时候中的毒？又是谁向我下了毒？"

白谈道："老夫话已经说明白了。不过马将军暂且放宽心，你所中剧毒不会立即要你的命，但你的身子会慢慢越来越差。"

马扩勉强定了定神，问道："我中的是什么毒？"

白谈道："五奇散，原是丹药，更改了每种配药的分量，便成了毒药。这可不是沙门岛该有的毒药，每一种配药，都极其难得，毒药本身就是奇药，相当珍贵。而沙门岛唯一能得到的毒药，就是黑山岛的毒蛇。所以。马将军想要解你身上奇毒，须得找到下毒之人。"

似是看出马扩心中茫然，又道："马将军不必过于忧心，对方朝你下这种毒，目的是要挟你办事，不是要你的命。"

马扩镇定下来，问道："我白日突然晕厥，是不是也是因为身中五奇散毒药？"

白谈点了点头，道："将军不可饮酒，不可吃烈性大发之物，不然就会引发毒性，轻则头晕，重则昏迷。"

马扩道："马某知道了。多谢白医师。"

白谈奇道："马将军怎么一点也不当回事？你所中奇毒，虽不至于立即毒发毙命，但没有解药的话，少则半年，多则一年，它还是会要你的命。"

马扩笑道："不要紧，马某至少还有半年可活。何况白医师也说了，对方只想要挟马某办事，自会主动寻上门来，那时再设法谋取解药不迟，无须马某过多操心。"

又问道："白医师说有一件大事，要托付马某，那是什么事？"

白谈道："请马将军搬来医铺住。只要马将军人还在沙门岛，都不要住客栈，而是住在老夫这家医铺。"

马扩奇道："这是为什么？白医师不是说解药药材贵重难得，治不了马某吗？"

白谈道："治病只是幌子，马将军须得住在这里，这便是老夫说的大事。"

马扩道："好，我这就回客栈收拾一下行囊，随即搬来这里。又问道："我住哪里？是东偏院吗？"

白谈道："不，马将军住以前龙英的房间。"迟疑了下，又问道："马将军可是有所忌讳？"

马扩料想白谈这番安排，必有原委，遂笑道："马某行伍出身，日夜与刀剑为伴，能有什么忌讳。"遂回来客栈，收拾了行囊。

出来房间时，正好遇到上官鼎和韩千运。二人见到马扩，颇为讪讪。马扩遂主动招呼了一声。

韩千运见马扩手中提着行囊，问道："马将军这是要离开吗？"

马扩"嗯"了一声，又道："是了，吕使君叔侄已搬去海船，不日便要随海船一道南下。那位船工孙靖也去了卓荣海船做工，算是人尽其才。你二位有何打算？若是需要乘船去登州陆地，或是直接搭乘海船南下，马某都可以代为安排。"

韩千运道："这个嘛，吕使君也问过了，我二人打算先留下来。算是我等见识少，还是第一次见到海岛风光，想多留些日子。"

上官鼎补充道："时势如此，世人均感茫然，我二人也是，虽成功返朝，但对日后还没有太明确的打算，也正好借此机会，好好考虑考虑。"

韩千运忙应道："正是。"

马扩道："二位请便。"又道："若是没有机会再见，今日便当告别，二位请多保重。"

来到客栈大堂，马扩向店家简略交代了一声，径直搬进了医铺。

白谈举灯引马扩进来龙英旧居，便不再理会，径自回后院就寝。

又听到白谈隔墙叫道："勇儿，马扩马将军也住进医铺了，就在原先龙英房中。"又听到白勇应道："晓得了。"

房间中有一股浓烈的药味，大约是因为隔壁便是药材房的缘故。马扩随手将行囊放下，和衣躺到榻上，一时思如潮涌。这两日发生了太多事，甚至连他自己也身中奇毒，然最令他吃惊的还不是这件事，而是海棠。海棠昨晚偷偷去高丽使船做什么？她与洪刍又在争吵些什么？自己是该现下寻去码头，当面问个清楚，还是一切等到明日再说？

兴许是太过疲累，尽管脑子中千头万绪，睡意一旦袭了上来，意识便模糊起来……

不知过了多久，忽听到有细微脚步声，马扩立时惊醒。他从卧榻上一跃而起，抄起长刀，敏捷地摸到门前。却见外面庭院中一条黑影闪过，径直进了隔壁药材房。

马扩心念一动，轻轻拉开房门，尾随对方进来药材房，旋即打亮火石，一手握刀，喝道："贼人哪里逃？"

对方大吃一惊，又见马扩堵住门口，无处可逃，只得勉强应道："先不要动手，有话好好说。"竟是上官鼎。

马扩忙点亮房中油等，诧然问道："你来做什么？"

上官鼎支支吾吾地道："我来……我来……"朝马扩使了个眼色。

马扩当即会意，厉声喝道："马某还以为郎君是个正人君子，却不想你是梁上君子，竟然半夜入室窃取财物。”

上官鼎忙道：“不是，我就是来这里取几味药，都不值什么钱的。”

马扩道：“取药？你不会白日到医铺买吗？”

上官鼎为难地道：“这几味药，医铺是不卖的。”

白谈叔侄已闻声而起，赶了过来。白谈一见药材房情形，便明白了是怎么回事，气得脱下鞋子，一边追着上官鼎打，一边骂道：“叫你不学好，年纪轻轻的不务正业，学别人寻什么宝。竟然还来偷避虫蝎药，你直接上大黑山岛，让毒蛇咬死你好了。”

马扩忙道：“白医师不要生气。夜深了，您老人家先回房歇息，这里交给我处置。”

白谈这才将鞋子甩到地上，重新穿上，忿忿出去了。

白勇忽招手将马扩叫到一边，低声道：“这个人还有个同伴，找过龙英……哦，是王定，那人找过王定很多次。”

马扩问道：“是韩千运吗？”

白勇道：“好像是叫这个名字。”

马扩见对方欲言又止，便道：“马某现下是医铺的病人，怎么说也算是自己人，白郎有话不妨直说。”

白勇道：“避虫蝎药是我叔叔自创，极为有效，旁人都不知道配方，只有我叔叔知道。王定来药铺时日不短，说不定也已经知道。这人来寻避虫蝎药，须得有配方才行。”言外之意，竟暗示上官鼎与王定被杀一案有关。

马扩道：“好，我知道了，你先回去睡吧。”

等白勇离开，马扩遂走上前去，喝令上官鼎站好，搜其身上。果然从衣袖口袋中搜出一张纸条，上面写有几味药材的名字，每味药材后，还标有相应的分量。

马扩问道：“你从哪里得到的这配方？”

上官鼎道：“路上捡的。”随即低声告道：“这是韩千运交给我的。他人就在东院墙外。”

马扩当即冷笑道：“这应该就是避虫蝎药配方了，可知道多少人想得到这张纸，路上随便就能捡到？”心中却是满腹疑云，低声问道：“医铺龙英被杀当晚，上官郎君不是对韩千运下药了吗？”

上官鼎道：“所以韩千运跟龙英被杀绝对没有干系。但是这张配方，应该是韩千运高价向龙英买的。他行囊中一直有一只木盒，里面盛满金砂，但马将军那日派兵士搜韩千运行囊时，那木盒已经不见了。”

马扩忙道：“这配方多半是假的，韩千运被骗了，他不知道龙英自己也是为寻宝而来，怎么可能将真配方交给他？”

上官鼎道：“我也觉得这龙英可疑，给了配方，却不给药材，还得自己想办法偷取药材。”

马扩道：“应该是龙英忌惮白医师精明，怕师傅发现药材少了，但若是药材被窃，就不关他的事了。”

随即喝道：“原来你和韩千运是为了到大黑山寻宝才留在沙门岛，竟然还潜入医铺偷药。走，马某送你到水寨，将你交给杨巡检处置。”一边说着，一边扭着上官鼎出来。

上官鼎忙求饶道：“马将军，求你看在我等救过吕使君的分上，放过上官这一次吧。”

马扩道：“多少人听信了大黑山宝藏的谣言，又畏惧岛上毒蛇，以致垂涎白医师的避虫蝎药，给医铺增加了许多困扰。马某这次要杀一儆百，非得从重罚你。”一边说着，一边拖着上官鼎出来医铺，欲押送水寨，交给庙岛巡检杨群。

上官鼎低声道：“马将军真要这样做吗？”

马扩道：“那还能有假？”

上官鼎道：“可我们还得利用韩千运来对付躲在高丽使船上的郭安邦同党。”

马扩道：“目下情势有变，马某须得随机应变。”

所谓“有变”，自是指马扩身中奇毒五奇散一事。虽然他暂时想不到对方如何向自己下了毒，料想下毒之人，必是韩千运无疑。

刚离开市集，韩千运便从暗处闪出，挺身拦在道上，叫道：“马将军请留步。”

马扩冷笑道："你二人果然是一心要上大黑山岛寻宝。你，韩千运，也跟马某一起去水寨见杨巡检。"

韩千运道："马将军少安毋躁。韩某有几句话要说，请你先放开上官鼎。"

马扩道："好，就看在你二人救过吕使君叔侄的分上，给你们留些颜面。若妄想逃走，可不要怪马某不客气。"

韩千运道："这里孤岛一座，我等想逃也逃不了。"又上前正色道："不过是几味药材而已，区区小事，马将军何必小题大做。韩某愿十倍赔偿医铺。"

马扩道："事情是不大。于你二人而言，入医铺盗药只是一件小事，但对白医师而言，每年要面对成百上千件这样的事。这么多事加起来，怎么也算是大事了。"

韩千运道："所以马将军是要拿我二人杀一儆百了？"

马扩点了点头，又道："还有，这方子，是医铺龙英给你的吧？龙英被杀，你实在脱不了干系。"

韩千运见配方已落入马扩之手，先是一呆，随即道："不错，我是向龙英买了这方子。但我既然得了方子，如愿以偿，又怎会再杀他？"

马扩道："自然是因为你不希望别人也得到方子了。所以你不但是个窃贼，还是个杀人凶手。"

韩千运摇头道："之前马将军就怀疑过韩某，还搜了韩某行囊，并没有找到凶器。"

马扩道："那是因为你早将凶器丢进了大海之中。"

韩千运道："这只是马将军的猜测。马将军手头的实据，只有这张方子，以及在药材房捉到的上官鼎，根本不足以与杀人命案联系起来。"

马扩冷笑道："你倒是会狡辩。一会儿到了水寨，严刑之下，看你还能不能如此自得。"

正待去抓韩千运手臂，韩千运忽道："且慢，韩某还有几句话要说。马将军，粘罕元帅命我向你致意，还说你家人在云中安然无恙。"

上官鼎装出阻止不及的样子，失声道："韩兄你怎么……"

马扩早料到此节，先是一怔，作惊愕状，随即扬手出刀，飞快地将刀横在韩千运颈间，一字一句地道："原来你是金人奸细。"

韩千运只觉得右颈间一丝剧痛，随即感到有血顺脖颈留下，料想刀锋已割破脖颈，登时魂飞魄散，慌忙跪下道："马将军息怒。韩某不该拿家眷来要挟马将军。将军家眷尽在云中，粘罕元帅念及旧情，待他们很好。"

马扩喝问道："说，粘罕派你来沙门岛做什么？不说实话，我现在就杀了你。"

上官鼎忙上前道："马将军……"

马扩迅疾抬手转臂，又将刀横在上官鼎脖颈之上，喝道："说，你们到沙门岛做什么？"

上官鼎见马扩满面怒容，眼睛似乎要喷出火来，吓了一跳，竟一时呆住。

马扩道："不说是吧？我现在就杀了你，反正也只需留一个活口拷问。"当即扬刀，朝上官鼎头上斩下。

韩千运见状大惊失色，上官鼎一死，天圣铜人的线索也就断了，他回去必受金军元帅粘罕责罚，忙道："马将军手下留情。韩某愿说实话。"

那刀距上官鼎头上半尺生生顿住，上官鼎自己也是吓了一身冷汗。

马扩勉强收刀，转身问道："说，你二人来这里做什么？"

韩千运硬着头皮道："我二人是要去大黑山岛寻宝。"

马扩冷笑道："你的意思是，粘罕派你二人来沙门岛寻宝吗？当我三岁小孩子呢。"又将长刀横在韩千运颈间。

上官鼎忙道："马将军，韩千运说的是实话，信不信在你。马将军本来做了金军俘虏，副元帅斡离不念及旧情，不忍加害，尽力满足马将军要求。马将军却欺骗了斡离不，携带家眷逃走不说，还在五马山寨举兵相抗。尽管如此，粘罕元帅得到马将军家眷后，仍然没有过半点虐待，说是当年在辽东与马将军有同起同卧之情，情同手足，当事将军之母如己母。人心都是肉长的，粘罕元帅待马将军家眷如此，马将军竟不顾念半分旧情吗？”

马扩听了这番话，沉吟不语，意有所动。

韩千运忙道：“只要马将军放过我二人，当今晚什么事都没发生过，韩某日后必会在粘罕元帅面前为马将军美言。如此，粘罕元帅待马将军亲眷，只会愈发尽心。”

马扩冷笑道：“马某稀罕你的美言吗？”

口中虽然如此说，但还是收了长刀，怒道：“看在与粘罕的往日情分上，今晚之事就算了。你们两个，最好再也不要出现在我面前。”狠狠瞪了上官鼎一眼，转身扬长而去。

上官鼎上前扶起韩千运。韩千运往自己颈间一摸，手上均有血迹。再回想适才惊心动魄的情形，不由得面面相觑，竟有死里逃生之感。

韩千运叹道：“上官兄，粘罕元帅曾交代要提防你反水，所以韩某对你并不能完全放心。自从遇到马扩以来，我便怀疑你会与马扩暗中相通。”

上官鼎又苦笑道：“现在呢？”

韩千运苦笑道：“现下还能有什么疑问？若不是适才上官兄那番动之以情的话，我只怕已经死在马扩刀下。”

上官鼎道：“适才若不是韩兄及时阻止马扩，我也早被他一刀砍死。”

二人忽然哈哈大笑起来，各上前一步，紧紧拥抱在一起。

马扩欲杀上官鼎、韩千运，自然只是作戏，但不是为了释韩千运对上官鼎之疑，而是欲讨要奇毒五奇散的解药。他原以为是韩千运向自己下了毒，以便在关键时刻威胁自己，譬如让自己下令放船只出港北上。料想韩千运被逼到最后关头时，不得不拿出解药这一撒手锏，谁想竟不存在此事，而且还是上官鼎的一番话，才不令韩千运起疑。

韩千运先是祭出了金军元帅粘罕的名头，不管用之后，宁可下跪告饶，也不拿出解药来要挟马扩，足见他不知五奇散，下毒一事，与他无干。

不是韩千运，又是谁呢？

自到沙门岛以来，马扩来回奔波个不停，没有好好吃过一顿饭，每日多以干饼充饥。仅有两次坐到了桌案前——一次是在高丽使船上；一次则是在卓荣海船上。

但这两次宴饮都是半途而废。高丽使船那次，倒是喝了几杯酒，还来不及吃饭菜，便因海棠发现阿七而被打断。卓荣海船这次，甚至不及举筷，一杯酒即倒。

高丽人自是没有下毒的动机及胆量，倒是郭安邦同党有这个可能。但果真是在高丽使船上中的毒，为什么海棠、洪刍都没有事？还是说，二人也同时中了毒？洪刍已死，不必再提，海棠则是因为尚未毒发、不曾觉察而已。

卓荣只是商人，唯利是图，而且每年都会例行经过沙门岛，绝不会轻易冒犯马扩这类朝廷官员。他几乎没有下毒的可能。更何况庙岛巡检杨群当场质疑后，卓荣为示清白，以马扩所用酒杯为饮具，当场喝下了同一把酒壶中的所有余酒。

推算起来，于高丽使船上中毒，似乎成了唯一的可能。偏偏那搜近在眼前的高丽使船是法外之地，他无法上船调查个清楚明白。

回到医铺，马扩便举灯在房间中四下搜索，连卧榻下的地面也没放过。终于在墙角半人高处发现了一块活动的墙砖，取下砖后，露出一个墙洞。马扩伸手一掏，摸出了一个沉甸甸的木盒，打开一看，盒中竟盛满金砂，当是韩千运付给王定的配方酬金了。

马扩又往里掏，从墙洞中摸出一块玉佩及一张折叠纸。打开那张纸一看，竟是避虫蝎药配方，字写得歪歪扭扭，倒也能勉强辨认清楚。马扩忙掏出搜自上官鼎身上的纸片，对照一看，两处笔迹一致，当是一人所书，只不过王定高价卖给韩千运的方子，分量不对不说，还少了一味蛇百子。

马扩不懂医术，但料想既是避虫蝎药，那味缺少的配药又带有一个蛇字，必是关键之药。王定以假配方高价卖给韩千运，分明是要让对方去大黑山岛喂蛇送死，用心不可谓不狠毒。

再看那块玉佩，绿意盎然，触手生温。最奇特的是，玉佩呈现出特别的图案，底部水纹若隐若现，舟上船夫正努力摇桨。画面生动，浑然天成，极为可爱。

忽听到外面有脚步声，马扩急忙将木盒及玉佩放回原处，重新将墙砖塞好。旋即有人走到房门前，轻轻拍门。

马扩收好配方，应道："请进。"那人推门进来，却是萧红尘。

马扩讶然道："这么晚了，萧郎还没睡下吗？"

萧红尘道："适才医铺不是闹了一通梁上君子吗？萧某再也睡不着，索性起来走走。"又道："马将军，我看你气色不大好，是不是患了什么恶疾？白日有人抬你来医铺，是不是也是因为这个？"

马扩点了点头，道："幸好白医师改变了主意，最终还是收治了马某。不过白医师知道尊夫人需要清净，受不得半点吵闹，便命马某暂时住在这里。"

萧红尘闻言很是感激，道："还是白医师想得周到。"

又道："马将军有没有兴趣一起出去坐一坐？我在东门外的那片小树林中置了一案两凳，本想引我妻子出去看看风景，但她吹不得海风，只好作罢。那可是个难得的好地方，松间有明月，脚下是大海。"

马扩忽然对这位谦和有礼的萧红尘生出极大的好感，当即点头道："好。"

二人遂先来到东偏院，萧红尘先到房间中取了茶具，这才一道出小东门，摸黑来到小树林中坐下。

时值深秋，夜凉如水，尤其海风一吹，更有森森入骨之感。马扩身子素来壮健，倒不以为意。那萧红尘似也不惧寒风，斟了两杯茶，先举杯道："萧某素不饮酒，今日便以茶代酒，敬马将军一杯。"当先一饮而尽。

马扩也跟着饮了一杯。茶水刚一下肚，便听到肚腹中"咕咕"直响。马扩急忙捂住肚子，甚为尴尬。再探手往怀里去摸干饼时，却已经没有了。

萧红尘哈哈一笑，从怀中掏出一小包物事，递过来道：“马将军权且用这个充饥。”

马扩道了谢，接过来一看，纸包中竟是米糕，一时大为惊奇，忙问道：“这米糕是蓬莱特产，萧郎从哪里得来的这个？”

萧红尘道：“今日外出散心时，看到有路人在吃这个，萧某便厚着脸皮上前讨要了一包。本想拿给我妻子，但她嫌硬吃不下，我吃了一点，也吃不太惯，便顺手揣在怀里了，现下刚好派上用场。”

马扩笑道：“既然如此，马某就不客气了。”风卷残云，几口便将那包米糕吃得干干净净。

马扩又连喝两杯茶水，这才觉得腹中饥饿稍解，随即叹道：“原来人这么容易满足，一包米糕，便觉得很幸福。”

萧红尘笑道：“那是因为马将军刚好饿了，才会作此想。”随即站起身来，深深作了一揖，道：“马将军，抱歉。”

马扩愕然不解，问道：“抱歉什么？”

萧红尘道：“我往茶水中下了药。这是我妻子的药，是帮助她入眠的。但马将军身子壮健，我所下分量甚小，将军还不至于昏睡过去，只是手软脚软，就好像喝醉了酒一样，无力动手。”

马扩大吃一惊，急欲起身，登时头晕眼花，浑身酸软无力，不得不扶案重新坐下。又问道：“你为什么要这么做？马某拿你当朋友，才跟你来这里共坐饮茶。”

萧红尘道：“马将军勿怪，萧某也是受人所托。她也没有恶意，只想跟将军安安静静地叙话。冒犯之处，日后萧某再行赔礼。”随即取了茶壶茶杯，转身朝小东门走去，欲回到偏院。

马扩忙叫道：“萧红尘，站住！”

萧红尘道：“我也饮了下药的茶水，须得回房间。”

马扩道：“你把话说清楚，是谁让你这么做的？”

萧红尘头也不回地道：“她人就在马将军身后。”

马扩惊然扭头，却见一人站在林外。那人旋即走进小树林，一言不发地坐到马扩对面，竟是海棠。

马扩失声道："海棠你……"刚要起身，便觉得摇摇晃晃，难以立稳，又颓然坐了下去。

海棠甚是平静，告道："马将军，你不但中了萧红尘的昏睡之药，还中了剧毒，一动气便会头晕目眩。"

马扩愈发惊诧，问道："你怎么知道我中了剧毒？"

忽想到海棠曾与自己一道参加了高丽使者金富轼主持的宴会，忙道："海棠，是不是你也中了毒？你不要怕，我一定会设法取到解药。"

海棠不答，只道："马将军，你我认识不长，然自相识以来，你便待海棠很好，从不拿海棠当下人看，海棠不会让你有事的。"

马扩道："海棠在说些什么呢。是了，我还想问你，昨晚你去过高丽使船，对吗？你为什么要自己偷偷去那里？"

海棠道："海棠想过了，决定跟随金使者去高丽。海棠昨晚去高丽使船，也是为了跟金使者商议此事。"

马扩愕然不已，怔了半晌，才问道："赵夫人一向待你很好，你为何突然有此想法？"

海棠道："嗯，因为那个……那个……我实在不看好大宋。高丽虽是小国，却能保衣食无忧。"

马扩一时无言以对，沉默许久才道："原来是这样。"

他心中固然失望，然而这是海棠的选择。她本来就不是宋人，在危难关头舍大宋而去，也不算背叛母国。

海棠见马扩良久无言，遂问道："我今晚回高丽使船后，便不会再下来了。今夜可能就是我们最后一次见面，将军再没有别的话要说吗？"

马扩遂问道："昨晚海棠与洪刍洪老先生在码头争吵，到底是为了什么？"

海棠呆了一呆，问道："这就是马将军最后要问海棠的话吗？"

马扩点了点头，道："这件事很重要，请海棠务必如实回答。"

海棠长叹一声，道："海棠不想再隐瞒下去了，洪老先生说过，如果我自己不坦白，他便要将真相告知马将军，看来他就快要这么做了。”

马扩闻言大愕，问道：“海棠不知道洪老先生……”心念一动，及时将后半句话止住，改口道：“那么就请海棠自己说出真相吧。”

海棠道：“我本名叫大运。但是不姓曹，我姓大，名运。”

马扩道：“天下竟还有大姓。”

忽想到出使辽东时，曾听说渤海国王族均是大姓，大为震撼，颤声问道：“你该不会是……是……”

海棠道：“我是世上最后一位渤海公主。”

当年契丹强大，辽太祖耶律阿保机用了二十余年时间，终于攻灭渤海国，遂于渤海国设东丹国，以长子耶律倍为东丹国王。而后辽廷又取消东丹国，在渤海故地设置东京留守，实行高压统治。渤海诸多遗民不愿接受辽人统治，曾多次起兵反抗，先后有大延琳、高永昌之乱。

高永昌建立大元国后，自觉威信不足，设法寻访到渤海国最后一任国王大諲撰[1]之后大运。大运是大諲撰直系后裔中唯一一位幸存者，也等于是最后一位渤海公主，被高永昌接到东京时，年仅六岁，在惘然无知中成为了高氏号召渤海民众反抗辽人的旗帜。而后高永昌坚守东京五年，未曾败于辽人，却被刚刚建国称帝不久的女真人阿骨打打败。高永昌兵败而死，大运则被部属掩护逃亡，后藏入仕辽的渤海大族高药师家中。

当时辽国内部争权不止，衰亡之象显露，高药师早有浮海前往高丽避难之意，尤其收留下大运后，更坚定了此意。

准备了一年多后，高药师与辽地汉人曹孝才携带亲族、部属等二百余人出发。大运化名曹大运，假扮为曹孝才侄女。除了高药师、曹孝才二位首脑人物，无人知悉她的真实身份。

[1] 大諲撰：渤海国第十五代君主，在位期间曾遣使向中原后梁朝贡。契丹国兴起后，屡屡侵犯渤海国。926年，上京龙泉府被契丹国攻陷，大諲撰投降，渤海国灭亡。大諲撰与其妻及族属，被辽人安置在辽皇都临潢（今内蒙古巴林左旗波罗城）附近，“赐諲撰名日乌鲁古，妻曰阿里只”。大諲撰从此过着孤独的软禁生活，直至去世。

但曹孝才却不是单纯地为避战乱前往高丽，他还肩负着护送皇族耶律阿撒去高丽的使命。当时耶律阿撒虽谋变失败，连自己的亲生父亲耶律淳也不站在自己这边，但耶律淳有皇子身份，在契丹皇族中众望所归，被视为是复兴大辽的希望，这事实毋容置疑，所以有一些人宁可冒着杀头的危险，也要保住耶律淳的唯一血脉。对曹孝才而言，侄女是假的，即便是渤海公主，也只是个无足轻重的亡国公主，而冒充高药师外甥的耶律阿撒，才是最重要的。日后一旦辽国局势遽变，耶律淳得势，保住其子耶律阿撒这件事，便是堪比开国之功的政治资本。这就是为什么耶律阿撒肆意强奸侮辱大运，高药师、曹孝才等人均不敢阻止的原因。

而后高药师也觉得对不起渤海国诸位先王，请曹孝才劝大运顺从耶律阿撒，自己则将大运的真实身份告诉了耶律阿撒。耶律阿撒听说大运有公主身份，若娶她做妻子，便可在将来利用高丽国内的渤海势力返回辽国[1]，于他再度崛起将大大有利，又见大运终于肯屈服于他，这才勉强改变了态度。

然海上风浪无情，先有漂流之事，后来大运、耶律阿撒同日失踪，成为难解之谜。

至于洪刍窥破海棠真实身份，完全是因为豆豉的提示。洪刍本人是酷爱豆豉之人，早听说除了江西之外，天下尚有渤海故地龙原府产豉，号称栅城之豉，早在唐朝时便已十分有名，渤海国不时将其作为方物进献唐廷。洪刍既知悉此典故，又见海棠本是北人，却也难得钟爱豆豉，再联系其本名曹大运，便不难推测出其中的联系。

洪刍作此猜想后，曾私下找到海棠，旁敲侧击地试探。海棠有所察觉后，果然神色大变。洪刍愈发肯定海棠本是姓大，有渤海王族的身份。在他看来，海棠跟在李清照身边，为其侍女，并无妨碍。李清照爱海棠聪明乖巧，随她去便是了。但海棠一再借故接近马扩，这便

[1] 渤海国后期，已有大批渤海贵族南投高丽。渤海亡国后，有大约 30 万渤海遗民投奔高丽，均融入现在的朝鲜民族中。朝鲜半岛的陕溪太氏，据说即是渤海王室大氏的后裔。

有些可疑了。是而洪刍曾将马扩叫进房中，婉转提示，本待马扩自己醒悟，不想马扩仿若梦中人，不肯醒来不说，还流露出对海棠的信任及关切。洪刍不好明说，否则便有挑拨离间之嫌。

刚好昨晚洪刍在码头遇到海棠，亲眼见到她从高丽使船上下来，愈发惊疑，于是叫住海棠，明确道破了她的真实身份，要求她自行去向马扩表露真实身份，不然他就要亲自去告诉马扩。

马扩听到海棠说出“我是世上最后一位渤海公主”一句时，旋即会意过来，道:“原来是你！是你！”

正如海商卓荣所言，洪刍死因也许不是龙涎香，而是其他原因。而这其他原因，就是海棠的渤海王族身份。就海棠而言，她肯定不愿意身份泄露，而洪刍却紧紧相逼，她一怒之下杀了对方也说不准。如此，便能解释海棠昨晚为何会出现在水寨附近。她虽然经历坎坷，毕竟只是个娇弱女子，杀人只是一时意气，尤其所杀之人还是认识之人，怨恨过后，定然十分后悔。那一刻，她当起了懊恼之心，决意去水寨投案自首，却不想先遇到了马扩，又临时改变了主意。

海棠也不辩解，只道:“是我。”

洪刍被杀后，尸首跌入海中，随后被海浪冲到长山岛，因而其人死讯尚未在庙岛传开，按理李清照、海棠等人均该不知情才对。海棠既然这么说，等于承认是她杀人了。

马扩一时气血上涌，质问道:“你为什么要杀洪刍？就因为他猜到了你渤海公主的身份吗？现下我也知道了，是不是你也要杀了我？”

忽想到海棠已让萧红尘对自己下了药，令自己失去反抗能力，或许正是有所图谋，心中不由得生出了一丝寒意。

海棠皱紧眉头，出了一会儿神，才道:“我没想到将军会这样想。”随即从怀中掏出一个小瓷瓶，放到案上，告道:“这是五奇散解药，一共六粒。每日早晚一粒，连服三日，便可去毒。”

马扩纳罕万分，问道:“你……你从哪里得到的解药？是高丽人给你的吗？”见海棠不答，愈发肯定是在高丽使船中的毒，忙道:“当日海棠也饮了酒，是不是也中了毒？”

海棠摇了摇头，道："我没有。宴上四人，只有马将军一人中了毒，毒药涂抹在了将军的酒杯中。使船主人金富轼也在宴上，他们还想要利用他逃出宋境，怎么舍得对他下毒？"言外之意，高丽使者金富轼对下毒一事毫不知情了。

马扩呆了一呆，又问道："他们是谁？"

海棠道："郭安邦的同党，一共四人，为首者名叫赵履仁。"

马扩道："这个人的名字我听过，他表面的身份是河北巨富。当年赵良嗣意图策反辽国汉人重臣李处温时，便是通过这个人做中间人，与李处温互通消息。"

他心中疑惑尚多，又问道："不管赵履仁此趟登州之行的目的到底是什么，他必须得在高丽人面前保持金人特使的身份。他既知你的身份，又是如何反应？"

海棠道："渤海国亡国已逾二百年，我虽然姓大，却连亡国公主也称不上，没有任何利用价值，他还能是什么反应？"又指着案上的小瓷瓶道："将军千万要小心，解药珍贵，丢了就再也没有了。"一边说着，一边站起身来，竟准备离去。

马扩忙叫道："等一下！洪刍身上的龙涎香呢？交出来，我须得还给原主喜妹。"

海棠摇头道："龙涎香不在我这里。"

马扩愣了一下，问道："难道你把龙涎香送给金富轼了？"

海棠不答，只曼声吟道："我苦惜远别，茫然使心悲。黄河若不断，白首长相思。"走出小树林后，还举袖往面上抹去，似在拂拭眼泪。

马扩心有所动，还欲起身，却是浑身酸软，没有丝毫力气，只得继续坐在原处。

就这样默默坐着，天光亮时，忽听到有人一边急拍医铺大门，一边叫道："马将军！马将军！"分明是庙岛巡检杨群的声音。

马扩霍然站起，这才发现药劲早已过了，也来不及从东小门进去，直接出来小树林，绕过围墙，来到主道上，招手叫道："我在这里。"

杨群急忙赶了过来，问道："马将军一大早便来这边活动筋骨吗？"

马扩微微苦笑，随即问道:“杨巡检一大早来寻我，可是有什么急事？”

杨群道:“昨晚有人被杀了。他也住在客栈，马将军应该认得他，叫作上官鼎。”

马扩大吃一惊。一把握住杨群手臂，问道:“真的是上官鼎吗？”

杨群点头道:“是他，我认得他，绝对没错。”见马扩握臂用力甚大，显是极为关切，忙问道:“怎么，上官鼎是马将军的朋友？”

马扩不及回答，只问道:“上官鼎是在哪里被杀的？”

杨群朝东面一指，道:“就在前面半里处，距离水寨不远。”

马扩心道:“那便是昨晚韩千运拦住我与上官鼎的地方了。这么说来，昨晚我离开后，上官鼎便在原处被杀了。”一念及此，忙问道:“原处只有上官鼎一人吗？他应该还有个同伴，名叫韩千运。”

杨群道:“韩千运跑了。他现下是首要杀人嫌凶。”

原来昨晚巡逻兵士巡视完毕、返回水寨时，发现道上躺着一人，急忙上前察看。却不想那人还活着，一把扯住兵士衣衫，叫道:“医铺……医铺……”兵士急欲回水寨取担架，好将那人送去白氏医铺救治。不想对方说了两遍“医铺”，一口气松懈下去，便垂首而死。

兵士回水寨禀报刀鱼副巡检杨群后，杨群赶至现场，认出被杀者是新近随卓荣海船至庙岛的上官鼎，大为惊奇，便命兵士先将尸首抬回水寨。等天亮后赶至客栈，方知与上官鼎一道的韩千运昨夜回来后，已匆匆收拾行囊离开了客栈。客栈店家与伙计都力证韩千运进出时神色仓皇，且衣衫上染有血迹，行色可疑。

杨群还欲去找马扩，店家忙告知马扩搬去了对面白氏医铺，还特别交代过，不能将此事随意透露给旁人，只能告知李清照主仆。杨群这才寻来医铺。他大致说完经过，又道:“杨某这就回水寨签发通缉韩千运的告示，同时封锁码头，派人在岛上全面搜索。”

马扩虽然心中黯然，但目下待办之事太多，不得不勉强打起精神，道:“通缉韩千运的告示是要发的，就直接以杀害上官鼎的罪名签发，但搜捕就不必了，韩千运一定是躲去了高丽使船。”遂将事情经过原原本本告诉了杨群。

杨群惊得张大了嘴，半晌才道：“天圣铜人就在大黑山岛吗？”

马扩道：“虽然离奇得离谱，但这是事实。然而上官鼎一死，天圣铜人的线索也就断了。”

杨群忙问道：“上官鼎可知道马将军人在这里？”

马扩点了点头，道：“昨夜上官鼎来闹过一场。”大致说了昨晚之事。

杨群踌躇道：“也许上官鼎是说来医铺，不是说救治他自己，而是让兵士来找马将军。”

马扩回想昨夜还与上官鼎一道演戏给韩千运看，而今便是天人永隔，不由得大生世事无常之感。

杨群又道：“韩千运既然要靠上官鼎去寻天圣铜人，肯定不是他杀了上官鼎，马将军为何还要以杀人的罪名通缉他？”

马扩道：“算是给高丽人一些压力吧。”又询问上官鼎被杀情形。

杨群道：“他是背心中刀，身子被一刀洞穿，足见凶手孔武有力，训练有素。而且……”似有所顾忌。

马扩忙问道：“而且什么？”

杨群道：“凶器明显是长刀，刀伤跟之前宁尽忠身上的伤口非常相似，所以……”

马扩当即会意，问道：“所以杨巡检怀疑是高丽人？”

杨群道：“本来韩千运嫌疑最大，但既然马将军说他跟上官鼎是一条船上的，所以高丽人便涉嫌。虽然我也觉得不大可能，高丽人已经闹出了很多事，目下正处于风口浪尖上，按理该老老实实地待在使船上做缩头乌龟，不会再出来滋事。”

马扩昨晚已从海棠口中知悉郭安邦同党的名字，心道：“难道是赵履仁那伙人所为？但他们为什么要杀上官鼎呢，杀死韩千运才合情合理呀。毕竟上官鼎是找到天圣铜人的关键人物，韩千运则是金军元帅粘罕派来监视上官鼎的。当然了，赵履仁不可能知悉天圣铜人一事，莫非他认识韩千运，或是意外发现了韩千运的真实身份？怕对方破坏己方好事，所以抢先一步，定于昨晚动手，却只杀了上官鼎，韩千运只是侥幸逃脱。如此，高丽使船可就有好戏看了，韩千运逃去那里，必会亮出金军元帅特使身份，而赵履仁等人也是以金燕京留守郭药师特使身份登船，可谓狭路相逢。”

一时来不及思索更多，便道：“杨巡检，事不宜迟，你这就回去水寨签发告示，我去一趟客栈，你我先分头行事，然后在码头会合。”

送走杨群，马扩便从墙洞中取出木盒及玉佩，拿出来交给白谈，称这应该是龙英偷售避虫蝎药配方所得酬金。

白谈很是淡然，摇头道：“老夫不需要这些不义之财。”

马扩道：“玉佩我还有用，会尽量归还给原主。这盒金砂就请白医师酌情处置。”想了一想，又从怀中取出小瓷瓶，道：“白医师帮我看看这是什么药？”

白谈随手接过来，打开瓶塞，略略一闻，便露出了惊奇之色，道：“这应该就是五奇散的解药。马将军从哪里得到的？”

马扩不便明言，只道：“是有人送上门给我的。”

白谈问道：“那么马将军是不是应允了要为对方办事了？”

马扩正想回答没有这回事，忽心念一动，心道：“该不会对方的目标人物并不是我马扩，而是海棠吧？”

海棠既是渤海公主，渤海虽然亡国已久，但渤海大族依旧实力雄厚[1]。她又有耶律阿撒未婚妻子的身份，或许是郭安邦同党赵履仁听说耶律阿撒已死，将注意力转移到海棠身上呢？而海棠是个刚烈女子，既隐名埋姓数年，甘愿为人侍女，都不愿意表露公主身份，又哪会任

[1] 金世宗完颜雍便是利用渤海力量从海陵王完颜亮手里夺取了皇位。完颜雍本名完颜褎，女真名乌禄，金太祖孙，完颜宗辅子，母亲李氏为渤海大户。完颜亮最初夺取皇帝位时，为巩固权力，曾大杀完颜宗室，完颜雍本来也是目标人物之一，但完颜亮一时没有找到合适的借口。完颜雍与妻子乌林答氏感情很深，于是完颜亮命完颜雍将妻子送到中都燕京做人质，一旦完颜雍有异议，就可借机杀掉他。乌林答氏出发前，写了一封信留给丈夫，即后世所称的《上雍王书》。信中预言完颜亮必将身败名裂，希望丈夫不要因她“作儿女之态”，而要“修德政，肃纲纪，延揽英雄，务悦民心、以仁易暴”，卧薪尝胆后，“一怒而安天下”。走到燕京附近的良乡固节镇时，乌林答氏喜爱“固节”的地名，在当地投湖自杀。此后，完颜雍便利用母亲一方的渤海势力，开始积极颠覆完颜亮的活动。完颜雍称帝后，娶了许多妃嫔，但只将皇后之位追封给了爱妻乌林答氏。

凭旁人摆布！如此，赵履仁须得寻一个法子，令海棠乖乖就范。他大概也观察到海棠与马扩时常在一起，遂选中了马扩。

如果真是这样，海棠声称要去高丽便是言不由衷。她是为了取得解药解救马扩，不得不向赵履仁屈服，但马扩却完全误会了她，昨晚还一度恶言相向。她是那样美好的一个女子，他怎么可以那样对她？再联想到当日她从洪刍手中接过豆豉时喜不自胜的情形，他又怎能怀疑是她杀了洪刍？一时之间，心中大为悔恨。

白谈见马扩脸色阴晴不定，便重重拍了拍他肩头，道："有了解药，还不赶快服下！每日早晚一粒，连服三日，便可去毒。"与海棠告知的服法完全一致。

马扩回过神来，应了一声，先吞服了一粒，正待询问白谈为何要让自己搬来医铺居住，是否是因为他早发现了龙英暗售配方之举，忽见萧红尘匆匆出来。马扩心道："是了，我该就海棠之事，好好询问萧红尘一番。"

萧红尘脸色惨淡，也不打招呼，只匆忙道："白医师，我妻子云娘她……她说心口疼，看起来不大好，请您老人家快过去看看。"

白谈闻言，急忙提了医箱，随萧红尘赶去偏院。

马扩料想也帮不上忙，便先来客栈，寻来方晚舟房中。

方晚舟闻声开了门，见是马扩，急忙让他进来，急声道："我正想去找马将军呢。店家说韩千运昨夜匆匆搬走了，上官鼎人则不在房中，也不知道去了哪里。"

马扩冷笑道："你倒是会装。不是你杀了上官鼎吗？"

方晚舟悚然而惊，怔了一下，才问道："上官鼎死了吗？怎么死的？"不待马扩回答，先自问自答地道："呀，一定是韩千运杀了上官鼎死，所以他才连夜逃了。"

马扩遂从怀中掏出在王定旧居寻获的玉佩，问道："这是方郎的玉佩吧？上面有渔舟荡水的图案，正暗合你的名字。"

方晚舟勉强看了玉佩一眼，讪讪道："这未免太牵强了。"

马扩道："你不承认也没关系，但马某要告诉你，你从龙英那里买来的避虫蝎药的配方是假的。你要是要按那房子配药，非被大黑山岛的毒药咬死不可。”

方晚舟一时愣住。

马扩道：“你还想继续否认吗？”有意环视房间一圈，道：“马某如果仔细搜索这房间，一定能搜出配方、药材之类，你信不信？”

方晚舟叹了口气，道：“好吧，我承认，我是用这块玉佩向龙英买了避虫蝎药的方子。那又有什么呢？我受上官鼎之命先行来到沙门岛，就是要为登赴大黑山岛做准备。”

马扩道：“所以你不但杀了龙英，还杀了上官鼎。”

这已经是马扩第二次声称是方晚舟杀死上官鼎，方晚舟大惊失色，连连摇头道：“没有的事。先不说龙英，我怎么会杀上官鼎？我与他是一路的。”

马扩道：“你刚才听到马某说出上官鼎被杀时，虽有难过之色，却暗暗舒了一口气。”

方晚舟道：“怎么，呼出一口长气，也成了杀人罪证了？这是哪朝律法？”

马扩道：“上官鼎派你先来沙门岛，原是要暗中策应，共同对付金人，并不是让你先行上大黑山岛寻宝。事实上，上官鼎还想借口没有避虫蝎药拖延到入冬，你却宁可舍弃如此贵重的玉佩，也要向龙英购买方子，又是为什么？”

方晚舟道：“不为什么，就是想先上大黑山岛看看。岛上许多人都说岛上有宝藏，我自然也很好奇。”

马扩道：“看这玉佩价值不菲，你当是出身大富之家，不至于为财动念。再则说，旁人不知大黑山宝藏底细，你却早已从上官鼎口中尽知其详。”又问道：“莫非你是学医之人，所以才私下觊觎天圣铜人吗？”

方晚舟道：“学什么医，我方家祖祖辈辈，就没一个学医的。”

马扩道：“那到底是为什么？再不说实话，马某可就要以杀人罪名拘捕你。”

方晚舟道：“马将军自己想不到吗？”

马扩不解，问道："什么？"

方晚舟遂道："马将军曾被金人俘虏，受高官利禄诱惑，仍不肯投降，气节好生令人佩服。难道马将军就甘愿将本朝镇国之宝拱手交给金人吗？"

马扩"啊"了一声，道："你……原来你……"

方晚舟昂然道："不错，我是跟上官鼎一路，却不是一条心。他一心只要救宇文虚中，但在我看来，天圣铜人比宇文虚中一条命要重要得多。"显然与沙门寨寨主呼延庆持同一观点。

马扩道："所以你就杀了上官鼎，以绝金人寻宝之路？"

方晚舟摇了摇头，道："我是背着上官鼎在做避虫蝎药，但也仅此而已，我没有杀他。上官鼎只是要救朋友，虽然还有一番利用天圣铜人来离间金人的理论，我根本不信那一套，但他毕竟也是我的朋友，我不会杀他。"

马扩虽然怀疑方晚舟，但认为其杀人嫌疑尚排在郭安邦同党赵履仁之后，听了方晚舟这番解释，当即释然，便先将玉佩交还给他，又问道："那么龙英呢？"

方晚舟道："我杀他做什么？我虽然从他手中买到了方子，但却没有用来配药的药材。龙英说白医师为人精细，那几味药每日都要亲自清点，他不能偷卖给我，让我自己想办法。"

顿了顿，又道："实不相瞒，龙英被杀当晚，我曾偷偷溜去过医铺。因为方子里有一味药，医铺早断了货，最近几日才有人从登州携了来。偏偏那味药，白医师是专来配药的，不单卖。我听说那药到了货，便决定设法窃取一些，刚好定在当晚动手。"

马扩忙问道："你是怎么进去的？"

方晚舟道："我跟龙英事先说好，他打烊时不要把前门闩死，我只需用小刀伸进门缝，轻轻一拨，门闩便会滑开。但我进去后，刚好遇到了龙英。他悄声告诉我说这几日不方便，叫我改日再来。"

马扩心念一动，忙问道："他可有说原委？"

方晚舟道："他说白医师因为要服药才能入睡，故而睡得沉，但白医师侄子白勇却很是警觉，那人每晚都会起夜，还总在院子里转来转去。我听了挺生气的，觉得这是托辞，因为我目下就缺那味药了。龙英便让我先走，说他会设法帮我取药，我这才勉强作罢，转身离去。本来还指望着龙英，谁料当晚他就被人杀死了。”

顿了顿，又道：“马将军既在寻找杀死龙英的凶手，为什么不怀疑高丽人？”

这也是上官鼎曾经说过的话，马扩忙问道：“你何以觉得高丽人可疑？”

方晚舟道：“我因为配药之事，对医铺格外留心，曾多次看到高丽人出入医铺，不独高丽使者本人来过，还频繁派侍从与白医师侄子白勇接触。二人一到无人处，便交头接耳，似在商议什么大事。龙英死前也说，那白勇每晚都会起夜，转来转去，像是在寻找什么东西。”

马扩忙问道：“寻找什么？”

方晚舟道：“这是我自己猜的。谁没事会半夜起来东转西转？或者是白勇要给高丽人开方便之门，窃取什么珍贵药材，高丽人进去医铺时，正好被龙英撞见，高丽人无从选择，遂杀了龙英。又或者本来就是白勇杀了龙英。不过我看那人獐头鼠目，一看就是贪财的势利小人，应该没有杀人的勇气。”

马扩点了点头，道：“多谢你告知这些细节。”

方晚舟忙问道：“马将军是要去捉拿杀害上官鼎的凶手吗？”

马扩问道：“怎么，你不希望我捉到真凶？”

方晚舟点了点头，又摇了摇头，道：“这个人只朝上官鼎下手，应该不是针对上官鼎本人，只为截断天圣铜人的线索，不让金人得到我大宋镇国之宝，于道义上无亏。但上官鼎是我朋友，我还是想知道是谁杀了他。”又问道：“上官鼎尸首在哪里？是在水寨吗？可否由我来料理他的后事？”

马扩道：“当然。你去水寨，报上马某的名字即可。”又告道：“庙岛西面凤凰山山脚有一位木匠，你可以先定一副简陋棺木，若是需要乘船返回登州，马某也可以代为安排。”

方晚舟道："多谢。我想先陪上官鼎留在沙门岛，等看到最后的结局再走。"

马扩奇道："最后的结局？"

方晚舟肯定地点了点头，一字一句地道："最后的结局。"

出来回廊时，正好遇到李清照引着耿通判的妻子微娘出来，二人手中都提着行囊。李清照令微娘先出去，自引马扩到无人处，道："海棠决定去高丽了。她应该已经跟马将军说过了吧？"

马扩点了点头，问道："海棠可有说为什么要去高丽？"

李清照便将海棠昨晚对马扩说过的那番话又重复了一遍。迟疑了下，又问道："马将军不打算挽留海棠吗？虽然是海棠自己的选择，我也尊重她的选择，但我想如果马将军出言挽留，她应该会考虑留下来。"

她早看出海棠对马扩有情，但马扩早已成家，且已有儿有女，虽然妻儿尽陷于金人之手，但以马扩性格，断然不会再娶。还以为海棠因此而黯然神伤，遂决定远赴高丽，斩断情丝。

马扩哪里能猜到女子的心事，见李清照并不知海棠还有渤海公主的身份，便道："马某这就要去码头，会设法再见海棠一面，问清楚一些事情。"又问道："赵夫人是要搬去海船吗？"

李清照道："是。海船定于明日一早起航，微娘怀有身孕，说想先上船适应适应。我想这样也好。刚好吕使君叔侄也先行搬到了船上，互相有个照应。"

马扩忙道："那么可否请赵夫人也带三省一道上船，等到南方后，再设法将他送回福建老家，交给曾氏族人？"

曾家是当地高姓大族，名宦辈出，曾三省回去家乡，自有亲族照顾，再无后顾之忧。

李清照笑道："我早问过三省了，他说要跟着马将军。"

马扩大为意外，问道："三省当真这般说？"

李清照笑道："昨晚从码头回来后，三省听说马将军搬离了客栈，可紧张了，简直是坐卧不安。后来还是店家好心告知马将军没离开庙岛，只是搬去白氏医铺，他这才安静下来。”

马扩忙道：“是了，多谢赵夫人帮忙说情，白医师这才肯收治马某。赵夫人为此还送了一份厚礼给白医师，马某真不知该如何报答才好。”

李清照正色道：“马将军要报答的话，就让海棠留下来。”

见马扩迟疑，又有些发窘，便转换了话题，道：“三省的事，马将军不妨再去问问他。昨晚他一直在码头帮忙搬箱子，有些累了，现下应该还没起。”

马扩道：“好，我这就去找三省。请赵夫人先行一步，别让耿夫人久等。”

李清照又迟疑问道：“洪刍洪公之事……”

马扩道：“赵夫人已经知道了？马某怕夫人伤心，刚才一直没敢提这件事。”

李清照道：“昨晚卓荣卓员外从岸上回来时，我和海棠人还在码头，他当面提了此事。海棠本来不相信，卓员外再三赌咒发誓，她这才确信洪刍被人杀了，一时泪如雨下，奔到海边痛哭了一场。”

马扩心道：“卓荣为什么要当面提及洪刍被杀之事，莫非是想试探海棠的反应？”又问道：“海棠提出要去高丽，是发生在这件事之前，还是之后？”

李清照道：“之前。怎么了？”

马扩摇头道：“没什么。”

李清照奇道：“马将军以为海棠是因为洪刍被杀才决定改去高丽的吗？”

马扩忙道：“没有，我没有这么想。”

李清照无奈地摇了摇头，叹息道：“女孩子的心事，其实最简单不过，马将军这般精明干练，怎么会想不到？”

马扩一怔之间，李清照已转身而去。

等李清照离开，马扩便寻来曾三省房间。曾三省才刚刚起身，一见马扩进来，便立即道：“请马将军不要赶我走，我要跟在你身边。”

马扩笑道：“你怎么知道我是来赶你走的？”

曾三省道：“大海船明日便要离开了，马将军一定希望我跟赵夫人他们一道上路。我不要，我只想跟着马将军。”

马扩踌躇道：“你可知道，马某是败军之将，这次是私下来到登州，一旦回朝复命，极可能会受到圣上严惩。”

曾三省不以为然地道：“大不了被贬官流放。三省会不离不弃，一直陪着将军。”

马扩苦笑道：“大不了被贬官流放，你说得倒轻松。”

曾三省道：“当年先祖父受蔡京陷害，曾氏上下均被逮捕下狱，刑讯逼供数月，竟没有发现先祖父的任何过错，连蔡京也不得不惊叹。后来还是捏造罪名，才将先祖父流放岭南。即便如此，先祖父一样矢志不渝，这也是我曾氏家训。”

马扩当即赞道：“好，好个矢志不渝。”

曾三省试探问道：“马将军是同意我留下了？”

马扩“嗯”了一声，道：“不过我事务缠身，一时顾不上你，你先老实待在客栈，等办完沙门岛的事，我再带你返回登州，走陆路南下，说不定比赵夫人他们还要快上几日。”

曾三省大喜过望，道：“三省全听将军吩咐。”

出来客栈，马扩便径直赶去码头。目下最要紧的是洪刍命案，海商卓荣的侍从李齐有重大嫌疑，海船却将在明日离开沙门岛，是以时间极为紧迫，必须得优先处理。

其次便是上官鼎被杀一案。他几乎可以说是在马扩的眼皮底下被杀——凶手当一直在暗中监视韩千运或是上官鼎。昨晚三人一番交手后，马扩掉头离开，惊魂未定的韩千运极可能在原地与上官鼎商议着什么，凶手忽然出现，杀死了上官鼎。

庙岛只是一座小岛，目下岛上人数不过数百人，除去三百水兵及近七八十名常住岛民，余者不过两百余人，凶手必定在这两百余人中。

而两百余人中，还有一多半住在船上，如高丽使团，又如卓荣及其麾下的侍从、船工等。因而谁也不会无缘无故地在岛上杀人，毕竟杀完人后上天无路，遁地无门，太容易被找到。

以杀人动机而论，目下只有两种可能——无论哪种，韩千运均是极其关键的证人——

一种是如马扩之前所想，是郭安邦同党赵履仁杀了上官鼎。赵履仁认识韩千运，知道他已经成为金人心腹，担心己方谋取复辽一事被韩氏窥破，不得不痛下杀手。料想赵履仁原本是要将韩千运与上官鼎一并铲除，却不想韩千运意外逃脱。果真如此的话，命案便与天圣铜人无关。

另一种则是如方晚舟所言，凶手杀死上官鼎，是为了斩断天圣铜人的线索。如此，嫌疑人的范围便可大大缩小，因为只有极少数人知道上官鼎是寻获天圣铜人的关键，除了马扩、呼延庆以及韩千运、方晚舟，似再无旁人。就连庙岛巡检杨群也是在命案发生后才从马扩口中得知原委。

韩千运专为天圣铜人而来，自不可能杀死唯一的知情者。方晚舟本来极为可疑，而且他的自辩也没有太大说服力，但不知道为什么，马扩愿意相信他。像方晚舟这样的富家子，没有花天酒地、胡作非为，而是远赴沙门岛，为了一纸药方，不惜付出心爱的玉佩，还做起了梁上君子的勾当，本身就是极大的付出，令人佩服。

剩下便只有沙门寨寨主呼延庆。呼延庆跟方晚舟一样，均不赞成将天圣铜人拱手交给金人，但只要想到当日那句“姓上官的，我挺喜欢你的，你叫上官鼎，我叫呼延庆，是不是听起来像是亲戚”，便绝不会怀疑呼延庆杀人。再者说，呼延庆人在沙门寨，沙门寨主亲自过岛，必是轰动庙岛的事。别人不说，码头巡守铺的庙岛水兵必定飞报庙岛巡检杨群。

思来想去，仍是郭安邦的同党赵履仁杀人嫌疑最大。只不过不知道现下高丽使船上情形如何。若是韩千运成功逃到了高丽使船，亮出金军统率粘罕特使身份，必会被高丽使者金富轼收留，予以保护。而后赵履仁或是其同党自岸上返回。韩千运或是认出对方，或是因天黑未看清楚杀手面目，双方仍能继续相处。但韩千运之前便已对郭安邦赴登州一事起疑，必定会询问其目的，赵履仁又会如何应对呢？

刚离开市集，迎面便遇到了高丽侍从昆布。

昆布先扬手叫道："马将军，我正要去客栈找你。"

马扩问道："你找我有事吗？"

昆布左右望了一眼，见附近正有船工打取井水，好为船只补给，便道："借一步说话。"将马扩引进不远处的一片树林，这才正色告道："是金使者派我来见马将军。"

马扩"哦"了一声，问道："可是贵国使船上又有人失踪，或是被杀了？"

昆布忙道："马将军说笑了，就只有何厚失踪后被杀，再无别人。"

马扩道："说吧，金使者派你来，有何指教？"

昆布道："金使者想跟马将军谈个条件。只要马将军肯放本国使船离开，金使者将会交出使船上所有的外人。"

马扩心念一动，面上却不动声色，道："马某愚钝，没有听懂金使者的意思。"

昆布遂解释道："之前在登州时，有五名外人上了高丽使船，后来首脑人物失踪了，据说是被何厚杀了，是不是真有其事，我等也不知道。自从这些人上船后，风波不断，金使者已是不堪其扰，偏偏又不能公然驱逐。"

马扩奇道："上次马某去使船做客，客没做完，就被金使者毫不留情地请下船。金使者明明是使船主人，还会有驱逐不了的客人？"

昆布讪笑道："马将军明知故问。"

马扩道："好，就当马某知道这五人的真实身份，又如何呢？"

昆布忙道："四个，有一人失踪了，他们声称被何厚杀死了，所以只剩下四个人。不过昨晚又上来一人，跟四人中的赵履仁还是旧识。他和赵履仁在房中嘀嘀咕咕一夜，到天亮还没出来。金使者本来已经不能忍受了，适才又在码头看到了通缉杀人犯的告示。告示上虽无画像，但那通缉犯的名字，跟昨晚上船的男子的名字一模一样。金使者终于下定了决心，派我来跟马将军谈个条件。”

马扩思忖片刻，才问道:“贵国使船预备何时离开？”

昆布道:“今晚。只要马将军同意，入夜时，金使者会强行请这干人下船，然后本国使船即时起航，与这干人的生死再无干系。”

见马扩仍在沉吟，忙道:“其实交出这些人，本国也冒了很大的风险。马将军是明眼人，心中是明白的。目下这种结果，已经是最好的了。”

马扩踌躇许久，才问道:“那海棠……”

昆布道:“海棠娘子……”忽然脸色大变。

第十章

长歌当哭

耶律敖卢斡生母萧瑟瑟是辽国著名才女，熟读史书，能诗善文。她曾作歌讽谏丈夫天祚帝，以史为鉴，有感而发，很有感染力，可惜天祚帝并未听从，还由此疏远了萧瑟瑟。耶律敖卢斡受母亲影响，自幼热爱读书，汉文修养颇深，一直仰慕大宋文化。早年耶律敖卢斡过继给辽国大丞相耶律隆运，曾以宗室身份出使高丽，见高丽文化、政治发达，均仿自中原，颇有『小中华』之象，一时大为称美。

忆昔午桥桥上饮，
坐中多是豪英。
长沟流月去无声。
杏花疏影里，吹笛到天明。

二十余年如一梦，
此身虽在堪惊。
闲登小阁看新晴。
古今多少事，渔唱起三更。

——陈与义《临江仙·夜登小阁忆洛中旧游》

昆布正要叙及海棠之事，忽转头看到了什么，面色一变。马扩顺着昆布目光回望，却见一名男子正在树林边窥测。他立时会意过来，反应极快，立即转身，抬脚急奔。

那男子愣了一下，这才回过神来，忙掉头就跑。他不及马扩脚快，刚奔到道路上，便被马扩扑倒。

马扩反拧住那人臂膀，将他扯了起来。那人连声呼疼，又怪叫道："为什么拿我？我又没犯王法。"

马扩见昆布已经跟了过来，便问道："这人是谁？"

昆布微一迟疑，才答道："赵履仁的手下，名叫盛飞。"

盛飞立即怒喝道："好你个昆布，竟然胡乱开口。"

马扩道："我先押这盛飞去水寨审问。你稍后赶来那里寻我。若确认你所言是实，我们再谈条件不迟。"

招手叫过一队巡逻兵士，命将盛飞绑了。又命一名兵士去码头请庙岛巡检杨群速速赶回水寨。

进来水寨，马扩命兵士取过重杖，先要打盛飞二十杖。那盛飞起初怒骂不已，到第八杖时，已经受不住，开始哀告求饶。马扩不理不睬，命继续行杖。等到二十杖打完，盛飞口吐鲜血，伏在地上，再也爬不起来。

马扩命兵士将盛飞扶起，喝道："老实交代一切，不然立即押你去沙门寨。那里有各种各样的刑罚，任何一种，都恐怖之极，比你刚才所受杖刑厉害百倍。一旦去了那里，你会生不如死，只恨马某没有下令将你毙于杖下。"

一旁兵士均知沙门寨掌管流人，寨中顶多只有锁禁桀骜流人的各种镣铐械具，根本没有什么恐怖的刑罚，听到马扩厉声吓唬一番，均各自暗笑。但沙门岛恶名远扬，盛飞又哪里知道究竟，闻言面色如土，当即颤声问道："将军想知道什么？"

马扩道："从你们来登州的目的开始说起，包括杀死高丽副使曹笑笑一事，一件都不准漏。"

盛飞忙道："是，是，小的如实交代便是。"

原来果真如吕颐浩所料，原辽将郭药师因不受金人待见，有再度复辽之意。辽国皇帝天祚帝耶律延禧已被金人俘虏，但其人在位时倒行逆施，不但民怨沸腾，就连诸多契丹贵族也恨之入骨，所以郭药师须得寻一位新主。他无意中知悉当年被天祚帝耶律延禧所处死的长子耶律敖卢斡其实是替死鬼，真正的耶律敖卢斡被亲信所救。亲信原本要带耶律敖卢斡投奔北辽皇帝耶律淳，但耶律敖卢斡不愿意与亲生父亲对抗，甩开亲信，独自出走，不知所终。

耶律敖卢斡生母萧瑟瑟是辽国著名才女，熟读史书，能诗善文。她曾作歌讽谏丈夫天祚帝，以史为鉴，有感而发，很有感染力，可惜天祚帝并未听从，还由此疏远了萧瑟瑟。耶律敖卢斡受母亲影响，自幼热爱读书，汉文修养颇深，一直仰慕大宋文化。早年耶律敖卢斡过继给辽国大丞相耶律隆运，曾以宗室身份出使高丽，见高丽文化、政治发达，均仿自中原，颇有"小中华"之象，一时大为称羡。郭药师多方寻访耶律敖卢斡的心腹之人，这些人均认为耶律敖卢斡极可能去了高丽。自从母亲萧瑟瑟被天祚帝赐死、姨父耶律余睹叛逃金国后，耶律敖卢斡便极为消沉，曾多次流露出想隐遁高丽之意。

这本来只是凭空猜测，郭药师却决定赌上一把，派人赴高丽寻找耶律敖卢斡。但他因为已经失势，不敢自北地浮海，遂派次子郭安邦率四人改走宋境，预备从登州乘船。却不想宋金交战以来，登州口岸盘查极紧，出海竟是十分不易。郭安邦一行由此滞留在蓬莱，刚好此时高丽使团也抵达了登州。

郭安邦与父亲郭药师原先同在辽国为将，认得本名曹孝才的曹笑笑，当他无意间在蓬莱市集见到曹笑笑后，极其意外。

彼时郭安邦正预备偷渡前往高丽寻人，乘坐高丽使船无疑是最好的选择，偏偏曹笑笑是高丽副使，二人势必会相逢。郭安邦只能以金人特使身份上船，但曹笑笑原是辽臣，即便现下成了高丽人，也难免会问及郭安邦此行目的，随即大起疑心——毕竟郭安邦不是携带国书的正式使者，尤其经由宋境出海一事，难以解释。为保险起见，郭安邦遂决定先行将曹笑笑杀死，以绝后患。

至于杀人过程，也十分简单。郭安邦欲亲自动手，先在市集米糕店中买了一包米糕，送来驿馆。尚不及开口，驿卒便问是不是给赵夫人李清照的，郭安邦随口应了，顺利混进了高丽馆，寻来曹笑笑房间，直接以本名叫门。

曹笑笑听到辽国故人郭安邦到来，自然很吃惊，急忙开门放其进来，问及究竟。郭安邦将手中米糕放下，答道："我是来帮你的。"旋即拔出短刀，刺入曹笑笑胸口要害。

将人刺死后，又藏尸于木榻之下，本想造成曹笑笑失踪的假象，即便日后驿卒发现，高丽使船也已经离开了登州。不想事发当晚，即被驿馆大厨孟德所养小白狗雪球发现。

马扩听到这里，不由得大为感慨：郭安邦赴高丽是为了寻找辽天祚帝长子耶律敖卢斡，而曹笑笑此趟中原之行则是为了寻找失踪的契丹皇族耶律阿撒，目的大同小异，两方本可联手抗金，却因为缺乏沟通而互相残杀，颇为讽刺。

盛飞道:“在登州时候的事，大致就是这样。我等提前一天登上了高丽使船，没有引发任何风波。”

马扩见庙岛巡检杨群已经赶回，引高丽侍从昆布进来，便摆了摆手，示意等审讯完盛飞再说。又问道:“到庙岛之后呢？”

盛飞道:“到庙岛后，郭头领不顾高丽使者的阻挠，决定当晚下船去岛上转转，结果这一去就再也没回来。因为当晚只有高丽侍从阿七离开过使船，而且使船白天已经补充过淡水及物资，他说不出理由来，我等遂怀疑是他杀了郭头领，将他抓起来拷问。但他抵死不招，高丽使者也一再婉言劝解，赵副头领才没有再下重手。”

马扩心道:“必是宁尽忠杀了郭安邦。当是曹笑笑的同党何厚趁白日补给淡水时，下船通知了宁尽忠，说有金人特使在高丽使船上。即便他二人不知郭安邦便是杀死曹笑笑的凶手，因对方金人的身份，怕于己方营救耶律阿撒有阻，也须得尽快铲除。”

盛飞道:“后来一直没什么事。直到那日晚上，高丽使者忽然带了许多人下船去了。赵副头领感觉不大对劲，便也带着我方几人跟了过去。”

金富轼先率人赶去庙岛巡检驻扎的水寨。金富轼人还没出来，其心腹侍从何厚先率一群人往宋军水师专用的码头赶去，而且不顾兵士阻拦，径直闯入。因为水师码头是军事重地，与民用码头相距甚远，且单独隔离出来，大门前有兵士把守。赵履仁等人虽尾随何厚一行至此，却不能进去，自然也不能像何厚那样强行进入，只能远远守在外面。

不一会儿，高丽使者金富轼与庙岛巡检杨群也到了，他们带人进了水师码头。里面乱哄哄地闹了一阵后，高丽使者金富轼带着一群人出来。但侍从何厚却有意落后，随即悄悄离开了人群，离开码头往岸上去了。躲在暗处的赵履仁看得一清二楚，急忙率盛飞等人跟了上去。何厚进了市集粮店，过了好大一会儿才重新出来，同行的还有另一名男子，似是出来送行。赵履仁忽然率人现身，称高丽使者金富轼要见二人，强行将二人拥回使船。

到使船后，何厚、宁尽忠即遭拘禁。这时候，高丽使者金富轼也询问翻译郝信，问为什么海棠会带人去救他，那些蒙面人是什么人。郝信既知曹笑笑已死，靠山已失，盘算许久后，最终决意坦白真相，将曹笑笑寻访契丹皇族耶律阿撒等事和盘托出，称与海棠在一起的黑衣蒙面人是粮店宁尽忠手下。金富轼惊骇异常，等赵履仁一行回来，便将郝信所言悉数告知。

再巧不过的是，郝信只知宁尽忠，却不知金富轼心腹侍从何厚也是曹笑笑一方的人。但何厚暗访宁尽忠时被赵履仁盯上，二人被同时带回使船，宁尽忠既然暴露了身份，何厚也随之曝光。金富轼气急败坏，同意将郝信等人交给赵履仁处置，赵履仁遂下令将三人囚禁。

于赵履仁而言，这只是表面文章，毕竟何厚、宁尽忠也算是同谋复辽大业的人。只因满船都是高丽人，他又是金人特使的身份，不便向何厚、宁尽忠吐露真相，遂暂时隐忍不言。但赵履仁极其厌恶郝信背叛原主，专门将他锁入底舱的一个铁笼中。铁笼极小，郝信只能抱头缩身窝在里面。此时的他，大概只希望时光倒流，仍被刀鱼巡检囚禁了。而何厚、宁尽忠二人待遇还算好，被囚禁在一间小室中，也未上绑。因为何厚、宁尽忠均不肯承认杀了郭安邦，侍从阿七仍有重大嫌疑，所以未被释放。

马扩听到这里，忽想到那日与洪刍、海棠同赴高丽使船时，高丽使者金富轼看海棠眼色格外奇怪，忙问道："郝信是不是早从曹笑笑口中知道了海棠的真实身份，还将其告诉了金富轼？"

盛飞犹豫了下，才答道："是。我们听说海棠是渤海公主，而且还是耶律阿撒的未婚妻子时，都惊诧极了。"

刚好次日洪刍到访，陪同者是马扩与海棠。金富轼心如明镜，料想马扩必有所察觉，急找赵履仁商议。赵履仁因海棠的身份而对她另眼相看，毕竟渤海势力不弱，大有可利用之处，因而极力主张金富轼放三人上船，并设宴招待。金富轼虽觉不妥，却不敢得罪金使，唯唯诺诺照办。

马扩本想再询问酒杯中下毒一事，又不愿意庙岛巡检杨群等人担心，便忍住不言。那盛飞也未提及赵履仁往马扩酒杯中抹毒一事，接着道：“不想海棠发现了被囚禁的侍从阿七，又闹了一出，金使者差点把我等供出来。从那时候起，赵副头领便开始觉得高丽人不一定靠得住了。”

马扩心道：“既然当时何厚已跟宁尽忠一道被囚禁，指引海棠到阿七囚室者，当另有其人了。应该是除了何厚之外，曹笑笑在使船上还有同党。”

他见盛飞顿住不言，便催问道：“然后呢？当晚海棠是不是又去过高丽使船？”

盛飞道：“海棠是来过，是高丽使者派人叫她来的。但她上船后，便与高丽金使者还有赵副头领躲在房中。三人到底说了些什么，小的也不知道。然后海棠就走了。她走之后，赵副头领便下令放了侍从阿七，说是郭头领失踪或是遇害跟他没关系。”

马扩心道：“嗯，海棠在长山岛亲眼见到郭安邦尸首，知道他人已经死了。既然盛飞仍称‘失踪’或是‘遇害’，可见她未泄露过此事。”

海棠下来高丽使船后，在码头遇到了洪刍，然后又在水寨附近遇到了马扩，知悉了恩人翟天麟已遭金军元帅粘罕杀害一事，痛哭一场后，径直回去了客栈。次日马扩再遇到她时，海棠称奉李清照之命去寻洪刍。其时她已神态大异，郁郁寡欢。就连马扩告诉她高丽侍从阿七已经脱难时，她也没太多反应，想必前一夜在高丽使船便已经知道阿七将被释放。

现下想来，海棠当时随口回应的一句“夫人说洪刍洪老先生不在房中，怕他有什么事，让我出去找找他”，正是她未杀洪刍的铁证。她是如此心不在焉，显然心思全在别处。哪有第一次杀人的人根本不将杀人当回事，如此轻描淡写呢？至少海棠不是这样的女子。海商卓荣在码头告诉她洪刍被杀的消息后，她可是奔到海边痛哭出声。而他马扩，竟然一度认为她是杀人凶手，当面指斥！

所有的反常，均是发生她独自登上高丽使船后。高丽使者金富轼和郭安邦的同党赵履仁到底对她说了些什么？想必二人已经道破了她渤海公主的真实身份，赵履仁要求她跟随自己去燕京。但以海棠的性格，绝不会轻易就范，她应该是宁可死，也不会任凭旁人摆布。如此，极可能如马扩之前所料，赵履仁事先对马扩下毒，便是要以中毒一事胁迫海棠。

马扩自己出神了半晌，定了定神，又问道:“海棠去高丽使船的那晚，船上到底发生了什么事？”

盛飞道:“何厚与宁尽忠二人都死了。”

原来当晚见过海棠后，赵履仁颇为兴奋，便去囚室见何厚、宁尽忠，且只留下盛飞等心腹，屏退了高丽看守。赵履仁把玩着之前从宁尽忠身上搜得的精致匕首，道:“我知道你们二人中有一个杀了郭头领，我只想要他的命。是谁？自己站出来。”

何厚、宁尽忠互相看了一眼，忽争先恐后地道:“是我。”

赵履仁不由得笑了，道:“你二人倒是互相讲义气。”又走到何厚面前，道:“我知道是你。郭头领以为你是金富轼的心腹，所以不会对你提防。”一边说着，一边将匕首对准何厚心口。

何厚坦然道:“是我。”

宁尽忠忙道:“是我杀的人。那晚何厚根本就没下过使船，如何能杀得了郭安邦？”

赵履仁道:“瞧，这就是我为什么一直怀疑阿七了。”

宁尽忠道:“我不认识什么阿七，不过确实是我杀了郭安邦。”

赵履仁却是不信，摇头道:“郭头领武艺高强，他又不认识你，怎么可能轻而易举地被你杀掉？”

宁尽忠忙道:“郭安邦认识我。在蓬莱的时候，我们在市集见过。他没对你说吗？他一度是想乘坐我岳父的运粮船出海。那晚我在岛上见到他，见左右无人，便有意上前道:‘郭郎还想乘船出海吗？我岳父的运粮船是军用船只改造的，比普通船只要好许多，甚至比高丽使船还要坚固，足以浮海远航。现下我岳父不在庙岛，全由我做主。’他竟然意动，由此被我诱到海边。我趁其不备，从后面一刀刺中了他，用的就是你手中的这柄匕首。”

赵履仁道："原来是你！"正要调转刀头、将刀尖对准宁尽忠，却被何厚用力握住双腕。

何厚急道："小宁快逃！"

宁进忠微一迟疑，即大力撞开盛飞等人，往外冲去。赵履仁急忙道："快，抓住他。"用力欲甩脱何厚，不想那匕首却径直插入了何厚的胸口。

赵履仁正要趁今晚笼络何厚、宁进忠二人，共谋大事，适才一番话不过是试探，也好追问出郭安邦的确切下落，不想却出了意外，一时颇为懊悔。而宁进忠逃出囚室后，一路狂奔，警戒的高丽侍从生怕他逃到岸上，便掷出手中长刀，正中其背心。赵履仁见何厚、宁进忠已死，虽觉可惜，也无可奈何，便让人抛尸于海中。

高丽使者金富轼闻讯赶至时，事情已经结束。他虽然对赵履仁在使船上杀人大为不满，然事已至此，也只能设法弥补，于是次日一早派人去水寨报案，声称何厚失踪。

但这件事后，金富轼对待赵履仁等人的态度便有些强硬起来，只因目下尚在宋境，且被勒令不准离岛北上，须得齐心协力，共渡难关，这才没有发作。

听到这里，马扩问道："但赵履仁也开始对金富轼不放心起来，所以才派了你跟踪监视昆布，是这样吗？"

盛飞道："是。赵副头领生怕高丽人倒向将军一方，所以派了小的监视上岸的高丽侍从。"

马扩道："昨晚韩千运逃上高丽使船，又是怎么回事？"

盛飞道："韩千运？"显然很惊讶马扩这么快便知悉了此事。料想隐瞒无用，遂告道："韩千运是粘罕元帅特使。他昨晚忽然来到使船，出示元帅府令牌，说是有人要杀他，接应他的船只又还没到，他须得到使船上避难。"

马扩心念一动，问道："你们四个，我是说你和你同党，包括赵履仁在内，昨晚都在使船上吗？"

盛飞道："都在。"

马扩问道：“韩千运可有说过是谁要杀他？”

盛飞勉强抬头看了马扩一眼，旋即低下头去，低声道：“他说是马将军你。”

马扩一怔，忙问道：“韩千运亲眼看见我杀人了吗？”

盛飞道：“是。他说马将军先杀了他的同伴上官鼎，而后又要杀他，幸亏他逃得快，这才保住了一命。”

马扩见庙岛巡检杨群、高丽侍从昆布及兵士们均愕然望向自己，便命先将盛飞押下，先叫过杨群，说了高丽使者金富轼欲以赵履仁、韩千运等人换取离境之事。

杨群忙道：“如此最好不过。我们总不能一直扣押高丽使船，而今高丽使者肯妥协，愿意将这些金人探子交出来，也算是相当有诚意。”又道：“毕竟涉及两国邦交。马将军等办完这里的事，拍拍屁股就走人了，我这小小庙岛巡检可承担不起朝廷问责。”

马扩微一沉吟，道：“好，那就照杨巡检的意思办。”

又招手叫过高丽侍从昆布，问道：“海棠呢？金使者可有说过要如何处置她？”

昆布道：“金使者说了，全看海棠自己的意思。她愿意去高丽，高丽会善待她。她愿意跟赵履仁这些人一道下船，也由得她，全看她自己。”

马扩道：“甚好。你回去告诉金使者，杨巡检和我答应了他的要求。时间就定在入夜时分，等天一黑，就请金使者将赵履仁一行三人及韩千运驱逐下船。我会亲自带人等在码头，抓捕这些人。”

昆布还不放心，又强调道：“他四人，或者再加上海棠，一旦他们下船，本国使船不好再卷入纠纷，便要立即起航，连夜北上。”

马扩见杨群并无异议，便点头应允，道：“好，就这么办。”

送走昆布，马扩见杨群看自己的眼神格外怪异，当即会意，苦笑道：“不是我杀了上官鼎。”

杨群忙道：“其实杨某并不是相信那盛飞的话，而是真的觉得马将军有杀死上官鼎的动机。”

马扩道：“杨巡检觉得马某是不愿意天圣铜人落入金人之手，那么我直接将上官鼎拘禁，关押在沙门寨就是了，根本不必杀他。”

杨群道：“是了，一说到沙门寨，我刚才在码头时，听说了一件大怪事，昨晚呼寨主竟然来过庙岛。”

马扩正思忖谁是杀死上官鼎的真凶，听到此言，吓了一跳，问道：“杨巡检说什么？”

杨群道：“昨晚呼寨主到过庙岛码头。听说他是专程来寻海棠娘子的，说是要将洪刍余下的几坛豆豉给她。”

马扩忙问道：“结果呢？”

杨群道：“结果当时海棠娘子正在海边恸哭，根本不容人靠近相劝。呼寨主便命人将豆豉搬到码头巡守铺，然后又坐刀鱼船回去了。”

马扩追问道：“呼寨主当真没上过岸？我是说，他只在庙岛码头办了搬运豆豉这件事，然后便掉头回去了？”

杨群道：“那还能有假。”

马扩长舒了一口气，道：“那就好。那就好。”

杨群奇道：“怎么了？”

马扩本想说呼延庆也有杀人嫌疑时，忽想到庙岛水寨与沙门寨一向不和，不必再节外生枝，遂摆手道：“没什么。我只是奇怪，呼寨主总说绝不会来庙岛。”

杨群道：“呼寨主只是在庙岛码头晃了一下，没下船，脚没沾岸，不算正式来过庙岛。”

顿了顿，又道：“马将军，你说的那艘大商船，一直没到庙岛码头。倒是对面的沙门码头，停了一艘类似的大船。外观尺寸等，跟你之前的描述一模一样。”

马扩又是一惊，问道：“怎么会停去沙门码头了？”

杨群思忖道：“我也正觉得奇怪呢。会不会是船上那些人知道咱们要对付他们，有意将船停去了对面？”

马扩道：“可是沙门寨也不是吃素的呀。按照规矩，根本不该允准外来商船停靠沙门码头。”

杨群想了想，又问道：“呼寨主是不是也知道此事？我是说，这艘大商船其实是金人的谍船。”

马扩点头道：“知道。”

杨群遂道：“我知道了，这是呼寨主想跟我庙岛水寨抢功，一定是他事先派刀鱼船截下那艘大商船，强令那些人泊入沙门码头。”

马扩闻言不免哭笑不得，但大商船停靠沙门码头一事，确实蹊跷，难以解释，遂道：“无妨，反正船在沙门码头，也走不了。等办完今晚之事，我再走一趟沙门寨不迟。”

杨群见马扩意欲离开，忙问道：“马将军现下要去哪里？”

马扩道：“庙岛码头。海商卓荣明日便要离开，我还有件大事要去找他。”又道：“杨巡检，你先留在水寨，挑选些精干人手，准备今晚之事。”

到市集时，却见粮店内外人来人往，很是热闹，不但有海船上的船工，也有高丽侍从。料想是两艘大船均要准备离开沙门岛，须得尽可能多地补充物资及淡水。

然经过医铺时，却发现大门紧闭，门板贴着一张麻纸，上书“歇业三日”四字。马扩极为纳闷，忙上前拍门。过了好大一会儿，才见白勇来开门。

马扩问道：“医铺怎么歇业了？”

白勇朝内堂看了一眼，低声告道：“云娘过世了，就是萧红尘的妻子。叔叔心情不好，自己出门了，说是要去海边逛逛。临出门前，叔叔命我关门打烊，说是要歇业三日。”

马扩倒也不觉意外，又问道：“那么萧红尘呢？”

白勇道：“他一直在房中守着他妻子的尸首，不肯离开半步。”

马扩心下黯然，却也顾不上进去安慰他，便道：“我现下有事，一时顾不上这里，你好好安抚照料白医师和萧红尘。”

白勇忙道：“这还用得着马将军交代吗？”

马扩遂转身离去。他自是不曾看见，在白勇左右，各有一名男子手执钢刀，躲在门板之后。

来到码头，马扩先进来巡守铺，凝视着那几大坛子豆豉。主人已去，风物犹存，怎能不令人感慨！

巡守铺兵士问道："海棠娘子还会来取这些豆豉吗？昨晚小的见她经过，叫她快些叫人搬走这些坛子，她理都不理。"

马扩一时也答不上来，只踌躇不答。

那兵士道："要是海棠娘子不要的话，这些该如何处置？大家伙儿可都闻不惯这个味道，都说呼寨主是故意的。"又道："适才有沙门寨兵摇船过来这边，要不让他们再带回去？"

马扩忙问道："那些沙门寨兵呢？"

兵士道："上岛玩去了。应该是不当值，专门过来庙岛寻开心的。"

马扩道："如果你再见到他们，让他们在这里等我，我有事要问。"

兵士刚刚应了，旋即指着码头入口笑道："说曹操，曹操便到。"

马扩转头望去，果见几名沙门寨兵正朝码头走来，似是打算乘船回去。

马扩皱眉道："你不是说他们刚到吗，怎么这么快就回去了？"

出来巡守铺，迎上那群沙门寨兵，见狱卒秦岭峰也在其中，便问道："你们今日都不当值吗？"

秦岭峰道："是。我们几个本打算过来庙岛玩，但这边实在太乱了，到处是运水的、运粮的，乱哄哄一片，也就没什么心情了。"

马扩忙问道："沙门码头的那艘大商船是怎么回事？"

秦岭峰迟疑道："这个，马将军还是得自己去问呼寨主。小的不知道，也不敢乱说。"

马扩愈发狐疑，问道："难道这件事还有什么隐情？"

秦岭峰忙道："没什么隐情。就是沙门码头半夜忽然多了这艘大船，呼寨主就做主将它扣下了。到底是怎么回事，回头请马将军自己当面去问呼寨主。"

马扩也来不及细想，遂点头道：“好。你回去跟你们呼寨主说，最早今晚，最迟明日，马某会去沙门寨拜访。”

秦岭峰躬身应了，自引同伴下去登船。

马扩刚一转身，便见到海商卓荣率人朝这边而来，微微一怔，正欲迎上去，巡守铺兵士忽跟了过来，低声叫道：“马将军！”

马扩道：“嗯，你有什么事吗？”

兵士道：“那个人，就是刚才跟马将军说话的沙门寨兵，原先并不在船上。”

马扩一时解其意，问道：“你这话是什么意思？”

兵士道：“刚刚乘船过来庙岛的，一共有五个人，小的看得很清楚，现下是六个人，多了一个。多出来的，就是刚才跟马将军说话的人。”又忙解释道：“小的就是觉得奇怪，因为除了今日，这两日一直没有沙门寨兵过岛。怎么会平地里多出来一个？”

马扩愣了一下，这才会意过来，“啊”了一声，心道：“该不会是秦岭峰吧？”

又见秦岭峰等人已划船离开，忙招手叫过一直在码头候命的刀鱼兵士，命道：“去追那艘船，将船上所有人带回来。”

此时出海渔船甚多，刀鱼兵士转头望了一眼，问道：“马将军指的是哪艘船？”

马扩道：“就是刚刚离开沙门寨兵乘坐的那艘船。”

刀鱼兵士莫名其妙，道：“追他们做什么？他们留在庙岛才是祸害呢，只会跟水寨兵士打架。”

此时卓荣已赶至马扩面前，抱拳道：“马将军。”

马扩还了一礼，道：“卓员外，幸会。”一时来不及向刀鱼兵士解释，便命他先退到一旁。

卓荣从怀中掏出一物，道：“卓某是特意来向马将军请罪的。”

马扩一见到那只鱼泡制成的皮袋，便立即认了出来，失声道：“这……这不是洪刍的龙涎香吗？”

卓荣点了点头，解开皮袋，从袋中掏出那块灰白色的蜡状物，出示给马扩看过后，这才重新装回袋中，将皮袋重新系好，交给马扩。

马扩问道："卓员外是如何寻到这龙涎香的？"

卓荣叹道："正如马将军所料，是卓某的侍从李齐做的。这块龙涎香，是从他的私人行囊中搜出来的。"回头命道："把人带上来。"

几名侍从旋即将五花大绑的李齐推至马扩面前。侍从还欲令李齐跪下，那李齐却极其强硬，坚持不跪。马扩摆手道："不必强迫他。"又问道："是你杀了洪刍吗？"

李齐缄口不语，面无表情，只以嘲讽的目光看着马扩。

卓荣道："就算李齐不肯招认，这龙涎香仍是铁证。人我就交给马将军了，也算是兑现了卓某对马将军的承诺。"

马扩道："多谢卓员外。"

卓荣连连摇头道："实在惭愧，卓某手下出了这等灭绝人性的凶徒，竟为了一块香料不惜杀人。马将军不予怪罪，卓某已是感激不尽，哪还当得起一个谢字。"

马扩虽然不大喜欢卓荣，认为他讲排场、好面子、太做作，却少不得要客气几句，道："卓员外太客气了，能大义灭亲，实令人佩服。"又问道："卓员外明日便要离开沙门岛了吗？"

卓荣道："看情形，天气很快就要变了。卓某船上还有吕使君、赵夫人等大人物，他们想早日动身，所以卓某须得尽快南下才好。"

马扩遂抱拳道："那好，马某祝卓员外此行一路顺风。"

卓荣连声道谢，又说了一番道别的客气话，这才走到李齐面前，怒道："你好自为之。"

李齐虽沉默不应，却重重看了卓荣一眼，露出颇不甘心的神色。

虽然只是一眼，却令马扩瞬间明白过来——这李齐一定是受命夺香杀人，而下命之人，正是海商卓荣。

即便现下已水落石出，是李齐杀死洪刍，并夺走了龙涎香，李齐虽无招供之词，但龙涎香便是杀人铁证，足以拷问定罪。只是此案仍有两大疑点：一是杀人动机，试想李齐为人侍从，寄人篱下，一年到头都跟随卓荣奔波在路上，又是一介武夫，要这龙涎香何用？

二是洪刍意图以龙涎香为酬谢、逃离沙门岛一事，这只是卓荣的说辞，但真是如此吗？当马扩看到巡守铺那几大坛豆豉时，便对此事起了极大的疑心。

马扩最初便怀疑过卓荣，但因为他人在船上，李齐则在岸上，两人不能互相通气，因而即便李齐有重大杀人嫌疑，卓荣也能从容置身事外。或许这一切本来就是刻意安排呢？或许洪刍根本不是因为逃离沙门岛一事而登赴海船，而是受人邀请呢？或许出面邀请者正是卓荣，而跑腿之人则是李齐呢？

如若卓荣是这一切的幕后主使的话，便能澄清所有疑点。

料想卓荣从白勇口中得知沙门岛流人身怀龙涎香后，便起了垂涎之心。他或许不是真的爱香，只是占有欲太强，凡是看上的东西便想拥有。于是，卓荣先派心腹侍从李齐去邀请洪刍晚间到海船上赴宴。卓荣大概早已听说洪刍是当世制香名家，而今洪刍被判流放沙门岛，风烛残年之时遭此大厄，不难想象沙门岛将是其最后归宿，但洪刍意外得到了龙涎香，余生必以此香为乐，断然不会轻易交出至爱之宝。而卓荣对龙涎香又是志在必得，便特意交代李齐一番，令其邀请洪刍之后，暂且留在岸上，若是洪刍不肯出售龙涎香，携香返回岸上，便由李齐杀人夺香。

而这一安排的巧妙在于，即便李齐日后败露，事情也与卓荣无干，除非李齐自行供出主谋卓荣来。

一念及此，又见卓荣已率人走远，马扩便走到李齐面前，问道："你可是有什么话要说？你自己做不出这种事，是不是有人主使你？"

李齐只冷冷地凝视着马扩，一言不发。马扩遂招手叫过刀鱼兵士，命道："立即送他去沙门寨，交给呼寨主，说他就是杀死洪刍的凶手。但其人背后可能还有主谋，请呼寨主尽快拷问出主谋的名字。"

李齐闻言惊愕万分，忙道："我是杀了人，但理该交给水寨，再由庙岛巡检转押州府处置。"

马扩冷笑道："可马某就是想将你交给沙门寨处置，你又能奈我何？"

顿了顿，又道："马某知道你只是个替罪羊，如若你肯招供出背后主谋，也不必再去沙门寨了，当如你所愿，先押去水寨，交给庙岛巡检，再转交登州州府断处。怎么样？谁是主谋？是不是……”

李齐断然道：“别说了，这就带我去沙门寨吧。”

马扩遂命道：“来人，带他走！记得告诉呼寨主，李齐杀了沙门寨的流人，呼寨主可以任意处置。是了，还要告诉呼寨主，用刑也别太着急，别一下子把人弄死了，不然也不好交代。”

李齐面上生出了一丝恐惧之色，却还是不肯屈服。马扩因牵挂高丽使船之事，也来不及亲自处理洪刍一案，便连连挥手，命刀鱼兵士先将李齐解往沙门寨拷问。

刚要上刀鱼船时，李齐忽挣开刀鱼兵士掌握，纵身投入海中。马扩正要离开码头，见李齐欲投海自杀，急忙赶至水边，叫道：“快，快捞起来。”

刀鱼寨隶属于水师，兵士自然个个水性极佳，当即有人跃下船救人。那李齐双手反绑，在水中无行动之力，挣扎了几下，便沉了下去，旋即又被兵士捞起，带到岸边。众兵士七手八脚将他捞起来，拖到刀鱼船上。又生怕他再自杀，便取来一张渔网，将他当头罩住，连人带网捆在船的桅杆上。李齐喝了一肚子海水，半死不活地困在渔网中，再也动弹不了分毫。

马扩见李齐得救，这才舒了一口气。又见李齐宁可自杀，也要保护背后主谋，料想刑讯定然无用，然目下他自己分身乏术，只得暂时先将李齐解去沙门寨，交由寨主呼延庆对付了。

离开庙岛码头，马扩便径直来到水师码头。庙岛巡检杨群已先到了，告道：“我往巡守铺加派了人手，还派了面生的兵士换上便衣，装作码头的闲人。高丽使船上有任何动静，都逃不过他们的眼睛。”

马扩点了点头。他因昨晚几乎一夜未睡，困乏不堪，便寻了一张木榻，先行躺下，好恢复精神与体力。

再醒来时，刚好是日薄西山，天光已暗。马扩喝了一碗温热的鱼粥，又服了一粒五奇散解药，立时精神大振，整了整衣衫，佩上兵器，道："咱们这就出发吧。"

杨群告道："高丽使船还算平静，除了不断有侍从往船上运水运粮外，再无别的动静。"

马扩道："金富轼已将这些人视为烫手山芋，不会在这件事上弄虚作假。"

到庙岛码头时，天色已晚。马扩率人趁夜色闪入巡守铺后，静候高丽人履行诺言。

又等了一会儿，便听到高丽使船上有些动静，随即有渔民打扮的兵士奔过来报道："高丽人在赶人，那几人都下来了。马上就会过来这边。"

马扩犹豫了一下，才问道："是四个人，还是五个人？内中可有一名女子？"

兵士道："四个人，都是男子。"

马扩闻言颇感失望，心道："海棠到底还是决定去高丽了。可惜，我竟来不及当面跟她道歉。"想到自此关山万里，再无相见之机，不免很是郁郁。

过了一会儿工夫，四名男子走近巡守铺。马扩急忙带人冲出，一时火光燃起，码头亮如白昼。那四名男子，正是韩千运、赵履仁及其两名同伴。四人面上均有愤愤不平之色，大概是料不到高丽人会突然反水。见到马扩等人现身拦住去路，倒也不怎么惊惶，似是早有心理准备。

马扩喝道："都拿下了。"

兵士先举刀上前制住四人，搜了一遍身，并无兵器，当是在高丽使船上时便已被强行缴去。兵士随即取出绳索，将四人反手缚住。

马扩先走到韩千运面前，问道："是谁杀了上官鼎？"

韩千运道："不正是马将军你吗？"

马扩指着自己的脸颊道："你亲眼看到是我马扩杀人？"

韩千运道："你蒙着面，我自然看不到你的样子。"顿了顿，又道："除了马将军，还能有谁？只有你知道我二人当时在那里。"

马扩道："杀你的人，是不是这般高，比我矮上半头，但体形差不多？"大致按沙门寨狱卒秦岭峰的样子描述了一番。

庙岛巡检杨群闻言很是惊奇，问道："马将军早已知道凶手是谁了吗？"

马扩正要回答，忽见到刀鱼船急速泊入码头。刀鱼兵士跳下船，躬身禀报道："呼寨主请马将军和杨巡检过岛叙话，说是事情紧急。"

马扩料想必是呼延庆审讯李齐有了结果，如此，便来得及在海船明早离港前将罪魁祸首卓荣截下，忙道："好，我和杨巡检这就动身。"又命道："先将这四人押回水寨，严加看管。"

韩千运忙道："马将军，可否愿听韩某一言？"

马扩一心要将卓荣绳之以法，好给死去的洪刍一个交代，哪里顾得上，只挥手道："有话明日再说。"随即与杨群匆忙登上刀鱼船。

再转头看时，高丽使船正掉转船头，缓缓驶离了庙岛码头。

再见了，海棠。再见了，曹大运。再见了，渤海公主。

沙门寨寨主呼延庆一直在寨厅中徘徊，很是烦躁不安，见到兵士引马扩、杨群进来，这才舒了一口气，道："总算到了。"

马扩也不寒暄招呼，径直问道："呼延将军，是你派秦岭峰潜入庙岛，杀了上官鼎，对不对？"

呼延庆显然料不到马扩如此开门见山，愣了一下，忙矢口否认道："没有这回事。"顿了顿，又补充道："秦岭峰今日才赴庙岛玩耍，如何能隔海杀人？"

马扩道："既不能隔海杀人，呼延将军为何对上官鼎被杀一事毫不吃惊？将军是如何隔着海得知其人死讯的？他的尸首，可没有被海浪冲到长山岛。"

呼延庆皱紧眉头，思索了一会儿，才道："庙岛码头不是贴着通缉韩千运的告示吗？秦岭峰他们白日去庙岛时看到的，回来后便禀报了本寨主。"

马扩摇头道："不对。秦岭峰昨晚便上了庙岛。呼延将军借口给海棠送豆豉，趁机让秦岭峰借搬运豆豉之机溜上庙岛。秦岭峰杀了上官鼎后，一直滞留在庙岛。今日去庙岛的那些沙门寨兵，根本不是去玩，而是要接秦岭峰回来。”

一旁庙岛巡检杨群听得目瞪口呆，忍不住插口问道：“呼寨主派人杀死上官鼎，是因为不愿意天圣铜人落入金人之手吗？”

呼延庆摇头道：“决计没有这回事。”

马扩道：“呼延将军根本不擅长撒谎。虽然这件事你做得颇为高明，可瞒不过我，请叫秦岭峰出来对质。”

呼延庆见推托不过，只好应道：“来人！”忽然拔出长刀，横在马扩颈间。

呼延庆原是平海军指挥使，武艺不凡，但马扩也是武进士出身，功夫不弱，然猝不及防，竟一招受制。

杨群忙喝道：“呼寨主，你这是做什么？”

呼延庆叫道：“来人，将这二位都拿下了！”

沙门寨兵士一拥而进，缴了马扩、杨群兵器，押在一旁。

呼延庆又道：“得罪了。”随即叫道：“来人，把他们两个都绑了。然后派个人去沙门码头，告诉那些刀鱼兵士，说马将军命他们先回庙岛，今晚马将军和杨巡检要在沙门寨过夜。”

马扩喝道：“呼延将军，你这是要造反吗？”

呼延庆全然不理，只道：“别忘了给他二人口中塞上东西，免得本寨主挨骂。”

兵士随手找了一块麻布，撕作两块，不顾马扩、杨群大声抗议，强行将麻布团塞入二人口中。马扩与杨群不由得面面相觑，均不知呼延庆今晚之举有何用意。

呼延庆见马扩双手反缚，已无法反抗，又出声不得，这才走到他面前，道：“不错，是我派人杀了上官鼎。这不是私人恩怨。小马是知道的，我挺喜欢上官鼎那小子。”

马扩本想说：“就算是你呼延庆杀了人，也不必如此，大家都是自己人，一起来想办法解决便是。”一开口，却只能发出“呜呜”之声。

呼延庆道："我知道小马在骂我了。总之，杀上官鼎这件事，我是做了，而且一点也不后悔。"

顿了顿，又道："其实我本来还想遮掩此事的，毕竟不想让你小马难做，所以我去铁匠铺取了件兵器，自己开了刃，交给了秦岭峰。你是知道的，毛铁匠的兵器都是预备卖给路过的高丽人，所以均是仿造高丽兵刃。"

杨群道："那呼寨主接下来打算怎么办？"却是说不出来，只能"呜呜"出声。

呼延庆道："杨巡检也在骂我了。"又叹了口气，道："你二位想骂就骂吧。反正我是听不到的。"

马扩见呼延庆在关键时刻胡搅蛮缠，不由得大怒，还欲冲出去与他理论，却被兵士死死按住。

呼延庆见马扩竭力想挣脱兵士掌握，又不断朝自己使眼色，当即警告道："小马别逼我来硬的，再试图挣脱绳索，我可就要下令手铐脚镣伺候了。"

马扩闻言，不由得哭笑不得。

过了一会儿，有兵士进来禀报道："刀鱼船已经走了，说是明日一早再来接马将军和杨巡检。"

呼延庆遂命道："带他二位去沙门码头。"

呼延庆举火当先而行，令兵士将马扩、杨群押上那艘大商船。马扩见船上空无一人，很是奇怪。下来船舱一看，舱中躺着十余名男子尸首，均是被兵器杀死，模样极惨。

呼延庆道："二位不必惊讶，是我杀了他们。"

原来昨晚呼延庆乘船到庙岛，令狱卒秦岭峰潜上岸后，便令船只调头，却没有返回长山岛，而是朝北驶去。他乘坐的是刀鱼兵船，船头挂有信号灯，庙岛水兵望见，也只以为是例行巡视，不以为意。出沙门岛数里，便遇到了那艘大商船。呼延庆以刀鱼巡检的身份强行登船，称要例行检查。等船上所有人聚集在一处，预备接受盘问时，呼延庆忽然下令兵士动手，将船上之人尽数杀死，又连夜将大船驶回了沙门码头。

马扩闻言极为心惊，料想呼延庆是要彻底斩断韩千运等人的退路，确保天圣铜人不会落入金人之手。

呼延庆道："这些人都是金人探子，死了也没什么可惜，我带二位来，也就是要给二位一个交代。"又命道："将他们尸首全部搬下去，就近找个地方烧了。先带马将军和杨巡检去刑房，本寨主一会儿再来跟他二位道别。"

马扩和杨群均不知呼延庆所谓"道别"是何用意，纳罕之极。杨群越想越不对劲，开始有不祥预感，目光中更是多了恐怖之意。

马扩和庙岛巡检杨群又被押回沙门寨。刑房中灯火通明，内中早已有"客"入住，一名男子被腾空反吊在横梁下，却是李齐。他虽被吊在梁下，却尚未受到刑讯，意识清醒，忽见马扩、杨群二人被绳捆着押进来，不由得睁大了眼睛。

马扩和杨群被面对面绑在两根柱子上。二人无法开口说话，只能互相瞪眼。

过了一会儿，呼延庆进来。他已脱下戎衣，只着一身便服，先道："就委屈二位在这里待上一晚。"转头见到被高吊着的李齐，道："是了，本寨主倒把你忘了，你是杀害洪刍的真凶，本寨主说过要亲手处置你。"

当即取过鞭子，扬鞭朝李齐抽去。那李齐甚是硬气，始终一声不吭，直至昏死过去。

呼延庆命人取来凉水，将李齐泼醒，又抽了一轮，等到李齐再度晕厥，这才扔了鞭子，命道："来人，将这杀人恶贼锁了手脚，拿大枷钉死，押到寨门口示众。"

等李齐被兵士拖出来，呼延庆这才走到马扩面前，道："小马，抱歉了，不得不这样待你。我知道，你心中很恨我。"

马扩忙道："放开我，我须得立即向李齐问出卓荣是否是主谋，不然明日一早卓荣便走了。”然口中塞了麻布团，半句话也说不出来。

呼延庆叹道：“小马又在骂我了。好在今日一别，当再见无期。你想骂，就随便骂吧。”

想了想，又道：“也不尽然。如若我呼延庆能成功迎回二圣，你我仍然有再见之日。”

马扩闻言瞪大了眼睛，这才明白呼延庆受到信王等人行径的激励，竟也意图深入金国，营救二圣。

呼延庆笑道：“不错，我呼延庆要学信王、钟子昂等，率人走海道北上。我杀死商船上的金人探子，就是为了得到那艘大船。”

马扩急忙道：“快放开我，听我一言。”却是说不出来，不由得又急有气。

呼延庆却不理会，挥手道：“我已经准备好了，有二十名沙门寨兵士愿意与我同行，现下就要出发。监押官印我留在了寨厅，请小马代为处置。”

走到门边，又回头笑道：“如果我呼延庆回不来，练兵抗金之事，就拜托小马多费心了。”

又朗声道：“彻夜西风撼破扉，萧条孤馆一灯微。家山回首三千里，目断天南无雁飞。”

这是宋徽宗赵佶在北地所作《在北题壁》，经人传回中原后，流传极广。此时呼延庆吟诵出来，更有一番特别意味。

马扩大急，却无力阻止，只能眼睁睁地看着呼延庆离开。再看对面的杨群，正无奈地摇头，且双目中已有泪光。

这一夜，时光格外缓慢，每一刻都是难以言述的煎熬。马扩几次试图挣脱绑索，却只是徒然无功。

然漫漫黑夜终于还是过去了，天一点一点亮了起来。马扩原以为呼延庆既称“委屈二位在这里待上一晚”，到清晨时，自会有人来释放自己和杨群。不想等了许久，始终不见有人进来。又见外面曙光已现，料想此时卓荣海船已经动身出发，就算自己脱身后能从李齐口中得到口供，卓荣也已经走远。

正如马扩所料，卓荣与洪刍命案大有干系。白勇告知沙门岛流人洪刍身怀异香后，卓荣便极为心动，反复盘算要如何取得那块龙涎香。

心腹侍从李齐见状很是奇怪，道：“对方不过是个流人，员外大不了出高价，买下那块龙涎香便是。”

卓荣摇头道：“你有所不知，这洪刍不是普通人，是大学士黄庭坚的外甥，生平最擅长制香。”

李齐道：“那又如何？不管他曾经如何显赫，而今也是罪犯，能在沙门岛活下去就不错了。钱财不正是他最需要的吗？”

卓荣道：“你是勇士，最爱宝剑。如果有人要用千金买下你最钟爱的宝剑，你会怎样？”

李齐想了想才道：“我不会同意。”

卓荣笑道：“这就对了，龙涎香于洪刍，就等于宝剑于你。”

他虽料到会遭洪刍拒绝，但仍不能就此割舍那块龙涎香，反复思量后，设下一计——令李齐先往客栈面见洪刍，请他入夜后务必来海船赴宴。若是宴上谈成，洪刍肯出售龙涎香，卓荣便会亲自送对方回去客栈。如若洪刍是独自返回岸上，那么就表示龙涎香仍然在其身上，便轮到李齐出手，杀人夺香。

本来事情进行得极其顺利，李齐下手干净果断，也未留下任何蛛丝马迹。不想因为李齐本能地矢口否认洪刍曾夜访海船，马扩一下子便盯上了他。李齐回船禀报后，卓荣深怪他不该在此事上撒谎，大可直接说自己在岸上，或称听说洪刍确实到过海船，然已悔之不及。老谋深算的卓荣思虑一番后，便亲自赶去客栈向马扩解释，总算暂时解除了马扩的疑虑，且成功将杀人嫌疑引到海棠及白勇身上。

然而当晚监视马扩的侍从回报称马扩搬进了医铺，虽然马扩此举极可能是为治病，但也会顺便调查洪刍命案，若是白勇澄清与命案无关，马扩目光极可能再度回到李齐身上。

而半夜时又有侍从来报，称海棠专程到海船边，告知曾见过李齐进去洪刍房间。原来李齐到客栈拜访洪刍时，正好被海棠看到。彼时海棠满腹心事，也未作他想。晚上在码头得知洪刍遇害后，一度悲痛欲绝，但却也想不到会有谁要杀这个孤独可怜的老者。

直到夜半，海棠见到马扩，马扩认定是她杀了洪刍，她才从自己的小世界中惊醒过来。返回高丽使船的路上，不停思索洪刍之事，疑心跟海商卓荣有关。只是她自己没有精力和条件来调查，便在登上高丽使船前，有意来到海船，旁敲侧击地试探卓荣。

卓荣得报后，自是恐慌不已。他见到海棠听闻洪刍遇害后痛哭流涕的样子，便知难以将杀人嫌疑集中到她身上，而今她又将作为证人指证李齐，局面大大不利，于是起了舍弃李齐的想法。

李齐是在极端困难的情况下被卓荣营救，也愿意为卓荣付出一切，遂有卓荣将李齐捆送给马扩一事。至于那块龙涎香，卓荣虽然万般不舍，但为了逃脱杀人罪名，也不得不就此舍弃。

而交出李齐后，卓荣听说马扩将其押解去了沙门寨，又开始忐忑不安，生怕李齐抵受不住酷刑，招供出自己，已有提前开船之意。当晚高丽使船离开后不久，卓荣听闻马扩去了沙门寨，便急忙下令起航。他只是南下返回南方福建老家，并非北上，不受马扩禁令限制，庙岛水兵自然不会阻拦。海船南行刚好是顺风顺水，因而即便马扩一早能从沙门寨脱身，也已追赶卓荣不及。

又苦熬了半个时辰，终于有人进来，却是毛铁匠之女喜妹。她见到刑房内情形，急忙上前掏出马扩口中麻布。

马扩大奇问道：“喜妹，怎么是你？”

喜妹道：“呼寨主昨日来到铁匠铺，叫我今早送过来一些自家制作的鱼干。我来到沙门寨，听寨兵说呼寨主辞官不做了，昨晚已经离开，还留下了话，说沙门寨一切由马将军做主。我很是奇怪，便问马将军人在哪里。寨兵说绑在刑房中，还说呼寨主走前下了死命令，沙门寨中谁也不准解开绑绳，他们不敢违令。我觉得奇怪，就过来看看。”

马扩忙道：“快解开我。”

喜妹心想既然呼寨主说了沙门寨一切由马将军做主，那么当听从马将军之命，便从怀中摸出小刀，割断绑索。马扩急忙赶过去解开杨群绑绳，命道："杨巡检，你速速赶回庙岛，如果卓荣的海船刚离开不久，就设法截下它。"

杨群问道："马将军不随杨某一道回去庙岛吗？"

马扩道："我再审问李齐一次，随后就来。"

杨群迟疑问道："呼寨主这件事，该怎么办？要派刀鱼船去追吗？北上逆风逆水，他们先行一夜，怕是难以追上了。"

马扩早已在心中将这件事盘算清楚，当即道："算了，任呼延将军去吧。"

杨群应了一声，自行赶去沙门码头乘船。

呼延庆弃官北上后，再无任何音讯，也不知是为风浪没于汪洋大海中，还是在营救二圣时遭了金人毒手。此为后话。

马扩又从怀中掏出皮袋，交到喜妹手中，道，"龙涎香，马某帮喜妹找回来了。"

喜妹喜出望外，连声道谢。马扩也顾不上理会，先行走出刑房，向兵士问明李齐仍被枷示在寨门前，便径直寻来。那李齐受了鞭刑，又背了重枷，只能跪着匍匐在地上，样子十分狼狈。

马扩上前问道："你可有改变心意？只要你交代主谋，马某便命人打开大枷，送你去登州州府，不然你人困在这里，只会受折磨而死。"

李齐勉强抬头，冷笑道："咦，昨晚你也是阶下囚，怎么今日又出来发号施令了？"

马扩道："你若肯交代主谋，也可以立即改变处境。"

李齐哼了一声，道："地狱天堂影，遗事流光烬。我脚踩的地狱，只是天堂的倒影。人们唇边的故事，不过是时光的灰烬。"

马扩心中一动，正欲再问，杨群忽急奔而来，叫道："马将军。"

马扩遂随杨群走到一旁，问道："出了什么事？"

杨群道："我到沙门码头时，听说卓荣海船昨晚就离开了，就在高丽使船离开后不久，怕是追不上了。"

马扩长叹一声，道："也罢。看来是天意如此。"

微一沉吟，即招手叫过一名兵士，问道："除了昨晚离开的人，沙门寨现下谁官秩最高？”

兵士道：“副寨主刘志吧。不过他跟呼寨主不和，所以自己要求去守北长山岛了。”

马扩遂道：“你去叫刘寨主回来，说呼寨主已辞官离岛，沙门寨寨事暂时由他管理。”

兵士应了一声，又指着李齐问道：“这犯人该如何处置？”

马扩心想：“这李齐冥顽不灵，绝不会招出卓荣来。不过据本朝律法，沙门寨确实无权处置他。不如等我返回登州时，再押解他一道上路，由登州州府裁定罪名。”想到这里，便道：“就让他先在这里享受几日天堂的倒影吧。”

处理完沙门寨的事，马扩便与杨群一道乘船回来庙岛。高丽使船、卓荣海船离开后，码头一下子冷清了下来。

早有水寨兵士等在码头，见马扩、杨群下船，急忙上前告道：“昨晚捉的那几个人，有个叫赵履仁的，一直吵着要见马将军，说是事关海棠娘子。”

马扩心道：“海棠不是跟着高丽使船走了吗？又关她什么事？”然心中隐隐已有不祥之感。

忽一眼看到登州通判耿于怀妻子微娘正在码头翘盼，马扩很是吃惊，忙过去问道：“微娘不是随卓荣的海船南下了吗，怎么人还在这里？”

微娘脸色绯红，低声道：“微娘不想一个人走，想留下来陪伴丈夫。”

马扩闻言颇为感动，忙让杨群命人安排船只，预备送微娘回蓬莱与丈夫团聚。

微娘忙告道：“赵夫人见微娘改变了主意，她自己也留下来了，说是会寻一艘便船，亲自送我回登州。”

马扩奇道：“赵夫人也留下了吗？”

微娘道：“嗯。赵夫人说，搭乘海船不过是要运送金石藏品。现下已有两名男仆随海船南下，她自己一个人改走陆路也可以，而且更为便利，她其实是有些晕船的。”

马扩颇感意外，问明李清照仍住在客栈中，便道：“马某回头会去客栈拜访赵夫人。”

后金人南下，占领山东全境，登州通判耿于怀不屈而死。微娘因先行回了济南乡下，逃过一劫，后产下一子，取名耿京，便是日后山东抗金义军首领，义军掌书记便是辛赞之孙辛弃疾。

经过市集时，马扩见白氏医铺仍是大门紧闭，忽想到昨日萧红尘妻子云娘病逝，白谈也因此心绪不佳，自己因忙得不可开交，竟还未见过二人，忙道：“杨巡检请稍候，马某进去问候一声便出来。”上前拍门，却不闻人应。

杨群道：“不是写着打烊吗？兴许出门去了。”

马扩道：“有些不对劲。”微一思忖，即绕过院墙，来到那处小树林，一推小东门，竟然开着，便顺势进来。先来到偏院萧红尘的房间，叫道：“萧郎在吗？”忽听内有异响，心有所动，急推门而进——

却见卧榻上躺着一名女子，大半身已用白布盖住，只露出面容，脸色焦黄，双目紧闭，应该就是萧红尘过世的妻子云娘了。萧红尘本人则被绑在木榻边，口中还塞了布团，适才怪异的声响，便是从他口中发出来的。

马扩惊愕交加，一边上前解开萧红尘，一边高声叫道：“杨巡检！杨巡检！”

杨群闻声跟了进来，问道：“发生什么事了？”

马扩道：“快去看看白医师有没有事。”

杨群应了一声，马扩解开绑索，掏出萧红尘口中布团，扶他站起来，问道：“发生了什么事？”

萧红尘摇头道：“萧某全不知情。”

原来他昨日一直守在妻子榻边，后来有人进来，他以为是白勇，头也没回。结果对方从背后打晕了他，再醒来时，发现手足已经被人绑了起来。虽然也意识到医铺可能出了事，然他不能动弹，只能徒然困在房中。

马扩忙赶来西院，杨群正引白勇进来庭院中，又告道：“白勇也被人绑了，丢在前堂。”

马扩来不及询问究竟，忙问道：“白医师人呢？”

白勇答道：“我叔叔被绑在后院他自己的房中。”

马扩闻言，急忙赶来后院，径直踢门进房。果见白谈也是手足被绑，口中塞了布团，躺于卧榻之上。他一见马扩进来，便“呜呜”呼救。

马扩忙上前解救，问道：“到底出了什么事？”

白谈脸色铁青，绳索一解，便跃下地来，直接奔出后院。马扩生怕有闪失，尾随而出。

白勇忙迎上前来，关切地问道：“叔叔有没有受伤？”

白谈一言不发，直接冲入龙英旧居、也就是马扩目下住处，却见原处卧榻已被移开，黄土地面上挖出了一个大洞。

马扩惊道：“这……这是怎么回事？”

白谈当即转身，恶狠狠地扇了马扩一记耳光，怒道：“老夫叫你搬进医铺，就是要让你好好守着这房中的东西。昨日贼人进来时，你人去了哪里？”越说越气，又扬手扇了马扩一记耳光。

白勇见叔叔竟敢殴打朝廷命官，惊得呆了。庙岛巡检杨群也愣在一旁，不知该如何处置。

马扩这才明白自己所睡卧榻下另有玄机，转头看了看那洞的尺寸大小，忽有所动，忙问道：“这里面藏的，该不会是天圣铜人吧？”

白谈不答，抬手抽出马扩的腰刀。杨群见情形不妙，忙握刀上前，叫道：“白医师，有话好说。”

白谈却不是要杀马扩，而是朝立于门口的侄子白勇砍去，骂道：“是你！是你引那些贼人进来！”

白勇“哎哟”一声，急忙逃到庭院中，又高声辩解道：“怎么会是我？我也被贼人绑住了呀。”

马扩见白谈气势汹汹，满目凶光，很是吓人，还欲上前劝解，杨群扯了扯他的衣袖，摇了摇头。

白谈挺刀追到庭院，骂道："你还敢狡辩！龙英被杀，我已经猜到你脱不了干系。念及你是兄长的唯一骨肉，那龙英又是隐姓埋名的杀人凶徒，我这才隐忍不言。谁料你竟跟高丽人勾结……"

马扩大吃一惊，忙抢过去捉住白勇，喝问道："是高丽人取走了天圣铜人吗？"

白勇一挣，未能挣脱马扩的牵制，又见叔叔已持刀赶至面前，只得跪下求饶，哭道："我全是为了救叔叔的性命，才这么做的。"

原来高丽此趟出使中国，确实是想与大宋修好，而修好的目的并不是要帮助大宋对抗金人，而是大宋医术发达，名医层出不穷，高丽需要大宋名医为高丽仁宗王后任氏[1]治病。以往高丽国王、王后患病，多请宋朝派御医入高丽，但大宋与高丽既已绝交，这项福祉便随风而逝。而高丽本国医师又治不了王后的病，高丽便不得不厚着脸皮再度派使者登门求助。

然高丽使者金富轼此行并不顺利，甚至连新皇帝宋高宗赵构的面都没见到。其实金富轼出使之初，也未抱多大希望，到中国后即改行陆路，其实也是为了方便在民间寻访名医。然即便寻到了名医，且有重金诱惑，仍无人肯远赴高丽。

那日登州驿馆宴席之上，金富轼听说了名医白谈居于沙门岛一事，便动起了心思。他也料想白谈必会拒绝，是以派了人去寻白谈的家眷，最终成功收买了白谈侄子白勇做说客。但白勇抵达庙岛后，微一试探，即遭白谈拒绝。白勇贪图高丽人的重赏，曾提出将白谈绑架后强行带上高丽使船，但金富轼认为强拧的瓜不甜，即便能成功将白谈带到高丽，他心中不快，不尽心医治王后，也是枉然。

然在庙岛时，金富轼却意外听说了大黑山岛藏宝的传闻，这于金

[1] 任氏：史称恭睿太后，高丽中书令任元厚之女，门下侍中李玮之外孙女。高丽仁宗王楷废黜李资谦二女后，选任氏入宫，号为延德宫主。任氏入宫后不久即为仁宗生下长子王晛（即后来的高丽毅宗），遂被册立为王后。又，高丽仁宗所有子女均为任氏所生，共五子四女（长子为王晛高丽毅宗，第三子王晧为高丽明宗，第五子王晫为高丽神宗。女儿均嫁王族），足见任氏得宠的程度。

富轼而言，是一个巨大的收获。旁人听到大黑山宝藏传闻，多认为虚妄无知，只一笑置之。即便是有心者，也会将注意力集中在宝藏、秘密上。但金富轼不同，立即留意到与传闻相关联者是宇文虚中，而不是旁人。他留意到宇文虚中，也并非其文名，而是早年宇文虚中曾短暂担任登州长官。宇文虚中知登州后到底发生了什么事，金富轼自然无从知晓，但他不久前确切地从金人口中得知[1]，那具用来敦促金人出兵的重礼——天圣铜人，并未运到金境，而是刚一出海便遭遇了风浪，就此遗失。宇文虚中未能办成皇帝交代之事，旋即被调离了登州。

既然知道宇文虚中是亲自操办押运天圣铜人者，而其人又一向反对“宋金联盟”，现下在庙岛又听说了所谓大黑山宝藏，前后略一联想，金富轼便怀疑天圣铜人并未真的失落海中——

宇文虚中只是不欲宋廷将国宝送给金人，故而主动请命操办此事，而后又找了个坠海的借口搪塞，实际上，天圣铜人被他藏在大黑山岛上。也就是说，大黑山确实有个大秘密，也有藏宝，只不过这宝不是寻常人以为的金银珠宝，而是天圣铜人。

若能取到天圣铜人，即便没有请回大宋名医，于金富轼而言，也是大功一件。因此，金富轼便将精力全部集中在寻找天圣铜人上，至于郭安邦、赵履仁那些人如何折腾，如何心怀鬼胎，他根本没有心思理会。

但金富轼却没有像其他人那样，一心想上大黑山岛，而是思索天圣铜人具体会藏在何处。大黑山岛固然有蛇蝎为天然屏障，但历年来仍有不少寻宝人成功登岛，却始终一无所获。那宇文虚中也是个人物，为何要用行径大张旗鼓地告诉世人大黑山岛有宝呢？看起来倒像是个幌子。

再回想当日情形，宇文虚中携带了两口箱子来到庙岛，白谈收下一口，退回一口，宇文虚中遂将退回的箱子藏在了大黑山岛。如果退

[1] 根据书中故事的设定，金人最初是从高丽人口中得知宋朝有天圣铜人，故而金人反过来也将宋人曾以天圣铜人求和一事告知高丽人，有炫耀的意思。

回的箱子是幌子，白谈手下的那口箱子中才装着天圣铜人呢？

如此，便能解释白谈为什么死也不肯离开沙门岛，他必是受了宇文虚中托付，要为大宋看管好那具天圣铜人。

也就是说，天圣铜人不在大黑山岛，必在白氏医铺。

既领悟了这关键的一层，剩下的，便是查出天圣铜人具体所在了。这一任务，自然落在了白勇身上。

那晚白勇入药材房查探时被龙英发现，当面质疑。二人均心怀鬼胎，你言我语，互相试探，暗藏机锋。白勇毕竟不及龙英深沉，以为已被对方窥破，忽心生恶念，趁其不备，袖出短刀杀了他。而龙英本名王定，也曾是个桀骜不驯的厉害人物，根本瞧不起白勇这等市侩小人，却不想竟被对方杀死。

这件事后，白勇开始害怕起来，向高丽一方声称要退出此事，甚至表示可以退回之前收取的钱财。高丽人遂威胁说他若不肯继续帮忙，就要揭发他杀人一事，同时还要绑架白谈去高丽，而这正是白勇最初的提议。白勇被逼不过，不得不答应继续为高丽人寻找天圣铜人。他一直怀疑铜人藏在叔叔卧房中，金富轼也认为这种可能性最大，因为机会只有一次，遂定于使船离开沙门岛之前动手。

偏偏白谈又让马扩搬进了医铺，且不是住在病患专用的东偏院，而是居于龙英旧居。金富轼得报后，当即意识到那间旧房才是天圣铜人的真正藏处。于是他派侍从昆布去找马扩谈条件，同意交出赵履仁等人，由此令马扩将精力集中在那件事上，无暇顾及旁事。

听到这里，白谈不由得惊悔交加，直拍脑门道："原来是老夫自己暴露了天圣铜人所在。"

马扩更是惊奇，心道："上官鼎从未提过天圣铜人藏在白氏医铺中。不知是他有意瞒我，还是宇文虚中没有告诉他真相。嗯，宇文虚中既决定利用天圣铜人来离间金人，当不会在这件事上撒谎，应该是前者可能性更大。原来上官鼎心中，也不愿意将天圣铜人交给金人，他只是想以大黑山岛为借口，拖延时间，好寻个稳妥的解决办法。"想到上官鼎竟被呼延庆所杀，不由得大为心痛。

杨群问道："然后呢？"

白勇道："然后高丽一方定了离开的时间，就决定动手了。"

高丽人借补充物资的便利之机，由白勇接应，混进了医铺。刚好萧红尘妻子云娘过世，白谈心情不好，躲在房中，被高丽人放倒绑了起来，萧红尘也是如此。白勇旋即关了医铺，贴出歇业告示。

说到这里，白勇很是不甘，问道："叔叔怎么知道那些人是高丽人？"

白谈怒道："他们在运铜人出去时，有人说了一句'小心'，我又不是聋子，会听不出来是高丽话吗？"

他手中仍然握着马扩的长刀，说到最后一句时，忽然抬手，用力刺出，直刺入侄子的胸膛。

白勇十分吃惊，看了看胸口的刀，抬头道："叔叔，你……杀了我。我……我可是白家唯一的男子。"

白谈松开刀柄，倒退两步，摇摇欲坠。马扩急忙抢上前扶住，再看白勇，晃了两下身子，便歪倒在一旁，胸口仍然插着长刀。杨群抢上前一探鼻息，摇了摇头。

马扩心中仍有疑惑，问道："天圣铜人大小堪比真人，高丽人如何能在众目睽睽下运至码头？"

白谈道："天圣铜人是可以拆卸的，可以拆成数块，轻松藏在其他物事中，使用时再重新组装起来。"

马扩道："是了，昨日有高丽侍从在粮店买米，当是掩护，铜人一定是被拆开后，藏在米袋中运走了。"

白谈叹道："再说这些有什么用。那些高丽人一定早就走远了[1]。"

他养生有方，素来神采奕奕，此时神色黯然，一下子像是老了二十岁。

[1] 两具天圣铜人均在北宋末年遗失。一具铜人被认为在靖康之变前流落于民间，在襄阳（今湖北襄阳）一带流失。一具铜人被认为由中国传入高丽，16 世纪末期，日本的丰臣秀吉发动了入侵朝鲜的战争，从朝鲜带回一具针灸铜人，即目前日本东京博物馆所存铜人。但日本所存铜人，是否就是著名的天圣铜人，仍存在争议，笔者因未亲眼见过该具铜人，难以断定，故采纳上海名医陈存仁考证后的说法。

杨群道："我会派人来医铺，协助白医师处理此间事务。"一边说着，一边向马扩使了个眼色，示意先回去水寨。

马扩转头见到萧红尘正站在月门边，冷然凝视着眼前的一切，遂走过去道："萧郎，马某拜托你一件事。"

萧红尘问道："马将军是让萧某暂时代为照顾白医师吗？马将军放心，这本来就是萧某应该做的。"

马扩道："多谢。"

离开医铺时，马扩心头极为失落。自来到登州之后，大事小事不断，各方势力进行着各种博弈，内中不乏精明厉害的对手及敌人。马扩从来是认真对待，不敢有半分轻视之心，却没有想到温文儒雅的高丽使者金富轼，成了最后赢家。原来表面最不具有威胁性的人，才是真正的老谋深算。

杨群也很是愤愤不平，道："我们都被高丽人算计了。"

进来水寨寨厅，杨群命人带出赵履仁。马扩走到他面前，问道："你说有关于海棠的事，到底是什么？"

赵履仁笑道："赵某斗胆跟马将军谈个条件，只要马将军肯准备好船只，放我四人走，是我方四人，不包括韩千运，赵某便将海棠还给马将军。"

杨群忍不住斥道："你说什么胡话？海棠已经跟着高丽使船去高丽了呀。"

马扩心中却是另一番想法："海棠如果发现高丽人夺取了天圣铜人，会作何想？"

赵履仁笑道："二位当知道曹笑笑仍有同党在使船上，他二人已带着海棠乘小船离开。"

他称曹笑笑另外还有两名同党。那二人意图为何厚报仇，前来行刺赵履仁时，被赵履仁制住。赵履仁随即表明自己实是跟曹笑笑一路，又详细说明了原委。那二人相信了赵履仁，告知使者金富轼已准备将他和同伴交给宋人，以换取北上回国。他二人也是因为宋人素来惧怕金人，担心宋人知道赵履仁等人的身份后不但不会扣押，还会提供船只或是车马送一行人返回北地，如此便不能为何厚报仇。

赵履仁早有所预感，闻言也不惊奇，便与那二人预谋乘坐小船逃走。

其中一人道：“使船上的小船是应急逃生用的，根本不能远航，我等逃不了多远，即便不被宋人捉回，也会葬身于大海之中。”

赵履仁思忖片刻，遂想了个法子，让那二人设法劫持海棠，趁人不备时乘坐小船先逃离高丽使船。至于自己及同伴，就等候高丽使者金富轼的“安排”。

杨群忙问道：“你的意思是，你早让那二人劫持了海棠做人质？”

赵履仁不无得意地道：“高丽使者只忙着对付我等，竟没有发现船上少了三个人。当然或许他也发现了，只不过他自己也着急离开沙门岛，一时顾不上旁事。”

马扩与杨群相视一眼，心中均是一般想法：金富轼得到了天圣铜人，生怕事情败露，导致铜人得而复失，当然要着急离开了。

马扩问道：“你说你预先派人挟持了海棠，可有凭据？”

赵履仁道：“只要马将军同意送我等出境，赵某自会带你去见海棠，不需要凭据。如若见不到海棠，条件便不算数，马将军大可杀了我。”

杨群忙道：“海棠要么在岛上，要么在附近的船上，我这就派人去搜。”

赵履仁叫道：“等一下！我跟人预先说好了，如若没有见到我，而有人去救海棠，便立即杀了她。”

马扩微一思忖，即道：“好，马某答应你，只要海棠平安无恙，我就放你们几人离开。”

赵履仁笑道：“一言为定。”

马扩便命带韩千运、盛飞等人出来。赵履仁忙道：“不用带上韩千运。”

马扩道：“你们不是一路的吗？要放当然得一起放了。你若有异议，条件不谈也罢。”

赵履仁只求脱身，不愿另生风波，只得同意。

一行人出了水寨，往凤凰山西山脚而来。转过浅滩，赵履仁朝前面一片树林努了努嘴，道：“就是那里了，是我们事先约好的地方。”

马扩心道：“这不是我当日被信王绑住的地方吗？”

走近树林，果然有两名高丽船工打扮的男子推着海棠从林中出来。海棠双手反绑在背后，头发散乱，口中塞了衣襟，颇为狼狈。

一名高丽船工将刀横在海棠颈间，喝道：“站住！”

赵履仁忙上前道：“我已经跟马将军已经谈好条件，他同意放我等离开。”

一旁韩千运不明所以，惊奇万状，忍不住问道：“这人不是高丽人吗？”

杨群答道：“是被杀的高丽副使曹笑笑的人。”

韩千运面上登时起了惊疑之色。

马扩遂命兵士解开等人绑索，又喝道：“快放了海棠。”

高丽船工见赵履仁点头，便举刀割断海棠手腕上绑索。海棠自行掏出口中衣襟，问道：“马将军是为了救我，才肯跟这些恶人妥协的吗？”

马扩不应，只招手叫道：“海棠快些过来。”

海棠道：“好。”忽然转身，握住身后高丽船工刀刃，往自己颈间割去，登时鲜血飞溅。

马扩大叫一声，急忙抢上前去。海棠已软软倒地。马扩忙将她抱住，撕下自己的一片衣衫，团成一团，用力按压住海棠颈间伤口，不令血流出。

海棠断断续续地道：“将军不要为了救海棠，而放过这些恶人。”

赵履仁忙道：“马将军，我已经如约让你见到了海棠。现下虽出了意外，但这是她自己寻死，跟我等无关。”

马扩道：“我跟你约定的是海棠平安无恙，现下她命在旦夕，能叫安然无恙吗？来人，都拿下了。”

赵履仁见事已至此，少不得要作鱼死网破的最后一拼，咬牙挥手道：“冲出去！”

水寨兵士众多，赵履仁一方只有两名高丽船工有兵器，根本不是宋兵对手。混战一起，韩千运便抱头蹲在原处，既不敢逃走，也不敢反抗，一名高丽船工恼恨他窝囊无能，居然一刀将其斩死。高丽船工自己也被宋兵杀死。一番交手，尽管赵履仁等人拼命反抗，仍不敌宋兵。

杨群过来道：“马将军，那赵履仁还有一口气，说是有话要对你说。”

马扩见海棠虽然人晕了过去，但身子还有热气，便道：“烦请杨巡检先派人将海棠送去医铺救治。”

杨群应了一声，叫过一名兵士，令他背起海棠，又让另一名兵士从旁按住海棠颈间伤口。二人旋即动身，匆忙离去。

马扩走到赵履仁身边，问道：“你还想说什么？”

赵履仁怪笑道：“我是要告诉你，你杀了我，你自己也活不了。你中了五奇散毒，没有解药，顶多只有一年可活。”

杨群奇道：“马将军中了毒吗？那么上次晕厥……”见马扩点了点头，便上前喝道：“快些将解药交出来。”

赵履仁笑道：“没有解药了。一共只有十二粒解药，六颗给了海棠，六颗给了金富轼。”

马扩大吃一惊，忙问道：“你是说，不只我一人中了五奇散毒？”

赵履仁道：“你，海棠，金富轼，还有那个姓洪，都中了毒。”

顿了顿，又道：“海棠嘛，我既要利用她，当然得表示出诚意，所以先给了她解药，反正我还能拿她的真实身份来要挟她。但那姓金的，我真不该相信他，不该那么快给他解药的。”

原来当日赵履仁让金富轼在使船上招待马扩、海棠、洪刍三人时，便预先往酒中投下五奇散毒药，马扩、金富轼、洪刍、海棠四人全部中毒。赵履仁原来打算用五奇散毒药来控制耶律敖卢斡的，此刻竟然先行派上了用场——赵履仁所在意者，只是海棠和金富轼二人。海棠将以未亡人及渤海公主的身份，成为耶律阿撒及耶律敖卢斡的代替品，赵履仁足以用她向郭药师交差，不必再远赴高丽，寻找那不知道人在何处的皇子。而金富轼也开始有日见怠慢的意思，赵履仁须得想办法彻底控制住他。他手中有十二粒解药，刚好可以解二人之毒。

马扩听了赵履仁得意洋洋的叙述，这才知道海棠也中了毒，他所服解药，实际上是海棠那份。

赵履仁却是不知马扩已有解药，他大概想不到世上竟会有人用自己的命，去换取别人的命，又哈哈大笑道："姓马的，你也活不了多久了。我只是先走一步而已，我会在黄泉路上等你。"

马扩再也顾不上许多，急忙奔去追海棠一行。

来到医铺时，李清照竟然也在医铺中，正陪白谈说话，惊见海棠全身是血，被水寨兵士背过来，愕然不知所措。

马扩道："抱歉，赵夫人，这是马某的错，我没能照顾好海棠。"

白谈上前一看，便摇了摇头，道："救不活了。救也是白救，不如给她留一口气，你们几位好好说说话吧。"

马扩闻言，遂将海棠抱去偏院房中。白谈往房间中点了一炷药香，便自行退了出去。

过了一会儿，海棠睁开眼睛，见马扩和李清照都围在榻边，当即展颜而笑。

马扩忙问道："原来海棠给我的解药，是你自己那份。明明你自己也中了毒，为什么不说实话？"

海棠笑道："海棠不是什么重要人物，死了不要紧，我只希望马将军好好活着。"

马扩一时哽咽起来，道："不，你是渤海公主，身份贵重，你不该轻视自己。"

李清照这才慢慢从话意中回过味来，问道："那么海棠选择去高丽……"

海棠笑道："我去高丽，是想安安静静地死在那里。这样夫人和马将军都以为海棠还活着，过得也很好，这样不是更好吗？"

又道："夫人，海棠不能再服侍你了。我原以为只要跟着夫人，只要肯努力，便可以成为夫人那样的大才女。可惜才华跟天资一样重要，我天生愚钝，实在成不了夫人那样的人，但海棠能一直留在夫人身边，端茶送水，略尽心意，也是好的。”

李清照闻言潸然泪下，举袖抹了抹眼泪，才道：“海棠，你……你堂堂渤海公主……唉，这些年，实在是委屈你了。”

海棠笑道：“世上早就没有渤海国了，哪还有什么公主？我名叫海棠，只想做夫人的侍女。”

顿了顿，又道：“夫人，我不在你身边，你可要好好的。你天生体寒，手脚容易发凉，每日早晚一杯姜茶，决计不能忘。”

李清照泣道：“不会忘的，不会忘的。”

海棠又道：“马将军，谢谢你。”

马扩道：“我没能帮到你，你还要谢我什么？”

海棠道：“那一日，我在岛上见到马将军，是第一次遇到你，你递给我一件衣衫，说岛上风大，得多穿一些才行。虽然那件衣衫又肥又大，缝制得也很粗劣，但我却很喜欢。”

马扩怔了一怔，这才反应过来，问道：“海棠说的是十年前我到鼍矶岛派衣派粮那一次吗？”

海棠道：“嗯，那是我第一次觉得世上有人真心对我好，你对我好，不是因为我的身份，而是你想对我好。”

马扩道：“真的吗？那件事对你有那么重要？”

海棠笑道：“很重要，我一辈子都不会忘记。将军离开后，我还悄悄向水兵打听了你的名字，原来你的名字叫马扩。”

马扩道：“你那时候不叫海棠，而是叫曹大运。”

海棠笑道：“奇怪吧？一般女孩子都会叫小什么的，我要是叫小运，就不会有人觉得古怪了。哪怕是叫中运也好。嗯，曹中运，蛮好听的，像画中人一样。偏偏我姓大，单名运，曹姓只是为了掩人耳目临时加上去的。”

马扩应道：“对，我一看到你的名字，便立即留意到了，还以为曹大运是名身材魁梧的彪形大汉，点到名字时，才知道是个弱不禁风的小女孩。”

海棠笑了笑，又道：“在青州安顿下来后，我打听过马将军，马将军的那些事，我一直都很清楚。”

马扩忙问道：“我有没有做什么坏事？”

海棠迟疑了下，才道：“你妻子……她……”

马扩忙道：“她姓柳，名叫真真。”

海棠道：“真娘她还在金人手里，还有你母亲，儿子，女儿，对不对？将军一定很想念他们吧？但真正让他们落入敌手的，其实是将军的母国，大宋。”

靖康之变前，金军南下，向宋廷索要第一批干戾人及其家眷，马扩名列其中，其家眷十二人也由此被宋廷拱手送给了金人。

马扩失声道：“海棠你……”

海棠勉强摇头道：“我不是要将军背叛大宋，而是想劝将军不要再这么辛苦了。姓赵的那家人，不值得。”

马扩昂然道：“我不是为赵氏，而是为中原黎民百姓。”

海棠笑道：“这才是我心目中的好男子。”顿了顿，又道：“知道我最喜欢你什么时候的样子吗？那次在登州驿馆，将军蹲下来抚摸雪球，真的好可爱，眼睛发亮，面上满是笑意，像个天真的大孩子。”

她的声音渐渐低沉了下去，眼睛也慢慢合上，仿佛睡着了一般，面上却露出了纯真灿烂的笑容。

世乱同南去，时清独北还。他乡生白发，旧国见青山。晓月过残垒，繁星宿故关。寒禽与衰草，处处伴愁颜。

也不知在小树林中独坐了多久。有人轻轻地走过来，叫道：“马将军。”

马扩头也不回，应道：“萧郎。”

萧红尘也不待马扩招呼，自行在他身边坐下。二人便并排而坐，一起面对大海发呆。

过了好久，萧红尘才道：“有一件事，我必须得告诉将军，虽然可能有不好的结果。”

马扩摇头道：“对我而言，再没有什么更不好的结果了。”

萧红尘道：“不是，我说的不好的结果，是指我自己。”

马扩道：“那么更加不会了。就算萧公子是辽国萧太后的子侄，我马扩也不会再有任何兴趣。”

萧红尘道：“我是萧何之萧。”

马扩道：“我知道。辽国萧姓，其实也是萧何之萧。”

萧红尘微一迟疑，即道：“我本姓耶律，名敖卢斡，是辽国最后一位皇帝的长子，封晋王，生母文妃萧氏。”

马扩“啊”了一声，转头瞪视着萧红尘，道：“这可实在让人想不到。”

萧红尘笑了一笑，问道：“所以我会有不好的结果了？”

马扩旋即摇头道：“不会。至少马某看不出来。”

萧红尘又道：“那些人要找的人是我，海棠是代我而死。”

马扩摇了摇头，道：“不，海棠是代我而死。她身中剧毒，却将解药给了我。”

萧红尘道：“海棠在辽国时，读过亡母所作的《讽谏歌》，内有‘勿嗟塞上兮暗红尘’之句，她早已猜到我的身份，却没有告诉旁人。”

马扩道：“因为海棠是个好女子，她看到萧郎对妻子云娘的深情，知道你也是个好男子。”

沉默了许久后，萧红尘问道：“马将军去过鼍矶岛吗？沙门岛的海景，比鼍矶岛如何？”

马扩道：“都很美。鼍矶岛更好一些。”

萧红尘道：“嗯，鼍矶岛就是我心目中的天堂，我萧红尘一定会老死在那里。”

马扩道：“我知道，世上早没有了耶律敖卢斡这个人。”

萧红尘拍了拍马扩肩头，表示相谢之意。又用手打起拍子，轻轻唱道：“勿嗟塞上兮暗红尘，勿伤多难兮畏夷人。不如塞奸邪之路兮，选取贤臣。直须卧薪尝胆兮，激壮士之捐身。可以朝清漠北兮，夕枕燕云。”

须卧薪尝胆兮，激壮士之捐身。可以朝清漠北兮，夕枕燕云。

然明日山岳，世事两茫。何日才能朝清漠北，夕枕燕云？

悲宋室之不振，慨社稷之难守，江山留与后人愁。

尾声

而沙门岛作为流放地的历史，在金人占据登州后便宣告结束。尽管南宋律法仍有『重罪犯人刺配沙门岛』的规定，如韩侂胄的养子便被判削籍流放沙门岛，但由于沙门岛处于金人控制区，实际上已无法执行。马扩返回南宋朝廷后，即被宋高宗解除兵权，且连降三级。此后二十年，再无机会大显身手，最终郁郁而终。

上官鼎、韩千运的死讯传到云中，金军元帅粘罕气恼不已，召来宇文虚中责问。宇文虚中称部下上官鼎已因此而死，他也算已经尽力。粘罕无话可说，只好作罢。

粘罕又听说马扩当时人也在沙门岛，怀疑事情是为马扩所阻，便想要杀死马扩的亲眷泄愤。然念及往日情分，又颇不忍下手，便下令将马扩一家老小当作人肉牲口，卖往北地。宇文虚中闻言大惊失色，不得已，只好表示愿意投降，仕金为官。粘罕颇感惊喜，遂赦免了马扩的家小。后宇文虚中成为金国国师，最终因暗中通宋而被金人处死。

郭安邦死后，郭药师认为是天意如此，遂无兴辽之愿。虽不满被金人夺去兵权，却也只得安心仕金，做个富贵闲人。然他这富贵也未长久，很快他就被元帅粘罕借故下元帅府狱，虽不久即获释，但家产尽为粘罕所占。

郭药师的长子郭安国在海陵王完颜亮[1]一朝受到重用，一度擢拜

[1]自金太祖阿骨打建立大金国后，金国还保持着许多部落联盟的习惯，贵族权任极重，是以接任帝位的不一定是皇帝的长子。金太祖死后，其弟吴乞买即位，为金太宗。金太宗本来以弟弟完颜杲为储君，不料完颜杲死在了金太宗之前，储位一时空缺。到底立谁为嗣，实在令人踌躇。当时金太祖嫡子完颜宗峻已死，金太祖长子完颜宗干、金太宗长子完颜宗磐均有资格立为储君。完颜宗翰（女真名粘罕，金太祖侄）也自认为功高年长，觊觎皇位。后来，金太宗堂弟完颜勖倡议立金太祖嫡长孙、完颜宗峻子完颜亶（女真名合剌），得到完颜宗翰、完颜宗干、完颜希尹（女真名谷神，又译作兀室、悟室、骨舍等，父欢都在劾里钵时任节度使）一干人的支持。于是，金太宗立时年十三岁的完颜亶为储君。三年后，金太宗死，完颜亶继位，是为金熙宗。金熙宗登上皇位后，由于年纪尚幼，资历不足，无力亲自执掌朝政，金国内部争权夺利的斗争层出不穷，大狱迭兴，人心疑惧。毫无对策的金熙宗只能纵情酒色，性情也更加多疑，常因小过滥杀无辜，朝中大臣人人自危。一个野心勃勃的人趁机蠢蠢欲动了，这个有野心的人便是完颜亮。完颜亮为金太祖庶长子完颜宗干第二子，也是金太祖之孙、金熙宗堂弟，女真名迪古乃。南宋绍兴十九年（1149年）五月，金皇宫宫殿被雷电震坏，引起的大火一直烧到了金熙宗的寝室，完颜亮受此事牵连，被贬出朝，心中很是不满，对金熙宗起了取而代之之心。路过北京（今内蒙古自治区宁城西）时，完颜亮与同知留守萧裕相约举事。同年九月，完颜亮复任平章政事，便打算利用群臣的恐惧和不满情绪发动政变。他与驸马唐括辩（尚金熙宗女代国公主）、左丞相秉德等日夜密谋，又收买金熙宗贴身护卫阿里出虎、蒲散忽土等人。当年十二月丁巳夜，完颜亮等人夜入皇宫，闯进金熙宗寝室。金熙宗刚要拔刀抵抗，被阿里出虎和蒲散忽土刺倒。此时，金熙宗还没有死，完颜亮上前又补了一刀，杀死了在位十四年的金熙宗。完颜亮随即自立为帝，假传金熙宗诏旨，诱杀了左丞相兼都元帅完颜（转下页）

为兵部尚书。然完颜亮败后，郭安国亦被女真贵族杀死，郭氏彻底败亡。

南宋建炎二年（1128年）年底，金军再度南下，攻破山东，陷山东全境，就连从未燃过战火的登州也落入金人之手。然民间仍有义军抵抗，登州一带，以李齐、范温两支义军最为著名。

李齐是杀死沙门岛流人洪刍的凶手，他被押解回登州后，关在州狱中，尚未审讯，金军已进登州，他趁乱逃出大狱，召集一帮乱民，夺了几艘刀鱼船，乘船到沙门岛，拉起了抗金大旗，令人意外。范温原是船夫，金人入境后，不愿意投降，遂聚集民众，占据徐福岛。

北归大臣吕颐浩回朝后，得到宋高宗赵构重用，以宰相的身份全面主持政务。当时金人已扶持原宋济南知府刘豫为中原皇帝，吕颐浩听说了登州沙门岛义军的消息，想到昔日曾在庙岛停驻几日，颇为感念，便派侄子吕铮夫及枢密院准备使唤董某持皇帝诏书去招安李齐，以从侧翼制衡刘豫。吕铮夫一行入海时，适逢大风，船漂流至徐福岛。船夫范温正占据该岛，听说吕铮夫一行目的后，急忙告诉他李齐已投降金人的傀儡刘豫，若再去沙门岛，只是去送死。吕铮夫便顺势招安了范温一行，后范温入朝，授官武功大夫。

而沙门岛作为大宋最高流放地的历史，在金人占据登州后便宣告结束。尽管南宋律法仍有“重罪犯人刺配沙门岛”的规定，如韩侂胄的养子便被判削籍流放沙门岛，但由于沙门岛处于金人控制区内，实际上已无法执行。

马扩返回南宋朝廷后，即被宋高宗解除兵权，且连降三级。此后

(接上页）宗贤、太保完颜宗敏；又大封功臣，大赦天下，改元天德。因金世宗时完颜亮曾被降封海陵炀王，再贬为海陵庶人，故史称完颜亮为海陵王。完颜亮即位后，将金国的都城迁到燕京，并大力营建燕京。他本人粗通经史，渐受中原封建文化濡染，对宋朝一直存有吞并之心。绍兴三十一年（1161年），完颜亮正式兴兵南下，一路势如破竹，却在采石被白面书生虞允文所阻。在金军南侵失利的情况下，金国内部又发生了政变。金东京（今辽宁辽阳）留守、曹国公完颜褒乘完颜亮南下，夺取政权，自立为皇帝，更名完颜雍，是为金世宗。金世宗历数完颜亮弑皇太后、杀太宗及宗翰、宗弼子孙及宗本诸王，毁上京宫殿等罪恶数十条，宣布废完颜亮为庶人。金世宗上台后，黄河以北都渐次归顺。完颜亮得知后，担心进退失据，决定孤注一掷，先灭南宋朝廷，再北还消灭金世宗，结果在军中被自己人暗杀。不久，金军全面北撤，归附新即位的金世宗。

二十年，再无机会大显身手，最终郁郁而终。

金陵城上西楼，倚清秋。万里夕阳垂地，大江流。中原乱，簪缨散，几时收？试倩悲风吹泪，过扬州。

（全文完）

（特别鸣谢：此题材为作者采风时发现于山东蓬莱古船博物馆。在此，谨向所有为古船博物馆作出贡献的各方人士，致以最诚挚的谢意。）

外一章

靖康耻，犹未雪——宋与金

怒发冲冠，凭阑处、潇潇雨歇。
抬望眼，仰天长啸，壮怀激烈。
三十功名尘与土，
八千里路云和月。
莫等闲、白了少年头，空悲切。

靖康耻，犹未雪；
臣子恨，何时灭！
驾长车，踏破贺兰山缺。
壮志饥餐胡虏肉，
笑谈渴饮匈奴血。
待从头、收拾旧山河，朝天阙。

——岳飞《满江红》

靖康二年（1127年），是令宋人心痛而不能忘怀的一年。就在这一年，金兵攻陷汴京，宋徽宗、宋钦宗被掳北上，中原失陷，北宋灭亡，是为“靖康耻”。

一个经济、文化空前发达的国家顷刻瓦解，一个承平百年的王朝瞬间败亡，可谓旷古罕见。

绍兴八年（1138年），在抗金形势一片大好的情况下，宋高宗与金首次议和。名将岳飞坚决反对，上表称：“唾手燕云，正欲复仇而报国；誓心天地，当令稽首以称藩。”力主议和的宰相秦桧“见之切齿”。

就在这一年的夏天，在一阵骤雨过后，岳飞在鄂州衙署凭栏远眺，但见滔滔大江滚滚东流，不免心潮汹涌澎湃，不胜感慨。

岳飞生于北宋末年，亲眼目睹了中原山河破碎、国破家亡，他少年从军后，便以“精忠报国”为志，转战各地，为的就是驱除胡虏、复我河山。而此时议和，他痛感坐失良机，收复失地、洗雪靖康之耻的志向难以实现，在百感交集中写下了这首《满江红》。

这是一首慷慨激昂、气吞山河的词作，风格豪迈，气势磅礴，意境广阔。全篇豪气干云，充满了雄壮的爱国主义激情，具有极大的感染力，因此成为传诵千古的名篇，“千载后读之，凛凛有生气焉”。尽管英雄长眠，但此词却流传下来，数百年来，此中洋溢的浩然正气和英雄气概一直震撼着炎黄子孙的心灵，激励了后世无数志士仁人抗敌爱国的热情。更令人震撼的则是岳飞的悲惨结局，因力主抗金而无辜被害。

外一章讲述的是金灭北宋的过程，是《登州沙门岛》故事的历史大背景补充。女真族壮大于北宋朝廷风雨飘摇之时，而这个灭亡北宋的敌人，一开始竟然是宋廷主动结盟的盟友，实在是历史莫大的讽刺。

当时初结两朝欢，曾见军前捧血盘；本为万年依荫厚，哪知一日遽盟寒。

第一节　“海东青之路”

宋元符三年（1100 年）正月，才刚刚过了新年，年轻的宋哲宗赵煦抱憾病死，年仅二十四岁。在向太后（宋神宗皇后，宋真宗朝宰相向敏中曾孙女）的主持下，性格轻佻的端王赵佶（宋神宗第十一子）被立为皇帝，是为宋徽宗，时年十八岁。

这一年，辽道宗耶律洪基刚好六十八岁，比宋徽宗整整大了五十岁。不过，即将步入古稀之年的他并不怎么关心新一任的宋朝皇帝为什么是赵佶，而不是宋哲宗同母弟简王赵似。这并非因为他老糊涂了，他虽然年纪大了，可头脑还算灵活，身手依旧矫健。他此时所想的，唯有海东青而已。从遥远的东北正传来一个消息，他的捕鹰使者，已经在“海东青之路”上被女真主隈部、秃答部狙杀。在这位被宋朝视为劲敌的辽国皇帝看来，新一任的宋朝皇帝继位，远远比不上“海东青之路”重开更为重要。

当然，此刻的辽道宗并没有想到，所谓的“海东青之路”阻绝，其实只是女真完颜部首领盈歌的一个圈套而已。

“海东青之路”兴起的原因，与北宋皇帝有关。北宋一度奢侈成风，以皇帝为首，王公贵族竞尚北珠。所谓的北珠，其实就是一种大珍珠，产于辽东的大海中，因难以采取而成为珍贵之物。

长期以来，辽国一直通过榷场贸易与北宋交换物品，输出布、羊、马、骆驼、北珠、玉器等物，来换取北宋的香、茶、药、犀角、象牙、苏木、缯布、漆器、瓷器、杭稻和各种图书等。其中，北珠最为北宋看重，“朝贵已重尚之”，因此价格也最为昂贵，交换的价值也就最大。辽国为了换取更多的北宋物品，自然需要更多的北珠。

但获取北珠并不容易。北珠藏于珠蚌中，成熟期大约在八月。而北方的冬天来得早，九月时海边往往已经结上厚冰，取珠人即使能破冰入海，也无法抵挡水中的严寒，因此，北珠基本上就成了可望而不可即之物。不过，世间万物生生相克，当地有一种天鹅，专门以珠蚌为食，吞食蚌后，将珍珠藏在嗉内。而海东青则是天鹅的天敌。因此，只要能得到海东青，就能捕杀到天鹅，剖取北珠。

海东青是海东的一种名鹰，体型较小，但却十分矫健，擅长抓捕水禽、小兽。根据元末明初大学者叶子奇在狱中写成的《草木子·卷四》记载：“海东青，鹘之至俊者也。出于女真。”经过驯养的海东青功能相当于猎狗，威力却远在猎狗之上，“放飞时，旋风羊角而上，直入云际”，是极为珍贵的捕猎工具，尤以爪白的最为稀奇。

辽国不但需要更多的北珠，而且狩猎成风，因此玩鹰也成风，从皇帝到贵族，均以能拥有一只海东青而自豪。辽国每年都要派使者到产海东青的女真部落地区征收海东青，得到海东青后，便快马加鞭地返回辽上京（今内蒙古自治区巴林左旗东南），返回上京之路由此被称为“鹰路”，又称“海东青之路”。

谁也不曾想到，小小的海东青竟引发了辽国与女真部落的对立，“因是起变，而契丹以亡”。“海东青之路”，实际上是辽国的衰亡之路，也是金国的振兴之路。

女真[1]族名的出现，大约在唐末五代时期，但女真人的历史却是相当悠久。根据古文献记载，商周时期，在中原北方黑龙江流域居住着一支古老的民族——肃慎，即女真人的远祖。传说早在远古虞舜时期，肃慎人就曾上贡弓矢。禹定九州时，肃慎也曾“以其职来贡”。到了周朝，肃慎（也有史籍称息慎）更是频频入贡，以致周人在列举疆土时，自豪地宣称:“肃慎、燕、毫，吾北土地。”

肃慎名称曾几经变化，后汉时称挹娄。南北朝时，称勿吉，已经发展成粟末、伯咄、安车骨、拂涅、号室、黑水、白山等七大部落。隋唐时称“靺鞨”，唐朝贞观年间，曾来长安拜见唐太宗李世民。唐武则天时，靺鞨粟末部首领大祚荣建立了渤海国，隔断了黑水部与唐朝的交通。除了黑水部外，靺鞨其他五部均归附渤海。辽国耶律阿保机灭掉渤海国后，女真黑水部南下，迁移到渤海故地，成为辽的附庸，并开始以女真之名见于记载。女真其实就是肃慎的不同音译，意思为海东青，即“东方之鹰”。

宋太祖赵匡胤建国后时，辽国为阻止女真与宋朝往来，在女真通向宋朝的路上设置了三道栅栏，每栅驻守三千军士。宋淳化二年（991年）十二月，女真首领派遣使者经海路乘船到宋朝，请求宋朝发兵，与女真各部共平三栅。当时执政的宋太宗赵光义先后两次伐辽失败，早已经畏辽如虎，不敢轻易得罪辽国，对东北的女真也没有兴趣，只降诏抚谕，但拒绝出师，女真各部最终降辽。宋太宗大概怎么也想不到，正是曾向他求助过的女真，后来终结了北宋一朝。

[1] 又名女直。据元人陈准的《北风扬沙录》记载:“金国本名朱里真，番语舌音讹为女真，或曰虑真，避契丹兴宗宗真名，又曰女直。”宇文懋昭（金人，后投宋）《大金国志》也有相同的记载。

这个时候的女真，还是各个分散的部落，有生女真和熟女真之分。熟女真居住在辽阳一带，编入辽的户籍，受辽的管辖。生女真居住在松花江、牡丹江流域及其以东广大地区，“地方千余里，户口十余万，散居山谷间，依旧界外野处，自推雄豪为酋长，小者千户，大者数千户”，游牧打猎，过着典型的氏族部落的生活。生女真部落众多，有几十个部落，彼此不相统属，名义上隶属于辽国，定期向辽贡献马匹、东珠和海东青等土物，并听从辽主的征召参与军事作战，但不入辽籍。随着光阴的流逝，数十部的女真人逐渐形成了蒲察、乌古论、纥石烈、完颜等几个部落联盟，逐渐走向了统一。

起初，完颜部并不是生女真中发展最快的部落。传说完颜部的始祖函普原是高丽人，来到完颜部落后，误打误撞地调解了完颜氏与邻族的纠纷，从而被完颜部接纳。到了函普的四世孙绥可时，他改变了夏逐水草、冬则穴处、迁徙不常的游牧状态，定居在安出虎水一带，从此才迅速成长，成为强大的部落，最终组成了以完颜氏为核心的生女真完颜部部落联盟。

大约在辽圣宗耶律隆绪一朝时，完颜部成为辽国的属部，辽国任命函普后人石鲁为惕隐（相当于联盟长），统治完颜部。到了石鲁之子乌古乃一代，完颜部实力得到了很大的增强。乌古乃深谋远虑，一方面在四周大肆扩张，将白山、耶悔（又作叶赫）、统门（又作图们）、耶懒、土骨论和五国诸部纳入了联盟；另一方面则竭力讨好辽国，帮助辽国搜索逃亡和袭击叛部，深得辽主欢心，被辽国任命为生女真部族节度使。这样，乌古乃在生女真贵族中的地位大大提高，还可以仗着辽国的支持，名正言顺地铲除异己。

乌古乃势力的增强引起了部落内外敌对势力的恐慌，宋熙宁七年（1074 年），乌古乃死，乌古乃次子劾里钵继任为节度使，完颜部更加动荡，风雨飘摇，处于内忧外困的境地：劾里钵的叔父跋黑、原国相雅达之子桓赧、散达起兵反对劾里钵；居住在阿跋斯水的温都部人乌春、窝谋罕，以及居住在活剌浑水（今黑龙江呼兰河）纥石烈部人腊醅、麻产兄弟也相继攻击劾里钵。经过数次惨烈的战役，劾里钵最终战胜了各个强大的对手，不但巩固了部落联盟，还将北至呼兰河，东达张广才岭以东和牡丹江上游地区，纳入了完颜部落联盟的势力范围。

劾里钵之后，其弟颇剌淑、盈歌相继为节度使，完颜部势力向东北发展至陶温水（今黑龙江省境内汤旺河）、徒笼古水一带；东南战胜纥石烈部阿疎，乌古论部留可、敌库德，占领阿疎城、米里迷石罕城（今吉林珲春市东北春化镇）、留可城（今吉林珲春市），征服了统门、浑蠢（今吉林珲春河）、耶悔、星显四路和岭东女真诸部。这些部落全部被纳入完颜氏部落联盟。其中，星显水纥石烈部的首领阿疎不甘心被完颜部统治，逃奔辽国，由此掀开了直接导致女真与辽国反目成仇的事件——阿疎事件。

自石鲁，乌古乃，至劾里钵、颇剌淑、盈歌，经过完颜氏三代人的不懈努力，完颜部部落联盟迅速扩大，成为生女真诸部无人能与之抗衡的力量。完颜部力量的增强，最终还是引起了辽国的警惕，辽国开始牵制和干扰完颜部统一女真的行动，这自然引起了完颜氏的不满。随着这种不满的情绪日益加深，完颜氏有了独立意识，萌生了建立独立政权的愿望，阿疎事件便成了矛盾激化的重大诱因。

阿疎所在的星显水纥石烈部自其父亲一代起，便已经归属于劾里钵的完颜部联盟。盈歌继任生女真部族节度使后，四处扩张，讨伐温都部。阿疎深知唇亡齿寒的道理，发兵援救温都部，阻止了盈歌，盈歌自然勃然大怒，亲自率军讨伐阿疎，兵围阿疎城。阿疎自知难敌完颜部联盟的大军，抢先派使者到辽国向辽道宗耶律洪基投诉盈歌。辽道宗立即派使者命令盈歌罢兵，盈歌自知实力还不足以反抗辽国，不敢违背辽道宗的意思，不得已自己撤兵，但还是另外派心腹率兵围困阿疎城，并最终攻占了此城。阿疎逃奔辽国，向辽道宗求救，辽道宗派使者勒令盈歌将阿疎城还给阿疎。盈歌担心由此引发已经被讨平的各部落背盟，自然不愿意，但又不敢公然和辽国作对。正在危难之际，盈歌的侄子乌雅束和阿骨打提议利用辽人梦寐以求的海东青来制衡辽主，经过挖空心思的策划后，盈歌上演了一出阻隔“海东青之路”的好戏。

盈歌先是唆使“海东青之路”必经之地的主隈（今黑龙江嘉荫河流域）、秃答（今黑龙江都鲁河流域）两水的女真部落阻隔“海东青之路”，即在“海东青之路”上设置关卡，捕杀辽捕海东青的使者。因为捕海东青有厚利可图，东北当地人争相弃田捕鹰，还经常为了争夺海东青而自相残杀，而辽使者肆意对女真部落压榨勒索，还经常侮辱女真人，称为“打女真”。主隈、秃答两部早就对辽国为了贪图享乐而大肆捕海东青不满，欣然同意阻断“海东青之路”。

之后，盈歌又指使鳖古部节度使去告诉辽道宗说:“若要重开‘海东青之路’，非生女真节度使（指盈歌）不可。”辽国爱慕海东青成风，因而十分重视“海东青之路”的畅通，加上路途遥远，消息不畅，不了解女真各部的实际情况，辽道宗又年近七十，老迈糊涂，真的以为平“海东青之路”非盈歌不可，为了倚仗盈歌讨伐阻隔“海东青之路”的部落，不得不放弃对阿疎事件的追究。盈歌则借为辽平“海东青之路”的机会，在陶温水一带耀武扬威，加强了完颜部落联盟对这一地区的控制。当“海东青之路”重新开通后，盈歌大度地将辽国所赏赐的全部物品分给了主隈、秃答两部，以奖励其配合对付辽国的行动。

“海东青之路”其实是个非常形象的象征，是辽国的灭亡之路，也是女真的兴盛之路。阿疎事件后，凡是辽国与女真交涉，完颜氏便以归还长期留居辽国的阿疎为借口，公然表示不满。

盈歌死后，其侄子乌雅束继任为女真节度使，继续扩大完颜部落联盟，与高丽争夺曷懒甸、苏滨水一带的女真部落，巩固了联盟的东南诸部。乌雅束与其弟阿骨打都是强硬派，胸怀大志，义气雄豪，从乌雅束开始，便开始以辽国收留阿疎为借口，拒绝再向辽国进贡海东青。不久，很快就发生了阿骨打在辽天祚帝的春捺钵头鱼宴上拒绝为辽主歌舞助兴一事，成为完颜部与辽国长期以来第一次公开化的矛盾。

宋政和二年（1112 年）二月，辽国天祚帝耶律延禧巡游到春州一带，兴致勃勃地来到混同江（今松花江）捕鱼。这是契丹族惯有的游猎习俗，一年分春、夏、秋、冬四季巡游狩猎，游猎时所设的皇帝行帐称为“捺钵”。二月的这次便是春捺钵，天祚帝兴致极高，为了显示威风，还特意命令附近的女真各部落酋长都到春州朝见，参加头鱼宴。

这个季节天气寒冷异常，混同江江面结有厚厚的冰层，辽人凿冰取鱼。当开江时节，在冰层下过冬的鱼体内非常干净，味道也特别鲜美。按照当地风俗，钓到第一条鱼后，便要拿去祭祀死去的祖先，还要举行盛大的宴会庆祝，由此称为头鱼宴。

当时女真部落名义上接受辽国的统治，虽然对辽的压榨剥削日益不满，却也不敢轻易惹怒辽国，女真各部落酋长听到天祚帝耶律延禧相召后，都赶到春州拜见，这其中就有完颜部的阿骨打（后改汉名完颜旻。自阿骨打始，女真人实行双名制，一女真名，一汉名）。

阿骨打为女真都勃极烈（女真部落联盟首领，在辽称为女真节度使）乌雅束之弟，父亲劾里钵也是前任都勃极烈。阿骨打从小力大过人，且酷爱骑射，“甫成童，即善射”，他还是孩童时，曾经弯弓射鸟，三发连中，刚好被出使到女真的辽国使臣看见，惊称其为“奇男子”。成人后，状貌雄伟，刚毅豁达。二十三岁时，跟随父亲劾里钵出征，围攻窝谋罕城，阿骨打身披短甲，免胄，马不挂甲，在阵前行围号令诸军，初露锋芒，之后一直战功赫赫，在族人中颇有威望。但真正令阿骨打在女真人中深孚众望的却正是耶律延禧举行的这次春捺钵头鱼宴。

就在这次头鱼宴上，天祚帝几杯酒下肚，已经微有醉意，他对女真人一向有轻视之心，便要在场的女真部落酋长们献舞助兴。这对女真酋长来说，自然是极大的侮辱，然而，即使他们心中不情愿，也不敢违抗辽国皇帝的命令，只得各自起身跳舞。只有阿骨打一人坐着不动，神情冷漠地瞪着天祚帝，显然内心十分不满。

天祚帝觉察后，非常不高兴，便有意催促阿骨打跳舞，但阿骨打仍然纹丝不动。其他的女真部落酋长担心阿骨打由此惹怒天祚帝，引来杀身之祸，均劝阿骨打暂时委屈一下，跳个舞将场面敷衍过去。不料阿骨打十分倔强，不管众人如何劝说，就是不肯站起来跳舞。天祚帝下不了台，脸一下子就黑了下来，头鱼宴闹得不欢而散。

天祚帝虽然没有当场发作，但却动了杀机，散席后对枢密使萧奉先（天祚帝元妃之兄）说："阿骨打这小子如此嚣张跋扈，竟然敢当众顶撞我。我要趁早杀了他，以免除后患。"

萧奉先认为阿骨打并没有太大过失，杀了他定然会引起女真人的不满，便劝道："阿骨打不过是个粗人，不懂得礼数，不必跟他计较。就算他有野心，完颜部不过是一个小小的部落，成不了什么气候。"

天祚帝怒气渐消，认为萧奉先说得有理，便放阿骨打回去了。

头鱼宴后不久，乌雅束病死，阿骨打即袭其位，继任为女真各部的都勃极烈，成为女真各部的联盟长。他的父亲劾里钵临死前曾说："乌雅束柔善，惟此子（指阿骨打）足了契丹事。"

果然，阿骨打继任后，承前代富庶之余，开始兼并邻近部族，劝农耕种，积蓄粮草，练兵牧马，壮大力量，兵势日益强盛后，渐有轻辽之心而欲图之，开始积极筹划武装抗辽。他多次派使者以索要阿疎为名，到辽国刺探军情。

宋政和四年（1114 年），阿骨打正式起兵反辽，并以少胜多，一举攻取了辽国两座边镇。旗开得胜使得女真人受到了极大鼓舞，部分女真贵族提出了建国自立的主张。次年（1115 年）正月，完颜阿骨打正式建国，国号"金"，年号"收国"，建都会宁府[1]。阿骨打遂成为金国的开国皇帝，是为金太祖。

女真建国后，辽天祚帝腐败无能，却又妄自尊大，寄希望于和谈，打算承认金政权，但要求金国自认为辽国属国。就在辽金议和的同时，阿骨打攻占了辽国宁江州（今吉林扶余县一带）、宾州（今吉林农安东北）、祥州（今吉林农安境内）、咸州（今辽宁开原境内），并率军围攻辽边防重镇黄龙府。在这样的状况下，阿骨打态度强硬，不但要求辽国交出阿疎，而且更进一步要求辽方将边防重镇黄龙府迁往别处。整个议和的过程充满了戏剧性，双方使者均直接称呼对方皇帝

[1] 初为会宁州，金太宗时以建都于此而升为府。府治上京城。据《大金国志》载："国初无城郭，星散而居，呼曰皇帝寨、国相寨、太子庄。后升皇帝寨曰会宁府，建为上京。"

姓名，强烈要求对方投降，以求在声势上占上风。辽国使者往返四次，均是无功而返。金军并没有因为议和就停止进攻的步伐，黄龙府不久被攻克，后被金改名为隆州。

辽国天祚帝听说黄龙府失陷，立即决定率军亲征，命萧奉先为御营都统、耶律章奴为副都统，发蕃汉兵十余万，号称七十万，备数月粮，准备彻底消灭女真。阿骨打最初建国的目的，不过是要摆脱辽国的统治和压榨，此时见辽国倾国力来攻，知道来者不善，必将有一场恶战，尽管他意志坚定，心中亦感到恐惧，在大军面前作战前动员时，剺面仰天恸哭曰："始与汝等起兵，盖苦契丹残忍，欲自立国。今天祚亲征，奈何？非人死战，莫能当也。不若杀我一族，汝等迎降，转祸为福。"金人由此大受感染，都表示"愿死战"。

在金国生死存亡的关头，上苍站到了弱者的一边。事情的发展确实出乎所有人的意外，辽国大军刚刚渡过混同江，便发生了副都统耶律章奴谋反事件。耶律章奴为辽国皇族，一向不满天祚帝的昏庸无能，等天祚帝大军渡过混同江后，他立即策动政变，率心腹将士三千余人返回上京，打算废除天祚帝，另立魏王耶律淳为帝。不料耶律淳不肯附从耶律章奴的阴谋，杀了耶律章奴派来的使者。

耶律章奴得不到契丹贵族的支持，干脆纵兵抢夺上京府库的财物，然后赶到祖州太祖庙，在庙前历数天祚帝罪过，并宣布要起兵反叛。

为了直接成功上位，耶律章奴率兵攻打天祚帝的行宫，但遭到失败，走投无路下，不得不投奔女真，但半路上被辽国士兵搜获，缚送天祚帝处，被腰斩而死，政变由此平息。

耶律章奴的反叛行动虽然没有得逞，但却极大地动摇了军心，辽天祚帝担心后方不稳，皇位难保，还没有与金人交战便急于退兵。金国阿骨打闻讯后，立即率两万轻骑奋勇追击，于护步达冈（今黑龙江省五常西）大败辽军，获辽舆辇、帝幄、兵械、军资与其他宝物、牛马不可胜计，辽军死者相连百余里，精锐几乎丧失殆尽。天祚帝这次亲征失败后，辽国军事上节节败退，政治上分崩离析，再也无力组织有效的进攻与防御了。

不久，辽国东京（今辽宁辽阳）再次发生政变。辽东京原本属于渤海国，辽太祖经过二十余年征战才用武力得到此地，然而当地的渤海人并非真心归附，尤其辽天祚帝任命的东京留守萧保先为政严酷，当地渤海人深受其害，均恨不得要扒其皮、食其肉。

宋政和六年（1116年）正月初一夜，十余名热血渤海青年闯入留守府，冒险刺杀了萧保先。辽户部使大公鼎与副留守闻讯后，立即集兵，镇压了这次变乱，所有参与刺杀的人都被残酷杀死，由此进一步激发了渤海人民的愤怒之情。

辽东京留守府裨将高永昌本是渤海人，早就对辽国的统治不满，当时正领三千兵马驻守东京附近，闻讯后乘机起兵反辽，率所部进入东京，驱逐大公鼎等辽国官员。渤海人争相前来归附，数天间，兵员扩大到八千余人，于是高永昌自称大渤海皇帝，定国号为大元，建元隆基。

高永昌建立大元国后，势力迅速扩大，占有辽东五十余州，极大地威胁着辽国的统治。辽天祚帝立即命萧韩家奴、张琳前去讨伐，却被高永昌打败。之后，双方开始进入对峙，互有胜负。但渤海毕竟力量弱小，高永昌为此向金国求援，请求与金合力攻辽。金主阿骨打老谋深算，想趁火打劫，将大元国一带收为已有，便要求高永昌去掉帝号，投顺金国，高永昌自然不肯依从。阿骨打便派斡鲁为将，前去讨伐高永昌。巧合的是，金军在半路上遇到了同样前去讨伐高永昌的辽军，金辽两军恶战一场，辽军大败，金军乘势攻下沈州（今辽宁沈阳）。

高永昌见金军势在必得，十分害怕，派人到金营请求去帝号称藩。金国本来就是要灭掉大元国，自然不肯听从。斡鲁领兵直攻至东京城下，高永昌尽率其军与金兵战，大败，弃城而走。在逃亡的路途中，高永昌部下挞不野反叛，擒主献给金国，高永昌被阿骨打下令杀死，大元国由此灭亡，原来属于辽东京的州县尽为金占有，南路系辽籍女真也纳入金国治下。

至此，阿骨打已经完成了女真各部的统一，国势大振，俨然与辽分庭抗礼。

值得强调的是，直到此时，金太祖阿骨打仍然没有有取代辽国的想法，这从他采纳汉人谋士、渤海大族杨朴的建议，不断派出和谈使者与辽国谈判便可以得到证明。谈判的主要内容是：册封阿骨打为大圣大明皇帝，国号大金，享用玉辂、衮冕玉刻御前之宝；金为辽兄国，每逢金主生辰、正旦，辽须遣使慰问；辽将宋每岁所输银绢之一半二十五万两匹分送给金，并割让辽东、长春两路与金。无非是金国希望辽国公开承认金国及阿骨打称帝，摆脱辽国的控制，取得独立的地位。

辽天祚帝将金国的要求交给大臣讨论，北枢密使萧奉先认为只要同意金国的要求，就能消除祸害，永保太平。天祚帝便派出以萧习、泥烈等一批职位很高的大臣担任封册使、通问使、读册使，携带天子衮冕、玉册、金印、车辂、法驾等赴金，册立阿骨打为东怀国至圣至明皇帝。

然而，当辽使臣抵达金国后，杨朴认为辽所用仪物制度并非都是天子之制，又只封金为东怀国小国，册文中既无辽称金为兄国，又有不恭之辞，要求辽使臣回去修改册文。辽国使臣极力争辩，由此惹怒了阿骨打，命人将所有辽使打了一百杖。过了一段时间，才放萧习、泥烈二人回辽，声称非要辽国称他为大金国皇帝兄不可，否则他将领兵直捣中京（辽都城）。

经过一年多的拉锯式的谈判，辽金双方终于初步达成协议。就在这个时候，北宋使者到达金境，约金联合攻辽，于是金国对同辽的议和一事动摇，对和议条款横加挑剔，并单方面终止了和谈。

与辽国世为兄弟之国的北宋的介入[1]，无非是想在辽国危难之际，妄图借金国之手，收回被辽国占据的燕云十六州。而令宋朝想不到的是，金人远比宋人更擅长趁火打劫，也远比辽人贪婪，北宋朝廷本想

---

[1] 宋辽“澶渊之盟”规定：辽宋为兄弟之国，当时在位的辽圣宗年幼，称宋真宗为兄，宋尊萧太后（辽圣宗生母萧燕燕，当时辽国的实际掌权者）为叔母，后世仍以世以齿论。

渔翁得利，最终却是引狼入室。

无论如何，宋朝在关键时刻的出现，直接改变了金国对辽国的态度，使他们由初期脱离辽国控制、建国自立进一步发展为取辽而代之。于是，在中国辽阔的苍茫大地上，又展开了金、辽、宋三方的角逐。

第二节 “海上之盟”

女真人虽然日益强大，但依旧只是偏安于北方一隅，与北宋之间还隔着辽国，因而最初并未对北宋构成太大的威胁。

自澶渊之盟后，北宋与辽国一直处于相对和平的状态，边防的主要威胁来自西北的西夏。但对于宋朝而言，北部边防问题始终就像是蠢蠢欲动的火山暗流，因为燕云十六州在辽国手中。

自战国以来，北部边患便成为令中原十分头疼的大问题，中原与游牧民族的交锋频繁，不绝于史。宋朝自开国始，宋太祖赵匡胤便决定收复燕云失地，解决北疆的边防问题。到了雄心万丈的宋太宗赵光义手中，不但激化了与党项族的矛盾，还在两次对辽战争中惨败，从此，宋朝廷再也没有武力收复失地的决心，被迫采取向辽国献纳“岁币”的形式，来维持所谓的“友好”关系。

宋辽双方名义是兄弟之国，但双方的地位并不平等——实际上是辽尊而宋卑。宋朝使者在辽国屡次受辱的记载不在少数，这些屈辱难免会使宋朝君臣怀恨在心。当自身实力和信心不够时，选择一个合适的同盟者就成为一个不错的选择，北方女真就是在这样的背景下进入了宋朝的视线。而最早提出联金灭辽之策的，竟然是辽国的官吏马植。

北宋末年，西北的西夏开始走上了重文轻武之路，对宋朝的威胁大大减弱。宋将童贯在西夏边事上屡屡得志，亦激发了以宋徽宗、蔡京为首的统治集团的侥幸心理。宋徽宗在一首诗中写道：“道德方今喜迭兴，万邦从化本天成。”不但将自己治下千疮百孔的江山美化成歌舞升平的样子，还希望对外用兵，用武力让四周的少数民族政权也跟着

“从化”。

于是，收复燕云十六州的宏图伟业终于在北宋朝政最腐朽、矛盾最尖锐的宋徽宗一朝重新提上了日程。

宋徽宗名赵佶。宋人《养疴漫笔》记载说：在宋徽宗赵佶出生之前，其父宋神宗到秘书省观看收藏在那里的南唐后主李煜的画像，“见其人物俨雅，再三叹讶”，随后赵佶就出生了，“而徽宗生时，梦李主来谒，所以文采风流，过李主百倍”。大概是因为宋徽宗赵佶的才华与遭遇与南唐亡国之君李煜太过相似，所以才会有这种天与神授的说法，不过显然不足为信。

赵佶自小爱好书法和绘画，并表现出非凡的天赋，他所创造的“瘦金体”书法和画都是艺术精品。并且兴趣广泛，对蹴鞠、奇花、异石都有着浓厚的兴趣。他即位后，根本无心政务，一心只想沉醉于个人享受。蔡京、蔡攸父子趁机怂恿宋徽宗说：“所谓人主，当以四海为家，太平为娱，岁月能几何，岂可徒自劳苦？”

宋徽宗深以为然，整天醉生梦死，生活穷奢极侈。他大造宫殿园林，不惜耗费天下资财。为了装饰名为“艮岳”的园林，下令收集天下的奇花异石。为此，专门在苏杭设置造作局，由宦官童贯主事，集中东南地区的各种工匠几千人，专门为皇帝制作各种奢侈品。

又设苏杭应奉局，由苏杭商人朱勔管领，负责搜刮江南民间的奇花异石。百姓家中凡有一石一木可供赏玩的，全被指名强取。在搬运时，拆屋撤墙，全不顾惜。应奉局中人员经常假借机会敲诈勒索，许多百姓因此倾家荡产，家破人亡。应奉局将搜括所得的各种奇花异石用船只向东京运送，源源不断，每十船组成一纲，称为花石纲。甚至连船夫也仗势欺人，使运河两岸的居民不堪其扰。

有一次要船运一块四丈高的太湖石，一路上强征了几千民夫摇船拉纤，遇到桥梁太低，或城墙水门太小，朱勔就下令拆桥毁门。有的花石体积太大，河道无法运送，朱励就下令由海道运送，海上浪高风大，经常有船翻人亡的事件发生。如此劳民伤财，不一而足。

宋徽宗只顾游幸玩乐，朝政大权完全落入蔡京等权臣手中。这些人趁机大捞特捞，疯狂搜刮民脂民膏，由此而成为巨富。蔡京入相后，贪污受贿，侵占的田产、宅第、钱银不可胜数。他家中姬妾成群，仆从如云，就连厨房切葱丝都有专门的婢女负责，其奢侈程度可想而知。其子蔡攸、蔡儵、蔡絛，都享高官厚禄，富贵满门。蔡京过生日的时候，各地官府都必须进献生日礼物，且均为贵重之物，时人称之为生辰纲。

小说《水浒传》中有《智取生辰纲》的故事，这生辰纲就是指各地官员送给蔡京的生日礼物。大宦官童贯则掌握了宋朝的军权，和蔡京并列相位，据说他“私家所藏，多于府库”。

民间甚至有童谣唱道:“打破筒（童贯），泼了菜（蔡京），便是人间好世界。”其他如朱勔、梁师成等人，也都靠搜括受贿卖官等手段积累了大量财富。天下人将蔡京、童贯、朱勔、王黼、梁师成、李彦称为“六贼”，恨之入骨。

在统治集团声望日下的情况下，宋徽宗、蔡京等人便想要通过战功来提高威信。

宋政和元年（1111 年）九月，宋徽宗派童贯出使辽国，表面上是庆贺辽天祚帝的生辰，真正的目的却是要让童贯了解辽国的政治形势，为收复燕云十六州做准备。又因为童贯是宦官，为了避免契丹人嘲笑宋朝没有人才，便由端明殿学士郑允中为贺辽生辰使，童贯为副使，但其实真正的主使仍然是童贯。就是在这次出使辽国的路上，童贯遇到了马植。

马植，祖籍燕（今河北北部），自契丹占据燕云十六州之后，马氏成为辽国的汉人大姓，世代都在辽国为官。北宋末年，马植在辽国任光禄卿。光禄卿是管理皇室膳食的官，掌祭祀、朝会、宴乡酒醴膳羞之事。但其人因为生性奸诈，品行低劣，为同僚所不齿。马植见在辽国有些混不下去了，又见到女真族日益强大，已经对辽国构成强大的威胁，而辽国却日益腐败，便想为自己谋取一条后路。

刚好此时宋徽宗派郑允中为正使、童贯为副使，出使辽国。马植觉得机不可失，因为他本是汉人，有冠冕堂皇的理由去投靠宋廷。在途中，马植求见童贯，说要向童贯面陈灭辽之策。童贯起初还很疑惑，暗自思忖：“马植本是辽国人，为什么反倒要向自己献灭辽之策，他葫芦里卖的是什么药呢？”

但“灭辽之策”四个字很是吸引童贯，这也正是宋徽宗派他出使辽国的目的，便立即吩咐小吏将马植请进来。

马植一见到童贯，立即慷慨陈词，说：“宋朝本是天朝大国，皇上圣明，万民恭顺，马植心中向往已久，只是无缘表述。今天祚帝荒淫无道，辽已是奄奄一息，马植一心弃暗投明，希望您能明察心迹！”

接着又说：“不仅大宋欲除燕保国，女真人对辽也是恨入骨髓，如此时宋派遣使臣从登州、莱州渡海去同金人结盟，与之相约，南北夹击共灭辽国，辽指日可图！”

童贯听罢，喜出望外，认定马植是一个深谋远略且识时务的“才俊之士”，决定秘密带他回国，但又怕走漏风声，便约好等到出使完辽国后，再带马植回京城开封。

当时宋辽名为兄弟之国，实际情况却是宋卑辽尊，郑允中、童贯为宋朝使者，一见到辽天祚帝就被嘲笑说：“南朝人才如此！”

郑允中、童贯受到当面嘲讽，心中当然很不是滋味儿，可也不敢发作，只好急忙将带来的礼物双手奉上。童贯这次出使辽国，下足了本钱，携带了大量辽主喜爱的珍奇异宝，特别是两浙漆器，博得了辽天祚帝的喜爱，并回赠了同等的礼品。

童贯虽是宦官，但在宋朝却是个实权人物，要风得风、要雨得雨，此次被辽主当面羞辱后，积恨在心，越想越觉得马植的出现是向辽国报仇的天赐良机。于是在回国途中，童贯又冒着风险去秘密寻访马植，将他改名为李良嗣，偷偷带回宋朝，并郑重其事地举荐给宋徽宗。

宋徽宗一听童贯天花乱坠的吹捧，立即对马植刮目相看，以相当高的礼遇规格隆重地请其入朝。

在皇宫中的延庆殿，马植再次展现出了滔滔不绝的口才，向宋徽宗当面陈述了辽天祚帝荒淫无道、政治腐败和金兵已迫近燕京等情况，并富有煽动性地说："辽国必亡。陛下念旧民遭涂炭之苦，复中国往昔之疆，代天谴责，以治伐乱，王师一出，必壶浆来迎。万一女直得志，先发制人，事不侔矣。"再三强调如果宋朝能从山东登州、莱州过海，与女真结好，约期攻辽，则燕地可取。

这是宋朝历史上第一次有人明确提出要宋朝与金国结盟，共同灭辽。好大喜功的宋徽宗听后如获至宝，表示要采纳马植的计策，并赐以国姓，改称赵良嗣，并给他加上秘书丞的职衔。在辽国为人不齿的马植，转瞬就成为了宋徽宗的座上宾。

自此，宋朝廷便开始了联金灭辽、谋图收复燕云十六州的一系列活动。

宋与辽国自"澶渊之盟"以来，百余年没有大的兵仗发生，是以联金灭辽的策略在宋朝廷内一度引起激烈的争论。蔡京、童贯等实权派人物力主联合金人夹攻辽国，认为："中国与辽，虽为兄弟之邦，然百馀年间，彼之所以开边衅慢我者多矣。且兼弱攻昧，武之善经也，今而不取燕云，女真即强，中原故地将不复为我有。"

而朝中反对的大臣也大有人在，太宰郑居中认为："自'澶渊之盟'后，两国百年平和，边境宴然，兵不识戈，农不加役。今若毁约背盟，自当仔细计议。何况用兵之道，胜负无常，即使获胜，府库乏与犒赏，编户困于供役，也是蠹国害民之举，如果失败，后果就更不堪设想了。"这是一种相当普遍的看法。

朝散郎宋昭更是上书指出彼时契丹弱而女真强，"灭一弱敌而与强敌为邻，恐非中国之福，徒为女真之利耳。"另一大臣杨仆也认为若使女真入关后，"轻侮中国，为患甚大。"

中书舍人宇文虚中则说得更加形象："这件事就好像有一个家财万贯的财主，与穷人为邻。财主想兼并穷人的房子，扩张自己的地盘，就对强盗说：'我们一起消灭穷人，穷人的家财归你，房屋一半归我，一半归你。’然而，当穷人死后，财主开始与强盗为邻，想守着万贯家产过高枕无忧的日子可就难了。”

他更是一鸣惊人地提出宋朝不应该联合女真，而是应该联合契丹。

此时高丽国王听到消息后，对当时正在高丽的两名宋朝御医说：“听说天子将联合女真攻打辽国，恐非良策。契丹若存，尚足以为中国捍卫边疆。女真虎狼之辈，切不可交往，还是早做防备的好。”

看法与宇文虚中倒是不谋而合。事实证明，这些看法相当有预见性。

然而，当时北宋国内的矛盾急剧激化，宋徽宗、蔡京集团处境尴尬，为了维持统治、转移民众的视线，一心想要投机取巧，靠收复燕云十六州来获取威望。尤其是北宋派往辽国的探子回来说：“辽天祚帝有灭国之相。”

宋徽宗大喜过望，由此下了决心，甘冒引狼入室、与虎谋皮的风险，最终确定了联金抗辽的主张。这样，女真这个灭掉北宋的危险至极的敌人，竟然一开始是以盟友的身份走进了宋廷的视野，这不能不说是历史极大的讽刺。

宋政和五年（1115年）正月，女真人完颜阿骨打建国，国号金。完颜阿骨打成为金国的开国皇帝，即为金太祖。

不久后，完颜阿骨打建立金国并屡败辽军的消息，经由辽地渤海人高药师传到了北宋。

当时，高药师为了躲避金辽战乱，与辽地汉人曹孝才等率领亲眷二百余人，分乘两艘大海船逃奔高丽，但半路遇到了风暴，漂流到宋境内的登州一带。

高药师向宋朝透露了辽金战争的情况，北宋朝廷大喜过望，命登州知州王师中派人与高药师一同赴金国刺探情况。然而，登州将校与高药师在抵达金国所辖海岸后，“望见岸上女真兵甲多，不敢近而回。”

刚好此时河北易州涞水董才（又名董庞儿）起兵反辽，因被辽军击败，被追击下南奔宋朝。董才受到了宋徽宗的礼遇，被赐名赵诩。他一心想打回河北老家，于是向宋徽宗力陈辽国是如何的内外交困，极力鼓动北宋北上伐辽，听得宋徽宗怦然心动。因而尽管第一次使金未能成功，宋徽宗并没有灰心，命童贯继续负责同金联系通好之事。童贯则令王师中另选派能干的官吏出使金国，王师中便向童贯推荐了登州兵马钤辖马政。

马政，洮州（今甘肃临潭县）人，寓家牟平（今山东烟台牟平区）。政和八年（1118年）二月，宋朝廷以马政为武义大夫，命其与高药师、呼延庆（平海军卒，懂女真语）等人以买马通好的名义使金。

宋朝廷对这次出使相当谨慎，没有让马政携带书信，以防途中为辽人所获，只是让马政口头传达宋朝想与金夹攻辽的意图。

经过充分准备，同年闰九月，马政一行下海出发，但一到对岸，即被金兵俘获，不但夺取了他们随带的物品，还要将众人杀死。经过高药师再三说明，金兵才将马政一行人捆缚起来，送去金国大本营。

马政一行行程三千余里，历经艰难，终于到达拉林河见到了金太祖阿骨打。阿骨打询问宋使者来金的目的，马政告以宋愿与金修好合力攻辽之事（此点颇有争议，有史家认为攻辽一事到赵良嗣使金时才第一次提出，作者认为以宋徽宗君臣之急功近利，不可能不叮嘱马政尽快提出攻辽一事）。

当时的局势是，尽管金国在与辽国的军事对垒中频频得胜，一鼓作气地攻取了原属辽国的宁江州、黄龙府、乾州、显州等地，但其根本原因是辽国从来没有将女真放在眼里，以至于武备松弛，而女真毕竟弱小，人口、国力均无法与相对强大的辽国抗衡，倘若双方真的倾全力而战，金国胜算极小。这也就是为什么金太祖阿骨打在统一女真后，开始积极与辽国议和的根本原因。

金太祖阿骨打深谋远虑，他认为马政的提议带给了金国借助外力牵制辽国的新希望，但他由于不了解宋朝的真正底细，所以并没有立即明确表态。当时在女真人的眼里，中原大国宋朝是十分强大的。金国重臣完颜宗翰（即小说中的粘罕）认为：“南朝四面被边，若无兵力，安能立国强大如此？未可轻之！”

经过商议后，阿骨打决定派遣渤海人李善庆、熟女真人小散多、生女真人勃达等人为使臣，持国书并北珠、生金、貂革、人参、松子等贵重物品，随同马政等赴宋回报，以探访宋朝之虚实底细。宋、金通好由此开始。

由于担心宋朝廷反悔，阿骨打还特意留下宋朝使者中的登州小校王美、刘亮等六人作为人质。由此可见，最初，阿骨打迫切地希望与宋朝结盟，且没有过高的要求，只是希望能借助宋朝的武力战胜辽国，从而能够偏安于东北。

重和二年（1119 年）正月，金国使臣李善庆等到达宋朝京师开封。宋朝廷奉为上宾，十分热情。为了表示友好，还授以金使臣以宋官职，并赐给俸禄。此事后来被金国认为宋朝廷故意摆弄大朝身份，极为不满。

金使臣在开封居住的十多天内，宋君臣经过商议，决定采纳赵良嗣的意见，联金以攻辽，以收复燕云十六州的失地。

之后，宋朝廷再派赵有开、马政等人为使者，持诏书和礼物，与金国使者李善庆等一起渡海使金，以与金结好，共同攻辽。只是事出意外，一行人刚刚到登州，正使赵有开突然离奇地染上急病，医治无效，撒手而去。

就在关键的时刻，有消息传来，说辽国已经同意割让辽东之地给金国，封金主为东怀王，因此金国表示愿与辽国通好。本意就是要渔翁得利的宋朝廷得知后大惊失色，生怕被辽人知道通金一事后大肆报复，立即命马政等人停止前进，只派通晓女真话的呼延庆携登州地方官府的牒文护送金使臣李善庆返回金国。宋朝君臣首鼠两端的性格及坐山观虎斗的心态一览无余。

在呼延庆与金使臣一行人离开登州下海后，又有消息传到开封，说辽天祚帝已经是一副亡国之君的相貌，辽亡国指日可待。为了了解辽主的情况，童贯还特意推荐善画而精相术的画学正陈尧臣率两名画学生以水部员外郎假尚书的身份出使辽国。陈尧臣的主要使命当然不在外交，而在于绘下辽天祚帝的画像及辽地山川险易图。他不负重托，果然带着图回来了，还告诉宋徽宗说："天祚帝看上去根本不像君主，以相法而言，已死到临头。现在正是急速出兵攻辽的大好时机。"

宋徽宗听后大喜，甚至打算不等与金联合，单独向辽进攻，以尽早收复燕云十六州。

宣和元年六月，呼延庆终于见到了金太祖阿骨打。阿骨打听说宋朝中途停派使者，只派了呼延庆一个小小的翻译前来，且盟国竟然不用国书，而用诏书及登州牒文，认为这是对金的极不尊重，十分生气。

呼延庆对此解释说："本朝（宋）得知贵朝（金）与辽通好，又因正使赵有开病亡，故只派小臣与贵朝使者同行，为了早日到达贵朝，才用诏书及登州牒文，非有其他原因。贵朝若不与辽通好，本朝一定会另派使臣前来。"

阿骨打为人刚毅，根本听不进去，下令将呼延庆扣押。

呼延庆在金国滞留了六个月，每次见金太祖阿骨打，都是坚持前言，一再辩论。阿骨打拿呼延庆没办法，最后终于决定放他回国。

临行前，阿骨打严厉指责宋朝对宋金两国通好缺乏诚意，要求呼延庆转告宋徽宗：如要与金结好，则早派使者持国书来；如仍用诏书，绝不从命。

宣和元年（1119 年）年底，呼延庆一行人离金回国，生怕金人追赶，朝夕奔驰，不辞劳苦，终于于宣和二年（1120 年）正月抵达登州。

宣和二年二月，宋朝又派赵良嗣出使金国，名义上仍是买马通好，实际上是想约金攻辽。

四月，赵良嗣终于到达金国，不料金太祖阿骨打已经亲自率军出征，攻打辽国上京。赵良嗣一行急忙兼程追赶，至半路上见到金太祖阿骨打，随金军一起到达上京城外。

当时，辽天祚帝正在外地狩猎，不在上京城中。阿骨打亲自督战，从早晨发起进攻，不到中午，辽上京留守挞不野就率众出降，上京城即为金所攻占。至此，辽已失去了将近一半的州郡。

赵良嗣亲眼看到金军仅用两三个时辰便攻下上京，十分震惊，当即捧觞为寿，口呼万岁，呈上宋徽宗亲笔信，请金主发兵一起夹攻辽国，帮助宋收复燕京旧地。

经过协商交涉，金太祖阿骨打表示愿夹攻辽国，而宋每年向金纳币五十万。双方约定，金取辽中京大定府（今内蒙古自治区赤峰市宁城县天义镇原铁营子镇下辖区域），宋取辽燕京析津府。金原定立即出兵攻辽，要赵良嗣迅即回去让宋也立刻出兵。

双方谈定后，赵良嗣即刻踏上归程，但还没有走出金境，又被阿骨打派人追回。原来当时正值盛夏酷暑，金军连续征战，牛马发生了大规模的流行病，当年出兵已经不可能。阿骨打生怕失信于宋朝，特意派人追回赵良嗣说明情况，当即改约次年（宣和三年）举兵，并派勃堇、曷鲁持国书使宋回报。

当天晚上，阿骨打特意设宴宴请宋朝使者赵良嗣一行。酒宴上，在上京被俘获的辽国吴王妃被迫以歌舞向赵良嗣等人献酒。阿骨打还特意指着辽吴王妃告诉宋朝使者说："她是天祚皇帝的儿媳妇，我让她给你们倒酒，以表示我们两国关系的友好。"

这时候，赵良嗣等人自然想不到，就在不久后，辽吴王妃的下场，就是宋朝皇室后妃公主们的命运。

宣和二年秋，赵良嗣回朝，向宋朝廷报告了金国的意见，自说自话地告诉宋徽宗说：金太祖认为燕京、西京一带均是宋旧地，金从辽手中收复后，都将送还给宋。

宋徽宗天真地相信了赵良嗣的话，九月即命马政与王瓌为使臣，再次出使金国，并送金使勃堇、曷鲁等回金。

其实，宋人理解燕云一带就是燕云十六州，但辽国却已经将十六州分成了两部分：燕京路和平州路，金太祖认为只需将燕京路还给宋朝即可，平州路该归金国。

无论金人是有意还是无意，燕云理解之争成为日后双方争执的焦点，并直接导致了宋金战争的爆发，也成为赵良嗣后来被宋朝廷处死的一个重要原因。

马政此次使金所持宋给金的国书中称，为了履行赵良嗣与金所定共同攻辽的协议，已命童贯调兵遣将，只等马政使金归来，约定日期，即可举兵攻辽。国书还根据赵良嗣的一面之词，要金答应前所承诺的将五代以后被辽占领的幽、蓟等十六州及整个长城以南地区在灭辽以后归宋，宋金双方今后以长城为界，而宋将原向辽所贡银绢转贡给金。

马政抵金后，留金月余，双方争议不决，主要是金不同意西京归宋，又认为平、滦、营州本属于平州路，不属燕京路所管，也不能归宋。马政对金太祖的性格有所了解，知道他决定的事情难以更改，也不敢强争。

先看看平州路及西京的分布，便可以了解金主阿骨打的心态。平、滦、营三州，呈三角形分布在燕京以东，其北部的隔松亭、榆关两个隘口与金国本土相连，东、南两面则临海，地理上具有绝对的优势。西京地处燕京以西，虽然并没有关隘可守，但却与平州共同对燕京形成钳形控扼之势，对燕京极具威胁。

显然，到了此时，金太祖阿骨打不但有取代辽国之意，还打算在时机成熟的时候进一步侵略宋朝。他甚至对大臣们说：“如果将西京地区归还宋朝，金就只能退守长城以北，也就无法控制宋朝，更不能兵临宋境，向南扩展。”

但为了麻痹宋朝，阿骨打在回报宋的国书中只是模棱两可地说：“前次赵良嗣来，已有约在先，如宋与金一起攻辽，当将燕京东路州镇归宋。至于西京地区，则要宋自己设法收取，如果宋难以攻取，可通知金。”对宋提出的对西京的要求未作明确回答。

宋朝得到答复后，想法则比较天真，认为只要金国尽快出兵灭辽，其他的都好商量，平州路的问题留待以后解决也可。

这样，经过两国使者的频繁往返，宋金终于订立盟约：宋同意在灭辽后将之前输辽的岁币转输给金，金承认将燕京一带旧地归宋；金攻辽中京，宋攻燕京。这就是历史上所称的“海上之盟”。

后世史学家多认为后来的“靖康之耻”其实肇于“海上之盟”。关于此节，“靖康之变”前，宋朝廷也已经领悟，所以宋钦宗一即位，就派人收斩“海上之盟”的使者赵良嗣和童贯等主谋。

“海上之盟”签订以后，宋朝廷并没有按照盟约积极备战攻辽，而只是想在金国攻打辽国时趁机取利。

此时正值方腊起义爆发，主持盟约的童贯奉命前去镇压。而宋徽宗得知辽国已经知道宋金结盟一事后，担心遭到辽国报复，很是后悔，便下令扣押了金国使者，想撕毁之前与金国的盟约。所谓的国家大事，在宋徽宗眼中看来，不过是小儿过家家一般。正是北宋扣押使者一事，后来为金国背盟毁约留下了充分的借口。

而面对女真人强有力的挑战，辽国处于岌岌可危的境地，危急存亡之际，天祚帝却依然一意孤行，直接导致辽国一次次分裂。

辽天祚帝有六个儿子，分别是晋王敖卢斡、梁王雅里、燕王挞鲁、赵王习泥烈、秦王定、许王宁。晋王耶律敖卢斡为文妃萧瑟瑟所生，品德才能均在诸王之上，威信也最高。秦王耶律定为元妃萧贵哥所生，元妃之兄北院枢密使萧奉先为了让自己的外甥继承皇位，诬陷驸马萧昱与副都统耶律余睹（娶文妃萧瑟瑟妹）、耶律挞葛里（娶文妃萧瑟瑟姊）等准备立晋王敖卢斡为帝，逼迫天祚帝退位为太上皇。天祚帝只知道沉湎酒色，荒于游猎，竟然信以为真，不分青红皂白地杀了萧昱、耶律挞葛里，文妃萧瑟瑟也被赐死[1]。

当时耶律余睹刚好在军中，逃过一劫，得到消息后，立即携带家属和心腹逃往金国。天祚帝派知奚王府萧遐灵、北府宰相萧德恭、四军太师萧干等精兵强将追捕，在半路追上了耶律余睹。耶律余睹向追兵晓以利害，追捕的将领们经过商议，认为天祚帝轻信萧奉先，而萧奉先一向妄自尊大，耶律余睹是宗室中的豪俊，由于不肯向萧奉先屈膝低头，才惨遭诬陷，如果拘捕耶律余睹，日后也会落得同样的下场，不如放他逃去。于是萧遐灵等人放走了耶律余睹，回来对天祚帝谎称没有追上。耶律余睹投奔金国后，将辽国虚实尽告金人。

宋宣和四年（1122 年）正月，金国以耶律余睹为先锋，再次出兵攻打辽国，先攻下了高、恩二城，继而一举攻陷中京（今内蒙古自治区昭乌达盟宁城西大明城），又南下攻克了泽州。

辽天祚帝一路奔逃，刚逃入燕京，又听到战报，连忙出居庸关、逃至鸳鸯泊（今河北张北县西北）躲避。

这时，又传来耶律余睹领金兵追来的消息，天祚帝十分惊恐不安。萧奉先心怀阴谋，趁机又向天祚帝献策说："耶律余睹是辽宗族，不会灭掉辽国，此来只不过是想立他的外甥晋王为帝罢了。"要天祚帝为了国家社稷与自家性命，将晋王处死，这样就可使耶律余睹不战自退。

天祚帝又一次听信了萧奉先的谗言，将晋王耶律敖卢斡赐死。耶律敖卢斡为天祚帝长子，素有威望，百官将士们闻知他冤死的消息，

[1] 萧瑟瑟娴静文雅，且有文才。她在姐妹中排行第二。姐夫为辽贵族耶律挞葛里，妹夫则是辽副都统耶律余睹。乾统元年（1101 年），天祚帝耶律延禧到耶律挞葛里家里游玩，恰好遇到萧瑟瑟，立刻被迷住，将其召入宫中，宠幸数月。皇太叔耶律和鲁斡劝天祚帝依礼制选聘，乾统三年（1103 年）（转下页）
（接上页）冬天，天祚帝正式纳萧瑟瑟为妃，封为文妃，后又加号承翼。萧瑟瑟虽然得宠，却为辽国事日危而忧心忡忡，于是作歌讽谏天祚帝道："勿嗟塞上兮暗红尘，勿伤多难兮畏夷人。不如塞奸邪之路兮，选取贤臣。直须卧薪尝胆兮，激壮士之捐身。可以朝清漠北兮，夕枕燕云。"又歌曰："丞相来朝兮剑佩鸣，千官侧目兮寂无声。养成外患兮嗟何及，祸尽忠臣兮罚不明。亲戚并居兮藩屏位，私门潜畜兮爪牙兵。可怜往代兮秦天子，犹向宫中兮望太平！"天祚帝听后很不高兴，自此疏远了萧瑟瑟。萧瑟瑟含冤而死，时人都为之伤怀。清人谢蕴山有诗凭吊云："洗妆楼旁旧莲池，金缕香残补十眉。谏猎一书陈永巷，霜飞白练结相思。"又云："瑟瑟伤时悯直臣，燕云夕枕暗红尘。白头宫监谈遗事，芳草萋萋废苑春。"

十分悲伤，从此辽军人心更加离散。

与此同时，金军在耶律余睹的引导下继续向辽进攻，分道逼近天祚帝在鸳鸯泊的行宫，天祚帝率领五千卫士仓皇逃到西京大同府，慌乱中连传国玺也遗失在桑乾河旁。途中，卫士们纷纷逃离，只剩下赵王、梁王及侍卫三百余人。

三月，金兵接近西京，萧奉先又提出逃往夹山，天祚帝只得丢弃辎重，率轻骑逃到夹山，但金兵仍穷追不舍。这时天祚帝才醒悟过来，知道上了萧奉先避乱苟安的当，下令驱逐萧奉先父子。萧奉先逃跑不到数里，被金兵捕获，在押解途中被辽截回处死。

萧奉先虽死，辽国的内讧却愈演愈烈。辽天祚帝逃走时，留下南府宰相张琳、参知政事李处温与秦晋国王耶律淳留守燕京。天祚帝逃入夹山后，与燕京失去了联系，李处温与族弟处能、于奭外依靠怨军，内结交都统萧干密谋拥立耶律淳为帝。

经过周密准备后，李处温与大臣耶律大石、左企弓、虞仲文等集辽、汉百官、各军将士及百姓数万人，涌到耶律淳府第，引用唐朝肃宗在灵武即位的故事，请耶律淳即帝位。耶律淳不从，李奭就将早已准备好的皇袍披在他身上，这时百官拜舞欢呼，耶律淳再三推辞，不得已即位，群臣上尊号为天锡皇帝，遥废天祚帝为湘阴王。

这样，辽国便分裂成两大势力：天锡帝耶律淳拥有燕、云、平及上京、辽西等地，历史上称为“北辽”；而天祚帝仅拥有沙漠以北西南路、西北路招讨司诸番部族而已。

辽天祚帝逃往夹山后，金兵穷追不舍，很快攻下了辽西京。西京一失，辽西路州县部落随即土崩瓦解，纷纷投降金兵。天祚帝在金兵的追击下如同惊弓之鸟，一直逃到天德军城与阴山之间。

就在金军一路追赶辽天祚帝、攻城略地、节节胜利之际，宋朝廷却未按照“海上之盟”的协议出兵攻辽燕京，这是因为宋徽宗得知辽国已经知晓宋金盟约之事，担心辽国报复，深悔与金结盟，所以迟迟不履约攻辽，宋朝君臣徒有其表的虚弱本性由此可见一斑。

北辽耶律淳被拥立为帝后，为了避免四面受敌，求得生存，主动派遣使者向金求和，遭到拒绝，于是耶律淳又派使者到宋求和，表示愿意免去岁币。宋君臣这才认为辽国灭亡在即，如果此时再不出兵，燕京必将为金所得，于是，不准北辽使臣入境，拒绝了耶律淳求和，并在准备并不充分的情况下，仓促命童贯领兵攻辽。

宋宣和四年三月，童贯以太师领枢密院事充陕西、河东、河北路宣抚使，蔡攸为副使、种师道为统制官，率十五万大军，以巡视边界、响应金军，招谕幽燕地区的名义，攻辽燕京。

当时，北宋朝廷认为辽国已面临灭亡，不堪一击，只要宋兵一到，燕京辽兵就会投降，并不真想以武力攻占燕京。临行前，宋徽宗密授三条锦囊妙计给主帅童贯，说:“如果契丹能闻风而降，便趁机收复故土，这是上策；耶律淳主动称臣，甘当大宋藩属，这是中策；倘若契丹抵抗，就按兵巡边，全师而还，这是下策。”这显然是宋徽宗的天真幻想，妄图不战而屈人之兵。

皇帝如此心态，将领也是趾高气扬，认为胜利在望，不可一世。担任宋军副帅的蔡攸向宋徽宗辞行时，看上了在一旁伺候的两名宫女，竟然当面对宋徽宗说:“臣获胜归来之时，请陛下将二女赐臣。”

宋徽宗不怒反喜，认为蔡攸不拘一格，有这样英武过人的将领出征，燕云十六州定然唾手可得。

在极度膨胀、自骄自满的心理状态下，出征的童贯、蔡攸等人打着“吊民伐罪”的大旗，声势浩荡地向北方进发。他们认为只要宋军大兵压境，辽方将士不是迎降，就是叛附宋军，因此根本没有认真做战斗准备。

五月，宋军兵分两路，东路军由种师道率领，西路军由辛兴宗率领。耶律淳命耶律大石、萧干领兵迎战。种师道率领的宋东路军与耶律大石率领的北辽军战于白沟，宋前军与辽军一触即溃，伤亡不轻，种师道被迫退回雄州。辽兵一直追至城下。宋西路军则被萧干打败。

宋徽宗听说在数量上占有绝对优势的宋军大败，大惊失色，急忙下诏班师。这样，宋朝廷首次出兵攻取燕京，以失败告终。

北辽此时却再一次发生内讧。耶律淳虽然击退了宋军，但危机并未解除，北辽仍处在金、宋的夹击之中，而拥立他的辽、汉大臣互相钩心斗角，争权夺利，矛盾重重。在这样内外交困的状况下，耶律淳忧惧成疾，称帝才三个月，便得急病而死，庙号宣宗，葬于燕京西郊香山，即俗称辽王坟的永安陵，陵址在香山蟾蜍峰一带。

耶律淳之子耶律阿撒已因早年谋废天祚帝被杀，耶律淳遂遗命迎立天祚帝第五子、秦王耶律定（元妃萧贵哥所生，权臣萧奉先、萧保先外甥）继位。因耶律定彼时不在燕京，北辽群臣商议后，议定由耶律淳妻德妃萧氏为皇太后，暂时主持朝政。汉人宰相李处温见辽国大势已去，暗中派人联络宋朝和金国，打算投降，结果被萧太后发现处死。

耶律淳死后，北辽政局不稳，宋徽宗认为有机可乘，决定再次出兵攻取燕京，仍命童贯、蔡攸主兵，另以刘延庆为都统制。幸运的是，辽知易州（今河北易州市）高凤和辽涿州（今河北涿州市）守将郭药师先后投降了宋朝，由此打开了宋军通向燕京之路。

北辽受到严重打击，萧太后自知无力再战，派使者到宋军营乞和，表示愿向宋奉表称臣。童贯、蔡攸自以为胜利在望，骄横无比，不将此事奉报朝廷，便自作主张地将北辽使臣赶出了军营。

随后，童贯命刘延庆领兵十万，从雄州出发，以辽降将郭药师为向导，渡白沟向燕京进发。北辽求和无望，不得不奋力死战，辽将萧干引兵击败了刘延庆军，刘延庆干脆闭营不出，不敢再战。

郭药师熟知北辽的情况，认为萧干兵不过万人，已全部出动，燕京城内必然空虚，请刘延庆让他率轻兵前去偷袭，并请刘延庆之子刘光世另率兵为后援。这个计策十分高明，刘延庆贪功，也同意了郭药师这一请求。

当夜，郭药师领轻兵六千，趁夜色悄无声息地渡过卢沟，到天明时，到达燕京城，燕京城果然是座空城。郭药师偷袭成功，攻占了悯忠寺，派人传唤萧太后前来投降。萧太后密召萧干回城，萧干率三千精兵火速赶回燕京，与郭药师军展开了激烈的巷战。由于刘光世率领的后援部队未如约前来，郭药师势单力孤，被迫撤出燕京城。

萧干又利用宋将刘延庆胆怯的心理，故意放消息说将要举火为号，向宋军发起总攻。当时刘延庆还在卢沟对岸，远远看见火光，真的以为辽军前来进攻，竟然匆忙烧营逃走。萧干纵兵追赶，一直追到涿水。一路上宋军互相践踏，尸横百余里，军器物资丢得到处都是。宋军第二次进攻燕京又遭失败。

宋军两次一败涂地，不但丢尽了所谓大国大朝的颜面，还让金人看清了宋朝的真正实力，起了强烈的轻视之心。

童贯两次攻辽失败，之前的意气风发全无，又怕皇帝降罪，便秘密派使者王瓌到金营，请求金军出兵攻打燕京。金太祖阿骨打亲自领兵攻打燕京，北辽萧太后闻讯后十分恐惧，五次上表乞和，金太祖阿骨打都没有同意。于是北辽将精兵布防在居庸关，打算扼险死守。

大概是辽国气数将近，连老天爷也不帮忙，金大军到达居庸关附近时，刚好发生了山崩，滚落的大石压死不少辽军守卒，辽兵当即溃散，各自奔逃，金军不战而胜，顺利过关。

居庸关一开，燕京无险可守，辽将望风而降，北辽萧太后和萧干、耶律大石等人逃出燕京，知枢密院左企弓、虞仲文、枢密使曹勇义、参知政事康公弼等率大臣奉降表向金太祖阿骨打请罪投降。

这样，金军不费吹灰之力，就得到了宋军屡攻不下的燕京。

至此，辽国的五京全都为金人占领。

在一系列的事件中，金人看清了宋朝政治上的腐败和军事上的羸弱，对宋朝态度日益强硬。

当时北辽降臣左企弓等人深知宋朝底细以及燕云地区的重要性，劝金太祖阿骨打不要把燕云地区交还宋朝。左企弓特意献诗给阿骨打说：“君王莫听捐燕议，一寸山河一寸金。”

金国本来已经有瞧不起宋朝的意思，也打算在土地问题上背弃前约。而燕云地区归宋朝所有本是之前宋金联合的基础，加上其对中原无可估量的战略地位，宋朝当然要竭力要回。为了索取燕云之地，宋徽宗多次派赵良嗣与金国交涉，金国却百般羞辱刁难宋朝使者。

当时金国上下都力主只割涿、易两州给宋朝，此时阿骨打已经患了重病，只说："'海上之盟'不可忘。如果将来我不在了，你们想怎么样就怎么样吧。"

虽然同意归还燕云地区，但他还是认为宋朝攻燕京无功，又提出在原来的四十万缗岁币上，要将燕京地区的赋税交给金来收取。

赵良嗣与金国多次谈判后，金国才同意每年增加一百万缗，作为"燕京代租钱"。除此之外，还提出包括遣返叛逃入宋的李处能等辽国旧臣、借粮十万斛等不少附加条件。宋徽宗为了能够要回燕云地区，不惜以重金为代价，因而对金人要求一概表示同意。李处能等辽臣被送入金营后，均得到了金人的重用。

最终，金国将燕京及涿、易、檀（今北京密云区）、顺（今北京顺义区）、景（今河北衡水市景县）、蓟（今天津蓟州区）六州归还给宋。其中涿、易二州已由宋自取得。而金军在撤离燕京及檀、顺、景、蓟四州时，把城内的金帛财物及官员百姓席卷一空，宋朝仅仅得到几座空城而已。宋朝不但无法在燕云地区取得赋税收入，还要为戍军转运来大量的军粮，光运费就是一笔巨大的开支，由此导致河朔、河东、山东地区民力消耗殆尽。

而宋宰相王黼等却恬不知耻地上表称贺，称收复燕京是"不世之功"。宋徽宗十分得意，宣布大赦天下，还命王安中在延寿寺中作《复燕云碑》以纪念这一功绩。王黼、童贯、蔡攸等人也被认为收复燕京有功，因此而加官晋爵。

尤其是降将郭药师的一番吹捧，令宋徽宗的虚荣心飞上了天。郭药师说："臣在北国，时常听说赵家天子，总觉得像在天上一样，没想到今日得见龙颜。"

宋徽宗心花怒放，赐予郭药师宅邸、美女等，又委任他镇守燕山（金将燕京还于宋后，宋设燕京为燕山府），还希望他能抓住辽天祚帝。

郭药师却回答说："天祚帝为臣旧主。陛下要臣死，臣不敢辞，要臣残害旧主，臣做不到。"

宋徽宗听了十分感动，觉得郭药师忠诚可嘉，亲手解下自己所穿的珠袍，赐给他以示恩宠。

收复燕京后不久，北宋朝廷又向金国表示，愿增加岁币而请金归还西京及所属武（今山西神池县）、应（今山西应县）、朔（今山西朔州市）、蔚（今河北蔚县）等八州。

金太祖阿骨打当时正忙于追击辽天祚帝，权衡利弊后，表示为了与宋永远结好，可准许将西京及所属州郡土地、民户归还给宋，而且不再另要每年代税钱，只要一次性犒军费就可以。北宋朝廷也表示同意，实际上就是用所谓的犒军费赎回原本属于自己的土地。

不过，这一协议还没来得及执行，金太祖阿骨打由于追赶辽天祚帝过于劳累，病死途中，时年五十五岁。他的一生，完成了两件大事，即建国与灭辽，由此成为《金史》上最杰出的人物。金太祖弟吴乞买（又叫完颜晟）继位，是为金太宗。

金太宗吴乞买曾表示遵奉金太祖之意，将西京地区归还给宋。但当宋派使臣至金索取西京及所属八州时，驻守西京的金将领斡离不（金太祖次子，又叫完颜宗望）坚绝不同意，以宋接纳金叛将张珏[1]为

[1] 张珏：平州义丰（今河北滦县）人，原是辽国大将，投降金国后任平州留守，后背叛金国，携带平州版图投奔宋朝。宋宰相王黼认为这是不用一兵一卒，不化一钱一帛就能从辽、金手中得到平州地区的绝好机会，力劝宋徽宗收留张珏。代表宋朝同金订立盟约的赵良嗣极力反对，认为这违反宋金协议，肯定会遭到金的报复。宋徽宗不但不听，还将削赵良嗣降职处分。金人听到张珏投降宋朝后，立即派二千骑兵前去讨伐，张珏领兵迎战。金人见张珏人多势众，便在州门上书写了"今冬复来"四个大字，不战而退。宋朝廷便以张珏为节度使，世袭平州。金人随后派完颜宗望攻打平州。刚好这个时候，宋朝廷封张珏为泰宁军节度使，张珏率全城官吏出平州，到郊外迎接前来宣读封官诏书的官员，结果被金军得知消息，派一千骑兵偷袭，轻而易举地占领了平州。张珏不得不逃到燕山投奔郭药师。郭药师将其改名为赵秀才，藏了起来。但金人缴获了宋朝廷给张珏的任命状，又从俘获的张珏之弟身上得到了宋徽宗写给张珏的亲笔信，勃然大怒，指责宋毁约背盟，向宋燕山宣抚司使王安中索要张珏。王安中不敢惹怒金人，不得已杀了一个容貌酷似张珏的人，将首级送给金人，却为金人识破，扬言要进攻燕山。宋徽宗惊慌不已，连忙命王安中将张珏勒死，将其首级装于木匣内，连同张珏的两个儿子一起送往金营。兔死狐悲，辽降宋将领郭药师及部属均悲愤流泪。郭药师愤怒地责问王安中："金人要张珏的头，你就给；如要我郭药师的头，你也给吗？"王安中畏惧郭药师叛变，一度请求罢离燕山府。

理由，指责宋朝违背盟约，招纳叛亡。

斡离不还向金太宗提出，西方还不安定，在逃的辽天祚帝正在准备向金进攻。如果把西京等州郡归还给宋，金军就失掉屯驻之地，一旦发生战争，金就无据地可守，也就难以坚持。金太宗听从了宗望的意见，拒绝将西京地区归还给宋，只是将武、朔二州划给了宋。

再谈一下辽国的灭亡。北辽萧太后一行人逃出燕京后，在去向问题上发生分歧，萧干自立，后来为其部下所杀，耶律大石则挟持萧太后重新投奔辽天祚帝。天祚帝杀死萧氏后，杀气腾腾地责问耶律大石为何要拥立耶律淳为帝。耶律大石慷慨陈词说："陛下以全国之力，不能拒击金兵，而弃国远遁，使百姓遭殃。所以，即使立十个耶律淳都没有过错，因为都是太祖子孙，这总比向金投降乞命要好。"天祚帝无言可对，只好赦免了耶律大石。

耶律大石投奔天祚帝后不久，金军追击而来，俘虏了耶律大石。随即大举进攻天祚帝的眷属所在的青冢寨（今内蒙古自治区呼和浩特市西南），天祚帝的儿子秦王定、许王宁及诸妃、公主、从臣都被金军俘获，只有梁王雅里在其部属护卫下得以逃脱。

天祚帝十分气愤，聚集五千兵马，于白水泺与金决战。金将宗望派出一千精骑一举击败辽军，俘获天祚帝之子赵王习泥烈。天祚帝本人也仅以百步之差，侥幸逃脱，没有成为金军的俘虏。

本来已经成为金军俘虏的耶律大石戏剧般地从金营中逃出，重新与天祚帝会合，天祚帝又得到阴山室韦谟葛失之兵，势力有所恢复。

金太祖阿骨打死后，天祚帝自以为得"天助"，想趁机出兵收复失地。耶律大石极力劝谏，提出应当好好养兵，等待时机，不可轻举妄动。天祚帝训斥了耶律大石一通，一意决定出兵。耶律大石看到天祚帝如此刚愎自用，一意孤行，知道辽国将亡，便自领二百余骑向西北方逃走。

辽天祚帝自夹山出兵，南下武州，与金兵遭遇。金军采用诱敌深入的策略，辽军大败而逃，将士纷纷投降金军，天祚帝只带领少量残兵突出重围。后来在逃往西夏的途中，于应州被金兵俘虏。

耶律大石率部从河套向西北逃去，当时，金军还未曾到过西北边地游牧地区，那里仍是辽朝的统治范围，局势比较稳定，生产亦未遭到破坏，还有较多的马匹牲口。耶律大石很有才能，通晓契丹文和汉文，曾中进士，在西北部族势力的帮助下，得以重新建立以契丹人为主的国家，其疆域西至今阿姆河，东至和州，幅员万里，史称西辽。西辽建国八十八年，于 1218 年为蒙古所灭。

辽国自公元 916 年由辽太祖耶律阿保机（耶律亿）建国，至天祚帝耶律延禧被俘止，正式灭亡，共历九帝，历时二百零九年（《辽史》延至西辽亡）。

至此，女真人最大的敌人被消灭了，他们又将目光投向了南方的宋朝。正是宋朝廷自己软弱无能，使得女真人对这片繁华似锦的中原大地产生了觊觎之心。

而此时此刻，宋朝上下都沉浸在收复燕京的虚幻胜利和喜悦中，根本没有意识到得到燕京这座空城背后所付出的代价和所蒙受的耻辱，也不知道北方的敌人正虎视眈眈，北宋亡国在即。

第三节 “靖康之变”

辽天祚帝被俘后，除西辽外，辽的残余势力已被金扫除，金和宋的矛盾一下突出起来。虽然此时金国正日益强大，北宋则进入了衰亡的阶段，但两国经济实力还是不能同日而语。

可悲的是，即使战火已经点燃，北宋朝廷还是一味退让，最终导致一败涂地，以致走向亡国。

宣和七年（1125 年）十月，金太宗决定南下侵宋[1]。金军兵分两路，西路军由粘罕率领，由云中进攻太原；东路军由斡离不率领，由

[1] 女真人久居北方苦寒之地，不耐南方酷暑，因而一般是夏季休战，秋季南侵，宋人因而称之为“防秋”。

平州进取燕京。这两路金军的统帅都是坚决的主战派。

十一月，东路军接连攻占檀州、蓟州。

西路军的粘罕却没有立即开战，他一边派间谍暗中探听宋的虚实，一边派使者至太原，求见宋军主帅童贯，谎称要商议所谓的交割云中一事，想以此来麻痹宋军。

号称身经百战的童贯竟然上当，他到了太原后，先派马扩（马政之子）[1]、辛兴宗到粘罕军中，请求金归还山后（即云中八州）地。粘罕便指责宋朝曾经接纳张珏，有违合约，并狂妄声称山前、山后各州都是金国的土地，不能归还。接着，粘罕又派使者到太原，要求童贯将河东、河北之地均割让给金国，宋金必须以黄河为界。

直到这个时候，童贯才看出金决意侵宋的企图，顿时惊慌失措，也不布置抗金的措施，自己慌忙逃回开封。粘罕的西路军进逼太原，计划攻下太原后，与东路军在宋都城开封城下会合。

而此时东路军斡离不进逼燕京。当时燕京由宋将郭药师驻守。郭药师原本是辽国降将，之前张珏投降北宋又被北宋杀害媚金的事件对他影响很大，他完全丧失了对宋朝的信任感。而宋朝廷也意识到张珏事件对郭药师产生了消极影响，感觉亏待了对郭药师等辽降将。为了抵消之前的负面影响，宋朝廷处处曲意迎合郭药师，对郭药师的要求均给予满足。郭药师趁机大力发展自己的势力，实力大增，专制一路军事，增募兵士，号称三十万。

不过，郭药师部下的士兵依旧穿着原来辽国的军服，由此引起宋朝廷的猜忌，宋朝廷加封郭药师为太尉，想借机召他入朝。这点小小的伎俩自然很容易被郭药师识破，力辞不至。于是，宋朝廷又派童贯前来巡边，一旦发现郭药师有叛变的可能，可权宜处置。

童贯到了燕京后，郭药师亲自出郊外迎接，行大礼，称呼童贯为

[1] 马扩在宋徽宗宣和年间曾多次以阁门宣赞舍人的身份出使辽、金，成为北宋朝廷来往于辽国和金国的主要使者，因其传奇的经历和独特的视角而成为后世多部历史小说的主角，比如徐兴业先生所著的《金瓯缺》（获1991年第三届“茅盾文学奖”）、王汝涛先生所著的《偏安恨》等。

父，极尽巴结之能事。为了彻底取得童贯的信任，郭药师还精心组织了一次炫耀武力的军事演习，童贯终于放了心，回去后向宋徽宗报告，说郭药师可以信任。之后，虽然不断有人告发郭药师与金互通书信，宋徽宗却始终置若罔闻。

完颜宗望引东路军至三河（今河北三河市）时，宋宣抚使蔡靖命郭药师、张令徽、刘舜仁领兵四万五千出战。结果，宋军在白河（今潮白河上游）大败。完颜宗望进至燕山时，郭药师突然派兵逮捕了蔡靖等燕山府官员，打开城门向金军投降。

这样，金军不费吹灰之力就占领了宋燕山府所属全部州县。

从位于河北的拒马河开始，一直位于中原腹地的黄河，均是平原地带，路程也不遥远。可以说，从燕京到开封，几乎是一马平川，一支行动迅速的骑兵，如果毫无阻挡的话，几天就能从燕京赶到开封。北宋朝廷也意识到潜在的威胁，因此每次当辽国使者往返时，负责招待的宋朝大臣都要故意领着使者走迂回曲折的路，以免暴露从燕京到开封的实际路程。

在与金国结盟之初，求盟心切的宋徽宗没有采用这种方式对待金人。为了快速交涉，宋徽宗经常限令金国使者七天之内从燕京赶到开封。如此一来，经河北到开封的最近地理路程完全被女真人掌握。

金军有了这样的优势，旗开得胜后，金东路军以郭药师为先锋，长驱南下，势如破竹，直向开封进军。

宋徽宗本来以为收取燕京、向金国屈辱纳币后，便可以享受太平，听说金兵南下后，不禁慌作一团。金国使者来到开封，宋徽宗竟然都不敢接见，于是发明了所谓的“小使”之礼，派大臣代替皇帝在尚书省接见。

金国使者盛气凌人地说：“我朝皇帝已命国相（粘罕）和太子郎君（完颜宗望）吊民伐罪来了，两路大军即刻就到。”

蔡攸、白时中、李邦彦等重臣大气也不敢出，低声下气地问道：“请问要如何才能让贵国缓师呢？”

金国使者说："不过割地称臣罢了。"

宋徽宗听说后，急忙派人前往金营求和，后来又听到金军继续南下，毫无议和之意，吓得如热锅上的蚂蚁。

时任集英殿修撰的宇文虚中[1]建议说："陛下现在应降罪己诏，更革弊端，收取人望，挽回天意。"

宋徽宗便赶紧罢除了镇压方腊起义后又恢复起来的花石纲和内、外制造局，又下罪己诏，承认自己任用非人、轻信妄议等，想以此来挽回人心，号召各地官兵和百姓起兵勤王，抵抗金兵南侵。

然而，宋徽宗表面装腔作势做出要改过自新、准备抗金的样子，心中实际上想的是逃跑。他特意任命皇太子赵桓为开封牧，打算让赵桓以监国的名义替他抵挡金兵，自己向金陵（今江苏南京）逃跑。给事中吴敏力阻宋徽宗逃跑，并坚决要求徽宗让位给皇太子，指出只有

[1] 宇文虚中：初名宇文黄中，字叔通，别号龙溪，成都华阳（今四川成都）人。宋徽宗大观三年（1109 年）进士及第，宋徽宗亲赐其名为"虚中"，累官至中书舍人。宣和间，蔡攸、童贯等谋引金兵攻辽，他上疏谏阻，被降为集英殿修撰。金兵南下时，任军前宣谕使，多次出使金营议和。后来金兵北退，宇文虚中被弹劾议和之罪，由此被贬斥。建炎二年（1128 年），宋高宗派宇文虚中为祈请使，使金求和。他到达金国后，先是被囚禁，后来金人爱惜他才艺出众，将其释放，任命他为翰林学士。宇文虚中接受，不久被升为知制诰兼太常卿，被尊为"国师"。后迁礼部尚书，为留金宋人职务最高者。宇文虚中虽然在金国地位尊崇，但他内心深处似乎并不是真心仕金。他到金国后写的诗词大多感愤不已，不但流露出故国之思，还直接批评金人背盟攻宋，与入金前逃禅消沉之类的作品形成鲜明的对照。而且他为金官后，为人"恃才轻肆，好讥讪"，常常轻慢讥笑女真的达官贵族，金人经常因被讥讽而愤愤不平，由此对宇文虚中怀恨在心。宇文虚中投金后，家属尚在中原。绍兴十二年（1142 年），也就是名将岳飞冤死的这一年，金国移文南宋，索要宇文虚中的家属。宇文虚中派人密奏宋廷：若金人索我家属，请告知我家属早已在靖康乱中失散。但出人意料的是，南宋立即答应了金人要求，派人护送宇文虚中家属北迁到金国。绍兴十六年（1146 年），金国风传上京会宁府的一部分宋朝俘虏密谋奉宇文虚中为帅，夺兵仗南奔（据说是因为南宋宰相秦桧告密）。宇文虚中由此被逮捕下狱，但审讯时却没有找到任何真凭实据。当时执掌金国朝政大权的金兀术正大搞派系斗争，预备排斥非自己亲信的汉人大臣，于是摘取宇文虚中文中字句，诬其诽谤朝廷，又以其家中收藏的图书为谋反证据，杀宇文虚中，时年六十七岁。其家老幼百口同日遇害，均被活活烧死，场面极为凄惨。特别值得一提的是，《金史》《宋史》均称宇文虚中是因为恃才放旷、轻辱女真贵族而以文字案致死，而且金、宋两方都认为宇文虚中是自己人，但事实是，宇文虚中是真正的"身在金营心在宋"。虽然金人审讯时，未发现宇文虚中反金投宋的铁证，但从后来宋廷的反应来看，当真有其事。宋孝宗即位后，即追赠宇文虚中开府仪同三司，赐谥号忠愍，送宁宗朝又加赠少保，赐姓赵氏。再读宇文虚中《在金日作》："遥夜沈沈满幕霜，有时归梦到家乡。传闻已筑西河馆，自许能肥北海羊。回首两朝俱草莽，驰心万里绝农桑。人生一死浑闲事，裂眦穿胸不汝忘。"铿锵有力，掷地有声，便可知"失节""享富贵"之语，皆误也。

让皇太子当皇帝，才有威福号召军民抗金。

这时，南下的金东路军在进至中山府时，受到宋驻守中山府官兵的顽强抵抗，遭到挫折，损失不小。于是，金军采取绕过中山府南下的战略，迅速接近黄河，离开封只有十天的路程。因此，吴敏要求宋徽宗在三天内禅位，以便让新皇帝能组织军民抗金。宋徽宗惊慌懊恼，为了能逃命，只好同意退位。为了找到台阶下，他苦心思索了一幕好戏。

宣和七年十二月二十三日晚，宋徽宗在玉华阁召见执政大臣，先任命吴敏为门下侍郎，负责辅佐太子。然后拉着蔡攸的手说："我平日性格刚强，没想到金人会做出这种事来！"随即假装得病，跌倒在床前，气塞昏迷。

群臣赶忙把昏迷的宋徽宋扶到保和殿东阁，灌汤药急救。

宋徽宗假意苏醒后，假装说不出话来，索取纸笔，用左手写道："朕半身已瘫（意为患了偏瘫），如何能处理大事？"

群臣面面相觑，不知道该说什么。宋徽宗又写道："诸公为何不说话？"众臣依然沉默。

宋徽宗只好明白地写下了要让位给太子赵桓的话。不一会儿，吴敏拿来早已经拟好的正式禅位的诏书，宋徽宗签字表示同意。

经过一幕可笑又可怜的退位表演后，皇太子赵桓随即即位，就是宋钦宗，改次年年号为靖康。宋徽宗就此退位，号教主道君皇帝，称太上皇，出居龙德宫。郑皇后号道君太上皇后，出居撷景园。宋徽宗也是宋朝历史上的第一个太上皇。

赵桓生母为王皇后。王皇后秉性懦弱，宋徽宗更加钟爱郑贵妃（后来的郑皇后）和王贵妃。大观二年（1108年），王皇后病死，年仅二十四岁，留下八岁的赵桓孤苦无依。赵桓后来虽然当上皇太子，但地位却并不安稳。因为宋徽宗喜欢王贵妃所生的郓王赵楷。王贵妃另有一女，就是因分不清真假而留名青史的柔福帝姬。宋徽宗宠爱郓王赵楷，打破了"宗室不领职事"的惯例，破例地让郓王担任实职，提举皇城司，且不限早晚，自由出入大内，有废赵桓而立赵楷为太子的迹象。金军的南侵，在某种意义上倒是帮了赵桓的忙，促使宋徽宗匆忙地传位。其间，郓王赵楷听说后愤而闯宫，企图争夺皇位，结果在奉命把守殿门的步军都虞候何灌的仗剑厉声呵斥下，才没有得逞。

宋徽宗被迫退位后，立即将一个烂摊子甩给了儿子宋钦宗，自己以去太清宫（太清宫位于老子故里，在今河南鹿邑县）烧香的名义，率领蔡攸等亲信逃出开封，前往南方。他生怕金人追来，嫌船太慢，改乘肩舆（小轿）。

由于仓促出逃，没有顾得上吃饭，宋徽宗饥饿难忍，便到汴河旁的一个小村落讨食。推开一扇柴门，看见一个老婆婆。老婆婆大吃一惊，问客人姓名，从何处来。宋徽宗回答说："姓赵，居东京，已致仕，推举长子继任。"

蔡攸等人忍不住笑出声来。宋徽宗自己也觉得有趣。

凑合吃了点东西后，宋徽宗不敢久留，匆忙上路。半路看见河边有艘搬运砖瓦的破船，急忙上船，连夜赶路。天明时分，一行人到达南京应天府（今河南商丘市），又改乘骏骡，继续南逃。到符寓才乘上官船，一直逃到泗州（今江苏盱眙县），才敢稍稍停留休息。

这时，童贯、高俅率军护送太上皇后郑氏赶到，又怂恿宋徽宗渡淮河往扬州。当宋徽宗过浮桥时，随驾卫士攀望号哭，童贯怕影响逃跑速度，竟命令亲军放箭，不少随驾卫士中箭落水而死。

宋徽宗到了扬州后，还是觉得不安全，将太上皇后郑氏丢在扬州，自己一直逃到长江南岸的京口（今江苏镇江市京口区）。不少皇子公主无法跟上疯狂逃窜的宋徽宗，只好在沿途州县住下。

到京口住下后，宋徽宗总算有了安全感。他又开始怀念开封了，那里有他数十年搜集的古玩字画，都是他的心爱之物。他此次出逃匆忙，随身只携带了二十八条金带。这些金带非比寻常——

当年宋太宗得到了一名巧匠，便命他在紫云楼下打造金带，宋太宗亲自督造。打造完第三十条的时候，巧匠便累死了。由于这些金带太过精美，宋太宗爱不释手，将其中一条赐给大将曹彬，自己用了一条，其余二十八条都封存在库中作为镇库之宝，称为“镇库带”。此时此刻，玩弄祖宗的遗物，回想起当年宋太宗被辽人追得坐驴车逃跑，甚至屁股还中了一箭，再对比于自己的状况，宋徽宗怎能不感慨万千。虽然这一切都是他咎由自取，只是令他没有料到的是，他今生所承受的苦难和屈辱，还远远不止于此。

宋徽宗出逃后，宋朝广大军民的愤怒和不满迅速爆发，朝野上下群情激愤，纷纷上书揭露蔡京、童贯等人的罪恶。太学生陈东带头伏阙上书，强烈要求诛杀蔡京等“六贼”，传首四方，以谢天下。

宋钦宗为太子时，一直受宋徽宗和其心腹权臣的压制，此时登上皇位，当然要着手提拔自己的心腹、巩固权力。尤其当他听说童贯、蔡攸等人依旧以太上皇的名义发号施令时，立即以顺从民意为由，先后将宋徽宗之心腹王黼、李彦、梁师成、童贯、朱勔、蔡攸、蔡絛等人或贬官，或流放后处斩，蔡京在流放途中病死于潭州。由于宋金战争爆发，宋钦宗又将罪责推给主持外交的赵良嗣，将他贬逐到柳州处死。

“六贼”中，以童贯与王黼之死最富有戏剧性。宋钦宗即位后，童贯先是被贬黜出京师。宋钦宗随即下诏历数童贯的十大罪，派监察御史张澄追斩童贯。根据历史记载，童贯“状魁梧，伟观视，颐下生须十数，皮骨劲如铁，不类阉人”。张澄虽然奉诏追斩童贯，却畏惧童贯勇力，不敢轻易下手。他一路追到南雄州后，先派人上门“拜谒”童贯，假称有圣旨赐给茶叶、药物，要童贯回京担任河北宣抚。童贯信以为真，还拈须而笑：“还是少不了我！”

次日上午，张澄到来，童贯欣然出迎，正在跪接圣旨之时，张澄宣诏，宣布童贯的十大罪状。童贯虽然醒悟过来，却为时已晚，被张澄的随从一刀砍下了头颅。

王黼之前因为支持郓王赵楷，为其策划谋夺太子位，与宋钦宗早有矛盾。当陈东上书后，宋钦宗下诏将王黼逮捕送开封府审理。开封知府聂昌与王黼有宿怨，立即派武士追杀了王黼，却谎报其为强盗所杀。此举正合宋钦宗心意，当然也不会追究聂昌的责任[1]。

金军到达黄河后，黄河北岸浚州的防守士兵从不训练，不少士兵甚至不会骑马，一听金兵来了，吓得屁滚尿流，仓促奔逃，不战而溃，金军轻而易举地占领了浚州。

而黄河南岸的宋军一看见金军的旗帜出现在北岸，立即烧断黄河上的浮桥桥缆，这样，金军被截留在黄河北岸，但北岸数千宋军士兵也来不及逃到南岸。南岸宋军随即集体逃跑，逃得一个也不剩。

金军无桥渡河，便设法搞到十几只小船，每船一次只能乘六七人，后来终于弄到了几条较大的船，昼夜不停地渡了几天才渡完。

金将完颜宗望不无讽刺地说："宋朝真可以说无人，只要有一二千人马守黄河，我们就难以渡河了。"

靖康元年正月初三，金军顺利渡过了黄河天险，消息传到开封后，京师大震，当天便开始戒严。

朝廷上下人心浮动，主战、主逃意见不一。宋钦宗不堪大任，懦弱无能，听从了宰相白时中、李邦彦的怂恿，打算逃往陕西避敌。

当时，主战派大臣李纲已被任命为兵部侍郎，坚决反对逃跑，对宋钦宗说："道君皇帝（宋徽宗）把宗社交给陛下，您却打算弃之而去，这合适吗？"宋钦宗默不作声。

宰相白时中、李邦彦说开封守不住，只能暂时避一避。李纲反驳说："天下的城池哪个能有开封坚固？而且宗庙、社稷、百官、万民都在这里，怎能轻易丢掉呢！今日之计，应当整顿军马，团结军民，坚守都城，等待勤王之师。"

宋钦宗当即任命李纲为尚书右丞兼东京留守，想让李纲为他守东

[1] 昔日宋太祖赵匡胤立下"不得杀士大夫及上书言事人"的誓碑。无论宋太祖的真实心态和目的如何，其继任者均严格遵守了这一誓约规定，文人士大夫也确实在宋朝得到了优待。到了宋钦宗这里，杀童贯、王黼等人，还是头一次破例。因为宋太祖说过"子孙渝此誓者，天必殛之"，后来北宋亡国，宋徽宗认为是因为宋钦宗破坏誓约大开杀戒的缘故，被俘虏到金国后还念念不忘派人向儿子宋高宗重申太祖誓约，要他引以为戒。不料宋高宗比他兄长宋钦宗要狠多了，几次杀人，甚至杀了名将岳飞。

京，而自己逃往陕西避敌。李纲极力反对。

宋钦宗还在犹豫，突然听说皇后已经动身出京，急忙站起来说：“朕不能留在这里了。卿等不要留我，朕要同皇后一起启程。”

李纲流泪请求宋钦宗留下，宋钦宗总算勉强答应留在京师。

但是当天夜里，宰相白时中、李邦彦连夜进宫，又劝宋钦宗早日离京。宋钦宗优柔寡断，反复无常，决定第二天一早就动身。

李纲一大早入朝的时候，发现皇帝的乘舆已经备好，当即意识到新皇帝要逃跑，便厉声对护驾的军士们说：“你们是愿意死守，还是愿意扈从出巡？”

军士齐声说：“愿死守！”

于是李纲入见宋钦宗说：“六军将士的父母妻子都在开封城中，岂肯轻易舍去，万一中途散归，谁还能保卫陛下？而且敌军已经逼近，他们知道乘舆还没有走远，一定会以快马急追，那时如何抵御？”

宋钦宗听了有些害怕，这才答应不去陕西，并下令召回已经出发的皇后。

李纲为了稳定人心，晓谕军民说：“圣上主意已定，决心守城，敢有再说离开京师，扰乱人心者，一律斩首！”

兵士们都高呼万岁。这样，京城人心逐渐安定下来。

宋钦宗又登上宣德门，吴敏、李纲向门楼前的百官将士们宣布皇帝决心固守，将士们倍受鼓舞，决心保卫东京。宋钦宗罢免白时中，用李邦彦、张邦昌为相，又命李纲为亲征行营使，全面负责都城开封的防务。

李纲临危受命，当即组织军民全力备战，修缮楼橹，安置炮坐弩石，准备了大量的砖石、檑木、火油，作为防守之具。

李纲正在部署守城的时候，金军到达开封城下，并在郭药师的指引下，占领了开封西北牟驼岗的天驷监。天驷监是宋军养马的地方，两万匹军马和大批草料轻而易举地落入金人手中。

靖康元年正月初七晚，金军开始攻城，用数十艘火船顺汴河而下，进攻西水门。

李纲亲自上阵指挥，派两千士兵用挠钩钩住火船，然后从城楼上投掷大石块，将火船砸沉。随后，在汴河放置杈木，阻挡敌船前进。又将蔡京家花园的假山石运来堵住西水门门道，防止敌船进入城内。经过一昼夜的苦战，金兵的进攻被击退。

正月初九，金军又进攻酸枣门、封邱门。李纲又率领一千多名精于射术的警卫赶往酸枣门指挥战斗。

当时，金兵已越过城壕，正用云梯登城。一千多名警卫士兵用强弓大弩向金兵猛射，金兵纷纷中矢坠落。李纲又派壮士数百名，缒城而出，烧毁敌人云梯数十座。宋军将士越战越勇，近的用手炮、檑木，远的用神臂弓，更远的用床子弩、座炮，打退了金兵一次又一次的进攻。

金军同时还向陈桥、封丘、卫州等门发起攻击，也受到了守城宋军的顽强反击。战斗从早上一直持续到下午，宋军官兵杀死杀伤了数千名金兵。金军见强攻不下，只得停止攻城。

就在李纲领导军民奋勇抗击金兵攻城之际，宋钦宗的使者郑望之却缒城而出，前去金营求和。

金军提出的和谈条件是两国以黄河为界，另由宋出金帛给金作犒军之费。郑望之不敢答应，金军便要求宋朝派亲王、宰相去金军中议和。李纲主动请缨前去议和。宋钦宗一是担心李纲态度强硬，不能与金达成协议，而是还想倚靠李纲来守开封，因此没有答应，另派知枢密院事李棁前去谈判，并授权他可允许向金增加岁币三百一五百万两，犒军费三百一五百万两，另送给斡离不个人黄金一万两及酒果等进行贿赂。

斡离不见到宋使后，狮子大开口地提出要金五百万两、银五千万两、牛马等各万头、绢缎百万匹；宋朝割让太原、中山、河间三镇，并以亲王、宰相作人质，才能议和。

李棁回奏后，宋钦宗和宰相李邦彦、张邦昌立即表示全部接受。只有李纲不同意，坚决反对割地，认为犒军费太多，主张派使臣与金交涉，拖延时间，等各地勤王军到来。

李纲的意见遭到众大臣的反对，宋钦宗本人胆小怕死，又无主见，惶然不知所措。李纲当即请辞，宋钦宗不许。

接着，李纲出去巡城，宋钦宗便与众人商议当人质的亲王人选。这时候，康王赵构站了出来，主动请求使金，说："敌人一定要求亲王作人质，臣为宗社计，岂能辞避！"

于是，宋钦宗便派康王赵构和宰相张邦昌到金营作人质。李棁还特意安慰康王说："金军担心南朝失信，要求亲王送他们渡过黄河才能回来。"

康王正色答道："国家处在危难之时，就是以身殉国也是应该的！"

这位康王是宋徽宗第九子，宋钦宗的异母弟，他目前的表现，可谓相当慷慨激昂。谁也无法想象，当他登上皇位为宋高宗后，却也厚颜无耻地向金人乞降，比其父兄有过之而无不及。

当李纲巡城回来时，才发现完全同意金军所提条件的誓书已发出，康王赵构与宰相张邦昌已前往金营作人质。李纲就把命令太原、中山、河间三镇割让给金的诏书扣住不发，准备等各地勤王援兵赶到后再作补救。

康王赵构出发前往金营的时候，局势已经发生了微妙的变化，宋各地勤王援兵逐渐赶到京城。首批来到的统制官马忠所带领的京西募兵，刚一到开封城下，就在顺天门与金兵遭遇，马忠率部主动出击，杀死不少金兵。接着，范琼率领一万骑兵亦从京东赶到。

几天后，由著名将领、河北、河东路制置使种师道、武安军承宣使姚平仲率领的泾原、秦凤的边防军亦来到。沿路种师道一军故意虚张声势，宣称种师道领兵百万前来。

以后，各地勤王援兵纷纷到来，兵力总数达到二十多万，而金兵不过六万，宋军在兵力总数和声势上均压倒金军，金军只好北撤退守牟驼岗。因为宋钦宗已答应议和条件，开封城也暂时得到解围。

宋各地勤王兵马来到开封后，由行营司将他们分布在京城四壁，各立营寨，供给粮草。李纲向钦宗建议，勤王兵马应由他的行营司统一指挥。钦宗不听，另外设立宣抚司，由种师道任宣抚使，姚平仲为都统制，节制四方勤王兵马。又将京城的前后军也拨归宣抚司，李纲的行营司只剩下左、右、中三军。钦宗又屡次下令两司不能侵权混淆。这样，二十多万宋军有两个独立的指挥机构，不能统一指挥，战斗力削弱了。

李纲又主张守住黄河渡口，断绝金兵粮道，以重兵袭击金营，等到金军粮草缺乏，人困马疲之时，逼迫金军交回割地纳款的誓书，当金兵北撤渡黄河时，进行袭击。而姚平仲听说康王赵构在金营中当人质，便提议派精锐夜袭金营，生擒完颜宗望，迎回康王。

宋钦宗毫无主见，一面表示同意李纲意见，一面又希图侥幸取胜，支持姚平仲偷袭金营。

靖康元年二月初一，姚平仲率步骑万人夜袭金营，由于事先泄露消息，金兵已有准备。半夜时分，当姚平仲军到达金军大营时，惊讶地发现金兵正严阵以待。

一场激战后，姚平仲军被早有准备的金兵击溃，姚平仲弃军逃跑。李纲受命接应姚平仲，当他集合行营司左、右、中三军赶到新封丘门外时，已经天明。

金军刚击败了姚平仲军后，趁机再次攻打开封城。幸好李纲率军赶到，才打退了金军。

姚平仲劫营不成，却惹恼了金军主帅完颜宗望。他立即派人将人质康王赵构和张邦昌带来，斥责宋方“背信弃义”，违反和约。

康王赵构一声不吭，保持沉默。而张邦昌吓得手足无措，痛哭流涕地解释说姚平仲军夜袭绝非宋朝廷本意。

张邦昌的态度让完颜宗望觉得此人软弱，将来必然有用。而相比较之下，康王赵构的态度令完颜宗望起了疑心，他怀疑赵构不是真的皇子，而是将家之子，于是派人到宋朝责问姚平仲劫营一事时，顺便提出了要改换人质。

完颜宗望责问宋朝劫营一事，宋钦宗、李邦彦为了推卸责任，罢免了李纲的尚书右丞、亲征行营使的职务，撤销了行营使司，以此来向金军谢罪。

李纲被罢的消息传开后，群情激愤。当天，太学生陈东率领数百名太学生伏阙上书，要求李纲、种师道复职，罢免宰相白时中、李邦彦、张邦昌等求和媚敌之臣。城中军民几万人起来声援，围住了皇宫。

刚好李邦彦退朝，军民痛斥他的罪行，愤而向他投掷砖瓦，李邦彦策马逃跑，才没有被打死。开封尹王时雍亲自带兵前来镇压，军民也要打死他，吓得他也狼狈逃走。军民还打死了作恶多端的宦官数十人。宋钦宗急忙派人宣布，等到金人退兵后就恢复李纲的职务。太学生与军民们要求立即恢复，并大声鼓噪呼喊，不停地敲打登闻鼓。宋钦宗见众怒难犯，不得不宣布李纲复职，又让种师道乘车出来，民众这才退走。

在宋军已经占据优势的状况下，宋钦宗竟然下诏，将被李纲截留的割让三镇的诏书送往金营，完全答应了金提出的割地赔款的要求，另送肃王赵枢去作人质，换回康王赵构。

完颜宗望见宋军援兵陆续赶到，东京的防务大大加强，心中有所畏惧，又因为已经得到不少利益，便乘势退兵。

金军退走以后，宋钦宗派李纲去接太上皇宋徽宗回京。靖康元年四月，宋徽宗回到京师，向宋钦宗表示以后要“甘心守道，乐处闲寂”。这实际上是一种妥协的姿态，掩盖了宋徽宗对宋钦宗大力贬斥其心腹的不满，于是父子二人的矛盾表面上有所缓和。

但宋徽宗还是感受到了强烈的失落，他的亲信被贬斥殆尽，与他相好的名妓李师师的家财也被宋钦宗充公作为给金国的赔款，就连他本人也时时刻刻处在儿子的严密监视下。到了这个地步，无可奈何的宋徽宗只能寄情于书画之间，挥洒着他那闻名天下的“瘦金体”来发泄心中的愤懑。

金军撤退之后，宋朝廷又恢复了抱残守缺、苟且偷安的状态。但宋钦宗以割让太原、中山、河间三镇向金乞和的无耻行为最终还是引起了强烈的民愤，反应最强烈的就是三镇军民。太原城已经被西路金军包围日久，在副都总管王禀的指挥下，打退了金军一次又一次进攻。

西路金军主将粘罕见久攻不下，只好留一部分兵力继续包围太原，自己率主力南下开封，不料在半路就听说宋已向金纳币割让三镇乞和，又重新返回太原，等待交割。

但是，当宋钦宗割地的诏书送到太原城时，太原军民不肯出迎，坚守如初，不让金军进城。金军在太原城外箭和炮石攻击不到的地方，沿城筑起堡垒，断绝内外交通，使太原城成了一座孤城。

完颜宗望率东路金军到达中山、河间接收时，两镇军民也以死固守，坚绝不让金军进城。金军所带人质肃王赵枢、宰相张邦昌及宋廷派去的割地专使等到城下劝说两镇兵民投降时，两镇兵民就向他们射箭、投掷石块，痛骂张邦昌等人投降卖国，沿途各州郡的军民也都坚决反对割地给金。完颜宗望只得退回燕京。

眼见民怨沸腾，宋钦宗急忙下诏，表示不割让三镇给金，还罢黜了极力主张割让三镇的李邦彦、李税、郑望之等大臣，另派种师道、姚古、种师中（种师道之弟）解救被金西路军包围的太原。几路北上驰援太原的宋军由于各自作战，缺乏配合，均被金军打败。名将种师中更是力战而死，时年六十七岁。

宋军失利后，宋朝廷中的投降派立即开始抬头，以门下侍郎耿南仲为首，又开始极力主张割让三镇给金，朝中以李纲为首的主战派自然坚决反对。

耿南仲老谋深算，便想方设法地排挤李纲出朝。刚好此时七十五岁的老将种师道因弟弟种师中阵亡伤心不已，请求告老还乡，耿南仲趁机推荐以李纲代种师道为宣抚使，想将李纲调出京城。

李纲知道这是耿南仲的伎俩，表示自己不过是一介书生，无法胜任宣抚使一职。但宋钦宗记恨之前被迫重新起用李纲一事，尤其害怕李纲在民众中的巨大的号召力，坚持要李纲担任宣抚使，出兵太原。李纲无法拒绝皇帝的旨意，只好受命。

正因为在这种微妙的情形下走马上任，李纲为出兵做准备自然会受到各种刁难。他所需要的马匹与其他军需物资，朝廷均不供给。在这样的情况下，宋钦宗还多次催促李纲尽快出兵，显然是巴不得李纲早日离开京城。

李纲迫不得已，只得仓促出兵，他传令各路宋军在约定之日一起进兵解太原之围。但是，各路宋军主将都直接受朝廷指挥，根本不听李纲这个宣抚使的指挥。到了预定进攻的日子，只有解潜的威胜军一路宋军进兵，其他宋军都按兵不动。解潜率军与金军奋战四天，金军的援兵不断赶到，而解潜没有任何后援，最终寡不敌众，太原之围最终未解。

李纲兵败后，宋钦宗的态度有了改变，决定不割让三镇，而是改给金税钱，并免去了李纲的宣抚使之职。

此后，面对金军卷土重来的严重威胁，宋钦宗不做任何军事上的准备，竟然异想天开地写信给金国大将耶律余睹，想说服耶律余睹在金国发动政变，以此来扰乱金国政局。

之前提过，耶律余睹原是辽国大将，被迫降金。最幼稚可笑的是，宋钦宗将这封机密信件交给了金国使者萧仲恭，许以重金，请萧仲恭转交耶律余睹。萧仲恭表面答应，回到金国，立即将信件交给了金太宗，金人再次被激怒了[1]。

靖康元年八月，金太宗决定再次大举进攻宋朝。金军以粘罕为左副元帅，完颜宗望为右副元帅，分东、西两路进攻。

粘罕率领西路金军对已经被围困八个月之久的太原发动更大规模的进攻。太原城内粮食早已经断绝，士兵们先吃牛、马、骡等牲口，最后甚至吃弓箭的筋、甲。百姓则以树皮、野草充饥，大多数军民战死、饿死。剩下的已饿得走不动路，拿不起武器，状况十分惨烈。

九月初三，金军最终攻破城池。但宋将王禀仍率领军民进行巷战，军民大多壮烈牺牲。王禀受伤数十处，宁死不屈，投水自尽。

完颜宗望率领的东路金军先攻广信军（今河北徐水西北）和保州（今河北保定东北），受挫，未能攻下，于是金军越过中山府转攻真定。

由于真定府的大部分人马在金兵北撤时前去支援太原，故当时真定城内宋军不满二千。新任知府李邈得知金兵将至，即派人向京师告急，前后奏报三十四次，宋朝廷均无任何答复。

面对数万金兵，李邈与守城将领、兵马都钤辖刘翊率领全城军民日夜拼死守卫，苦战四十天后，城被攻破，刘翊率领军民坚持巷战，力尽自杀。李邈被俘，金人对其软硬兼施，威逼利诱，严刑拷打，要他投降，李邈都严词拒绝，并大骂金人不止，后被杀害。

太原、真定相继失陷后，宋徽宗又想南下逃跑，提出要去西京洛阳主持防务，但却被宋钦宗一口拒绝。

十月十日是宋徽宗生日，但直到十六日宋钦宗才到龙德宫向父亲祝寿。宋徽宗非常不高兴，勉强端起酒喝了一杯，又斟了一杯给宋钦宗。

[1]有意思的是，尽管耶律余睹并没有被宋朝策反，但他最后还是自己反了金国。耶律余睹为金灭辽和灭北宋的过程立下了不少功劳，官任元帅右都监，但一直没有再升官，显然金人并不信任他。耶律余睹对此难免怨恨。宋绍兴二年（1132年）九月，耶律余睹与燕山统军使萧高六密谋政变，暗约燕京、云中等各地的郡守、契丹人与汉人，尽杀女真官兵。但被云内节度使耶律奴哥告发，粘罕杀萧高六全家，并命希尹赴大同捕杀耶律余睹。耶律余睹闻讯后，以游猎为名逃奔西夏。西夏也是势利眼，见其未领兵马，没有多大价值，拒不接纳。耶律余睹逃奔鞑靼，鞑靼人先已受希尹命，迎耶律余睹入帐中射杀之。

就在这个时候，有人踩了踩宋钦宗的脚，宋钦宗由此认为酒中有毒，坚绝不肯喝，转身离开。

宋徽宗悲愤交加，一气之下亲手写了一份黄榜，悬赏三千贯捉拿“间离”他父子关系的人，贴在龙德宫前。

只是，这个所谓间离之人一直没有抓到，宋徽宗自己倒在几个月后被抓到金营中。

父子犹自明争暗斗，金军已经势如破竹。宋钦宗没有任何主政经验，惊慌失措，不知道该怎么办。已经赋闲的老将种师道立即上奏宋钦宗，指出金军此番一定会大举南侵，要赶紧做好迎敌准备。但是宋钦宗听信了主持朝政的唐恪、耿南仲等人的话，仍寄希望于割地求和。他们天真地认为，只要割让三镇给金，金军就会退兵。

这时，传来金军即将渡过黄河南下的消息，于是，宋钦宗立即派康王赵构和王云为割地请和使，前往金营求和。

金军为了麻痹北宋朝廷，一面表示可以议和，一面却加快了南侵的步伐。

靖康元年十二月中旬，就在康王赵构等出使金营离开都城没几天，西、东两路金军分别渡过黄河。赵构一行走到磁州（今河北磁县）时，磁州知州宗泽正率领军民备战，军民抗敌情绪高涨。宗泽认为金军不守信义，此去凶多吉少，劝康王不要去金营，而应起兵进援都城。

刚好同为使者的王云勾结金人、预备胁迫赵构北去的阴谋败露，磁州军民气愤之下一拥而上将其打死。赵构无可奈何，只好留在磁州。后来知相州汪伯彦来邀，赵构又前往相州，反倒由此幸运地逃过大难，否则也不会有后来“泥马渡康王”的故事了。宋徽宗总共有三十一个儿子，赵构可以幸运地登上皇位，仅仅因为他是唯一逃过大难的皇子。否则，皇帝之位无论如何是轮不到他头上的。

十一月下旬，两路金军先后到达东京，开封万分危急。宋钦宗一边求和，一边任命率领勤王兵入京的南通都总管张叔庭为签书院事，率军民奋力守城。又连忙派人持蜡书到相州，封赵构为兵马大元帅，命其立即率军入援开封。

赵构得到了兵马大元帅的头衔后，聚兵万人，分五路救援开封。渡过黄河后，在大名府时，遇到钦宗派来的传达诏命的大臣曹辅，说正在与金议和，要赵构大元帅府兵马停止前进，就近屯兵勿动。

宗泽认为金军狡猾，反复无常，和议不可靠，建议引军直趋澶渊。赵构未加采纳，而听从汪伯彦意见，移师东平府。

就在北宋生死存亡的紧急关头，一个无赖神汉郭京适时出现了，由此上演了极为荒唐可笑的一幕。

郭京声言他会“六甲法”的法术，可以召来天兵天将，轻而易举地生擒敌军元帅，消灭敌军。六甲法就是挑选男子 7779 人，施过法术后，他们就可以刀枪不入。宋钦宗竟然对此深信不疑，于是宋钦宗又决定让郭京的“天兵天将”与敌人决一死战。

郭京发功的日子到了，他命令撤走城上所有的守军，以免有人偷看，导致法术失灵。施展法术后，郭京命人大开城门，派他“刀枪不入”的神兵出击。结果，这些神兵并没有刀枪不入，而是尽数被金军歼灭。幸好把守城门的宋兵将城门及时关闭，否则金军完全可以乘势冲入。

郭京见首战失利，说：“看来还是得由我亲自出马。”然后率领残余的神兵缒城而下，出城后却一溜烟向南逃走，头也不回。

就在此时，金军乘大雪攻城，攀城而上，发现城上竟然没有守军，开封外城由此陷落。

开封外城破后，宋朝廷上下乱作一团，宋钦宗赶忙派宰相何栗到金营求和。

与宋朝君臣无耻媚金的丑态相比，开封军民并没有就此妥协，仍继续战斗。他们联合起来，杀死了前来议和的金使，有三十多万人主动请求发给武器，好与金军作战。金军将领下令纵火焚城，百姓蜂拥而至，以致金兵在城上不敢下来。

最后，金军故伎重演，再次提出议和，宋钦宗和大臣们又一次信以为真，命令军民停止抵抗，向金投降乞和。

十二月初二，宋钦宗奉上降表，正式向金投降。金将粘罕、完颜宗望还想诱擒北宋皇帝，便说："自古以来，有南就有北，两者不可缺。只要答应割地，就可以议和，不过，太上皇必须亲自前来商议。"意思是说要宋徽宗亲自来议和。

何栗回报后，宋钦宗说："太上皇惊扰而病，一定要去，就由我亲自去吧。"

宋钦宗与何栗到达金营后，送上降表，并屈辱地下跪。因为没有得到金太宗的诏命，粘罕只是好言宽慰了几句，就让宋钦宗退下。

宋钦宗在金营两天，没有得到结果，十二月初又回到东京城内。皇帝回到东京时，大臣和百姓夹道迎接。宋钦宗一想到一国之君亲自到敌营求和，威风扫地，忍不住当众号啕大哭。

这时，东京已经完全没有防守。金军虽然没有入城，但派人索要金一千万锭（每锭五十两），银两千万锭，帛一千万匹，声称如不及时送交，将纵兵入城。宋钦宗按金军旨意，一面下令大肆搜刮民间金银，一面分遣朝臣到河北、河东各地，命令开城降金。

当时开封城中已经被搜刮殆尽，宋钦宗为了讨好金人，下令权贵、富室、商民出资犒军。所谓的出资犒军，其实就是公然抢夺，稍有反抗者，便押送官府。开封城中鸡飞狗跳，一片狼藉。即使如此，金银仍然凑不够数。

金人又索要少女一千五百人，宋钦宗派人四处搜捕年轻女子，甚至还用自己的妃嫔抵数。不少女子不甘受辱，自杀而死。

靖康二年正月，宋钦宗第二次去金营谈判。临行前，他已经感到此去不妙，而宰相何栗等人则认为无妨，离朝之时，约定五天之内回来，谁知到了金营，就被扣留下来，住处有全副武装的金兵守卫，甚至围以铁绳，有时一日三餐也不能按时供给。

金军说是等金银交足后再放回，宋钦宗只好下诏增派大员二十四人，进行彻底搜括，前后两次，达一月之久，共得金二十七万八千两，银七百一十四万两，帛一百零四万匹。

金军除了索取金银绢帛之外，又抢去皇帝玉玺、仪仗、天下州府图、乐器、祭器，以及各种珍宝玩物，掳走百工、技艺、宫女、内侍、僧道、医卜、倡优和皇子、皇孙、后妃、帝姬（公主）、亲王等贵族，连太上皇宋徽宗也被押送金营。

据说，宋徽宗听到金银财宝等被掳掠毫不在乎，等听到皇家藏书也被抢去，才仰天长叹几声。

金军将东京洗劫一空后，心满意足，开始准备退军。金人因劳师远攻，不敢久留，加上力量有限，便打算扶持一个傀儡政权，为防止宋朝东山再起，命令“推异姓堪为人主者，从军前备礼册命”，曾在金营为人质的张邦昌就是在这样的历史背景下被推到了风口浪尖。

东京留守王时雍召集群臣，拥立张邦昌为皇帝，并要群臣签名，太常寺主簿张浚、开封士曹赵鼎、司门员外郎胡寅不肯签名，逃入太学。御史马伸、吴给联合御史中丞秦桧向金人要求继立赵氏后嗣为君。秦桧更是义愤填膺地当众揭发张邦昌罪行，认为不当立其为君主。金人由此大怒，将秦桧抓到金营关押。

这是历史上非常富有戏剧性的一幕，秦桧慷慨激昂地怒斥了一个卖国求荣的奸臣。在当时人看来，秦桧是个英雄，在危难时刻敢于挺身而出。因为本来秦桧可以安然无事，但正因为他站出来骂张邦昌，之后便与徽钦二帝一道被掳北上，开始颠沛流离的屈辱生涯。

然而，后来的事实却证明，秦桧才是真正的大奸臣，而张邦昌不过是个天良未泯的奸臣[1]。这真是历史绝大的讽刺。

靖康二年四月，金将完颜宗望、粘罕立张邦昌为帝，国号大楚，然后带着被俘扣留在金营的宋徽宗、宋钦宗和赵氏皇子、皇孙、后妃、帝姬、宫女及大臣三千余人以及掠夺的大量金银财宝回归金国。

其中完颜宗望一路带着宋徽宗及太后、各亲王、皇孙、驸马、公主、妃嫔与康王赵构母韦妃、赵构夫人邢氏由滑州（今河南滑县）渡黄河北去；粘罕一路带着宋钦宗、钦宗后、太子、妃嫔及何栗、孙傅、张叔夜、陈过庭、司马朴、秦桧等大臣，由郑州渡黄河北去。

俘虏的宋朝君臣中，只有张叔夜、何栗半路绝食而死。其他人则屈辱地活着。

北宋至此灭亡，因此事发生在靖康年间，史称“靖康之变”。

宋朝嫡亲皇室成员中，逃脱大难的除了当时不在开封的康王赵构，就只有居住在民居的元祐皇后孟氏[2]。

金兵一退，开封军民和朝廷旧臣即不再拥戴张邦昌，同时各路“勤王”兵马纷至沓来，声讨张邦昌。成了孤家寡人的张邦昌只好表示自己当伪楚皇帝不过是权宜之计，主动迎元祐皇后孟氏入宫，请其垂帘听政，并迎奉康王赵构。

靖康二年四月，元祐皇后手书及张邦昌奉上的御玺送到济州，力

[1] 张邦昌本人并不愿意当皇帝，然金人以屠城威胁，百官遂争相劝进。张邦昌深知百官劝进是出于无奈，并非自己深得人心，登基当日，不敢坐皇帝专用的御床，只在御床西摆了个位子，在那里坐着接受群臣朝贺。又特意让阁门传令百官，千万不要对他下拜。即位后，张邦昌声称自己不称“朕”，见百官时仍然自称为“予”；传谕称“宣旨”、手诏称“手书”；执政、侍从可以坐议国事，言可称其名；平时不穿皇帝的龙袍，除非听到金人要来，才急忙换上，饮食起居均不用天子礼。王时雍每向张邦昌奏事，都要说“臣启陛下”，张邦昌总是提醒王时雍不可称“陛下”，而要称“相公”。金人退走后，张邦昌不在正殿办公，不举行朝廷例会，不出来接见大臣，禁宫中所有门户都加以锁封，封条上题写“邦昌谨封”，可谓规行矩步，小心谨慎。后又派使官奉车驾、衣物以及其他御用之物去南京（今河南商丘）进献给康王赵构，又请元祐皇后孟氏垂帘听政，自己以太宰的身份退处资善堂。其大楚政权前后共历三十三天。

[2] 元祐皇后为宋哲宗赵煦的废后孟氏。孟氏被废，实际上是党争的结果，孟氏不过是政治的牺牲品。宋哲宗（宋神宗子，生母为德妃朱氏）死后，宋徽宗即位，孟氏因得向太后（宋神宗皇后，后力主立赵佶为帝）喜爱，再次被迎回宫中，复皇后位。为了区别宋哲宗的第二任皇后刘氏，称元祐皇后（因是在元祐年间所立）。但向太后死后，孟氏又被宋徽宗赶出皇宫，相当于第二次被废除皇后位，结果反而因祸得福，她没有居住在宫中，避免沦为金人的俘虏。靖康之变后，由于孟氏特殊的身份，她很快被宋臣寻获，重新尊为元祐皇后，垂帘听政。

劝康王即帝位。五月初一，康王赵构在南京应天府登基，是为宋高宗，由此建立了南宋政权。

徽、钦二宗被掳到金国后，先被迫换了金人百姓穿的服装，头缠帕头，身披羊裘，袒露上体，到金朝阿骨打庙去行“牵羊礼”，去拜谒金太祖完颜阿骨打的庙，意为金主向祖先献俘。

尔后，两个受尽屈辱的皇帝一个被封为昏德公，一个被封为重昏侯，关押在韩州（今辽宁昌图），后被迁到五国城（今黑龙江依兰县）。每人每月发五斗稗子作为口粮，要自己舂。舂完后，实际才有一斗八升。另外，每年每人发给五把麻，令自织麻为衣。宋徽宗因为受不了金人的折磨，将衣服剪成条，结成绳，准备悬梁自尽，结果被宋钦宗发现，抱了下来，父子俩抱头痛哭。

在被囚禁期间，宋徽宗写了许多悔恨哀怨的诗句，如《燕山亭·北行见杏花》：

裁剪冰绡，轻叠数重，淡着燕脂匀注。
新样靓妆，艳溢香融，羞杀蕊珠宫女。
易得凋零，更多少、无情风雨。
愁苦。
问院落凄凉，几番春暮？

凭寄离恨重重，这双燕何曾，会人言语？
天遥地远，万水千山，知他故宫何处？
怎不思量，除梦里、有时曾去。
无据。
和梦也、新来不做。

不过，他的悔恨只限于“社稷山河，都为大臣所误”，并没有认识到是他本人的昏庸奢侈才导致了亡国为囚的下场。

每到丧祭节令的时候，金人总要赏赐给宋徽宗一些酒食，并令他写谢表。后来谢表多了，金人便集成一册，拿到边境与南宋进行贸易的榷场去卖，总能卖得高价。

当然，宋徽宗还期望有朝一日能够重归故土，他曾派臣子曹勋从金偷偷逃回宋朝，临行前交给他一件背心，背心上写着："可便即真，来救父母。"

宋徽宗哭着叮嘱曹勋，切记要转告宋高宗"不要忘了我北行的痛苦"。一边说着，一边取出白纱手帕拭泪。又将手帕也交给曹勋，说："让皇上（宋高宗）深知我思念故国而哀痛泪下的情景。"日夜盼望宋高宗能接他们回去。

而宋高宗表面高喊要迎回徽、钦二帝，但内心却生怕父兄回来后威胁自己的皇位，巴不得他们早些客死他乡。

建炎元年（1127 年），跟随宋徽宗北上的大臣曹勋从金国逃回应天府，晋见了宋高宗，并献上了宋徽宗亲笔书写的半臂绢书，还有他本人写的《北狩见闻录》一书，该书记录了从随宋徽宗被俘入金营到北迁燕山前的亲身见闻，起自靖康二年二月初七，止于同年六月。宋高宗看着这些血泪之书，不但没有激发出抗敌的勇气，反而生怕自己重蹈"靖康之变"的覆辙，不顾朝臣们的坚决反对，坚持将朝廷从南京应天府迁到更为安全的扬州。

绍兴五年（1135 年），宋徽宗无望而悲惨地死去，时年五十三岁，有遗言想归葬中原，未得金主允许。宋徽宗尸体被发现时，已经完全僵硬。金人将尸体架到石坑上焚烧，烧到半焦烂时，用水浇灭火，将尸体扔到坑中。据说，这样坑里的水就能做灯油。宋钦宗悲伤至极，也要跳入坑中，却被人拉住。

绍兴十二年（1142 年）三月，宋金和议谈成，赵构生母韦氏由五国城归宋。她离开时，宋钦宗请她转告宋高宗，若能归宋，自己当一太乙宫主足矣。可见宋钦宗也很清楚弟弟宋高宗不思恢复中原的根本原因。然而，宋高宗终生都在与金人议和，根本无心迎回兄长。

绍兴二十六年（1156 年），宋钦宗的悲惨命运也走到了尽头，金人纵马将其踩死，时年五十七岁，在帝位仅仅两年。直到绍兴三十一年（1161年），宋钦宗死讯才传到中原。宋高宗表面上悲伤不已，内心却暗自高兴，因为他皇位最大的威胁被清除了。

而宋徽宗的情人李师师早在国破前出家为女道士，之后辗转流落在湖广一带。只是时过境迁，历经离乱之苦的绝代名妓已经容颜憔悴，不复有昔日的丽色。因为生活艰难，无以谋生，李师师不得不重操旧业，以卖唱度日。南渡的士大夫们仰慕其昔日盛名，时常邀她出席宴会。据说在宴席上，李师师唱得最多的一首歌是：

辇毂繁华事可伤，师师垂老过湖湘；
缕衫檀板无颜色，一曲当年动帝王。

而另一著名女词人李清照则有千古绝唱的《绝句》[1]：

生当作人杰，死亦为鬼雄。
至今思项羽，不肯过江东。

金兵入侵中原，烽火狼烟，生灵涂炭，无数百姓因此而家破人亡、颠沛流离，不少民间的美貌女子也被掳北上，专供金人玩乐，成为离乡背井的亡国奴，蒋祖兴女的经历很具有典型性。蒋兴祖女，常州宜兴（今江苏宜兴市）人。父蒋兴祖，靖康时任阳武令，金兵入侵时，蒋兴祖与妻及长子死节，女儿则被掳北上。途中，蒋祖兴女在雄州驿站题了一首词：

[1] 此诗为李清照讽谏丈夫赵明诚而作。南宋初年，赵明诚到江宁（今江苏南京）奔母丧，宋高宗赵构就地任命赵氏为江宁知府，经略江宁。当时御营统治官王亦图谋作乱，被人告发，但赵明诚根本没当回事，也未作处理。后王亦起兵叛乱，当地官兵自行抵抗，经过苦战，到半夜时，终于击溃叛军。当下属去找长官赵明诚时，才发现他早已垂绳逃出城外。李清照当时人也在江宁，不禁为丈夫的懦弱无能而羞愧万分。之后，赵明诚被朝廷革职。赵明诚遂携李清照向江西方向逃亡。行至乌江（今安徽和县乌江镇）时，李清照百感交集，随口吟诵出了这首《绝句》。而她那临阵脱逃的丈夫赵明诚，此刻就在她身后。

朝云横度，辘辘车声如水去。
白草黄沙，月照孤村三两家。
飞鸿过也，万结愁肠无昼夜。
渐近燕山，回首乡关归路难。

词的上阕写被掳北去，朝行暮宿，百般困苦，所过之处，经战火洗劫，荒凉破败，凄凉满目，行人更是难得歇息之地。下阕以“飞鸿”南飞之自由，反衬被掳北去之痛苦，在身不由己的无奈中，离家乡越来越远，由此抒发了欲归不得的愁苦。词风沉痛悲咽，体现出了中原沦陷的沧桑，展现了这个时代的苦难。

第四节　太学生陈东之死

靖康二年，宋徽宗、宋钦宗被金人俘虏北上，宋宫中所有的法驾、卤簿等仪仗法物、宫中用品、书籍、印板、浑天仪、铜人、刻漏、古器、各州府地图，连同宫人、内侍、伎艺工匠、倡优、府库蓄积，全部被金人席卷一空。北宋就此灭亡。

也就在这一年的五月，宋徽宗第九子康王赵构在南京应天府即位，是为宋高宗，改当年为建炎元年，重新建立了宋王朝，史称南宋。

赵构，宋徽宗第九子，宋钦宗同父异母弟，大观元年（1107 年）五月生，宣和三年（1121 年）十二月进封康王。“靖康之变”时，赵构曾作为亲王在金营当人质。据说他曾因射箭连中，加上在金营镇定自若，金人怀疑他并非皇子，而是将家之子，于是遣还换质。

后来得知赵构确实是皇子后，金人无比后悔，立即派军队去追赵构。而赵构因奔走疲劳，正在一座庙里熟睡。突然，他做了一个梦，梦见有神人提醒他说：“金人追赶将至，快逃走，已备马在门外。”赵构惊醒过来，看到月光下果然有一匹马，于是就乘骑这匹马渡过了长江。渡江后，发现马不能动了，变成了一匹泥马，原来就是庙中的泥马。这就是著名的“泥马渡康王”的故事。

不管“泥马渡康王”的真实性如何，赵构确实是相当幸运的。靖康元年十一月，金兵入侵，宋钦宗派弟弟赵构出使金营，负责割地求和事宜。赵构之前已经有一番在金营当人质的离奇经历，亲眼见识了金兵的凶狠和残暴，而代替他的人质肃王赵枢已经被掳北上，今生今世大概都无法回到中原。由此可以推断，赵构其实并不情愿接受这项使命，亲王去求和，与羊入虎口无异。但形势所迫，赵构还是出发了。他刚出京城，金兵便渡河南下。赵构又逃过了一劫。当宋徽宗、宋钦宗和所有的皇室成员被金人俘虏到北国后，赵构作为唯一逃过这场浩劫的皇子，价值就显现出来了，他毫无争议地成为新一任的皇帝。

南宋朝廷建立之初，局势较好，北宋的亡国之耻强烈地激发了中原军民的抗金热潮。在这样的情况下，皇帝宝座还没有坐稳的宋高宗不得不顺应潮流，标榜“中兴”，还在即位大赦中提出“同徯两宫之复，终图万世之安”的政治口号，意思是要战胜金人，迎还宋徽宗、宋钦宗二帝。

当时主战派大臣李纲虽然被排挤出朝，但深孚众望，在士大夫和天下人中享有盛名，被认为是抗金的希望。所以宋高宗即位后，立即任他为尚书右仆射兼中书侍郎，拜为宰相。

然而，右谏议大夫范宗尹却力主议和，说李纲“名浮于实，而有震主之威，不可以相”。御史中丞颜岐说李纲为金人所恶，也反对李纲任相。可见投降派一开始就在新朝廷中占了上风，这其实也是宋高宗真实心态的有力验证。

不过，此时宋高宗刚刚即位，为了巩固皇位，还是装模作样地顺应民情，起用了李纲。但同时又任命投降派黄潜善为中书侍郎，参与政务；汪伯彦为同知枢密院事，执掌兵权。其实就是要制衡李纲。黄潜善和汪伯彦早在宋高宗登基为帝前就是他的心腹，常常为他出谋划策，二人刚刚当上执政大臣，就提出要与金人“画河为界”。

同年六月，李纲走马上任，这是他第一次入相。他执政后，一方面，他上疏宋高宗，认为和不可信、守未易图、而战可必胜，建议罢和议、积极备战、改革内政、惩办张邦昌等降金官吏；另一方面，要积极组织抗金斗争，备战抗金，打算恢复中原。

当时河北、河东的忠义民兵已掀起抗金斗争，李纲推荐张所出任河北招抚使，王燮为河东径制使，傅亮为河东经制副使，以组织和领导这些地区的抗金斗争，共同策划收复河东、河北失地。李纲又举荐宗泽为开封留守，重新整顿开封的守备，打算使其成为恢复河朔的基地。在李纲的苦心经营之下，南宋政局逐渐稳定。

只是，南宋王朝从建立之初，便是个只知道苟安的王朝，以宋高宗和汪伯彦、黄潜善为首的投降派，并不想作真正的抵抗，也从来没有想过有朝一日要收复故土，只希望向金国投降求和，以此来换取对东南半壁江山的统治权。宗泽在开封修筑工事，募集军队，联络河北义兵，请宋高宗回驾开封，做收复失地的准备。宋高宗却听从黄潜善、汪伯彦的意见，手诏说："京师未可往，当巡幸东南。"充分暴露了他放弃中原、偷安一隅的思想。

有这样的投降皇帝，主战派的大臣注定要无所作为。宰相李纲的抗金行动不但没有得到南宋朝廷的支持，还受到百般破坏和阻挠。投降派汪伯彦、黄潜善及其党羽更是竭力攻击李纲建议设置的河北招抚使司和河东经制使司，竭力排挤李纲及其荐用的人。河北招抚使张所尚未离开京城，河北转运副使权北京（今河北大名东北）留守张益谦就上奏说自招抚司设立后，"盗贼"越来越多。南宋朝廷下令宗泽节制傅亮，即日渡过黄河，逼他在未准备好情况下进攻金军。李纲竭力为张所、傅亮等人辩护，又反对宋高宗南逃。殿中侍御史张浚[1]趁机落

[1] 张浚，字德远，汉州绵竹（今属四川）人，政和年间登进士第。宋高宗在应天府即位时，张浚赶来参与了皇帝登基仪式，任枢密院编修官，之后，又受到新任宰相黄潜善的赏识，升任殿中侍御史。张浚一度依附黄潜善，对另一主张抗金的宰相李纲大加攻击，直接导致李纲被罢相。但不久后，张浚与宰相黄潜善也有了矛盾。张浚有一次在奏对中提出："无谓金不能来，当汲汲修备治军，常若敌至。"意思是说，要像金人经常会来攻击那样努力备战治军，以求有备无患。这与一味求和的黄潜善意见相左，张浚因此被黄潜善排挤出朝。这件事对张浚产生了不小的影响，此后，他开始积极参与抗金的军事（转下页）

井下石，弹劾李纲以私意杀侍从、典刑不当等。

八月中，宋高宗以“杜绝言路，独擅朝政”等罪名罢李纲宰相职。李纲罢相后，招抚、经制使司随之废罢，张所等人均被贬斥，两河郡县相继沦陷于金人之手，李纲所规划的所有军民之政、抗金措施，“一切废罢”，军政大权完全由黄潜善、汪伯彦掌握，宋高宗本人则逃往江南。

李纲在相位总共才七十五日，他的去职令天下为之震惊，许多人愤愤不平。就在这个时候，之前一再领导太学生请愿上书的陈东又出现了。

陈东（1086—1127 年），字少阳，镇江丹阳人，十七岁时入学，后以上舍贡入太学[1]。宋钦宗即位后，他曾率太学生伏阙上书，首论蔡京、王黼等“六贼”误国，请诛“六贼”以谢天下，从此一举成名，成为太学生领袖。金兵围攻京师开封的时候，陈东又率太学生上书请留用抵抗派将领李纲、种师道，而罢免主张割地议和的李邦彦、白时中，一时名满朝野，为人称道。

正因为陈东在广大军民中有极大的影响力，以致宋高宗都不得不

（接上页）活动。建炎三年（1129 年），杭州发生苗傅、刘正彦兵变，逼迫宋高宗退位，张浚首倡勤王之师，平定了苗、刘之变。宋高宗复位后，张浚升任知枢密院事。后又出任川陕宣抚处置使，经营川陕，锐志北伐。

[1] 太学始出现于汉朝，是设在京师的全国最高教育机构。西汉早期，黄老之学盛行，只有私家教学。汉武帝“罢黜百家，独尊儒述”之后，采纳董仲舒的建议，在长安建立太学。最初太学中只设五经博士，置博士弟子五十名，后来科目及人数逐渐增多，汉元帝时博士弟子达千人，汉成帝时增至三千人。王莽秉政，博士弟子达一万余人，规模之大，前所未有。东汉光武帝刘秀在洛阳城东南的开阳门外兴建太学。汉顺帝时对太学进行了重修和扩建，所招学生称之为太学生，其后，太学生人数多至三万人。两汉时，太学在培养人才和促进文化发展等方面都起到一定的作用。但随着政治的腐败，太学生开始参与政治。唐朝时设国子监，有国子学、太学、四门学、律学、书学、算学。国子学、太学、四门学分别面向三品、五品、七品以上官僚子弟，律学、书学、算学则面向八品以下子弟及庶人。此外，国子生、太学生、四门生学习儒家经典，律学、书学、算学学生则学习专门技术。国子监长官为国子祭酒，主持政务。宋代太学仍为最高学府，隶国子监。宋初仅设国子监，学生名额甚少，且只收七品以上官员子弟。宋仁宗时，范仲淹推行庆历新政，始以东京开封锡庆院兴办大学，招收内舍生两百人。宋神宗时，扩建太学，增加学生名额达两千四百人。宋徽宗时，兴建辟雍作为外学，太学（包括辟雍）共招生三千八百人，同时废除科举，人才皆由学校选拔，太学达到极盛时期。

倾心笼络，宋高宗一即位，便召陈东赴行在。陈东自丹阳（今属江苏）到应天府，还未入对，李纲便已经罢相。性情耿直的陈东怒不可遏，立即奋笔上疏，力言说：“李纲不可去，黄潜善、汪伯彦不可用。”并请宋高宗还都开封、率军亲征，迎还徽、钦二帝。

只是这一次，陈东没能像以往那样力挽狂澜，反而引来了杀身之祸。在奏疏中，陈东还写了一句关键的话，责备宋高宗“上不当即大位，将来渊圣皇帝来归，不知何以处”。大意是你宋高宗不该当皇帝，将来宋钦宗回来，两个天子，该如何相处呢？这样的语气，自然会令一肚子小算盘的宋高宗嫌恨不已，也成为陈东非死不可的理由。

尽管宋高宗对陈东动了杀机，但一时之间却不好公开表露。而陈东指名道姓地建议宋高宗罢黜黄潜善和汪伯彦，自然遭来二人的忌恨，加上畏惧陈东在太学生中的影响力，便想寻找机会铲除他，刚好此时发生了欧阳澈事件。

欧阳澈（1097—1127 年），字德明，抚州崇仁人。其年幼之时就已经长了一把漂亮的须发，显得少年老成。成人后，慷慨尚气，忧国悯时，善谈世事，并敢于直言。他曾多次参加科举考试，但一直未能获取功名。尽管身为布衣，他却始终以国事为己任。

靖康初年，金人大举攻宋，宋军节节败退。欧阳澈向朝廷上安边御敌十策，但被州官扣下，未给转呈。他又针对朝廷弊政，上书宋钦宗。但是此时金人已经攻破汴京，宋钦宗赴金营求和，订立城下之盟。欧阳澈听说后十分愤慨，对乡人说：“我能口伐金人，强于百万之师，愿杀身以安社稷。有如上不见信，请质子女于朝，身使穹庐，御亲王而归。”旁人笑他不自量力，他也不予理睬，打算徒步北上。

这次出行，欧阳澈还带上了三大卷上书，预备献给皇帝。州官不便阻拦，便顺水推舟地派处驿卒护送。但由于卷书太重，驿站无法传递，州官只好派了几个人帮忙扛着，一行人步行前往京城开封。

到达南京行在时，宋高宗已经即位。欧阳澈立即伏阙上书，力言李纲不能被罢相，黄潜善、汪伯彦、张浚等主和派不可重用，并请御驾亲征，以迎二帝。

除了言辞激烈地痛斥投降派外，欧阳澈还“语涉宫禁”，指责宋高宗不以恢复故土为大计是因为身陷“宫禁”。这“宫禁”，自然是指宋高宗太过沉溺于温柔乡了。

宋高宗还是康王时，即以好色出名。靖康之变后，金人曾经问及宋俘宋宫之事，宋俘提到康王时说其人“目光如炬，好色如父，侍婢多死者”。据说宋徽宗“五七日必御一处女”，宋高宗“好色如父”，刚即位便命开封府“买拆洗女童不计数”。

无论如何，皇帝如此好色总是件丑事，欧阳澈如此直言不讳，宋高宗自然恼羞成怒，杀气腾腾。

宋高宗很不高兴，黄潜善和汪伯彦看在眼中，便借机密奏，请求诛杀欧阳澈，并累及陈东。说不杀陈东，他肯定要像从前一样，再次鼓动民众伏阙上书，以此来要挟皇帝。这可谓戳中了宋高宗的痛处，这正是他最不愿意看到的。于是宋高宗将此事交给黄潜善，命其核罪照办。

建炎元年八月壬午，就在陈东最后一次上书的当天，应天府尹孟庚以议事为名，派一小吏召陈东。

陈东说：“东被召来，不敢私见。”

小吏说：“太尹直令请耳。”

陈东又问有无公文。小吏取出半片纸，上面只有“进士陈东”四个字。

陈东不禁失笑：“此何公文？”

小吏开始发怒，叫进来数名兵卒围住陈东。

陈东知道此行必然有去无回，便索要纸墨写好家书，这才从容跟随小吏前往应天府。

当天傍晚，陈东、欧阳澈二人同时被杀。欧阳澈时年三十岁，陈东时年四十一岁。

次日清晨，众人看到二人的首级被挂在市门示众，才知道二人已经被杀，一时群情激愤。天下人不论是否与二人相识，闻之皆落泪。尚书右丞许翰听说欧阳澈、陈东被杀，大为震惊，力求去职，并为陈东、欧阳澈撰写哀辞。

宋朝开国皇帝宋太祖赵匡胤秘密立下了“不得杀士大夫及上书言事人”的誓碑，宋朝历代皇帝均遵守了这一规定，正如宋人黄震曾说：“自太祖皇帝深仁厚德，保育天下三百余年，前古无比。古者士大夫多被诛夷，小亦鞭笞。太祖皇帝以来，始礼待士大夫，终始有恩矣。”

直到宋钦宗时，才开了一次杀戒，不过杀的也是童贯、王黼等恶名满天下的奸臣。宋高宗即位后，其被俘虏到金国的父亲宋徽宗还特意让回国的使臣告诫宋高宗说杀士大夫不祥，暗示北宋亡国就与此有关，一定要引以为戒。后来宋高宗迫于舆论压力，不得不赐死了降金奸臣张邦昌[1]，成为继其兄宋钦宗后第二个违背宋太祖誓约的宋朝皇帝。

而这次杀陈东、欧阳澈，则是宋高宗本人第二次违背太祖誓约。据说陈东、欧阳澈二人死后，宋高宗也很是后悔，当然对于天性残忍的他来说，他并不是后悔杀错了忠良，而是担心违背太祖誓约会遭到报应——昔日宋太祖曾说：“子孙渝此誓者，天必殛之。”

---

[1] 宋高宗即位后，张邦昌被封为太保、奉国军节度使、同安郡王，五日一赴都堂参决大事、不久又擢为太傅，跻身三公。之所以不处罚张邦昌，一是因为二人当初同在金营为人质，有过共患难的经历；二是宋高宗本人的政治主张跟张邦昌并无区别，都是力主投降的主儿，这也是宋高宗后来重用另一投降派秦桧的根本原因。另外据一些野史记载说，张邦昌能避免被新皇帝追究责任，还因为他暗中使了美人计，主动将自己美丽动人的义女献给了宋高宗。“狐媚偏能惑主”，张邦昌有国丈之尊，宋高宗自然不能如何了。但后来主战派李纲拜相，坚决主张处罚张邦昌。弹劾检举张邦昌的奏章也如雪片般飞到宋高宗的案头。甚至有人告发，说张邦昌在皇宫禁内有玷污宫人行为。根据《宋史·张邦昌传》记载：“初，邦昌僭居内庭，华国靖恭夫人李氏数以果实奉邦昌，邦昌亦厚答之。一夕，邦昌被酒，李氏拥之曰：‘大家，事已至此，尚何言？’因以赭色半臂加邦昌身，掖入福宁殿，夜饰养女陈氏以进。及邦昌还东府，李氏私送之，语斥乘舆。”宋高宗在舆论的巨大压力下，不得不下诏说：“邦昌敢居宫禁，奸私宫人，可以见其情状。”建炎元年六月，张邦昌坐僭责降昭化军节度副使，安置在潭州，而丑闻中的李氏也被“杖脊配车营务”。然而，几个月后，金国竟然以傀儡张邦昌被废为借口，出兵侵宋，攻取两河州郡。在朝野上下的强烈要求下，宋高宗不得不再次牺牲张邦昌，于同年九月下诏将张邦昌赐死，派殿中侍御史马伸前来执行。据说，张邦昌接到诏书后，还“徘徊退避，不忍自尽”，执行官严令迫之，张邦昌不得已，才登上潭州城内天宁寺的平楚楼，仰天长叹数声，自缢而亡。

为了避免“天殛”，宋高宗还做了弥补，特意派人祭奠陈东、欧阳澈二人，并追赠承事郎官职，让欧阳澈一子为官。

宋高宗事后追官之举，表明他已经意识到诛杀陈东、欧阳澈并不得人心。就连金人扶持的伪齐政权刘豫[1]也为陈东、欧阳澈二人在归德府立庙祭祀，并封陈东为安义侯、欧阳澈为全节侯，以二人无辜被害死作为攻击宋高宗无德无道的理由。

以致后来宋高宗为了在这件事上挽回声名也不得不玩弄帝王权术，下诏说：“朕初即位，昧于治体，听用非人，至今痛恨之。虽已赠官推恩，犹未足以称朕悔过之意，可更赠官赐田。虽然，死者不可复生，追痛无已！”

还特意命中书舍人王居正起草制词：“呜呼！古之人愿为良臣，不愿为忠臣，以谓良臣身荷美名，君都显号，忠臣已婴祸诛，君陷昏恶。呜呼！惟尔东、尔澈，其始将有意于为忠臣乎？繇朕不德，使尔不幸

[1] 刘豫，字彦游，永静军阜城（今河北永静县）人，元符时进士及第，拜殿中侍御史，但被人揭发早年有偷盗行为，宋徽宗没有追究。不久，刘豫多次上奏，涉及礼制局的事务，引起宋徽宗的不满，被降职，出任河北提点刑狱。金军大举入侵时，刘豫弃职逃走。宋高宗建炎二年（1128 年），经朋友枢密使张悫举荐，刘豫任济南知府。当时北方大乱，到处都是抗金武装和盗贼，刘豫请求改派江南一郡，但被拒绝，他不得已上任，却由此对宋朝廷怀恨在心。不久，金将挞懒（即完颜昌，金太祖堂弟）率兵围济南。开始刘豫还派儿子刘麟与金军交战，后来受金人利禄引诱，决意投降。济南城中有猛将关胜善用大刀，多次击败金兵。刘豫竟杀死关胜，与通叛张东出降，济南由此陷落金兵之手。金人因此封刘豫为东平知府兼诸路安抚使，节制河外诸军，封其子刘麟为济南知府。实际上将在金军控制下的黄河以南的地方都交给了刘豫。因为之前金人扶持的傀儡政权张邦昌已经被宋高宗赐死，金人急需再扶植一个汉奸政权，刘豫就成为最合适的人选。宋建炎四年（1130 年），刘豫受金册封为“大齐皇帝”，建都大名。金、齐以黄河故道为界，齐以父事金，册文中有“世修子礼”等语。刘豫还建立了自己的政权，封张孝纯等为宰相，其弟刘益为北京留守，其子刘麟为尚书左丞相、诸路兵马大总管。惊魂不定的南宋小朝廷对刘豫的齐政权颇为畏惧，居然以敌国之礼相待，在国书称刘豫为“大齐皇帝”。然而岳飞和韩世忠的崛起，令刘豫屡战屡败，金人开始对他不满，这让刘豫感到巨大的危机。宋绍兴六年（1136 年），刘豫又征发大军三十万进攻两淮，刘麟统领中路军，刘豫之侄刘猊统领东路军，孔彦舟统领西路军。结果被韩世忠、杨沂中击败。金军按兵不动，不肯相助。齐军大败溃退，伤亡极重，民怨沸腾。此时金国的皇帝为金熙宗完颜亶，金熙宗听到刘豫战败的消息十分恼怒，对刘豫非常不满。不过，金国重臣粘罕一向支持刘豫。金熙宗一向不满粘罕把持朝政，便开始有计划地削弱粘罕的势力，宗翰的亲信尚书左丞高庆裔被以赃罪处死。宋绍兴七年（1137 年），刘豫在金国的靠山粘罕死。刘豫感觉到不祥，于是就立儿子刘麟为储嗣之事上书试探金国廷的意思，金熙宗冷冰冰地说：“朕会派人咨询河南百姓来决定。”此时，刘豫已经知道自己这个皇帝当不了几天了，而未来的命运难以预测。他想向南宋朝廷投降，又怕得到张邦昌一样的下场，只好苟且偷生，听天由命。不久，金国廷指责刘豫“论其德不足以感人，言其威不足以服众”，下诏废其为蜀王，将刘豫一家安置在临潢府（今内蒙古自治区巴林左旗东南波罗城），相当于变相的流放。后来，刘豫死于流放地。

而不为良臣也。虽然，尔藉不幸，不失为忠臣，顾天下后世，独谓朕何？此朕所以八年于兹，一食三叹，而不能自已也。通阶美职，岂足为恩？以塞予哀，以彰予过，使天下后世考古之君，饰非拒谏之主，殆不如是。”

陈东和欧阳澈被杀是宋高宗即位后的第一起冤案，从侧面反映出了宋高宗的真实心理。而日后成长为抗金名将的岳飞此时还只是个小小的将校，隶属于老将宗泽，也因为上书反对宋室南迁、力请宋高宗北渡亲征，恢复中原，以越职上奏罪名而被夺军职。

可以说，从陈东、欧阳澈忠心报国却无辜被害的悲惨遭遇中，就已经可以看到未来岳飞的命运。

事实上，南宋灭亡的种子，已经在这一刻种下了。

北宋灭亡之前，承平日久，但南宋生于忧患之中，在风雨飘摇中建立，从动荡不安到相对稳定下来，心态和所面临的压力已经远非当日的北宋所能比拟，在这样的状况下，南宋朝廷竟然还是不思恢复北方的失地，一味妥协，满足于偏安江左一隅。终南宋一朝，北方的金国始终是南宋的强大威胁。

如果说北宋朝廷尚能与辽、夏、金等政权对峙抗衡，到了南宋，则完全处于苟且偷安的状态，最高当权者再也没有重新统一北方的雄图大略。虽然后来的岳飞北伐振奋一时，但在宋高宗眼中，战争的局部胜利也只是为了更好地巩固自己的政权。南宋军民希望“中兴”，恢复中原，最终无法实现。

“山外青山楼外楼，西湖歌舞几时休？暖风熏得游人醉，直把杭州作汴州。”

这首最早题在临安城一家旅店墙壁上的诗，道尽了南宋都城临安虚假的繁荣太平景象：当权者歌舞升平，醉生梦死，粉饰太平，竟然忘了国恨家仇，把临时苟安的杭州当作了故都的汴州。

何等辛辣的讽刺！何等郁结的愤怒！又是何等深切的忧虑！

外二章

回首望云中——宋与辽

霜降碧天静，秋事促西风。
寒声隐地，初听中夜入梧桐。
起瞰高城回望，寥落关河千里，一醉与君同。
叠鼓闹清晓，飞骑引雕弓。

岁将晚，客争笑，问衰翁：
平生豪气安在？沈领为谁雄？
何似当筵虎士，挥手弦声响处，双雁落遥空。
老矣真堪愧，回首望云中。

——叶梦得《水调歌头·九月望日与客习射西园，余偶病不能射》

在中国的历史上，宋朝与唐朝并称“唐宋”，著名历史学者黄仁宇认为隋朝、唐朝连同宋朝是相继于秦汉之后的中国第二帝国时期。

不过，令人惊讶的是，宋朝不但没有唐朝“天可汗”的极盛武功，甚至都没有完成江山的统一。宋朝时，天下存在着多个政权并立的状况，这就是所谓的“金瓯缺”。

金瓯是古代一种盛酒的器皿，常用来比喻国土。南北朝时的梁武帝曾说：“我国家犹若金瓯，无一伤缺。”

终宋一世，多政权并立的复杂局面始终存在。在宋朝的历史时期，中国南有大理，西有西夏，北有辽、金，以及后来的元，多政权并立的复杂局面一直贯穿着整个宋朝，由此造成中原始终处在外族的威胁之中，外患最强烈。

事实上，自秦始皇统一中国起，在西部和北方漫长的边防线上，战争一直没有停止过。中原与游牧民族的交锋贯穿了中国的历史，从来就没有间断过。正因为有“秦时明月汉时关，万里长征人未还”这种世世代代的悲剧，才有“但使龙城飞将在，不教胡马度阴山”的美好愿望。

章首词中提到的“云中”指云中郡。秦汉时，云中郡治云中（今内蒙古自治区托克托东北），因西汉名将李广在此抗击匈奴而闻名；北魏时，云中郡治盛乐（今内蒙古自治区和林格尔西北土城子）；唐朝时，云中郡即云州，治定襄，后改云中，为燕云十六州之一。五代时，包括两大军事重镇的幽州和云州的燕云十六州被石敬瑭割让给契丹，这一重大历史事件直接影响了之后中国四百年的格局。

本章实质讲述的是北宋与契丹辽政权的对峙。燕云十六州一度是宋辽双方争夺的焦点，从宋朝开国皇帝宋太祖赵匡胤开始，便有收复燕云十六州的雄心壮志。然而终宋一世，燕云十六州始终可望而不可及，是北方烟尘中的梦想，甚至成为北宋引狼入室而招致灭亡的起因。一直到明朝洪武元年（1368 年），明朝开国皇帝朱元璋的部将徐达率军攻占元朝京师大都（北京），燕云十六州才重新回到汉民族手中。

第一节　赵匡胤的梦想

后周显德七年（960 年）正月初一，是中国人传统的新年，后周君臣为此而大肆庆贺，京师开封城中喜气洋洋。殿前都点检赵匡胤却似乎没有受到节日的感染，他站在庭院中，将深沉的目光投向遥远的北方，若有所思。

后周时，殿前都点检为殿前司统兵官，为禁军最高统帅，其下设有殿前司都点检、殿前都指挥使等。实际上，此时的赵匡胤掌握了后周的绝大部分兵权，已经是中原最有权势的人。而新年的这一天，对于赵匡胤而言，非同寻常，绝不简单。他虽然脱下了铠甲，依旧是一身戎装打扮，左手习惯性地扶在腰间的长剑上。他的心腹谋士赵普就站在他的身后，也露出了深沉的目光。赵普是赵匡胤的布衣之交，他心中非常清楚，赵匡胤此刻想到的既有眼前的中原，也有遥远北方的契丹。

二人就这样沉默地伫立在寒风中，外表强作平静，内心其实波涛汹涌。

经过长久的沉默后，赵匡胤终于开口问了一句莫名其妙的话："快到了吗？"赵普抬头望了一眼天空，又将目光投向地上。此时正是正午时分，在冬日苍白无力的阳光下，二人的身形在地上投射出小小的影子。赵普微微迟疑着，在心中默默地计算着时间和行程，这才回答说："应该到了。我事先交代过了，既然是边关急报，不必先送到点检这里，而是直接送到宫中，说不定此时已经到了小皇帝手中了。"赵匡胤点了点头，长叹了一口气，叹息声中包含着极为复杂的情感。刹那间，点点滴滴的往事一齐涌上了心头，他顿时陷入了绵绵不尽的回忆中。

此时，后周世宗柴荣病死后还不到半年，新即位的皇帝后周恭帝柴宗训（柴荣之子）还不满七岁，年纪幼小，无力主政，摄政的符太后（后周恭帝生母，符彦卿之女，符彦卿另一女嫁赵匡胤弟赵光义，即后来的宋太宗）也是普通的妇道人家，没有政治头脑和主见。在国无长君的情况下，一些有野心的人开始蠢蠢欲动，也是再正常不过的现象。何况"江山代有才人出，各领风骚数百年"，自唐朝"安史之乱"以来，中原藩镇割据，互相攻伐；唐朝灭亡后，朝代更迭不休，自后梁太祖朱温开始，经历了后梁、后唐、后晋、后汉，再到后周，已经有五代了，而总共才五十三年时间，可见前几个朝代之短促。这几个朝代皇帝的帝位，多数是靠拥有重兵夺得。此时，君权神授的观念早已经淡薄，谁手中握有重兵，谁就有可能实现野心。对于后周而言，之前四代短命的命运也将要再一次降临到它的头上，因为赵匡胤就处在握有重兵的位置上，而且他与心腹智囊们在心中反复谋划这一天已经很久了。

赵匡胤（927—976年），涿州人。因其祖先几代人在河北藩镇为官，唐朝时河北藩镇首领不少是沙陀族（原名处月，也作朱邪，为西突厥别部）人，因此传说赵匡胤有沙陀族血统。

赵匡胤青年从军，最早投在后汉枢密使郭威麾下效力，因武艺高强，作战勇猛，屡立战功。后来郭威称帝，为后周开国皇帝，史称后周太祖，赵匡胤在建立后周的过程中有功，受到郭威提拔，任禁军军官。郭威死后无子，由养子晋王郭荣（原姓柴，郭威妻兄柴守礼之子，郭威内侄）继位，是为周世宗，历史上一般称他为柴荣。柴荣刚刚即位，北汉国主刘旻勾结辽国契丹，大举入侵中原。柴荣当时只有三十三岁，年轻气盛，决定御驾亲征。而在这之前，柴荣从来没有打过仗，也没有表现出任何军事才能，因而群臣都反对皇帝亲征，以宰相冯道为首，力劝皇帝不可轻动。柴荣却是血气方刚，坚持要亲自带兵出征，赵匡胤也在这次出征的队伍中。

当时，后周军驻扎在泽州（今山西晋城）东北，北汉军驻扎在高平（今山西高平）南，北汉兵多，后周兵少，加上带兵的柴荣从来就没有上过战场，后周军将士底气不足，心中都有些打鼓。北汉国主刘旻很好地把握了时机，立即挥师进攻。交战不久，后周右军将领樊爱能、何徽见敌方人多，心生胆怯，竟然率领骑兵逃跑，后周右军由此溃败，一千多步兵因无马来不及逃走，遂解甲投降了北汉。

柴荣见情况危急，披甲上马，亲自率领禁军冒矢石作战。赵匡胤当时还只是个普通的禁军将领，见皇帝如此身先士卒，大受触动，说：“皇上这么危险，我们怎能不拼死战斗！”

于是率先冲上前去，奋勇杀敌，后周士气由此大振，士兵均以一当百，竭力死战，结果北汉兵在先取得优势的情况下反而大败。北汉国主刘旻马不停蹄，昼夜奔驰，逃回了晋阳。之前逃跑的后周将领樊爱能、何徽看到后周军大捷，又都折返回来。柴荣下令逮捕樊爱能、何徽及将校七十余人，在军中斩首示众，投降北汉的右军步兵也全部被杀。

当时后周太祖郭威的女婿张永德任殿前都点检，也就是禁军最高统帅，对赵匡胤的英勇善战赞不绝口，柴荣由此擢升赵匡胤为殿前都虞侯。高平一战，不但让天下人从此对柴荣刮目相看，赵匡胤也由此开始登上政治的舞台。也正是在这一战中，柴荣成为赵匡胤心目中的偶像，他梦想成为柴荣那样的人，不但有深谋远虑的战略眼光、不畏死亡的勇气、邀买人心的手段，还有至高无上的权势。

之后，在一系列的征战中，赵匡胤因英勇善战，身先士卒，军功卓著，备受后周将士的拥戴。他也由此有了一批自己的亲信和人马，如石守信、李继勋等九名将领还与赵匡胤结为兄弟，称为“义社十兄弟”，这些人成为他的左膀右臂。不过，此时的赵匡胤还不敢有任何野心，因为柴荣非同一般的精明。

柴荣神武雄略，史称“五代第一明君”。他曾经问精通术数的左谏大夫王朴道：“朕当得几年？”王朴回答说：“陛下用心，以苍生为念，天高听卑，自当蒙福。臣固陋，辄以所学推之，三十年后非所知也。”

大概意思是说，皇帝至少还能活三十年时间。柴荣听了大喜过望，说：“若如卿言，寡人当以十年开拓天下，十年养百姓，十年致太平足矣。”显然，这是一个志在天下的皇帝。正因为有如此大胸襟、大气概，他才成为同样雄心勃勃的赵匡胤心目中的偶像。特别是柴荣善于用人，“文武参用，各尽其能，人无不畏其明而怀其惠”，赵匡胤也属于“畏其明而怀其惠”的其中一个。

为了实现十年内统一天下的愿望，后周显德六年（959 年），柴荣决意挥师北上，直取契丹，志在夺回被后晋“儿皇帝”石敬瑭割让给辽国的燕云十六州。后周大军云集在沧州（今河北沧州市）一带，旌旗蔽日，场面十分壮观。除了柴荣本人亲自担任主帅外，另一员大将韩通任陆路都部署，赵匡胤则担任水路都部署。

在后周军的强大气势压力下，辽国守卫益津关、瓦桥关的将领先后不战而降。之后，辽莫州、瀛州两州也投降了后周。这样，瓦桥关以南之地便为后周所有，后周大军未发一箭、未损一卒，便轻而易举地得到了三州、十七县、一万八千三百六十户，为五代以来对契丹作战所取得的最大胜利。

初战告捷后，柴荣无比兴奋，召开了一个大会，宴请诸将，打算激励将士，再接再厉，一举收复幽州。

当时辽人听说柴荣兵不血刃而取关南之地时，非常紧张，紧急征调“铁鹞”急速增援幽州。“铁鹞”为契丹精锐骑兵，每个人都是百里挑一的勇士，全身披上铁甲，控马仍可驰突自如，犹如鹞之搏击鸟雀，所以得了“铁鹞”的称号。后周将领不想与契丹精锐兵“铁鹞”直接交锋，均不同意深入。但柴荣正是一腔豪情壮志，听不进去劝谏，一意孤行，继续北伐。

就在后周大军前锋准备出发之际，柴荣突然意外病倒，且病情日益沉重，不得不下令大军班师。柴荣终究没有收复燕云十六州。

就在这次北征时，柴荣偶然在文书囊中发现一块不到三尺长的木牌，上面写着“点检作天子”五个字。当时的殿前都点检是名将张永德，地位名望很高，柴荣捡到木牌后对其深有疑忌，于是革去了张的军职，让他担任没有兵权的宰相，将殿前都点检一职授予了资历名望尚浅的赵匡胤。可以说，正是这次收复燕云十六州未果的北伐，给了赵匡胤兵权在握的机会。

回到开封后，柴荣一病不起，英年早逝，死时只有三十八岁，在位仅五年半，未能实现他当三十年天子的愿望，天下尚未统一，自然也谈不上“养百姓”和“致太平”了。可谓“出师未捷身先死，长使英雄泪满襟”。

柴荣是五代中最出名、最有作为的皇帝，司马光在《资治通鉴》中对他评价非常高，称“其御军，号令严明，人莫敢犯，攻城对敌，矢石落其左右，人皆失色，而上略不动容。应机决策，出人意表。又勤于为治，百司簿籍，过目无所忘。发奸擿伏，聪察如神”，可以说是赞誉有加。

柴荣死后，后周王朝立即出现“主少国疑”的局面，政局不稳，人心浮动，谣言四起，“时人咸谓天下无主”。一些有眼光的人敏锐地感觉到即将有大事发生了。好笑的是，继张永德被罢免兵权后，另一位颇具实力的人物侍卫亲军都指挥使李重进也被调任淮南节度使，虽然手中还握有兵权，但已经被驱逐出了京师的核心权力圈。至此，年轻的赵匡胤的主要竞争对手都消失了，并无大功于后周的他一跃成为中原最有实力的人物。

显德七年的一天，就在赵匡胤与赵普对话的时候，一封来自北方边境的急报传入了宫中，送到了后周恭帝和符太后手中。急报上说，辽国契丹与太原的北汉联兵南下，声势浩大，请求派兵援助。后周恭帝和符太后闻讯后顿时吓得六神无主，不知所措。辅政的宰相范质和王溥等人也惊慌失措，竟然忘记了应该先去辨明消息的真伪。

众人匆匆商议的结果，决定派最亲信的将领率领精锐军队前去抵抗，德高望重的赵匡胤便成了后周的希望。于是，赵匡胤被紧急召入宫中，被后周君臣寄予厚望。赵匡胤立即义不容辞地表示要率军赶赴边境，与契丹和北汉联军决一死战。

其实，这一天正是赵匡胤心中期待已久的日子。其实，出入宫中时，他心中正在开怀大笑。

世上没有不透风的墙，再机密的事情，也会有蛛丝马迹出现。不是所有人都不了解赵匡胤的真正心思，当天，京城里流言纷纷，到处有人哄传说:“出军之日，当立点检为天子。”百姓们心知肚明，“点检”就是赵匡胤的官职，所谓的“点检作天子”，就是说该赵匡胤当皇帝。一时间，满城风雨，人心惶惶，有不少富裕人家甚至收拾细软，准备外出逃避兵祸。处在深宫中的后周恭帝和符太后还没有听到这些流言，即使知道了，他们也无能为力，因为此时此刻军情紧急，边境的烽火还要依仗赵匡胤来平息。

赵匡胤得知满城都在议论自己出征一事后，有些忐忑不安起来。虽然他已经为这一天的到来处心积虑，做好了各种准备，但舆论如此，会不会此时并非恰当的时机？他将心事告知了家人，问该如何是好。不料他姐姐（后来的魏国长公主）在厨房里听见了，拿着擀面杖就冲了出来，横在门口说:“大丈夫临大事，可否当自决胸怀，乃来家间恐怖妇女何为耶？”姐姐的一顿骂声终于促使赵匡胤下定了决心。

次日，赵匡胤镇定自若地与母亲杜夫人和姐姐告别后，在后周君臣殷殷期待的目光中，率弟弟赵光义（本名赵匡义，后因避讳改名）、亲信赵普等人，领大军离开开封，前往边境。本来兵贵神速，但赵匡胤却大为反常，并不着急赶赴边境，反而走走停停，大军行到开封城北二十里的陈桥驿时，便不再前进，就地驻扎了下来。

陈桥驿是开封北边门户，宋人王明照在《玉清新志》中记载说："陈桥驿，在京师（开封）陈桥、封丘二门之间，唐为上元驿。"也就是说，在唐朝时，陈桥驿叫上元驿。这里地处要冲，发生过不少重大历史事件[1]。

就在后周大军驻扎在陈桥驿的当晚，赵匡胤全无临阵对敌前的紧张和忧虑，似乎对一切早就胸有成竹，泰然自若地喝了不少酒。尽管并没有到酩酊大醉的地步，却一反常态，没有找赵普等人谈天说地，而是早早回到自己的军帐中睡下，十分出人意料。

就在这天晚上，号称精通术数的殿前散指挥使苗训夜观天象后，突然在军中宣布说：天象有异，"日下复有一日，黑光摩荡者久之"，是天命所归，该当"点检作天子"。时人普遍迷信，信服天命那套理论。后周将士听了苗训的话，开始窃窃私语，骚动不安。

实际上，这一夜注定将是一个无眠的夜晚，也是赵匡胤人生中最长的一夜。

在苗训大肆散布天象论后，赵匡胤之弟赵光义和归德军掌书记赵普聚集了禁军将领高怀德、慕容延钊、张令铎、张光翰、赵彦徽、潘

[1] 唐朝末年，上源驿曾经举行过一次历史性的酒宴，宴会的主人朱温和客人李克用日后分别成为了后梁与后唐的开国皇帝（李克用为追封）。当时朱温任唐宣武节度使，镇守开封，黄巢农民起义军退出长安后，实力犹存，挥军逼近开封。朱温以前是黄巢手下将领，对以前的老上司有畏惧之心，自知无力阻挡黄巢的进攻，便向沙陀李克用求援。李克用欣然应邀，于中和四年（884 年）春天，率兵五万自河中南渡，连败黄巢军。黄巢退走山东后，自杀身亡。李克用回师时，路过开封，"地主"朱温为答谢李克用出兵相助，特地在上源驿设宴款待，为其庆功接风。李克用志得意满，欣然赴约，但是他没有想到，这是一场充满杀机的夜宴。朱温的刻薄寡恩，他连夜派人用连起来的马车和栅栏挡住出口，再派汴兵包围了上原驿，乱箭齐发，欲置李克用于死地。而李克用早已经烂醉如泥，躺在床上呼呼大睡，对外面的变故一无所知。幸好他的亲随薛志勤、史敬思等人骁勇，竭力抵挡，由此展开激烈的搏杀。他们唤醒李克用，急奔尉氏门，杀掉守门汴兵，在雷雨的掩护下，从城头缒下逃生。但监军陈景和三百多亲随都被汴兵杀死。从此，双方结下了死仇，水火不容。

美（戏曲中潘仁美的原型）等，研讨“天命”一事，一直讨论到深夜。然后，便开始有人四处在军营散布消息，说:“现在周帝幼小，不能主政，我们在外面出死力，为国家抵御外敌，谁又能知道！不如先立点检为天子，然后再北征也不迟。”声势越来越大，口径越来越一致，后周军士纷纷响应，由此发生了中国历史上著名的“陈桥兵变”。

而此时真正的主角赵匡胤却佯装对外面的一切一无所知，在军帐中呼呼大睡。黎明时分，群情激愤的军士披甲执锐，来到赵匡胤的门外，呼喊声惊天动地。赵匡胤“终于”被“吵醒”了，出来一看，只见将士们拿着兵器，一齐大声喊:“诸将无主，愿册太尉（赵匡胤兼任太尉一职）为天子。”

赵匡胤还来不及回答，就已经有人将象征皇权的黄袍披在他身上。众人立即下拜，一起高呼“万岁”，声音极响，在数里之外都能听见。这就是黄袍加身典故的来历。

众将士打算簇拥着赵匡胤回去开封，一举夺取政权。赵匡胤好像还有些不情愿，有意沉下脸，严肃地说:“你们这些人自己贪图富贵，立我为天子。如果能够听从我的命令，我才能答应当你们的皇帝。不然，我不能当皇帝。”诸将都下了马，信誓旦旦地表示:“愿意听从命令。”赵匡胤于是当众申明军纪：不得惊犯周恭帝、太后及公卿大臣，不得侵掠朝市、府库。

赵匡胤的心腹殿前司散员都指挥使王彦昇首先受命率军入京师。作为先锋，王彦昇实际上背负着清理反对者的使命。当时，开封守备空虚，而守卫京师和皇宫的殿前都指挥使石守信、都虞侯王审琦均为赵匡胤亲信，二人在京师作内应，所以王彦昇轻而易举地就控制了京师。但就在王彦昇入京师后，后周侍卫亲军副都指挥使、在京巡检韩通预备抵抗，结果被王彦昇杀死，家人也被牵连杀害。史书记载赵匡胤对王彦昇此举极为恼怒，认为王彦昇违反了事先约定的军纪。实际上，韩通官任京城巡检，负责京师的治安，又忠于后周，是唯一有可能抵抗的军事力量，绝对是赵匡胤称帝的绊脚石，因而王彦昇到底是擅自行动，还是奉命行事，并不能做定论。赵匡胤虽然因为韩通一事将王彦昇拘捕，还一度表示要将其斩首，但很快就将他无罪释放，而且升为铁骑左厢都指挥使，后来更是担任了京城巡检，恰好是韩通之前担任的官职。

赵匡胤控制开封后，其部下将后周重臣范质、王溥押到他的面前。赵匡胤一见到二人，立即流涕说："吾受世宗（柴荣）厚恩，被六军所迫，一旦至此，惭负天地，将若之何？"范质等人未及回答，赵匡胤部将罗彦环已经拔剑在手，上前一步，厉声说："我们无主，今日一定要立天子！"范质等人面面相觑，不知所措。还是王溥反应快，先向赵匡胤下拜，范质也不得已下拜。之后，赵匡胤到崇元殿行禅代礼，即皇帝位，是为宋太祖，奉周恭帝为郑王，符太后为周太后。

赵匡胤母杜夫人得知儿子黄袍加身后，说："吾儿素有大志，今果然。"知子莫若母，如此得意的语气，显然杜夫人对"陈桥兵变"一事早有心理准备，黄袍加身正是赵匡胤久蓄之志。清代学者查慎行曾有诗吟道：

梁宋遗墟指汴京，纷纷禅代事何轻。
也知光义难为弟，不及朱三尚有兄。
将帅权倾皆易姓，英雄时至忽成名。
千秋疑案陈桥驿，一着黄袍遂罢兵。

正因为赵匡胤的皇位来得太过容易，没有当年汉高祖刘邦和唐太宗李世民马上征战打得天下的丰功伟绩，所以他在历史长河中的形象便永久地与"陈桥兵变"联系在了一起。陈桥驿这个小小的驿站也因此，永载史册，名扬中外。后来为了纪念这一龙兴之地，特意"以陈桥驿为班荆馆，为夷使迎饯之所"，相当于今天的外宾招待所之类，从此成为北通燕赵的咽喉。

赵匡胤黄袍加身后，边境军情告急一事竟然不了了之。当时有一种广为流传的说法是：其实辽国契丹骑兵并未南下侵犯，不过是赵匡胤等人故意谎报军情，想借机煽动将士情绪，发动兵变。而实际上，

《辽史》对这次与太原的北汉联兵南下这一重大事件只字未提，从相当程度上佐证了这种说法。无论真实情况如何，辽国的入侵已经成为赵匡胤登上皇位的重要契机。之后，在北方的边境线上，新诞生的宋朝与辽国的角力一直未曾停止过。

登上皇位的这一年，赵匡胤三十三岁，与柴荣当年登上皇位时的年纪一模一样。倘若柴荣不死，赵匡胤未必能有机会和胆量谋划一场雄心勃勃的政变，但上天眷顾了赵匡胤，最终他还是实现了他的梦想。

当然，人心是不知足的，还有更大更宏伟的梦想。最根本的一点，赵匡胤也知道自己的皇位得来的并不光彩，实在难以服众，因而即位后除了一再强调他是“被迫”黄袍加身、天命所归外，还急不可待地渴望建功立业。而为他增添光彩的最好方式便是实现当年柴荣未能实现的梦想——北逐契丹，一统天下。正是基于这种心理，宋朝开国皇帝收复燕云十六州的梦想一开始就是出于功利性的目的，并不是真正的进取，与柴荣的雄图大略完全不同。正因为如此，北征失败的种子也就从这个时候开始种下了。

赵匡胤的功利性还表现在北伐契丹和内定中原的先后取舍上。

当年，后周世宗柴荣北伐契丹，夺取关南之地，使辽人闻风丧胆。倘若不是柴荣突然得了急病，燕云十六州说不定早已经被夺回，当然，相应地就没有赵匡胤的黄袍加身了。不过正因为此刻距离柴荣的辉煌胜利尚不久远，辽国元气未复、创伤未平，倘若新立国的宋朝趁势出击，先北伐契丹，胜算应该相当大。但赵匡胤显然更重视屁股下的皇位，重内忧，而轻外患。在内患未平、后院并不安宁的情况下，他最关心的是如何避免继后周后成为另一个短命政权，因此他选择了先着力消灭中原的割据势力。

当时中原的局势是，各地节度使雄踞一方，北方有北汉，南方还有后蜀、南汉、南唐、吴越等政权。而天下的局势则更为复杂，除宋朝外，还有辽、吐蕃、大理等几个较强的民族政权与其对峙。

先看中原的局势。赵匡胤称帝后，优待后周的符太后和幼主周恭帝，旧臣如宰相范质等都继续留用，因而后周的局面很快稳定下来。中原割据的大部分节度使都不战而降，但昭义节度使李筠不满赵匡胤称帝，联络北汉国主刘钧起兵反宋，成为第一个正式向大宋天子挑战的人。

李筠是后周宿将，占据镇守潞州已经有八年之久，“恃勇专恣，召集亡命”，一向不把后周朝廷放在眼里，就连周世宗柴荣在位时，也对其无可奈何。赵匡胤一即位，对李筠极尽招抚之能事，立即将他升为中书令，还特意派使者到潞州安抚李筠，由此可见李筠实力之雄厚。

然而，李筠一开始就表示出不合作的态度，拒绝召见赵匡胤的使者，后来经过左右晓以利害，这才勉强设宴招待使者。

酒行数巡时，李筠突然命人将后周太祖郭威的画像挂在墙上，自己一把鼻涕一把眼泪地哭了起来，表示对后周的眷念。联想到李筠之前飞扬跋扈，藐视后周朝廷的种种行径，可见此人并无真正的忠义之心，这一切，不过是做做样子，表示对赵匡胤称帝的不满而已。

事情到了这个地步，李筠已经是公然不服赵匡胤，一切只有靠战争的手段来解决了。但赵匡胤却表现出了非凡的冷静，没有急于出兵攻打李筠，而是按兵不动。

北汉国主刘钧一向依附辽国，自然也不愿意看到赵匡胤统一中原，他见有机可乘，暗中主动联络李筠，约定同时起兵反宋。李筠自以为得到强助，更加骄横，但他的大儿子李守节却认为赵匡胤极得人心，起事反宋不可为，但李筠却坚持己见。

赵匡胤听说李筠父子意见不一后，故意下诏授李守节为皇城使，征李守节入朝，想以此来牵制李筠。李筠为了窥探虚实，便将计就计地派长子李守节入朝受官。不料一见面，赵匡胤就单刀直入地问李守节说：“太子（意指李筠有当皇帝的企图），你来干什么？”李守节当即惊惶失措，连连磕头说：“陛下出此言，想必有人从中挑拨离间。”赵匡胤这才说；“我听说你已屡谏，可你父执意不听。回去转告你父，我未做天子时，任其随心所欲；如今既做了天子，难道他还不礼让我吗？”随后大度地放李守节回去。

李守节回到潞州后，如实相告，劝父亲归附赵匡胤。李筠却有着不亚于赵匡胤的野心，一心想争夺天下，他认为宋朝禁军将领都是其故人，交情匪浅，他如果起兵，这些人必然倒戈相向，于是正式起兵反宋。不料事情大大出乎李筠的意料，赵匡胤恰恰派了石守信、高怀德、慕容延钊、王全斌等故人来与他交战，这些人非但没有跟他站到一个战壕里，反倒下手毫不留情。李筠先是在长平（今山西高平西北）被石守信大败，退到泽州（今山西晋城）后，又被赵匡胤亲率大军围困，不久城破，投火自焚而死。李守节见大势已去，以潞州城投降。

李筠败死后，淮南节度使李重进又在扬州起兵反宋。李重进是后周太祖郭威的外甥，年纪比后周世宗柴荣还大，郭威病重之时，李重进曾受召顾命，地位极为尊崇。柴荣以郭威养子的身份当上了皇帝后，李重进就一直很眼红，心中颇为不满，但一直隐忍未发。赵匡胤崛起后，与李重进分掌内外兵权，二人权势相当，但李重进资历远比赵匡胤要高，又是皇亲国戚，因此从来就没有把赵匡胤放在眼里。小皇帝后周恭帝柴宗训即位后，李重进自恃兵重，有心取而代之，不料赵匡胤占了地利之便，先发制人，发动了“陈桥兵变”，当上了皇帝，这叫他如何能心服口服？因此当李筠举兵反宋时，李重进就预备同李筠结成反宋同盟，只是没想到李筠很快就兵败身死。李筠兵败后，李重进正式举兵反宋，并派人向邻近的南唐结盟求援。当时南唐国主为李璟（李后主李煜之父），昏庸腐败，既无进取之心，又无远见，只醉心于自己歌舞升平、倚红偎翠的小日子，不敢开罪宋朝，没有答应李重进的结盟请求。赵匡胤为了平定李重进，亲率大军到扬州城下，一举攻下。李重进见大势已去，全家自焚而死。宋军入扬州后，赈扬州城中百姓每人一斛米，十岁以下减半，因此很快稳定了人心。

李筠和李重进是当时后周境内实力最为强大的两个藩镇，一些实力较弱的藩镇虽然也对赵匡胤代周不满，但二李败亡的前车之鉴逼迫他们不得不向赵匡胤表示屈服。如此，赵匡胤成功稳定了政权更迭后的局势，但李筠和李重进两起兵变令他对握有重兵的节度使心生警惕，并认为功大权重的武将对皇权有致命的威胁，从而直接导致了之后发生的“杯酒释兵权”事件。这一事件对宋朝的兵制产生了重大影响，进而深远地影响了宋朝整个的政治格局和天下形势。

建隆二年（961 年）的春天，殿前都点检慕容延钊和侍卫亲军都指挥使韩令坤一齐回到京师开封，赵匡胤便让二人召集昔日兄弟入宫欢宴饮酒。这些人与赵匡胤均是生死之交，宋朝立国后，个个手握重兵，有的掌握节镇大权，有的典掌禁军，权势显赫。但这些人并不知道，今天的酒宴与往日不同。

等人到齐了后，赵匡胤便带着众人到城郊狩猎饮酒。因为曾经共同出生入死，大家都很随意，不分君臣。正热闹时，赵匡胤突然严肃地说：“此处别无外人，你们有谁想当皇帝，现在正是大好时机，动手将我杀死便成了。”众人一听，皇帝似乎话外有话，不由得惊恐万分，纷纷跪在地上，连说不敢。赵匡胤这才问道：“你们是真的想要我当皇帝？”众人连呼万岁。赵匡胤从容地说：“你们既然真心拥护我为天下主，从今以后，必须尽臣子忠君之节，不得无礼犯上。”随后宣布罢去慕容延例殿前都点检职务，改任山南东道节度使，罢去韩令坤侍卫亲军都指挥使职务，改任成德节度使。自此，殿前都点检一职被取消，禁军由皇帝直接掌握。

这令人惊讶的一幕不过是好戏的开场。同年七月，赵匡胤再次备下盛宴，邀请石守信、高怀德、王审琦、张令铎、赵彦徽等高级将领入宫饮酒。酒酣之际，赵匡胤屏退侍从，婉转地说：“如果没有你们的扶助，我就没有今天。然而，天子并不好做，还不如做个节度使惬意。你们知道吗，多少天来，我未敢安枕而眠。”石守信等人不明所以，连忙追问原因。赵匡胤说：“因为谁都想坐皇帝这个宝座。拿你们几个人来说，虽然没有二心，但如果你们的部下贪求富贵，你们能怎么样？一旦黄袍加在你身上，即使你们不愿意，也是骑虎难下。”石守信等人这才大惊失色，跪下不停地磕头，请求皇帝指明活路。赵匡胤这才说：“人生如白驹过隙，转眼即逝。你们何不解除兵权，挑一些好的田产、房地，多积蓄一些金钱，享受荣华富贵，欢乐一生呢？这样，君臣之间彼此不会猜忌对方，不是很好吗？”石守信等人连连称是。

第二天，石守信等人便称病辞职，主动请求交出兵权。赵匡胤立即照准，赐予石守信等人大量财物，并与其结为儿女亲家，赵匡胤长女昭庆公主下嫁王审琦之子王承衍，赵匡胤次女延庆公主下嫁石守信之子石保吉，赵匡胤弟弟赵光美也娶大将张令铎的女儿为妻。这就是历史上著名的“杯酒释兵权”。

昔日汉高祖刘邦为巩固皇权而滥杀功臣，兔死狗烹，鸟尽弓藏。赵匡胤与刘邦的用心完全相同，但赵匡胤的手段更为高明，由此也成为一段千古传奇。

赵匡胤对驻守藩镇的将领也存有戒心。开宝二年（969年）十月，赵匡胤召王彦超、武行德、郭从仪、白重赞、杨延璋入朝，设宴会于后苑，酒过几巡，说:“你们都是国家旧臣，久领重镇，公务繁忙，实非我优贤养老之意。”

王彦超心思最为敏捷，立即听出了弦外之音。当年赵匡胤落魄时曾投奔他，他没有收留，赵匡胤当皇帝后不思旧怨，依旧留用他，他明白自己如今在稳定朝政上已经失去作用，便知趣地顺着赵匡胤的意思说:“臣本无劳勋，久受宠荣，实乃万幸。今已老朽，乞归养丘园。”

武行德等人却不识时务，争相述说自己当年是如何南征北战、历尽艰辛。赵匡胤不耐烦地说:“这些都是以前的旧事了，难道还值得在此论及？”众人面面相觑，不敢再说。次日，众人皆罢节度使。

之后，赵匡胤陆续解除了地方节度使的兵权，改由文官做各州长官，掌管地方行政权，兼任驻屯地方禁军的长官，而真正领兵的军官仅为副职。如此一来，节度使就成了荣誉虚衔，不用管事，只要依照品级领俸禄便可。

尽管禁卫与藩镇兵权均集中在皇帝之手，赵匡胤还不放心，又从兵制上进行改革。他将全国军队分为即禁军、厢军、乡兵和蕃兵四种。

禁军是从各州挑选来的精壮士兵，待遇优厚，装备精良，训练有素。禁军表面上由殿前都指挥使、侍卫步军都指挥使和侍卫马军都指挥使三帅统领，但由于其将领的名位较低，大权实际上由皇帝亲自掌握。北宋设枢密院，枢密院直接对皇帝负责，宰相及其他官员不得过问。枢密使有调动军队权力，而实际领兵作战的将领往往是临时委派，他们又没有调动军队权力，即“有握兵之重而无发兵之权”。为了防止禁军作乱，在具体部署上，一部分禁军驻守京城[1]，另一部分禁军镇守边防要地，两部分禁军数目大致相等，以达到“内外相制”的目的。

驻守外地的禁军还要经常移防换地，名义上是“习勤苦、均劳逸”，实际上是为了防止叛变。宋朝从此将不得专兵，士卒也不至于骄惰，但因为兵没有固定的将，将没有固定的兵，无法有效联合。

厢军为地方守军，是各州把精锐选进禁军后留下的士卒，只供地方官府役使，从不练习武艺。

乡兵则是按户籍抽调的壮丁，或由招募来的地方兵，名义上是地方守军，几乎没有战斗力。

蕃兵是边区少数民族组成的军队，招募来守卫边防的，数量很少。

厢军由于待遇低，训练差，无法与中央禁军相抗衡，而乡兵、蕃兵既不常有，也不训练，根本就是有名无实。对此，史学家司马光评价说：各地方镇，都自知兵力非京师禁军精锐之对手，不敢再生异心。这都是由我太祖能强干弱枝、拨乱致治的结果。

“杯酒释兵权”从根本上结束了唐朝中期以来藩镇独霸一方、割据称雄的局面，但这一切的措施都是为了加强中央集权，对内严防。兵不知将，将不知兵，能调动军队的不能直接带兵，能直接带兵的又不能调动军队，虽然成功地防止了军队的政变，却严重削弱了宋军的作战能力，最直接的后果便是直接导致宋朝积弱的局面。宋朝虽然有一

[1] 京师蓄有一半禁军，这是鉴于唐五代藩镇之祸，蓄兵京师以成强干弱枝之势，保证中央对地方的军事优势，“诸镇皆自知兵力精锐非京师之敌，莫敢有异心者”，但却由此大大加重了京师开封的补给。因为开封的物资更多依赖漕运，因此宋朝建国后，河渠之务上升为最急。建隆元年（960年）正月起，赵匡胤下令改每岁征调民夫疏浚漕河，自备口粮，为官给，并为成制。

个庞大的军事体系，但由于武将的权力被大大削弱，军队的效率和战斗力也随之下降，在边患压力尤重的宋朝，更是显出了它的危害。上级的作战计划，下级明知会失败也必须执行，以致十战九败，宋军在与辽、西夏、金的战争中连连败北就是明证。南宋朱熹曾说："本朝鉴五代藩镇之弊，遂尽夺藩镇之权，兵也收了，财也收了，赏罚刑政一切收了，州郡遂日就困弱。靖康之祸，虏骑所过，莫不溃散。"一针见血地指出赵匡胤高度集权所带来的弊端。

此消彼长，赵匡胤大力抑武，必然要重用文官，甚至包括枢密院这等军事机构以及经略安抚使一类武职，也多由文士来担任。宋人蔡襄曾经评论说："今世用人，大率以文词进。大臣，文士也；近侍之臣，文士也；钱谷之司，文士也；边防大帅，文士也；天下转运使，文士也；知州郡，文士也。"这样一来，不仅经常有任用非人的结果，还导致了官僚机构重叠，互相牵制，办事效率极低。因而终宋一朝，内政最腐朽，外患最强烈，其局面始终是"兵无制，用无节，国家无法度，一切苟且而已"。对内以文制武，对外妥协求和，如此重内忧而轻外患，从而先后坐视辽国、西夏日益强大，最终还是自食其果。

为了形成文士治国的传统，赵匡胤还改革了隋唐以来的科举考试制度。开宝六年（973年）三月，赵匡胤亲自在讲武殿复试举子。此后，殿试成为科举定制，取中的进士一律要经过皇帝本人主持的殿试，最后的名单和名次也由皇帝钦定，因而所有及第的人都成了"天子门生"。凡于殿试中中进士者均立即授官，不需要再经吏部选试。

值得一提的是，宋朝立国之初，赵匡胤曾"密镌一碑，立于太庙寝殿之夹室，谓之誓碑"。并规定以后新天子即位时，必须先到誓碑前跪拜默诵。除了皇帝外，没有人知道碑上的具体内容。一直到北宋灭亡，太庙被金人打开，人们才有幸目睹这座神秘的誓碑。誓碑上的内容竟然是一个秘密誓约：赵匡胤规定子孙后代"不得杀士大夫及上书言事人。子孙有渝此誓者，天必殛之"。众人这才恍然大悟，难怪文人士大夫在宋朝得到的优遇，胜过历代王朝。赵匡胤此举，被后世誉为"盛德"。

不过，赵匡胤优待文士，其实不过是抑制武将的副产品而已，他的内心深处，未必真正重视过文士。举例而言，赵普为赵匡胤的布衣之交，又一手策划了“陈桥兵变”，有拥立之功，功劳不可谓不大。他当宰相的时候，吴越王钱俶致书问候，还捎带了十瓶吴越的“海味”。赵普把这些瓶子放在堂前，还没来得及拆信阅读，刚好赵匡胤到了，看见厅堂前有十个瓶子，非常好奇，就问赵普是瓶子里面什么东西。赵普如实回答说，是吴越送来的海产。但打开一看，瓶子里竟是一粒粒瓜子形状的金子。赵普惊恐万分，满头大汗地向赵匡胤请罪。赵匡胤却笑着说：“但受之无害，彼谓国家事皆由汝书生耳。”

这一笑，表面是不在意，其实是看不起赵普的意思。显而易见，所谓的书生文士在赵匡胤心目中的地位实际上微不足道，即使是百官之首的赵普也不足为虑。他还有一段更为坦白的话：“五代方镇残虐，民受其祸。朕令选儒臣干事者百余，分治大藩，纵皆贪浊，亦未及武臣一人也。”在他看来，文人再想为恶，能力也始终有限，不过是贪污受贿而已，他这就是从骨子里的轻视文人了。

赵匡胤掌握了禁军精兵的全权后，这才放心地开始调兵遣将，准备实现统一天下的梦想。从整个形势看，宋朝统一全国的实际路径是先易后难，先西南，再东南，然后再向北发展。

乾德二年（964 年）十一月，赵匡胤命以忠武节度使王全斌为大将，一举平定后蜀。开宝三年（970 年），赵匡胤以潘美为大将，领兵攻灭南汉。开宝七年（974 年）秋，赵匡胤又以曹彬、潘美为大将，率兵十万讨伐江南，南唐后主李煜奉表出降。

至此，大宋先后灭掉荆南、湖南、后蜀、南汉、南唐，虽然天下已呈一统之势，但赵匡胤似乎并不开心，宦官王继恩发现皇帝常常不由自主地遥望北方，脸有不郁之色。他知道，皇帝有一块心病，这便是燕云十六州了。

此时，宋朝群臣为了庆贺平定南方的胜利，联名上表，要给赵匡胤加尊号“一统太平”，不料赵匡胤却说：“燕、晋还没有收复，怎么称得上是一统太平呢？”念念不忘北方的燕云十六州。他开始雄心勃勃地和辽国契丹展开斗争，计划收复北方的失地，以争取扩大统一的规模。

这时候的局面，已经与宋朝立国之初大不相同。经过多年统一中原的内战，宋军已成疲惫之师。而北方的辽国早已经养精蓄锐，虎视眈眈。更关键的是，自赵匡胤“杯酒释兵权”开始，以文制武、削弱武将成为宋朝的国策，军队的战斗力大为削弱。

其实在赵匡胤心中，也对北伐契丹并无把握。他的偶像后周世宗柴荣如此雄才大略，却仅仅收复瀛、莫二州，在攻取幽州时，突然病重，英年早逝。实际上，自乾德二年（964 年）起，赵匡胤已经开始了北伐的步伐，命大将李继勋等人率步骑万余人攻打北汉重镇辽州（今山西左权），李继勋先打败了前来救援的太原将领郝贵超。辽州刺史杜延韬见大势已去，便出城投降。北汉不甘心放弃辽州，向辽国借契丹步骑共六万人来夺取辽州。李继勋等出战，大破契丹军。这是北伐的一次大胜利，极大地满足了赵匡胤的虚荣心。因而自开宝元年（968 年）开始，他明显加快了北伐的步伐，首先要对付的自然是夹在宋朝和辽国之间的北汉，但之后并不顺利。宋军曾大败北汉名将杨业于团柏谷（今山西祁县东）。杨业退守汾河桥，宋军苦战后夺取了汾河桥，直抵太原城下。杨业经过苦战，击退了宋军。后辽国援兵赶到，宋军不能取胜，被迫退兵。

开宝二年（969 年），北汉政权内部发生内讧，赵匡胤迫不及待地率军亲征北汉。宋军围攻太原三个月不下，战斗异常激烈。而辽国此时刚好也发生了内讧，辽穆宗被杀，辽景宗即位，忙于稳定局面，无法派出大规模的援军南下援助北汉，而小规模的援军均被宋军击败。但北汉苦苦支撑，竟然抵挡住了宋军的猛烈进攻。然而进入夏季后，宋军水土不服，多生痢疾，而契丹援兵再次赶到，宋军不得不退兵。

史料对这次皇帝亲征北伐的记载极少，正史大都采取回避态度，《续资治通鉴》中仅提到“相、赵、深三州丁夫死太原城下者三百三十四人，诏复其家三年”一句，由此可见宋军此次的战绩相当说不出口。这几次的失败，应该才是赵匡胤在统一天下的步伐中采取“先南后北”战略的根本原因。也正是基于对北方强大军事实力的顾虑，赵匡胤统一南方后，没有立即挥师北上，而是下令在开封附近广植树木，以此应对契丹铁骑由燕云十六州疾驰而至的威胁。

北宋的皇帝甚至还想到用一种更为消极的方法来收复燕云十六州，不是靠武力，而是靠金钱。并在内府库专门设了一个“封桩库”，相当于一个专款专用的小金库，还“欲俟斯库所蓄满三五十万，即遣使与契丹约，苟能归我土地民庶，则当尽此金帛充其赎直。”打算等到小金库的钱积累够一定数量了，就用这些金钱去赎回燕云十六州的失地。赵匡胤又曾向左右说：“我以二十匹绢购一契丹人首。其精兵不过十万人，止费二百万绢，则敌尽矣。”

如此坦率地用金钱私利来衡量军国大事，在中国封建君主中实属罕见。这就是堂堂宋朝开国皇帝的雄心。他缔造了一个富足天下的王朝，但却仅仅是富，谈不上强，原因就是宋朝重内轻外。因此，一百五十年后，女真人的铁骑才能轻而易举地冲过了赵匡胤所种的树林，直入开封。

开宝九年（976 年）八月，赵匡胤再次将北伐收复燕云十六州的计划提上日程。这一次，几乎是倾全国兵力，派出大将党进、潘美、杨光美等分五路攻北汉太原，如此规模，昭显了赵匡胤的势在必得之心。党进等依照赵匡胤事先的部署前进，连败北汉军，进逼太原城下。

九月，党进在太原城下大败北汉兵。太原城在宋军的攻势下，已经岌岌可危，辽国立即派南府宰相耶律沙、冀王耶律塔尔率兵赶来救援。

就在宋辽两军僵持的关键时刻，赵匡胤在可疑的“斧声烛影”中离奇死去，最终带着壮志未酬的遗憾离开了人世，时年仅五十岁。他生前大力抑制武将、收回兵权，却想不到祸起萧墙，皇位随即落入弟弟赵光义之手。十月，赵光义即位为宋太宗后，随即下令北伐的宋军回师。

中国历史上的其他王朝一概“抑商”，唯独宋朝例外。正如赵匡胤生前所期待的那样，由他一手开创帝国的金帛积累越来越多，甚至成为中国历史上封建王朝中经济最发达、商业最繁荣的朝代，真真正正称得上富得流油。不仅如此，由于宋朝铜钱信用极佳，被大量走私到东南亚和西亚，而当时的朝鲜和日本也一度停用自己国家的通货，改用宋朝铜钱。

收复燕云十六州始终是赵匡胤不能释怀的梦想。只是他没有想到的是，他靠武力收复抑或金钱蚕食燕云十六州的梦想，终宋一世都未能实现。不仅如此，就连他发迹的陈桥驿，后来也落入金人之手。

凝碧旧池头，一听管弦凄切。多少梨园声在，总不堪华发。
杏花无处避春愁，也傍野烟发。惟有御沟声断，似知人呜咽。

——韩元吉《好事近·汴京赐宴闻教坊乐有感》

南宋乾道八年（1172年）十二月，宋孝宗赵昚（宋朝开国皇帝宋太祖赵匡胤的直系后人，宋太宗赵光义兄终弟及后，宋孝宗之前的宋朝皇帝均为赵光义后人）派试礼部尚书韩元吉，利州观察使郑兴裔为正、副使，到金国祝贺次年三月初一的万春节（金主完颜雍生日），到达汴梁时，金人在上源驿设宴招待。

赵匡胤发动“陈桥兵变”、奠定宋朝开国基业的发祥地，在“靖康之变”后即沦为金人的天下，上源驿作为“迎饯之所”竟然也被金人沿袭，专门在此地接待南宋使者。

江山依旧，驿站依然，却已经是物是人非，韩元吉触景生情，格外感慨，挥笔写下了这首凄婉悲怆的《好事近》，其中饱含最复杂的心绪，以及最深沉的隐痛。

第二节 韩延徽的传奇人生

唐朝末年，风云动荡，各藩镇割据称雄，为了各自的利益互相攻伐，混战不已，中原处处烽火连天，哀鸿遍野，民不聊生，占据河北的卢龙节度使刘守光也是参与争霸的藩镇之一。唐朝灭亡后，刘守光更是不顾部属的反对，在幽州称帝，国号大燕。

然而，称帝并没有给刘守光带来任何实质性的好处，反而树大招风，成为众割据势力联合起来攻击的首要目标。刘守光一再被占据山西的晋王李存勖（923 年称帝，为后唐庄宗）打败后，势力日益穷困，竟然异想天开地想得到北方契丹骑兵的帮助。

刘守光派部下一名参军正式出使契丹，想与当时的契丹国主耶律阿保机结盟。这名参军就是历史传奇人物韩延徽。

这时候的韩延徽，年纪轻轻，默默无闻，没有一丁点儿名气。在中原的大动荡背景下，就是刘守光本人，虽然名义上是个自封的皇帝，但与当时声名如日中天的后梁太祖朱温（907 年称帝）和晋王李克用、李存勖父子等枭雄相比，也只是个小人物。至于韩延徽，作为刘守光的幕僚，更是个小得不能再小的人物。谁也不曾想到，就是这个微不足道的小人物，在后来见证并参与了契丹历史上诸多里程碑式的重大事件，包括辽国的建国以及辽国占领燕云十六州。

在中国的历史长河中，契丹是一个显赫而神秘的民族，它一度雄跨长城内外，如雄鹰一般搏击长空，声动中外。在一些国家的语言如俄文中，至今仍然称呼中国为“契丹”。仅此一点，便可以看到契丹民族在世界范围内的巨大影响力。

关于契丹族的起源，有一个古老的传说：据说有一个年轻男子骑着白马从湟河（今西拉木伦河）而来，一个年轻女子骑着青牛从自土河（今老哈河）而来，二人在途中相遇后一见钟情，结为夫妻，生下了八个儿子，由此成为八个部落，经历了生生不息的繁衍，逐渐发展成为以后的契丹族。

这当然只是传说，实际上，契丹原来是东胡后裔鲜卑的一支。历史文献最早记载契丹族始于公元389年，契丹族被拓跋魏打败后，从鲜卑族中分裂出来，游牧于潢河以南、土河以北地区，“行营到处即为家，一卓穹庐数乘车；千里山川无土著，四时畋猎是生涯”，傍水草而居，以畜牧、狩猎谋生。

后来，契丹渐渐发展成为八个部落。八个部落各有酋长，称为“大人”，八部大人再推选一名首领，称“八部长”，可以号令八部，但以三年为一任，不得争夺，颇有民主选举之风。在战事动荡的岁月中，契丹各部为了生存，不得不走向联合，于唐朝初年形成了统一的大贺氏联盟。当时的北方草原上，突厥称雄一时，而东方则是更加强大的唐朝。契丹酋长为了生存，不得不根据形势，辗转依附于唐朝和突厥之间。

唐高祖武德四年（621年），契丹别部酋长孙敖曹内附唐朝，唐朝廷授其为云麾将军、行辽州总管，后来又授右玉钤卫将军、归诚州刺史，封永乐县公。唐太宗贞观二年（628年），契丹首领大贺摩会摆脱了突厥人的控制，率部属投降唐朝。突厥颉利可汗十分生气，提出要以叛逃唐朝的梁师都交换大贺摩会，但却被唐太宗李世民严词拒绝。在这位“天可汗”心中，已经完全将契丹视为自己的子民。这体现了天朝大国的包容、大气与自信。

贞观二十二年（648年），契丹酋长大贺窟哥主动率部属前来内附唐朝。大贺窟哥当时实际上统率契丹八部的大贺氏联盟，他的内附意义重大，唐朝廷特意设置了松漠都督府，授窟哥为左领军将军，兼松漠都督府都督，负责掌管契丹各部事宜，并赐姓李，以示尊荣。

唐太宗李世民在位之时，中国军功盛极一时，唐朝国威远播四方，“西北诸蕃，咸请上尊号为天可汗”，这便是历史上著名的“天可汗”称号的来历。李世民雄才大略，在内外关系的处理上都展现出非凡的才干，是历史上罕见的打江山和守江山均表现突出的皇帝，诸蕃对他是真正地心悦诚服。

到了李世民的继任者唐高宗李治时，情况便大不相同。尤其是唐高宗皇后武则天擅权后，大肆铲除异己臣僚和唐宗室诸王，引来诸多不满，边境诸蕃的攻扰与日俱增。性格强硬的武则天自恃强大，单纯依靠武力征服，连年派大军出征，使得局面进一步恶化。

唐高宗显庆五年（660 年），契丹窟哥病死，继任松漠都督的阿卜固率契丹诸部与奚族连兵叛唐，不久兵败，阿卜固被执送东都洛阳。唐高宗李治任命窟哥之孙李枯莫离为左卫将军、弹汗州刺史，封归顺郡王；另一个孙子李尽忠为武卫大将军、松漠都督，统率契丹八部。

但这种和平并没有维持很久。唐高宗李治死后不久，武则天称帝，成为中国历史上唯一的女皇帝。就在武则天当政时，契丹与唐朝爆发了大规模的战争。

当时的松漠都督为窟哥的孙子李尽忠，归诚州刺史为孙敖曹曾孙孙万荣，二人都居住在营州城旁，还是姻亲关系，李尽忠娶了孙万荣的妹妹。武则天万岁通天元年（696 年），契丹发生了大面积的饥荒，广大百姓生活贫苦无依，李尽忠和孙敖曹不得不向营州都督赵文翙求助。赵文翙刚愎自用，自恃是唐朝官吏，不但不加赈济，而且视两位酋长如奴仆，大肆辱骂，由此惹恼了二人，干脆拔刀杀了赵文翙，占据营州，起兵反唐。当时契丹各部不堪忍受唐朝廷官员的欺压，纷纷赶来投奔李尽忠，短短十日内就发展到数万兵马，声势浩大。李尽忠自称为“无上可汗”，这也是契丹首领首次称可汗。

身在洛阳的女皇帝武则天得知后勃然大怒，火气无可宣泄，竟然特意下诏给李尽忠改名为李尽灭，给孙万荣改名为孙万斩。这位女皇帝当年整死唐高宗宠爱的王皇后、萧淑妃后，曾改王氏姓为蟒氏，改萧氏姓为枭氏，意在用改名换姓的方式来侮辱仇敌。推算起来，武则天不给李尽忠和孙万荣改姓，应该是因为这二人的祖先都是唐朝皇帝赐姓的缘故。

万岁通天元年（696 年）五月二十五日，离李尽忠起兵十三天后，武则天派出了第一支平叛队伍，由左鹰扬卫将军曹仁师、右金吾卫大将军张玄遇、左威卫大将军李多祚、司农少卿麻仁节等二十八将，率兵北上征讨李尽忠，其中曹仁师、张玄遇均是朝中重臣，声势十分浩大。七月十一日，怒气未平的武则天又增派梁王武三思（武则天侄）为榆关道安抚大使，姚璹为副使，屯兵在胜州一带，作为第二道防线，以策应第一批平叛之师。

唐朝平叛军队浩浩荡荡地开向营州。李尽忠谋略过人，见唐军兵多将广，声势浩大，料到难以正面力敌，只能智取，便派孙万荣为先锋，先赶在西硖石内的黄麞谷设伏。为了引诱唐军深入埋伏圈，李尽忠还故意放出了攻打营州时俘虏的唐军将士，还派人对这些人说："吾辈家属，饥寒不能自存，唯俟官军至即降耳。""吾养汝则无食，杀汝又不忍，今纵汝去。"意思是说，我们这些人的家属饥寒交迫，活不下去了，只要官军一到，我们就投降，我们想关着你们，但又没有粮食，连我们都快没粮食吃了，想杀掉你们又不忍心，还是把你们放走算了。为了证明契丹已经粮尽，故意用糟糠之粥供食这些俘虏。这些唐军俘虏都信以为真，兴高采烈地离开了营州，直奔唐军大营，将契丹人的缺粮情况大大宣扬了一番。曹仁师等人听说后，对契丹顿生轻视之心，争先恐后地要求出击，只求早日遇到契丹兵，好立头功。

不久，唐大军抵达黄麞谷。李尽忠并不急于迎战，故意派出老弱残兵去向唐军乞降，又将老牛、瘦马置于路旁，显示契丹的饥馑疲惫之状。唐军看到这种情况，认为胜券在握，完全放松了警惕。为了尽快抓到李尽忠，立下大功，曹仁师等冒险轻进，嫌步兵行进太慢，干脆放弃了步兵，只率骑兵孤军前进。唐军进入黄麞谷谷口后，契丹伏兵四起，唐军猝不及防，只好仓促应战。李尽忠督军猛攻，唐军很快溃不成军，将士跌入山谷而死者不计其数。唐将张玄遇和麻仁节夺路而逃时，被契丹人用飞索套住擒获。经此一战，唐军先锋几乎全军覆没。

这才是个开始。初战获胜后，李尽忠利用缴获的唐军大印做了假军牒，逼迫被俘虏的张玄遇和麻仁节等唐军将领在牒上签名。军牒上通知唐军的殿后部队总管燕匪石和宗怀昌等人说："官军已破贼，若至营州，军将皆斩，兵不叙勋。"意思是说，我们已打破了叛军，你们马上来会合，如果规定日期到不了营州，按军法处置。由于语气严厉，燕匪石和宗怀昌接到军牒后不疑有假，立即率领军队日夜兼程前进，一路急速行军，人马都疲惫不堪。而李尽忠早已经以逸待劳，设伏于险要之处。唐军人困马乏，突然遭袭，无力再战，最终全军皆没。

这一战，史称“黄麞谷之战”，是中国战争史上设伏歼敌的典型战例。李尽忠不畏强敌，镇定自若，充分利用了地形优势，施计诱敌受骗，以逸待劳，用极小的代价取得了重大胜利。

唐军首次出师遭受重大失利后，武则天愈发恼羞成怒，下令天下囚犯及士庶家奴骁勇者充军，山东（太行山以东）近边诸州置武骑团兵，又下诏以同州刺史、建安王武攸宜（武则天侄）为右武威卫大将军，充行军大总管，以右拾遗陈子昂为总管府参谋，再次率军征讨契丹。

武攸宜出身亲贵，全然不晓军事。陈子昂有安邦经国之才，屡献奇计，不被理睬，剀切陈词，反遭贬斥，徒署军曹。眼看着报国的良策不被采纳，空怀报国为民之心，陈子昂悲愤至极，登上了幽州台，写下了名传千古的《登幽州台歌》：

前不见古人，后不见来者。
念天地之悠悠，独怆然而涕下。

幽州即燕州，为燕云十六州之一。幽州台，又称燕台，史传是燕昭王为招揽人才而筑的黄金台。诗人俯仰古今，深感人生短暂，宇宙无限，不觉中流下热泪。由于深刻地表现了诗人怀才不遇、悲壮苍凉的情绪，语言苍劲奔放，富有感染力，成为千百年来传诵的名篇。

就在这一年的十月，李尽忠突然因患病去世，局面立即向有利于唐军的方向转变。李尽忠之子受到孙万荣等人的排斥，心生不满，逃往东突厥求援。东突厥可汗默啜见有机可乘，立即派使者入朝，表示要为唐朝效力，讨伐契丹，以换取河西降唐的突厥众人。武则天立即同意，默啜可汗发兵袭契丹据地松漠（今内蒙古自治区翁牛特旗西北），俘虏了李尽忠、孙万荣两人的家眷和大批契丹人众。契丹余众在孙万荣的率领下退入山中，寻机再战，后孙万荣为其侍卫所杀。契丹大贺氏联盟的反唐战争就此结束。

李尽忠等人的失利有几分“时运不济”的意味，其实唐军并无尺寸之功。武则天因为默啜可汗有功，加授默啜颉跌利施大单于、立功报国可汗。但默啜可汗并非要真心归顺唐朝，而是要趁机渔利，不久便再一次反唐。当时默啜可汗一度对唐朝廷形成威胁，武则天甚至考虑让侄子武承嗣之子武延秀娶默啜之女为妻，以此来笼络东突厥。当时不少大臣反对，其中数张柬之最直言不讳，说：“自古未有中国亲王娶夷狄女者。”虽然娶亲一事并未成行，但张柬之却因此被贬斥出朝。

唐玄宗李隆基即位后，热衷开边，曾经派大将薛讷（薛仁贵之子）出征，讨伐默啜可汗，此次西征即为演义小说《薛丁山征西》的原型。默啜可汗面对强大的对手，避实就虚，先与归附唐朝的拔也古部会战，大胜而归。但在半路，默啜却突然被拔也古的一个小兵颉质略刺杀。默啜的军队大乱，竟然就此一哄而散。颉质略则从容割下默啜首级，交给了唐军。历史的传奇性，丝毫不亚于小说的戏剧性，而在史书中，偶然事件决定历史走向的例子更是随处可见，李尽忠反唐失败如此，默啜可汗意外被杀也是如此。

李尽忠死后，契丹的大贺氏联盟冰消瓦解，契丹人又建立了遥辇氏部落联盟，首领称可汗，但此时的契丹势力相当衰弱，不得不转而依附于东突厥。而默啜可汗死后，东突厥经过新一轮的权力争夺，毗伽成为可汗，并且在与唐军第一轮大规模的战斗中大获全胜，声名鹊起，成为突厥人心目中的偶像与民族英雄。之后，东突厥与唐朝就开始了长期的拉锯战，时战时和，都是根据当时的形势而定。毗伽可汗几次要求娶唐朝的公主，但始终没有得到唐朝皇帝的同意。天宝四年（745 年）正月，回纥怀仁可汗攻杀东突厥白眉可汗，传首京师。突厥毗伽可敦（毗伽可汗的妻子）率众归顺了唐朝，于是长期以来威胁唐朝北方边境的突厥突然消亡，北边晏然无警。但回纥势力逐渐强大，占据了突厥故地，东接室韦，西至金山，南控大漠。此后，契丹人一直为回纥所统治。

天宝十四年（755 年），唐朝发生了影响重大的安史之乱，安史之乱持续时间长达八年。而安史之乱后，地方藩镇割据，内廷宦官专权，朝中朋党相争，边疆动荡不已，辉煌的唐朝再也没有恢复元气。就是在此期间，契丹逐渐强大，并不断向外扩张。到了唐朝末年，契丹史上划时代的人物耶律阿保机开始崛起，统率契丹八部，连当了三任八部长。耶律阿保机善骑射，饶智略，连破室韦、乌古、女真等部，俘奚人，掠汉地，从此雄踞北方，连中原大名鼎鼎的晋王李克用（李存勖之父）都十分欣赏他。

当时唐朝已经濒临灭亡，李克用为了争夺天下，特意邀请耶律阿保机到云州相会，双方结为兄弟，约定共同出兵讨伐梁王朱温和卢龙军节度使刘仁恭（刘守光之父）。不过，这次盟约对耶律阿保机并没有任何约束力，他的最终目的，不过是要从中原的争霸中渔利，因无利可图，他最后没有践约。李克用为此怀恨在心，临死前留下三支箭给儿子李存勖，代表三大遗愿，其中一支箭就是北击契丹，讨伐耶律阿保机。

耶律阿保机雄心勃勃，于 907 年（这一年唐朝灭亡）为契丹大首领。为了取得更大的丰功伟绩，耶律阿保机极力渴求贤才，他本人精通汉语，对有才学的汉人谋士仰慕不已，韩延徽就是在这样的前提下走进了他的视线。

韩延徽（882—959 年），字藏明，幽州安次（今河北廊坊市安次区）人。他的父亲韩梦殷曾累官蓟、儒、顺三州刺史。唐朝末年，群雄并起，刘仁恭占据幽州为卢龙节度使后，听说韩延徽少年英才，有智慧谋略，并擅长为文，特意召其为幽都府文学、平州录事参军，又授幽州观察度支使。后来刘仁恭之子刘守光成为卢龙节度使，韩延徽便顺理成章地成为刘守光的幕僚。

韩延徽充当卢龙使者来到契丹后，见到了耶律阿保机，请求与契丹联盟，共同对付李存勖。就在韩延徽到达契丹之前，精明的李存勖已经派人送书给耶律阿保机，尊称阿保机为叔父（耶律阿保机曾与李克用结为兄弟），表示要与契丹结盟。当时李存勖的实力远比河北的刘守光要强大，在这样的情况下，精明而现实的耶律阿保机自然不愿意贸然出兵帮助刘守光，因而韩延徽这一趟出使也没有取得任何实质效果，该当打道回府了。但事情却突然有了个小小的插曲，韩延徽心高气傲，瞧不起契丹族，在参见耶律阿保机时，立而不跪，惹怒了耶律阿保机，结果被扣留下来，罚做苦工。

此时韩延徽的状况跟其他被契丹掳掠来的汉人奴隶没什么两样，蓬头垢面，衣衫褴褛，被契丹人呼来喝去，喂牛养马，还要清理牛粪和马粪。他才二十多岁，正是血气方刚、风华正茂的年纪，加上自视极高，落到如此境地，心中的沮丧可想而知。

这时候，一个女人出现了，在众多的汉人奴隶中，她一下子就注意到韩延徽。这个女人，便是耶律阿保机的妻子述律平。

述律平为回鹘遗裔，小名月理朵，有勇有谋，智慧过人，在帮助耶律阿保机登上汗位的过程中出力极多。她一眼看出韩延徽绝非池中之物，力劝丈夫说："延徽能守节不屈，此今之贤者，奈何辱以牧圉！宜礼而用之。"意思是说，韩延徽能守节不屈，正是当今贤士，若能优礼相待，当为我用，充当贱役太可惜了。耶律阿保机素来敬重妻子，便召来韩延徽，故意谈论一些军国大事，韩延徽应对如流。耶律阿保机大喜过望，决意重用韩延徽。

对于韩延徽而言，此时则面临着人生中的重大抉择。从他之前不愿意对契丹国主下跪来看，他是有中原士人的节气和傲气的，但此时他若不肯依附契丹，很可能就会惹怒耶律阿保机，丢掉性命，成为客死异乡的中原义士。即使是最好的情况，也只是能回到中原，但回到中原又如何呢？

先来看他的旧主刘守光。刘守光生性好色，曾与父亲卢龙节度使刘仁恭的爱妾罗氏通奸，事发后，被刘仁恭棍打责罚，断绝了父子关系。刘守光不思改过，还由此怀恨在心，发誓要报复。唐哀帝天祐四年（907 年），宣武将领李思安进攻幽州，当时刘仁恭正在城外大安山享乐，城内没有戒备，李思安顺利占领了幽州。刘守光见有机可乘，率军入城，击退了李思安，随即自称卢龙节度使，并派兵进攻大安山，擒获父亲刘仁恭，并将其囚禁。之后，刘守光又派兵攻打兄长义昌节度使刘守文，并将兄长杀死，兼并其藩镇。后梁太祖朱温与李存勖有宿仇，为了利用刘守光牵制李存勖，便封刘守光为燕王。刘守光志得意满，索性于 911 年称帝。韩延徽曾向刘守光苦谏，刘守光不但不听，还将斧子狠狠地扔在地上，说:“再有人来谏，斩！”

刘守光手下有不少军士都投奔了契丹，可见他为人之残酷暴虐。因而，韩延徽不是没有顾虑的，没有完成使命，不被刘守光贬职已经是天大的恩惠。而且，中原正处于混战的乱世中，就连刘守光自己也是朝不保夕，他韩延徽的前途又在哪里呢？而面前契丹的国主礼贤下士，对他恩遇有加，所谓“士为知己者死”，此时此刻，韩延徽百感交集。

于是，经过短暂的权衡后，韩延徽选择了向之前他不愿意跪拜的耶律阿保机下跪。如此，韩延徽戏剧般地在契丹踏上了仕途，极受耶律阿保机器重，参与筹划军机。

韩延徽的前期主要政绩是帮助契丹修筑城郭，设立市场里巷，用来安置被契丹掳掠以及投降契丹的汉人。这大概与他之前被罚当奴隶喂牛养马的经历有关，在韩延徽提出这些建议之前，生活在契丹的汉人基本上都处于最低等的奴隶地位。契丹法律甚至公然规定：契丹人殴汉人死者，偿以牛马。此法一直到辽圣宗耶律隆绪即位后，才为太后萧燕燕所废，改用汉法。契丹人致汉人死，只需赔偿财物牛马，如果汉人致契丹人死的话，不但本人抵命，亲属还要被没为奴婢，可见汉人在契丹人的眼中与牲口无异。韩延徽出现后，提出了妥善安置契丹地区汉人的方法，为汉人们安排配偶，教他们开垦种植荒地，汉人们的生活由此稳定下来，能够安居乐业，逃亡的人越来越少。韩延徽此举，客观上对契丹的地域开发起了重要作用，也稳定了契丹对所辖汉人的统治。

尽管感怀知遇之恩，竭力赞襄，但这并不代表韩延徽就真正投诚了。实际上，他此时仍然是“身在曹营心在汉”，心怀中原故土。两年过去了，终于有一天，他找到了机会，悄悄逃离了契丹，历经千辛万苦后，终于回到了日思夜想的中原。由此也可以推断，韩延徽之前的投诚不过是一种权宜之计。

此时局势已经大大不同从前，幽州已经被李存勖攻陷，刘守光败亡。韩延徽回到幽州探望母亲后，就势投奔了李存勖，意欲在乱世中有所作为。李存勖也很赏识韩延徽，将其留在身边，为掌书记。偏偏李存勖的手下大将王缄嫉妒韩延徽的才干，告诉李存勖说韩延徽曾经投靠契丹，是个反复无常的人，不宜信任。早在李存勖的父亲李克用在世时，与契丹的关系就相当微妙，李克用临死前特意留下遗嘱，一定要讨伐契丹。李存勖听了王缄的话，对韩延徽来投靠自己的动机也开始起疑，怀疑他是契丹派来的内奸。李存勖如此态度，韩延徽自然待不下去了，便借口要回幽州看望母亲，离开了李存勖的幕府。在韩延徽身上，我们可以看到，在中原乱世中，汉人报国无门的凄凉。

当时韩延徽有个朋友王德明问他将来的打算，韩延徽认为河北已经是李存勖的天下，既然在家乡不能容身，就只好重新回去契丹。朋友听了大惊失色，说：“你好不容易从契丹逃归，而今又要返回去，这不是去找死吗？”韩延徽却胸有成竹地回答说：“那不一定。自从我走后，契丹国主如丧耳目，如失手足。如果我回去，相当于他重新得回耳目手足，重用我还来不及，又怎么会杀我？”于是从容回乡探望了母亲，然后回到契丹。

韩延徽回来后，耶律阿保机问他为什么逃走了还回来，韩延徽回答说：“忘亲非孝，弃君非忠。臣虽挺身逃，臣心在陛下。臣是以复来。”耶律阿保机听了大喜，不但不怪罪他，反而更加重用，任命他为政事令，相当于中原的宰相，参与决策一切内外大事，还特意赐名“匣列”。“匣列”在契丹语中是“复来”的意思。韩延徽从此成为契丹显贵，其传奇经历，据说就是京剧《四郎探母》中杨四郎的故事原型。

在韩延徽的帮助下，耶律阿保机日渐强大。公元916年，耶律阿保机在龙化州正式称帝，称“天皇帝”，是为辽太祖，其妻述律平称“地皇后”，年号神册，国号契丹（据说契丹一词的原意为镔铁，以此为国号，象征契丹人顽强的意志和坚不可摧的民族精神），由此建立了中国历史上以契丹族为主体的国家。韩延徽作为耶律阿保机手下第一能臣，大力传播汉文化，帮助契丹创文字、确立各项制度、正君臣、定名分、仿效唐朝长安修建皇都（即后来的辽上京），为契丹的发展做出了不可替代的贡献。

韩延徽虽然在异国显达，心中却始终不忘故土。他派人送信给李存勖说:“非不恋英主，非不思故乡，所以不留，正惧王缄之谗耳。”说明当时遭人排挤才不告而别一事，并请求李存勖照顾他的母亲，还保证说，只要有他韩延徽在一天，必然不让契丹南侵。李存勖成为后唐庄宗的时期，契丹未向南面深入侵扰，实际上靠的是韩延徽之力。

耶律阿保机建国后，对邻族和中原地区开始更大规模的侵掠，先后亲征突厥、吐谷浑、党项、沙陀诸部，均大获全胜，契丹国由此声威大振。灭掉东部渤海国后，耶律阿保机将其地封给皇太子耶律倍，改名东丹国，建都天福城。耶律倍称“人皇王”，赐天子冠服，建元甘露。

就在从渤海国回师的途中，耶律阿保机病死，皇后述律平称制，权决军国事，有“断腕太后”之称。她采取高压手段，排斥皇太子耶律倍（后不断被弟弟耶律德光迫害，被迫投奔后唐），力保次子耶律德光继承帝位，是为辽太宗。耶律德光改国号为大辽（984 年又改称大契丹，1066 年辽道宗复号大辽，人们习惯上把契丹人建立的王朝统称为辽），继续重用韩延徽。正是在耶律德光时代，将本来属于中原的燕云十六州收到了契丹手中。

燕云十六州，又称幽蓟十六州，是指幽州、顺州、儒州、檀州、蓟州、涿州、瀛州、莫州、新州、妫州、武州、蔚州、应州、寰州、朔州、云州。

十六州大致是今北京、天津和河北北部、山西北部的大片土地，东西跨度约六百公里，南北跨度约二百公里，全部面积差不多为十二万平方公里。所处的地势居高临下，易守难攻，一直是中原的屏障，具有重要的军事地位。

唐朝灭亡后，中国进入五代十国时期，当时燕云十六州一带是后唐的地盘，归后唐河东节度使石敬瑭管辖。石敬瑭（李嗣源女婿）和后唐皇帝李从珂（李嗣源养子）一直有矛盾，二人曾经跟随李嗣源打天下，均骁勇善战，向来互不服气。李从珂当上皇帝后，二人的矛盾开始公开化。一次，李从珂在宫中摆家宴，石敬瑭妻子晋国公主上酒毕，说要辞归晋阳，李从珂喝醉了酒，问道："何不再住些时候？你这样急着回去，是想和石郎谋反吗？"石敬瑭知道后很是惊惧，暗中为反叛做准备。一次，石敬瑭不服从李从珂的调遣，李从珂就派几万军队来攻打石敬瑭所在的晋阳城。石敬瑭抵挡不住。眼见晋阳十分危急，掌书记桑维翰出了个主意，要石敬瑭向契丹人讨救兵。于是，石敬瑭写信给契丹（当时国号仍为契丹）国主，表示愿意向契丹称臣，同时拜耶律德光做父亲，并且答应在打退后唐军之后，把雁门关以北的燕云十六州土地献给契丹作为报答。

石敬瑭不顾个人尊严，厚颜无耻地认比自己小十岁的耶律德光为父，并提出诸多可耻的条件，连其部属都觉得很难为情。部将刘知远（后来称帝为后汉高祖）说："称臣也就可以，当儿子似乎太过分。多送些金帛，契丹兵自然会来，割地会造成将来后患无穷，悔之莫及。"但石敬瑭一心想快点当上"儿皇帝"，不听刘知远劝告，叫桑维翰写了一封信，派人送到契丹。耶律德光接到石敬瑭的信后，自然大喜过望，所谓"称臣""认父"对他并无多大的吸引力，但燕云十六州正是他梦寐以求的土地。

此时的韩延徽在契丹生活多年，早已经成家生子，故国情怀已经逐渐淡去，而他唯一挂怀的母亲也早已经去世，中原再无他牵挂的人。之前他一直反对契丹南下侵扰中原，是要报答李存勖赡养他母亲之恩，而李存勖早已经被李嗣源（李克用养子）杀死，恩情也不必再还。最重要的是，在他的帮助下，契丹日益强大，南下中原攻城略地已成为必然趋势，而燕云十六州对中原和契丹双方都具有重大的战略意义。

于他的立场，无论他是反对还是赞成，契丹此次南下趁火打劫都是必然之势。因而可以推断，即使韩延徽不赞成契丹出手相助石敬瑭，也没有反对。实际上，自耶律德光亲政，韩延徽的事迹已经少见于史料。他的传奇，在于他前期在乱世中的离奇机遇，而当他显达于契丹后，便是以中原敌人的身份出现，因而受到不少中原人的辱骂和唾弃；他对契丹贡献，在于帮助契丹建国，创造文字、制定各种制度和礼仪，而当契丹步入正轨后，他便逐渐退出了历史的舞台。与韩延徽一样以异族人身份当上他朝宰相的还有耶律楚材，也就是辽太祖耶律阿保机的九世孙，他先后为金和元效力，多有襄助之功。

为了早日得到燕云十六州，耶律德光亲自率领五万骑兵南下，帮助石敬瑭解了晋阳之围，并表示愿意帮助石敬瑭消灭后唐皇帝李从珂，扶助石敬瑭当皇帝。

此时，契丹军已经顺势包围了晋安寨，李从珂急忙调卢龙节度使赵德钧领兵来解围。赵德钧却别有私心，送了大量金帛给耶律德光，请求耶律德光立自己为皇帝，他提出的条件是：自己率兵攻占洛阳，与契丹约为兄弟之国，答应让石敬瑭常镇河东。这个条件比石敬瑭的条件要差得多，但是尽管如此，因为耶律德光觉得自己孤军深入，赵德钧仍有很强的实力，自己也有被后唐军队切断退路的危险，所以耶律德光准备答应赵德钧的请求。石敬瑭听说后十分恐惧，派心腹桑维翰到契丹军营，跪在耶律德光帐前，从早到晚哭哭啼啼，用眼泪来阻止耶律德光答应赵德钧的请求，耶律德光才作罢。

耶律德光同石敬瑭一起向南进军，赵德钧与其子延寿率先逃走，其他将领也相继逃跑，士卒大溃。李从珂闻讯大惊，开始还下诏亲征，但这时将士已经离心。李从珂十分沮丧，害怕得不让人提石敬瑭的名字，说：“你们不要提石郎，使我心胆堕地。”吏部侍郎龙敏建议李从珂立已经投奔后唐的东丹王耶律倍为契丹王，然后派兵送回契丹，使耶律德光有后顾之忧。李从珂觉得主意很好，但不知为什么竟没有去做，反而杀了耶律倍。此后志气更加消沉，昼夜饮酒悲歌，像到了末日一样。不久，石敬瑭和耶律德光自晋阳向洛阳进军，后唐将领赵德钧、赵延寿父子等纷纷投降石敬瑭。四十五岁的李从珂与全家老幼带着传国玉玺登玄武楼，自焚而死，后唐就此灭亡。

石敬瑭在契丹的帮助下登上了皇位，成为后晋皇帝。随后，他按照事先的承诺割燕云十六州给契丹，另加每年贡帛三十万匹，逢年过节，还派使者向契丹国主、太后、贵族大臣送礼。契丹人一不满意，便派人责备石敬瑭，石敬瑭总是恭恭敬敬，赔礼请罪。后晋臣民都以此为耻。

石敬瑭靠契丹的保护，做了七年的儿皇帝就病死了，总共活了五十一岁。他的侄子石重贵即位，就是晋出帝。石重贵任景延广为宰相，景延广耻于对辽国称臣，积极反辽，并告辽国说："晋朝有十万口横磨剑，翁若要战则早来。"石重贵向契丹国主上奏章的时候，自称孙儿，没有称臣。耶律德光就认为是对他不敬，预备带兵进犯。

后晋天福八年（943 年），这一年中原的北方地区遭受严重的自然灾害，春夏旱，秋冬涝，蝗灾遍及华北、西北地区，蝗虫过处片草无存，饿死数十万人。耶律德光见有机可乘，决定南下攻晋，以后晋降将赵延寿（李嗣源女婿）为先锋。契丹事先对赵延寿承诺："如果得中国，就立你为帝。"赵延寿十分高兴，表示愿为契丹尽力。然而，赵延寿的军队遭到后晋军民的奋力抵抗，屡战屡败。耶律德光亲率十万兵到澶州（今河南濮阳西）城北列阵，要与晋军决一死战，方交战互有胜负，死伤不计其数。耶律德光因晋军强盛，开始退兵，一路烧杀抢掠，所过之处焚掠殆尽。后晋宰相景延广怀疑契丹后撤有诈，不敢追击，失去再败契丹军的机会。

次年，契丹再次大举南侵，仍以降将赵延寿为先锋。双方交战，互有胜负。石重贵干脆御驾亲征，打退了契丹军。但契丹军很快卷土重来，晋军被重重包围。契丹一面派奇兵断晋军粮道，一面借助风力放火助威，一面以铁甲精骑兵骚扰晋军。晋军则因营地无水源，人马俱渴，将士纷纷请求出战。成德节度使杜重威（石重贵姑夫）认为风力太大，主张待风势渐小后视情况而定，其他将领则认为与其束手待毙，不如乘风力莫测奋力还击。于是晋军趁狂风大作、天昏地暗之际，以万骑之势横冲契丹军，契丹大败而逃，势如土崩，丢弃的铠仗遍野，后晋步兵和骑兵并进追击二十余里，耶律德光只身而逃，连坐骑都没有，半路找到一只骆驼，才骑着跑远。

后晋将领想要追杀耶律德光，但杜重威为人怯懦，加上心中已经有谋反之意，不许众人追击，还说："碰到强盗，不赔上性命已经不错了，还想拿回衣袋吗？"事后，宰相桑维翰请求石重贵惩办杜重威，石重贵说："他是我的至亲，必无异心，你不要疑忌。"不久，石重贵任杜重威为天雄节度使，罢桑维翰相位。

后晋开运三年（946 年），石重贵任杜重威为元帅，李守贞为副帅，率宋彦筠、张彦泽、王清等诸军攻契丹，打算收复燕、云等失地。耶律德光率军至恒州，与杜重威军隔河对峙。晋将王清率二千人为先锋，夺桥开路。契丹军后退，诸将请求趁势渡河。杜重威已有降契丹的打算，既不准渡河，也不派兵援助王清，致使王清和二千士兵全部战死。契丹从道外将晋军包围，晋军与外界失去联系，粮食也已吃完。杜重威和李守贞、宋彦筠密谋投降，派人暗中往契丹耶律德光营中请降。耶律德光故意对使者说："赵延寿资望欠高，怕不够做皇帝，杜重威来降，该让他做。"杜重威大喜过望，立即命令全军出营列阵。后晋士兵还以为是与契丹作战，人人踊跃，待得知是投降，顿时全部开始恸哭，声音震天动地。杜重威投降后，恒州、代州、易州先后降契丹。

耶律德光一路南下，派后晋降将张彦泽率骑兵二千先取汴京。张彦泽倍道疾驱，夜渡白马津，自封丘门斩关而入，囚禁石重贵，纵兵大掠，两天才停止，都城被洗劫一空。张彦泽还在旗帜上题上"赤心为主"四个大字，以示他忠于契丹。张彦泽进城后，还杀死了桑维翰。桑维翰一贯主张后晋联合契丹，与契丹修好。听说他死了，耶律德光还深表遗憾。

石重贵被降为负义侯，先是被关押在封禅寺，处境困窘，备受冻馁，后被押送到契丹，安置在黄龙府，又忍辱偷生过了十八年才死去。后晋至此灭亡。

公元 947 年正月初一，耶律德光进入开封。二月初一，契丹建国号辽，耶律德光自称大辽皇帝。京城百姓听到契丹兵进城，纷纷逃难。耶律德光为了安抚百姓，以剽掠京城的罪名杀了张彦泽，然后登上城楼宣布说：“大家别怕，我也是人嘛。我本来并不想来，是汉人引我们进来的。我一定会让你们的生活过得更好些。”

话虽然这样说，但是他却没有这样做。为保证辽军的供给，耶律德光采用北方游牧民族的习惯，纵容辽兵以牧马为名，到处抢劫财物，叫作打草谷，闹得开封、洛阳及周围州县百姓的财产牲畜为之一空，百姓也遭到杀戮，数百里地方成了没有人烟的“白地”。耶律德光又命三司筹措赏赐之物，不论官员百姓，都要献出钱帛“劳军”，自将相以下均不能免；又分派数十人往诸州括借，弄得民不聊生，怨声载道；而所括得的钱财，均收入内库，准备运回北方。

耶律德光残暴的统治很快激起了中原人民的反抗。忍受不了辽兵残杀抢掠的中原百姓纷纷组织义军，奋起抗争，少的义军有几千人，多的几万人。他们攻打州县，杀死了辽国派出的官员。东方的起义军声势浩大，攻下了三个州。耶律德光灭晋后，贪恋中原的繁华，一心想长久地占领中原，此时见据守困难，于是有了北归之意，对左右侍从说：“中国人如此难制，正非我所意料！”过了一段时期，他把后晋官员召集起来，宣布说：“天气热了，我在这里住不惯，要回到北庭（指辽国）去看望太后了。”降将赵延寿也没有当成中原的皇帝，被辽军一同带走。

就是在这次北归途中，辽人准备北运回国的铠仗在河阴被负责押运的武行德等抢走，他杀死契丹监军，占据河阳，公开反叛辽国。耶律德光在北归途中得知河阳之乱后，叹息道：“我有三处失策，活该天下叛我：一失为诸道括钱；二失为令契丹人打草谷；三失为不早遣各节度使还其藩镇。”可谓春风得意而来，万般失望而归。

由于心情郁闷，他在途中得了重病，暴死于杀胡林（今河北栾城县西北），再也没能回到他的上国。当时正值盛暑，酷热难耐，辽军不得不剖开耶律德光的腹部，撒上数斗盐，以防止尸体腐烂，中原人因此称其为“帝羓”。

而汉人降将赵延寿野心不死，自称受耶律德光遗诏，要统领南朝军政大事，但很快被辽人囚禁起来，后客死在辽邦。

耶律德光死后，辽军退出了中原，但是，被石敬瑭出卖的燕云十六州仍旧被辽军占领。之后，辽国更是将幽州改名为燕京，定为南京，成为辽国五京（上京、中京、南京、东京、西京）之一。到后来女真族兴起，建立了金国，并于公元1153年将燕京改为中都大兴府。

石敬瑭割让燕云十六州给契丹之举，对后世影响极为深远。从中原王朝来看，燕云十六州的得失，关系江山社稷的安危。燕云十六州实际上囊括了当时中国东北部与北部地区最重要的险关要塞与天然屏障。具体从地理位置上来说，幽、蓟、瀛、莫、涿、檀、顺七州位于太行山北支的东南方，称为“山前”；其余九州在山的西北，称为“山后”。长城从居庸关以东开始，向西南分出一支，盘桓在太行山脊上，一直到朔州以西，才重新与主长城相合，这分支出来的长城就是所谓的内长城。如果“山后”九州被敌人占领，中原还有内长城的雁门关寨可守；但如果失去了“山前”七州，严密的长城体系被打破，本地区的长城及其要塞则完全失去了作用，华北大平原全部暴露，以骑兵见长的北方游牧民族可以沿着幽蓟以南的坦荡平原直冲河朔，从新划定的边防第一线，到当时的中国首都开封，八百公里间，一马平川，没有任何一个关隘和险要之地可以阻挡骑兵兵团的大规模冲击。石敬瑭割让十六州，等于是将北边险要之地拱手让给了契丹。自此，中原王朝在与北方游牧民族的军事斗争中，始终处于无险可守的被动地位，整个中原地带门户大开，为日后契丹、女真、蒙古的南侵创造了极为有利的条件。

前面曾经提过，中原由于马源有限，加上游牧民族的骑射天性，以致中原的骑兵部队始终无法与游牧民族相匹敌。而燕云一失，中原攻守均处在了劣势。因此，许多史学家将石敬瑭列为中国历史上第一个大卖国贼，绝对是有根据的。出主意的桑维翰也被后世史学家王夫之评为“万世之罪人”。燕云十六州被割让以后，在相当长时间内往后各朝代都没有能够收复，流祸深远，贻害长达四百年。在这四百年间，中国完全失去了军事上的战略主动地位。

关于燕云十六州的割让，元人郝经曾有《白沟行》一诗吟诵："易水南边是白沟，北人为界海东头，石郎作帝从珂败，便割燕云十六州，世宗恰得关南死，点检陈桥作天子。汉儿不复见中原，当日祸基元在此。……流祸无穷都不管。晋家日月岂能长……称臣呼父古所无，万古诸华有遗臭。"[1]

正因为燕云十六州的意义极为重大，随后的几十年间，几个雄才大略的中原皇帝都将北伐收复燕云十六州作为人生中的最大梦想，这其中，既有后周世宗柴荣，也有宋太祖赵匡胤和宋太宗赵光义，然而却无一例外地以失败告终。此后的宋朝皇帝，均只能是"回首望云中"，慨然长叹了。到了北宋末年，辽国衰微，金国崛起，北宋皇帝中最昏庸的宋徽宗竟然联金攻辽，想借金人之手来收复燕云十六州，最终却是引狼入室，导致了亡国的惨剧。

传奇人士韩延徽则一直受到辽国的重用，平平安安地活到辽世宗一朝。

韩延徽并不是辽国唯一受到重用的汉人，这是由特定的历史背景所决定的。辽国采用独特的政治制度，北面官管理契丹政事，南面官管理汉人事务，即所谓"以国制治契丹，以汉制待汉人"，这在历史上十分奇特，其实还是因为燕云十六州。契丹从石敬瑭手中得到富饶发达的燕云十六州后，也意识到这一地区意义重大，因此给予了足够的

[1] 具有讽刺意味的是，恰恰是这个有"大才子"之称的郝经，后来成为了蒙古灭宋的导火索。郝经，字伯常，山西陵川人，祖父郝天挺是元好问的老师，父亲郝思温与元好问一起从学。郝经二十一岁时便被蒙古顺天路左副元帅贾辅聘为家庭教师，后又被贾辅的上司万户张柔聘去教授诸子。不久，郝经被忽必烈征召，成为重要幕僚。忽必烈攻宋时，郝经力劝忽必烈逼宋宰相贾似道议和，保存实力，以图日后大有作为。忽必烈采纳了郝经的建议，班师北归，全力应付内部纷争，终于夺取了他盼望已久的汗位。忽必烈为汗后，派郝经为使者，到南宋谈和议事，南宋宰相贾似道生怕之前与忽必烈暗中议和一事泄露，将郝经秘密逮捕，关押在真州军营（今江苏仪征）。郝经被扣十多年后才被释放，北还后立即病死。之后，蒙古以郝经之事为借口，开始大举侵宋。详细经过可参见吴蔚小说《战襄阳》。

重视，幽州也由原来北方的军事重镇上升为陪都南京，成为契丹的五京之一。

不过，契丹皇帝仍沿袭着四时捺钵制，即皇帝随着春、夏、秋、冬四季的变化游牧、狩猎于不同的地区。四时捺钵大体是春天在鱼儿泺捕鹅，在混同江（今松花江）钓鱼，夏天在永安山避暑，秋天在伏虎林射鹿，冬天在广平淀猎虎。游猎时设立行帐，称作捺钵。皇帝在捺钵里商议国事，因而捺钵成为政治活动的中心。但皇帝四时迁移，政治中心也随之变化，只有在冬季捺钵时，才到南京，因此南京并不是真正意义上的都城。而按照捺钵惯例，契丹贵族大多数必须跟随皇帝迁移，因此南京官员和幽燕地区的州县官吏便只能由汉人来担任，这就是南京南面官系统的来历，与以契丹贵族组成的北面官系统不同。南面官系统的汉人像韩延徽一样，为契丹皇帝出谋划策，这也是为什么契丹的许多制度其实是沿袭唐朝旧制的根本原因。

除了韩延徽外，知名的汉人重臣还有韩知古。韩知古，蓟州玉田（今河北玉田）人，辽太祖耶律阿保机平蓟时，韩知古才六岁，被契丹军俘虏，辽太祖皇后述律平之兄萧欲稳将其送给了述律平做奴隶。经历坎坷的韩知古善谋有识量，长大成人后竟然成为契丹著名谋士，被任命为“知汉儿司事”，不但管理有关汉人的事物，而且还负责制定辽国的王朝礼仪，一直官至中书令，死后还名列耶律阿保机的二十一名佐命功臣之一，为契丹的建元立国立下了汗马功劳。韩知古人生之离奇，不亚于韩延徽，不得不令人慨叹人生的传奇性。

韩知古身后的韩氏一族在辽一直相当显赫，官运亨通。韩知古的儿子韩匡嗣精通医术，经常为耶律阿保机及述律平皇后看病，由此深得信任，曾官拜南京（指幽州）留守，他本人还迎娶了后族旺支兰陵郡萧氏的女儿（封陈国夫人）。韩匡嗣的七个女儿中，一个嫁昭义军节度使、太傅耿绍纪，一个嫁太尉萧猥恩，一个嫁大国舅弟萧罕余。他的儿子韩德让则更加声名显赫，深受辽景宗皇后萧燕燕（《杨家将》中杀伐决断的萧太后原型）的宠幸，官至宰相，甚至还被赐名为耶律隆运，位于皇族之列。在辽人看来，这已经是给汉人的最高荣誉。

第三节　奇女子萧燕燕

宋朝初建立时，北方除了辽国外，在辽与宋朝之间还有个北汉刘氏，是五代十国中唯一没有被宋朝统一的政权。

先略谈北汉的来历。五代十国时，契丹灭掉了后晋，刘知远趁机自立为帝，是为后汉。后汉政权只存在了五年，就被后周所灭。但刘知远的弟弟刘崇却占据太原，自立为帝，这就是北汉。之后，刘崇传位于刘钧，刘钧传位于刘继恩，刘继恩传位于刘继元。北汉国主刘氏长期依附于辽国，俨然与中原诸政权分庭抗礼。宋太祖赵匡胤时，宋军曾两次兵临北汉所占据的太原城下，但由于契丹出兵相助，均无功而还。北汉有恃无恐，还时常侵犯宋朝边境州军。

由于北汉正好地处宋朝与辽国之间，局势相当微妙。北汉内部在如何处理与宋朝的关系上也是意见不一，矛盾重重。北汉第三任国主刘继恩在位时，部将侯霸荣攻入皇宫，杀死了刘继恩，打算用刘继恩的首级投降宋朝。不料北汉宰相郭无为得知消息后，发兵包围了皇宫，并派武功高强的死士翻墙入宫，一举杀死了侯霸荣。

这个郭无为颇有来历，原来是青州千乘（山东广饶）人，后来到武当山当了道士。他博学多才，颇为自负，虽然隐居在武当山，却依旧关注着天下混乱的局势。后周太祖郭威征河中时，郭无为前去投靠，却未受重用，于是郭无为隐居在抱腹山。但还是忍不住寂寞，投靠了北汉第二任国主刘钧，立即被刘钧所赏识，授为吏部侍郎、参议中书事，与另一大臣赵文度同掌朝政。不久后，郭无为与赵文度开始不和，刘钧干脆罢黜了赵文度，郭无为升为左仆射、平章事兼枢密史，从此开始独掌朝政。刘钧病重时，与郭无为谈到皇位继承人选，郭无为认为刘继恩才干不足。刘继恩知道后，自然怀恨在心，所以即位后一直想找机会杀掉郭无为，但还没有来得及动手，便被侯霸荣所杀，在位仅六十天。当时有不少人认为刘继恩被杀一事大有文章，真正的内幕很可能是郭无为唆使侯霸荣杀了刘继恩，之后郭无为又杀侯霸荣灭口。

刘继恩死后，郭无为力主立刘继元为帝。刘继元信用小人，大肆诛杀亲族，引发内部动荡。宋太祖赵匡胤听说北汉其实由郭无为掌权，便暗中写信给他，承诺如果北汉投降的话，授刘继元青州节度、郭无为刑州节度。郭无为料到北汉大势已去，又得到宋太祖赵匡胤的许诺，自然相当心动，于是极力主张投降宋朝，但刘继元自恃背后有辽国撑腰，一直不肯对宋朝俯首称臣。

开宝二年（969年），宋太祖赵匡胤亲征北汉，宋军围攻太原，郭无为主动请缨出击，打算趁机率军投向宋朝。不凑巧的是，当夜刚好下起了大雨，军不得出。宦官卫德贵向刘继元告密郭无为欲投宋一事，刘继元于是杀死了郭无为。此后，刘继元一心投靠契丹，以辽国为靠山。鉴于北汉的地理位置，辽国也总是尽最大努力给予军事支持，实际上也是间接与宋朝为敌。

自显德六年（959年）后周世宗柴荣北伐，辽国便与后周断绝往来。宋朝立国之初，也没有与辽国通好，更无官方往来。宋太祖赵匡胤还说："今之勍敌，正在契丹。"可见在他心目中，早已经将辽国视为劲敌。赵匡胤一登上皇位，就任命横海军节度使陈思让为关南兵马都部署，专门负责对辽国的防务。陈思让与赵匡胤是儿女亲家，其女嫁赵匡胤子赵德昭为妻。但宋朝立国之初，中原未平，宋方对辽方基本采取守势，辽国方面也是如此。其间南京（今北京）留守为萧思温（铁腕太后述律平的族侄），其人才干平庸，"非将帅才"，虽然负责南方防务，但却没有南侵的野心。宋辽双方各自暗自戒备，但却未有兵戎相向，甚至在边境还默许民间贸易往来。

然而到了开宝七年（974年），局面豁然开朗，在宋辽边境接壤处地方长官的促进下，双方开始通使。尽管宋辽两方都不愿意承认自己是先提出议和的一方，但两国建立起外交关系却是不争的事实。

此时的历史背景较为复杂。一方面，宋太祖赵匡胤依然有从契丹手中收复燕云之地的雄心；另一方面，他也意识到辽国此时已经坐大一方，已非昔日的游牧部落。即使宋朝能够如愿以偿地灭掉北汉、夺回燕云，也不能从根本上伤及辽国的军事实力，战争的优势依然在辽国一方，辽国随时都可以反扑。而宋军从河南、山东之地调集兵饷，远远不及辽国直接南下方便。在这样的局面下，除了赵匡胤北伐北汉时狙击契丹援军发生过武装冲突外，宋军并无任何主动对辽作战的记录。然而到了宋太宗时，这种刻意维系的和平被彻底打破了，这也是宋太宗才干、眼光远远不及宋太祖之处。

在辽国方面，辽太宗耶律德光之后，经历辽世宗耶律阮和辽穆宗耶律璟两代，统治阶层内部出现了争权夺利的激烈纷争。

先是辽太宗耶律德光的侄子耶律阮（辽太祖耶律阿保机太子耶律倍之子）继位，在南院大王耶律吼和北院大王耶律洼等人的拥戴下即帝位，是为辽世宗。皇太后述律平素来爱干涉国政，对辽世宗擅自即位十分不满，于是另立自己的儿子耶律李胡（耶律德光之弟）为帝，并发兵攻打辽世宗一行。经过一番真枪实刀的较量，耶律李胡因为暴虐不得人心，辽世宗占了上风，控制了局势，经耶律屋质劝谏，皇太后述律平和耶律李胡投降。辽世宗将述律平幽禁在辽太祖陵墓处，耶律李胡则徙祖州（今内蒙古自治区巴林左旗西南）软禁。

辽世宗耶律阮“慕中华风俗，多用晋臣（指原后晋汉人大臣）”，引来契丹贵族不满。在位四年后，在南征途中被燕王耶律察割和伟王之子耶律呕里僧谋杀于梦乡中。接着是辽太宗耶律德光的儿子耶律璟继位，为辽穆宗。

辽穆宗耶律璟个性散漫，爱好打猎饮酒，不问国事，每日酣饮通宵达旦，白天则大睡不起，因此契丹国人称他为“睡王”。耶律璟在位十八年，一直嗜酒如命，喝醉了就爱滥杀无辜，经常借着酒意拔出佩刀，肆意砍杀近侍和奴仆，他身边的近侍人人自危，从而引发了叛乱。最终，耶律璟在黑山打猎时，被不堪忍受的近侍小哥、盥人花哥及厨子辛古等六人趁夜色合力谋杀。

有趣的是，耶律璟死后，慌乱中无人追查刺杀皇帝的凶手，众人首先想到的都是耶律璟没有儿子，该由谁来继承皇位？此时，皇帝遇刺身死的消息尚未传开，跟随耶律璟出猎的大臣抢先派人通知了辽世宗次子耶律贤。耶律贤闻讯后，立即带着南院枢密使高勋和飞龙使女里等亲信，率千名铁甲骑兵赶赴黑山，抢先在辽穆宗的灵柩前继位，就是辽景宗。而也有资格继承皇位的辽太宗次子齐王耶律罨撒葛和辽太祖耶律阿保机第三子耶律李胡之子赵王耶律喜隐等人因为晚了一步，错失良机。刺杀辽穆宗耶律璟的凶手一直到五年后才被抓住。

辽景宗为了感激萧思温的拥立之功，除了立即封他为北院枢密使、北府宰相、尚书令、魏王外，还征召他的女儿萧燕燕入宫，萧燕燕由此登上了风起云涌的历史舞台，成为后来辽史上著名的承天皇太后。

萧燕燕本名萧绰，小字燕燕，出身于名门，父亲即为萧思温，母亲为辽太宗耶律德光的女儿燕国公主耶律吕不古。萧燕燕自小许配给汉人大臣韩知古之孙韩德让，两人虽然文化背景略有不同，倒也情投意合，互相倾慕。不过萧燕燕被召入宫时二人还没有来得及结婚。辽景宗早就听说萧家的第三个女儿美貌聪慧，以致上演了一出皇帝横刀夺爱的戏码。萧燕燕刚进宫就被封为贵妃，仅过了两个月，就被正式册封为皇后。此时的萧燕燕才十六岁，初入宫廷，应该并没有感到真正的快乐，她与旧情人韩德让青梅竹马，感情极深，本无心争权，但她父亲萧思温之死彻底改变了她的人生。

萧思温此时已经是权倾朝野，自从小女儿当上皇后后，大女儿也嫁给了齐王耶律罨撒葛，二女儿而则嫁给了赵王耶律喜隐。然而，萧思温一飞冲天也让许多权贵不满。辽景宗的亲信南院枢密使高勋和飞龙使女里为了削弱萧思温的势力，趁萧思温跟随辽景宗出猎闾山时，指使萧氏同族人萧海只、萧海里假装成盗匪行刺。萧思温猝不及防，被刺身死，萧燕燕由此受到巨大刺激，残酷的权力斗争让这名聪慧的少女迅速成长了起来。

辽景宗对萧燕燕十分宠爱，二人十四年的夫妻生活中，一共有四子三女共计七个孩子。契丹有一套独特的皇后分娩制度，这套制度与其游牧民族的特性密切相关，十分有趣。皇后待产时，躺在一座大的毡帐中，身子下面铺满甘草。皇后毡帐的四周另有四十八顶小一些的毡帐，每顶毡帐中有数人抓住一只羊。皇后生产时，四十八顶毡帐中的人一齐扭断羊角，羊因痛苦而呼喊，由此盖住了皇后分娩的痛叫声，表示用羊替皇后承受痛苦的意思。

萧燕燕几乎是到了专宠的地步，而丈夫对她的宠信还给她带来了尽显治国才能的机会。辽景宗因体弱多病，常不视朝，朝中刑赏、政务、用兵等，均交给皇后萧燕燕裁决。辽景宗曾对大臣说："在书写皇后的言论时也应称'朕'或'予'，可作为一条法令。"这是辽景宗在法律上将妻子的地位提升到与自己等同的程度，使她可代行皇帝职权。实际上，到了此时，萧燕燕已经成为辽国的女皇帝，"以女主临朝，国事一决于其手"，因而辽国有"只知有萧后，不知有景宗"的说法。

萧燕燕性格果断刚毅，素有机谋，"明达治道，闻善必从……习知军政"，善于驾驭左右大臣，群臣竭忠尽职，人皆乐于为其所用。她重用汉人，并且信而不疑。对于之前有过婚姻之约的韩家，她也加以重用，韩德让由此平步青云，后来为辽圣宗（萧燕燕与辽景宗之子）朝的兴盛起了重要作用。

辽景宗身体不好，三十多岁便撒手人寰，死前留下遗诏："梁王隆绪嗣位，军国大事听皇后命。"十二岁的儿子耶律隆绪即位为辽圣宗，二十九岁的萧燕燕摇身变成了皇太后，但局面并没有因辽景宗的遗诏而太平。当时主少国疑，诸王宗室二百余人拥兵握政，萧燕燕面临母寡子弱、族属雄强、边防未靖的局面，几乎与赵匡胤发动"陈桥兵变"之前的后周一模一样，形势十分严峻。在关键时刻，萧燕燕以超人的胆略摄政，在侄女婿耶律色珍（有的史书中记作耶律斜珍，为音译不同）和旧情人韩德让的辅佐下，巩固了辽圣宗和自己的地位。尤其韩德让出力极多，大概这一对昔日的甜蜜情人，从来就没有忘记过曾经有过的那些美好时光。不久，辽圣宗率领群臣尊萧燕燕为承天皇太后，自此，萧燕燕总摄军国大政，开始了辽国历史上著名的承天后摄政时期。

根据一些史料推断，萧燕燕实际上在辽景宗死后已经下嫁给韩德让，这并不违背契丹风俗。根据《宋会要辑稿》记载，萧燕燕先是秘密派人鸩杀了韩德让的妻子李氏，之后居于韩德让的营帐中，两人形影不离，俨若伉俪。苏辙在《龙川别志》中记载了宋辽澶渊议和，提到宋朝使臣曹利用到达辽军大营时，"利用见虏母（指萧燕燕）于军中与蕃将韩德让偶在驼车上，坐利用车下，馈之食，共议和事"，意思是曹利用亲眼看到萧燕燕和韩德让并排坐在有毡幕的车上，可见二人关系之亲密。

萧燕燕还特许韩德让设置护卫百人，这是只有辽国天子才能拥有的权力，辽圣宗对韩德让也是"见则尽敬，至父事之"。至于前面提到的韩德让被赐名耶律隆运，"出宫籍，隶横帐季父房后"，也是萧燕燕有意抬高韩德让的身份。投桃报李，韩德让也一直忠心辅佐，"孜孜奉国，知无不为"，政绩相当卓著。

萧燕燕是历史上少见的女中豪杰，总共摄政二十七年。在此期间，她励精图治，扭转了辽国自辽穆宗以来的中衰之势，辽国达到最鼎盛时期。也正是在她手中，辽与宋朝签订了意义极为深远的"澶渊之盟"。此盟约的签订，标志天下辽、宋、西夏三足鼎立的政治割据局面正式形成。即使是以宋人的眼光来看，萧燕燕也是一个当之无愧的传奇。

第四节　赵光义屁股中了一箭

宋太祖赵匡胤死后，继任者不是他的儿子，而是弟弟赵光义。宋太宗赵光义在"斧声烛影"的重重迷雾中即位后，大有得位不正之名，因此更想超越兄长，一心要实现兄长未能完成的收复燕云十六州的梦想，然而，结果却出乎所有人的意料。

太平兴国四年（979 年）正月，宋太宗赵光义决定挥师北伐，首要目标就是北汉，其次便是辽国手中的燕云十六州。就在这一年，许多风云人物以各种各样的身份登上了历史的舞台，包括我们即将提到的名将杨业（《杨家将》中的杨令公原型）。

宋太宗赵光义决定北伐后，朝中反对声一片。朝臣反对的理由主要是北汉地处宋朝与辽国之间，多少能起来屏障的作用。但名将曹彬坚决赞成，由此坚定了赵光义的决心。于是，赵光义先派名将潘美等分路出兵，围攻太原。之后，赵光义又打算亲赴前线督师，打算亲自指挥一场光荣和胜利之战。

然而，与宋太祖赵匡胤出身行伍、身经百战不同的是，赵光义以前一直担任着留守后方的职责，从未参加过重大战役。这样一个没有实战经验的人，自然也没有能力来统筹全局，但他是皇帝，是宋军的最高统帅，又喜欢指手画脚、排兵布阵，由此埋下了失败的种子。

辽国听说宋军北伐后，曾经派使者问原因，宋朝的回答是："河东（指北汉）逆命，所当问罪，若北朝（指辽国）不援，合约如故，不然，惟有战耳。"

这样强硬的回答，无异于是向辽国正式宣战。至此，宋太祖赵匡胤辛苦建起来的与契丹的友好关系彻底破裂。

太平兴国四年三月，宋云州观察使郭进破北汉西龙门砦，擒获甚众。北汉国主刘继元见宋军来势汹汹，对太原有志在必得之势，便派人向辽国紧急求援。

此时，辽国辽景宗在位，因体弱多病，朝政均由皇后萧燕燕主持。萧燕燕才二十岁出头，却有不输男子的谋略和眼光，听说北汉被宋朝军队围攻后，立即命宰相耶律沙为都统、冀王塔尔为监军，率军援助北汉。辽军到达白马岭，前面为一条大涧，宋将郭进率宋军驻扎在涧的对岸。耶律沙等将领认为应等待后军到来，合兵后再与宋军决战。而塔尔性格急躁，认为应率先锋一鼓作气，急攻宋军，耶律沙力谏，塔尔不听，亲自率军渡涧攻宋军。辽军刚渡到一半时，对岸的宋将郭进突然率领骑兵奋力冲击，辽军大败，塔尔、华格（塔尔之子）、耶律德琳（耶律沙之子）、令衮图敏、详衮唐古等辽将均死在乱军之中，耶律沙等也被宋军趁势包围。幸好这时候另一员辽将耶律色珍率救兵赶到，万弩齐发，才击退宋军，救出了耶律沙等人。

宋军在白马岭击败辽国援兵后，声势大震，连克盂县、隆州、岚州等城。而辽军吃了一场大败仗后，见宋军所向披靡，也不敢再发兵相救。北汉国主刘继元大为恐慌，再派使者携带封有求救书信的蜡丸奔赴辽国，结果半路被宋军捕获。宋大军随即直指北汉都城，太原城被围得水泄不通，之前赴辽求救的北汉使者也被斩杀于城下，以此来威慑城内的北汉军民。宋军轮番向太原发起进攻，矢石如雨，战斗十分激烈。宋太宗赵光义甚至亲临太原城下，诏谕北汉国主刘继元投降，刘继元毫不理睬。于是，赵光义命宋军发机石攻城。五月初一，攻破了太原西南的羊马城。

就在战事进入关键时刻，太原城上演了极有戏剧性的一幕。在宋军的猛烈攻势下，北汉朝野上下人心惶惶，感到守城无望，不少人开始谋求退路。北汉宣徽使范超率先出城投降。此时，宋军正奋力攻城，个个都杀红了眼，突然看见范超带着一队北汉兵打开城门奔驰而出，误以为是北汉兵出城交战，立即蜂拥向前，抓住了主将范超，并不由分说地将他斩杀于大旗下。

范超冤死后，悲剧还没有结束。太原城中的北汉国主刘继元得知范超出城投降后，立即下令将范氏抄家斩首。范超全家不分老小，均被砍下首级，且将首级抛到太原城外。宋军这才知道范超是出城来投降的，结果却被误杀了。

宋太宗赵光义见北汉国主刘继元不肯投降，又移师城南，继续攻城。这一天的半夜，太原城上空有一片云，形状如同人形，令人惊悸。宋军数十万将士用弓弩轮番向城内射击，声势惊人。北汉外绝援军，内乏粮草，军心开始动摇，马步军都指挥使郭万超等主动出城投降。刘继元欲战无力，眼见挽救不了城破的命运，继续抵抗只能是死路一条，只好出城投降。北汉是五代最后一个割据政权，它的灭亡标志着自唐朝灭亡以来五代十国分裂割据的局面基本结束。

不过此时的北汉国力已经相当衰微，其十州四十一县的土地虽然均为宋朝所得，但总共不过三万五千户，军队也不超过三万，宋军在数量上远远超过了北汉军。可见宋朝与北汉这一仗的胜利，更多是因为国力差距悬殊。

北汉国主刘继元献城投降后，北汉名将刘继业依旧在抵抗。刘继业（约932—986年），本名杨重贵，祖籍麟川新秦（今陕西神木），后移居太原，父亲杨信曾为后汉麟州（今陕西神木）刺史，以武力雄踞一方。杨重贵从小就擅长骑射，爱好打猎，曾对同伴说:“我他日为将用兵，亦犹鹰犬逐雉兔尔。”因年少英武，深受当时北汉国主刘崇的赏识，被刘崇收为养孙，改名为刘继业。刘继业素以骁勇闻名，先担任保卫指挥使，后因功升迁到建雄军节度使。据说由于刘继业战功卓著，所向无敌，北汉国人称其为“杨无敌”。

但这个“杨无敌”的绰号实在值得商榷。首先，刘继业此时的年纪大概在五十岁左右，如此，他有三十余年的时间在北汉为将。因为北汉一向依附辽国，这点从辽国多次派大军援救北汉就能得到充分的证实，那么刘继业的战功自然不是在与辽军的对垒中取得的，如此，便是与宋军对战了。不过在《宋史》的记录中，刘继业与宋军的几次交锋，均是以刘继业的失败而告终的。举例来讲，宋太祖赵匡胤时，刘继业曾与宋将党进交战，刘继业带数百人马偷袭党进大寨，党进挺身而出，只带数人出战，竟然以少胜多。刘继业大败后，先是躲在壕沟里，后来靠太原城上垂下的绳索攀缘入城，才得以逃生（事见《续资治通鉴·卷五》）。其次，在北汉的岁月，刘继业已经改姓刘，并不姓杨，即使真是“所向无敌”，那么也应该叫“刘无敌”，而不是“杨无敌”。由此可见，这“杨无敌”的称号多半是刘继业恢复本姓后，入宋抗辽时所得到的称号，而后来《杨家将》的故事开始流行时，以讹传讹，变成了北汉的“杨无敌”。

无论刘继业是不是真的无敌，他都受到了宋太宗赵光义的赏识。宋军大军压境后，北汉君臣人心惶惶，唯独刘继业在太原城头防守苦战，甚至北汉主刘继元投降以后，还在坚持战斗，赵光义爱其忠勇，很想招为己用，于是派刘继元去招降刘继业。刘继业为保全城中百姓，北面再拜，这才释甲开城，迎接宋军。赵光义大喜，立即拜刘继业为右领军卫大将军，并加厚赐，复姓杨，名业。之后杨业成为宋朝著名将领，史称杨令公，其与后代的事迹被演绎成各种各样的戏曲和故事，其中最有名的便是“杨家将”。

关于杨业对辽与宋的态度，《续资治通鉴》中有这样一段记载，是辽国大将耶律色珍援救北汉后，杨业告诫北汉主刘继元时说的：“契丹贪利弃信，他日必破吾国。今救兵骄而无备，愿袭取之，获马数万，因藉河东之地以归中国，使晋人免于涂炭，陛下长享富贵，不亦可乎！”但刘继元没有听从。但这并不能说明杨业一直心向宋朝，他所提的建议，不过是为了给北汉谋取利益，否则，他为何在宋军攻取太原后还奋力抵抗？无论如何，杨业在历史上的真实形象，与评书和小说所描绘的还是有差距的。

北汉投降后，宋太宗赵光义为了断绝北汉臣民的希望，下令焚毁太原城，改太原为平晋县，以榆次县为并州，将太原城中的僧人、道士及豪民迁往西京洛阳，普通百姓则迁居并州。为了驱赶民众，赵光义派兵在太原城内纵火焚烧庐舍，大火起时，城中尚有许多老弱病残来不及转移，均为大火所吞没。

伐北汉旗开得胜后，赵光义志得意满，打算干一件更加惊天动地的大事，那就是收复燕云十六州。赵光义一心要收复燕云十六州，不仅仅是因为燕云十六州位置极其重要，他在可疑的“斧声烛影”中登上了皇位，朝野之中虽然不敢公然议论，但几年来疑云久久不散。所以，赵光义一心想要在文治武功上超越兄长赵匡胤，以求摆脱阴影。就拿这次伐北汉来说，满朝文武除了枢密使曹彬，其他人都持反对意见，赵光义却一意孤行。降服北汉后，宋军将士已经在外征战近半年，人马劳顿，因此一听说赵光义要趁势伐辽，志在奇取幽蓟，均不愿意，但却没人敢出言劝阻。只有殿前都虞候崔翰上奏说：“此一事不容再举，乘此破竹之势，取之甚易，时不可失也。”于是赵光义下定了出兵的决心。

开始一切都还很顺利，宋军势如破竹，宋将傅潜、孔守正在沙河大败辽北院大王耶律希达，辽东易州刺史刘禹和辽涿州判官刘原德均主动献城出降，随即，宋大军直指辽国的南京幽州。

辽南院大王耶律色珍见宋军士气如虹，锐不可当，认为应当智取，便先派出一军屯驻在胜金口，并让军中故意换上之前被宋军打败的辽北院大王耶律希达的旗帜。果然，宋军一见到耶律希达的旗帜，便立生轻敌之心。赵光义亲自率兵进攻胜金口，宋军士气倍增。就在此时，早有预谋的耶律色珍另率一军绕到宋军背后，前后夹击，宋军失利，开始后撤。

不过，这次挫败并没有阻挡宋军前进的步伐，宋军到达幽州城下后，立即开始攻城：定国节度使宋渥攻南面，河阳节度使崔彦进攻北面，彰信节度使刘遇攻东面，定牙节度使孟元喆攻西面。

值得一提的是，在辽国的五京中，南京幽州虽然并不是国都，但却是五京中最为繁荣的城市，“户口安堵，人物繁庶”，“城北有三市，陆海百货萃于其中。僧居佛寺，冠于北方；锦绣组绮，精绝天下”。此时辽南京留守为汉人韩匡嗣，被封为燕王，权留守为韩匡嗣之子韩德让。韩德让忧惧不堪，亲自登上城楼守御。而城外宋军不仅猛烈进攻，还大打招降牌，不断利诱城中守将，迪里都都指挥使李扎勒灿便是因此出城投降。幽州城内人心惶惶。

此时，辽国的辽景宗和萧燕燕还不知道幽州已经被宋军围困的消息，靠近南京的辽御盏郎君耶律学古听说幽州危急后，不待上命，自己主动率军前去救援幽州。辽军在与宋军的对峙中，一直表现出团结互助的可贵精神。而宋军将领大多各自为战，互不协调，容易被辽军各个击破，关于这一点，在杨业之死一事上得到充分验证。

因为幽州被宋军四下围住，耶律学古不得入城，最后想出了挖地道一招。耶律学古的来援，客观上没有起到太大的作用，主观上却极大鼓舞了幽州辽军的士气。在耶律学古和韩德让率领下，守城辽军采取了反防死守的策略，以此来拖延时日，等待援兵。宋军进攻了很长时间，都是徒劳无功。三百名宋兵一度趁夜色攀登上城墙，但却被早有防备的耶律学古打败，双方开始呈现出胶着状态。

相比于幽州城内空前的紧张和仓皇，宋军士气也不高，赵光义急不可待，“督诸将攻城，而将士多怠”。当时桂州观察使曹翰、洮州观察使米信屯驻在幽州城东南隅，有军士在地下挖到了一只螃蟹。曹翰趁机大发感慨，说：“蟹，水物，而陆居，失其所也。且多足，敌救将至之象。又，蟹者，解也，其班师乎！”宋军普遍盼望早日班师回朝的心态由此可见一斑。

幽州被困的消息最终传到了辽国，辽景宗大发雷霆，还怪罪部下不能及时侦察情况，贻误战机。因为事情紧急，萧燕燕立即派宰相耶律沙前去幽州增援。耶律沙刚刚出发不久，辽将耶律休格（一作耶律休哥）也主动请缨，率人马前往幽州。

赵光义听说辽国有援兵到来后，命令宋军在高梁河（今北京西直门外）布阵防守。辽国宰相耶律沙率部先到，与宋军在河滩上激战。经过一番血战，辽兵伤亡惨重，耶律沙急忙下令撤退。赵光义急忙下令宋军火速追赶。此时天近薄暮，已经昏黑下来，耶律休格率军赶到，与辽南院大王耶律色珍合兵后，分左右两翼阻击宋军。为了惊扰宋军，耶律休格下令辽军将士每个人都高举两只火炬。宋军见敌人火炬众多，人人都有惧色。耶律休格一马当先，被砍中三刀，却依旧死战。幽州城内的耶律学古见援兵到来，立即召集精兵，从城中杀出，又派人四面鸣鼓，高声大呼，声震天地。辽军声威大震，宋军一下被冲乱了，结果被打得大败。宋军兵将纷纷被杀，赵光义那顶皇帝专用的黄罗伞盖则成了辽军的攻击目标。若不是举黄罗伞盖的宋士兵中箭落马，赵光义可能早就死在辽军刀下了。

赵光义带着残兵败将一路逃跑，鞋也掉了，帽子也飞了，战马也陷进泥里。他事先安排的接应部队也没有前来救驾，还是杨业赶到，杀退了追击的辽兵，才救了赵光义一命。

此时已经八月，秋风已起，塞外秋高马肥，宋军在与辽军的对峙中已处于不利的地位。赵光义经历了高梁河惨败后，决定退兵。不料辽将耶律休格穷追不舍，追得赵光义屁滚尿流，狼狈不堪。幸好耶律休格之前受伤严重，不能骑马，只能乘坐轻车，速度慢了一些，但依旧追赶不已。到了涿州，赵光义还中了辽军两箭，之后乘驴车逃脱，但随行的兵仗、符印、粮馈、货币等辎重均为耶律休格所获。后来赵光义死，便是因为此次的箭疮发作。

堂堂宋朝天子，竟然差点就做了辽军的俘虏，当时的混乱状况可想而知。而在此次征幽州途中，有一次夜里惊乱，众将突然发现宋太宗赵光义不知去向。于是人心惶惶，奔走相告，都说皇帝失踪了，更多的人怀疑赵光义已经在乱军中遭难。于是，有人提议说："国不可一日无君，现在皇帝下落不明，很可能已经遇难。武功郡王赵德昭是太祖子嗣，应该赶紧立他为皇帝，以安定人心，免得让辽国有可乘之机。"建议由跟随赵光义出征的赵德昭继位。当然，也有人反对，建议先寻找到宋太宗再说。就在众人争吵不休的时候，有人奔来告诉大家："皇帝还活着。"于是，这件事就算平息了。

回到开封后，赵光义心情十分不好，他此次出兵，目的在于提高声望、收服人心，不料却遭到惨败，全军覆没、狼狈逃命不说，连皇帝的屁股上都中了两箭，简直是奇耻大辱。就在赵光义低沉抑郁的时候，有人告诉他在宋军溃败途中，曾有人谋立赵德昭为皇帝，赵光义的脸色顿时阴沉得可怕，十分恼怒。但事出有因，他也不好多说什么。偏偏这个时候，毫无心计的赵德昭自己送上门来。

因为赵光义心情非常不好，即使先前攻取太原、收服北汉也不能弥补，因而对在攻取太原中有功劳的将士也不给予奖赏。宋军将士对此意见很大，个个心怀不满。赵德昭见将士们议论纷纷，生怕军心不稳，便向赵光义建议立即论功行赏，以安抚将士。赵光义正为幽州之败而恼怒，没听完就大怒说："战败回来，还有什么功劳？要什么赏赐？"赵德昭说："这也不能一概而论。我军征辽虽然失利，但终究荡平了北汉，请陛下分别考核，量功行赏。"赵光义一拍桌子，声色俱厉地喝道："等到你做皇帝时，再行赏不迟！"赵德昭开始还不明白叔叔为什么突然发火，惊在了当场，后来才幡然醒悟，不敢申辩，只是匆忙出宫。

回到自己的府邸后，赵德昭气愤难平，问左右随从："带刀了吗？”随从见他满脸通红，情绪十分激动，不敢说带有兵器，怕出意外，便搪塞说：“我们进宫，按规定不准携带利器，所以身边没有带刀。”赵德昭越想越恼，越恼越悲，迅速走入自家的茶酒阁，关上阁门，取桌上的利器自刎而死，死时年仅二十九岁。

赵德昭自杀，不能不说与之前误传宋太宗失踪、宋军欲立赵德昭为帝有关。赵光义虽然是一时气话，但猜忌之心一览无余。赵德昭身为宋太祖之子，对“斧声烛影”相关的种种议论不可能一无所闻、一无所想，而现在被亲叔叔猜疑，无以自诉，只能以死来明志了。

赵德昭之死十分令人意外。赵光义闻讯后赶来，表现出大为后悔的样子，哭着说：“你这个傻孩子，叔叔只是气头上的话，你怎么也当真，为什么要自寻短见呢？”命以亲王礼安葬赵德昭，赠中书令，追封魏王，后改吴王，又改越王。

其实，追悔肯定不是赵光义的真实心思，他应该从赵德昭身上感到了强大的威胁。他晚年曾经说过：“外忧不过边事，皆可预防。惟奸邪无状，若为内患，深可惧也。”此言当是针对他的皇位有感而发，也再次表明了宋朝不以外患为威胁而注重对内的国策。

谋立赵德昭为帝虽然只是乱军中的一个提议，并未真正实施，但却是一个有力的信号——赵光义已经即位，处心积虑，却依旧没有完全收服人心和军心，支持赵匡胤诸子的人依然不少。虽然提议立赵德昭为帝的将领的名字不得而知，但时人都怀疑就是与太祖赵匡胤关系亲密的石守信、刘遇和史珪。这三人都是宋朝开国名将，石守信更是号称宋朝开国第一功臣，但却在高梁河之战后就立即被降职，具体原因不明，不得不让人怀疑与赵德昭事件有紧密的关联。

如果说赵德昭之死还事出有因的话，赵德芳之死就格外令人生疑了。赵德昭死后一年多，太平兴国六年（981 年）三月，宋太祖赵匡胤最小的儿子赵德芳神秘暴病身亡，年仅二十三岁。赵德芳本是赵匡胤病危时预备召进宫继承皇位的人物，史书上对他离奇的死没有作任何说明，成为又一桩疑案。他的死，彻底消除了对赵光义皇位的威胁。朝野间怀疑赵德芳死在赵光义之手的人不在少数，只不过从来无人敢公开议论。至此，赵匡胤仅存的两个儿子赵德昭和赵德芳全部死去，愈发加重了“斧声烛影”的迷雾。

宋军在高梁河之战中遭受惨重失败，从此也开启了宋朝与外族作战屡战屡败的篇章。此后，辽军不可一世，打算乘势南下，辽燕王韩匡嗣与耶律沙、耶律休格统兵攻宋，与宋将赵延进、李继隆等军战于满城。赵延进、李继隆劝说主将崔翰等改变宋太宗赵光义预授之阵图，改八阵为前后二阵，集中优势兵力，这才得以大败辽军，由此可见宋朝兵制的致命弱点。

辽燕王韩匡嗣与所率军队奔逃，遇伏兵守扼要道，韩匡嗣弃旗鼓遁走，其余人跑向易州山，而耶律休格收其所弃兵械，收编军士，使全军得以返回。对比之下，韩匡嗣的懦弱一览无遗，辽景宗大怒，亲自训斥韩匡嗣说:“尔违众谋，深入敌境，尔罪一也；号令不肃，行伍不整，尔罪二也；弃我师旅，挺身鼠窜，尔罪三也；侦候失机，守御弗备，尔罪四也；捐弃旗鼓，损威辱国，尔罪五也。”下令将韩匡嗣斩首以正军纪。皇后萧燕燕曾经许配给韩匡嗣之子韩德让为妻，虽然尚未过门便已经入宫，但却不忘旧情，极力替昔日情郎的父亲求情，韩匡嗣才免于一死，只被贬职了事。

满城之战被辽人视为奇耻大辱，以致身体一向不好的辽景宗决定御驾亲征，要对宋军进行残酷报复。三年后，他本人也在满城这个地方铩羽而归。

第五节 杨业之死

杨业入宋后，先是任右领军卫大将军、郑州刺史。此时，宋太宗赵光义仍然没有放弃要通过战争收复燕云十六州的计划，认为“业老于边事”，任命其为代州知州，兼三交驻泊兵马部署。另外一员大将潘美任三交都部署，刚好是杨业的顶头上司。

潘美，字仲询，大名人。初仕后周，官至客省使。潘美与宋太祖赵匡胤素厚，北宋代周后，颇受重用。潘美身为武将，一生南征北战，为北宋的建立立下汗马功劳。他是宋朝开国功臣，所以不大瞧得起自北汉投降的杨业。潘美对杨业的态度也代表了绝大多数宋将的态度，可以说，杨业日后因失援而血染疆场的悲剧从这个时候就已经埋下伏笔了。

太平兴国五年（980年）三月，杨业入宋的次年，辽国驸马萧多罗（一作萧咄李）率军十万进犯雁门关。杨业见辽军人多势众，来势凶猛，便只派少数士兵固守关城，自己率几百骑兵悄悄迂回到辽军背后，出其不意，从雁门关北口南向袭击辽军。辽军此刻正忙着攻打雁门关，突然被人从后面冲击，阵势立即松动，有溃败之迹象。而雁门关守军则趁机开关，一齐杀出，与杨业前后夹击，辽军大败，萧多罗也被斩杀，辽马步军都指挥使李重海被生擒。这就是著名的雁门关大捷。

之后杨业因功升职，“领云州观察使，仍判郑州，知代州事”。辽军从此畏惧杨业，“业自雁门之捷，契丹畏之，每望见业旌旗即引去”，辽军一见杨业的帅旗，就望风丧胆，落荒而逃。“杨无敌”的称号大概便是从这个时候开始流传。

这里特别要多提一句，杨业“领云州观察使”，只是遥领，因为当时云州（即山西大同）仍然在契丹人的手中。

此时，杨业入宋还不到一年时间。他一个降将，取得了如此辉煌的战果，受到宋太宗赵光义的重用，自然引起了宋朝勋将们的嫉妒和不满。从此，“主将屯边者多嫉之，或潜上谤书，斥言其短”。据一些野史记载，这“主将屯边者”其实就是杨业的主帅潘美，由此可见后来的戏剧小说痛恨潘美，将其斥为奸贼，绝非空穴来风。虽然赵光义出于用人的考虑，依旧对杨业表示出信任，但杨业“疏外之臣”的本质地位却没有改变，在朝中陷入了被孤立的境地。

太平兴国五年十月，急于报满城之战之仇的辽景宗亲率大军南侵，双方在雄州鏖战一月，互有胜负，后因辽景宗主动退兵而结束了战事。

太平兴国七年（982 年）四月，辽国再发三万骑，兵分三路攻宋。其中中路袭击雁门关，被杨业打得大败。另一部辽军进攻府州，为宋将折御卿所败。

另一路则由辽景宗亲自率领，与宋军大战于满城。经过激烈的拼杀，辽军大败。辽守太尉奚瓦里中流矢死，统军使耶律善补也被伏兵所围，正要被宋军俘虏之时，得枢密使耶律色珍率兵营救，才免于全军覆没。辽景宗出师不利，狼狈不堪地班师回京，不久后就死了。他大概没有料到，他精明能干的妻子萧燕燕继承了他的事业，并在之后以女流之身不断率军亲征，取得了辉煌的胜利。

就在辽景宗死去的这一年，党项人李继迁叛宋，西北边疆再起风云。

辽景宗死后，即位的小皇帝耶律隆绪只有十二岁，由母亲萧燕燕摄政。母寡子弱，辽国局势一度不稳，宋辽两国开始处于休战状态。但赵光义胸怀壮志，心中还在酝酿更大的计划，以求一雪之前中箭的耻辱。刚好宋知雄州的贺令图在这个时候上书，说辽主少国疑，母后专权，宠臣用事，国人怨疾，建议趁此机会直取幽云。贺令图尤其强调了辽国太后萧燕燕妇德败坏，与汉人大臣韩德让的私情人尽皆知，认为如此伤风败俗，定然招来国人痛恨，辽国上下不齐心。

这个贺令图说起来也是沾点边儿的皇亲国戚，他父亲贺怀浦是宋太祖赵匡胤结发妻子贺氏（追谥为孝惠皇后）的兄长。赵光义还没有当上皇帝前，贺令图便在其藩邸行事，因此赵光义即位后，便平步青云。他没有什么真本事，一心只想贪功生事，因为是赵光义藩邸旧人，对赵光义的心思非常清楚，因而首谋北伐。

其实这个时候，萧燕燕在侄女婿耶律色珍和旧情人韩德让的协助下，已经稳定了局面，辽国正处于国势上升的阶段。而所谓妇德败坏、女人贞节一条，因为习俗不同，契丹根本就无人在意。但赵光义却信以为真，不顾参知政事李至的反对，不顾北伐准备不足的实际情况，甚至不与宰相商量，便决定对辽用兵。

雍熙三年（986 年）正月，宋军大举攻辽，这也是宋朝历史上最后一次对辽北伐。宋军兵分三路，东路军以曹彬为主、崔彦进为副，率主力十余万出雄州，直取幽州；西路军以潘美为主、杨业为副，王侁、刘文裕为监军，率西路军出雁门；中路田重进部出飞狐口，取蔚州。按照宋太宗赵光义的计划，三路大军一起发动，由曹彬所率的东路军大张声势，扬言直取幽州，持重缓进，将辽军主力吸引在幽州以南，西路、中路军则趁机北上，攻占沿途州县，然后与东路军会师，共取幽州。

潘美和杨业率领的西路军出师后，克寰、朔二州，转破应州（今应县），沿途所向披靡，连战连胜。到了四月，西路军已经攻占了云州。如此辉煌的战绩，给东路军的曹彬造成了极大的压力，为了争功，曹彬等不及与中路和西路军会师，便孤军冒进，往攻涿州。

再看辽军方面的应对。萧燕燕得知宋军三路压境后，并没有分兵抵挡，而是决定集中优势兵力，先破曹彬的东路军，因为东路军进军的地形平坦开阔，便于契丹发挥骑兵之长。辽将耶律休格先奉命赶到涿州，虚张声势，迷惑宋军，不久后，萧燕燕与儿子辽圣宗率精骑数万进抵涿州东，与耶律休格对曹彬所率的东路宋军形成钳击之势。曹彬见势不利，引军南撤。当时天下大雨，宋军士气低迷，疲惫不堪，耶律休格率精锐骑兵穷追不舍，于岐沟关追上宋军，宋军不堪一击，死者数万人。曹彬领溃军逃至拒马河，不顾一切地连夜抢渡逃窜，慌乱中人马相踏，伤亡甚众，河水为之不流。残部退营易水南，又被辽军追上，士卒惊遁，被杀数万。岐沟关战役完全改变了宋辽的实力对比，使整个战争形势都发生了变化，直接导致了宋西路和中路军的惨败。

宋东路军溃败后，辽军立即移师西线，以十万大军开始反攻。宋太宗赵光义见东路主力军大败，无法实现三路大军合围幽州的计划，便令中路军撤守定州，西路军退守代州。不久，赵光义又命西路军出代州，掩护云、应、寰、朔四州吏民及吐谷浑部族南迁。赵光义此举，实际上已经打算放弃四州，迫使四州民众迁往中原后，留给契丹的便是四座空城。

此时，辽军大兵压境，已经攻占了寰州，宋守军千余人均战死。西路军独对人数占了绝对优势的强敌，情形十分危急。潘美要求杨业出雁门直趋朔州作战，以阻击辽军，保证民众安全南撤。杨业读书不多，但有智谋，不愿意贸然应对强敌，便向主帅潘美和监军王侁等人建议说："今辽兵益盛，不可与战……先遣人密告云、朔州守将，俟大军离代州日，令云州之众先出。我师次应州，契丹必来拒，即令朔州民出城，直入石碣谷。遣强弩千人列于谷口，以骑士援于中路，则三州之众，保万全矣。"大概意思是说：敌兵势盛，应率兵出大石路，遣人密告云州、朔州守将，等大军离代州时，云州吏民先出，我军进驻应州，契丹兵必来相拒，朔州吏民乘机出城，我军直入石竭谷，设伏待敌，可保三州吏民的安全。本质上就是主张避开敌人锋芒，声东击西。

但这个提议首先遭到监军王侁的反对，他认为有数万精兵在手，不该畏惧辽军，主张从雁门关北上，从马邑出军，正面与辽军决一死战。护军刘文裕也赞成王侁的主张。杨业听后当即反驳说："不可，此必败之势也。"王侁很不高兴，不无讽刺地说："君侯素号无敌，今见敌逗挠不战，得非有他志乎？"意思是说你杨业一贯号称是"杨无敌"，如今大敌当前，你居然推三阻四，拖延着不去杀敌，你是不是有投降契丹的打算呢？话中的语气已经是讥讽杨业怯懦怕敌。

王侁的话深深刺痛了杨业的心。他当即气愤地说："业非避死，盖时有未利，徒令杀伤士卒而功不立。今君责业以不死，当为诸公先。"到了这个地步，倘若杨业坚持不肯出战，便有通敌的嫌疑。而主帅潘美的态度相当微妙，始终不发一言，显然，他一直不喜欢杨业，甚至还相当嫉妒杨业，所以才摆出一副事不关己、坐观成败的姿态。

被迫出军之时，杨业已经知道自己被置于必败之地，但还是提出了最后一个请求：即请潘美遣步兵和弓箭手埋伏在陈家谷口，等他转战至此，就从两侧出兵援助，袭击辽军，只有如此，才有可能挽回全军覆没的局面。潘美当时答应了，也确实与王侁带着人马赶到了陈家谷口。

辽军主帅耶律色珍得知杨业出兵后，立即派部将萧挞凛（一作萧挞览）设伏兵于中路，自己亲自率兵去与杨业交战，且战且退。杨业不知有诈，纵兵追击，结果进入了埋伏圈，萧挞凛伏兵四起，杨业四面受敌，孤军奋战，尽管宋军英勇杀敌，终因力量悬殊，惨遭失败，自朔州南三十里狼牙村方向败退。

此时，陈家峪口的潘美一军一直按兵不动，观望等待。王侁派人登上托逻台眺望，见不到任何动静，认为辽军已经败走，为了追击辽军争功，立即率先领兵离开了陈家谷口。潘美见王侁离开，也以“不能制”为借口，率军沿着交河（一作灰河）西南后撤。行到二十里时，潘美得知杨业失利的消息，不但不出兵援救，反而迅速逃跑。

杨业率众浴血奋战，且战且行，从白天一直战到黄昏，终于在傍晚时分到达了陈家谷口。按照杨业事先的计划，倘若宋军事先伏兵在此，以逸待劳，必然能挽回败局。不料陈家谷口静悄悄的没有任何动静，杨业“望见无人，即拊膺大恸”。这哭声，饱含了一个忠臣被国家抛弃的最后绝望。

此时，杨业麾下还有一百余人，他知道辽追兵目标在他，不忍这些人同死，便对他们说：“你们都有父母妻子，与我同死无益，不若逃出去奏告皇帝。”但他平时治军严明，善待士卒，总是与将士同甘共苦，深受拥戴，如今面临生死关头，没有一人肯离去。这其中就有岳州刺史贺怀浦，即首谋北伐的雄州知州贺令图的父亲，宋太祖孝惠皇后的兄长。

于是杨业奋力再战，身被数十创，犹手刃数十敌，马亦被射中受重伤，终于被辽将萧挞凛俘虏。杨业之子杨延玉（戏曲小说中杨七郎杨延嗣的原型）、淄州刺史王贵（当时已经七十三岁）、岳州刺史贺怀浦全都力战而死。杨业见于史书留下的最后一句话是：“上遇我厚，期讨贼捍边以报，而反为奸臣所迫，致王师败绩，何面目求活耶？”一句“奸臣所迫”，道尽了心中的愤恨与不甘。

曾经战无不胜的“杨无敌”最终成为阶下囚，心情之凄苦悲凉可想而知，最终在被押赴辽国途中，杨业绝食三天而死。耶律色珍砍下了他的脑袋，献给辽主报功。“天下闻其死，皆为之愤叹。”最直接的效应便是：云、应、寰朔州将吏闻杨业战死后，无一例外地弃城南逃。因为在他们看来，“杨无敌”一旦死去，宋朝再无强将能抵挡辽国的铁骑，事实也确实如此。

西流不返日滔滔，陇上犹歌七尺刀。
恸哭应知贾谊意，世人生死两鸿毛。

——刘敞《杨无敌庙》

从杨业之死中可以看出北宋朝廷对北方降将始终有猜忌之心，而北宋初年的所谓开国名将大多名过其实，才干、胸襟都不过尔尔，曹彬如此，潘美也是如此。曾有不少人为潘美辩护，认为不救援杨业的责任在监军王侁而不是他。事实上，就在杨业死后不久，关键时刻背约不肯伸出援助之手的事再一次发生在潘美身上。

当时辽军至代州城下，声势浩大，副部署卢汉赟生性怯懦，主张固守，知州张齐贤则主张出战。当时潘美大军刚好驻扎在并州，张齐贤派使者向潘美求救，约定内外夹击辽军，潘美当场满口答应。但使者在回来的路上被辽军抓获。潘美随即又觉得风险太多，再派人去告诉张齐贤，说不打算如约。然而张齐贤聪明绝顶，意识到自己的使者已经被辽军捕获后，认为辽军只知道潘美要来，却不知道潘美不来，刚好可以以计退敌。于是，张齐贤连夜发兵二百人，到代州西南三十里处，专门负责晃动旗帜，点燃火把，以装作是潘美方面的救兵。又发步卒二千人埋伏在土墱寨，好伏击辽军。布置已定，张齐贤亲率厢军二千人直捣辽营，辽军见西南火光冲天，旗帜摇动，怀疑是潘美大军赶到，担心腹背受敌，当即北撤。刚到土墱寨，宋军伏兵四起，辽军大败，辽国舅详稳挞烈哥也在乱军中被杀。此战宋军虽然得胜，但全靠张齐贤指挥若定，若不是他随机应变，杨业的悲剧说不定要再一次在代州上演。

当然，因为杨业名气极大，宋太宗赵光义还是特意下诏悼念：“执干戈而卫社稷，闻鼓鼙而思将帅。尽力死敌，立节迈伦，不有追崇，曷彰义烈！故云州观察使杨业，诚坚金石，气激风云，挺陇上之雄才，本山西之茂族。自委戎乘，式资战功。方提貔虎之师，以效边陲之用。而群帅败约，援兵不前，独以孤军，陷于沙漠，劲果猋厉，有死不回，求之古人，何以加此！是用特举徽典，以旌遗忠，魂而有灵，知我深意。”

诏书写得倒是慷慨悲壮。只是，如此“诚坚金石，气激风云”的优秀将领，皇帝真的完全信任过他吗？从杨业为宋守边疆的第一天，到兵败身死，杨业一直为副，从来就没有担任过真正的主帅，这只是偶然的巧合吗？显然不是。

赵光义还象征性地对间接造成杨业之死的罪魁祸首进行了追究：潘美被降三级，降为检校太保。但他是功勋重臣，又是皇亲国戚（潘美第八女嫁给了宋太宗第三子，也就是后来的宋真宗），所以不久又被重用；外戚刘文裕配隶登州（今山东蓬莱），但“岁余，上知业之陷由王侁，召文裕还。俄起为右领军卫大将军”；杨业之死的主要责任被推给了监军王侁，配隶金州（今陕西安康），后死于召还途中。

最有讽刺意义的是，倒是辽人懂得尊重真正的英雄和对手，在密云古北口修建杨无敌庙，以祀奠杨业。在杨业死后近一百年时，元祐四年（1089 年），苏辙奉使辽朝，出古北口，作《过杨无敌庙》诗：

行祠寂寞寄关门，野草犹知避血痕。
一败可怜非战罪，太刚嗟独畏人言。
驰驱本为中原用，尝享能令异域尊。
我欲比君周子隐，诛彤聊足慰忠魂。

北宋苏颂《和仲巽过古北口杨无敌庙》诗云：

汉家飞将领熊罴，死战燕山护我师。
威信仇方名不灭，至今奚虏奉遗祠。

杨业的事迹代表“先民之志节，立国之精神”，因而他本人成为宋、辽两国敬仰的英雄。

杨业死后，杨业之子杨延昭（本名杨延朗，因避讳宋真宗在上天书事件中所臆造的圣祖赵玄朗而改名）子承父业，常年在前线任职。他骁勇善战，爱兵如子，俸禄全部用来犒劳士兵，冲锋时必定身先士卒，论功时则把功劳让给部下，所以将士均愿意为他效力。杨延昭镇守边关二十几年，辽人对他非常敬畏，称他为杨六郎。这杨六郎的意思并非因为杨延昭是杨业第六子，而是辽人敬佩杨延昭的神勇，以将星比拟杨延昭。杨延昭的儿子杨文广后来也成为抗辽名将，曾在范仲淹帐下带兵，并跟随狄青南征。为了收复失地，他曾向皇上献出阵图及进取幽燕的策略，但壮志未酬，抱病而死。

后世将杨业、杨延昭、杨文广祖孙三代的抗辽事迹演绎为“杨家将”的故事，广为流传，家喻户晓。“杨家将”很早即在民间流传，据欧阳修《杨琪墓志》所记录，早在杨家将第三代杨文广还在世的时候，他的祖父杨业和父亲杨延昭“智勇号称无敌”的故事，便已经是“至今天下之士，至于里儿野竖，皆能道之”。这些故事并非完全真实，但反映了广大人民对杨家将的怀念和颂扬[1]。

西路军失败后，中路军力孤难支，也一再惨败。至此，宋三路大军在先期节节胜利的情况下全部失败，所取州县复失，收复燕蓟故地

[1]“杨家将”中，杨令公的妻子佘太君也是个不让须眉的女中豪杰。其实，杨业妻子为折氏，折氏人称太君，大概因为“折”与“佘”发音近似，遂误传为“佘太君”。折氏为党项府州人，著名的府州折氏成员。府州地处河东路前沿，府州折氏则统治着麟府地区，名义上是宋朝的地方官，受宋朝廷任免，实质上是一个独立自治的少数民族政权。他们为宋抗夏防辽，屡立战功，名载史册。杨业妻折氏性警敏，善骑射，平时经常教习侍女武艺，曾参与战斗，“用兵克敌如蕲王夫人（指宋朝名将韩世忠妻梁红玉，韩世忠以军功封蕲王）之亲援桴鼓然”。根据乾隆年间刊印的《保德州志》记载：折太君生有六子，今州北河神庙乃四将军延昭，号六郎。传说中杨门女将也都代夫从征，上阵杀敌，实际上，史书中记载的只有杨业孙媳杨文广妻慕容氏，骁勇善战。更多杨文广及慕容氏故事，可参见吴蔚小说《包青天》。

的希望终成泡影。这一年是太宗雍熙三年，所以又称雍熙北伐。

在这场战事中，最为幼稚可笑的人物便是之前首谋北伐的雄州知州贺令图。耶律休格南下时，先派人诈降，贺令图贪功心切，竟然信以为真，亲自率领数十骑到辽营。耶律休格骂道："汝尝好经度边事，今乃送死来耶！"于是将其送往幽州问斩，时年三十九岁。

杨业之死也标志着一个主动进取时代的结束。在雍熙北伐中，失去的还不仅仅是杨业等将士的生命，还有宋朝君臣收复幽云诸州的信心，从此，宋朝再也无力、也没有信心发动对辽国的进攻了，改取守势，这就是史书中所说的"岐沟一蹶，终宋不振"。此后，宋朝对辽采取消极防御的方针，辽兵则依托燕云十六州的有利地形，不断南侵，"自飞狐以东，重关复岭，塞垣巨险，皆为契丹所有，燕蓟以南，平壤千里，无名山大川之阻，此所以失地利而困中国也"。

既然燕云十六州收复无望，中原又无险可守，赵光义不得不采纳了户部郎中张洎的"来则备御，去则勿追"的建议，在西起保州（今河北保定）的西北，东至泥沽海口，利用这一带水网交织的地理特点，挖通河渠塘泺，筑堤蓄水，大种榆柳，构建了一条东西九百里、纵深六十里的水障地带，其间设二十八寨、一百二十五铺，派兵戍守，以此作为防线，来阻遏辽军铁骑的进攻。此举标志着北宋对辽已经由攻势转为一种纯粹的被动防御。

只是，这种开塘泺以限马足的努力，比起万里长城的功效来，实在是弱得太多。自从长城防御体系被割让燕云十六州打破以来，辽国就已经成为悬在中原头上的一把利剑。

第六节 "澶渊之盟"

景德元年（1004 年），这是中国历史上不能被忘记的一年。这一年，是宋朝"积弱"的开始。

从这一年的正月开始，便有十分不好的兆头，宋朝京师开封连续三次发生了地震，这是非常罕见的现象。随后，冀、益、黎、雅诸州均发生了地震。

就在这一年，辽军大举攻宋，北方州县频频告急。此时，寇准刚刚当上宰相不久，历史的风云赋予了他难得的机遇。这位民间传说中大名鼎鼎的寇老西儿，几度宦海沉浮，一生中最重大的事件，当属“澶渊之盟”，此事与他个人及国家命运均紧密相连。

寇准（961—1023 年），字平仲，华州下邽人，少年好学，通晓《左传》等经典古籍。七岁随父登华山时，便留下了“只有天在上，更无山与齐。举头红日近，俯首白云低”的诗句，名噪一时。太平兴国五年（980 年），十九岁的寇准考中进士甲科，并取得参加皇帝亲自主持的殿试资格。当时，因宋太宗赵光义多喜录用中年人，有人便劝寇准在殿试的时候多报几岁年龄，以增大录取概率。寇准却严肃地说道：“我正思进取，怎么能欺君瞒上呢！”还是如实申报，结果，寇准凭藉满腹经纶，一试得中，受任为大理寺评事（虚衔），被派往归州巴东任知县，任满后又改任大名府成安县知县。与寇准同榜中进士者还有李沆、王旦和张咏，这四人后来均成为北宋名臣。

年轻的寇准被赵光义赞为“临事明敏”，颇受赞赏，自步入仕途开始，官运亨通，仕途顺利，加上人长得英俊，很容易地赢得了一份爱情，娶到了宋太祖赵匡胤宋皇后（开宝皇后）的幼妹为妻。尽管寇准春风得意，但他在朝臣中却一直以刚直足智闻名，非常难得。端拱二年（989 年），寇准在大殿奏事，极言利害，对朝廷的一些政策多有抨击。赵光义听不进去，生气地站起来要回内宫。寇准却牛脾气发作，上前扯住赵光义的衣角，非要皇帝听他把话讲完才能走，旁边的大臣都为寇准捏了一把冷汗。事后，赵光义想明白了，反而十分赞赏寇准的执拗，高兴地说：“我得到寇准，就像唐太宗得到魏征一样。”寇准确实堪比魏征，然而赵光义无论是文韬还是武略，都与李世民差得太远。

话虽如此，但赵光义对寇准始终不能像唐太宗李世民对魏征那样亲密无间，备加信任，其中重要的原因就是寇准夫人宋氏是宋太祖赵匡胤宋皇后的幼妹。当年大雪之夜，赵匡胤神秘驾崩，宋皇后命宦官王继恩急召赵匡胤幼子赵德芳进宫即位，王继恩却擅作主张，去召了赵光义，于是赵光义即位。然而，宋皇后召赵德芳进宫的一幕，赵光义却始终不能忘记，这也是为什么宋皇后死后，赵光义冒天下之大不韪，下令不准以皇后礼下葬宋氏的原因。赵光义的胸襟气度，也由此可见一斑，这样一个心胸狭窄且急功近利的皇帝，几次北伐契丹失败就不足为奇了。

寇准真正进入中枢的契机，也与辽国有关。有一次寇准上朝，赵光义正与群臣商议与辽国议和一事。寇准当即提出了自己见解，认为辽国屡屡南侵，意在劫掠，只需要加派精兵防守，但绝对不能议和，并将战和的利弊作了对比。这件事后，赵光义将寇准提拔为枢密院直学士，寇准一步登天，步入了中枢机构，此时的他还不到三十岁。在各种重大问题上，赵光义也相当重视寇准的意见，为了表示恩宠，还特意将用通天犀制作的两条珍贵玉带中的一条赐给了寇准。

二十九岁时，寇准任同知枢密院事，已经步入了中枢重臣的行列。他少年得志，难免年轻气盛，意气风发，对看不顺眼的便要大加嘲讽，厌恶之色溢于言表，由此得罪了不少臣僚。知院张逊与寇准不合，一直想找机会扳倒寇准。刚好有一天，寇准和另外一名大臣温仲舒外出办事，半路上遇到一个疯子，疯子拜在寇准的马前，高喊“万岁”。这件事明显是有人要对付寇准，但寇准当时却并未在意。之后，张逊抓住此事不放，唆使心腹王宾弹劾寇准有非分之想。寇准自然不服，在朝堂上与张逊激烈辩论，二人唇枪舌剑，各自雄辩不已。赵光义眼见两名重臣不顾体面，在皇帝面前互揭隐私，各不相让，气得发抖，一怒之下，将寇准贬知青州，张逊也被降职为右领军卫将军。

寇准离开京师后，赵光义耳根清静了许多，却有些不习惯，不免想起寇准的好处来，还经常询问有关寇准在青州的情况。

此时，赵光义时日无多，当年高梁河之战中所受的箭伤逐渐恶化成脓疮，给他的身体带来了巨大负担，他自知大限将至，不禁为没有立太子而发愁。之前，赵光义的长子赵元佐本来是最有希望被立为皇太子的，但他同情被赵光义迫害致死的叔叔赵廷美（赵匡胤之弟），故意装作发疯发狂来发泄对父皇迫害骨肉的不满，因此被废为庶人。之后被寄予厚望的是异母弟陈王赵元僖，但赵元僖却莫名其妙地中毒死去，皇储人选再一次空缺。家家有本难念的经，天子也不例外，赵光义烦恼不堪下，便将寇准召回京师，任为参知政事（相当于副宰相），主动征询太子人选。寇准虽然性情耿直，却深知外臣不能干预内事的祖宗家法，不便直接回答，就说："陛下为天下选择君主，不能与妇人、宦官和近臣去商量。只愿陛下选择能符合天下所仰望的人。"赵光义犹豫了很久，提出想立襄王赵元侃（赵元佐同母弟，母李妃）。寇准委婉地回答说："知子莫如父。"意思是说，父亲最了解自己的儿子，选择一定不会有错，终于促使赵光义下定了决心。于是襄王赵元侃被立为太子，改名赵恒，就是后来的宋真宗。

赵光义册立太子后，大赦天下。京师百姓见到太子赵恒都欢呼道："真是个少年天子。"赵光义得知后却很不高兴，马上召寇准说："四海之心一下子都归向太子，那将我摆在什么地位呢！"他刚刚册立太子，太子便如此深得人心，即使有父子之亲，也有了猜忌隔阂。寇准说："太子众望所归，是陛下的英明决策，是国家百姓的洪福。"赵光义听后才消气，请寇准喝酒，大醉方罢。如果不是寇准应答巧妙，消除了赵光义莫名其妙的猜忌，后果实在难以想象。

至道三年（997年）三月，在位二十多年的赵光义因箭伤发作去世，最终未能实现收复燕云十六州的愿望。赵恒即位为宋真宗时，寇准已经外贬为官，贬斥的理由非常可笑。赵光义晚年，寇准担任参知政事，也是中枢重臣。他为人耿直，一些臣僚对其人品性情极为折服，但也有一些同僚对寇准恨之入骨，可以说，寇准的性格在很大程度上决定了他的仕途不可能一帆风顺。寇准走马上任后，恪尽职守，宰相吕端、参知政事李昌令等人都由他引荐升官。有人借此机会，向赵光义揭发寇准交结私党，扰乱法度。赵光义很是生气，第二天上朝时，吕端先到朝堂，赵光义就与寇准结党一事严厉责问吕端，吕端曾被赵光义称为“小事糊涂，大事不糊涂”，在此时开始“犯糊涂”，一言不发，根本不作辩解。不久后，寇准也来到朝堂，当赵光义责问寇准时，寇准却显出刚直的个性，毫不相让，力争不已，并拿出了许多文书作为证据。赵光义反而更加恼怒，说：“雀鼠尚知人意，况人乎？”认为寇准“性刚自任”，在朝堂上强辩有失执政大臣体面，于是贬其为邓州地方官。

寇准虽然没有直接支持赵光义立赵恒为太子，但毕竟是因为他的话，才使太子一事定下来。加上后来赵光义猜忌太子，也是寇准从中斡旋，因此，寇准也是帮助宋真宗赵恒登上皇位的有功之臣。赵恒一即位，就开始重用寇准，寇准先在工部任职，后历任河阳、同州、凤翔知州，再迁刑部，权知开封府。咸平六年（1003 年），赵恒将盐铁、度支、户部合为一使，寇准迁兵部，为三司使。一年后，名臣毕士安推荐寇准任相，称赞寇准忠诚可嘉，资历深厚，善断大事，自己也比不上他。赵恒却还是有些担心，说：“听说寇准刚愎自用。”毕士安说：“寇准忘身殉国，坚持正道，打击邪恶，因此不为流俗所喜。此时北部边防有事，辽国人不断南下骚扰生事，正应当起用寇准这样的大臣。”于是，赵恒诏寇准为集贤殿大学士，拜同中书门下平章事（宰相），名列毕士安之后。这是寇准第一次入相，对热衷名利的他来说，自然是无上的荣光。

寇准与同科进士张咏友情深厚。寇准出任宰相时，张咏任益州刺史，他对属僚说：“寇公奇才，只可惜学术不足！”后来寇准被贬为知陕州（今河南三门峡市）时，张咏刚好从益州调回京师，路过陕州，寇准在任所设盛宴款待张咏。临别时，寇准送张咏至益州城郊，问张咏：“张公有何见教？”张咏意味深长地说：“《霍光传》不可不读。”寇准当时并不明白张咏所说何意，回到任所后，特意找出《汉书》读《霍光传》，至“不学无术，暗于大理”一句时，才恍然大悟：“原来张公是说我不学无术呢！”这是历史上极为著名的一段典故[1]。

[1] 更多张咏及寇准故事可参见吴蔚小说《斧声烛影》及《交子》。

寇准虽然入相，但他所面临的局面并不乐观，他正式拜相没几天，就发生了辽军大举侵宋事件。边境烽火燃起，但宋朝皇帝昏庸，朝中大臣只知谄媚，历史将一副重担压在了寇准的肩头。

自从宋太宗赵光义在高梁河一战中惨败后，宋朝一直处于战略防御的状态。雍熙三年（986 年），赵光义为报一箭之仇，再次派宋军全力进攻辽国。宋军分东、西、中三路进军，东路军贪功冒进，结果大败。辽军在萧燕燕的指挥下，乘势猛攻，宋军全线崩溃。西路军老将杨业率军掩护边民撤退，在陈家谷被辽军包围，在激战中受伤几十处，被俘后绝食三日而死。此战中，宋军被歼二十余万，精锐尽失。之后，宋朝再无能力对辽国发动进攻，不得不全面转为防御。

此时，辽国国主为辽圣宗耶律隆绪，但由母亲萧燕燕摄政。她胆识过人，兼通韬略，在她的治理下，辽国国力日益强盛。实力强了，野心也就大了。萧太后野心勃勃，不断率军南侵，宋朝的北方边境频频告急。对于辽军的步步进逼，宋军则完全采取守势。

景德元年（1004 年）闰九月，萧燕燕和辽圣宗再度率领大军南下攻宋。辽军声势浩大，号称二十万，经保、定二州，直扑澶州（今河南濮阳）城下。这样，不光河北的大片领土陷入辽军之手，仅隔一河的都城开封也暴露在辽军铁骑的威胁之下。

宋军告急的文书一日之内五至，京师大震，宋朝廷上下慌乱不已。唯独刚刚走马上任的宰相寇准平静如常，还将告急的文书都扣下来，不让宋真宗赵恒知道。赵恒听到风声后质问寇准，寇准便将一堆急报都拿出来。赵恒一见这么多急报，立即慌了手脚，忙问该怎么办。寇准不紧不慢地说：“陛下是想尽快解决此事呢，还是想慢慢来？”赵恒当然是想尽快解决。寇准趁势说说：“陛下要退辽兵，不过五天时间即可。”宋真宗自然不相信。寇准则趁机提出要赵恒率军亲征。

自古以来，皇帝御驾亲征非同小可，但到宋朝却有所不同。宋朝开国皇帝宋太祖赵匡胤出身行伍，当上皇帝后犹自南征北讨，可以说是以武为生。其后是宋太宗赵光义，宋太宗小兄长十二岁，亲自率军讨平了北汉，虽然在与辽国的对垒中屡次大败，自己都中了辽人两箭，但毕竟也是在战场上出生入死的帝王，有别于一般的皇帝。但从赵恒开始，一直到北宋灭亡，皇帝们都是长于深宫，对打仗有着本能的畏惧。

而鉴于宋太宗赵光义之前有高梁河惨败的教训，宋真宗赵恒一直都有畏辽如虎的心理，现在突然听到宰相寇准提出要御驾亲征，立即面带难色，站起来就要回内宫。寇准连忙上前拦住，力劝赵恒不要动摇。赵恒性格软弱，勉强同意第二天朝议亲征一事。

次日，朝堂上爆发了激烈的争吵。不少大臣不但不主张皇帝亲征，甚至还力劝赵恒做迁都之议。参知政事王钦若是江南人，主张迁都金陵。枢密院事陈尧叟是四川人，主张迁都成都。

王钦若，字定国，新喻人。自小聪颖过人，读书作文都很出色。他曾经为开封某门客作有一屏联："龙带晚烟归洞府，雁拖秋色过衡阳。"一时间广为传诵。宋太宗率军进兵太原的时候，王钦若作《平晋赋论》进献，时年十八岁。宋太宗淳化三年（992 年），王钦若进士及第。据说他在殿试中考了第一，也就是状元。但他因为欣喜若狂之下，与同中一甲的袁州同窗许载纵情狂饮，袒腹失礼，宋太宗大怒，下旨再试，王钦若就此丢了状元。据说王钦若也是宋朝第一个江南籍的宰相，因其颈部长有一肉瘤，时人称其为"瘿相"。王钦若文才过人，宋朝四大部书之一《册府元龟》便是此人与杨亿等主持修纂。

陈尧叟，字唐夫，阆州阆中（今四川阆中），宋太宗端拱二年（989 年）状元。陈尧叟中状元时二十九岁，宋太宗召见时，见他体貌英伟，器宇轩昂，举止得体，很是高兴，问左右说："这个年轻人是谁的儿子？"有人回答说："他是楼烦县县令陈省华的儿子。"宋太宗于是召陈省华进京陛见，任陈省华做太子允中。次年四月，宋太宗同时任陈省华、陈尧叟父子为秘书丞，并同赐绯袍以示恩宠。秘书丞虽然官职不高，但父子同日升同样的官，受同样的赏赐，是旷代殊荣，被传为一时佳话。陈尧叟曾任广南西路转运使。当时岭南风气未开化，人们信巫，有病不服药，而是祷神祛灾。陈尧叟移风易俗，将《集验方》医书刻于石上，立于驿站，使之广泛传播。岭南炎热，当地人不会打井，饮水只靠河水或是下雨时的积水，陈尧叟教岭南人植树凿井，因而深受当地人拥戴。

王钦若和陈尧叟均是有才之人，尤其是陈尧叟，也曾经造福一方，有着极好的名声，但才气与品德、为人与气节往往不是一回事。这两人的职务都是副宰相级别，属于执政重臣，堂堂中枢大臣，竟然公然主张不战而逃，由此可见宋朝朝野上下对辽国的畏惧心理到了何等严重的地步。寇准大怒，当着王钦若、陈尧叟的面说："谁是为陛下筹划这个计策的人，罪可诛也。"声色俱厉地要求将主张迁都的人斩首，逃跑派的气焰才一时被遏制。

此时，寇准再一次提出要赵恒领兵亲征，说："只要皇帝亲征，人心振奋，文武大臣团结协作，辽军自可退去。辽军来攻，我们可出奇计骚扰，打乱其进攻计划；也可以坚守不出，使辽军疲惫不堪，再乘机打击。这样就可稳操胜券。如果退至江南或是四川，则人心动摇，辽军乘势深入，大宋江山还能保得住吗？"寇准的意见得到了宰相毕士安和武将高琼等人的支持。赵恒虽然很不情愿，但此时形势逼人，朝堂上主张亲征的一派占了上风，在迫不得已的情况下，他勉强同意亲征，但却迟迟不肯动身。

临出发前，寇准奏请参知政事王钦若出镇河北大名。王钦若此人富有心机，多智谋，擅权变，寇准生怕他留在京师会再想出什么主意阻挠赵恒亲征，因此抢先下手将他调离。朝廷中的主迁派失去了核心人物，但寇准却由此与王钦若结下了深仇大恨。

景德元年（1004 年）十二月，赵恒以雍王赵元份（宋太宗第四子，宋真宗弟）为东京留守，率军御驾亲征。然而，满朝文武对此战都没有信心，甚至表示支持寇准的宰相毕士安也借口有病在身，不肯随驾北征。

宋军正式出征后，辽军日益迫近的消息如雪片般从前线飞来。宋军更是听说辽国太后萧燕燕不顾年过半百，戎装上阵，亲自擂鼓助威，辽军士气极旺，以致大军刚动，便开始军心动摇。跟随赵恒亲征的大臣中又有人趁机提出应该迁都金陵，赵恒优柔寡断，本来就勉强出征，现在更是犹豫，想打退堂鼓，于是召寇准商议。寇准坚决反对，说:“现在大敌压境，四方危急，陛下只可进尺，不可退寸。进则士气倍增，退则万众瓦解。到时辽军必然趁势来攻，恐怕到不了金陵，陛下就成了辽军的俘虏。”握有兵权的殿前都指挥使高琼也支持寇准的意见。赵恒不得已，加上有其父宋太宗亲征差点失踪的前车之鉴，只好不再提撤退之事，继续北行。

北宋时，黄河还未改道，流经澶州，河道将澶州城一分为二，分为南城和北城。赵恒的车驾到达澶州时，辽大军已经抵达北城附近，赵恒遥遥望见黄河对岸烟尘滚滚，显见战事激烈异常，心中胆怯，不敢过河，只愿意驻扎在安全系数较高的南城。寇准认为澶州北城的将士正在浴血奋战，皇帝亲临，会极大地鼓舞士气，于是力请赵恒渡河，说:“陛下不过河，则人心益危，敌气未慑，非所以取威决胜也。”

寇准所提出的“取威决胜”相当有道理，赵恒却很不情愿，只是公然拒绝宰相的提议无异于表明自己怕死，只好默不作声。寇准看见皇帝这副样子，自然明白过来，于是跑出去找武将高琼，说:“太尉深受国家厚恩，今日打算有所报答吗？”高琼也是个血性汉子，当即慷慨地回答:“我身为军人，愿意以死殉国。”高琼的曾孙女高滔滔就是后来有“女中尧舜”之称的高太后。

于是寇准与高琼仔细商议了一番，再一起去见赵恒。赵恒才刚刚缓了口气，一见寇准又来了，立即头都大了。他已经料到寇准要继续游说他渡河，是以一开始就在心理上处于弱势。果然，寇准张口就说:“陛下如果认为我刚才必须要渡河的话不足凭信，可以问问高琼。”赵恒还来不及回答，高琼便说:“寇相公的话不无道理。陛下千万不要考虑迁都江南，随军将士的父母妻子都在京师，他们不会抛弃家中老小随陛下只身逃往江南的。”

接着，高琼便上前请赵恒立即动身渡河。赵恒进退两难，干脆不表态。枢密院事冯拯在一旁斥责高琼对宋真宗鲁莽无礼。高琼不识字，少小从军，完全凭武功起家，年过花甲的他一直瞧不起冯拯这帮不懂军事的文人，当即愤怒地驳斥道:“你冯拯只因为会写文章，官做到两府大臣。眼下敌兵向我挑衅，我劝皇上出征，你却责备我无礼。你有本事，为何不写一首诗使敌人撤退呢？”冯拯无话可说，宋真宗则继续一言不发。

高琼当机立断，命令兵士护送赵恒前往北城。到了黄河渡河口浮桥处，赵恒又停下来。高琼用铁锤击为赵恒驾车的辇夫的背，迫赵恒渡过了黄河。

尽管车驾中的赵恒本人心惊胆战，然而，当大宋皇帝的旗帜在澶州北城楼上一出现，城下宋军与百姓立即齐呼万岁，欢声雷动，声闻数十里。宋军因而气势倍增。当时辽军围攻澶州，辽国萧太后亲自上阵擂鼓助威，辽军无不激动振奋，奋发向前，宋军看见辽军的声势，不战而栗。可以说，赵恒亲临北城，从根本上扭转了宋军的士气。

赵恒到澶州北城象征性地巡视后，仍坚持回到南城行宫。但宰相寇准就此留在北城，负责指挥作战。赵恒回到南城后，尽管有黄河天险，但还是不放心，数次派人前往北城探视。而寇准竟然与知制诰杨亿在北城城楼上喝酒下棋，“歌谑欢呼”，泰然自若，十分镇定。寇准如此表现，显然是胸有成竹，赵恒欣喜道：“寇准这样子，我还忧虑什么呢？”总算放了心，不再恐慌。其实这是寇准知道赵恒心中不安，为了安定皇帝和军心，故意而为之。果然，“人以其一时镇物，比之谢安”。

就在这个时候，留守东京的雍王赵元份突然暴病而亡[1]，赵恒于是借此机会回京，将前线抗辽的军事大权全部交给了寇准。

就在宋真宗赵恒离开澶州后不久，宋威虎军头张瑰用威力惊人

[1] 赵元份是历史上颇为有名的“妻管严”。赵元份娶崇仪使李汉斌之女，婚后关系平常。李氏“悍妒惨酷，宫中女婢小不如意，必加鞭杖，或致死”。而皇帝给赵元份妻妾的赏赐，李氏以正妻身份独占。不仅如此，王府大小事务都是由李氏做主。赵元份生病卧床，王府上下竟然无人过问。宋真宗亲临探视，发现没有一个人在赵元份床边伺候，不得不派自己的宫人为赵元份煮汤熬药。尽管李氏如此恶劣，宋真宗愤怒至极，也没有处置她，这自然是因为赵元份极力维护李氏的缘故。而赵元份对一个悍妇如此容忍，也可谓是咄咄怪事了。赵元份莫名死后，李氏毫不悲伤，形为十分可疑。宋真宗下令撤销她的封号，将其逐出王府。赵元份的孙子赵宗实就是后来的宋英宗。

的床子弩[1]射杀了辽军先锋萧挞凛（萧燕燕族兄弟，擒获名将杨业之人），极大地动摇了辽军军心。

此时辽军孤军深入中原腹地已久，供给线长，粮草不继，已经无力持久作战。加上辽军先锋萧挞凛被射死对士气影响极大，于是萧燕燕下令暂缓攻城。

而宋军方面，由于赵恒御驾亲征，士气高涨，集中在澶州附近的军民，多达几十万人。局势明显对宋军有利，宋真宗却没有抗敌的决心。早在他离开京师的时候，就暗中派出了使臣曹利用往辽军大营与太后萧燕燕议和。只是因为当时战事激烈，曹利用一直未能到达辽营。而当宋辽两军在澶州对垒之时，曹利用一直谋求往返于两军之间。

萧燕燕见辽军处境不利，担心腹背受敌，便开始谋求议和，派宋降将王继忠（望都之战中被辽军俘虏后投降辽军）与曹利用联系。

寇准坚决反对议和，主张乘势出兵，收复失地，如此“可保百年无事”。宋军将领宁边军都部署杨延昭也坚决主战，上疏提出乘辽兵北撤，扼其退路而袭击之，以夺取幽燕数州。但由于赵恒倾心于议和，致使宋臣中的妥协派气焰极为嚣张。这些人联合起来，攻击寇准拥兵自重，甚至说他图谋不轨。寇准在这帮人的毁谤下，被迫放弃了主战的主张。

在辽军大将殒命、兵势受挫、宋军已经明显占据优势的情况下，宋辽两国的和谈就此开始。辽军提出的议和条件是要宋朝“归还”后周世宗柴荣北伐夺得的关南之地。这显然是狮子大张口，因为燕云十六州本来就是中国的土地，收复失地是宋太祖、宋太宗两朝皇帝念念不忘的大计，而辽国竟然反客为主，俨然以主人自居，可笑至极。但由此却可以看出萧燕燕的政治家风度，当此宋军已经明显占据上风

[1] 床子弩即为弩炮，一架弩炮往往联装两张弓或三张弓，利用多弓的合力发射箭矢，劲力远胜于单弓。使用床弩的士兵称为床子弩手。张弩时，床子弩手用粗壮的绳索把弩弦扣连在绞车上，摇转绞车，张开弩弦，安好巨箭。放射时，要由床子弩手用大锤猛击扳机，把箭射向远方。北宋的《武经总要》载有多种多弓床弩，其中最为强劲的三弓床弩又称“八牛弩”，箭矢世称“一枪三剑箭”，大概状如标枪，三片铁翎就像三把剑一样。床弩也可发射“踏橛箭”，成排成行地钉在城墙上。攻城兵士借以攀缘而上。宋太祖开宝年间，魏丕曾对床弩作了改进，射程又大为提高，“旧床子弩射止七百步，令丕增造至千步。”

的局面下，她却能把握住赵恒软弱无能、企盼和谈的弱点，漫天要价，提出割地为盟。宋方的条件则要软弱得多。只要辽国退兵，宋朝愿意以钱帛代地，每年给辽国一定数量的银、绢作为补偿，但不答应领土要求。

谈判在两军对峙中进行。萧燕燕十分懂得见好就收，最终按宋方的条件达成了协议。剩下的问题就是每年给辽国银、绢的数量。曹利用就此请示赵恒，赵恒说："必不得已，虽百万亦可。"意思是说，只要不割地，能讲和，辽国就是索取百万钱财，也可以答应。

当时宋朝极其富有，宋真宗时，宋朝廷的年岁收入折算为银、绢，大概有数千万。因此，宋真宗认为可以承担百万"岁币"，以此来换取和平。

曹利用承旨后，刚从赵恒的行宫出来，就被一直守候在门外的寇准拦住。寇准问明情况后，警告曹利用说："虽然有圣上的旨意，但你去交涉，答应所给银、绢不得超过三十万。否则，你一回来我就要砍你的头！"曹利用后来成为风光一时的权臣，跟另一权臣丁谓联合起来，与寇准一派大搞党争，不过当时还未见显赫，只是个默默无闻的小吏，被寇准一吓，立即悚然而惊，喏喏应命而去。

经过谈判，曹利用果然以三十万银绢谈成。宋辽双方订立了和约，这就是历史上著名的"澶渊之盟"。"澶渊之盟"规定：

一、辽宋为兄弟之国，辽圣宗年幼，称宋真宗为兄，宋尊辽圣宗生母萧太后为叔母，后世仍以世以齿论。

二、以白沟河为国界，双方撤兵。双方各守现有疆界，不得侵轶，并互不接纳和藏匿越界入境之人。

三、宋方每年向辽提供"助军旅之费"银十万两，绢二十万匹，称为"岁币"，至雄州交割。

四、双方于边境设置榷场，开展互市贸易。

好笑的是，和约达成后，宋真宗询问结果，曹利用伸出三个指头。赵恒误以为给了辽国三百万，大吃一惊，说："太多了！"但想了一想，又认为谈判既已成功，也就算了，又说："三百万就三百万吧。"后来，赵恒弄清了只给辽绢二十万匹、银十万两，合计数才三十万，不到宋年财政收入的千分之五，大大低于早先的估计，不禁大喜过望，重重奖赏了曹利用，甚至写诗与群臣唱和，以此来庆祝。

宋真宗刚刚即位的时候，为了应付北方强大的辽国和西北的党项，大肆扩军，招募禁军至五十余万人，加上地方上的厢军，号称养兵一百万，数目相当庞大。澶渊之盟后，宋真宗立即着手裁减军队，遣散老弱残兵，精减编制，如取消富有战斗力的河东效顺一军，龙骑军原有十二个指挥，减为六个指挥等。不仅如此，宋真宗为了表示友好的诚意，还将同辽国接壤的地名作了改变：改威虏军为广信军、静戎军为安肃军、破虏军为信安军、平戎 军为保定军、宁边军为永定军、定远军为永静军、定羌军为保德军、平虏城为肃宁军。

"澶渊之盟"是中国历史上的著名事件，对整个北宋朝具有非比寻常的意义，甚至有人认为"澶渊之盟""影响了中国思想界及中国整个历史"。一方面，这是一个在宋军占有优势的局面下签订的屈辱性条约；另一方面，这个屈辱性的条约却给宋辽边境带来了长达百年的和平，极大地促进了两国经济、文化的发展。

"澶渊之盟"以后，辽、宋长期保持友好往来，宋朝在雄州、霸州、安肃军、广信军，辽在新城、朔州，分别置榷场，进行双边贸易，边境地区的经济、文化交流得到加强。宋辽双方每逢有皇帝即位、生辰、丧事等，都互派使者来往。这种局面一直维持到北宋末年，时间长达百年之久。[1]辽宋不曾兵戎相见，边境安定，当时的人这样评论："（辽）与朝廷和好年深，蕃汉人户休养生息，人人安居，不乐战斗。"

但在中国历史上，"澶渊之盟"却始终是个有争议的命题。辽国

[1] 宋仁宗庆历二年（1042年）春，宋朝与西夏正处于交战时期，辽国辽兴宗想趁机落井下石，派使者宣徽使萧特末和翰林学士刘六符带着国书到宋朝，明目张胆地索取瓦桥关（今河北雄县西南）以南十县之地（即后周世宗柴荣北伐契丹时夺回的领土）。同年四月，契丹精锐骑兵云集在幽、蓟（今京、津及河北部分地区）一带，声言如果宋不割地，就要兴师南下。当时赵宋"守内虚外"的积习已深，（转下页）

在不占有任何优势的情况下，反而从中大大获益，《辽史》的编纂者认为“澶渊之役”是萧燕燕军事生涯中最光彩辉煌的一页。对于宋朝而言，“澶渊之盟”是带有屈辱性的盟约，既从法律上承认了幽云十六州属于辽国，又开“岁币”之滥觞。宋真宗赵恒也因而成为“岁币”的始作俑者，开宋朝以“岁币”求和的先例，使宋朝繁荣的局面江河日下。

这一年，被公认是宋朝“积弱”的开始。

与宋朝周旋多年、令宋朝廷无比头疼的党项人李继迁也死在了这一年，但党项的威胁并没有就此解除。李继迁长子李德明继立，孙子李元昊更是在后来建立了西夏国，成为宋朝西北的心腹大患。

第七节　萧观音案

最后要再简略提一下“澶渊之盟”后辽国的状况。

“澶渊之盟”是在萧燕燕手中签订，她也由此成为辽国历史上最杰出的人物。她虚心诚恳，用人不疑，执法严明，丝毫没有女子的软弱。同时她自己也习知军事，有男子一般的气魄，甚至“亲御戎车，指麾三军，赏罚信明，将士用命”，为辽国的胜利立下汗马功劳，更成为后世政治家效法的对象。

也正是因为萧燕燕太过出色，辽圣宗不得不一直处在母亲羽翼和光环下。直到萧燕燕死后，辽圣宗才真正开始执政，不过基本上还是

(接上页) 加上宋军与西夏交战屡战屡败，宋仁宗早已经厌倦，一心想找机会和解，如今契丹趁机索要关南之地，宋仁宗更是应接不暇。朝议时，宰相吕夷简认为辽国名为要地，不过是想多要岁币而已，提议主动增加岁币，不割让关南之地。于是生性软弱的宋仁宗不顾耻辱，屈服于契丹讹诈，派使者富弼出使辽国。最终，以每岁增加银十万两、绢十万匹，宋辽双方“通好如故”。辽国此后不再提归还关南十县之地的要求，但澶渊之盟中所定岁币一律称“纳”。宋朝有些大臣计较“纳”字是否妥当，但宋仁宗采纳了晏殊的建议，允许称“纳”，同时声明所增加的岁币是关南十县之地的赋税收入。一个“纳”字，彻底意味着宋朝丧失了与辽国的政治平等地位。此事还不仅仅是多纳了二十万缯金那么简单，“当时不深计之，其后费大而不可止”。不少史家认为当时契丹不过是虚声恫吓，并不是真有南侵之意，宋仁宗、吕夷简许与过厚，遂为无穷之害。

延续萧燕燕执政时的国策。他是辽主中在位最久的皇帝，非常崇拜唐朝诗人白居易，曾亲自将《白氏讽谏》翻译成契丹文。

此时的辽国汉化日深，契丹贵族已经不再以读书为耻。尤其是辽国皇帝为了表示自己是与南朝（宋朝）平起平坐的北朝皇帝，在正式场合都穿着汉服，接见宋使时也是如此。不过接见一旦结束，便立即换回胡服。

辽圣宗死后，长子耶律宗真即位，为辽兴宗。这位辽兴宗是一个性格活泼而纯真的人物，他经常化装成老百姓到民间微服私访，出没于酒肆、寺院、道观等地，一是明察暗访，二是网罗人才，王纲、姚景熙、冯立等地位显赫的高官皆是以这种方式被挖掘出来的，甚至有些和尚被拜为三公、三师。他放荡不羁，还与教坊使者王税、轻谦等人结为异姓兄弟，经常出入其家，见到王税的父母，也如儿子般揖拜。辽兴宗本人十分迷恋绘画，曾经将自己手绘的鹅、雁等作品赠送给宋仁宗，颇受好评。精于书法的宋仁宗也亲自作飞白书还礼答谢。

不过，辽兴宗的皇帝当得并不顺利。他的生母萧耨斤（辽圣宗元妃，原为宫人）野心勃勃，与辽圣宗皇后萧菩萨哥展开激烈的权力之争，辽兴宗一度被架空，“不亲庶务”，无所事事，难免郁郁寡欢。萧耨斤害死萧菩萨哥后，犹不知足，还打算废除儿子的皇位，改立少子耶律重元为帝。幸好耶律重元及时将母亲的阴谋告诉了兄长，辽兴宗下定决心囚禁了生母，这才正式开始亲政。

然而，对于辽兴宗而言，又有新的危机，弟弟耶律重元自恃有功，势力越来越大，对皇权形成了威胁。辽兴宗采取息事宁人的态度，封重元为皇太弟，承诺将来传位给他，由此埋下了更大的隐患。辽兴宗的妥协、退让，只能让重元更加嚣张。两兄弟的矛盾逐渐激化，为了取得优势，甚至都暗中谋求宋朝的支持。

1054 年，宋使王拱辰在混同江拜见辽朝皇太后和辽兴宗，记载了所见所闻：“契丹国母爱其少子宗元（即重元），欲以为嗣，问拱辰曰：‘南朝太祖、太宗，何亲属也？’拱辰曰：‘兄弟也。’曰：‘善哉，何其义也。’契丹主曰：‘太宗、真宗，何亲属也？’拱辰曰：‘父子也。’曰：

‘善哉，何其礼也。’既而契丹主屏人，谓拱辰曰：‘吾有顽弟，他日得国，恐南朝未能高枕也！’”由此可见，辽兴宗与耶律重元已经剑拔弩张。

辽兴宗死后，儿子耶律洪基即位，为辽道宗，他必须面对叔叔耶律重元坐大的威胁。为了缓和紧张局势，辽道宗听政的第二天，便册重元为皇太叔，享有入朝免拜、不称名的特殊待遇，不久又任命他为天下兵马大元帅，再赐金券，尊宠备至。但耶律重元的儿子涅鲁古果断阴狠，怂恿其父夺取皇位，他们紧锣密鼓地开始谋划。

嘉祐八年（1063 年），刚好是宋仁宗死的这一年，耶律重元与儿子涅鲁古策划在辽道宗秋猎太子山时发动兵变。但消息意外被宫人耶律良得知，报告给了皇太后（辽兴宗皇后）。皇太后将消息告诉辽道宗后，辽道宗竟然不相信。他派使者去召涅鲁古，结果使者被涅鲁古拘留后设法逃回，这才确认叛乱是真。双方大战一场，涅鲁古被杀，耶律重元北走大漠，穷蹙自杀。这一段史实便是金庸先生名著《天龙八部》中大侠萧峰助辽国国主耶律洪基平叛的故事原型。

自宋朝与辽国签订“澶渊之盟”后，两国边境总体晏然，然而到了辽道宗这里，纠纷开始发生。

熙宁五年（1072 年）春，辽国骑兵数千人来到宋辽双方界河里捕鱼，并有部分骑兵越过了界河，当宋朝士兵前来阻止时，双方发生争吵，冲突中辽兵甚至出手打伤了几名宋兵。宋神宗收到奏报后心有不快，但此时他正顶着巨大的压力支持宰相王安石变法改革，即历史上著名的熙宁变法，朝内反对变法的人前仆后继，而且不断有异常的自然现象出现，比如一开年黄河大堤就出现两处大决口，导致洪水泛滥，黄河下游的恩、冀二州受灾严重，宋神宗为此忧心忡忡，食不甘味[1]。而西北边境还有西夏正在虎视眈眈。

辽国骑兵越境冲突之事，正好发生在宋神宗内外交困之时。他权衡利弊后，没有对辽国作出直接反应，只是将情况通报辽国，向辽道宗提出外交抗议。而辽道宗却没有任何反应，小队的辽兵依旧不断进入宋朝境内骚扰。

到了当年六月，辽国在边境大修城堡，检阅军队。宋雄州知州张利一将这一情况紧急上奏，认定契丹即将大举南侵，希望朝廷早做准备。宋神宗征询朝臣意见时，宰相王安石认为修城堡、阅军队不是什么大不了的事，朝廷应该以静制动，切不可因小失大。此时的王安石正处于最受皇帝信任和支持的阶段，他的意见备受重视，于是宋神宗下令张利一不得轻举妄动。此后，辽军骑兵不断在河北地区滋事，甚至还在拒马河南岸设置口铺。王安石依然主张以静制动，认为宋朝不该主动生事，只要能够忍耐一时，辽道宗绝对不会南侵。事情确实如王安石所言，契丹骑兵骚扰宋朝领土的现象竟然慢慢消失了。

然而到了熙宁七年（1074 年）春，辽道宗派萧禧出使宋朝，要求宋辽双方重新划定河东、河北的蔚、应、朔等州的地界。宋神宗明知辽国是无理取闹，有趁宋朝西北战事吃紧之机落井下石的意味，但依旧派吕大忠为使者前往辽国商议边界纠纷一事。吕大忠属于强硬派，

[1] 在宋神宗之前，宋仁宗、宋真宗都是著名的守成之君，基本上完全继承了宋初的政策，即宋太祖、宋太宗制定的“祖宗之法”。到宋神宗即位之时，宋朝开国已经将近百年，积弊日深，国内危机日益严重，边境还面临辽国和西夏的严重威胁。而宋神宗即位之初，年轻而富有朝气，对此内忧外患的局面十分焦虑，想缓解危机、富国强兵。他深信要改变现状，变法是唯一的办法，曾经对宰相文彦博说：“天下弊事至多，不可不革。”熙宁元年（1068 年）四月，宋神宗召王安石入对。王安石力陈富国强兵之术，提出变法理财的主张，而这主张正与宋神宗的理想相同，于是君臣二人决定为了共同的理想实行变法，由此而诞生中国历史上的重要政治事件：熙宁变法。理想是好的，但实现起来并不简单，因为治理好一个庞大的帝国不是靠一个皇帝和一个宰相就能实现的。就王安石本人来说，他是一个政治家，更精确地说，他是一个理想的政治学家。如果是一个政治家，没有强有力的执行班子，他一定会等待更好的时机；政治学家则更在意实验，无论班子得不得力。这是现实主义和理想主义的区别。不幸的是，王安石凑巧就是站在理想主义的一边。正因为如此，新法从一开始就显得不切实际。加上他识人眼光不准，用人度量不够，熙宁变法慢慢走进了怪圈。而最为关键的是，熙宁变法的影响和意义还不止于此。在新法推行的过程中，变法派与保守派由最初的政见不同，逐渐演变成意气之争，且愈演愈烈，从而演变成宋朝历史上最大的党争。

坚绝不同意辽国无理要求，双方因而争论不休，会议没有任何结果。

次年，辽国再派萧禧出使宋朝，强词夺理地要求尽快解决双方地界问题。为了要挟宋朝，萧禧还有意滞留在汴梁，迟迟不肯返回辽国。知制诰沈括查阅了枢密院的有关档案资料后，认为辽国所争的四处主要地界都是无理要求：蔚州，如果以分水岭为界，宋方将损失七里以上领土；朔州，若改以黄嵬山为界，若改以分水岭为界，则辽所争土地达三十余里；应州所争领土达二十里。根据这些资料记录，沈括一一驳斥了辽国使者萧禧，萧禧无言以对，理屈词穷，不得不离开宋朝返回辽国。

然而，沈括的胜利不过是嘴皮子上的胜利，并非外交上的胜利。此时的宋神宗已经在巨大压力下被迫同意王安石罢相，国内攻击王安石“变乱天下”的大臣人数众多，皇帝几乎没有任何心思来应付地界一事，便解除了吕大忠的职务，改派韩缜、张诚一前往河东谈判边界问题，其实是有意以割让领土为代价，对辽国让步。

当时朝中元老大臣如曾公亮、文彦博、王安石、韩琦、富弼等均强烈反对妥协，但宋神宗无心外事，一心只希望事情尽快解决。最后谈判的结果，辽国争得了西边的天池之地。这样一来，宋辽双方蔚、应、朔三州边界就是完全以分水岭为准，宋朝长城以北的领土全部为辽国所占。

辽道宗虽然在与宋朝和皇叔耶律重元的争斗中都占了上风，但辽国内部的斗争并没有就此结束，反而接二连三地发生了陷害皇后萧观音、太子耶律濬的悲惨事件。

萧观音，枢密使萧惠之女，辽道宗皇后。她是辽国著名才女，不但弹得一手好琵琶，还能诗善文，这在尚武成风、崇尚骑射的辽国十分罕见。她这样内秀的性格，当然不喜欢辽道宗动辄驰马狩猎的做派，时常予以劝谏。辽道宗开始还敷衍两句，后来听得多了也就烦了，逐渐疏远了萧观音，萧观音从此失宠。在百无聊赖的日子里，她写了十首《回心院》词，流露出希望能挽回丈夫的心的情绪。

伶官赵惟一爱《回心院》词之缠绵悱恻，将其谱成了曲子。赵惟一擅长吹笛，与萧观音的琵琶一起合奏《回心院》词，颇为动人。二人身份悬殊，毫不避讳地合奏曲子，引来许多流言蜚语。正是这些流言后来被有心人利用，为二人招来了杀身之祸。

辽道宗平息耶律重元叛乱后，参与平叛的耶律乙辛因功升为南院枢密使，他专权跋扈，大肆培植自己的势力。然而，皇太子耶律濬开始总领朝政后，整饬法令制度，处事公正，耶律乙辛感到自己的权势和地位受到了威胁，他决定搞垮太子耶律濬。因为一时无机可乘，便决定从太子的母亲萧观音身上下手。

当时宫中有个汉人婢女名叫单登，因其服侍过耶律重元，萧观音曾经向辽道宗建议不要将她留在宫中。虽然建议未被采纳，单登由此怀恨在心。她妹夫刚好是教坊伶人朱顶鹤，且其妹与耶律乙辛关系暧昧。耶律乙辛将这几个人组织起来，指使单登和教坊伶人朱顶鹤一起诬陷皇后与赵惟一私通。刚好萧观音曾经写过一首名为《怀古》的诗：

宫中只数赵家妆，败雨残云误汉王；
惟有知情一片月，曾窥飞燕入昭阳。

这首诗写的是汉成帝皇后赵飞燕的故事。耶律乙辛无事生非，说《怀古》诗中暗藏赵惟一的名字，就是二人有奸情的铁证。昏庸的辽道宗得知后大怒，下令族诛赵惟一，斩高长命，皇后萧观音也奉敕令上吊自尽。临死前，萧观音请求再见辽道宗一面，竟没有获准。

后世对萧观音的悲剧命运十分同情。清人朱彝尊有词吟咏道：

细草含茸，圆荷倚盖，犹与舞衫相似。
回心院子，问殿脚香泥，可留萧字？
怀古情深，焚椒寻梦纸。

而辽道宗一度也颇为后悔。耶律乙辛得知后十分不安，生怕辽道宗思念萧观音会阻碍他铲除太子的计划，急忙告知辽道宗，说宫中妃子萧坦思容貌出众，可立为皇后。辽道宗糊里糊涂之下，便接受了耶律乙辛的建议，册立萧坦思为皇后。萧坦思是驸马都尉萧霞抹之妹，而萧霞抹与耶律乙辛是死党，耶律乙辛的势力由此更加强大。

萧观音死后，耶律乙辛又将矛头对准太子耶律濬，诬陷太子谋反。辽道宗派耶律燕哥审讯太子，太子耶律濬回答说："父皇只有我一个儿子，我已经被立为太子，是皇位的唯一继承人，我还求什么呢？我怎么敢加害父皇。"然而耶律燕哥正是耶律乙辛的党羽，将太子供词更改后才上报给辽道宗。辽道宗决定废太子为庶人，并下令将耶律濬囚禁于上京。

耶律乙辛还不放心，又派遣心腹萧达鲁古，侍卫长撒八赶到上京，与上京留守萧挞得等人合谋后，在一个深夜率领大批武士冲入耶律濬的囚室，谎称皇帝已经赦免了他。耶律濬信以为真，刚走出囚室之门即被杀害，死时年仅二十岁。上京留守萧挞得则向辽道宗汇报说耶律濬患疾而死，辽道宗也没有追查。

萧观音、耶律濬事件为辽史上的著名悲剧，昭示辽国内部的争权夺利已经到达了白热化的地步。大量的内耗也让辽国国力江河日下。耶律乙辛擅权长达十四年之久，后来是有人反复提醒辽道宗，辽道宗才有所醒悟。

有一次，辽道宗外出郊游打猎，耶律乙辛也奉命扈从皇帝左右。在打猎过程中，辽道宗意外发现大批官员卫士争先恐后地追随在耶律乙辛周围，当即心生警惕，不过他没有当即发作，而是回京后下旨任命耶律乙辛为知南院大王事，将其派遣出朝，以此来削弱他的势力。后来耶律乙辛因为走私违禁品，被逮捕下狱后，暗中策划投靠宋朝，阴谋败露后被缢死。辽道宗这才知道皇太子耶律濬是被诬陷而死，悔恨不已，然而却已经悔之晚矣。

辽道宗死后，其孙耶律延禧（太子耶律濬之子，小名阿果）即位，即为天祚皇帝。此时北方女真已经开始崛起，天祚帝不思进取，只对名茶、古画、音乐、美女有兴趣。出使辽国的宋使者张舜民看到后，曾预言说："他日必有如张义潮挈十三州以归，当不四十年见之。"宋崇宁四年（1105 年），权臣蔡京执掌朝政，力主开边政策，他派翰林学士林摅出使辽国，命林摅有意用话激怒辽人，打算以挑衅来挑起战争。不料辽天祚帝贪图安乐，忙于享受，根本不理睬林摅的无礼，仅仅派人告知宋朝林摅的失礼之处。

1115 年，女真首领完颜阿骨打称帝，建立了金国。金军锐不可当，很快攻下辽上京，辽国天祚帝被迫逃往西京。就在辽国岌岌可危的时候，辽国贵族之间的内讧却愈演愈烈。辽国皇族耶律大石和汉人宰相李处温拥戴燕京留守耶律淳为帝，史称北辽，并遥废天祚帝为湘阴王。耶律淳称帝三个月后，便得急病而死，其妻萧德妃为皇太后，开始把持朝政。但辽国大势已去，灭亡已经是迟早的事。汉人宰相李处温暗中派人联络宋朝和金国，打算投降，结果被萧妃发现处死。

完颜阿骨打亲自率军，一举攻下燕京。萧德妃和耶律大石逃出燕京，因无处容身，不得不重新投奔了天祚帝。天祚帝杀死萧德妃后，杀气腾腾地责问耶律大石为何要拥立耶律淳为帝。耶律大石慷慨陈词说："陛下以全国之力，不能拒击金兵，而弃国远遁，使百姓遭殃。所以，即使立十个耶律淳都没有过错，因为都是太祖子孙，这总比向金投降乞命要好。"天祚帝无言可对，只好赦免了耶律大石。

这年秋天，金太祖完颜阿骨打病死，其弟吴乞买继位，就是金太宗。金太宗继续领兵攻辽，辽兵节节败溃。宣和六年（1124 年），辽天祚帝决定出兵收复失地。耶律大石极力劝谏，提出应当好好养兵，等待时机，不可轻举妄动。天祚帝训斥了耶律大石一通，一意孤行，决定出兵。耶律大石看到天祚帝如此刚愎自用，知道辽国将亡，便自领二百余骑向西北方逃走。这年冬，辽天祚帝自夹山出兵，南下武州，与金兵遭遇，辽军大败而逃，将士纷纷投降金军，天祚帝只带领少量残兵突出重围。次年春，天祚帝想逃往西夏，在应州被金兵俘虏，后被囚禁一年多而死，在位二十四年，终年五十三岁。耶律大石率部向西北逃去，并重建辽国，成为当时中亚地区的强国，史称西辽，又称哈喇契丹。

自公元916年由辽太祖耶律阿保机建国，至1125年天祚帝耶律延禧被俘止，占据中国半壁河山二百零九年的辽国正式灭亡，共历九帝（《辽史》延至西辽亡，1218年，蒙古灭西辽）。幸存的契丹人大多同化于汉人、蒙古人中。此后，宋朝梦寐以求的燕云十六州则落入金人手中。

附录一

今长岛（旧沙门岛）示意图

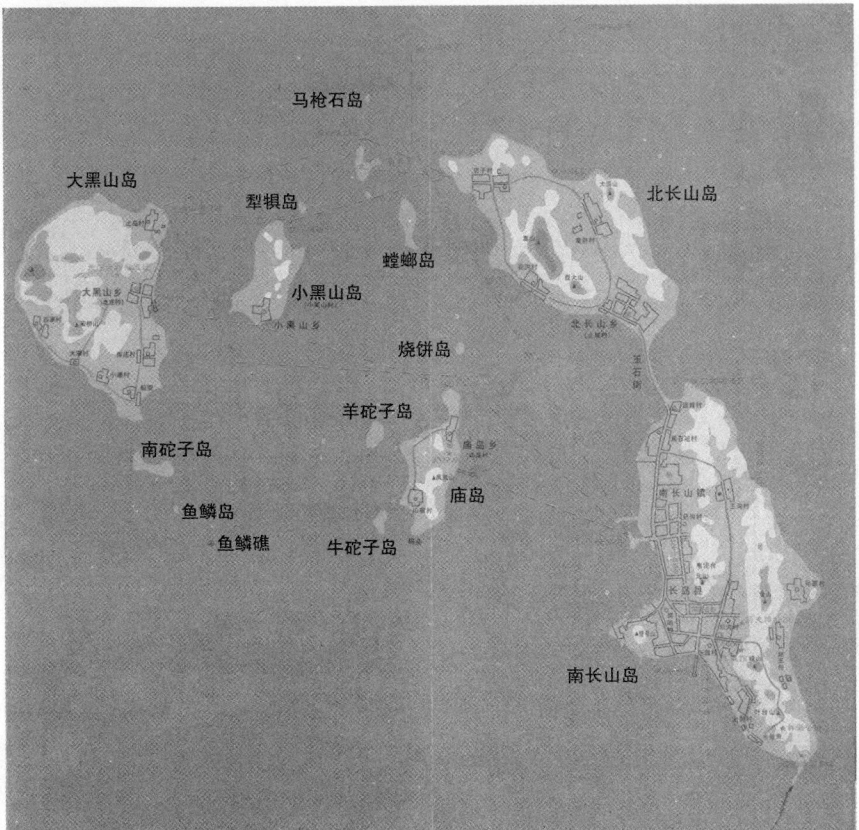

附录二

宋辽夏金年号表

北宋（960—1127）

太祖（赵匡胤[yìn]）	建隆（4）	庚甲	960
	乾隆（6）	癸亥$_{十一}$	963
	开宝（9）	戊辰$_{十一}$	968
太宗（～炅[jiǒng]，本名匡义，又名光义）	太平兴国（9）	丙子$_{十二}$	976
	雍熙（4）	甲申$_{十一}$	984
	端拱（2）	戊子	988
	淳化（5）	庚寅	990
	至道（3）	乙未	995
真宗（～恒）	咸平（6）	戊戌	998
	景德（4）	甲辰	1004
	大中祥符（9）	戊申	1008
	天禧[xī]（5）	丁巳	1017
	乾兴（1）	壬戌	1022
仁宗（～祯）	天圣（10）	癸亥	1023
	明道（2）	壬申$_{十一}$	1032
	景祐（5）	甲戌	1034
	宝元（3）	戊寅$_{十一}$	1038
	康定（2）	庚辰$_{二}$	1040
	庆历（8）	辛巳$_{十一}$	1041
	皇祐（6）	己丑	1049
	至和（3）	甲午$_{三}$	1054
	嘉祐（8）	丙申$_{九}$	1056
英宗（～曙）	治平（4）	甲辰	1064
神宗（～顼[xū]）	熙宁（10）	戊申	1068
	元丰（8）	戊午	1078
哲宗（～煦[xù]）	元祐（9）	丙寅	1086
	绍圣（5）	甲戌$_{四}$	1094
	元符（3）	戊寅$_{六}$	1098
徽宗（～佶[jí]）	建中靖国（1）	辛巳	1101
	崇宁（5）	壬午	1102
	大观（4）	丁亥	1107
	致和（8）	辛卯	1111
	重和（2）	戊戌$_{十一}$	1118
	宜和（7）	己亥$_{二}$	1119
钦宗（～桓[huán]）	靖康（2）	丙午	1126

南宋（1127—1279）

高宗（赵构）	建炎（4）	丁未$_{五}$	1127		嘉熙（4）	丁酉	1237
	绍兴（32）	辛亥	1131		淳祐（12）	辛丑	1241
孝宗（～昚	隆兴（2）	癸未	1163		宝祐（6）	癸丑	1253
[shèn]）	乾道（9）	乙酉	1165		开庆（1）	己未	1259
	淳熙（16）	甲午	1174		景定（5）	庚申	1260
光宗（～惇	绍熙（5）	庚戌	1190	度宗（～补禥	咸淳（10）	乙丑	1265
[dūn]）				[qí]）			
宁宗（～扩）	庆元（6）	乙卯	1195	恭帝（～㬎	德祐（2）	乙亥	1275
	嘉泰（4）	辛酉	1201	[xiǎn]）			
	开禧（3）	乙丑	1205	端宗（～昰	景炎（3）	丙子$_{五}$	1276
	嘉定（17）	戊辰	1208	[shì]）			
理宗（～昀	宝庆（3）	乙酉	1225	帝昺（～昺	祥兴（2）	戊寅$_{五}$	1278
[yún]）	绍定（6）	戊子	1228	[bǐng]）			
	端平（3）	甲午	1234				

辽建国于907年，国号契丹，916年始建年号，938年（一说947年）改国号为辽，983年复称契丹，1066年仍称辽。

辽［耶律氏］（907—1125）

太祖（耶律阿	—（10）	丁卯	907		开泰（10）	壬子$_{十一}$	1012
保机）	神册（7）	丙子$_{十二}$	916		太平（11）	辛酉$_{十一}$	1021
	天赞（5）	壬午$_{二}$	922	兴宗（～宗真）	景福（2）	辛未$_{六}$	1031
	天显（13）	丙戌$_{二}$	926		重熙（24）	壬申$_{十一}$	1032
太宗（～德光）	天显 *	丁亥$_{十一}$	927	道宗（～洪基）	清宁（10）	乙未$_{八}$	1055
	会同（10）	戊戌$_{十一}$	938		咸雍（10）	乙巳	1065
	大同（1）	丁未$_{二}$	947		大（太）康	乙卯	1075
世宗（～阮	天禄（5）	丁未$_{九}$	947		（10）		
[ruǎn]）					大安（10）	乙丑	1085
穆宗（～璟	应历（19）	辛亥$_{九}$	951		寿昌（隆）	乙亥	1095
[jǐng]）					（7）		
景宗（～贤）	保宁（11）	己巳$_{二}$	969	天祚[zuò]帝	乾统（10）	辛巳$_{二}$	1101
	乾亨（5）	己卯$_{十一}$	979	（～延禧[xī]）	天庆（10）	辛卯	1111
圣宗（～隆绪）	乾亨	壬午$_{九}$	982		保大（5）	辛丑	1121
	统和（30）	癸未$_{六}$	983				

* 太宗即位未改元。

1032 年（北宋明道元年）元昊嗣夏王位，1034 年始建年号，1038 年称帝，国名大夏。在汉籍中习称西夏。1227 年为蒙古所灭。

西夏（1038—1227）

景宗（嵬名元昊）	广运（2）	甲戌$_{十}$	1034		贞观（13）	辛巳	1101
	大庆（2）	丙子$_{十二}$	1036		雍宁（5）	甲午	1114
	天授礼法延祚（11）	戊寅$_{十}$	1038		元德（8）	己亥	1119
毅宗（～谅祚）	延嗣宁国（1）	己丑	1049		正德（8）	丁未	1127
	天祐垂圣（3）	庚寅	1050		大德（5）	乙卯	1135
	福圣承道（4）	癸巳	1053	仁宗（～仁孝）	大庆（4）	庚申	1140
	群[duǒ]都（6）	丁酉	1057		人庆（5）	甲子	1144
	拱化（5）	癸卯	1063		天盛（21）	己巳	1149
惠宗（～秉常）	乾道（1）	戊申	1068		乾祐（24）	庚寅	1170
	天赐礼盛国庆（5）	己酉	1069	桓宗（～纯祐）	天庆（12）	甲寅	1194
	大安（11）	甲寅	1074	襄宗（～安全）	应天（4）	丙寅$_{一}$	1206
崇宗（～乾顺）	天安礼定（2）	乙丑	1085		皇建（1）	庚午	1210
	天仪治平（3）	丁卯	1087	神宗（～遵顼[xū]）	光定（13）	辛未$_{八}$	1211
	天祐民安（8）	庚午	1090	献宗（～德旺）	乾定（3）	甲申$_{十二}$	1224
	永安（3）	戊寅	1098	末帝（～睍[xiàn]）	宝义（1）	丁亥	1227

金［完颜氏］（1368—1644）

太祖（完颜旻[mín]，本名阿骨打）	收国（2）	乙未	1115	章宗（～璟[jǐng]）	明昌（7）	庚戌	1109
	天辅（7）	丁酉	1117		承安（5）	丙辰$_{十一}$	1196
					泰和（8）	辛酉	1201
太宗（～晟[shèng]）	天会（15）	癸卯$_{九}$	1123	卫绍王（～永济）	大安（3）	己巳	1209
					崇庆（2）	壬申	1212
熙宗（～亶[dǎn]）	天会 *	乙卯$_{一}$	1135		至宁（1）	癸酉$_{五}$	1213
	天眷（3）	戊午	1138	宣宗（～珣[xún]）	贞祐（5）	癸酉$_{九}$	1213
	皇统（9）	辛酉	1141		兴定（6）	丁丑$_{九}$	1217
海陵王（～亮）	天德（5）	己巳$_{十一}$	1149		元光（2）	壬午$_{八}$	1222
	贞元（4）	癸酉$_{三}$	1153	哀宗（～守绪）	正大（9）	甲申	1224
	正隆（6）	丙子$_{二}$	1156		开兴（1）	壬辰$_{一}$	1232
世宗（～雍）	大定（29）	辛巳$_{十}$	1161		天兴（3）	壬辰$_{四}$	1232

* 熙宗即位未改元。

附录三

金人名字对照表

金太祖完颜旻，金朝第一位皇帝，女真名阿骨打。

金太宗完颜晟，金朝第二位皇帝，女真名吴乞买。金太祖之弟。

完颜杲，女真名斜也。金太祖、金太宗之弟。

完颜昱，女真名蒲家奴。金太祖堂弟。

完颜昌，女真名挞懒。金太祖堂弟。

完颜宗干，女真名斡本。金太祖庶长子。

完颜宗望，名斡离不。金太祖次子。

完颜宗尧（初名宗辅），女真名讹里朵。金太祖三子。

完颜宗弼，女真名兀术。金太祖第四子。

完颜宗峻，女真名绳果。金太祖嫡长子。

完颜宗隽，女真名讹鲁观。金太祖第六子。

完颜宗朝，女真名乌烈（又名列蒲阳虎）。金太祖子。

完颜宗强，女真名阿鲁。金太祖第八子。

完颜宗敏，女真名阿鲁补。金太祖子。

完颜宗杰，女真名没里野。金太祖子。

完颜宗磐，字蒲鲁虎。金太宗完颜吴乞买嫡长子。

完颜宗翰，女真名黏没喝，汉名粘罕。国相完颜撒改长子，金太祖侄。

金熙宗完颜亶，金朝第三位皇帝，字合剌。金太祖完颜旻嫡长孙，完颜宗峻之子。

完颜希尹，本名谷神，又译作兀室、悟室、胡舍。金宰相，女真文字创制者。

后　记

“烟波不隔还乡梦，风月犹随过海身”——沙门岛考

大宋立国后，沙门岛（今山东蓬莱长岛）即被定为最高级别的流放地，时人闻名丧胆，将其比作鬼城酆都（今重庆丰都，即丰都鬼城）。

宋初时，于沙门岛设置沙门寨（砦）。宋时寨为军事机构，但沙门寨显然是监狱管理机构，相当于牢城，寨兵充当着狱卒的角色，寨主（监押）则是监狱长。

宋时沙门岛应当是庙岛群岛的统称，主要有南长山、北长山、大黑山、小黑山、庙岛五岛。但沙门寨具体的设寨处，即沙门岛犯人被关在哪座岛上，尚存在争议。

作者到长岛考察时，曾与当地人交流，当地人均认为庙岛才是真正的沙门岛，即重犯流放地。理由是，在庙岛考古时发掘出了规划完整的外城墙。

在作者看来，庙岛之上，不大可能设置沙门寨。虽有城墙，但未必就是监狱围墙。以海岛四面环水、与世隔绝的状况，只要看守好船只，即所谓“船筏严加钤辖”，不准接近交通工具，任谁都插翅难飞，

又何须围墙?

因而那道花费不菲人力物力修建的城墙，当是登州水师所建，是用于防御的戍守之墙。

且沙门岛上的兵员并不只有沙门寨兵，还有刀鱼寨兵（此寨兵指驻防于刀鱼寨的水师，包括登州平海军、澄海军，应该还包括部分更戍禁军）。参见明末清初学术大家顾炎武巨著《肇域志》“登州府”一节:“刀鱼巡检水兵三百戍沙门岛，备御北虏，每仲夏仍居鼍矶岛，以防不虞。”

《肇域志》为全国性地理总志。顾炎武广泛收集史籍、实录等资料，“先取《一统志》，后取各省府州县志，后取二十一史，参互书中，几阅志书一千余部”。并游历全国，亲自考察山川、风俗，花费了几十年时间，方成书稿，其记录自是可信。《登州府志》中也有相同记载。

庙岛既已有防御城墙，当是三百刀鱼寨兵驻扎所在。而戍守国防前线的水兵，是绝不可能跟重犯混住在同一岛上的——

沙门岛犯人虽是重犯，却属于流人一类，所谓的监狱只是一个概念，犯人不是被囚禁于牢房中，而是采取散流于岛的方式。参见《宋会要辑稿》:“京东转运使王举元言:‘登州沙门岛每年约收罪人二三百人，并无衣粮，只在岛户八十余家佣作。’”因朝廷不为流人供给衣粮，沙门岛犯人要生存下去，就必须到岛上居民家中帮工，以换取口粮。

宋真宗时，有中央官员到沙门岛视察，发现流人至此“多殍死”，很是同情，回京后即上书请求朝廷“量给口粮”。枢密副使马知节当即反对说:“流人无廪食之理。”宋真宗虽然未听从马知节建议，但也格外开恩，命特拨粮食给沙门岛流人，虽然并未维持多久。

关于流人到岛户家“佣作”一事，再多说几句。沙门岛并无耕地，没有种植业，岛民也都只是普通平民，以打鱼为生，清苦贫寒，这“佣作”又是什么呢?

据《宋史》:“犯死罪获贷者，多配隶登州沙门岛及通州海岛，皆有屯兵使者领护。而通州岛中凡两处官煮盐。豪强难制者隶崇明镇，懦弱者隶东州市，太平兴国五年始令分隶盐亭役之，而沙门如故。”

可见沙门岛一直存在有“官煮盐”业。毕竟登州盛产鱼盐，煮盐条件优越。

此条既然列在刑法卷下，负责煮盐的盐民，必定就是那些因各种原因获罪的流人。故又有流人“只在岛户八十余家佣作”一说，作者认为所谓的佣作，就是煮海水为盐。沙门岛盐业虽然名义上是官方经营，但在实际运作中，已分摊到了岛户头上。

对于只以渔业为生的岛民，这也不是一件坏事，毕竟由于气候等各种因素，渔民一年中有数月不能出海，盐业收入能极大地补贴家用。更何况最艰苦的工需无须岛民亲自动手，自有流人承担。

沙门岛流人成分复杂，出身官员、文士者不在少数，却被迫以煮盐为生，情状、心境自是悲惨，时时有所流露。正是有此背景，才衍生出了著名的《沙门岛张生煮海》(元人李好古所著的元杂剧，被改编成各种地方戏，历朝历代盛演不绝。清戏剧大家李渔也曾据以改编为传奇《蜃中楼》)。

又，除了渔盐之外，沙门岛岛民还有一项工作，即协助官方从北方往登州口岸运马（不会时常发生，故而不是岛民生计的重点）。宋因缺少马源，暗中支持民间走私马匹（名义上是女真贡马）。为了鼓励沙门岛民多造舟船运马，宋太祖赵匡胤还特意豁免了岛民的税役。参见《宋史·太祖本纪》:“女直国（女真）遣使献名马。蠲登州沙门岛民税，令专治船渡马。”此事发生在大宋立国后不久，而167年后，北宋终被“盟友”女真所灭。

再回到沙门寨位置的话题上。有人认为顾炎武《肇域志》所言“刀鱼巡检水兵三百戍沙门岛”，沙门岛是统称，具体指的是鼍矶岛(今砣矶岛。北宋每年四月派兵前往鼍矶岛屯驻，八月返回)，这三百水兵是派驻鼍矶岛的。对此观点，作者亦不敢苟同。

据宋代大名士苏轼（曾任登州长官）的奏议《登州召还议水军状》:“国朝以来，常屯重兵，教习水战，旦暮传烽，以通警急。每岁四月，遣兵戍鼍矶岛，至八月方还，以备不虞。自景德以后，屯兵常不下四五千人。”

登州水师有平海、澄海两军，编制各为两指挥，宋代一指挥是五百人，四指挥便是二千人。当时登州水军已是中央禁军编制，苏轼所言“四五千人”，既以“教习水战”为主，多出来的二三千人，当为更戍禁军。参见苏轼《登州召还议水军状》：“除本州诸军外，更于京师、南京、济、郓、兖、单等州，差拨兵马屯驻。”

无论如何，登州兵力充足是显而易见之事。而鼍矶岛作为海防的前哨基地，当屯驻重兵，相较于水师四五千人，三百兵力显然太少（砣矶岛是大岛，迄今仍是长岛县居民最多的一个岛）。

再则，刀鱼巡检官职全名刀鱼巡检使。巡检使官秩在指挥使之上，指挥使麾下都有五百人，巡检使如何只有三百人？显然于制度不合。

关于驻防鼍矶岛兵力，宋人朱胜非（曾劝进宋高宗赵构即位，南宋初年任宰相）在其著述《秀水闲居录》中明确提及：“又北行三百余里，有山曰驼基岛（鼍矶岛），每岁魛（刀）鱼巡检一员，领千兵往。四月一日往戍，八月初乃归，以此岛与北虏蓟州界相近故也。方守戍时，驼基日举平安火，沙门岛应之，城内鼓角门又应之。”

足见戍守鼍矶岛的水兵有千人之多，正好是平海、澄海水师数目的一半，相对合理。故而顾炎武所提三百水兵，当是沙门岛（实际驻防于庙岛）戍兵，且并非沙门寨兵。

又，刀鱼寨水兵是中央禁军，沙门寨是地方机构，寨兵是地方军，即便同受登州长官知州统辖（宋代采取“以文制武”制度，地方行政长官亦是地方军事长官），但也是不同的体系。

正如朱胜非所记，鼍矶举火，沙门应之，登州又应之，三处均屯驻有兵力，三点连线，互相呼应，才是一套完整的海防体系。

再者，庙岛是因为岛上建有妈祖庙（今长岛显应宫）而得名。此庙由福建商人集资，修建于宋徽宗宣和四年（1122 年）。庙建成后，福建商人还专程从南方移送了一尊妈祖铜像（今存，为目前存世的唯一一尊宋代铜身妈祖像），供奉于岛上。

由此不难推测出宋时庙岛已经是海商南下北上的中转及休憩场所。如果庙岛是沙门寨所在，岛上处处是犯人，又怎么可能发展成为中转枢纽呢?

而且庙岛岛屿远远小于南长山、北长山、大黑山三岛，面积仅与小黑山相近，根本不可能同时容纳众多寨兵、犯人及来往商旅。

根据实地考察（笔者曾两赴烟台蓬莱及长岛）及文献考证来看，作者认为沙门寨当设在距离登州岸口最近的南长山岛，极可能同时包括北长山岛。两岛隔以浅滩，中间水浅不能通船，人徒步涉水可过。据传两岛原为一岛，唐朝时才断裂为两岛。也就是说，南长山岛才是真正的沙门岛，如此才符合苏轼《北海十二石记》所记:“惟沙门最近，兀然焦枯。”

所谓“兀然焦枯”，必是沙门寨设立后，为了方便监管犯人，抑或是煮盐需要，将南长山岛上树木伐光。

有趣的是，从南长山、北长山、大黑山、小黑山、庙岛五岛位置分布来看，就中转而言，其他四岛均比庙岛更为便利，但偏偏是庙岛成为了中转枢纽。

依笔者推测，应该是因为南长山、北长山是监狱所在，不能当作周转之地，而大黑山、小黑山，则是因为古时两岛遍地蝮蛇、毒蝎，亦不能作为中转枢纽。大黑山岛迄今仍是处处蝮蛇，人称“蛇岛”，据称岛上蝮蛇数目超过一万条。小黑山岛今仍属未开发海岛，不对外开放，不准游人上岛，充满神秘之感。

谨以此小小考证篇章作为《登州沙门岛》一书的后记。

感谢李茹恬博士及其朋友徐欣娅女士，在查阅相关论文资料时，二位鼎力协助，为笔者提供了极大的便利。

故事中，蕴含着历史的细节；细节中，还原了历史的声音和颜色。“真小说”之《登州沙门岛》，力争用更宏大更广阔的视角，来看待宋、辽、金的兴衰历史，以及中国的历史。

读诗使人灵秀，读史使人明智。鉴历史，可以知兴替；鉴以往，可以知未来。

愿前行路上，你我同行。

吴 蔚

2019年1月1日 于北京